春风吹过雨花楼，
燕醉百花羞。
千丝万缕情何限？
小溪畔、烟柳轻柔。
紫陌飘香，长亭怀远，绿意满汀洲。

山川美景画中游，
何事又成愁？
梅英疏淡黄昏后，
却依旧、娇韵难留。
最是无情，台城夜色，淮水月当头。

流年集

石 | 恒 | 济 | 诗 | 词

◎石恒济　著

知识产权出版社
全国百佳图书出版单位

图书在版编目（CIP）数据

流年集：石恒济诗词 / 石恒济著. —北京：知识产权出版社，2018.1
ISBN 978-7-5130-5294-8

Ⅰ.①流… Ⅱ.①石… Ⅲ.①诗词－作品集－中国－当代 Ⅳ.①I227

中国版本图书馆CIP数据核字(2017)第291915号

内容提要

　　本书为古典诗词集，共计有诗词386首，其中诗241首，词145首。本书诗词除五六首古风之外，均为格律诗和词，格律和用韵严格。诗的体裁涉及七律、七绝、五律、五绝和入律古风等。词包括小令、中调和长调词，所用词牌64个。本诗词集多为作者对祖国大好河山、名胜古迹和自然风光的赞美吟咏以及对世事变迁、岁月蹉跎的慨叹。其中，1~43首写于作者青年时期，44~386首为退休后所作，时间跨度近五十年。作品中既有状物咏史之篇，亦多感时伤怀之作，风格大体属婉约一脉。本诗词集宜于爱好古典诗词的人士休闲浏览，并体味诗词格律之美。诗词后面附有较多的注释，对增长历史、地理、人文知识将有所裨益。

　　责任编辑：许　波　　　　　　　责任出版：孙婷婷

流年集——石恒济诗词
LIUNIANJI——SHIHENGJI SHICI

石恒济　著

出版发行：	知识产权出版社 有限责任公司	网　　址：	http：// www. ipph. cn
电　　话：	010－82004826		http：//www. laichushu. com
社　　址：	北京市海淀区气象路50号院	邮　　编：	100081
责编电话：	010－82000860转8380	责编邮箱：	xubo@cnipr. com
发行电话：	010－82000860转8101	发行传真：	010－82000893
印　　刷：	虎彩印艺股份有限公司	经　　销：	各大网上书店、新华书店及相关专业书店
开　　本：	720mm×1000mm　1/16	印　　张：	34.5
版　　次：	2018年1月第1版	印　　次：	2018年1月第1次印刷
字　　数：	600千字	定　　价：	98.00元

ISBN 978-7-5130-5294-8

前言

一

中国是诗的国度，中国的音乐文学源远流长。据《乐记》记载，"昔者舜作五弦之琴，以歌《南风》"。说明在上古之世已有乐歌产生。在两千五百多年前的春秋战国时期，我国第一部诗歌总集——《诗经》已问世。继《诗经》不久，诗人屈原登上了诗坛。他所创作的《楚辞》，是中国浪漫主义文学的源头，与《诗经》并称"风骚"，对后世诗歌产生了深远的影响。自此以后，出现了更多的诗人，创作了更多的诗篇。汉魏时期的乐府民歌，是我国诗歌园地中的一朵奇葩。经魏晋南北朝，至隋唐而宋，诗苑词林中，已是百花争奇斗艳。元明以降，戏曲、小说盛行，但仍有一些好诗好词。我国古代有多少诗和词呢？洋洋大观，浩如烟海，以千万计数难以概全。仅清代康熙年间由曹寅、彭定求等人奉敕编纂、扬州诗局出版的《全唐诗》九百卷，就收集了唐代诗人2529人的诗作近五万首；20世纪60年代由唐圭璋先生编辑、中华书局出版的《全宋词》，全书五册，共计辑两宋词人1330余家，词作逾两万首。当然其余散佚不存的，还不在少数。其他历朝历代的诗词更是不可计数。我们祖国古代有多少诗人和词人呢？很多很多，以至无数。仅誉满全球的大诗人、名词人，就有屈原、陶渊明、李白、杜甫、白居易、苏轼、柳永、陆游、辛弃疾、李清照等，不胜枚举。

诗言志，文抒情。诗词是人类心灵的形象展现，尤其是古典诗词，它所具有的淳厚韵味和音乐性的特点，使其成为中国传统文学中最具魅力的表现形式之一。时至今日，诗词依然具有旺盛的生命力，拥有广大的爱好者，人们心中那些幽微的情感仍要借诗词来表达和传递。古典诗词中的那些优秀篇章，那些脍炙人口的名章隽句，直到今天还活在人们的心口中，令人百读不厌。这些优美的诗词篇章，或教人爱国家、爱民族、爱人民、爱家园，或催人励志奋进、不虚度年华，或赞美祖国的大好河山、吟咏四时风光，或揭露社会矛盾、主张公平正义，或抒发人的真挚情感、倡导人间的真善美等。在艺术性方面，不同的艺术形式，多种多样的风格，具体生动的形象，伴随着深厚的情感，浪漫恣肆的想象，精炼流畅的语言，鲜明抑扬的节奏，遂蔚成为华美的诗章，让人欣喜，让人陶醉，让人留恋，让人癫狂。

古典诗词在形式方面，有许多好的传统手法，也有不少严格的格律规则。在古代，历代诗人、词人运用和发展着这些格律规则；到今天，仍有诗人、词人借用这一形式，状物咏史、歌颂祖国、讴歌时代、抒写情怀。

二

四言诗、骚体诗、五言诗、七言诗、词、曲是我国古代重要的诗歌体裁。诗歌之所以成为诗歌，是由于它在语言文字形式上有种种不同于散文的规则，这些规则就叫作格律。没有格律不成其为诗。格律诗是中华传统诗词中最具典型意义的诗体，是中华文化瑰宝中的璀璨明珠。声韵，是格律诗的"乐谱"，它为诗词的节奏美插上了音乐的翅膀。近百年来，格律诗已从式微、曲折、复苏走向复兴，并出现了一大批格律诗大家，创作出了大量优秀的格律诗佳作。特别是近年来，继承和学习中华传统文化之风已在全国蓬勃兴起。中央电视台和许多地方电视台相继举办了以"中国诗词大会""中华好诗词"为代表的古典诗词讲座和比赛，在全国形成了"古典诗词热"。儿童唱古诗、青年读古诗、老年聊古诗的场景随处可见。然而，了解诗词格律的人却很少，这在一定程度上限制了人们对古典诗词的理解和欣赏。不论是欣赏还是写作格律诗，都应当了解并掌握一些最基本的格律知识或规则。对于中国的传统诗词来说，格律的构成取决于以下几个条件：

一是句子的长短（一句话的字数多少）；

二是一首诗或词是否限定句数、句数多少；

三是是否分段（分章、分阕）；

四是句中各字的声调平仄；

五是否讲究对仗；

六是押韵字的位置；

七是句中的节奏。

在这些方面，由于有不同的规定，就形成了不同的诗歌体裁。在格律诗的具体形式中，五言、七言律诗和绝句最具代表性。中华书局出版的《怎样用韵》里，马凯先生在"谈谈格律诗的求正容变"中，对五言、七言格律诗的"正体"归纳了五个要素。

一是篇有定句，即每首诗都有固定的句数。"绝句"四句为一首，"律诗"八句为一首。每两句为一联，上句称"出句"，下句称"对句"。

二是句有定字，即篇中每一句都有固定的字数。五言绝句和五言律诗，每句五个字；七言绝句和七言律诗，每句七个字。

三是字有定声，即句中每一字位的声调都有明确的规定。有的字位，必须是平声；有的字位，必须是仄声；有的字位可平可仄。平仄排列是有规律的：一般来说，(1) 一句中平仄相间，要力避末三字"三连平"或"三连仄"；(2) 一联间平仄相对，要力避"失对"，即避免出句与对句的节奏点平仄相同；(3) 两联间平仄相粘，即后联出句的二、四、六字与前联对句的二、四、六字要平粘平、仄粘仄，要力避"失粘"。

四是韵有定位，即每首诗必须押韵，且押韵的位置和要求是有明确规定的。逢偶句句尾要押韵（另有首句也入韵的），一般要押平声韵，要一韵到底，不能转韵，且不能有重韵字。

五是律有定对，即律诗除首尾两联可以不对仗外，中间的颔联、颈联两联的出句与对句，要讲究对仗。对仗的基本规则是出句与对句要做到：(1) 词性相同，即上句和下句中处于相同位置的词，其词类属性要相同，如名词对名词、动词对动词、形容词对形容词、虚词对虚词、联绵词对联绵词、叠字对叠字等；(2) 语法相当，即上句和下句的句法结构要一致，如主谓结构对主谓结构、偏正结构对偏正结构、动宾结构对动宾结构、并列结构对并列结构等，句子成分也要一一对应，如主语对主语、谓语对谓语、定语对定语、状语对状语、宾语对宾语等；(3) 节奏相协，即上句和下句词组单元停顿的位置（节奏点）必须一致（拿五律为例，对仗的联，如果出句的节奏点为二二一，对句的节奏点也应为二二一，如果出句的节奏点为二一二，对句的节奏点也应为二一二等）；(4) 声调相反，即上句和下句对应节奏点的用字平仄相反，节奏点之间平仄交替；(5) 语意相关，即上句和下句在表意上主题统一、内容关联，或并列关系，或正反关系，或因果关系，或延续关系等，但要避免意思重复、雷同，即要"避合掌"。

以上五个基本要素，共同构成了五言、七言格律诗质的规定性，成为其区别于其他诗体的显著特征。这些就是五言、七言格律诗的"正体"。去掉这些基本要素，即非五言、七言格律诗。通俗点说，不是每句五个字、四句一首的诗都可以叫"五绝"，不是每句七个字、八句一首的诗都可以叫"七律"。

汉字是世界上唯一的以单音、四声、独体、方块为特征的文字。汉字把字形和字义、文字与图画、语言与音乐等绝妙地结合在一起。格律诗的五个基本特征，把汉字的这些独特优势发挥得淋漓尽致，为格律诗的无比美妙和无穷魅力提供了形式上的支撑。格律诗是大美的诗体，以五言、七言格律诗为例，可以归纳出格律诗有以下五美：

一是均齐美。格律诗充分利用了汉字独体、方块的特点。在五言、七言格律诗中，每个字就像一位士兵，按照规定的行数（句）和列数（字），排列成整齐的队列和方阵，在视觉上给人以均齐的而不是散乱的美感。

二是节奏美。五言、七言格律诗，词组长短相间，声调阴阳相错，吟诵起来抑扬顿挫、和谐悦耳，给人以强烈的参差感、节奏感。

三是音乐美。格律诗最讲究声调和押韵，借助有规律的韵脚。同一韵的声音间隔出现，往复回应，悦耳动听，产生一种和谐回环的美感。

四是对称美。对称是一种高级美感。格律诗充分利用了汉字"单音""独体""方块"的独特优势，把对称融于句型、结构、音调、词意中，使对称美发挥得淋漓尽致。

五是简洁美。五言、七言格律诗，从句数看，多则八句，少则四句。即使少到四句，也符合一般作文"起承转合"的规律。从字数看，多则56个字，少则20个字。这种"苛刻"的规定，客观上要求作者必须在炼字、炼句、炼格、炼意上狠下功夫，以最简洁的语言文字描绘多彩的客观世界，表达丰富的内心情感。

总之，格律诗借助于汉字的独特优势，创造出美妙的情感表达形式。在各种诗体中能同时兼有"五美"，是格律诗独有的特点。它是先贤们在长期的诗歌创作过程中经过千锤百炼后形成的"黄金定律"，是宝贵的艺术财富。格律诗的格律是绝美的，但格律毕竟只是作诗的形式，形式是要为内容服务的。那么，为了更好地抒情达意，破点儿格，适当有些变化，是否允许呢？回答应当是肯定的。即便是在古代，不少诗词大家的许多传世名篇中，也都有破格之处。甚至有的破格之后，更是朗朗上口，易于流传，或成为千古名篇。就拿《唐诗三百首》来说，其所选的五律和五绝，破格者竟居多数。可见，即便是在格律诗的鼎盛时代，创作氛围也很宽松，或许这也正是其鼎盛的一个原因吧。那么，作为五言、七言格律诗的五大要素及其具体规则中，哪些是必须严守而一点不能改变的；哪些是可以"变格"而容许适当变通的；在允许"变格"的地方，"适当"这一"度"又如何把握呢？其基本原则是变通不能丢掉格律诗的基本属性，不能将格律诗异化为其他诗体或其他文学形式。仍以五言、七言格律诗为例，将其五项基本要素作一具体分析，可以看出：

第一项"篇有定句"和第二项"句有定字"，是格律诗之所以为格律诗的最基础的条件，是不能改变的。

第三项"字有定声"，讲的是要守"平仄律"。不讲平仄律，就不是格律诗。在平仄律中，对平仄或相间，或相对，或相粘的基本要求是应当讲究的。按照这一基本要求，并根据首句是否入韵演化出的五言、七言格律诗平仄组合的十六种基本格式也是应当遵循的。但是，在基本格式中具体某个位置的字，其平仄是否可以灵活变通，要做具体分析：有些字位的平仄绝对不能改变，如逢偶句字尾必须是平声，逢奇句字尾除首句入韵格式外必须是仄声；有些字位按规则本身就是可平可仄，如某些格式的五言诗中的一、三字，七言诗中的一、三、五字，个别字位为了更好地抒情达意，平仄可以替换，同时通过"拗救"加以弥补，使声调总体上仍保持抑扬顿挫；个别字位即使"拗救"不成，只要是好句，"破格"也是允许的。

　　第四项"韵有定位"，其具体规则，有丝毫不能改变的，也有可以适当变化的。作为格律诗是要押韵的，不押韵即非格律诗，这一点是不容变通的。押韵的基本规则也是不能变的。作为五言、七言格律诗，必须押韵。一般要押平声韵，押韵的位置不能改变，即只能是逢双句句尾押韵和个别句式的首句句尾押韵，其他奇句不得入韵，必须一韵到底，中途不能转韵，而且不能重韵。作为"韵有定位"的规则，可以适当变化的只是"韵"本身。一是不必固守"平水韵"，可以而且应当提倡新声韵。南宋时期北方金朝的山西平水（今山西省临汾市尧都区）人王文郁，著《平水新刊韵略》，把汉字划分成106个韵部。该书作于1229年之前。接着，南宋原籍山西平水人刘渊，于1252年著《壬子新刊礼部韵略》，把汉字划分成107个韵部。这两种书的韵部系统实际上是继承了唐宋的官韵系统而加以简化而成的，按照平、上、去、入四声分韵。元明清时期，正式通行的就是106韵的"平水韵"系统，通常被称作"诗韵"。平水韵因其刊行者王文郁和刘渊都是平水人而得名，其所著的书均已失传，流行的诗韵本子是明清人编的。平水韵并不是某一专书的名称，而是指所编定的这106韵的分韵系统。平水韵每个韵部包含若干字。作为律绝诗用韵，其韵脚的字必须出自同一韵部，不能错用。平水韵作为官韵，是专供科举考试之用的。尽管它和唐代用的193韵的《切韵》、宋代用的206韵的《广韵》相比，已经简化为106个韵部，但仍显烦琐。平水韵距今也有七八百年了，语音已发生了很大变化。古代的入声字在现在的日常生活中已不复存在，以北京语音为标准音的普通话成为人们交往的主导用语，并作为国家通用语言以法定形式确定下来。平仄律的韵律本来就是为了追求声调美的。今人作今诗，是写给今人看、今人听的，而不是写给古人看、古人听的。如果固守平水韵，今人读起来反而拗口，使人感觉不到和谐回环的美感，这就背离了韵律美的初衷。二是严守韵部固然好，有的邻韵通押也无妨。平水韵有106个韵部，古人作格律诗一般要求押"本韵"，否则叫"出韵"，但突破这个规定，邻韵相押的好诗也不少。中华诗词学会顺应语音的变化，以普通话为准，按韵母"同身同韵"的原则，编辑了《中华新韵（十四韵）》。它是第一部彻底使用普通话音系的韵书，完成了普通话的诗韵划分。它既继承了格律诗用韵的传统，又便于今人诗词的写作与普及，具有划时代的意义。

第五项"律有定对"，讲的是作为律诗，都要求对仗。严守对仗的五个基本规则，做到完全的"工对"当然好，但适当的"宽对"也应允许。比如，对仗要求"词性相同"的范围即可适当放宽，对于语意既要相关又要避免"合掌"的要求，也不能过于苛刻。

应当说明的是，五言、七言格律诗只是格律诗的一种类型，后来产生的词和曲，也都是格律诗的一种类型。五言、七言格律诗的句数、字数所表现的均齐美是一种美，但句数、字数长短相间、错落有致的词的参差美也是一种美，而且抒情吟唱时更灵活、更自由。词作为格律诗的一种类型，一方面，各种词牌一般都遵循了五言、七言格律诗"篇有定句、句有定字、字有定声、韵有定位、律有定对"的本质的规定性要求；另一方面，它在"五定"的具体规则上，对五言、七言格律诗又有所变化和突破，如句数不拘泥于四句、八句，字数不拘泥于五言、七言，平仄不拘泥于十六种基本格式，入韵不拘泥于平声和一韵到底，如有对仗位置也不局限于中间的两联等。这些只是不同的词牌具体规则不同罢了。总之，词这种格律形式，定中又有不定，既继承了五言、七言格律诗的长处，又比五言、七言格律诗更加灵活自由。依曲谱而填的散曲，比词又更为灵活自由，但也不失格律诗之本质的规定性。

格律诗的"变格"是有限度的。无论是五言、七言格律诗还是词和曲，如果全篇处处不顾平仄格律等的基本要求和基本格式，也就不能称为格律诗。有些人认为平仄律束缚人，太难作，应当提倡"新古体诗"，即只要做到每首诗句数或四句或八句，字数或五言或七言，基本押韵，至于平仄和对仗不必讲究。这种新古体诗作起来相对要容易得多，作为一种诗体，也有其优点，在中华诗词百花园中应有其一席之地。但应明确，不应"混名"。即这种诗体可以称为"新古体诗"或"五古""七古"，然而鉴于不讲平仄即非格律诗，这类诗尽管也是五言、七言，却不宜冠以"五律""七律""五绝""七绝"之名。同样道理，只是在字数、句数、大体押韵上符合某个词牌或曲调但不讲究平仄的作品，也不宜冠以"××词牌"或"××曲调"。从欣赏的角度来说，这些所谓的新古体诗，毕竟远不如讲究平仄、对仗的格律诗那样抑扬顿挫、和谐悦耳、美妙动听。

应当指出，诗词格律虽然比较深奥难懂，但只要是深深爱它，经过努力学习、刻苦实践，掌握它的基本知识还是可以做到的。而最难的是真正做到情真、意新、格高、味厚、意境高远。否则，即使完全符合诗词格律的"正体"，也亦非好诗词。

三

凡喜爱古典诗词的人，恐怕都有这样一种体会：当你读了大量的古典诗词，特别是读了那些传世名篇以后，你会有一种自己也想试着写一写的冲动。那么，如何进行诗词创作呢？诗圣杜甫在谈作诗时曾说："熟精文选理，应须饱经术。"这是什么意思呢？就是说，要想作好诗，须在两个方面下功夫。一是熟读《文选》，领会并掌握其中的道理，进行知识储备。《文选》即《昭明文选》，是现存最早的一部汉族诗文总集，由南朝梁武帝的长子萧统组织文人共同编选的。它选录了先秦至南朝梁代八九百年间、100多个作者、700余篇各种体裁的文学作品。因是梁代昭明太子萧统（501—531年）主持编选的，故称《昭明文选》。引申开来，不仅是熟精文选理，还要"读万卷书，行万里路"，博览群书，游历大好河山，增加学识、修养、阅历、见闻等诸方面的知识储备。二是掌握作诗填词的必要技巧，即所谓的"饱经术"，如掌握必要的诗词格律知识等。通过阅读大量的好诗好词，陶冶情操，启迪心灵，增加对古典诗词的认知，甚至捕捉创作灵感。所谓"功夫在诗外"，即在作诗之前，先要打好作诗的基础。另外，作诗填词必须有感而发，切忌无病呻吟。诗词是心之呼声。心不在焉，岂能写出好诗词？如果没有题材，没有意境，没有灵感，没有心之所动，则宁可不写。

根据笔者在写作诗词过程中的体会，在有了题材，有了灵感，有了写作意愿时，直到完成一首诗词，大概应当经过以下几个步骤：

1. 立意。即经过思考，确定主题、宗旨、诗意的过程。其意境要高远，尽量做到新、奇、巧、变。

2. 确定体裁格式。根据内容，确定用哪一种体裁格式更能较好地表现主题思想。如律诗（五律、七律），绝句（五绝、七绝），排律，古体诗（五古、七古、入律古风），词（确定词牌、词谱）等。

3. 定韵。包括选择韵书、韵部、韵目，即用什么韵。选择韵书，如写诗，是用古代的"平水韵"，还是用现代的《中华新韵（十四韵）》呢？如填词，是用清代戈载的《词林正韵》，还是用现代改编的《词韵简编》，或者就用《中华新韵（十四韵）》来填词呢？选择韵部、韵目，分平声韵、仄声韵、入声韵等。

4. 如果写律诗、绝句或排律，要确定该诗是平起式还是仄起式。因为平起式和仄起式的平仄格式是不同的。所谓的平起式和仄起式，是指一首律诗或绝句，由其首句的第二个字的平仄来定。首句第二个字是平声字则为平起式，首句第二个字是仄声字则为仄起式。

5.如果写律诗、绝句或排律，还要确定首句是否入韵。当首句入韵时，这个韵脚字可以用"邻韵"字。

6.创作。包括布局、谋篇、炼词、炼句、平仄、拗救、对仗、押韵、用典、节奏等。这里着重谈一下平仄和节奏。节奏是诗句的声律单位。不同的诗歌体裁，句中节奏可能不同。以单音、四声、独体、方块为特征的汉字为载体的汉语诗歌，都以双音节（两个字）作为一个基本的节奏单位而形成平仄的交替变换，每过两个字换一次平仄。前头两个字是平声，接下来的两个字就用仄声；反之，两个仄声字之后要跟两个平声字。但是，五言、七言的字数都是奇数，总有一个孤立的字单独成为一个节奏单位。这个独字节奏放在哪里呢？它服从于句子的节奏段。每句诗按节奏还能分出大于二字节奏的两部分，称为"节奏段"。五言诗的节奏段是上二下三，即前一段二字，后一段三字；七言诗的节奏段是上四下三，即前一段四字，后一段三字。独字节奏必定在后一段，即五言诗的第三字或第五字，七言诗的第五字或第七字。这样五言、七言近体诗句的平仄交替格式就归结为以下几种。

五言诗：甲、仄仄平平仄；乙、平平仄仄平；

丙、平平平仄仄；丁、仄仄仄平平。

七言诗：甲、平平仄仄平平仄；乙、仄仄平平仄仄平；

丙、仄仄平平平仄仄；丁、平平仄仄仄平平。

由以上的八种句式可以看到，五言诗的四种基本平仄格式是由七言诗的四种基本平仄格式将每句头两个字去掉而得到的。如果把每句诗分成两个节奏段来看，每个节奏段之内不允许有两个节奏单位连用平声或连用仄声，而必定是平仄交替的。五言、七言丙式句的后一节奏段是"平仄仄"节奏，丁式句的后一节奏段是"仄平平"节奏，其中的独字节奏不能属于前面的节奏段。五言、七言格律诗的十六种基本平仄格式（见附录一）就是由上面五言诗句的四种基本平仄格式和七言诗句的四种基本平仄格式分别组合演化而来的。词的平仄很复杂，也更严格，有和近体诗一致的地方，也有和近体诗不一样的地方，都是由词谱来限定的。词的节奏格式有相同于近体诗的地方，也有不同于近体诗的地方。一句之中以两个字作为基本的节奏单位，这和近体诗相同；而句中节奏单位的交替次序则不一定和近体诗相同。以五字句为例，五言诗句的节奏段是上二下三，小节奏单位的次序是二二一或二一二；词句的节奏段可能是上一下四、上二下三或上三下二。七言诗句的节奏段是上四下三，小节奏单位的次序是二二二一或二二一二；词里七字句的节奏段除了和诗相同的形式以外，还有上一下六、上二下五、上三下四等。写作诗词时，要充分考虑各种节奏点的韵律特征，以期达到抑扬顿挫、和谐流畅之目的。

7.修改。七步成诗古已有之，出口成章、一挥而就的也大有人在。但绝大多数的好诗好词，都是经过千锤百炼、反复修改而成的。

8.检查。一首诗或一首词写成了，要反复吟诵、反复揣摩、反复检查。如内容是否健康，立意是否正确、新颖、高远，通篇音调、节奏是否和谐、流畅，用词是否恰当、词意是否合适，以及格律、平仄、用韵、对仗是否正确等。对于格律、平仄、用韵、对仗等的检查，主要有以下几点：

（1）各句末字必须要符合平仄及押韵的规定。

（2）律诗、绝句和排律，平收的句子是否"犯孤平"。所谓"犯孤平"，即在平收的句子里，除去韵脚字为平声字以外，整个句子另外只有一个平声字。犯孤平是诗家之大忌，必须高度重视，绝对避免。（"犯孤平"主要是对七言近体诗而言，五言近体诗的"仄仄仄平平"句式则不算"犯孤平"。）

（3）平收的句子后三字要严格避免三连平（三平脚），仄收的句子后三字要尽量避免三连仄（三仄脚）。

（4）律诗、绝句和排律的每句第二字，必须符合平仄的规定，不能变；每句第四字，应当符合平仄的规定；每句第六字，尽量符合平仄的规定。这是常说的"一三五不论，二四六分明"中的"二四六分明"。"一三五不论，二四六分明"，意思是说，七言诗的第一、三、五字不必计较其平仄，而第二、四、六字的平仄必须很确定。这句话是古人对平仄规则的粗略概括，不十分确切，但大体上还是正确的。说是大体正确，即有个别不确切的地方。比如在五、七言格律诗的基本平仄格式里，七言句的第五字和第六字，五言句的第三字和第四字，如果这两个字位的平仄相反，即"平仄"或"仄平"，这两个字位的平仄可以互换，这叫"变格"，不算违反平仄格律。

（5）检查字的平仄及拗救情况。遇字拗能救当然好，如果不好救，遇到意境美、音调尚和谐时，不救也无妨，不必太拘泥。这是常说的"一三五不论，二四六分明"中的"一三五不论"。

（6）检查"粘对"关系。一联间平仄相对，要力避"失对"，即避免出句与对句的节奏点平仄相同；两联间平仄相粘，即后联出句的第二、四、六字与前联对句的第二、四、六字要平粘平、仄粘仄，要力避"失粘"。

（7）检查是否用对仗，对仗是否工整，是否犯"合掌对"。律诗和排律要用对仗，这是格律上的规定。有对仗才是合格的律诗或排律，没有对仗就不合格。律绝则不是必须有对仗，不用对仗，只要平仄合律，照样是合格的律绝。律诗的中间两联要求用对仗（颔联也有不对仗的，但颈联不能不对仗）。排律的对仗使用最多，无论它有多长，除了头一联和最末一联可以不对仗外，中间各联都要对仗。对仗是一联中对句相对于出句而言的，其基本规则是"词性相同、语法相当、节奏相协、声调相反、语意相关"。工对当然好，宽对也无妨，大致工整就可以了。过去诗家认为，对仗的大忌是"合掌对"，所以要"避合掌"。而所谓的"合掌"，可从两个方面理解：一是在一联之中，对句相对于出句，要避免意思重复、雷同；二是相对于联与联之间，对于律诗则主要是指第三联相对于第二联而言，如果其相对应的节点位置的词性、句子成分、语法结构、句子节奏等都相同，意思重复、雷同，就像两个手掌合在一起一模一样，这是不能允许的，所以要"避合掌"。现在的观点是，能避合掌当然好，但也不必过于苛求。

（8）律诗和绝句，整首诗要"避重字"。古人对律诗、绝句的用重字是有规定的。诗中除可用叠字外，只有两种情况可以用重字：一是在一句之中可以用重字，如需用对仗，必是重字对重字；二是首联或尾联的出句和对句可以用重字。除此之外，一概不能用重字，即要"避重字"。笔者的观点是，能避重字当然好，实在避不了也无大碍。

（9）格律诗要避重韵字：律诗和绝句，一首之内都不允许有重韵字。一首词内，一般也不用重韵字。

（10）检查整篇诗词作品的章法，是否符合一般作文"起、承、转、合"的规律。

9、补加注释。

以上是笔者在写作诗词过程中的一点体会，或不得要领，难登大雅之堂。

四

本诗词集共计有诗词386首，其中诗241首，词145首，按写作时间的先后顺序排列。在用韵方面，本诗词集的诗未采用古代的"平水韵"，而基本上是以现代中华诗词学会编辑的《中华新韵（十四韵）》为韵书，没有入声韵。而其中的词却是依照清代戈载编辑的《词林正韵》的十九个韵部来填词，某些词作依然使用了入声韵。《词林正韵》是将平水韵系统合并，将词韵共分为十九个韵部，其中平、上、去三声十四部，入声五部。因为词是上、去通押并且有平、上、去互押，所以将平、上、去三声归纳为韵部，而不像平水韵那样是平、上、去各自分韵。仄声字当中，入声自成一类，不和上、去声通押。词韵里入声单独成为韵部，不和平、上、去声互押。也就是说，在填词时，如果选择入声韵，那么整首词的韵脚一般应是同一入声韵部里的入声字（词的用韵较自由，有邻韵互押的现象）。

本诗词集在写作过程中，曾参考过一些有关诗词格律及用韵方面的书籍和资料，在此对各位作者和先贤们表示感谢。在前言里，借鉴了马凯先生《谈谈格律诗的"求证容变"》里的许多观点，不仅受益匪浅，且有所见略同之感，在此表示衷心的感谢。在注释部分，主要参考的资料是《中华字典》《中华词典》，以及"360百科""百度文库"等网站上的相关资料，在此一并表示感谢。

由于本人学识浅薄，其所作诗词中不当或舛谬之处定当不少，敬请各位读者及高人韵士不吝赐教！谢谢。

目 录

除夜别正定

霁色云光年夜长㊟，爆竹催趁黯神伤㊟。

荒村萧索迷天雾，野渡戚寥遍地霜㊟。

北睇恒山空寂寞，南临沱水亦彷徨㊟。

忍听古寺钟声起，落拓飘零也断肠㊟！

1.除夜别正定：农历除夕夜离别故乡正定古城。除夜，除夕夜。古城正定，地处冀中平原。北拱京师、南临滹沱、西望太行、东极沧海，历史上曾与北京、保定并称为"北方三雄镇"，素有"燕南古郡，京师屏障"之称。正定古称中山、恒山、常山、真定、恒州等，历史悠久，名胜古迹众多，文化积淀深厚，享有"古建筑宝库"之美誉，为国家级历史文化名城。正定的历史可追溯到战国时代，西汉时高祖刘邦三年内两次亲征，平定韩信余部和陈豨的叛乱后，将此地命名为"真定"，寓有真正安定之意。正定是百岁帝王赵佗的故里，三国名将、常胜将军赵云的家乡。

2.霁（jì）色云光：雨、雪后天气转晴，天空中还有许多云彩，晴色和云光交融在一起，亦晦亦明。霁色：晴色。

3.年夜：除夕夜，年关之夜。

4.爆竹催趁黯神伤：这句的意思是，除夕夜，在爆竹声的催促下，趁着朦胧的夜色离开故乡，心中依依不舍，黯然神伤。催趁：催促；趁着。南宋岳飞《登池州翠微亭》："经年尘土满征衣，特特寻芳上翠微。好山好水看不足，马蹄催趁月明归。"黯神伤：黯然神伤，心情不愉快、无精打采的样子。

5.荒村萧索迷天雾，野渡戚寥遍地霜：这两句是说，在寒风瑟瑟、爆竹声声的除夕夜离别故乡正定古城，出得城来，只见夜色苍茫，寒气凝重，大雾满天，霜华遍地，烟雾笼罩着村落和渡口，一派萧索凄凉的景象。佳节本来是亲人团聚的时刻，而我却在年关之夜离开故乡，心中无限悲凉。萧索：冷落凄凉的样子。野渡：无人管理的渡口。戚寥：寂静；忧愁；悲伤。

6.北睇（dì）恒山空寂寞，南临沱水亦彷徨：正定隆兴寺大悲阁前有两座巨大的御碑，一块是康熙御碑，一块是乾隆御碑。其中康熙御碑开头便这样写道："真定府城隆兴寺者，前临滹水，后睨恒山，城郭逶迤，林木萦带。"其意思是，站在真定府隆兴寺大悲阁上，向前看，滹沱河水正紧临着南城外缓缓向东流淌（tǎng），向后看，可以远眺北岳恒山的雄姿，城郭逶迤蜿蜒，林木茂盛萦绕。睨：远眺。"恒山：又名元岳或常山，位于山西省浑源县境内，为"五岳"之中的北岳。恒山主峰天峰岭海拔2016米，主庙北岳庙，供奉恒山神，即北岳大帝。恒山风景以地险、山雄、寺奇、泉绝称著。正定在古代曾称"恒山郡""常山郡"。寂寞：清净，无声；孤独，冷清。沱水：滹沱河，正定的母亲河，距正定城南约500米。滹沱河发源于五台山北麓的山西省繁峙县泰戏山孤山村一带，东流至河北省献县臧桥与子牙河另一支流滏阳河相汇入海。全长587公里，流域面积2.73万平方公里。河流主河道及支流沿途经过河北省正定、石家庄、无极、藁城、新乐等县（市）。滹沱河是一条古老的河，历史久远，名称多异，至晋代才定名为"滹沱河"。彷徨：也作旁皇，犹疑不定，不知往哪里去好。

7. 忍听古寺钟声起：正定多古寺庙，城内著名的大寺庙就有八座。除夕夜，古寺悠扬的钟声在夜幕里传得很远很远，让人沉醉，催人泪下。忍听：不忍听；不堪听。

8. 落拓：潦倒失意。也作落魄。

9. 断肠：形容伤心悲痛到极点。

1968年农历除夕夜于正石路上

雪天游园

玉龙战罢甲三千①，烟雾迷蒙彻骨寒②。

杨柳低垂张绣幕，苍松屹立傲霜天③。

流连曲槛迂回处，掩映亭台错落间④。

踏雪游园思往事，哪堪珠泪满衣衫⑤。

1.玉龙战罢甲三千：形容大雪。

2.迷蒙：昏暗看不分明；迷茫。如烟雨迷蒙。

3.杨柳低垂张绣幕：在烟雾的笼罩下，远远看去，低垂的柳枝像张开的幕布一样。

4.流连：也作留连。留恋，舍不得离开。如流连忘返。

5.槛：栏杆。

6.迂回：曲折；环绕。

7.掩映：彼此遮掩，互相映照、衬托。

1969年农历正月初二，独自游园遇雪，见景生情而记之。

踏雪寻梅

佳节无所处，顾影独自怜㉘。

雾重花含露，云低草带烟㉘。

寻梅探竹径，踏雪入林泉㉘。

可叹人间事，十之九不圆㉘。

1.佳节无所处，顾影独自怜：佳节独自一人，孤独无依，形影相吊，无处可去，不知道如何处置、打发自己。怜：爱；爱惜。

2.雾重花含露，云低草带烟：雪后天未放晴，雾气凝重，冻云低压，花草上带着露水，一派烟雾迷蒙的萧瑟景象。

3.可叹人间事，十之九不圆：踏雪寻梅不见，心中不免泛起丝丝惆怅。慨而叹之，人间事，不如意者十之八九，多不圆满。

1969年农历正月初四，独自踏雪寻梅不遇，怅然记之。

送友人归家省亲

君今心箭奔潇湘①，来雁峰前探故乡②。

寥廓楚天家万里，晨昏朝暮拜尊堂⑤。

1.潇湘：潇湘是湖南的代称。潇，指的是湖南省境内的潇水；湘，指的是横贯湖南的湘江。潇湘一词最早见于《山海经·中山经》："澧沅（lǐ yán）之风交潇湘之浦。"此后，潇湘一词广为流传，不断被赋予新的内容，并被作为美的象征，如用作词牌《潇湘神》、戏曲《潇湘夜雨》、琴曲《潇湘风云》等。

2.来雁峰：南岳衡山在湖南衡阳，衡山有来雁峰，大雁至此不再南飞。

3.寥廓：空阔高远。如辽阔的天空。

4.楚天：楚国的天空。湖北湖南一带为古楚国的地域。

5.尊堂：父母。

1969年2月6日凌晨于石

二次送故人归省

昔日别君满目哀㉟，今夕送尔笑颜开㉟。

渔阳千里乘风去，挚友亲朋喜在怀㉟。

父母妻儿相对坐，天伦之乐眼前来㉟。

佳节苦短归期近，弟望迎兄出月台㉟。

1. 归省：回家省亲。

2. 渔阳：河北蓟县一带古代称渔阳。

3. 天伦：旧指父母、子女、兄弟间的关系。

1969年2月7日凌晨于石

回乡遇雪

冻云浓雾暗山川⊛，混沌迷蒙地与天⊛。

萧索荒村横远近，寂寥古寺对愁眠⊛。

寒鸦数点沙洲上，鸿雁一行碧落间⊛。

瑞雪飘飘归故里，乡关何日兆丰年⊛?

1. 冻云浓雾暗山川，混沌迷蒙地与天：天色阴沉，冻云低压，大雾弥漫，寒流涌动，天地间混沌迷蒙，山川景物昏暗凝滞，大地一片苍茫。冻云：阴雨天，乌云密布，厚厚的云层像是被冻住似的重重地压向地面，故称冻云。混沌：中国古代传说中指天体未形成以前模糊一团的景象，在这里是指模糊迷茫，看不清楚。这两句是说自己在一个阴云密布、大雾漫天的日子回乡探望，心情和这阴暗的天色一样很不好。

2. 萧索荒村横远近，寂寥古寺对愁眠：在苍茫的天底下，萧条荒凉的村落或远或近杂乱地横陈着，寂静冷落的古寺也了无生气，像是在发愁，又像是在沉睡。萧索：冷落凄凉的样子。横：在这里是纵横杂乱的意思。寂寥：寂静空旷；冷落萧条。这两句与下面两句，都是写在回乡的路上所看到的景象。

3. 碧落：天空。

4. 乡关：故乡；家乡。

5. 兆：预示。如瑞雪兆丰年。

1969年孟春于正石路上

月　夜

月移花影洒窗前[韵]，轻雾流光夜未眠[韵]。

夙愿难酬魂梦里，长空雁叫叹余年[韵]。

1. 夙愿：素有的、一向怀着的愿望，也作宿愿。

2. 酬：实现。

1969年3月10日夜无寐，凌晨4时于石

过滹沱

黄流滚滚连天[2]，暮霭沉沉紫烟[3]。

回望故乡萧索，寒鸦撒落林间[4]。

1.滹沱：滹沱河，正定的母亲河，距正定城南约五百米。

2.黄流滚滚连天：携带着泥沙而泛着黄色的滹沱河水翻滚着向东奔流而去，远远望去，水天相连，茫然无际。

3.暮霭沉沉紫烟：河面上烟雾飘渺，在落日余晖的映衬下闪耀着紫色的光芒。暮霭：傍晚的云雾。沉沉：形容低沉，如暮气沉沉。

4.萧索：冷落凄凉的样子。

1969年暮春于滹沱桥上

题故乡

乡关何处是，城阙叹巍峨①。

燕赵沧桑变，滹沱风雨多②。

青烟萦古寺，紫气绕佛陀③④⑤。

历尽劫波后，民安众望和。

1.城阙叹巍峨：这里用来形容正定城雄伟壮观、其势巍峨。城阙：城门两边的望楼，代指城池。巍峨：形容山或建筑物的高峻。

2.燕（yān）赵沧桑变，滹沱风雨多：这两句的意思是，正定古城经历了许多风雨，发生了翻天覆地的变化。燕赵和滹沱在这里都是代指正定。燕赵：战国时的燕国和赵国，地处现在的河北和山西一带。正定地处古燕赵之交界处。沧桑：沧海桑田的略语，比喻世事变化很大。

3.萦：缠绕。

4.紫气：紫色之气，祥瑞之气，寓意吉祥的征兆。

5.佛陀：梵语音译词。觉悟者，是佛教徒对释迦牟尼的尊称。这里的佛陀是指正定隆兴寺大悲阁内的铜铸大佛。大悲阁，正定隆兴寺内的主建筑。宋初，太祖赵匡胤敕令在龙藏寺（清康熙四十八年，改龙藏寺为隆兴寺，俗称大佛寺）。内铸造铜佛，并盖大悲阁。大悲阁内供奉的铜佛全称"千手千眼观世音菩萨"，高22.28米。铜佛金身修长，比例匀称，铸有42臂，姿势各不相同，神态恬静端庄。这尊室内铜佛千百年来一直是中国最高大的铜铸佛教造像，直到1914年西藏扎什伦布寺建造了总高26.2米的铜铸弥勒佛像，她才让出了中国最高大铜佛的位置。

1969年暮春于石

月下题

明月出东海，光华映碧霄①。

悲风摧玉树，野火炙心苗②③。

塞北愁云起，江南草木凋。

应怜时运蹇④，人事漫戚寥⑤⑥！

1.碧霄：青蓝色的天空。

2.炙：烤。

3.心苗：心，内心；心意，心思；心声。元代白朴《梧桐雨》第四折："氤氲篆烟袅，昏惨刺银灯照。玉漏迢迢，才是初更报。暗觑清宵，盼梦里他来到。却不道口是心苗，不住的频频叫。"明代杨珽《龙膏记·巧遘》："镇日系心苗。忆飞琼下碧霄，怕愁多瘦损如花貌。"

4.蹇（jiǎn）：不顺利。如：命运多蹇。

5.漫：到处都是；遍；广阔；长。

6.戚寥：忧愁，悲伤；孤独，空虚。

1970年元月21日（农历己酉年腊月十四日）夜于石

咏 梅

风吹花信但为先①，霜雪凌逼自俏然②。

蕊艳香浮娇欲吐，笑迎春色满人间③。

1.花信：花开的节令、时令。即风报花之消息，以花作为标志的花期，亦称"花信风"。风应花期，便产生了"二十四番花信风"的节令用语。它亦是我国表示气候变换的词语。《内经》："五日谓之候，三候谓之气。"根据农历节气，每年从小寒到谷雨，共八气。每气十五天，一气又分三候，每五天一候。八气共是二十四候，每一候应一种花信。二十四候便成了二十四种花期的代表。梅花凌寒傲雪，为"二十四番花信"之首。

2.风吹花信但为先：梅花为"二十四番花信"之首的意思。但：只；仅。先：为首意。

3.吐（tǔ）：生出；露出。

1970年元月26日夜于石

梦　惊

漏声迢递客忧频㊟，愁绪翩翩别梦真㊟。

明月照人思往事，夜风拂帐动离魂㊟。

一番萧索迎元日，几度戚寥到孟春㊟。

惆怅浮生哪堪问，恰闻孤雁泪沾巾㊟。

1.漏声迢递：漏，沙漏，玉漏，古代计时器。迢递，绵长缭绕的样子。漏声迢递，指钟表的嘀嗒声绵长缭绕。

2.客忧：游子思乡的忧愁。

3.别梦：离别的梦境。

4.元日：元旦，这里指的是春节。

5.孟春：古人把一个季度的三个月分别叫做孟、仲、季，孟春即春天的第一个月，即初春。

6.惆怅：伤感；失意。

7.浮生：人生，漂泊不定的人生。

1970年孟春于石

正石路上遇故友

数年无问讯，大道偶相逢㊟。

稚气消磨尽，沧桑阅历襛㊟。

昔当形影伴，今叹水萍踪㊟。

挥手自兹去，凄凄亦动容㊟。

1.沧桑：沧海桑田的略称，比喻世事变迁，世事无常，世事变化很大。这里是阅尽沧桑、阅尽人间百态的意思。

2.襛（nóng）：形容衣服多、厚，引申为丰富多彩。这里用丰富、深厚意。

3.挥手自兹去：在这里各自挥手道别。兹：指示代词。这；此；现在。

4.凄凄：寒冷；冷清；悲伤。如风雨凄凄；凄然。

1970年春于正石路上

月夜弄笛

春风拂煦夜阑珊①，幽咽笛声四野传②。

无限哀愁何限恨，哪堪明月照无眠③。

1.拂煦（xù）：风吹来温暖。如微风拂煦。

2.阑珊：将尽；衰落。如春意阑珊，意兴阑珊。

1970年暮春月夜于石

感　怀

人生谁料如梦中⑧，但死方知万事空⑧。

五帝三皇随逝水，唐宗宋祖伴秋风⑧。

黄钟毁弃龙章退，瓦釜雷鸣鼠目雄⑧。

肯借灵槎篷丈去，诗书丛里乐无穷⑧。

1.三皇五帝：三皇五帝是中国在夏朝以前出现在传说中的"帝王"。具体三皇是谁，五帝是谁，存在多种说法。无论是史书还是神话传说，基本上都认为三皇时代距今久远，或在四五千年至七八千年以前的年代；而五帝时代则距夏朝不远，约在4000多年前。

三皇：三皇是上古的伏羲氏、女娲氏、神农氏。而《古微书》则认为三皇是伏羲、神农、黄帝。

五帝：主要的说法有以下几种：

(1)《大戴礼记》：黄帝、颛顼（zhuān xū）、帝喾（kù）、尧、舜。

(2)《资治通鉴外纪》：黄帝、少昊、颛顼、帝喾、尧。

(3)《尚书序》：少昊、颛顼、帝喾、尧、舜。

(4)另外还有五方上帝说：黄帝（轩辕）、青帝（伏羲）、赤帝又叫炎帝（神农）、白帝（少昊）、黑帝（颛顼）。

总之，三皇五帝指的是上古帝王。

2.唐宗宋祖：唐太宗李世民，宋太祖赵匡胤，代指历代帝王。

3.五帝三皇随逝水，唐宗宋祖伴秋风：上古帝王们都随着东流的逝水消失得无影无踪了；唐宗宋祖如果灵魂有知，也只能静静地躺在坟墓里仰望着苍天，听着萧瑟的秋风，无可奈何。

4.黄钟毁弃龙章退，瓦釜雷鸣鼠目雄：黄钟毁弃，瓦釜雷鸣。黄钟被砸烂并被抛置一边，而把泥制的锅敲得很响，比喻有才德的人遭受打击或被摈（bìn）弃，而无才德的平庸之辈却居于高位。此句出自战国时楚国屈原《楚辞·卜居》："世溷（hùn）浊而不清，蝉翼为重，千钧为轻；黄钟毁弃，瓦釜雷鸣；谗人高张，贤士无名。"龙章，鼠目："龙章凤姿士"和"獐头鼠目子"的缩语。《旧唐书·李揆（kuí）传》："龙章凤姿士不见用，獐头鼠目子乃求官。"雄：英雄，在这里是称雄之意。

5. 灵槎：槎，木筏。灵槎，仙槎，仙人乘坐的木筏。

6. 蓬丈：传说中的海上三神山：蓬莱、方丈、瀛洲，代指神仙居住的地方。

1970 年秋日于石

读胞妹书伤怀十四韵

人事多坎坷，骨肉如参商。

尺素收眼底，未解先彷徨。

孩提遭忧患，父母叹双亡。

贫寒犹如洗，未识绮罗香。

求学已无路，离家赴他乡。

一别近五载，重归旧时房。

悬悬春日短，耽耽秋梦长。

泪向枕边洒，花自镜里伤。

借问凄凉事，相煎何太忙？

每思心欲裂，珠泪满衣裳。

愧忝兄长列，无以相扶将。

念念手足义，耿耿热衷肠。

惟愿同胞妹，切切自珍芳。

请看三五月，千里共蟾光！

1. 参（shēn）商：星名，参星和商星。参和商都是二十八宿（xiù）之一，两者不同时在天空中出现，比喻亲友不能会面。

2. 尺素：书信。

3. 孩提：幼儿，这里指幼年时期。

4. 悬悬：遥远；惦念；心情不安。

（1）遥远。

唐代李白《清平乐》词："烟深水阔，音信无由达，惟有碧天云外月，偏照悬悬离别。"

（2）惦念。

汉代蔡琰《胡笳十八拍》："身归国兮儿莫知随，心悬悬兮长如饥。"

（3）心情不安。

巴金《灭亡》第八章："但听见了门铃声，知道她们已经来了之后，我心里又是悬悬的，怕见她们了。"

5.耽（dān）耽：形容眼睛注视，借指夜不能寐。

6.忝（tiǎn）：谦辞，表示辱没他人，自己有愧。如忝列门墙（愧在师门）；忝在相知之列。

7.扶将（jiāng）：帮扶，关怀，照顾。

8.耿耿：心里总想着。

9.三五月：农历十五的月亮，又大、又圆、又亮，代指团圆。

10.蟾光：月光，这里借指骨肉牵挂，共祈平安。

1973年3月22日于井陉

清平乐

伤春归兼怀故乡

残红无数㉟，春去无行路㉟。

杜宇啼春春已暮㉟，紫燕黄莺何处㉟？

凭高遥望穹苍㉟，雾城烟柳茫茫㉟。

最忆滹沱漫漫，愁思欲断人肠㉟！

1.杜宇啼春：相传古蜀帝杜宇，号望帝，勤政爱民。他的最大功绩是"教民务农"，以致他仙去后化为杜鹃鸟，每到春天来临便啼叫不止，催民春耕春种，以致啼出血来，故有"杜宇留春""杜宇啼春"或"啼血留春"之说。

2.凭高：登高。

3.穹（qióng）苍：即苍穹，天空。

4.茫茫：形容辽阔无边，看不清楚。如茫茫大海，茫茫草原。

5.漫漫：形容空间广远无际，时间长久。如漫漫白雪，一望无际。漫漫岁月。

1973年暮春于井陉

忆秦娥

绵 河

斜阳暮㉑，绵河脉脉绵流处㉒。

绵流处㉒，佳期如梦，绿波桥堍㉓。

记得月老初相顾㉔，蟾光曾照春风路㉕。

春风路㉕，鲜花似锦，暗香无数㉖。

1.绵河：古称绵延水，在河北省井陉县境内。韩信指挥的中国历史上著名的以少胜多的战役"背水之战"即发生在绵延水。

2.脉（mò）脉：原指凝视，后来多用于形容深含感情的样子。如含情脉脉。

3.桥堍（tù）：桥两头靠近平地的地方。

4.月老：月下老人，神话中掌管人间爱情和婚姻之神。

5.蟾光：月光。神话传说月宫里有玉兔和金蟾，故用蟾光代指月亮或月光。

1973年秋夜于井陉微水镇

21

夜雨寄言

碧纱窗外雨霏霏①，夜静更深待漏催②。

别绪缠绵愁不断，离怀悱恻梦萦回③④。

忍听孤雁云中叫，却羡双蝶花上飞。

自古多情堪寂寞，冰心一片月当媒⑤。

1.雨霏霏：雨下得很大。霏霏：（雨、雪、烟、云等）很盛的样子。

2.漏：漏壶的简称，玉漏、沙漏，古代计时器，这里借指时刻。如漏尽更深。

3.悱恻（fěi cè）：形容忧思抑郁。

4.萦回：盘旋往复。

5.冰心：借指坚贞、纯洁的心灵。

1974年6月6日夜

时为河北日报采风，写于宁晋县府招待所

西江月

秋 夕

一派秋光秋色，几番玉露金声㊟。

流萤缥缈看飞灯㊟，恰似朦胧幻境㊟。

云海托出明月，甘霖打叶声轻㊟。

佳期如梦水如情㊟，是去是留难定㊟。

1.玉露金声：秋露、秋声。金声：秋天自然界发出的声响，如风声、雨声、风吹动枝叶的沙沙声、落叶声、秋虫的鸣叫声等。

2.流萤缥缈看飞灯：在沉沉的秋夜，漫山遍野到处都是若隐若现的流萤在飞动，好像是无数的小灯笼在夜空中流动，忽明忽暗，勾起人无限的遐（xiá）想。缥缈：也做飘渺，形容隐隐约约，若隐若现，若有若无。如虚无缥缈，云雾飘渺。飞灯：流萤在夜空中飞动，像是会飞的小灯笼在流动。

3.朦胧幻境：模糊不清、虚幻的境界。

4.甘霖：指久旱以后所下的雨，及时雨，这里指细雨。

1974年9月12日晚于井陉

西江月

清明感怀

一霎清明细雨，略添几许春寒[韵]。
轻风拂柳玉楼前[韵]，曾把桃花吹绽[韵]。

人世聚别难定，梦回珠泪阑干[韵]。
杜鹃饮恨泣苍天[韵]，啼血声摧肠断[韵]!

1. 一霎（shà）：霎时。极短的时间；忽然之间。

2. 阑干：纵横交错；参差错落。如星斗阑干。

3. 杜鹃啼血：相传古蜀帝杜宇，号望帝。在亡国后死去，其魂化为“子规”，即杜鹃鸟。他死后化为杜鹃鸟仍对故国念念不忘，每每深夜时在山中哀啼，其声悲切，以至于泪尽啼血。而啼出的血，便化成了杜鹃花。“杜鹃啼血”比喻哀伤至极。又因杜鹃鸟的啼声似“不如归去”，后多用“不如归去”为思归或催人返乡之词。另一说，古蜀帝杜宇，勤政爱民。杜宇的最大功绩是“教民务农”，以致他仙去后化为杜鹃鸟，每到春天来临便啼叫不止，催民春耕春种，以致啼出血来，故又有“杜宇留春”“啼血留春”之说。唐朝诗人李商隐在他的《锦瑟》诗中写道：“锦瑟无端五十弦，一弦一柱思华年。庄生晓梦迷蝴蝶，望帝春心托杜鹃。沧海月明珠有泪，蓝田日暖玉生烟。此情可待成追忆，只是当时已惘然。”

1975年清明于井陉

水调歌头

自 勉

久有凌云志，夜半啸长空①。

常怀赤子心愿、华夏盼兴隆②。

掬尽满腔碧血，挥洒经纶才略，大海缚蛟龙③。

驾鹤名山去，谈笑却从容④。

为人者，应发奋，莫蒙慵⑤。

磻溪未遇、文王夙夜梦飞熊⑥。

堪羡隆中居士，算定三分天下，智量傲苍穹⑦。

泥陷金盆紫，珠卧玉函中⑧。

1.夜半啸长空：用来形容有才能、有抱负之人，在抱负不得实现时抒发郁闷心情而又略带自嘲的情感。这是一种情感的宣泄，是壮志豪情的宣泄，是悲痛欲绝的宣泄。《三国志》记载诸葛亮："亮躬耕陇亩，好为梁父吟"，"每自比於管仲、乐毅"，"常抱膝长啸"。辛弃疾的《霜天晓角·赤壁》里写道："雪堂迁客，不得文章力。赋写曹刘兴废，千古事，泯陈迹。望中矶岸赤，直下江涛白。半夜一声长啸，悲天地，为予窄。"另，史书上记载王阳明在军中炼气导致夜半长啸，"声震三军而绵延竟夜"。

2.赤子：初生的婴儿，比喻真诚、忠贞、纯洁、无私。

3.掬（jū）：两手捧起。

4.碧血：传说周敬王时大臣刘文公的所属大夫苌（cháng）弘，因忠于刘氏，在蜀被人所杀。《庄子·外物》说他的血三年后化为碧玉，后来常用碧血形容为正义事业而流的鲜血。碧血丹心常连用。

5.挥洒：挥笔洒墨，多指写字作画运笔自如。在这里是指潇洒自如地施展自己的抱负和才能。

6.经纶（guān）：意为筹划。（1）整理丝缕、理出丝绪和编丝成绳，统称经纶，引申为筹划国家大事，治理国家。（2）指治理国家的抱负和才能。如宋朝秦观《滕达道挽词》："经纶未了埋黄土，精爽还应属斗牛。"

7.驾鹤：成仙、出世，这里是功成身退之意。

8.蒙慵（yōng）：愚昧；懒惰。蒙：蒙昧；愚昧。慵：懒惰。

9.磻溪未遇、文王凤夜梦飞熊：磻溪，在陕西宝鸡县东南。姜尚，字子牙，周朝的开国功臣。姜子牙未遇周文王时，怀才不遇、穷困潦倒，在渭水的磻溪隐居垂钓。文王求贤若渴，夜梦飞熊而在磻溪遇姜子牙。姜子牙辅佐文王、武王父子灭商，成就周家八百年天下。

10.隆中居士：诸葛亮未出世时，隐居襄阳古隆中。刘备三顾茅庐，请诸葛亮出山辅佐。遂据蜀汉，而与曹魏、孙吴成鼎足之势，史称三国。

11.智量：智慧；胆量；肚量。

12.苍穹：天空。

13.泥陷金盆紫，珠卧玉函中：木椟（dú）藏有夜明珠，淤泥陷着紫金盆，喻埋没人才或怀才不遇。函：匣子；封套。

1976年暮春于井陉

醉花阴

归　思

苦雨凄风吹不尽，已是中秋近。

碧海又青天，冷落姮娥，寂寞何人问。

欲倩征鸿传玉信，但诉别离恨。

向晚弄羌笛，一片归思，谁解其中韵！

1.姮（héng）娥：嫦娥。

2.倩：请人代替自己做。如倩人执笔。

3.征鸿：远飞的大雁。

4.玉信：好消息。信：消息；信件。

1976 年中秋前三日夜于邯郸

27

登丛台

赫赫丛台久有名②，千年胜迹自峥嵘③。

满园奇葩争娇艳，侵径芳华照眼明⑤。

碑断碣残怀远古，时乖运蹇叹今生⑥。

秋风不解游人意，吹送离愁别样情⑤。

1.丛台：相传是战国时期赵国赵武灵王建的观看军事演练和歌舞表演的高台，所以又称"武灵丛台"，距今已有2300多年的历史。据唐代颜师古著《汉书》记载：因楼台众多，"连聚非一，故名丛台"。时载，当时台上有天桥、雪洞、花苑、妆阁等景，结构奇特，装饰美妙，名扬列国。现台上存有武灵旧馆、回澜亭、据胜亭及诸多历史人物碑刻。丛台是古城邯郸的象征。

2.赫赫：显耀、盛大的样子。

3.峥嵘：（1）高峻。（2）比喻才气、品格等超越寻常；不平凡。如峥嵘岁月；头角峥嵘。

4.葩：花。

5.侵径芳华照眼明：花草生长的很茂盛，有的已经蔓延到了小路上，繁花似锦，映照着人的眼睛。侵：侵占；蔓延。芳华：花，引申为花草树木。照眼明：看到美好的东西而眼睛放光。

6.碑断碣残怀远古：看到古丛台上的断碑残碣，那上面所记述的都是在遥远的战国时代古赵国的英烈先贤们的忠烈事迹，令人追慕和钦佩。在邯郸丛台公园内古丛台北侧，有为战国时期赵国七贤而建的"七贤祠"。七贤祠始建于明万历年间，原为"三忠祠"和"四贤祠"。三忠即救赵氏孤儿的韩厥、程婴、公孙杵臼；四贤为廉颇、蔺相如、赵奢、李牧。七贤祠内是七贤的彩塑及人物简介，两侧墙壁上是家喻户晓的七贤事迹，如韩厥、程婴、公孙杵臼的三忠舍身救"赵氏孤儿"，廉颇、蔺相如的"完璧归赵""负荆请罪""将相和"，赵奢的"秉公执法"，李牧的"抗击匈奴、守御北疆"等。另外，在丛台的城墙上还有几通残缺的石碑，记载着赵武灵王的"胡服骑射"和赵国七贤的英烈事迹。

7.时乖运蹇：时运不济，命运乖蹇。乖：违背；抵触。蹇：迟钝；不顺利。

8.秋风不解游人意，吹送离愁别样情：秋风阵阵，愁绪满怀。是秋风把离愁送来了吗？其实秋风并不解人意，只是自己触景生情而已。游人：指自己。离愁：离别的忧愁。余此时在邯郸马头电厂工作，与妻儿不在一起，故称离愁。

1976年暮秋于邯郸古丛台

月夜思

月明星烂漫，无寐正戚戚①。

思念君劳累，担忧儿夜啼②。

家贫欢乐少，运蹇苦寒逼③。

笑对凄凉事，真情永不移④。

1.戚戚：忧愁；悲哀。

2.运蹇 (jiǎn)：命运乖蹇，时运不济。蹇：不顺利。

1977年4月9日深夜于邯郸

满江红

虚度光阴

余1965年参加工作，至今已十有二载。因追念这段时事，戏作。

虚度光阴，春去也、韶华将息①。

不忍见、五分花甲，怅怀畴昔②。

运蹇时乖岂认命，炎凉温饱何人恤③？

更哪堪、孤雁唳长空，西风急④。

思往事，愁如织⑤；抬望眼，秋无际⑥。

正关河露冷、草衰蛩泣⑤。

镜里霜华潜入鬓，心中块垒空怀璧⑥。

莫等闲、只待好风吹，腾鹏翼⑩。

1. 春去也、韶华将息：青春去了，美好的年华就要失去了。春：青春。韶华：美丽的春光，比喻美好的青春年华。

2. 花甲：古代纪年的方式。用十天干和十二地支相配以纪年，六十年一循环，称为一个花甲。五分花甲，指五分之一花甲为十二年。古代也称十二年为一纪。

3. 怅怀畴（chóu）昔：回想过去，因不如意而让人感到不高兴、不痛快，惆怅惋惜。畴昔：过去，从前。

4. 更哪堪、孤雁唳（lì）长空，西风急：正在慨叹自己命运乖蹇，时运不济之时，在萧瑟的秋风中，却传来了天空中孤雁凄厉的叫声，更使人感到凄凉、孤独和无助。唳：本指鹤叫，在这里就是指叫，凄厉的叫声。

5. 正关河露冷，草衰蛩（qióng）泣：喻世路艰难，人生凄凉。关河：山河；关隘（ài），泛指一切地方。蛩泣：秋末蟋蟀凄凉的鸣叫声。蛩：蟋蟀。

6.霜华：斑白的头发。

7.块垒：比喻郁积在内心的忧愁或气愤。

8.怀璧：比喻怀才。璧：璧玉；美玉；宝物。有一个典故叫"怀璧其罪"，其意思是因身藏璧玉而获罪。原指钱财能招来祸患，后也比喻因有才能而遭到别人嫉害。《左传·桓公十年》："初，虞叔有玉，虞公求之。弗（fú）献，既而悔之，曰：'周谚有之：匹夫无罪，怀璧其罪。吾焉用此，其以贾（gǔ）害也。'乃献。"

9.腾鹏翼：大鹏展翅高飞，比喻施展才能抱负。

1977年暮秋于邯郸

奉和忆故人

——感王福生信中诗句奉和而作

读罢华章思念深①，感君故谊手足亲①。

关河隔阻常相忆，海角天涯若比邻①。

曾为震灾耽噩梦，望穿青鸟报平音①。

何当对酒团圞坐，却话当年聚首人①。

1. 华章:华美的诗文，这里代指书信。

2. 震灾：指1976年唐山大地震。

3. 青鸟：又称青雀，传说中作为西王母信使的鸟，曾在西王母和汉武帝之间传递信息。西王母有三只青鸟，故又称三鸟，一只被遣为信使，另外两只服侍在身旁。传说青鸟是凤凰的祖先。有人说，红嘴蓝鹊即中国神话传说中的青鸟。

4. 何当对酒团圞（luán）坐，却话当年聚首人：什么时候能再相见，围坐在一起饮酒聊天，谈论过去，询问昔日在一起的同事、朋友们的情况呢？团圞：团圆。

1977年10月24日于邯郸

破阵子

八亿神州

八亿神州才俊，多娇万里山河。

四化驰骋开拓路，民主初萌骏马多。

奔腾逐浪波。

塞北江南捷报，长城内外欢歌。

虎跃龙腾齐奋起，燕舞莺歌弄婆娑。

民安众望和。

此为写在贺新年板报上的词

1977 年 12 月 29 日于邯郸

虞美人

元 旦

人言瑞雪新年好❶，惆怅知多少❶?

异乡除夜正西风❷，吹断相思无限梦魂中❷。

离情最使人憔悴❷，满眼辛酸泪❷。

愿儿无恙子无忧❸，试倩素娥传语到恒州❻。

1. 惆怅：伤感；失意。

2. 除夜：除夕之夜。

3. 子：代指妻子。

4. 倩：请人代做某事。如倩人代笔。

5. 素娥：司冰霜之神。

6. 恒州：故乡正定之古称，此处代指妻儿所居之邢台。

1978年元旦于邯郸

立 春

春回大地美韶光㊀，万物勃发竟向阳㊀。

吹柳和风弄金线，点花细雨缀红装㊀。

漫山遍野葱茏碧㊀，倒海翻江气势狂㊀。

亿万黎元齐奋起，举国上下望腾翔㊀。

1. 韶光：美好的春光。

2. 葱茏：草木茂盛的样子。

3. 漫山遍野葱茏碧，倒海翻江气势狂：这两句形容国家一派欣欣向荣、兴旺发达的盛世景象。

4. 黎元：黎民、百姓。

5. 腾翔：腾飞。

1978 年 2 月 4 日立春于邯郸

清平乐

东风过处

东风过处[韵]，暖万家千户[韵]。
傲雪寒梅香蕊吐[韵]，俏里报春已顾[韵]。

年来治国抓纲[韵]，繁荣百业千行[韵]。
四化高歌猛进，喜迎国富民强[韵]。

此为写在迎春板报上的词

1978年2月4日立春于邯郸

浪淘沙

伤 春

玉碎舞翩跹①，烟锁春寒②。

爆竹声里又一年③。

独在异乡为异客，此恨绵绵④。

美酒惹人怜③，且自贪欢③。

余生难有片时闲④。

落拓半生家何在，珠泪阑干③。

1.玉碎舞翩跹（piān xiān）：形容雪花飞舞。玉碎：用以形容雪。翩跹：形容轻快地跳舞。

2.烟锁春寒：烟雾笼罩，春寒料峭。

3.怜：爱，爱怜；怜悯，怜惜。

4.余生：我这一生。余：文言人称代词，我。

5.落拓：潦倒失意；豪迈，不拘束。这里用潦倒意。

6.阑干：纵横交错；参差错落。

1978年2月7日春节于邯郸

江城子

死生漠漠

农历丙午年（公历一九七八年）三月六日先妣忌辰有感。

死生漠漠二十年㊀。苦无边㊁，夜无眠㊂。

万里星光，幽梦几回还㊃。

迢递漏声思念远，情切切，意绵绵㊄。

苍茫世海客愁缠㊅。月光寒㊆，照坟前㊇。

为问春风，何日到乡关㊈?

唯恨泉台无去路，心欲碎，泪阑干㊉。

1.迢递漏声：迢递，绵长缭绕的样子。漏，沙漏，玉漏，古代计时器。迢递漏声，指钟表的嘀嗒声绵长缭绕，使人夜不能寐。

2.苍茫：空阔辽远；没有边际。

3.客愁：旅客游子的哀愁。

4.泉台：黄泉，阴间，冥界，阴曹地府。

5.阑干：纵横错落。

1978年季春于邯郸

沁园春

梦

　　一九七八年中秋之夜，得异梦于古赵都邯郸南郊。梦中，星空万里，月光如水，微风吹拂，秋虫鸣奏。余至一荒废庭院，园中鲜花盛开，百草繁茂，时有狐兔鸡雉等禽兽出没于花草丛中。有泉名"福至"，从假山上喷出，泻琼吐玉。有古藤曰"云藤"，盘绕于一高大古乔木之上，树不知其名何，树干粗可两人合抱，直上云天，翠盖遮蔽天空数十米，有相思鸟鸣于其上。此鸟长约四寸许，羽衣华丽，绿背、蓝尾、黄颏、橙腹、彩翅、红喙（hui），姿态优美、鸣声悦耳，雌雄形影不离，双栖双飞，鸣叫应答，令人感叹。顺小径寻芳，过一月洞门，猛见一幢古色古香的小楼，玲珑别致，古朴典雅，竹影婆娑，幽邃（sui）宁静，掩映于树木花丛间。轩窗下，故友含笑相迎，倾诉别离。梦觉，惆怅不已，不知其身在何处。黄粱梦传奇一事即发生在古邯郸北郊之临铭关，"黄粱梦"之名则由此而来，地名今尚在。余今得此异梦，何其相似也！感之，念之，得此《沁园春》以记之。

万里星空，桂魄流光，飒飒西风。

是谁家庭院，杳无人迹；玄狐紫兔，偶见行踪。

漫漫烟萝，淙淙泉水，碧草如茵花自红。

对明月，问身来何处，疑怪瀛蓬。

芳心暂寄花丛。

做洗却、凡尘自在翁。

借断弦琴瑟，重弹余韵；阳关唱罢，难尽离衷。

海角天涯，欲穿望眼，苦辣酸甜情更浓。

空惆怅，叹人生往事，泪洒苍穹！

1.桂魄：月亮，月光。

2.飒（sà）飒：形容风雨声。

3.杳（yǎo）：远得不见踪影。

4.漫漫：长而无边的样子。

5.烟萝：草树茂密，烟聚萝缠，谓之"烟萝"。萝：藤萝；女萝。藤蔓植物。

6.淙（cóng）淙：象声词，流水的声音。

7.茵：垫子或褥子。

8.瀛（yíng）蓬：瀛，瀛洲。蓬，蓬莱。传说中的海上三神山，蓬莱、方丈、瀛洲。泛指神仙居住的地方。

9.琴瑟：琴和瑟两种乐器一起合奏，声音和谐，用来比喻融洽的感情（多用于夫妇）。如琴瑟和谐。

10.阳关：阳关曲，即《阳关三叠》，古琴曲名。因唐代王维的《送元二使安西》诗中"西出阳关无故人"句而得名。该诗又名《渭城曲》："渭城朝雨浥（yì）轻尘，客舍青青柳色新。劝君更尽一杯酒，西出阳关无故人。"是历来著名的送别曲。另，宋朝苏轼亦有《阳关曲》词。

11.海角天涯：天涯海角。形容极远的地方或彼此之间相隔极远。地名"天涯海角"在海南岛三亚市南端南海边。

12.苍穹：天空。

1978年中秋之夜记梦于邯郸南郊

唐多令

夺 电

云海锁千山⊛，狂风刺骨寒⊛。

雪茫茫、遮地迷天⊛。

万物镶银琼世界，迎晓日，叹婵娟⊛。

夺电战犹酣⊛，雄心壮志篇⊛。

傲冰霜、奋勇当先⊛。

喜看机组发电后，同庆贺，尽开颜⊛。

1.婵娟：（姿态）美好，指月亮。

1978年12月24日于邯郸

骨肉分拆

一九七九年元旦，中美关系正常化，同时发表全国人大常委会告台湾同胞书，台湾回归祖国已提到具体日程上来。回想起来，与长兄已分离三十余年矣。感此，得七律一首。

骨肉分拆数有年㊀，黍离音杳望云烟㊁。

一峡隔阻亲情断，两岸寇仇戒备严㊂。

日月潭风吹大陆，岱宗曦照映台湾㊃。

沧桑世海人间道，兄弟相逢盼梦圆㊄。

1. 数（shuò）：屡次，代指数量多，时间长。

2. 黍（shǔ）离：黍离之悲，指对国家残破、今不如昔的哀叹；也指国破家亡之痛。

《诗经》"王风"，历来被视为是悲悼故国的代表作。说的是两千多年前的一个夏天，周大夫行役路过镐（háo）京，看到埋没在荒草中的旧时宗周的宗庙遗址，有感于周室的衰亡，悲伤而作《黍离》。它描述了当一个人看到心中神圣的殿堂坍塌而埋没于禾苗荒草之中时的悲哀心情。这首诗两千年来不断被传唱着，以至于人们把发自心底的、失落的悲哀称作"黍离之悲"。

《黍离》全文：

彼黍离离，彼稷（jì）之苗。行迈靡（mí）靡，中心摇摇。知我者谓我心忧，不知我者，谓我何求。悠悠苍天，此何人哉。（一章）彼黍离离，彼稷之穗。行迈靡靡，中心如醉。知我者谓我心忧，不知我者，谓我何求。悠悠苍天，此何人哉。（二章）彼黍离离，彼稷之实。行迈靡靡，中心如噎（yē）。知我者谓我心忧，不知我者，谓我何求。悠悠苍天，此何人哉。（三章）

3. 音杳：杳无音信。

4. 望云烟：被隔断在海峡两岸的亲人数十年不得相见，只能默默地仰望云烟浩渺的天空，寄托思念，无可奈何。

5.岱宗：东岳泰山之别称。

6.沧桑：沧海桑田的简称。大海变成农田，农田变成大海，比喻世事变迁，世事无常，世事变化很大。晋代葛洪《神仙传·麻姑》："麻姑自说云，接待以来，已见东海三为桑田。"相传东汉年间，有两个仙人，一个叫王远，一个叫麻姑。一次，他们相约到蔡经家去饮酒。席间，麻姑对王远说："自从得道接受天命以来，我已经亲眼见到东海三次变成桑田。刚才到蓬莱，又看到海水比前一时期浅了一半，难道它又要变成陆地了吗？"王远叹息道："是啊，圣人们都说，大海的水在下降。不久，那里又要扬起尘土了。"这就是沧海桑田的出处。

1979年元旦于邯郸

秋月吟

秋夜戚戚不胜哀①，月移花影共徘徊②。

金风飒飒梧桐碧，霁色融融桂子开⑤。

犬吠荒郊觉夜静，蛩鸣衰草叹时乖⑥。

韶光易逝流年尽，镜里银丝入眼来⑧。

1. 戚戚：忧愁；悲伤。

2. 徘徊：在一个地方来回地走，比喻犹疑不决。

3. 金风：秋风。

4. 融融：形容暖和。如春光融融。

5. 桂子：桂花。

6. 吠（fèi）：狗叫。

7. 流年：指光阴。如似水流年。另外，旧时算命、看相，把人一年的运气称为流年。

8. 银丝：白发。

1979年中秋之夜于宁晋南白豆

宁晋南白豆为余妻之外婆老家

西江月

秋夜听寒蛩

轧露玉轮光动，金风半夜生凉_®。

寒蛩泣诉怨无常_®，犬吠荒郊深巷_®。

少小曾疑说命，浮生事事乖张_®。

人间如梦笑荒唐_®，只待雄鸡啼唱_®。

1.玉轮：月亮。

2.寒蛩：蛩，蟋蟀。寒蛩，深秋的蟋蟀，叫声凄凉。

3.无常：（1）鬼名，迷信的人相信人将死时有"无常鬼"来勾魂。（2）指人死。如一旦无常万事休。这里借指凄凉、无奈。

4.少小曾疑说命，浮生事事乖张：小时候就曾经怀疑命运之类的说法，可自己这一生却时乖运蹇，事事不顺。浮生：人生；此生。乖张：不顺。

1979年中秋后两日于宁晋南白豆村

雨霖铃

孤　鸿

孤鸿声咽①，

对天长啸，正无休歇②。

三十六载风雨，销魂落魄，凄凉悲切③。

世海苍茫，梦断却常恨离别④。

誓烈烈、七尺男儿，怎奈踟蹰并蹀躞⑤！

萧萧满目皆黄叶⑥，

更哪堪、逆旅逢佳节⑦。

岂能跨鹤西去，游紫府、玉楼金阙⑧。

郁郁神伤，应叹风烛倩影摇曳⑨。

便再跨、宝马雕鞍，只怕心灰灭⑩。

1. 销魂：灵魂离开肉体，形容极度的悲伤、愁苦或极度的欢乐。这里用前意。

2. 落魄：潦倒失意。同"落泊"。

3. 苍茫：空阔辽远；没有边际。

4. 踟蹰（zhí zhú）：徘徊。

5. 蹀躞（dié xiè）：小步走路；往来徘徊。

6. 萧萧：形容风声或马叫声；萧条貌。

7. 逆旅：旅途、客栈。

8. 跨鹤：指仙人王安乘黄鹤成仙事。

9. 紫府、玉楼、金阙：泛指神仙居住的地方。

10. 心灰灭：心灰意冷，壮志泯灭。

农历1979年除夕于邯郸南郊

凤凰台上忆吹箫

清　明

杨柳抽金，梨花飞雪，又逢暮雨潇潇①。

正逆途孤旅，四海飘摇。

可叹清明好景，何人共、暂慰戚寥。

梧桐院，一弯冷月，早上枝梢。

迢迢，

相思万里，离愁锁关山，旧韵难调。

念梦云初断，珠泪偷抛。

多少凄凉往事，空回首、惆怅魂消。

从今后，桃源路迷②，水漫蓝桥③。

1.潇潇：形容刮风下雨。如风雨潇潇。形容小雨。如潇潇细雨。

2.桃源：即"世外桃源"，历来被誉为"世外仙境"。《桃花源记》是东晋大诗人陶渊明的代表作之一，约作于永初二年（421年），即南朝刘裕弑（shì）君篡（cuàn）位的第二年。文章描绘了一个世外桃源。以武陵渔人进出桃花源的行踪为线索，按时间先后顺序，把发现桃源、小住桃源、离开桃源、再寻桃源的曲折离奇的情节贯串起来。它描绘了一个没有阶级、没有剥削、自食其力、自给自足、和平恬静、人人自得其乐的社会，与当时的黑暗社会形成鲜明对照。诗中描绘的是作者及广大劳动人民所向往的一种理想社会，它体现了人们的追求与向往，也反映出人们对现实的不满与反抗。

3.蓝桥：据《西安府志》记载，蓝桥在今陕西省蓝田县西南的兰峪水（蓝溪）之上，称为"蓝桥"。相传蓝桥有仙窟，为唐裴航遇仙女云英处。传说裴航为唐长庆年间秀才，游鄂渚，梦中得一仙女赠诗："一饮琼浆百感生，玄霜捣尽见云英。蓝桥便是神仙宫，何必崎岖上玉清。"后裴航买舟还都，路过蓝桥驿，遇见一织麻老妪。航渴甚求饮，妪呼女子云英捧一瓯水浆饮之，甘如玉液。航见云英姿容绝世，因谓欲娶此女。姬告："昨有神仙与药一刀圭，须玉杵臼捣之。欲娶云英，须以玉杵臼为聘，为捣药百日乃可。"后裴航终于找到月宫中玉兔用的玉杵臼，娶了云英，夫妻双双入玉峰，成仙而去。后人就用"蓝田仙窟"代指月宫。

人们往往用"魂断蓝桥"来形容夫妻互为殉情。《史记·苏秦列传》记载：前320年，苏秦向燕王讲过一个"尾生抱柱"的故事。相传有一个叫尾生的青年，与一个美丽的姑娘相约于桥下会面。但届时姑娘没有来，尾生为了不失约，水涨至桥面抱柱而死于桥下。后人写诗赞尾生守信，忠于爱情："常存抱柱信，岂上望夫台。"从此之后，人们把相爱的男女一方失约，而另一方殉情叫做"魂断蓝桥"。可见，"蓝桥"一词已有两千多年的历史。

苏轼曾有《南歌子》词一首："雨暗初疑夜，风回便报晴。淡云斜照著山明，细草软沙溪路马蹄轻。卯酒醒还困，仙村梦不成。蓝桥何处觅云英？只有多情流水伴人行。"

1980年清明于邯郸南郊

八声甘州

伤 怀

望苍茫暮色彩云开，斜阳映西楼①。

正残春行尽，莺声渐老，啼血难留②。

满目芳菲零落，寂寞雨中休③。

一任漂泊久，粉褪香收⑤。

不忍回首往事，叹时乖运蹇，夙愿难酬⑧。

看江河日下，何处是归舟⑨？

念韶华、被风吹去，莫奈何、无语泪空流⑩。

空流处、鬓边华发，镜里凝愁⑪！

1.望苍茫暮色彩云开，斜阳映西楼：春末傍晚，雨过天晴，夕阳残照，彩霞满天。落日的余晖映照着高楼，迟暮晚霞的美景使人留恋。映：照；照射。

2.残春行尽：春天就快要过去了。

3.啼血：杜鹃啼血，比喻哀伤至极。

4.芳菲：花草；香花；花草的芳香。

5.零落：植物凋谢，也指事物衰败。

6.一任：任由。无奈意。

7.漂泊：也作飘泊，随水漂流或停泊，比喻职业、生活不安定，到处奔走。

8.夙愿：素有的，一向怀着的愿望。也作宿愿。

9.莫奈何：无可奈何；没有办法。

10.华发：花白的头发。

11.凝愁：看着镜子里自己鬓边新添的白发，叹时光流逝，心中不免泛起丝丝哀愁。凝：凝视；目不转睛。形容观察或欣赏事物时注意力高度集中。如凝眸远望。

1980年暮春于邯郸南郊

贺新郎

寄兄嫂

兄嫂安康否[韵]?
卅年来、忧思数寄，月华星斗[韵]。
生死茫茫实难问，惟有心魂相守[韵]。
憔悴损、非干病酒[韵]。
日月经天驹过隙，况沧桑、世海风雷骤[韵]。
空怅望，凄凉久[韵]。

杜鹃啼血春归后[韵]。
叹而今、沈腰潘鬓，几多僝僽[韵]。
且喜东君传书至，泪眼难分句读[韵]。
只怕是、白衣苍狗[韵]。
但恐余生相见日，恨霜丝、摇落人消瘦[韵]。
情不尽，弟顿首[韵]。

1. 卅（sà）：数目三十。

2. 数（shù）：屡次。

3. 干（gān）：有关；关系；涉及。非干：无关。

4. 白驹过隙：形容时间过得飞快，像小白马在细小的缝隙前一闪而过。

5. 沈腰潘鬓：比喻人腰肢瘦损、鬓发早白。《梁书·沉约传》载：沈约与徐勉素善，遂以书陈情于勉，言己老病，“百日数旬，革带常应移孔，以手握臂，率计月小半分。以此推算，岂能支久?”后因以“沈腰”作为腰围瘦减的代称。西晋潘岳《秋兴赋》序中有“余春秋三十有二，始见二毛”，赋中有“斑鬓彭（biāo）以承弁（biàn）兮，素髮飒以垂领”。后因以"潘鬓"为中年鬓发初白的代词。南唐后主李煜在其《破阵子》词里写道："四十年来家国，三千里地山河。凤阁龙楼连霄汉，玉树琼枝作烟萝。几曾识干戈。 一旦归为臣虏，沈腰潘鬓消磨。最是仓皇辞庙日，教坊犹奏别离歌。垂泪对宫娥。"

6.偶偬（chán zhòu）：憔悴，烦恼。

7.东君：神话中掌管春天之神。

8.读（dòu）：指文章里（多指古文）一句话的意思没完而需要停顿的地方。如句读。这句的意思是，初接书信，喜极而泣，泪眼模糊，看不清句子和标点符号。

9.白衣苍狗：杜甫《可叹》诗："天上浮云似白衣，斯须改变如苍狗。"后来用白衣苍狗比喻世事变幻无常，也作白云苍狗。

10.霜丝摇落：霜丝，白髮如银丝。摇落，飘落。意为鬓发花白、脱落稀疏，指人已至暮年老迈。

11.顿首：鞠躬。

1981年秋于邯郸

集句七律寄兄嫂

手足高义自天成㊟，骨肉深情百念同㊟。

几度寄怀明月夜，数番热泪暗残灯㊟。

蓬山无路空兴叹，关塞难开常梦惊㊟。

若问此情何日了，冰心一片玉壶中㊟。

1.手足：代指兄弟。

2.百念：无数次的、数不清的思念。

3.几度寄怀明月夜，数番热泪暗残灯：多少次在夜里面对着明月寄托思念，又有多少回在暗残的灯光下因思念而热泪飘零。

4.蓬山：蓬莱仙境。

5.冰心一片玉壶中：唐代王昌龄《芙蓉楼送辛渐》："寒雨连江夜入吴，平明送客楚山孤。洛阳亲友如相问，一片冰心在玉壶。"冰心，比喻心地纯洁。玉壶，冰在玉壶之中，进一步比喻人的清廉、正直，即冰清玉洁。"一片冰心在玉壶"的意思是，我的内心依然纯洁无瑕，像冰一样清明，像玉一样纯洁。就像是晶莹剔透、明亮纯洁的冰心盛放在洁白无瑕、澄空见底的玉壶中一样。这里用来借指骨肉深情。

1988年仲秋于石

惊耗二首

突闻挚友大恙，惊恐无状，哽咽以记之。

其 一

昨夜风急雨亦狂⑱，平明梦魇绕君床⑲。

惊闻恶变挣扎起，老泪横飞欲断肠⑳！

1.惊耗：可怕的消息。

2.平明：天刚亮的时候。

3.梦魇（yǎn）：噩（è）梦。

2013 年 12 月 9 日于京华

其 二

如醉如痴如梦狂⑱，惊闻噩耗哪堪伤⑲。

山崩压倒擎天柱，地陷摧折跨海梁⑳。

昔日欢声并笑语，今朝羸病卧残阳㉑。

惟祈贵体早康健，寿比南山松柏长㉒。

1.噩：可惊的；凶恶的，这里指大病。

2.羸（léi）：瘦弱。

2013 年 12 月 10 日于京华

附郑庆须回诗

之一

情真意切诉衷肠，挚友相惜话语长。
饮食污染雾霾重，早作预防保健康。

之二

人生自古多磨难，朋友兄弟君最贤。
四十余载家国梦，半世沧桑老容颜。
山水阻隔心相系，屡送温暖驻心间。
抖擞精神互共勉，夕阳美好任流连。

读《旷代才女李清照》有感

钟灵毓秀自天成^①，一代词宗乃女英^②。

辞赋每添黍离恨，文章常寄故园情^②。

婉约俯视巾帼叹，豪气干云鬼魅惊^③。

乱世飘摇迟暮里，心香缭绕梦魂萦^⑤。

1.钟灵毓秀：指美好的自然环境产生优秀的人物。钟灵，指美好的自然环境；毓，养育。

2.黍离：黍离之悲。指对国家残破、今不如昔的哀叹，也指国破家亡之痛。

3.婉约俯视巾帼叹，豪气干云鬼魅惊：这两句是对李清照的才华和词风的赞叹。其词有时清新细腻、含蓄缠绵，有时则豪气冲天、振聋发聩（kuì），真乃巾帼不让须眉也。婉约：委婉含蓄。古人论词的风格，分豪放和婉约两派。豪放派以苏轼、辛弃疾为代表，婉约派则以柳永、李清照为旗帜，均谓之一代词宗，各领风骚。巾帼：古代妇女戴的头巾和髪饰，常借指妇女。干（gān）云：冲云霄。干，冲。魅：传说中的鬼怪。

4.乱世飘摇迟暮里：这句是对南渡以后，李清照晚年孤独凄凉境况的慨叹。迟暮：傍晚；天快黑的时候，比喻人的晚年，意同垂暮。

5.心香缭绕梦魂萦：这句是写作者对李清照的仰慕和崇敬的心情。心香：心中的香，这里代指崇敬的心情。

2013年12月31日于京华

冬日黄昏携外孙登京西百望山

步履蹒跚气力衰㊟，孺子剧呼声声催㊟。

拄杖喘息无定数，登临绝顶探翠微㊟。

山峦起伏重叠障，关河阻隔朔风吹㊟。

白云苍狗穷变化，落霞满天映余晖㊟。

最是华灯初绽放，回眸京城绣成堆㊟。

百代帝都尊华夏，紫气东来众望归㊟。

亿万黎庶齐奋起，国运昌隆正腾飞㊟。

儿孙渐成身渐老，垂暮犹恐壮心灰㊟！

1.蹒跚（pán shān）：腿脚不灵便，走路缓慢、摇摆的样子。

2.衰：读cuì。

3.孺（rú）子：小孩儿；幼儿。这里指余的小外孙。

4.翠微：青绿的山色，也泛指青山。

5.紫气东来：传说老子过函谷关前，关尹喜见有紫气从东而来，知道将有圣人过关。果然老子骑着青牛而来，比喻吉祥的征兆。紫气：紫色之气；祥瑞之气；吉祥的征兆。

6.黎庶（shù）：黎民，黎元，百姓，民众。

7.垂暮：天色将晚的时候，比喻老年。如垂暮之年。

2014年元旦黄昏即兴赋此

外孙入学

石头小儿郎⑱，今期上学堂⑱。

书包双肩挎，意气多飞扬⑱。

挺胸头昂起，步履匆匆忙⑱。

人生新伊始，基础要牢强⑱。

双手牵父母，养育恩情长⑱。

创业实不易，世事叹凄凉⑱。

早出归亦晚，风雪复冰霜⑱。

心血耗费尽，辛苦百千尝⑱。

少小立大志，愿为人中凰⑱。

海阔凭鱼跃，天高任鸟翔⑱。

德才应兼备，锻炼保健康⑱。

动手又动脑，体智共开张⑱。

学业贵专注，持之宜恒常⑱。

童心犹未泯，涉猎读华章⑱。

十年寒窗苦，名标姓字香⑱。

中华腾飞日，为国作栋梁⑱。

2014年元月21日补写于京华

猫 猫
——写在外孙五月半

我家小外男㊀，生当八月间㊁。

恰逢立秋日，金风送子兰㊁。

而今将半岁，咿呀不成言㊁。

合家俱欢乐，笑语盈堂前㊁。

虎头又虎脑，顶平额亦宽㊁。

四肢如节藕，肚肚肉蒲团㊁。

眼睛黑又亮，葡萄滴溜圆㊁。

鼻子像木偶，小嘴樱桃甜㊁。

蹬踏无定状，翻滚不得闲㊁。

趴卧身欲起，撑持力不全㊁。

见人露笑靥㊂，口水似流泉㊁。

百看无所厌，爱怜复爱怜㊁。

人世有更替，子嗣代代传㊁。

弄孙慰迟暮，耿耿在心田㊃。

1.猫猫：小外孙乳名猫猫。

2.子兰：兰儿，对小儿的爱称。

3.靥（yè）：酒窝。

4.耿耿：老想着；时时刻刻意。

2014年元月23日（农历祭灶日）于京华

致友人

手足莫逆四十年[韵]，三代通家续世缘[韵]。
锦上添花增岁月，雪中送炭慰心田[韵]。
德怀贤圣仁堪寿，泽被子孙义为先[韵]。
垂暮常思当日事，酸甜苦辣意缠绵[韵]。

1. 莫逆：彼此情投意合，非常相好，称为莫逆之交。

2. 通家：两家交谊深厚，如同一家。如通家之好。

3. 被：遮盖。

4. 垂暮：天将晚的时候，比喻老年。如垂暮之年。

2014年元月25日于京华

附郑庆须回诗

真诚结交四十年，相敬如宾谱新篇。
三世同堂代代好，礼义当先辈辈传。
不谋而合多共识，形势见闻必长谈。
友谊犹如长青树，情深意厚梦魂牵。

笑题七十华诞

光阴似箭叹茫然⊛，谁料古稀刹那间⊛。

少小贫寒家道落，老来温饫子孙贤⊛。

为人敦厚怀高远，处世澹泊惜故缘⊛。

且喜承平康泰久，朝朝暮暮乐华年⊛。

1.古稀：指人七十岁，源于杜甫《曲江》诗句"人生七十古来稀"。古人对人生的各个年龄段都有一个称谓。如二十岁称弱冠（即成人）；三十岁称而立；四十岁称不惑；五十知天命；六十花甲；七十古稀；八十为耋（dié），九十为耄（mào），八九十岁统称耄耋；百岁称期颐。

2.刹那：极短的时间；瞬间。

3.温饫（yù）：温饱。饫：饱。

4.敦：诚实；厚道；诚恳。

5.怀：心意；想念；心里存着。在这里是心里存着意。

6.高远：在这里做名词用。高尚的情操，远大的理想。

7.澹（dàn）泊：生活俭朴；把名利看得很淡。西汉初年刘安的《淮南子·主术训》："是故非澹薄无以明德，非宁静无以致远，非宽大无以兼覆，非慈厚无以怀众，非平正无以制断。"诸葛亮在《诫子书》里曾有引用："非淡泊无以明志，非宁静无以致远。夫学须静也，才须学也，非学无以广才，非志无以成学。淫慢不能励精，险躁则不能治性。""非淡泊无以明志，非宁静无以致远"大意是不追求名利，生活简单朴素，才能显示出自己的志趣；不追求热闹，心境清静安宁，才能达到远大的目标。

8.惜故缘：珍惜和怀念过去的、旧的缘分和情义。即恋旧、重情义，处世不忘本，把情义和缘分看得很重。缘：缘分，包括血缘、亲缘、情缘、友缘等。

9.朝朝暮暮：每天的早晨和黄昏，指短暂的时间；从早到晚，天天如此。这里用天天的意思。战国时楚国宋玉《高唐赋》："妾在巫山之阳，高丘之阻。旦为朝云，暮为行雨。朝朝暮暮，阳台之下。"传说古代楚襄王游高唐地区，在白天小睡时，梦中看见一个仙女说:"我是高唐女,听说你来了,特意和你来相会。"临别时她说:"妾在巫山之阳,高丘之阻。旦为朝云,暮为行雨。朝朝暮暮,阳台之下。"(高唐女即巫山神女)

10.华年:青春。这里指光阴、时光或美好的时光。

2014年元月29日(农历癸巳年腊月二十九)于京华

京华元日

新春萌动吐芳华◯，错落京城百万家◯。

火树银花垂绣幕，张灯结彩漫无涯◯。

爆竹杂沓通宵夜，焰火连绵映晓霞◯。

国泰民安逢盛世，神州驶载幸福槎◯。

1.错落：参差（cēn cī）。

2.杂沓（tà）：纷乱；杂乱。

3.槎（chá）：木筏。这里指大船；航船；航程。

2014年甲午马年春节于京华

新春忆故乡

久客京华问去留[韵]，朝朝暮暮梦恒州[韵]。
雄居燕赵膏腴地，怅望滹沱寂寞流[韵]。
古刹紫烟千载盛，梨园杂艺百年休[韵]。
孩提记忆依稀在，半是辛酸半是愁[韵]！

1. 恒州：正定之古称。

2. 膏腴（yú）：肥沃。如膏腴之地。

3. 孩提：幼儿；幼年时期。

4. 依稀：模模糊糊。

2014年甲午新春正月初五立春于京华

春　雪

昨夜东风过万家_①，今朝瑞雪漫无涯_①。

青天碧落云遮月，玉树琼楼雾笼纱_①。

杨柳低垂初染绿，海棠高卧欲发芽_①。

闲来信步寻芳去，只见苍茫不见花_①。

1.漫无涯：茫茫一片，漫无边际，一眼望不到边。

2.碧落：天空。

3.信步：不经心地、随意地走。

2014年甲午马年正月初八游园赏雪于京华

唐多令

上　元

残雪卧枝桠㉘，东风过万家㉘。

望寒梅、俏影横斜㉘。

又到上元明月夜，灯赛巧，焰如霞㉘。

富贵镜中花，功名似粪沙㉘。

叹而今，梦断天涯㉘。

只愿老来俗务少，诗赋里，度年华㉘。

1.上元：农历正月十五为上元节，也称元宵节。

2.斜：读（xiá）。

3.年华：年岁；岁月；时光。

2014年元宵夜于京华

元　宵

鞭炮齐鸣彻夜闻[韵]，连绵焰火雨缤纷[韵]。
笙歌唱落云中月，曼舞醉摇华殿春[韵]。
天上群仙开玳宴，人间鸳侣梦思频[韵]。
瑶台惊动西王母，欲驾鸾车会洛神[韵]。

1. 元宵节：又称灯节、上元、三五，中国古代之情人节。

2. 玳宴：玳瑁宴，盛宴，以玳瑁装饰坐具的豪华盛宴。玳瑁，海中像大龟的爬行动物，甲壳黄褐色，有黑斑，很光滑，可做装饰品或入药，简称“玳”。元代无名氏《村乐堂》第一折：“今日画堂开玳宴，洞房犹是听笙歌。”无名氏：“待到灯昏玳宴收，宫壶滴尽莲花漏。”

3. 鸾（luán）车：神话传说中神仙乘坐的用青鸾驾的仙车。李白《梦游天姥吟留别》中有诗句：“虎鼓瑟兮鸾廻（huí）车，仙之人兮列如麻。”

4. 洛神：洛水之神宓（fū）妃，传说为伏羲氏女，溺死于洛水，遂为洛水之神。因曹植的名篇《洛神赋》，又传三国时魏文帝曹丕的皇后甄宓为洛水之神。民间又有甄宓为十二月水仙花花神之说。

2014年元宵节之夜于京华

正定怀古

乡关何处是，古郡傍滹沱[韵]。
燕赵膏腴地，巍巍有城郭[韵]。
汉祖名真定，人文荟萃多[韵]。
北方称雄镇，南越赵王佗[韵]。
子龙忠义将，常山舌不磨[韵]。
三山难见影，九桥不扬波[韵]。
四塔八宝刹，九楼舞婆娑[韵]。
牌坊二十四，金光映嵯峨[韵]。
隆兴隋代始，炎宋大悲阁[韵]。
千手观音像，万众礼佛陀[韵]。
物阜风雨顺，商贾似云萝[韵]。
民安社稷稳，世风尚淳和[韵]。
哪堪战乱苦，飘摇旧山河[韵]。
历尽劫波后，今唱太平歌[韵]。

1. 赵王佗：西汉南越国王赵佗，真定人，传说享年106岁。

2. 赵云：三国名将，常胜将军，字子龙，真定人。

3. 常山舌不磨：常山：指唐玄宗时的常山太守颜杲（gǎo）卿。磨:消失。

唐天宝年间，唐玄宗骄奢淫逸，对安禄山极尽纵容与宠信，致使安禄山大权在手、重兵在握，遂觊觎（jì yú）大唐锦绣江山。天宝十四年，安禄山举范阳之兵造反，陷东都洛阳。颜杲卿，琅邪临沂人，摄常山太守。时从弟大书法家颜真卿为平原太守，相与起义兵拒贼。天宝十五年正月，安禄山部将史思明攻常山郡，颜杲卿率军民守城抗贼。城中兵少，众寡不敌，城破。史思明杀吏民万余，血流成河。颜杲卿父子等为贼所执，送于东都。安禄山怒甚，将颜真卿割舌凌迟，杲卿比至气绝，仍大骂不息。直到生命的最后一刻，他始终没有低下那颗高贵的头颅。

明末清初岭南东莞（guǎn）人张家玉，毁家纾（shū）难，率众抗清。后兵败，身中九箭负重伤，不愿被俘受辱，遂投野塘而死，时年三十三岁。他曾在《自举师不克，与二三同志快快不平赋此》诗中写道："落落南冠且笑歌，肯将壮志竟蹉跎。丈夫不作寻常死，纵死常山舌不磨。"

什么叫忠诚？这就是忠诚！什么叫伟岸？这就是伟岸！什么叫气节？这就是气节！颜杲卿用热血谱写了一曲壮丽的悲歌；张家玉用灿烂的青春诠释了生命的真谛。伟哉，颜公，与天地齐寿；壮哉，家玉，共日月同辉。可歌可泣，令人钦佩！

4.古城正定素以"三山不见，九桥不流，九楼四塔八大寺，二十四座金牌坊"而著称。"三山不见"指的是历史上正定曾叫中山、恒山、常山，三个名字中都有山，但正定却没有山。"九桥不流"说的是隆兴寺前面和古府、县文庙大殿前各有三座石孔桥，但都是旱桥，桥下没水。"九楼四塔八大寺"指的是原城上的四座城门楼、四个角楼和城内的阳和楼；四塔是凌霄塔、华塔、澄灵塔、须弥塔；八大寺指的是隆兴寺、天宁寺、广惠寺、临济寺、开元寺、崇因寺、前寺、后寺。

5.嵯（cuó）峨：形容山高，这里用来形容牌坊高大雄伟。

6.隆兴：隆兴寺。"京南第一古刹"隆兴寺，为全国十大佛教寺院之一，始建于隋开皇六年（586年），原名"龙藏寺"。宋初，太祖赵匡胤敕令在龙藏寺内铸造铜佛，并盖大悲阁。至清康熙、乾隆年间，又两次对该寺进行大规模维修和增建，寺院发展到鼎盛时期。清康熙四十八年（1709年），改龙藏寺为隆兴寺，俗称大佛寺。历代帝王曾多次到此巡幸驻跸（bì），上香礼佛，题诗书匾，刻碑立石。隆兴寺内仅康熙皇帝所题匾额就达十九处之多。寺内有六处文物堪称全国之最，即造型独特的宋代建筑摩尼殿，被古建筑大师梁思成先生誉为世界古建筑的孤例；被誉为"东方美神"的倒坐五彩悬塑观音；被推崇为"隋碑第一""楷书之祖"的龙藏寺碑；铜铸"千手千眼观世音菩萨"；设计巧妙，富于变化，做工精细堪称我国一绝的铜铸千佛墩。而其中尤以大悲阁内的铜铸"千手千眼观世音菩萨"最负盛名，隆兴寺又称大佛寺即由此而来。这尊铜铸大佛被誉为"华北四宝"之一，高22.28米，铜佛金身修长，比例匀称，铸有42臂，姿势各不相同，神态恬静端庄。这尊室内铜佛千百年来一直是中国最高大的铜铸佛教造像，直到1914年西藏扎什伦布寺建造了总高26.2米的铜铸弥勒佛像，她才让出了中国最高大铜佛的位置。

7.云萝：形容云集，众多，兴盛。

8.社稷（jì）：社指土神，稷指谷神。古代君主都要祭社稷，后因以"社稷"代指国家。

9.战乱：抗日战争、解放战争等。

2014年孟春于京华

年 华

年华老去意如何①，万事空忙坎坷多②。

壮志难酬无造化，时乖运蹇竟蹉跎③！

　1.造化：自然界的创造者，也指自然，上天；创造，化育；福气，运气。如有福气称

为有造化。

　2.蹉跎：光阴白白地流失过去。如岁月蹉跎。

2014年甲午马年孟春于京华

浪淘沙

昨夜梦阑珊

昨夜梦阑珊㊟，思绪绵绵㊟。

晓风拂柳绿新颜㊟。

又见梨花春带雨，几许轻寒㊟。

久客去留难㊟，镇日悬悬㊟。

思前想后费周全㊟。

手背手心都是肉，骨肉相连㊟。

1.余两个女儿均在北京工作和生活。近年来，余夫妻与两个外孙能时时相见，共享天伦。不期小女儿一家将搬回广州居住。北京与广州天南海北，路途遥远，与儿孙辈再相见则难矣！近日心常悬悬，夜不能寐，枕上得此《浪淘沙》以记之。

2.阑珊：将尽；衰落。如春意阑珊。

3.镇日：整天，天天。

4.悬悬：遥远；惦念；心情不安。这里取心情不安意。

2014年3月29日清明节前于京华

东 风

东风唤醒百花香㊟，节近寒食紫燕忙㊟。

吹皱一池春水绿，曼摇几缕柳丝长㊟。

山花烂漫游人醉，碧草如茵骏马狂㊟。

只怕残红飘落尽，人间无处话凄凉㊟。

    1.寒食：寒食节亦称"禁烟节""冷节""百五节"。在夏历冬至后一百零五日，清明节前一二日。该日禁烟火，只吃冷食，并在后世的发展中逐渐增加了祭扫、踏青、赏花、斗百草、荡秋千、放风筝、蹴鞠（cù jū）、牵勾（拔河）、斗鸡等风俗。寒食节前后绵延两千余年，曾被称为民间第一大祭日。寒食节是汉族传统节日中惟一以饮食习俗而命名的节日。至于寒食节的起源，有不同说法。民间流传最广的说法是为了纪念春秋时期晋国的介子推（又称介之推）。不少文人墨客都写过关于寒食节的诗文。如唐代卢象的《寒食》诗："子推言避世，山火遂焚身。四海同寒食，千古为一人。深冤何用道，峻迹古无邻。魂魄山河气，风雷御宇神。光烟榆柳火，怨曲龙蛇新。可叹文公霸，平生负此臣。"诗中所言即是寒食节的来历"子推焚绵山"的故事。由于寒食与清明只差一两天，有些地方就将清明和寒食统称清明节。

    2.烂漫：颜色鲜明而美丽。如山花烂漫。

2014年4月4日寒食节于京华

怅 怀

今日清明，恰逢先妣五十六载忌辰。思之，念之，感之，叹之，作此"怅怀"以记之。

五十六载阴阳界，斗转星移弃置身②。

几度怅怀明月夜，数番望断梦魂真③。

山花烁烁桃源路，芳草萋萋灞柳春⑥。

又是清明新雨后，人生无奈盼天伦⑩。

1.先妣（bǐ）：已故的母亲。

2.斗（dǒu）转星移：光阴荏苒，日月交替。

3.弃置身：到处漂泊；身心不宁。

4.桃源：世外桃源。

5.萋萋：草生长的茂盛貌。

6.灞柳：霸陵、灞桥的杨柳。霸陵，汉文帝的陵寝，位于西安东郊白鹿原东北角，有时写作灞陵，因霸陵靠近灞河而得名。灞，即灞河，有桥，即灞桥。和隋堤一样，它们均是唐人折柳送别的所在。古人送别的地点多在长亭、桥头或大堤，如"隋堤""霸陵""灞桥"等。古人分别时要折柳相送，这是当时一种很流行的民间习俗，尤其是在文人墨客中，成为一种时尚。送别时不仅折柳相送，饯行饮酒自然也是少不了的；有时还要吹笛、唱歌。如李白的《忆秦娥》："箫声咽，秦娥梦断秦楼月。秦楼月，年年柳色，灞陵伤别。乐游原上清秋节，咸阳古道音尘绝。音尘绝，西风残照，汉家陵阙。"李白的《春夜洛城闻笛》："谁家玉笛暗飞声，散入春风满洛城。此夜曲中闻折柳，何人不起故园情。"王维的《送元二使安西》："渭城朝雨浥轻尘，客舍青青柳色新。劝君更进一杯酒，西出阳关无故人。"罗隐的《柳》："灞岸晴来送别频，相偎相倚不胜春。自家飞絮犹无定，争解垂丝绊路人。"古人在分别时为什么要折柳相送呢？常见的解释是："柳"谐"留"音，赠柳表示留念，一为不忍分别，二为永不忘怀。诗词中不仅写"折柳送别"这种行动，而且凡是与柳相关的词语都要拿来抒发分别时的离愁别恨及朋友间的深情厚意。如柳丝、柳枝、柳荫、柳色、柳绵、柳絮、杨花、烟柳、杨柳、折杨柳、杨柳春、杨柳依依等。

　　在"折柳"诗词中，还有一段非常感人的故事。北宋年间，礼部属官李之问，爱上了京城名妓聂胜琼。李将回原籍时，聂胜琼为之送别，饮于莲花楼，唱了一首词，末一句是："无计留春住，奈何无计随君去。"为这，李之问又留下来住了一个多月。后来因妻子催促太紧，李不得不怅然离去。几天后，聂胜琼写了一首《鹧鸪天·别情》，寄给李之问。李中途得之，藏在箱子里，回家后被妻子发现，李只得以实相告。李夫人是个爱词之人，读了这首《鹧鸪天》，见其语句清丽，非常高兴。她不但没有阻止李聂的这段情缘，反而拿出私房钱让李之问去都城迎娶聂胜琼为妻，成就了一段词林佳话。聂胜琼的《鹧鸪天·别情》："玉惨花愁出凤城，莲花楼下柳青青，尊前一唱阳关后，别个人人第五程。寻好梦，梦难成，有谁知我此时情。枕前泪共帘前雨，隔个窗儿滴到明。"由此词不难看出，聂氏确是个才女，且才貌双全，只可惜误入烟花。不过最后得嫁相爱之人，结局还算不错。但愿天下有情人终成眷属！

　　7.天伦：旧指父母、子女、兄弟间的关系，这里指天伦之乐，骨肉亲情。

2014年4月5日（农历三月初六）清明节于京华

春　游

绿柳夭桃三月天①，一弯溪水碧波连②。

黄莺亮翅朝阳树，紫燕衔泥旧画椽②。

寒雾空蒙风弄絮，云霞飘落雨如烟②。

儿童不解春归意，乱踏残红放纸鸢②。

1.夭：茂盛而美丽。如夭桃秾（nóng）李。

2.空蒙：朦胧；弥漫；看不清楚。

3.残红：落花。

4.纸鸢（yuān）：风筝。

2014年4月12日于京华

75

小儿游园

春末夏初，雨后携九个月外孙游园。小儿欢腾雀跃，喜不自胜，感而记之。

春去夏来风亦清①，丝丝细雨满石城②。

有情芍药含朝露，无力蔷薇洒落英③。

雀跃凫趋争戏水，蜂飞蝶舞漫花汀④。

小儿初解游园意，蹭踏欢腾照眼明⑤。

1.风亦清：春末夏初，雨后的风还是很清凉。

2.石城：石家庄市为河北省省会，简称石市，故曰石城。

3.洒落英：花开始谢了，洒落在地上。落英：落花。

4.雀跃凫（fú）趋：或称凫趋雀跃，比喻人欢欣鼓舞。凫：野鸭。凫又同"浮"。如浮水。

5.汀（tīng）：水边平地。花汀：水边长满花草的地方。

6.照眼明：形容兴奋得眼睛放光。

2014年5月12日于石市世纪公园

天 河

人生无奈蹊跷多，梦里乘槎到天河。

正遇牵牛临水饮，天梭匆忙见星娥。

织星台前敛衽拜，殷勤顾盼来者何？

我言路遥兼日暮，光阴荏苒竟蹉跎。

欲上青冥揽日月，紫府金阙问平和。

为诉平生落拓事，遭逢坎坷历劫波。

天帝自古高难问，九霄环佩舞婆娑。

天孙织锦无昼夜，万里霓裳似云萝。

虽是仙家享永寿，终日辛劳苦难磨。

何如同举齐眉案，鸾凤和鸣种稼禾。

我闻此言亦愁鬒，人间天上同悲歌。

天丝一缕留忆念，相顾无言泪滂沱！

1.天河：银河系的通称。这是一首记梦诗。梦里自己来到了天上的天河岸边，遇到了牛郎和织女，受到了他们的亲切接待。事虽涉荒诞，却实实在在是余梦中所经历，就连牛郎和织女的发式和穿的衣服都是古代的样式。梦觉，心异之，故作此诗以记其梦。

2.蹊跷（qī qiao）：奇怪可疑。也说跷蹊。

3.乘槎到天河：《荆楚岁时记》载，传说汉代张骞（qiān）寻河源，乘槎（木筏）经过月亮，到一城市，见一女子在室内织布，又见一男子牵牛饮河，后带回织女送给他的支机石。又《博物志》也载有类似传说，言天河与海相通，有人曾乘槎至天河，遇牛郎、织女。

4.正遇牵牛临水饮：刚来到天河岸边，正巧遇到牛郎牵着牛在天河饮水。牵牛：牵牛星。这里指牛郎。

5.天梭匆忙见星娥：织女每天都很忙碌，但仍然停下织机来和我相见。天梭：织女织布用的梭子。星娥：织女星。

6.织星台：织女织布的地方。

7. 敛衽：整整衣襟，表示恭敬。如敛衽而拜，特指妇女行礼。

8. 荏苒：时间渐渐过去。

9. 青冥：青天，天空。

10. 紫府：天上神仙居住的地方。

11. 金阙（què）：玉皇大帝居住的宫殿称为玉楼金阙。

12. 九霄环佩：九霄指天空的极高处；环佩是仙女们身上佩戴的钗环玉佩等饰物。这里用"九霄环佩"代指天宫中的仙女。另，唐代有古琴名"九霄环佩"，为中国十大古琴之一。

13. 天孙：神话传说中织女是天帝的孙女，故又称织女为天孙。

14. 霓裳（cháng）：霓，也叫副虹。雨后天空有时与虹同时出现的彩色圆弧，颜色比虹淡，彩带排列顺序和虹相反，红色在内，紫色在外。与虹统称为霓虹。霓裳，用彩虹做的衣裳。这里它指彩霞，是说天上五彩斑斓（lán）的云霞都是由织女织成的。

15. 云萝：也叫藤萝，即紫藤。因藤茎屈曲攀绕如云之缭绕，故称。

16. 举案齐眉：《后汉书·梁鸿传》："为人赁舂（chōng），每归，妻为具食，不敢于鸿前仰视，举案齐眉。"案：古时有脚的托盘。梁鸿的妻子孟光在给梁鸿送饭时把托盘举得跟眉毛一样高，后形容夫妻互相尊敬，夫唱妇随。

17. 鸾凤和鸣：指鸾鸟和凤鸟相互应和鸣叫，比喻夫妻和谐，相亲相爱。出自《左传·庄公二十二年》："是谓凤凰于飞，和鸣锵锵。"

18. 以上这几句是织女说与其在天上终日辛劳、冷清，哪如在人间男耕女织、夫妻恩爱地过日子好呢？

19. 衋（xì）：悲伤；痛苦。

20. 天丝一缕留忆念：织女赠我一缕天丝留作纪念。天丝：蚕为天虫，蚕丝又称天丝。这里的天丝是指织女织五彩云霞所用的五彩丝线。

21. 滂沱（pāng tuó）：形容雨下得很大。泪滂沱，形容哭得很厉害，眼泪流得很多。

2014年5月13日（农历四月十五）夜于石

随小女离京迁穗

今日，随小女全家乘机飞离京华迁回羊城。从此，两个女儿，天南海北，一家在京，一家在穗，相隔万千之遥，两个小外孙也不再能时时相见矣！惆怅无奈，慨然记之。

京华数载乐团圆㊟，一旦离别魂梦牵㊟。

乳燕分巢迷画栋，鸿鹄展翅邈云天㊟。

潇湘夜雨连燕赵，百粤薰风过岭南㊟。

自古天伦慰迟暮，新亭堕泪叹余年㊟。

1.今日离京，从首都机场乘南航CZ3104航班飞广州。所乘飞机为空客A380的头等舱，空客A380为当时全球较大、较先进的飞机，中国现在只有5架。余平生乘坐飞机百余次，却是头一次乘坐全球较大飞机和头等舱。座位宽敞舒适，起落飞行平稳，噪音很小，服务周到。飞行高度为12192米，飞行速度为每小时950公里左右，飞行时间2小时35分，飞行距离2477公里。小外孙猫猫九个半月，在飞机上表现出奇得好，不哭不闹，玩耍嬉笑，引得空姐和许多外国乘客笑声不断，可谓是一次愉快的出行。

2.乳燕分巢迷画栋：小燕子长大了要分出去筑新巢，喻儿女们长大成人后要建立自己的新家。希望儿女们都能有温馨舒适、称心如意的家园。迷：辨认不清；迷恋。画栋：雕梁画栋，燕子筑巢处，借指美好家园。

3.鸿鹄（hú）展翅邈（miǎo）云天：鸿，大雁。鹄，天鹅。邈，遥远。鸿鹄之志，志在高远，喻儿女们应胸怀抱负、志向远大。

4.潇湘夜雨连燕赵，百粤薰风过岭南：潇湘，潇湘是湖南的代称。潇，指的是湖南省境内的潇水；湘，指的是横贯湖南的湘江。潇湘一词，最早见于《山海经·中山经》："澧沅（lǐ yuán）之风交潇湘之浦。"此后，潇湘一词广为流传，不断被赋予新的内容，并被作为美的象征。如用作词牌《潇湘神》、戏曲《潇湘夜雨》、琴曲《潇湘风云》等。这里用潇湘代指湖南、湖北一带，湖南、湖北古代为楚地。百粤，五岭以南广东、广西一带古代称之为百粤（百越）之地，多瘴疠（zhàng lì），居民喜文身。薰风，带着花草香气的温和的风。这一联是说，飞机从北京起飞不一会儿就到了武汉和长沙的上空，好像古楚国和古燕赵的地域紧紧地连在一起。飞机继续南飞，很快就飞过五岭到达了广州。其字面的意思是，潇湘的雨和燕赵的雨连成一片，楚地的风吹过五岭以南吹到百粤之地。

5.天伦：天伦之乐。这里特指儿孙给老人带来的亲情、慰藉和欢乐。

6.新亭堕泪叹余年：新亭堕泪，原文出自刘义庆《世说新语·言语》节选：过江诸人，每至美日，辄（zhé）相邀新亭，藉卉饮宴。周候中坐而叹曰："风景不殊，正自有山河之异！"皆相视流泪。唯王丞相愀（qiǎo）然变色曰："当共戮（lù）力王室，克复神州，何至作楚囚相对！"

西晋末年，中原地区大乱。建兴四年（316年），匈奴王刘曜攻陷长安，俘虏晋愍（mǐn）帝。第二年，晋元帝司马睿（ruì）渡江，建都建业（今南京），中原士族相随南逃，史称"衣冠南渡"。新亭在建业的西南，当时是饯行、迎宾、宴集之所。所以刚刚渡江南来的一些大臣，每遇到好日子，就相约着来到新亭宴饮。在一次喝酒时，武城侯周颐（bó）想到中原沦落，不禁发出了"风景不殊，正自有山河之异"的感叹。这话勾起了大家的国破家亡之痛，都开始相对哭泣。只有丞相王导看到他们这个样子，立即变了脸色教训了他们一番。他认为大家越是在这个时候，越应该为朝廷分忧，齐心合力、团结一致克复神州收复失地，而不是像这样哭哭啼啼无计可施。这个典故后来被称为"新亭对泣""新亭堕泪""新亭挥泪"，也作"新亭泪""新亭泣"。

在这里用此典，是感叹自己年华老去依然要背井离乡、四海漂泊，虽与新亭遗老们的境况不同，但无奈和悲凉的心情却是相似的。

2014年5月24日于北京至广州CZ3104航班飞机上

扬州慢

广 州

百粤华都，三江门户，楚庭珠耀苍穹①。

望平畴沃野，正烟雨蒙蒙②。

对岭表、勃勃万物，枝繁叶茂，郁郁葱葱③。

邈云天、皓月星光，辉映霓虹④。

五羊献穗，驾祥云、碧野仙踪⑤。

自设郡番禺，赵佗建国，南越兴隆⑥。

海上丝绸之路，从此始、世代融融⑦。

叹黄花岗下，长眠多少英雄⑧。

1.广州：广州地处华南，广东省的东南部，珠江三角洲北缘，西江、北江、东江三江汇合处，濒临南中国海，隔海与香港特别行政区、澳门特别行政区相望，地理位置优越，是"海上丝绸之路"的起点之一，被称为中国的"南大门"。2013年，广州人口为1271万。在《中国城市生活质量指数报告》中，广州被评为中国大陆生活质量最高的城市。同时，广州也是于上海、北京之后的中国大陆经济规模第三大的城市，与北京、上海并称"北上广"。

广州是一座具有2200多年悠久历史的文化名城。传说广州最早的地名为"楚庭"（或"楚亭"）。现在越秀山上的中山纪念碑下，尚有清人所建的一座石牌坊，上面刻着"古之楚庭"四字。不少史籍将"楚庭"视为广州的雏型，是广州最早的称谓，距今已有2847年。"楚庭"又与一个古老的传说相关。相传周朝时，南海飘来五朵彩色祥云，五位仙人身穿五彩衣，骑着五色羊，拿着一茎六穗的优良稻谷种子降临"楚庭"，将稻穗赠给当地人民，并祝福此地五谷丰登、永无饥荒。说完后，五位仙人便腾空而去，五只羊则变成了石头。当地人民为纪念传播优良谷种的五位仙人，修建了一座五仙观，传说五仙观即为"楚庭"所在。由此,广州又有了"羊城""穗城"的别名。商代时,广州地区称为"南越",周代时又称为"百粤""南海"。春秋战国时期,岭南泛指今两广和越南北部地区,当时居住在这里的民族称为南越(又称南粤)。秦始皇二十五年(前222年),秦朝派屠睢(suī)率军首次进军岭南,但被当地越人击败,屠睢被杀,赵佗等收拾残部北逃。稍后,秦朝又派遣任嚣(xiāo)、赵佗等率兵再次分兵数路挺进岭南,经过多年征战,终于在秦始皇三十三年(前214年)统一岭南,并建立政权,设置南海、象郡、桂林三郡。南海郡尉任嚣在番(pān)山、禺(yú)山上修筑番禺城(史称任嚣城),这是广州设立行政区和建城的开始。秦末,中原动乱,封建割据代替了统一,划地为王代替了中央集权。前204年,南海郡尉赵佗乘中原楚汉相争之机,派兵兼并了象郡和桂林郡,在岭南地区建立了南越国,定都番禺,自称南越武王。这是岭南地区第一次建立古都政权。汉元鼎四年(前113年)南越国丞相吕嘉叛乱,发兵反汉。次年,汉武帝调集10万大军分兵数路进军南越国。元鼎六年(前111年)冬,历经五世93年的南越国最终灭亡。汉武帝进一步健全行政建制,把南越国土地划分为9郡,从此,岭南地区直接归中央政府统一管辖。226年,孙权将交州分为交州和广州,"广州"由此得名。

广州秦汉时就是繁荣都会,是全国十多个商业都市之一,是热带珍贵特产的集散地,是我国的海外贸易枢纽。据《史记》记载:"番禺(广州)亦其一都会也,珠玑、犀、玳瑁、果、布之凑。"汉朝时,我国已和海外一些国家有贸易往来。汉唐以来,广州是海上"丝绸之路"的始发港,也是中国最早对外的通商口岸。唐代,广州已经发展成为海上丝绸之路上地位显赫的商港。广州为世界著名港口,我国重要海外航线是从广州出航,称"通海夷道"。五代至宋代,广州继续为我国最大的通商口岸。宋代广州就有八大"卫星城",770年前后,还在广州专设"市舶司"。明朝时,我国对外贸易主要港口是泉州、宁波与广州三处,设市舶司。清朝时,广州是中国重要港口之一。1757年,广州为唯一对外贸易港口。清朝设十三行,没有十三行,就没有广州"千年商都"的美称。

2.百粤:古代岭南两广地区称为百粤。

3.三江:西江、北江和东江合称三江,汇流入珠江。珠江穿过广州市区流入南中国海。

4.楚庭珠耀苍穹:楚庭,又称楚亭,广州最早的称谓。这句的意思是,广州像一颗璀璨的明珠,闪耀在苍穹下中华南国的大地上。

5.平畴沃野:畴,田地。平坦肥沃的土地和原野。

6.岭表:五岭以外,五岭以南。五岭是指,大庾(yǔ)岭、都庞岭、骑田岭、萌渚岭和越城岭。

7.邈云天：遥远的天空。

8.皓月星光，辉映霓虹：夜晚，天上的月光和星光与城市的霓虹灯光相互辉映。从一个侧面反映城市的繁华景象。

9.海上丝绸之路，从此始、世代融融：汉唐以来，广州是海上"丝之路"的始发港，也是中国最早对外的通商口岸。中华人民共和国成立后，于1957年春季开始，每年春秋两季在广州举办中国进出口商品交易会，又称"广交会"，迄今已有五十多年的历史，广州为国家重要的国际贸易港口。古往今来，与外商和睦交易，促进邦交，其乐融融。

10.黄花岗：黄花岗七十二烈士，是指1911年4月27日在中国广州起义（即黄花岗起义）中遇害后葬于广州市东北郊（现市区越秀区）黄花岗七十二烈士墓的革命党人。七十二烈士尸骨由潘达微收葬，改原地红花岗为黄花岗，最初只是黄土一抔（póu）的墓地，甚为荒凉。1918年，滇军师长方声涛募款修墓。1921年，纪功坊、墓亭相继落成。又查七十二烈士之外，尚有十四名烈士死于黄花岗之役，共八十六人，姓名全部刻于《广州辛亥三月二十九日革命记》石碑的背面。

2014年6月2日（马年端午）于羊城

忆江南·羊城(一组)

其一 羊城远

羊城远,远在岭南端②。

芳草萋萋花烁烁,平畴沃野雨如烟②。

耿耿记心田②。

1.平畴沃野:畴,田地。平坦肥沃的土地和原野。

2.雨如烟:雨下得很大,烟雾蒙蒙,白茫茫一片。

2014年6月6日(芒种)于羊城

其二 羊城美

羊城美,最美越王山②。

镇海楼高留胜迹,五羊石像立山巅②。

泽惠洒人间②。

1.越王山:即越秀山,亦称粤秀山,位于广州市中心,海拔70米,是白云山的余脉。明朝永乐年间,山上曾建有观音阁,故又称观音山。越秀山面积共86万平方米,是古代的海上战略重地,山顶建有镇海楼。中华人民共和国成立后,广州市人民政府将越秀山辟为越秀公园。越秀山公园是一个设施完善、自然景观和人文景观丰富的综合性公园,包括七个山岗、三个人工湖,现为广州的标志之一。

2.镇海楼:镇海楼雄踞于越秀山顶,又称五层楼,是广州最著名的历史古迹之一。羊城新八景之一的"越秀远眺"便在这里。登楼眺望,广州景物历历在目。此楼于明洪武十三年(1380年),由永嘉侯朱亮祖所建,初名"望海楼",后题名为"镇海楼",迄今已有600多年的历史。关于镇海楼的兴建,有一段传说。朱元璋得了天下,建立明朝,定都南京。一天,他和铁冠道人同游南京钟山。游兴正浓之时,铁冠忽然指着南方对朱元璋说,广东海面笼罩着青苍苍的一股"王气",似有"天子"要出世,必须立刻在广州建造一座楼镇压住"龙脉",否则日后必成大明的祸患。朱元璋急忙派人到广东查询,发现广州的越秀山上现王者之气。朱元璋下诏，命令镇守广州的朱亮祖在山上建一座楼将王气镇住。于是，便在越秀山上兴建了这座"楼成塔状，塔似楼形"的镇海楼。该楼呈绛红色，据说亦有辟邪镇王之意。当时，倭寇不断侵扰我国沿海边陲，也取"雄镇海疆"之意。镇海楼已被列为国家级文物保护单位，并辟为广州博物馆。镇海楼与黄鹤楼、岳阳楼、滕王阁并称为江南四大名楼。

3. 五羊石像：五羊山是越秀公园西部的一个山岗，因岗顶矗（chù）立着一座高十一米的五羊石像而得名，五羊石像全部用花岗石塑砌而成。传说周夷王时，有五位仙人，骑着五只羊降临楚庭（广州古名），五只羊嘴里各衔一茎六穗的优良稻谷种子。仙人将稻穗送给当地居民，并祝福此地永无饥荒，言毕腾空而去，羊化为石。广州亦得别称"羊城"和"穗城"。1959年，广州艺术家根据这个神话故事创作了这座巨大的五羊石雕，造型含蓄而富有诗意，人们视其为广州市徽。

2014年6月6日（芒种）于羊城

其三　羊城忆

羊城忆，常忆是珠江㊟。

画舫穿梭夕照里，霓虹闪烁映星光㊟。

高塔入穹苍㊟。

1. 高塔：广州塔，广州新电视塔。广州新电视塔于2009年9月建成，包括发射天线在内，高达600米，当时为国内第一高塔，世界第二高塔。广州塔建于广州市海珠区赤岗塔附近，距离珠江南岸125米，与海心沙岛及珠江新城隔江相望。它是一座以观光旅游为主，具有广播电视发射、文化娱乐和城市窗口功能的大型城市基础设施。广州新电视塔曾为2010年在广州召开的第十六届亚洲运动会提供转播服务，是广州的新地标。

2. 穹苍：苍穹。天空。

2014年6月6日（芒种）于羊城

其四　羊城恋

羊城恋，宝墨散馨香㊟。

铁面无私神鬼惧，奇珍异宝广收藏㊟。

世代慕忠良㊟。

85

1.宝墨散馨香："宝墨"是指广州宝墨园，宝墨园经过重建扩建，像一朵娇艳的奇葩散发着芳香。

广州宝墨园，号称中国目前的四大名园之一，国家4A级旅游景区。宝墨园位于广州市番禺区沙湾镇紫坭 (ní) 村，原身为包相府庙，始建于清代嘉庆年间，是奉祀 (sì) 北宋名臣、龙图阁大学士包拯的地方。宝墨园的来历，须从宝墨园东侧的包相府庙谈起。相传有一年西江发大水，有一段黑色木头漂流到村边，人们把它放回江里，谁知下游水大，木头又回流到村边来。这种情况再三出现，人们觉得十分奇怪，便把黑木头供奉起来。嘉庆四年间 (1799年) 朝廷诛除贪官和珅，社会上掀起反贪倡廉之风。影响所及，人们自然希望能有像包青天那样的清官来治理国家，于是便把木头刻成包公像，在此建起包相府庙，后称宝墨园。

宝墨园占地约10万平方米，集岭南古建筑，岭南古园林艺术，珠三角水乡特色于一体。园内有宝墨堂、治本堂、龙图馆、聚宝阁、观景楼、紫洞舫、紫带桥、千象回廊，以及列入上海大世界基尼斯之最的瓷塑浮雕《清明上河图》、巨型砖雕《吐艳和鸣壁》等众多景点。艺林苑内赵泰来艺术宫、赵泰来藏品馆，陈列大量的青铜器、木雕、玉器、陶瓷艺术品，与霍宗杰、赵少昂、杨善深三馆荟萃的古今名家书画，系统地展现中华民族文化的源远流长，形成独特的人文景观，整个宝墨园简直是一座园林艺术的宫殿。

宝墨园四时青翠，百卉丛开，园林花卉景点，有聚有散，步移景换，美不胜收。诸如荔岛凝丹、玉堂春瑞、柳剪春风、千年罗汉、桂苑浮春、群芳竞秀、古榕长荫、茶王双壁，令人百看不厌。万紫千红的玫瑰园，沁人心脾的荷花池，清幽高雅的兰圃，惠风和畅的紫竹林，使人赏心悦目。

全园水景，堪称一绝。荔景湾、清平湖、宝墨湖与一千多米的长河贯通，水清如镜，长流不息，三十多座石桥，横跨于旖旎 (yǐ nǐ) 的河湖之上，周边景点无数。若驾画舫轻舟，逍遥放棹 (zhào)，仿佛置身蓬瀛 (yíng)。园内溪水环绕，绿树葱葱，建筑、园林、山水、石桥等布局合理，和谐自然，体现了中国天人合一的人文理念。园内亭台楼阁错落有致，雕梁画栋美仑美奂，陶塑、瓷塑、砖雕、灰塑、石刻、木雕等艺术精品琳琅满目，其中也不乏惊世之作。《吐艳和鸣壁》被上海大世界吉尼斯总部认定为"最大的砖雕作品"，工艺精湛。巨幅瓷塑壁画《清明上河图》，恢弘夺目，叹为观止，为宝墨园镇园之宝。

宝墨园充满珠三角水乡风情。园内河湖交错，水面积约占百分之四十，放养锦鲤，全园锦鲤数万之多。假如你向湖中投放一些鱼饵，骤然间有如排山倒海，一湖绿漪（yī），红浪翻腾，故名"鲤翻红浪"。这是宝墨园一大美景。著名的杭州西湖"花港观鱼"，若与广州宝墨园的"鲤翻红浪"相比，简直是小巫见大巫，不可同日而语。

2. 铁面无私神鬼惧：包公铁面无私，公正不阿，断案如神，日断阳、夜断阴，就连神鬼也惧怕。

3. 奇珍异宝广收藏：宝墨园还是一座博物馆，最亮眼的是赵泰来艺术宫和赵泰来藏品馆。赵泰来先生是英国籍华人、广州市荣誉市民、宝墨园永远名誉园长。卢中坚先生是香港著名收藏家、宝墨园顾问。他们都热心向宝墨园捐赠名画，而赵泰来先生更捐献了41幅大型的西藏"唐卡"，以及明代的铜观音、铜马、铜香炉等巨型重宝。赵泰来先生将祖上收藏在英国庄园内的一批宝物，历尽周折运回祖国，捐献给国家，收藏在宝墨园内，供世人参观瞻仰。艺术宫内，是赵先生捐献的1600件藏品，包括青铜器、木雕、古玉、瓷器等。藏品馆中，则是各种字画。共计价值十亿元人民币。拳拳赤子之心，悠悠爱国情怀，令人钦佩。

2014年6月6日（芒种）于羊城

其五　羊城乐

羊城乐，欢乐属长隆①。

马戏盛名传海外，珍禽异兽遍园中②。

游客共融融③。

1. 长隆：广州长隆旅游度假区是国家5A级景区，是大型综合旅游度假区。由长隆欢乐世界、长隆国际大马戏、长隆野生动物世界、长隆水上乐园、广州鳄鱼公园、长隆酒店、香江大酒店和香江酒家等8家子公司共同组成"都市中心的旅游王国"。长隆欢乐世界地处广州番禺迎宾路，首期占地面积1000多亩，游乐设施近70项。它是集乘骑游乐、特技剧场、巡游表演、生态休闲、特色餐饮、主题商店、综合服务于一体，具有国际先进技术和管理水平的超大型世界顶尖主题游乐园，并创造了八项亚洲及世界之最，打破了中国世界纪录协会多项世界之最记录。

2.马戏：长隆国际大马戏是惊险、刺激、滑稽、精彩纷呈的马戏表演。表演围绕着发生在神秘热带雨林中的离奇故事而展开，以"天人合一"为创作的核心理念，以体现人与动物、人与自然、人与万物和谐共处、相互依存的关系。

3.广州长隆野生动物世界：原广州香江野生动物世界，生活着以"十大世界珍稀动物国宝"为代表的五百多种两万余只珍稀动物，包括中国的大熊猫、澳大利亚的考拉、非洲黑犀牛、泰国亚洲象、马来西亚马来貘（mò）、塞拉利昂倭河马、大食蚁兽等等。长隆野生动物世界大多数动物都已形成庞大的种群，斑马、角马、长颈鹿、梅花鹿、亚洲黑熊、猕猴、亚洲象、非洲狮、老虎等动物都形成了数十只乃至数百只的大种群，为世界动物园所罕见。长隆野生动物世界拥有全世界表演阵容最强大的动物表演，大象表演、白虎表演、非洲动物表演、西游记剧场等四大动物表演秀。长隆野生动物世界被誉为中国最具国际水准的国家级野生动物园，是亚洲最大的野生动物主题公园。长隆野生动物世界2007年被评为全国首批、广州唯一的国家级5A级旅游景区。

4.融融：形容和睦快乐的样子。

2014年6月6日（芒种）于羊城

其六　羊城醉

羊城醉，粤菜美食宗①。

市列山珍和海味，厨烹佳脍色香浓②。

人醉月朦胧③。

1.粤菜美食宗：粤菜为中国四大菜系之一，人们常说"食在广东"。要想吃到正宗的粤菜，就要到广州去吃，那才是正宗。

中国的四大菜系是：川菜、鲁菜、粤菜、苏菜（淮扬菜）。

2.脍（kuài）：切细的肉，指美味的食品。

3.朦胧：月光暗淡；模糊不清。

2014年6月6日（芒种）于羊城

菩萨蛮

珠　江

广州塔下珠江水㊟，云烟浩渺游人醉㊟。

尽日望高楼㊟，离人添客愁㊟。

落落南飞雁㊟，郁郁平生愿㊟。

迟暮正彷徨㊟，凄凄欲断肠㊟。

1.醉：这里指迷恋，流连忘返。

2.尽日望高楼：尽日，整日。整天在高楼上向远处眺望。

3.客愁：旅客游子思乡的哀愁。

4.落落：孤独意。

5.郁郁：心情苦闷。

6.凄凄：寒冷；冷落；悲伤。

2014年6月12日（农历五月十五）于穗

诉衷情

嫏嬛

此生久慕到嫏嬛②，书海任流连③。

奈何坎坷沦落，一世苦登攀④。

心未死，鬓先斑④，叹余年④。

梦魂飞渡，浩瀚青冥，万里云天⑤。

1. 余一生酷爱读书，自小学至高中，学业成绩一直为全校佼佼者。少小即胸怀抱负，志在高远，不料高中未毕业，却失去了求学的机会。年轻时曾发奋读书，拼命自学，诗书典籍、词曲歌赋，广有涉猎，但不成系统。余一生珍惜光阴，孜孜以求，废寝忘食，未敢荒怠（dài）。然而命运乖蹇，始终未能进入正规大学的校门，只读了三年电视大学。余这一生的求学之路，坎坷惨淡，充满辛酸。而今暮年，回想起来，仍耿耿于怀，夜不能寐。感慨系之，作此"嫏嬛"而叹之！

2. 嫏嬛（láng huán）：神话中天帝藏书的地方。

3. 流连：也作留连，舍不得离开。

4. 沦落：流落；漂泊。

5. 浩瀚：广大，漫无边际。

2014年6月12日（农历五月十五）于穗

蝶恋花

故乡庙会

常忆儿时逢庙会㊟。

迎送城隍，歌舞笙箫配㊟。

信女善男齐拜跪㊟，炉中香火心相对㊟。

市列珍奇兼百味㊟。

瓦舍勾栏，商贾如联袂㊟。

待到黄昏车马退㊟，满城飘荡刘伶醉㊟。

1.余之故乡河北正定，古时每年农历五月十七日，是正定城隍庙会，即正定庙会。这是正定城最重要的节日。节日的主要内容是迎送祭拜城隍，祈求城隍爷保佑全城百姓、士农工商，百业兴旺、政通人和、安居乐业、风调雨顺、五谷丰登。兼之麦收之后的物资交流，节日盛大，全城沸腾。城外各乡村及邻县民众、商贾均云集正定城内，几乎所有街道都搭起彩棚，绵延数公里。最热闹的地方当然是城隍庙，迎神接福，鼓乐喧天，善男信女，烧香许愿，香火鼎盛，热闹非凡。城内各家各户，几乎都有客人来临，全城洋溢在喜庆祥和之中。

记得城隍庙大殿柱子上的楹联写的是："百行（善）孝为先，论心不论迹，论迹贫家无孝子；万恶淫为首，论迹不论心，论心终古少完人。"古之劝善行孝，可谓用心良苦！

2.炉中香火心相对：善男信女们心中许下愿望，面对着炉中燃烧的香火，向神明祈祷。

3.瓦舍勾栏：勾栏瓦舍。瓦舍：住户，民居。勾栏：戏院剧场等娱乐场所，这里统指百姓的房屋居所。

4.商贾（gǔ）如联袂（mèi）：袂，袖子。联袂，聚在一起。是指商贾云集，商店和摊位一个接着一个，连绵不断，一派兴旺景象。

5.满城飘荡刘伶醉：刘伶醉，河北名酒，产地在今河北徐水。据史书记载：此地有悠久的酿酒历史，曾有"黄帝战蚩尤于涿鹿，合符示信于釜（fǔ）山（今徐水），用当地美酒大宴各部落首领"（见《资治通鉴》）、"刘伶千里访张华以酒会友"（见《晋书·张华传》）的记载，曾有"刘伶醉酒，一醉三年"之说。这里用刘伶醉借指酒香，是说满城都飘散着酒的香气。刘伶，竹林七贤之一。"竹林七贤"指的是晋代七位名士：嵇（jī）康、阮籍、山涛、向秀、刘伶、阮咸和王戎。他们放旷不羁（jī），常于竹林下，纵酒酣歌。其中最著名的酒徒是刘伶。刘伶自谓："天生刘伶，以酒为名，一饮一斛，五斗解酲（chéng）。"

2014年6月14日（农历五月十七日）于穗

虞美人

珠江晨曦

晨曦最是珠江好㉕，绿水银光耀㉕。

朝霞绚丽映苍穹㉕，万里云天飘落过江风㉕。

高楼林立花城俏㉕，琼碧重环绕㉕。

烟波浩渺雾朦胧㉕，垂钓悠悠其乐正融融㉕。

1.绚（xuàn）丽：灿烂美丽。

2.花城：广州的别称。

3.琼碧重环绕：琼，美玉。碧，青绿色。琼碧代指花草树木。因雨水充沛，土地肥沃，植物生长得特别茂盛，青翠欲滴，像碧绿的美玉，一层层环绕着广州城。

4.悠悠：形容从容自在。悠闲意。

5.融融：形容和睦快乐的样子。

2014年6月15日（父亲节）于穗

踏莎行

广交会

会展中心，珠江南岸⑧，琶洲广厦连成片⑨。

绿荫深处布星罗，五洲四海宾朋盼⑧。

际会风云，百十盛宴⑧，东方丝路新观念⑥。

年年岁岁露峥嵘，全球瞩目同称赞⑦。

1. 广交会：中国进出口商品交易会，即广州交易会，简称广交会。创办于1957年春季，每年春秋两季在广州举办，迄今已有五十余年历史，是中国目前历史最长、层次最高、规模最大、商品种类最全、到会客商最多、成交效果最好的综合性国际贸易盛会。

2. 琶洲广厦连成片：广交会展馆区就坐落在琶洲一带，巨大的展馆一个接着一个，连成一大片。琶洲：原称"琵琶洲"，位于广州东南珠江南岸，其上建有"琶洲塔"，为由珠江口进入广州的船只导航。

3. 绿荫深处布星罗：广交会众多的展馆星罗棋布在珠江南岸的绿荫深处。

4. 际会风云：风云际会。风云，比喻变幻动荡的局势。际会，遇合。意为顺应风云变幻的时代潮流，五洲四海的宾朋汇集到广州。

5. 百十盛宴：作为全球著名的国际贸易盛会，至2014年春季，广交会已举办115届。

6. 东方丝路新观念：广州是古代海上丝绸之路的起点之一，著名的"千年商都"。中华人民共和国成立后举办的广交会，迄今已有五十余年历史，已举办115届。社会在变，广交会的交易规模、交易品种、经营理念、经营方式等也都随着环境和形势在变化着。

7. 年年岁岁露峥嵘：广交会每年春、秋两季都隆重举办，对中国和国际贸易做出了不平凡的贡献，为全球所瞩目。峥嵘：比喻超越寻常，不平凡。

2014年6月16日清晨于广州会展中心门口

一剪梅

夜游珠江

浪漫珠江趁夜游㊣。点点航标，光耀中流㊣。

烟波浩渺月融融，阵阵江风，吹送兰舟㊣。

两岸奢华一望收㊣。座座长桥，飞跨汀洲㊣。

凌云高塔上摩天，梦幻霓虹，映照离愁㊣。

1.夜游珠江：今天是小女儿34岁生日，晚饭后全家去游珠江。珠江最美当属海心沙。江北岸花城广场周围，以"广州国际金融中心"为代表的高楼群拔地而起，直插云端，灯光闪耀，千姿百态；江南岸的广州塔高耸入云，夜晚彩虹缠绕，变幻无穷，犹如仙境，美不胜收，使人流连忘返。小外孙十个半月了，看到空中、水中、地上，到处都是霓虹，到处都是灯光，虽不会言语，但咿咿呀呀，欢腾雀跃，喜不自胜，给全家带来无限的欢乐。

2.浪漫：富有诗意，充满幻想。

3.点点航标，光耀中流：航标灯的灯光，一点一点地闪耀在珠江航道上。

4.兰舟：指豪华漂亮的游船。

5.两岸奢华一望收：珠江两岸高楼林立，夜晚灯光灿烂，霓虹闪耀，一派富丽奢华景象。一眼望去，美景尽收眼底。

6.座座长桥，飞跨汀洲：一座座大桥横跨珠江两岸。珠江上的大桥无数，仅广州市区内就有数十座。著名的如广州大桥、猎德大桥、华南大桥、琶洲大桥、东圃大桥、黄埔大桥、番禺大桥、新光大桥、洛溪大桥、丫髻沙大桥、鹤洞大桥、沙溪大桥、江湾大桥、海印桥、海珠桥等。每座桥长都在千米以上，甚至长达数千米。长桥卧波，造型各异，气势磅礴，雄伟壮观。每逢节日，各座大桥都被各色霓虹灯装饰得梦幻迷离、美仑美奂、犹如仙境。

7.高塔：广州塔，广州新电视塔，高达600米，为国内第一高塔，世界第二高塔，是广州的新地标。

8.梦幻霓虹，映照离愁：夜晚，珠江两岸林立的高楼灯火通明，广州塔彩虹缠绕，珠光闪耀，蔚为壮观。色彩斑斓、变幻不定的塔影倒映在波光粼粼的江水之中，犹如梦幻仙境，美不胜收，使人流连忘返。面对如此奢华的羊城美景，此时游子的心中，不免时时泛起一种"梁园虽好，但终不是久居之家"般的离乡怀远的丝丝哀愁。

2014年6月22日夜于广州珠江海心沙

青玉案

黄花岗

百年辛亥风云路㉑，叹岗上、黄花墓㉑。

浩气长存追远古㉑。

群英罹难，为求民主㉑，碧血丹心著㉑。

仁人志士常思慕㉑，家国兴亡断肠处㉑。

两岸同胞齐眷注㉑：

弥合恩怨，拨开迷雾，同铸金瓯固㉑。

1. 青玉案·黄花岗：余于2014年6月23日清晨骑单车由东向西横穿广州市区到黄花岗七十二烈士墓参观拜谒，感慨系之，作此《青玉案·黄花岗》以记之。

2. 百年辛亥风云路：1911年孙中山先生领导的辛亥革命，推翻了腐朽的清王朝的统治，中华民族开始走向民主共和，至今已过去一百多年了。一百年来，中华大地风云变幻，翻天覆地，世海沧桑。

3. 碧血丹心著：碧血，常用来形容为正义事业而流的鲜血。丹心：赤心，忠心。碧血丹心常连起来用。著：显明，显著。

4. 眷注：关怀；关心。这里引申为愿望。

5. 金瓯（ōu）：金盆。后用"金瓯"比喻祖国完整的大好河山。

2014年6月23日清晨于广州黄花岗七十二烈士墓

浣溪沙

万里星空

万里星空万里云㉑，江风吹送渡关津㉑。
离愁别恨梦惊魂㉑。

烟锁秦楼观凤舞，月移汉阙驾鸾辚㉑。
人人无寐夜思频㉑。

1.关津：关隘；渡口。

2.烟锁秦楼观凤舞："吹箫引凤"是一则与华山有关、流传久远、美丽的神话传说。

相传春秋时，秦穆公的小女名弄玉，姿容绝世，聪明无比，喜好音律，善于吹笙。她吹起玉笙来，声如凤凰啼鸣。秦穆公在宫内筑凤楼（即诗词中所说的秦楼）让她居住，楼前筑有高台，名叫凤台（凤凰台即由此而来）。秦穆公想为女儿择婿，弄玉发誓说："必须选择一个善于吹笙的人。"穆公派人四处寻访善于吹笙的人，都不能如愿。一天，弄玉梦见一个美男子说："我是太华山（即华山）的主人，上帝命我与你缔结姻缘。"并以玉笙为之吹奏《华山吟》第一弄。弄玉将梦中情景告诉穆公，穆公遂派大臣百里孟明到华山寻访。孟明在华山找到一位擅长吹箫的人，名叫萧史，同载而归。孟明引萧史拜见穆公，穆公让他吹奏。萧史奏第一曲，清风习习而来；奏第二曲，彩云四合；奏第三曲，见白鹤成对，翔舞于空中，孔雀数双，栖集于林际，一时百鸟和鸣，经时方散。穆公遂将女儿弄玉嫁给他。婚后，夫妻和睦，恩爱甚笃（dǔ）。萧史教弄玉吹箫，学成《来凤之曲》。一天晚上，夫妇在月下吹箫，竟有紫凤飞来立于凤台之左，赤龙飞来盘于凤台之右。萧史说："我本是天上神仙，上帝看人间史籍散乱，命我下凡整理。……周人以我有功于史，就称我为萧史。上帝命我为华山之主，因与你有夙（sù）缘，故以箫声作合，成就了这段姻缘。然而我不能久住人间，今龙凤来迎，可就此离去。"于是，萧史跨赤龙，弄玉乘紫凤，自凤台翔云而去。就在这天夜晚，有人于太华山听到了凤鸣声。这则美丽的神话传说，把琴瑟和谐、鸾凤和鸣诗化了。成语"乘龙快婿""龙凤呈祥"便是由此而来。华山玉女峰,玉女指的就是弄玉。华山东峰下的引凤亭,就是取《吹箫引凤》之意而建。

3.月移汉阙驾鸾辚(lín):阙,皇宫门前两边的望楼,泛指帝王的住所。汉阙,即汉朝的宫阙。辚,轮子,这里代指车。这句的意思是,皎洁的月光在汉家宫殿的上空慢慢地移动着,西王母坐着鸾车来和汉武帝相会。自汉代至唐代,关于汉武帝的求仙故事不绝如缕。在《汉武故事》《博物志》和《汉武帝内传》中,均有西王母夜降九华殿与汉武帝相会的情节。西晋张华《博物志》记载:"汉武帝好仙道……帝东面西向,王母索七桃,大如弹丸,以五枚与帝,母食二枚……唯帝与母对坐,其从者皆不得进。时东方朔窃从殿南厢朱鸟牖(yǒu)中窥母,母顾之谓帝曰:'此窥牖小儿,尝三来盗吾此桃。'帝乃大怪之。由此世人谓方朔神仙也。"

4.人人:心上人;爱人。

2014年6月29日夜于穗

南歌子

风 雨

昨夜风声紧，今朝雨势狂㊵。

年来羁绊在他乡㊵，只索客愁无奈任彷徨㊵。

鬓髮星星短，腰肢细细长㊵。

韶华失去费思量㊵，正是一生沦落叹凄凉㊵！

1.羁（jī）绊：束缚；被缠住不能脱身。

2.只索：在这里是只是，只有，只得，无奈意。

3.鬓髮星星短，腰肢细细长：星星，形容白髮很多。这两句的意思是，年华老去，鬓髮花白而且越来越短，身体越来越消瘦。

2014年7月2日于羊城

南歌子

岭表风光

岭表风光好，花城草木香㉟。

银流如带是珠江①，正对平畴千里碧苍茫㉝。

越秀升王气，层楼镇海疆㉝。

五羊石像傲山岗㉝，更有高楼林立映辉煌㉝。

1.银流如带是珠江，正对平畴千里碧苍茫：登高望远，江流如带，沃野争碧，珠江像银色的带子蜿蜒在一望无际、碧绿苍茫的原野上。

2014年7月2日于羊城

采桑子

南飞雁

古稀又作南飞雁，越渡关津①。
万里行云②，海角天涯沦落人②。

青山绿水常相伴，鸥鹭为邻③。
暮雨江滨③，烟锁离愁欲断魂④。

1.古稀：指人七十岁。源于杜甫《曲江》诗句"人生七十古来稀"。这里泛指人年老，暮年。

2.海角天涯：天涯海角。形容极远的地方或彼此之间相隔极远。地名"天涯海角"在海南岛三亚市南端南海边。

3.青山绿水常相伴，鸥鹭为邻：鸥鹭，两种水鸟。这两句是说，离乡背井，客居他乡，人地生疏，没有朋友，每天只能和山水为伴，与鸟类为邻。

4.断魂：多形容哀伤，愁苦，有时也形容情深。

2014年7月3日于羊城

采桑子

薰风吹过

薰风吹过珠江岸，烟雾氤氲②。
楼塔嶙峋③，惊羡离乡背井人④。

霓虹闪烁星光耀，宝雨缤纷④。
不是凡尘④，应是清都会众神⑤。

1. 薰风：带着花草香气的温和的风。

2. 氤氲（yīn yūn）：气体或云烟很盛的样子。

3. 楼塔嶙峋（lín xún）：嶙峋，山石重叠不平的样子。这里用来形容高楼林立，直插云霄，错落有致，参差不齐的样子。

4. 宝雨缤纷：又称花雨缤纷。佛经上常常讲到，天人散花供养地藏菩萨，花就像雨一样落下，许许多多绵绵不绝，形容为"花雨缤纷"。《地藏菩萨本愿经》中有十二句赞地藏菩萨偈（jì）："稽（qǐ）首本然净心地，无尽佛藏（zàng）大慈尊。南方世界涌香云，香雨花云及花雨。宝雨宝云无数种，为祥为瑞遍庄严。天人问佛是何因，佛言地藏菩萨至。三世如来同赞叹，十方菩萨共归依。我今宿植善因缘，称扬地藏真功德。"其中的"香雨花云及花雨，宝雨宝云无数种"两句的意思是：有瑞彩灿烂的香花云、香花雨和种种的宝雨、宝云缤纷而下。

下片一、二两句的意思是，珠江两岸的夜空，霓虹与星光闪耀，梦幻迷离，如花雨缤纷，美艳惊人。

5. 清都：传说中天帝的宫阙。这两句的意思是，珠江的夜景美不胜收，不像是人间所能有的，应该是天上众神仙在天宫中聚会吧。

2014年7月3日于羊城

鹧鸪天

忆旧游

老迈无端忆旧游①，故园荻蓼满汀洲②。

儿童斗草荷塘畔，欲钓蜻蜓逐水流⑤。

山黛黛，水悠悠⑥，少年不解世间愁⑥。

如今尝尽愁滋味，已是霜菊过九秋⑦。

1.忆旧游：回忆过去，这里指回想少年时光。

2.故园：故乡，家乡。

3.荻蓼（dí liǎo）：两种植物，多生长在水边。荻，多年生草本植物，像芦苇。蓼，一年生或多年生草本植物，多开白色或浅红色的花。

4.斗草：一种用草棍或麦秆来角胜负的儿童游戏。

5.欲钓蜻蜓逐水流：钓蜻蜓，将一只蜻蜓绑在芦苇尖上就可以钓到另一只蜻蜓。余儿时常为之，半晌钓十数只，夹在指缝里，回家后又将其放生。因钓蜻蜓而顺着溪流奔跑。

6.山黛黛，水悠悠，少年不解世间愁：黛，青黑色。悠悠，长久，遥远，从容自在。这两句的意思是，年幼时只知道玩耍，不懂得世间的忧愁。

7.霜菊过九秋：经霜打的菊花就要凋谢了，更何况又到了暮秋时节呢，比喻人已衰老至暮年。

2014年7月4日于羊城

鹧鸪天

忆送别

十里长亭霞满天_①，举杯含泪唱阳关_②。

酒朋诗侣文章客，苦辣酸甜一世间_③。

山远近，水潺湲_④，征人何处解雕鞍_④?

而今望断风云路，烟雨蒙蒙魂梦牵_⑤。

1.长亭：古代在城外送别或歇脚的地方。如五里短亭，十里长亭。

2.阳关：《阳关曲》，即《阳关三叠》，古琴曲名。因唐代王维的《送元二使安西》诗中"西出阳关无故人"句而得名。该诗又名《渭城曲》："渭城朝雨浥轻尘，客舍青青柳色新。劝君更尽一杯酒，西出阳关无故人。"是历来著名的送别曲。

3.一世间：一生一世。

4.山远近，水潺湲，征人何处解雕鞍：山高水长，路途遥远，哪里是远行人歇脚的地方呢？进一层的意思是，人生旅途，山高水远，险象环生，风云变幻，什么时候才能停下劳累的脚步呢？潺湲（chán yuán）：形容水慢慢地流。

5.望断：向远处看着直到看不见。

6.风云：比喻变幻动荡的局势。

7.魂梦牵：魂牵梦绕，形容对友人的思念之情。

2014年7月5日于羊城

鹧鸪天

唱罢阳关

唱罢阳关泪水流㉕，世间最苦是离愁㉕。

登高望断南飞雁，岭树重遮烟雨楼㉕。

心未老，鬓先秋㉕，人生无奈愿难酬㉕。

记得湖海泊船处，载酒高歌泛彩舟㉕。

1. 阳关：《阳关曲》，即《阳关三叠》，古琴曲名，是历来著名的送别曲。

2. 登高望断南飞雁，岭树重遮烟雨楼：因思念远方的亲人，故登上高楼眺望。看着远飞的大雁，直到看不见了还在看。山岭重叠、树木遮挡，又逢烟雨迷蒙，什么也看不见。但是，心里的思念却久久不断。

3. 鬓先秋：鬓发先斑白了。

4. 酬：实现。

5. 载酒高歌泛彩舟：相传，范蠡（lí）辅佐越王勾践灭掉吴王夫差以后，功成身退，携西施泛游五湖（太湖）。这句的意思是，想象着远离烦嚣的尘世，泛舟湖海，寄情山水，载酒高歌，极尽情怀。有旷达出世意。

2014年7月6日于羊城

七七事变七十七年祭

卢沟桥畔炮声隆㊀，日寇侵华寰宇惊㊁。

恶虎磨牙劈厉爪，豺狼嗜血露狰狞㊂。

风云突变同赴难，豪气冲天共举缨㊃。

可叹七十又七载，缅怀英烈泪朦胧㊄。

1.卢沟桥：位于北京市广安门西南永定河上。初建于金大定二十九年（1189年），成于明昌三年（1192年）。明、清两代屡有修缮。由十一孔石拱组成。桥两侧建有石栏，其上共雕刻石狮约500个，姿态各异，生动雄伟。1937年7月7日，日本帝国主义挑起侵华战争，中国军队在此抗击日本帝国主义的侵略，揭开了抗日战争的序幕，至今已整整七十七年了。

2.寰（huán）宇：全世界。

3.恶虎磨牙劈厉爪（zhǎo），豺狼嗜（shì）血露狰狞：形容日本帝国主义极度凶恶残暴和豺狼本性。劈厉爪，张开爪子。嗜血，指猛兽贪于血食，形容人凶狠残暴。

4.风云突变同赴难，豪气冲天共举缨：这两句是说，在国难当头、民族危亡之际，举国上下，不分阶级，不分民族，不分男女老幼，同仇敌忾（kài），共赴国难，奋起抗击日本帝国主义的侵略。缨：红缨枪，代指武器。

5.缅怀英烈泪朦胧：中国抗日战争，是指从1937年7月7日的"卢沟桥事变"开始，由日本帝国入侵中华民国引发的战争，主战场在中国大陆，两国军队鏖战八年，至1945年9月15日，以中国的胜利而告终。但是在中国许多历史学家看来，中国的抗日战争实际上从一九三一年九一八事变之后就开始了，不过那是局部的，全面抗战是从"卢沟桥事变"开始的。国民党和共产党分别在正面战场和敌后战场对日军进行作战。中国付出了巨大的民族牺牲，以牺牲3500多万人的代价赢得了胜利。其中，中国政府军队牺牲200万，游击队牺牲60万（包括八路军、新四军）。被日军屠杀的中国老百姓在2000万以上。另外，因为战争饿死、病死的，不计其数。中国经济损失达5000亿美元，另有6000吨黄金和不计其数的物资被从中国掠夺到日本。中国的历史进程被迫倒退数十年。

缅怀为抗击日本帝国主义入侵而牺牲的英烈和被日寇残忍杀害的亿万同胞，热泪盈眶，泪眼朦胧。目前，日本军国主义又再次死灰复燃，对我国形成严重威胁。每一个中华儿女，要牢记民族仇、家国恨，勿忘国耻，对日本军国主义保持高度警惕。富国强兵，振兴中华。如果敌人胆敢来侵犯，坚决把它消灭光！

2014年7月7日于羊城

渔家傲

岭南七月

百粤三江湿暑地②，火流七月如蒸屉①。
一霎彤云连苑起③。
烟雾里，风号雨注重门闭④。

自到岭南无适意，地偏心远风俗异⑤。
故友亲朋魂梦系。
应牢记，梁园虽好情难替⑥。

1.岭南七月：岭南地区，七月流火，暑湿难耐，如在蒸笼。

2.百粤三江：百粤，岭南地区古称百粤。三江，西江、北江、东江合称三江，汇流入珠江。泛指岭南地区及珠江流域。

3.一霎（shà）彤（tóng）云连苑起：一霎，一刹那，形容时间极短。彤云，浓云。苑，本指帝王的花园，这里代指高楼大厦。这句的意思是，岭南地区风雨多变，一眨眼的工夫，浓云密布，黑云压城，暴风雨要来了。

4.风号（háo）雨注：风在怒吼，暴雨如注。形容风雨交加，风狂雨骤。号：呼喊。

5.地偏心远风俗异：晋代陶渊明的田园诗《饮酒（五）》："结庐在人境，而无车马喧。问君何能尔？心远地自偏。采菊东篱下，悠然见南山。山气日夕佳，飞鸟相与还。此中有真意，欲辨已忘言。"这句的意思是，地域之间距离遥远，彼此不易沟通，风俗也不相同。

6.梁园虽好情难替：据史料记载，梁孝王刘武是汉高祖刘邦之孙，汉文帝之子，因他仁慈孝顺，死后被追封为孝王，后人称之为梁孝王。因他抗击吴楚有功，功劳显赫，再加之窦太后的宠爱，所受赏赐无数，封疆于大梁。梁孝王刘武，在梁地大兴土木，以睢阳为中心，根据自然景色，修建了一个很大的花园，称东苑，也叫菟（tù）园，后人称为梁园。所建离宫，重楼别馆，房舍林立，雕梁画栋，金碧辉煌，几乎可以和京师的皇宫媲（pì）美。梁孝王爱惜人才，在梁园广揽宾客，天下的文人雅士如齐人邹阳、羊胜、公孙诡，吴人枚乘、严忌，蜀人司马相如等，都成了梁孝王的座上客。有一次一位客人要走，梁孝王为之挽留，此人推辞曰："梁园虽好，终非久居之家也！"现在可以将这句话理解为，一切繁华快乐的场所，都不如自己的家乡那样值得留恋。后来也用作形容一个地方虽然舒适，但不是可以久留的地方。或谓他乡虽好，不宜久居。这句的意思是，不管居住或生活在什么地方，我对故乡的眷恋之情都是无法替代的。

2014年7月15日于羊城

临江仙

忆北疆

常忆北疆秋月里，白云飘过蓝天[韵]。

穹庐碧野暗山川[韵]。

牛羊归落日，霞映起孤烟[韵]。

美酒迎宾骑骏马，毡房歌舞缠绵[韵]。

敖包神话喜相传[韵]。

十年成一梦，回首话当年[韵]。

1. 忆北疆：余自20世纪末，因工作需要，常往来于内蒙古与河北间。退休后，又被返聘到内蒙古做了六年多监理工作，在内蒙古工作生活长达十数年之久。北国边陲，最美的季节当属七八月间的秋季。蓝色的内蒙古高原，一望无际的大草原，蓝天万里，白云悠悠，秋高气爽，沃野呈碧，牛羊成群，骏马嘶鸣，鹰击长空，鸦噪暮林，落日熔金，暮云合璧。蒙古包里，炊烟袅袅，歌声阵阵，勒勒车的铃声悠荡在晚霞的余晖里，好一派北国风光！在一首《蓝色的蒙古高原》里这样唱道："望不尽连绵的山川，蒙古包就像飞落的大雁，勒勒车赶着太阳游荡在天边，敖包美丽的神话守护着草原。啊，我蓝色的蒙古高原，你给了我希望，从远古走到今天，你就是不灭的信念。把我的爱献给你，把我的祝福留给你，祝福留给你。"回想内蒙古风物，使人回味留恋，夙兴夜寐，感慨万千，作此《忆北疆》以记之。

2. 穹庐碧野暗山川：北朝民歌《敕（chì）勒歌》："敕勒川，阴山下。天似穹庐，笼盖四野。天苍苍，野茫茫，风吹草低见（xiàn）牛羊。"敕勒川，南北朝时期敕勒族人生活的地方，在今内蒙古、山西一带，如今内蒙古的土默川即南北朝时期的敕勒川，即今内蒙古自治区的土默特右旗和土默特左旗一带。穹庐，古代游牧民族生活的毡帐，即蒙古包，这里的穹庐指的是天空。川，平地，原野。余在内蒙古这十几年，主要工作生活在呼包鄂金三角地带，曾在内蒙古托克托电厂、准格尔电厂、东胜热电厂和萨拉齐电厂等做监理工作，在土默特右旗的萨拉齐电厂做监理工作达三年半之久。这句的意思是，天空像穹庐一样笼罩着一望无际碧绿的原野，天色暗了下来，山川显得更加苍茫。

3.牛羊归落日，霞映起孤烟：黄昏后，放牧一天的牛羊，迎着落日的余晖往回走，在晚霞的映照下，蒙古包上升起了一缕炊烟。

4.美酒迎宾骑骏马，毡房歌舞缠绵：蒙古族人热情好客，有嘉宾到来时，常骑着十四、二十四，甚至几十匹骏马来迎接。客人一到，蒙古族少女先向客人敬哈达和三银盏美酒，并在蒙古包内为客人献上歌舞助兴。

5.敖包：音译词，也译作鄂博。做边界或路标的土石堆。蒙古族人常在敖包敬神、歌舞和聚会，相爱的青年男女也常在敖包约会。

2014年7月26日于羊城

雁门关怀古

云飞霞举勾注山❶，过雁穿云险备边❷。

自古兵家征战地，尔来塞上烽火天❸。

胡服骑射破胡虏，大漠奔袭勒燕然❹。

李牧祠碑何处是，秋风萧瑟绕雄关❺。

1.雁门关：雁门关位于山西省代县。雁门关在城西北大约40华里的地方，又名"西陉 (xíng) 关。""天下九塞，雁门为首。"历朝历代都是拱卫京师、屏护中原的兵家重地。雁门关周长二里，墙高二丈，石座砖身，雉堞 (zhì dié) 为齿。雄关依山傍险，高踞勾注山上。东西两翼，犹如大雁展翅。重峦叠嶂，山峦起伏，山脊长城，其势蜿蜒。关有东西二门，皆以巨砖叠砌，过雁穿云，气度轩昂。门额分别雕嵌 (qiàn) "天险""地利"二匾。东西二门上曾建有城楼，巍然凌空，内塑杨家将群像，并在东城门外，为李牧建祠立碑。可惜城楼与李牧祠，均在日寇侵华时被焚。傅山先生所书的"三关冲要无双地，九塞尊崇第一关"的对联也已化为灰烬。但唐代诗人李贺的《雁门太守行》，仍写出了雄关的豪迈气势，并流传至今："黑云压城城欲摧，甲光向日金鳞开。角声满天秋色里，塞上胭脂凝夜紫。半卷红旗临易水，霜重鼓寒声不起。报君黄金台上意，提携玉龙为君死。"遥想当年，雁门关外，旌 (jīng) 旗猎猎，鼓角声闻，狼烟弥漫，杀声震天，场面何等惨烈。战与和，时间的轮回，都一字不漏地刻在这关隘沧桑的石碑上。从战国时期的赵武灵王起，历代都把此地看作战略要地。赵置雁门郡，此后多以雁门为郡、道、县建制戍守。汉代的雁门，更是风云多变。汉高祖刘邦时期，匈奴曾南逾勾注，直驱晋阳（太原）。为此，前201年，刘邦亲率三十多万大军，抵达平城（山西大同），抗击匈奴。可惜，被匈奴用计诱入，困于平城东白登山达七日之久。后陈平出奇计，用重金财宝贿赂单于阏氏 (yān zhī，匈奴王的妻子) 才得以解脱。李白的乐府体古诗《关山月》中有"汉下白登道，胡窥青海湾"句，其"汉下白登道"即指此事。白登道是汉代著名的大道，是与西北的青海道齐名的北方大道。汉武帝继位后，对匈奴不断猖狂的南侵，着手反击。汉朝名将卫青、霍去病、李广等都曾驰骋在雁门古塞内外，多次大败匈奴，立下汗马功劳。汉元帝时，王昭君就是从雁门关出塞和亲的。从此以后，这一带出现了"遥城晏闭，牛马布野，三世无犬吠之警，黎庶

"无干戈之役"的安定局面。

余曾两次到雁门凭吊。雁门关关楼下，随处可见破败的古碑、残缺的汉瓦，关城的城基上已长起没（mò）膝的野草。日落前的晚霞给整个雁门关涂上一层凝重的色彩。抓一把脚下的泥土，里面渗透的是一代一代戍关将士无限的忠诚和勇气。"数年风土塞门行，说着江山意暂清。求取罢兵南北去，满楼苍翠足平生。"老于边事的范仲俺似乎也厌倦了战争，那些普普通通的戍关将士又何尝不厌倦战争呢？戍关将士们已长眠于雁门山下，但其忠武的英魂就像雁门关前那两根孤傲的石旗杆一样，将永远矗立在雁门关上。"落日眠衰草，寒风咽断溪。烽烟今久静，凭吊尚凄凄。"吟诵这些伤感的诗句，眼前会走马灯似的闪过李牧、李广、李左车、薛仁贵、李克用、杨家将等风云叱咤（chì zhà）一时的人物。雁门关，多少名将在这里写下了他们人生刚烈的传奇，这座雄关因而有了自己独特的性格。即使烽烟不再弥漫，夕阳残照关楼，血性依然在天地间张扬。

而今，雁门山已开通一条长达11华里之多的雁门关大隧道，从河北经山西至内蒙古，可节省两个多小时的车程，余曾数十次穿越此隧道。据说，雁门隧道北侧一片一望无际的原野，就是宋辽时期杨家将与辽兵大战的金沙滩古战场，滩西侧山脚下有旧宁武城，即历代兵家（称宁武军）驻兵屯粮之所。如今胡汉一家，和谐共荣，一派盛世和平景象。

2. 云飞霞举：霞举云飞。明末大学问家顾炎武进入雁门关时，老先生骑着小毛驴叩关而入，仰望着峡谷上南飞的大雁，朗声而曰："雁门，古勾注西陉之地，重峦叠巘（巘yǎn），霞举云飞，两山对峙，其形如门，而飞雁出于其间，故名。"此处借用顾老语句。

3. 勾注山：在山西代县，属北岳恒山，雁门关建于其上。

4. 过雁穿云险备边：险，险峻。雁门关东关楼上曾有匾额曰"天险"。勾注山地势险要，重峦叠嶂，两山对峙，其形如门，大雁穿飞期间。在这里建关塞是为了守备边疆。

5. 自古兵家征战地，尔来塞上烽火天："天下九塞，雁门为首。"雁门关自古乃兵家必争之地，这一带历来战事频仍，烽火连天。尔来：从此以来。这里的意思是，从古以来。

6. 胡服骑射破胡虏：赵武灵王进行军事改革，胡服骑射，军事力量大大增强，曾大败林胡、楼烦的入侵。

7. 大漠奔袭勒燕然：奔袭，军队从距敌较远的地方秘密出动，迅速向敌人接近并对之实施袭击。大漠奔袭，指汉武帝时名将骠骑（piào qí）将军霍去病（前140—前117年）奔袭击匈奴事。元狩四年（前119年）春，霍去病与大将军卫青各率5万骑过大漠（今蒙古高原大沙漠）进击匈奴。霍去病出塞后深入2000余里，歼敌70443人，然后在狼居胥山祭天，在姑衍山祭地。封狼居胥后，他继续率军深入追击匈奴，一直打到翰海（今俄罗斯贝加尔湖）而还。至此，匈奴再无力量侵扰汉家边境。燕然，指今蒙古国境内的杭爱山。勒，刻石记功。89年，东汉大将窦宪追击匈奴，出塞三千里，至燕然山，勒石记功而还。

8.李牧：战国时期赵国名将，历史上所称的"赵国七贤"之一，奉命常驻雁门，防备匈奴。坚持慎重防守的方针，凭长城之险，加强战备。他在雁门数年，"习射骑，谨烽火，多间谍。"使匈奴数岁无所得，而赵军则兵强马壮，愿为一战。此时，他选用精兵良马，巧设奇阵，诱敌深入，"大破匈奴十余万骑（jì）"。其后十余年，匈奴不敢寇赵。后人称李牧为"奇才"，并在雁门关建"靖边寺"，纪念其戍边保民的战功。

9.雄关：指雁门关。

2014年7月27日于羊城

青冢怀古

昭君青冢在青城⑩，青冢年年草色青⑩。

艳冠群芳惊上苑，风标绝代耀王庭⑩。

和亲笳鼓关山度，马上琵琶塞外听⑩。

只道边陲息战火，安邦何用美人行⑩?!

1.青冢：汉代王昭君墓。蒙古语称"特木尔乌尔琥"，意为"铁垒"。位于内蒙古呼和浩特市南呼清公路9公里处的大黑河畔，是史籍记载和民间传说中汉朝明妃王昭君的墓地。墓前雕有联辔（pèi）而行的双骑塑像，马背上塑的是王昭君和呼韩邪（yé）单于。塑像底座上是用蒙汉两种文字镌（juān）刻的"和亲"二字。当年打不过匈奴，就选取美丽的女子作为珍品（美色无价）去进贡，且美其名曰"和亲"。这在两千多年前的历史上，只有统治者能拿出这等"高招"来缓和矛盾、救国安邦。"青冢"一词，出自对杜诗的一条注解：北地草皆白，惟独昭君墓上草青，故名青冢。唐代杜甫《咏怀古迹》之三："一去紫薹（tái）连朔漠，独留青塚向黄昏。"元代马致远《汉宫秋》第二折："怎下的教他环佩影摇青塚月，琵琶声断黑江秋。"清代纳兰性德《蝶恋花·出塞》词："从前幽怨应无数，铁马金戈，青塚黄昏路。"呼和浩特市倘（tǎng）无这一座千秋青冢，整个塞北的原野上，不知会失却多少动人的春色呢？余曾两次到昭君墓参观游览，感慨系之。

2.昭君：汉代王昭君，名嫱（qiáng），中国古代著名的四大美女之一。王昭君生于长江边上秭（zǐ）归县的香溪旁，汉元帝时被选入宫，竟宁元年（前33年）外嫁塞北。"沙碛（qì）微惊数骑尘""红妆千里为和亲"，南北颠簸，身行万里，此行的最终使命是为了消弭（mǐ）战乱，平息纷争。除了这穿着华贵艳丽的一行人显得单薄之外，从大局来看，与长赴远征的军队颇有内在的相似之处。在青冢前的几块碑记里，有一位将领在所立碑上镌写了与众不同的词句，说是"懦夫愧色"云云："战骨填沙草不春，封侯命将漫纷纭。"一介秀色夺人的蛾眉，其功绩远远胜过了出没于战云征尘里的千军万马。相比之下，真正的军人来到青冢，面对昭君塑像，怎能不问心有愧呢？在中华民族众多的美女里，能进入艺术殿堂的就那么几位。而王昭君，其灵魂似乎切入了这座殿堂里的诸多领地：戏曲演之，剧本甚多，久演不衰；画家绘之，塞风与红妆别成境界；音乐奏之，莫说《昭君怨》《王昭君》

之类的琵琶曲，连本来姓"胡"的琵琶也成了中国的民族乐器；至于围绕这个女子的诗词、文章和故事，历史上有谁能与之比肩呢？"宫中多少如花女，不嫁单于君不知！"弄来弄去，竟让后人闹不清这王昭君之外嫁，是幸也，还是不幸也？

3.青城：呼和浩特市的别称。

4.艳冠群芳惊上苑，风标绝代耀王庭：群芳，众多美女。上苑，上林苑，汉武帝重建的古帝王林苑，广蓄珍禽异兽、奇花异草，这里代指皇宫。风标，风姿标致。绝代，当代独一无二，如绝代佳人。王庭，匈奴单于居住的地方称作王庭。这两句形容王昭君极度美貌：艳压群芳，冠绝当代，惊动了整个皇宫；风姿标致，艳光四射，照耀匈奴王庭。

5.和亲笳（jiā）鼓关山度，马上琵琶塞外听：笳，胡笳，古代簧管乐器，汉代流行于北方游牧民族地区，其声苍凉悲壮。这两句的意思是，和亲的队伍度过了崇山峻岭、关卡要塞，向着北方大漠行进，王昭君骑在马上，琵琶声声也只能在塞外听了。

6.只道边陲息战火，安邦何用美人行。边陲：边疆，靠近国界的地区。朝廷只说边境安定了，从此胡汉两家不再打仗了，可这边境安定是怎么得来的呢？不是打出来的，是用美人"和亲"换来的。这种用屈辱的所谓"和亲"换来的和平安定只是暂时的，是不可能长久的。国家要想和平安定、长治久安，必须励精图治、富国强兵，自身的强大才是保证和平安定的唯一途径。救国安邦，本应是当权者的事，国之重臣的事，国家军队的事，是男人们的事！怎么能让一个弱女子来承担呢？还美其名曰"和亲"，真乃可悲可叹！

2014年7月28日于羊城

成陵怀古

伊金霍洛看成陵㊟，翠柏苍松草色青㊟。

风卷残云欧亚陆，东征西讨版图宏㊟。

严寒酷暑鏖兵战，铁马冰河万里行㊟。

一代天骄终霸业，是非功过后人评㊟。

1.成陵：成吉思汗（hán）的陵墓，位于伊金霍洛草原，也就是内蒙古自治区鄂尔多斯市伊金霍洛旗新街镇甘德尔敖包，属窟野河上游。成吉思汗陵于1729年（雍正七年）迁此，抗日战争期间陵墓八白室迁至青海塔尔寺，1954年又迁回。现在的成陵修建于1956年，主体为三个巨大的穹庐型蒙族宫殿建筑。正殿正中摆放成吉思汗的雕像，高5米，身着盔甲战袍，腰佩宝剑，相貌英武，端坐在大殿中央。塑像背后的弧形背景是"四大汗国"疆图，标示着700多年前成吉思汗统率大军南进中原，西进中亚和欧洲的显赫战绩。后殿为寝宫，安放四个黄缎罩着的灵包，包内分别供奉成吉思汗和他的三位夫人的灵枢。还摆放着成吉思汗生前用过的马鞍等珍贵文物。

东殿安放着成吉思汗的第四个儿子拖雷（元世祖忽必烈之父）及其夫人的灵枢。自窝阔台及其长子之后，蒙古族皇帝都是拖雷的子孙，所以其地位极为显赫。

西殿供奉着象征着九员大将的九面旗帜和"苏勒定"（又称苏勒德）。苏勒定即为大旗上的铁矛头，成吉思汗南征北战中，用它指挥过千军万马。传说成吉思汗死后，其灵魂便附在其上，因此在蒙古人民的心目中，苏勒定是十分神圣的。日本帝国主义曾千方百计想掳走"苏勒定"，蒙汉各阶层人民对此进行了艰苦卓绝的斗争，出生入死，终于保住了"苏勒定"。

在正殿的东西廊中有大型壁画，主要描绘了成吉思汗出生、遇难、西征、东征、统一蒙古各部等重大事件。壁画还表现了成吉思汗的孙子忽必烈统一中国，定都北京，于1271年正式改国号为元，并追封成吉思汗为元太祖的盛况。

成陵实际是成吉思汗的衣冠冢。成陵周围广植松柏和花草树木，不远处有新建的鄂尔多斯机场。成陵已成为内蒙古重要的旅游景点。

2.成吉思汗：（1162—1227年）即元太祖，名铁木真。蒙古大汗、军事家。12世纪末逐步统一蒙古各部。1206年被推为大汗，称成吉思汗，建立了统一的蒙古政权。制定军事、政治、法律等制度，开始使用文字，加速了蒙古族社会经济的发展，加强了军事力量。1211年、1215年两次大举向金进攻，占领了中都（北京）。1219年发动第一次西征，版图扩展到中亚地区和南俄。1226年率兵南下攻西夏，1227年8月，成吉思汗出猎时坠马，病逝于西夏。成吉思在蒙语中是坚强和大海的意思。

3.伊金霍洛：成陵在内蒙古鄂尔多斯市的伊金霍洛旗，"伊金霍洛"意为"圣主之陵园"。

4.风卷残云欧亚陆，东征西讨版图宏：成吉思汗的蒙古大军，所向披靡、势如破竹，蒙古铁骑向西曾打到地中海沿岸，向东攻金占领金的中都，向南灭西夏，蒙古帝国的版图横跨欧亚大陆。"一代天骄"成吉思汗建立的蒙古帝国是世界历史上疆域最大的国家，历来为中外史学家所公认。

5.鏖：艰苦而激烈的战斗。

6.一代天骄：指称雄一世的人物。天骄，"天之骄子"的省略语。汉朝人称匈奴单于为天之骄子，后来称历史上北方某些少数民族的君主为天骄。各国也称成吉思汗为一代天骄。

2014年7月29日于羊城

敕勒川

阴山脚下任流连[韵]，荒漠绿洲敕勒川[韵]。
天似穹庐笼四野，地接汗漫望雄关[韵]。
牛羊乍现秋风起，骏马欢腾草色鲜[韵]。
蒙古包前歌舞罢，谁家明月照炊烟[韵]？

1.阴山脚下任流连，荒漠绿洲敕勒川：大青山是阴山的余脉，敕勒川在大青山南麓，故言“敕勒川，阴山下”。敕勒川（土默川）即今内蒙古呼包鄂金三角地区，是草原大漠中的一块绿洲。余工作往来于呼包鄂金三角地区十数年，也曾由包头经黄河大“几”字弯西侧的乌拉特前旗向北穿过阴山山口，到过阴山背后距离蒙古国仅一百多公里的乌拉特后旗考察风电建设，恰遇沙尘暴，风沙之大是余平生所仅见，所乘“帕萨特”轿车曾三次抛锚在沙窝中，幸遇牧民帮助才得以脱险。十多年流连在塞外草原，故言“阴山脚下任流连”。

2.天似穹庐笼四野，地接汗漫望雄关：汗漫，广大，广泛，不着边际。雄关，指的是敕勒川以南的雁门关等要塞。这两句的意思是，天空像巨大的蒙古包笼罩着四边的原野，在敕勒川广袤（mào）无垠（yín）的大草原上，可以远眺雁门关等雄关。

3.牛羊乍现秋风起：水草丰茂，草原上草长得很高，淹没了牛羊，只有秋风吹过，才能看得见，即“风吹草低见牛羊”意。

4.蒙古包前歌舞罢，谁家明月照炊烟：牧民们趁着月光，在蒙古包前歌舞，结束以后，回到毡房里继续饮酒欢乐，是谓“明月照炊烟”。这两句描写牧民的幸福生活。

2014年7月30日于羊城

美岱召

阴山北望路迢迢①，塞外明珠美岱召①。

叱咤风云阿勒坦，称雄土默筑城寮②。

风华绝代三娘子，和睦中原功业骄③。

帝道咸宁澄四海，民安乐业看今朝③。

1.美岱召：美岱召属全国重点文物保护单位，在呼和浩特至包头公路北侧的大青山脚下，位于距包头市土右旗萨拉齐镇东25公里处的土默特右旗美岱召村。美岱召始建于明代中期，是明朝隆庆五年（1571年），被明朝封为顺义王的成吉思汗第十七世孙阿拉坦汗统领蒙古土默特部居住的古城寺庙。美岱召被誉为阴山第一胜景。余在内蒙古萨拉齐电厂做监理工作达三年半之久，向北就能远远望见大青山脚下的美岱召。余曾先后三次进入美岱召参观游览，在三娘子的浮雕石壁前驻足流连。清晨或黄昏，余也曾无数次驱车到美岱召门前兜风。美岱召门前往南又扩建了好几座大殿，最南端则是新建的一座金碧辉煌的大牌坊，使得昔日的美岱召更加雄伟壮观。召：在这里读阴平声（zhāo），藏传佛教中寺庙的意思。

2.叱咤风云阿勒坦，称雄土默筑城寮（liáo）：阿勒坦：阿勒坦汗，或译为阿拉坦汗，成吉思汗第十七世孙，十六世纪中叶统一土默川一带蒙古各部，明朝隆庆五年（1571年），被明王朝封为顺义王，并开始在土默川建城，于明万历三年（1575年）建成的第一座城寺，取名灵觉寺，后改寿灵寺，朝廷赐名福化城，即今美岱召。美岱召是阿拉坦汗修建的一处罕见的集寺庙、王府与城池为一体的城寺建筑。寮：小屋。这里指城池，即美岱召。

3.风华绝代三娘子，和睦中原功业骄：三娘子（金钟哈屯）在历史上是个赫赫有名的人物，她是明朝时蒙古可汗阿拉坦汗的第三个妻子。长期以来，她手里握有土默特蒙古部落三分之一的兵权。由于她智勇兼备，才貌超群，深受阿拉坦汗的信任。阿拉坦汗采纳了她与中原友好往来的建议，坚持与中原和睦相处。阿拉坦汗死后，她继续执行与明朝友好往来的政策，维系了土默特部与明朝和睦相处40多年的安定局面。三娘子深受蒙族人民爱戴，相传她是佛国的绿度母转世，几百年来，广受蒙族民众顶礼膜拜，至今香火不断。

4.帝道咸宁澄四海，民安乐业看今朝（zhāo）：在美岱召大门上保存的一块匾额上面刻有"皇图巩固、帝道咸宁、万民乐业、四海澄清"16个字，体现了国家和平安定、人民安居乐业的意义。最有意思的是碑上刻了"大明金国"字样，把曾经是敌对的明朝刻在前面，表示既接受明朝的封赐，又保留了自己的国号。这里是借用了匾额上的话。可真正的四海澄清、万民乐业，只有在当今的太平盛世才能看到。

2014年7月31日于羊城

鹊桥仙

七夕感怀

星空如洗，月华似水，霁色云光相射①。
一年一度盼团圆，望牛女、银河分坼③。

人生无定，凭栏浩叹，风雨飘摇倦客⑤。
沧桑阅尽细思量，世间事、难调平仄⑥。

1.月华：月光；月亮周围出现的彩色光环。这里指月光。

2.霁色云光相射：在晴朗的月夜，星光、月光和透过云彩反射的光芒互相辉映，光耀苍穹。

3.望牛女、银河分坼（chè）：牛郎星和织女星被分隔在银河两岸。坼：裂开，这里作分开、隔开意。

4.浩叹：因感慨深长而大声叹息。

5.风雨飘摇倦客：因饱经风雨、漂泊异乡而疲惫（bèi）厌倦的人，指作者自己。

6.世间事、难调（tiáo）平仄（zè）：世间的事，就像作诗填词一样，一定要调整好平仄音律，才能使其抑扬顿挫、和谐优美，但有时候给诗词调整平仄很是费心思。世间的事也一样，不是每一件事都能处理好，都能如愿以偿，许多事情不是人力所能做到的，往往事与愿违，人生不如意者十之八九，无可奈何。

2014年8月2日（农历马年七夕）于羊城

立秋贺外孙周岁

金风初度到三江㉑，一叶知秋夜转凉㉑。

去岁京华麟送子，今朝岭表凤来翔㉑。

鸿鹄志在千山外，骏马奔驰万里疆㉑。

且喜宁馨慰迟暮，心香脉脉保安康㉑。

1.金风初度到三江：金风，秋风。三江，西江、北江、东江合称三江，汇流入珠江，代指珠江。这句的意思是，今天是立秋日，秋风刚刚开始吹到珠江了。

2.一叶知秋夜转（zhuǎn）凉：一叶落而知天下秋。立秋了，从今天开始，暑气开始逐渐消退，夜里开始转凉了。

3.去岁京华麟送子：麟，麒麟，古代传说中的一种神兽，形体像鹿，头上有角，身有鳞甲，尾像牛尾，古人拿它象征祥瑞，有"麒麟送子"之说。余的小外孙猫猫于去年8月7日立秋日在北京出生，故言"去岁京华麟送子"。

4.今朝（zhāo）岭表凤来翔：岭表，岭外，五岭以南，这里借指广州。凤来翔，吉祥语，来到某地意。今天是2014年8月7日，恰逢又是立秋日，余的小外孙整整一周岁了，已经离开北京来到了广州，故言"今朝岭表凤来翔"。

5.鸿鹄志在千山外，骏马奔驰万里疆：期望语。期望我的小外孙长大后要胸怀抱负，志向高远，成为国家和社会的有用之才。

6.宁馨：馨，香气，特指散布很远的香气。宁馨儿，原意是"这么样的孩子"，后变为称赞孩子的话。可理解为可爱的孩子，宝贝孩子等。

7.心香脉（mò）脉保安康：心香，心字香，心中的香，可理解为美好的愿望。脉脉：原指凝视。后多用来形容深含感情的样子。如温情脉脉。这句的意思是，心中的愿望就像一炷（zhù）燃烧的香，烟气缭绕，丝丝缕缕不能断绝。我满含深情地向上苍祈祷，保佑我的小外孙平安健康，快乐成长。

2014年8月7日立秋于羊城

人 生

人生坎坷多苦辛[韵]，岁月蹉跎老病身[韵]。
怙恃早失音貌在，棣棠花落异乡尘[韵]。
昔为塞北飘零客，今作岭南羁旅人[韵]。
迟暮残霞怜晚照，秋风阵阵过江频[韵]。

1. 人生坎坷多苦辛，岁月蹉跎老病身：余一生坎坷，命运多舛（chuǎn），含辛茹苦，光阴蹉跎，如今暮年，仍一事无成，只留下衰老多病的身体，一息尚存。

2. 怙恃（hù shì）早失音貌在：怙恃，依仗、凭借。《诗经 · 小雅 · 蓼莪（liǎo é）》：“无父何怙，无母何恃！”后来用“怙恃”借指父母。余的父母早逝，均乃贫病而亡，连坟墓都无处可寻。每每想起，怅恨之至！虽时光流逝，半个多世纪过去了，但父母的音容笑貌至今仍时时浮现在余的脑海中。子欲养而亲不在，人间一大憾事也！

3. 棣（dì）棠花落异乡尘：棣棠，棠棣，比喻兄弟。余的兄嫂生活在海外，数十年不得相见，兄弟姐妹们及子侄辈也都天各一方，故言“棣棠花落异乡尘”。

4. 昔为塞北飘零客，今作岭南羁旅人：飘零，指花或叶凋谢零落，比喻遭到不幸，流落无依。羁，停留，寄居他乡。余曾在内蒙古工作生活十余年，内蒙古地处塞北，现又客居广州，广州属岭南，故言。

5. 迟暮残霞怜晚照，秋风阵阵过江频：迟暮，天快黑的时候，借指人的晚年。江，这里指珠江，也借指异乡。这两句的意思是，黄昏，晚霞辉映着落日，一阵阵萧瑟的秋风频频吹过珠江。由景及身，想到自己已至暮年，身在异乡，如黄昏迟暮、残霞晚照，面对萧瑟秋风，心中不免泛起无限悲凉。

2014年8月8日孟秋于羊城

破阵子

心上秋

一世漂泊沦落，几番羁绊淹留㊟。

梦里乡关何处是，明月清风懒上楼㊟。

游子心上秋㊟。

昨夜江边闲步，烟波浩渺难收㊟。

此处乘槎南海去，忍见鲛人珠泪流㊟。

龙绡伴客愁㊟。

1.心上秋：秋在心上，愁。

2.淹留：滞留；长期停留。

3.明月清风懒上楼：思乡心切，客愁难耐，就连面对月明风清的好景致也懒得上楼
欣赏。

4.游子心上秋：游子，远离家乡久居在外的人。心上秋，秋在心上本是愁，更何况是
在凄凉萧瑟的秋天呢？

5.烟波浩渺难收：烟波浩渺，形容江湖水面烟雾笼罩、广阔无边的样子。这里的
"江"指珠江。这句的意思是，烟雾笼罩在广阔的珠江上，梦幻迷离，难以消散。

6.此处乘槎南海去，忍见鲛（jiāo）人珠泪流，龙绡（xiāo）伴客愁：古代传说南海有
鲛人。鲛人，鱼尾人身，谓人鱼之灵异者。中国古代典籍中记载的鲛人即西方神话中的人
鱼，他们生产的鲛绡，入水不湿，他们哭泣的时候，眼泪则化为珍珠。晋代干宝《搜神
记》卷十二："南海之外，有鲛人，水居如鱼，不废织绩（jì），其眼泣，则能出珠。"此说
《博物志》、《述异记》并载之而文小异。《述异记》卷上云："蛟人即泉先也，又名泉客。南
海出蛟绡纱，泉先潜织，一名龙纱，其价百余金。以为入水不濡（rú）。南海有龙绡宫，泉
先织绡之处，绡有白之如霜者。"又《太平御览》卷八〇三引《博物志》亦云："鲛人从水

出，寓人家，积日卖绢。将去，从主人索一器，泣而成珠满盘，以与主人"。唐代李商隐
《锦瑟》诗:"锦瑟无端五十弦，一弦一柱思华年。庄生晓梦迷蝴蝶，望帝春心托杜鹃。沧
海月明珠有泪，蓝田日暖玉生烟。此情可待成追忆，只是当时已惘然。"其中的"沧海月明
珠有泪"即用的是"鲛人泣珠"的典故。忍见，即不忍见，不愿意看到。这三句的意思
是：这里是珠江，珠江流入南海，从这里乘船到南海，就能到达鲛人居住的龙绡宫，见到
鲛人织的鲛绡。鲛人织鲛绡，日夜辛劳，眼泪化为珍珠。即便我能到达南海龙绡宫，见到
鲛人织鲛绡，也不忍心看着鲛人伤心流泪，依然不能消除我心中这无尽的哀愁。

2014年8月10日（农历七月十五）于羊城

相见欢

夜 思

薰风吹过天涯㊟，月西斜㊟。
万缕愁思千结、乱如麻㊟。

平生愿㊟，情何限㊟，误年华㊟。
且驾扁舟一叶、醉流霞㊟。

1. 斜：读（xiá）。

2. 万缕愁思千结、乱如麻：夜不能寐，回想往事，愁思万缕千结，纷乱如麻。

3. 平生愿，情何限，误年华：平生的愿望，寄托了多少情怀，耽误了多少时光，但终究还是难以实现。何限：多少；许多。

4. 扁（piān）舟：小舟；小船。扁：小。

5. 醉流霞：醉，陶醉，流连。流霞，朝霞、晚霞、霞光，代指湖光山色。醉流霞的意思是，放旷不羁，心归自然，陶醉流连于山水之间。

2014年8月11日（农历七月十六）于羊城

相见欢

离 愁

故园北望恒州①，上层楼②。

一任西风吹送、是离愁③。

人已老④，尘音渺⑤，泪难收⑥。

试看江流明月、总悠悠⑦。

1. 故园北望恒州，上层楼：故园，故乡，家园。恒州，余的故乡正定，古时曾称恒州。余此时正在广州居住，故称故园北望。层楼，高楼。这句的意思是，远在南国，思念故乡，登上高楼，向北眺望家园。

2. 一任西风吹送，是离愁：西风，秋风，凄凉的风。本来是思念家乡，满怀离愁别绪，再加上西风吹来，更是愁上加愁。

3. 人已老，尘音渺，泪难收：尘音，音信，消息，特指亲朋好友的消息。收，收拾。这句的意思是，人老了，越来越思念故乡，可故乡及亲朋好友的消息却很少，很渺茫。想到这些，泪水止不住地往下流，难以收拾。

4. 试看江流明月，总悠悠：明月当空，月影倒映在江水里，江水载着明月无声地、慢慢地流向远方。由近及远，思绪驰骋，此时家乡的明月是不是也正倒映在滹沱河的水里呢？

2014年8月12日孟秋于羊城

相见欢

秋

秋江秋月秋风㊟，露华浓㊟。
一带霜天衰草、泣寒蛩㊟。

南飞雁㊟，年年盼㊟，望苍穹㊟。
只怕关山难度、雾重重㊟。

1.露华：露水。

2.泣寒蛩：蛩，蟋蟀。秋凉以后，蟋蟀的叫声凄切哀怨，如泣如诉，平添丝丝寒意，
阵阵悲凉。

3.只怕关山难度、雾重重：年年盼着大雁能带来故乡亲人的音信，但山高水长，路途
遥远，再加上烟雨茫茫，迷雾重重，只怕愿望难以实现。本句寄托着作者对故乡及亲人的
无限眷恋之情。

2014年8月13日孟秋于羊城

唐多令

越秀伤怀

越秀沐新秋①，湖山景色幽②。

叹而今、寂寞淹留③。

萧瑟寒声连苑起，思往事，且休休④。

镇海望层楼⑤，风烟岁月流⑥。

断肠人、正任凝愁⑧。

只道此生非我有，今古恨，总悠悠⑨。

1. 越秀沐新秋，湖山景色幽：越秀山沐浴在初秋的景色里，湖光山色幽美恬静。

2. 淹留：长期停留。

3. 萧瑟寒声连苑起：萧瑟，形容风吹树木的声音，形容景色凄凉。寒声，秋天发出来的各种声音，如风声、雨声、落叶声、昆虫的鸣叫声等，多为凄凉悲切。苑，本指帝王的花园，这里指越秀公园。这句的意思是，秋天来了，越秀公园也开始出现凄凉萧瑟的景象了。

4. 思往事，且休休：面对秋凉景色，往事浮上心头，心中不免泛起阵阵悲凉。可转念一想，自己告诫自己，过去的伤心事不要再去想了，空想无益，徒增悲哀，就此打住。休休：停止，禁止，就此打住意。

5. 镇海望层楼：镇海楼雄踞于越秀山顶。登楼眺望，广州景物历历在目。层楼：高楼。

6. 风烟岁月流：喻指社会动荡，世事变迁，岁月像流水一样一去不复返了。风烟：可有多种解释，如风云烟雾；风尘；尘世；景象；风光；指朦胧的景物；指战乱、战火等。

7. 断肠人：指作者自己。断肠，形容伤心悲痛到极点。

8. 凝愁：凄凉悲苦，愁绪凝聚。

9. 悠悠：长久，遥远；众多，纷杂。

2014年8月18日于羊城

离亭燕

寓居广州秋日暮雨后作

岭表风光无限[韵]，秋色惹人留恋[韵]。
遥望远山残照里，落日余晖争艳[韵]。
暮雨洒江滨，惊起群鸥飞散[韵]。

明月云中初现[韵]，河汉但觉清浅[韵]。
自古盛衰多少事，恰似阴晴零乱[韵]。
却自问余生，惟有世情难断[韵]！

1.明月云中初现，河汉但觉清浅：雨后转晴，月亮刚刚从云中露出来。秋日，本来就天高云淡、雨润风清，雨后的天空更加清明澄澈（chè），银河也显得格外清浅明亮。河汉：银河。

2.自古盛衰多少事，恰似阴晴零乱：古往今来，风云变幻，朝代更迭（dié），世事变迁，兴盛衰亡，沧海桑田。这一切的一切，就像这岭南地区的天气一样，一会儿阴，一会儿晴，风雨交加，突如其来，阴晴不定，变换无常。零乱：也作凌乱。杂乱，没有条理，这里作变幻无常意。

3.却自问余生：自己问自己。却：副词，表示转折语气。

2014年8月20日夜于羊城

雷 雨

疾电奔雷暴雨狂②，黑云翻卷过都庞③。

摧折白玉擎天柱，压垮紫金架海梁④。

岭树苍茫遮望眼，江流浩渺似腾骧⑤。

知他百粤风光异，莫认他乡作故乡⑥。

1.雷雨：岭南地区，珠江流域，雨水充沛，三天两头儿下雨，甚至一天下几场雨。常常是晴空万里，艳阳高照，突然就乌云盖顶，狂风大作，电闪雷鸣，暴雨倾盆。有顷，则雨过天晴，闷热难耐。今天广州又下了一天的大雨，白雾茫茫，忽雷闪电，余刚满周岁的小外孙在睡梦中也被惊醒。真乃是一方风雨，一番情致也。

2.疾电奔雷：疾雷闪电，电闪雷鸣。疾：快，迅速，猛烈。奔雷：疾雷，惊雷。

3.都庞：五岭之一的都庞岭，代指五岭。

4.摧折白玉擎天柱，压（yā）垮紫金架海梁：形容暴风骤雨之势之威猛强烈。

5.腾骧（xiāng）：奔腾的骏马。骧：马快跑时抬头的样子，代指骏马。

6.风光：风景；景象。

2014年8月22日于羊城

中 秋

客居广州，中秋雨后放晴，观月有感而作。

惊雷撕裂暗苍穹①，金线银丝挂玉屏②。

雾色天光忽又现，云蒸霞蔚重放晴③。

风吹落叶萧萧下，雨打芭蕉瑟瑟听④。

地远心悬怀旧土，中秋月是故乡明⑤。

1.惊雷撕裂暗苍穹：巨大的电闪雷鸣把昏暗的天空撕裂了，形容雷电威势之强大。苍穹：天空。

2.金线银丝挂玉屏：雨下得很大，白雾茫茫，雨点从天上落下，像金丝银线挂在玉屏风上。

3.云蒸霞蔚：也说云兴霞蔚，像云雾彩霞升腾聚集起来一样，形容繁盛艳丽。这里的意思是，雨后云雾还没有散尽，还在天空中变幻飘荡。蔚：聚集。

4.萧萧：拟声词，风吹、马叫的声音。

5.瑟瑟：形容轻微的风声。

6.地远心悬：远离故乡，心中牵挂。悬：牵挂；惦念。

7.中秋月是故乡明：客居他乡，不管走到哪里，总觉得还是中秋家乡的月亮最大、最圆、最明亮。寄托着游子对故乡无限的思念和眷恋之情。

2014年9月8日中秋之夜于羊城

忆漓江

2012年春，与家人一起游桂林和漓江。"桂林山水甲天下，阳朔风光甲桂林。"漓江的山水风光，清、奇、巧、变，美不胜收。深叹造化之鬼斧神工，让人叹为观止，流连忘返。美丽的漓江风光，时时浮现在眼前，感慨而记之。

三月漓江烟雨稠[2]，画廊百里泛行舟[1]。

青山拔地穿云过，绿水扬波拍岸流[3]。

疑怪朦胧入仙境，争知缥缈如蜃楼[6]。

清奇巧变销魂处，恰似银河梦幻游[7]。

1.漓江：漓江发源于"华南第一峰"桂北越城岭，位于华南广西壮族自治区东部，属珠江水系。漓江流经灵川、桂林、阳朔，至平乐，汇入西江，全长437公里。从桂林到阳朔约83公里的水程，称漓江。漓江风光冠绝天下，美不胜收，人称百里画廊或百里画卷。

2.烟雨稠：烟雾雨水很多、很密。稠：多；密。

3.青山拔地穿云过：漓江两岸的山多独秀峰，一座座青翠的山峰像擎天柱似的拔地而起，刺破云霄。

4.争知：怎知；岂知。

5.缥缈：也作飘渺，形容隐隐约约，若有若无。

6.蜃（shèn）楼：海市蜃楼。大气光学现象，光线经过不同密度的空气层后发生显著折射，使远处景物显示在半空中或地面上的奇异幻景。常发生在海上或沙漠地区。古时传说这种幻景是海里的蜃吐气而成，故名。蜃：蛤蜊（gé lí）。

7.销魂：也作消魂，形容极度兴奋、欢乐或极度悲伤、苦恼时情绪难以控制的状态。

2014年9月12日追忆于羊城

古 琴

——听王鹏先生古琴美学讲座

号钟绿绮美绝伦㊟，徵羽宫商玄妙深㊟。

巧配五行通大道，暗合三教化风尘㊟。

清微淡远神仙品，中正平和君子音㊟。

应是琴调天下治，可惜物欲漫流频㊟。

1.古琴：又称瑶琴、玉琴、丝桐和七弦琴，是中国汉族传统拨弦乐器，属于八音中的丝。琴有三千年以上的历史，琴的创制者相传有："伏羲氏作琴""神农氏作琴""舜作五弦之琴以歌南风"等说。古琴音域宽广，音色深沉，余音悠远。自古"琴"为其特指，自19世纪20年代起为了与钢琴相区别而改称古琴。琴初为5弦，汉朝起定制为7弦，且有标志音律的13个徽，亦为礼器和乐律法器。琴是汉文化中地位最崇高的乐器，有"士无故不撤琴瑟"和"左琴右书"之说。琴位列中国传统文化四艺"琴棋书画"之首，被文人视为高雅的代表，亦为文人吟唱时的伴奏乐器，自古以来一直是文人雅士必备的知识和必修的科目。吹箫抚琴、吟诗作画、登高远游、对酒当歌是文人士大夫生活的生动写照。大量的诗词文赋中都有古琴的身影。

2.王鹏：中国当代著名斫（zhuó）琴大师与古琴演奏家，国家非物质文化遗产"古琴传统制作工艺"传承人。2008年北京奥运会开幕式上，古琴演奏所用的"太古遗音"古琴，即出自王鹏先生之手。2013年，王鹏先生创立的"钧天坊"获"国家级非物质文化遗产保护基地"称号。

3.号钟绿绮（qǐ）：中国古代四大名琴中的两张琴。中国古代四大名琴是：齐桓公所拥有的周代名琴"号钟"；春秋时楚庄王的名琴"绕梁"，取名于"余音绕梁，三日不绝"；西汉司马相如弹奏的名琴"绿绮"；东汉著名文学家、音乐家蔡邕（yōng）亲手制作的"焦尾"琴。这里用号钟、绿绮代指精美的古琴。

4.徵羽宫商：古人创立的五声音阶"宫、商、角（jué）、徵（zhǐ）、羽"。

5.巧配五行通大道：古人的哲学思想里有"五行"之说，即"木、火、土、金、水"。

古人认为世间万物都是由"木、火、土、金、水"构成的。古人认为五音和五行是相对应、相配合的，五音与人体的五脏，与人的行为准则也都是相对应、相配合的。这里的"道"指道理、规律、法则。

6.暗合三教化风尘：儒、道、佛三家对琴音都有自己的理解和解释。儒家认为"琴者禁也"，主张"平和之美"；道家认为"琴者心也"，崇尚"淡和之美"；释家认为"攻琴如参禅（chán）"，讲究"融和之美"。然三家都以"和"为美，审美的殊途同归是"和"、"自然"。这句的意思是，琴（音乐）有教化之功，能匡正风气，纯洁人的心灵，促进社会安定和谐。风尘：比喻纷乱的社会。

7.清微淡远神仙品，中正平和君子音："清微淡远，中正平和。"这是古琴美学认为的弹琴应达到的最高境界，也是人的生存法则。

8.琴调（tiáo）天下治：琴音调而天下治。琴，指的是音乐。这里说的是音乐对治国平天下的作用。正音，正心，社会自然和谐。据说秦始皇在统一六国前，曾派人听天下之音，从一个侧面去了解其他国家的社会状况及和谐程度，从而制定秦国的进攻战略。

9.可惜物欲漫流频。漫：遍；到处都是。可惜我们处在一个物欲横流的时代，要想达到琴音调而天下治，还真不是一件容易做到的事。由此而感慨系之。

2014年9月14日于羊城

感 怀

今天是余妻六十三周岁生日，感念其一生辛劳节俭，力成家计，慨叹而作。

光阴荏苒四十年①，濡沫相依度世艰②。

茹苦含辛明妇道，殚精竭虑守家园③④。

奈何造化常乖蹇，因念此生有夙缘。

但愿儿孙皆俊秀，夕阳晚照任流连⑤。

1.光阴荏苒四十年：荏苒：（时间）渐渐地过去。光阴渐渐地过去四十年了。今年，余夫妻结婚整整四十年了。四十年来，欢乐无多，辛苦备尝，苦辣酸甜，尽在不言中。

2.濡沫：相濡以沫的略语。濡，沾湿；沫，唾沫。相濡以沫的意思是，泉水干涸（hé）了，为了保命，两条鱼吐沫互相湿润。比喻一同在困难的处境里，用微薄的力量互相帮助。现在常用于比拟人与人之间的感情，患难不弃，互相依赖、互相扶持。多用于形容中年一代与老年一代的亲情以及老年一代夫妻之间的爱情。出自《庄子·大宗师》："泉涸，鱼相与处于陆，相呴（xǔ）以湿，相濡以沫，不如相忘于江湖。"呴：张口出气；吹。

3.茹苦含辛：含辛茹苦。形容受尽种种辛苦。

4.殚（dān）精竭虑：使尽了精力，费尽了心思。殚：用尽；竭尽。

5.夕阳晚照任流连：而今垂暮，年华老去，心中牵挂儿孙及亲人，依然留恋人生岁月。

2014年9月16日（农历八月二十三）于羊城

祭 孔
——纪念孔子诞辰2565周年

至圣至尊至大成②，发端③教化儒术④兴。

周游天下宣王道⑤，遍历神州树正声。

开创中庸礼乐路，弘扬宽厚仁义行。

流芳百代人钦敬，汲古⑥思源万世功。

1.孔子［前551年9月28日（农历八月廿七）—前479年4月11日（农历二月十一）］。名丘，字仲尼，春秋时期鲁国人。孔子为春秋末期的思想家和教育家、政治家，儒家思想的创始人，中华上古文化之集大成者。孔子打破了教育垄断，开创了私学先驱。孔子曾携弟子周游列国，最终返回鲁国，专心执教。其弟子多达三千人，其中贤人72，其中有很多为各国的高官栋梁。孔子曾修《诗》《书》，定《礼》《乐》，序《周易》，作《春秋》（有说法为《春秋》是无名氏所作，孔子修订）。孔子对后世的影响深远，他在世时已被誉为"天纵之圣""天之木铎""千古圣人"，是当时社会上最博学者之一，被后世尊为至圣（圣人之中的圣人）、万世师表。是"世界十大文化名人"之首。

2.至圣至尊至大成：这是称颂孔子的话。孔子是儒家思想的创始人，"集群圣之大成，筹百王而未有"，其儒家思想对中国影响深远。历朝历代，对孔子多有"封号"。被尊奉为"大成至圣文宣王""大成至圣先师"。

3.发端：开始；开头。

4.儒术：儒家的学术、思想。

5.王道：中国古代政治哲学中指君主以仁义治天下的政策。

6.汲古：吸收、摄取古代的道德、智慧。

2014年9月20日（农历八月二十七日孔子诞辰2565周年纪念日）于羊城

秋夜两首

其 一

一弯冷月挂吴钩[1]，云色天光射斗牛[3]。

因念秋风送萧瑟[4]，芭蕉无雨也飕飕[5]。

1.冷月：晚秋的月亮，清冷明亮。

2.吴钩：吴钩是春秋时期流行的一种弯刀，这种刀刃呈曲线形的弯刀，相传是春秋时代由吴王阖闾（hé lú）下令制造的。因其锋利无比，所以留下这个美称。它以青铜铸成，是冷兵器里的典范，充满传奇色彩，后又被历代文人写入诗篇，成为驰骋疆场，励志报国的精神象征。

3.斗牛：斗宿（dǒu xiù）和牛宿，都是星宿名，都在二十八宿之列，即北斗星和牵牛星。这里代指星空。

4.萧瑟：形容风吹树木的声音；形容景色凄凉。

5.飕（sōu）飕：拟声词。风声。

2014年9月26日（农历九月初三）夜于羊城

其 二

新月如钩浴晚秋[1]，天光云色两悠悠[2]。

清风掠过芭蕉叶，瑟瑟寒声伴客愁[3]。

1.新月如钩浴晚秋：农历月初弯弯的月亮像吴地的弯刀一样挂在天上，沐浴在晚秋澄明的夜空里。新月：农历月初的月亮呈月牙状，即上弦月。旧时儿歌念道："初三月儿弯，十五月儿圆。"

2.天光云色两悠悠：在秋夜爽朗的夜空里，天光和云色两相辉映，悠然自得。

3.掠：轻轻擦过。

4.瑟瑟：形容轻微的风声。

5.寒声：秋声。深秋各种让人感到寒冷凄凉的声音。如风声、雨声、风吹落叶的沙沙声，深秋昆虫的哀鸣声等。

6.客愁：游子思乡的哀愁。

2014年9月26日（农历九月初三）夜于羊城

镇海楼

叱咤风云望海楼㉑，蟠龙岗上阅千秋㉒。

纵观百粤知兴替，雄镇南疆御寇仇㉓。

五岭北来山色远，珠江东渐水长流㉓。

沧桑巨变英姿在，喜看羊城彩稻熟㉔。

　　1.叱咤风云：唐骆宾王《代徐敬业传檄（xí）天下文》："叱咤则风云变色。"意思是大声怒喝，可使风云变色。形容威力、声势极大。

　　2.蟠龙岗：组成越秀公园的七个山岗之一，镇海楼建于其上。

　　3.雄镇南疆御寇仇：雄镇南疆即雄镇海疆之意。镇海楼有很强的军事防御功能，建楼初期就因防御倭寇侵扰而由"望海楼"更名为"镇海楼"。1883年，中法战争爆发，清兵部尚书彭玉麟奉命到广东督师抗法，以镇海楼为海陆两军指挥部，筹边御敌。1885年冯子材、刘永福大败法军，清廷趁机议和。作为主战派的彭玉麟反对议和，心有不忿，感慨油生，在镇海楼上题联："万千劫，危楼尚存，问谁摘斗摩星，目空今古；五百年，故侯安在，使我凭栏看剑，泪洒英雄。"此联气魄宏大，格调高昂，被誉为"广州第一名联"。

　　4.羊城彩稻熟：相传周朝时，南海飘来五朵彩色祥云，五位仙人，身穿五彩衣，骑着五色羊，拿着一茎六穗的彩色优良稻谷种子降临"楚庭"，将稻穗赠给当地人民，并祝福此地五谷丰登、永无饥荒。说完后，五位仙人便腾空而去，五只羊则变成了石头。由此，广州又有了"羊城""穗城"的别名。这就是五羊献穗的神话传说。羊城彩稻熟是赞颂和祝福广州的话，广州繁荣昌盛，物产富饶，已发展成为中国一线大城市，国际知名大都会。

2014年9月27日于羊城

重阳忆旧游

秋雨连绵景色殊㉜，重阳忆旧吊身孤㉝。

燕南代北浮云在，海角天涯音讯无㉟。

古刹参禅明顿悟，名山游历探真如㊱。

黄花满地桑榆晚，始信龙钟知命符㊲。

1.重阳：重阳节（又称：老人节），在每年农历的九月初九，是汉民族的传统节日。因《易经》中把"六"定为阴数，把"九"定为阳数，九月初九，日月并阳，两九相重，故而叫重阳，也叫重九。重阳节早在战国时期就已经形成，到了唐代，重阳被正式定为民间节日，此后历朝历代沿袭至今。九月秋高气爽，民间在该日有登高赏秋的风俗，所以重阳节又称"登高节"，此外还有茱萸（zhū yú）节、菊花节等说法。人们在庆祝重阳节时一般会登高、赏菊、插茱萸、喝菊花酒、还要吃糕。另外，由于九月初九的"九九"与"久久"谐音，有长久之意，所以常在此日祭祖与推行敬老崇孝活动。

2.忆旧游：回忆过去，思念老朋友。旧游：亲朋故旧。

3.景色殊：岭南秋天的景色和北方秋天的景色是不一样的，有很大的差异。

4.重阳忆旧吊身孤：重阳节回忆亲朋故旧，感叹自己背井离乡，孤身一人。吊：凭吊；形影相吊。孤独貌。

5.燕南代北浮云在，海角天涯音讯无：余的故乡河北正定，地处古燕国的南部，余曾在内蒙古工作生活十数年，内蒙古在古代郡以北，故言燕南代北。燕南代北的白云依然在悠悠地飘荡，我的那些亲朋故旧在哪里呢？我远在岭南，海角天涯，音讯全无，徒增惆怅，倍感凄凉。

6.古刹参禅明顿悟，名山游历探真如：余年已老，垂暮将至，闲来无事，参观古刹，游览名胜，寄情山水，颐养性情，也是人生晚年之一件乐事。"顿悟""真如"，均为佛教术语。顿悟：禅宗六祖惠能开南宗顿悟之法门，他以"直指人心，见性成佛"为宗旨，提倡不立文字，弘扬"顿悟"，修行只要能顿悟，人人皆可成佛。真如：真是真实不虚，如是如常不变，合真实不虚与如常不变二义，谓之真如。又真是真相，如是如此，真相如此，故名真如。真如，在这里可以解释为真相或奥秘。

7.黄花满地桑榆晚：比喻人到暮年。

8.龙钟知命符：人老了就知道自己的命运了。孔子曰：五十而知天命。龙钟：衰老、行动不灵便的样子，代指年老。命符：生命的符号，指命运。

2014年10月2日（农历九月初九重阳节）于羊城

光孝寺

游广州光孝寺，有感禅宗六祖惠能事，慨叹而作。

岭南古刹第一家㉒，光孝菩提映日斜㉒。

虞苑诃林仰圣树，钵泉髮塔匝雨花㉓。

风幡论辩禅心著，明镜非台偈语华㉔。

应念宗门尊六祖，佛光普照善无涯㉕。

1.光孝寺：光孝寺是广州最古老的佛教寺庙，是广州市四大丛林（光孝寺、六榕寺、华林寺、海幢寺）之一，其始建年代距今已有1700多年。它与潮州开元寺、韶关南华寺、肇庆鼎湖山庆云寺并称广东四大名寺。俗话说："未有羊城，先有光孝"。该寺最初是西汉南越王赵佗三世孙赵建德的府邸（dǐ）。三国时期吴国骑都尉虞（yú）翻因忠谏（jiàn）而触怒吴王孙权被贬广州，遂在此处修建住宅并讲学，世称"虞苑"，当年虞翻在此地种了许多蘋婆树和苛（kē）子树，因此又称"苛林"。虞翻死后家人将其住宅捐施佛门改为寺庙，取名"制止寺"。到了东晋，印度名僧昙摩耶舍来穗传播佛教，在此修建了一座五间的大雄宝殿，改寺名为"王苑朝廷寺"，又叫"王园寺"。初唐时改名为"法性寺"。南宋初年又改名为"报恩广孝禅寺"，并将"苛林"改为"诃（hē）林"。光孝寺的匾额"光孝禅寺"是明成化十八年（1482年）明宪宗朱见深赐的，光孝寺之名从此留传至今，历代相传，成为一方名胜。光孝寺建寺历史悠久，这正如旧时天王殿上憨（hān）山大师所撰写的楹联写道："禅教遍寰中，兹为最初福地；祇（qí）园开岭表，此是第一名山。"古刹名寺，非光孝莫属！"光孝菩提"是宋代"羊城八景"之一。

2.斜：读（xiá）。

3.虞苑诃林仰圣树，钵泉髮塔匝雨花：赞颂光孝寺的话。光孝寺大雄宝殿内有一副对联，概括了光孝寺的由来、历史沿革、地理位置和在佛教界的重要地位："晋朝圣迹百粤名蓝仰圣树擎天千古白云连珠海；祖道传心万灯续焰看雨花匝地当年虞苑接祇园。"

圣树：菩提树本名毕钵罗树，桑科榕属，常绿乔木。"菩提"意译为"吉祥"。菩提树与佛教渊源颇深。据传说，2500多年前，佛祖释迦牟尼经过多年的修炼，终于有一次在菩提树下静坐7天7夜，战胜了各种邪恶诱惑，在天将拂晓，启明星升起的时候，获得大彻大悟，终成佛陀，因此菩提树被誉为佛教的圣树。南北朝梁天监元年（502年），印度名僧智药禅师途经西藏来广州讲学，并从佛祖释迦牟尼得道处带来一株菩提树苗，栽在该寺的祭坛上。唐仪凤元年（676年），禅宗六祖惠能曾在该寺的菩提树下受戒，开辟佛教南宗，为该寺增添了不朽的光彩。据传，中国本无菩提树，中国的菩提树都是由这棵菩提树繁衍而来。另外，寺内还有一棵广东很难见到的诃子树。据传，这棵诃子树就是当年虞翻亲手栽种的，距今已有一千多年了，非常珍贵。诃子树是常绿乔木，也是佛教的圣树，药师佛手中拿着的枝条的原型就是诃子树。

钵（bō）泉：洗钵泉。菩提达摩通称达摩祖师，是中国禅宗的始祖。光孝寺门内东边的"洗钵泉"，相传是达摩当年自古印度东渡来穗，在光孝寺讲学传播佛教时，在此开凿的一口深井。

髮塔：瘗（yì）髮塔。高7.8米，呈八角形，七层，每层有八个神龛（kān）。唐高宗仪凤元年（676年），禅宗六祖惠能在光孝寺菩提树下剃度为僧，受具足大戒，当时的住持印宗法师把惠能的头发埋在这里，并建塔以资纪念。

匝雨花：雨花匝地。佛教常用语，天降甘霖意。

4.风幡论辩禅心著，明镜非台偈语华：赞颂禅宗六祖惠能的话。两件与惠能有关的重要事件：一件是作偈（jì）语得禅宗五祖真传事，一件是风幡论辩展露峥嵘事。惠能与老子、孔子被誉为"东方三圣"。禅宗六祖惠能，俗姓卢，唐朝人，祖籍范阳（今涿州）。其父原是小官吏，后因过失而被谪（zhé）居岭南新州（今广东新兴）。惠能出生不久，父亲病逝，他靠卖柴养母为生。后因自感与佛教有缘，遂于唐咸亨三年（672年）离开广东北上，到湖北黄梅县东山寺拜禅宗五祖弘忍为师。后在弘忍门徒作偈呈验以选拔传法继承人时，他因作偈："菩提本无树，明镜亦非台。本来无一物，何处惹尘埃。"受到弘忍首肯而授与衣钵成为传法继承人，世称禅宗六祖。后为逃避争夺继位权的对立派追杀，惠能离寺南归，长期辗转流徙（xǐ）于岭南四会、怀集等地，隐居15年，于唐高宗仪凤元年（676年）正月初八到广州法性寺（即光孝寺）观光法会。该寺主持印宗法师正在寺内讲《涅槃（niè pán）经》之际，"时有风吹幡动，一僧曰：风动；一僧曰：幡动；争论不休。惠能进曰：不是风动，亦非幡动，仁者心动。"印宗闻之竦（sǒng）然若惊。知惠能得五祖黄梅弘忍真传，请他升座说法，奉其为师，并为之剃度，受具足大戒。这是光孝寺最著名的传奇。六祖惠能在这里以"风幡论辩"展露峥嵘,引起世人瞩目。惠能自此在该寺从事传教活动,开南宗"顿悟"之法门。翌(yì)年,他前往韶州住持宝林寺(今南华寺),并在大梵(fàn)寺设坛讲经说法,为其后开辟"南宗"奠定了基础。惠能在宝林寺37年,悉心传道,弘法不辍(chuò)。他以"见性成佛"为宗旨,提倡不立文字,弘扬"顿悟",以传统文化的精髓结合禅宗教义的秘笈(jí),形成中国佛教禅宗的"南宗"与"北宗"相比较而迥(jiǒng)然不同的风格。由于惠能的弘法,"南宗"禅学的影响逐渐遍及全国,并取代了"北宗"在禅宗中的主导地位,而各地投奔在惠能门下治学的门徒数以千计。其后,他的弟子集录其讲经的要义,编纂(zuǎn)成《坛经》一册。该书反映出惠能对传统佛教教义作重大改革的思路,是禅宗进一步"中国化"的重要标志,从而对中国哲学与佛教文化的发展产生了深远的影响。偈:佛经里的唱词;有禅意的诗。华:敬辞。光辉;光彩。

5.宗门:即禅宗。禅宗,又称宗门,汉传佛教宗派之一,始于菩提达摩,盛于六祖惠能,中晚唐之后成为汉传佛教的主流,也是汉传佛教最主要的象征之一。汉传佛教宗派多来自于印度,但唯独天台宗、华严宗与禅宗,是由中国独立发展出来的三个本土佛教宗派。其中,又以禅宗最具独特的性格,影响也最大。禅宗的核心思想为:"不立文字,教外别传;直指人心,见性成佛。"意指透过自身实践,从日常生活中直接掌握真理,最后达到真正认识自我的境界。

2014年10月3日于广州

六榕寺

千年净慧诵坛经㊟，坡老挥毫题六榕㊟。

塔影玲珑入霄汉，佛光璀璨耀苍穹㊟。

明心见性菩提树，悟道参禅兰蕙风㊟。

法雨泽施度劫厄，崇德尚善任躬行㊟。

1.六榕寺：广州六榕寺在六榕路，始建于南朝梁大同三年（537年），距今已有1400多年的历史，是广州著名佛教古寺，它与光孝寺、华林寺、海幢寺并称为广州佛教四大丛林。其历史地位与光孝寺齐名，素有"光孝因树传，净慧以塔显"之称。537年，南朝梁武帝萧衍（中国历史上最著名的信佛君主）的母舅昙（tán）裕法师从柬埔寨求得佛祖真身舍利（佛骨）来到广州。广州刺史萧裕为迎接这一佛教至宝，特地在这里建造"宝庄严寺"。北宋端拱二年（989年）重修时，该寺僧人供奉佛教禅宗六祖惠能，以修净业，遂改名为净慧寺。宋代大文学家、大书法家苏轼于宋元符三年（1100年）路经广州时到此游览，寺僧求题词，苏轼看见寺内有古榕树六棵，便题书"六榕"二字。该寺明代称六榕寺，并沿袭至今。六榕寺的主体建筑不是大雄宝殿，而是花塔。花塔原名"宝庄严寺舍利塔"，与六榕寺同时兴建。花塔的平面呈八角形，外观9层，内设暗层8层，共17层。它是一座仿楼阁式的穿壁绕平座结构的砖木塔，塔高57.6米，是岭南地区现存最高的宋代古塔。但原塔已于10世纪时被火焚毁，1931年重修时在内部用钢筋水泥进行了加固。沿梯级登至塔顶，广州全市景色尽收眼底。塔的外形华丽壮观，檐角都悬挂吊钟，整座塔像是由花朵叠成的一根巨大花柱，塔顶好似长在最高一朵花上的花蕊心，所以称为"花塔"。塔刹为元至正十八年（1358年）铸。铜质刹柱身上有1023尊浮雕小佛，还有彩云缭绕的天宫宝塔图。千佛铜质刹柱连同顶上的火焰宝珠、双龙宝珠、九霄盘、覆盘及八根铁链等各种构件，重量超过5吨。

2.净慧：净慧寺，即六榕寺。六榕寺在南朝梁大同三年（537年）初建时名"宝庄严寺"，北宋端拱二年（989年）重修时，该寺僧人供奉佛教禅宗六祖惠能，以修净业，遂改名为"净慧寺"。明代改称"六榕寺"，并沿袭至今。

3.坛经：禅宗六祖惠能的弟子集录其讲经的要义，编纂成《六祖坛经》一册。该书反映出惠能对传统佛教教义作重大改革的思路，是禅宗进一步"中国化"的重要标志，从而对中国哲学与佛教文化的发展产生了深远的影响。

4.霄汉：云霄和天河，指天空极高处。

5.璀璨（cuǐ càn）：光彩鲜明。

6.兰蕙：兰和蕙都是香草名。

7.劫厄（è）：灾难；困苦。

8.崇德尚善：尊崇道德仁恕（shù），提倡善行义举。崇：尊敬；重视。尚：尊崇；注重。

9.躬行：亲自去做，身体力行。躬：自身；亲自。

2014年10月4日于广州六榕寺

华林寺

游广州华林寺，感达摩祖师西来震旦弘扬佛法事，敬而作此篇。

西来初地辟华林①，始祖达摩功业深②。

四卷楞伽宣妙谛，九年禅定现应真③。

一花五叶宗门续，二入四行法脉存④。

自是神州两千载，祇园秀色满乾坤⑤。

1.华林寺：华林寺前身叫西来庵（ān）。据说，天全国（即古印度）高僧菩提达摩遵从师父训谕，远渡印度洋，经过三个寒暑的跋涉奔波西来震旦弘化禅宗妙旨。于南朝梁武帝普通七年（526年）从海上到达广州城外的珠江北岸（今下九路的西来初地）登岸，并在登陆处建西来庵，"结草为庵"，潜心苦修。不久梁武帝邀请其前往建康（今南京），后至嵩（sōng）山少林寺面壁，传心法要，大阐（chǎn）宗风，被世人尊为中国佛教禅宗的初祖。因而称达摩当年登陆地为西来初地，这是他在我国最先弘扬佛教教义的圣地。华林寺距今已有1400多年的历史，历隋、唐、宋、元、明诸代，传灯不绝。清顺治十二年（1655年）改西来庵为华林寺，成为广州佛教四大丛林之一。

2.震旦：古代印度人对中国的称呼。

3.始祖达摩：菩提达摩，通称达摩，意译为觉法。他生于南天竺（zhú 印度），婆罗门族，传说他是香至王的第三子，出家后倾心大乘佛法，从般若多罗大师，为佛教禅宗第二十八代祖师。达摩是把禅学带入中国的第一人，为中国禅宗的始祖，故中国的禅宗又称达摩宗，达摩被尊称为"东土第一代祖师""达摩祖师"。达摩于中国南朝梁武帝普通年间（520—526年），自印度航海到广州。梁武帝信佛，达摩至南朝都城建业会梁武帝，从这里北行至北魏，到处以禅法教人。他为弘扬佛法东渡中土历尽艰辛，后卓锡嵩山少林寺，面壁九年，得悟大道和高深武艺。因传授武功和"二入四行"禅法，对中国的佛教有很大的影响。后传衣钵于慧可，出禹门游化终身。东魏天平三年（536年）卒死于洛滨，塔葬于熊耳山"定林寺"，该寺后因达摩更名为"空相寺"。历史上流传下来不少关于达摩的故事，其中家喻户晓、为人乐道的有：一苇渡江、面壁九年、断臂立雪、只履西归等。这些美丽动人的故事，都表达了后人对达摩的敬仰和怀念之情。中国佛教禅宗经二祖慧可，三祖僧璨、四祖道信、五祖弘忍、六祖惠能等大力弘扬，终于一花五叶，盛开秘苑，成为中国佛教最大宗门，后人便尊达摩为中国禅宗初祖，尊少林寺为中国禅宗祖庭。

4.四卷楞伽（léng qié）：《楞伽经》全称《楞伽阿跋多罗宝经》，本经是达摩祖师亲传予二祖慧可大师的。初祖说："吾有《楞伽经》四卷，亦用付汝，即是如来心地要门，令诸众生开示悟入。"楞伽：楞伽是山名，也是城名，以此城在楞伽山顶，故以山名为城名。楞伽为梵语，中文译为"不可往""不可到""难入"。阿跋多罗宝：阿跋多罗是梵语，中译为"无上"。阿跋多罗宝即是无上宝。故名此经为无上宝，佛教的至上宝典。

5.谛（dì）：意义；道理。如：妙谛；真谛。

6.九年禅定现应真：据说，达摩在嵩山背后的达摩洞里面壁九年，终悟大道。在达摩面壁的墙上，因日久天长印留下了达摩的身影，喻达摩已成正果。禅：佛教指通过静坐默想领会佛理。如坐禅，又泛指有关佛教的事物，如禅机，禅林等。应真：佛教语，罗汉的意译。意为得真道的人，或为应受人天供养之真人。

7.一花五叶：菩提达摩说："我本来兹土，传法救迷情。一花开五叶，结果自然成"。其中"一花开五叶"，有两种不同的解释。第一种解释："一花五叶"指佛教禅宗宗派的源流。"一花"指禅宗之源——由达摩传入中国的"如来禅"；"五叶"指禅宗之流——六祖惠能门下的五个宗派：沩（wéi）仰宗、临济宗、曹洞宗、法眼宗、云门宗。这叫做"一花开五叶"。第二种解释：禅宗从菩提达摩以后，又传承了五个祖师。这也叫做"一花开五叶"。

8.二入四行：达摩祖师以四卷《楞伽经》传宗，其禅法以"二入四行"为宗门纲领。"二入"是理入、行入。理入是归信和修学佛教而体悟觉悟的要领，而对于理入而言，有"四行"：报怨行、随缘行、无所求行、称法行，是修行与生活的准则。这一禅学思想在汉传佛教史上产生了重要影响。

9.祇（qí）园：祇树给（jǐ）孤独园，印度佛教圣地之一，位于中印度乔萨罗国舍卫城之南，略称祇园或祇树、祇园精舍、祇洹（huán）精舍、只陀林、逝多林。意为松林、胜林。祇树乃只陀太子所有树林之略称；给孤独即舍卫城长者须达多之异称，因长者夙怜孤独，好布施，故得此名。盖此园乃须达多长者为佛陀及其教团所建之僧坊，精舍建于只陀太子之林苑，以二人共同成就此一功德，故称"祇树给孤独园"。佛陀曾多次在此说法，为最著名之遗迹，与王舍城之"竹林精舍"并称为佛教最早之两大精舍。祇园在这里代指佛寺及佛教圣地，祇园秀色引申为佛教思想和佛教教义。

2014年10月4日于广州华林寺

海幢寺

海幢古刹傍珠江⑫，般若心经开道场③。

绿树参天摩日月④，朱檐碧瓦耀穹苍⑤。

菩提蓊郁慈云绕⑥，鹰爪婆娑兰蕊香⑦。

应念僧家创诗派，禅门韵事也流芳⑧。

1. 海幢（chuáng）寺：位于广州海珠区同福中路和南华中路之间的海幢寺，素以环境清幽、园林优美而著名。南汉时期该处有千秋寺，后废为民居，明代成为郭氏花园。明末清初，光牟（móu）、池月两位僧人向园主郭龙岳募缘得地建佛堂，依佛经"海幢比丘潜心修习《般若（bō rě）波罗密多心经》成佛"之意，将佛堂取名为海幢寺。清初该寺大规模扩建，遂成为广州"四大丛林"之冠。海幢寺既是弘扬佛法之所，又是广州旅游胜地之一。寺内曾有"古寺参云、珠江夜月、飞泉卓石、海日吹霞、江城夜雨、石磴（dèng）丛兰、竹韵幽钟、花田春晓"八大景点。幢，在这里读"床"音，在粤语里读"童"音。

2. 海幢古刹傍珠江：海幢寺北临珠江，南倚万松岭，明清时期寺院北门就是珠江北岸，故言。

3. 般若：梵语音译词，也译作波若，意为智慧。

4. 摩：摩擦；接近；抚摸。

5. 菩提蓊郁（wěng yù）：海幢寺里的百年古树很多，目前仍有三株树龄超过300年的菩提古树。相传这三株菩提树是明崇祯十五年（1642年），天然禅师从光孝寺原株菩提树上分植来的，依然枝繁叶茂。菩提：意译为"吉祥"。蓊郁：草木茂盛的样子。

6. 慈云绕：寺庙里善男信女们烧香拜佛所致的烟气缭绕。

7. 鹰爪婆娑：鹰爪，鹰爪兰。婆娑：盘旋、舞蹈的样子，这里形容鹰爪兰长得茂盛。海幢寺里最古老的名木是明代植下的一株约丈高的鹰爪兰，已有400年的历史。据清代文献记载："海幢寺藏经阁下有树一丛，名鹰爪兰，枝蒂如鹰爪，花六瓣，他处未见，亦异种也。"而到了现代，这株鹰爪兰更是绿叶婆娑，终年花发，清香远溢，闻名遐迩（xiá ěr）。鹰爪兰原为明末郭家花园所种植，年代比海幢寺还要久远，因而有"未有海幢，先有鹰爪"之说。然而，这株茂盛的鹰爪兰树下，曾经发生过一个悲惨的故事。明朝末年，富人郭龙岳居住在此一带。郭龙岳生性暴戾（lì），一天，他怀疑婢女兰香偷走了他的玉扣，连续几天对兰香严刑拷打，使兰香身心俱损。为表清白，兰香拜完菩萨，便跳井自尽了。两天后人们发现了兰香的尸体。为维护自己的声誉，郭命家人将这口井封了，不许家人再谈及此事。可每天晚上，郭家上下的人都梦见兰香。有人说她从井中腾空而起，化作蛟龙飞走了；有人说她每天晚上都在园中浇花。人们的议论更使郭龙岳极度恐慌，索性叫人把井给填了。过了不久，填平的井上长出一株鹰爪兰树，该树越长越茂盛，很快便出枝散叶开花。郭一看见鹰爪兰就心惊胆战。后来鹰爪兰树越发茁壮成长，郭龙岳的家却一天天地衰落了，郭龙岳死于暴病，不得善终。

8.应念僧家创诗派，禅门韵事也流芳："海幢多诗僧"。海幢寺里曾经活跃着一批与众不同的僧人。他们在这里聚众赋诗讲学，吟诗作赋，名噪一时，被后人称为"海幢诗派"。1644年，清军入关，很多对新统治者不满的明朝知识分子和前朝官员心灰意冷，遁（dùn）入空门。这些特殊的出家人，出家前大都在明朝担任过官职，学问渊博，才识过人，出家后依然诗兴不改，常常诗文传唱。他们写诗赋词往往"敢为天下先"，于是把愤世嫉俗的情怀，带进了与世无争的寺庙。明末清初广东地区的诗僧活动，主要集中在海幢、海云两寺。众多的诗僧在海幢寺聚众赋诗，这在历史上极为罕见。他们赋诗酬往，广交诗友，被称为"诗教之别于法门韵事。"

2014年10月6日于广州海幢寺

岭南印象园

羊城印象园⑧，光彩出岭南⑧。

杂艺连连有，民俗样样全⑧。

宗祠延血脉，史馆颂先贤⑧。

市井风情画，返真得自然⑧。

1.岭南印象园：岭南印象园位于广州大学城（小谷围岛）南部，原练溪村区域内，总占地面积16.5公顷，是集观光、休闲、娱乐、住宿、餐饮、购物，体验岭南乡土风情和岭南民俗文化的旅游景区。主要景点包括：包丞相祠、天后宫、敬佛堂、华光古庙、佛香店、老酒坊、老相馆、老报馆、老电影院、老理发店、舞狮会馆、木雕宫灯、石湾陶瓷、佛山木板年画、新会葵艺馆、广东广播博物馆、广绣馆、姑婆屋、大户人家、当地名门望族家祠堂、岭南服装、岭南小吃、木偶剧粤剧表演、练溪大街街头表演及活动，以及大榕树乐园、枫树林、竹林等岭南植物欣赏等。

2.宗祠：岭南印象园里保留了六姓九家名门望族的宗祠，如三国时火烧连营七百里大破蜀汉的吴国大将陆逊后裔（yì）的陆氏宗祠、霍英东先生祖上的霍氏宗祠等。

3.史馆：旧广东广播博物馆及其所办的展览。

4.市井：古指做买卖的地方，后用作街市的代称。

2014年10月10日于羊城

陈家祠

岭南胜迹漫流芳①，陈氏宗祠名远扬①。

气势磅礴呈肃穆，眼花缭乱竞辉煌①。

天开奥妙独一处，地造玲珑无二双①。

自古风情出百粤，民俗瑰宝细参详①。

　　1.陈家祠：陈氏书院，俗称陈家祠，建于清光绪十四年至十九年（1888—1893年），它是当时广东省七十二县陈氏宗亲合资兴建的合族祠。清代中叶以后，广东各县多在广州建书院，以供同宗子弟读书或参加科举考试，又是祭祖的宗祠。该祠规模宏大，装饰华丽，是现存广东地区规模最大、装饰华丽、保存完好的传统岭南祠堂式建筑。它总面积15000平方米，主体建筑面积6400平方米，由大小十九座单体建筑组成。建筑由长廊相连，厅堂轩昂，空间宽敞，廊庑（wǔ）秀美，庭院优雅。陈氏书院被誉为"岭南建筑艺术明珠"，它集广东民间建筑艺术之大成，以其精湛的装饰工艺著称于世。在它的建筑中广泛采用木雕、石雕、砖雕、陶塑、灰塑、彩绘和铜铁铸等不同风格的装饰工艺，其题材广泛，造型生动，色彩丰富，技艺精湛，是一座民间装饰艺术的璀璨殿堂。陈氏书院于1959年辟建为"广东民间工艺博物馆"，1988年被中华人民共和国国务院公布为全国重点文物保护单位，2002年和2011年以"古祠留芳"入选"羊城八景"。

　　2.胜迹：前人遗留下的风景优美而负有盛名的地方、事物（主要指建筑、器物等）。

　　3.漫：时间久或道路远。这里指时间久远。

　　4.民俗瑰宝细参详：民俗瑰宝在这里有两层意思，一是陈家祠被誉为"岭南建筑艺术明珠"，二是陈家祠被辟为"广东民间工艺博物馆"。馆内收藏各类珍贵文物与现代工艺精品数万件，包括陶瓷、刺绣、剪纸、雕刻、漆器等多个种类，其中尤以石湾陶瓷、广州彩瓷、粤绣、象牙雕刻、潮州木雕、端砚、剪纸等最为丰富。围绕"民间工艺"这个主题，从不同角度和侧面反映广东地区民间工艺发展的历史、现状和文化内涵。参详：这里是参观、欣赏、学习、研究之意。

2014年10月15日于广州陈家祠

万木草堂

万木葱茏育草堂㉓，春风入户诵华章㉓。

释疑解惑开觉路，变法维新倡改良㉓。

龙虎腾骧辨才俊，风云际会酹国殇㉓。

天翻地覆百年后，凭吊先贤话短长㉓。

1.万木草堂：康有为是中国维新变法运动的主要发动者和领导者，在中国近代史上占有重要地位。1891年，他应弟子陈千秋、梁启超之请，在广州长兴里租借邱氏书室，创办长兴学会，宣传维新思想，培养变法人才。1892年迁往卫边街邝（kuàng）氏宗祠，1893年冬又移至广府学宫仰高祠，正式更名为"万木草堂"。以树木喻树人，含有培养千千万万国之栋梁的深意。习惯上，人们将康有为在这三址所办的学堂统称为"万木草堂"。万木草堂办学期间，从学者百余人，培养了梁启超、麦孟华、徐勤、梁朝杰、韩文举、龙泽厚、王觉任等一大批变法人才，成为宣传维新变法思想的重要阵地。同时，康有为还在此编撰完成了《新学伪经考》《孔子改制考》等变法理论著作，确立了以"托古改制"为核心的变法主张，推动了维新运动的开展。1898年10月，戊戌变法失败后，万木草堂亦遭清政府封禁。邱氏书室是万木草堂最早的办学场所，位于广州市中山四路长兴里3号。著名爱国志士、教育家丘逢甲曾在此祭祖。1983年8月公布万木草堂为广州市文物保护单位。

2.葱茏：草木茂盛的样子。

3.华章：华美的诗文，这里指康有为教授的各种学科典籍。

4.龙虎腾骧辨才俊：龙腾虎跃，气势磅礴，喻指万木草堂培养出了一大批优秀人才。骧：马快跑时抬头的样子。指奔腾。

5.风云际会酹（lèi）国殇：戊戌变法从1898年6月11日开始到9月21日失败，前后仅103天，因此历史上又把它称为百日维新。戊戌政变时，以慈禧太后为首的封建顽固派大肆捕杀维新党人，维新志士谭嗣同、康广仁、林旭、杨深秀、杨锐、刘光第6人于1898年9月28日在北京惨遭杀害，史称"戊戌六君子"。风云：比喻变幻动荡的局势。际会：遇合。酹：把酒浇在地上，表示祭奠。国殇：旧指在保卫国家的战争中牺牲的人，这里指戊戌六君子。

2014年10月18日于广州万木草堂

游南越国宫署遗址

百越王宫旧址存①，尘封土掩数千春②。

琼楼玉宇禺山下，画栋雕梁南海滨③。

渠水激石圈阆苑，珍禽异兽遍芳林⑤⑥。

古人杰作今人叹，无字史书也断魂！

1.南越国宫署遗址：南越国宫署遗址位于广州老城区中心中山四路，是西汉南越国和五代南汉国的王宫及秦统一岭南以来历代郡、县、州、府官署所在地，是广州作为岭南地区政治经济文化中心地的历史见证。前203年，秦将赵陀割据岭南，建立南越国，在都城番禺（今广州）兴建王宫御苑。南越国宫署遗址内不仅有南越国宫苑和南汉国宫苑，还有从秦、汉、晋、南朝、隋、唐、南汉、宋、元、明、清到民国共12个朝代的遗迹、遗物。这些遗迹层层相叠，构成了一部记载广州两千多年发展的无字史书。其中出土的南越国宫苑主要由一座大型的石构水池和曲流石渠组成。石渠蜿蜒曲折，高低起伏，当中筑有急弯处、弯月形水池等结构。这是目前发现的年代最早、保存较完好的中国宫苑实例。已出土的只是南越国王宫的一角，还不到整个宫殿群的1%。南越国宫署遗址被专家们称为东方的庞贝古城。

2.尘封土掩数千春：南越国都城番禺城和南越国王宫距今已有两千二百多年的历史了，故言。

3.禺山：南越国王宫就建在当地的禺山。

4.渠水激石：指南越国宫苑出土的大型石构水池和曲流石渠。

5.圈（huán）：环绕；围绕。

6.阆（làng）苑：即阆凤山之苑，又称阆风苑，阆凤之苑，也称"阆风""阆山""阆风台"等。传说在昆仑山之巅，是西王母居住的地方。在诗词中常用来泛指神仙居住的地方或神仙的花园，有时也代指帝王的宫苑，也泛指园林、花园。"阆苑"在古诗文中多有引用。如唐代许碏（què）《醉吟》："阆苑花前是醉乡，踏翻王母九霞觞（shāng）。"唐代李商隐《九成宫》："十二层城阆苑西，平时避暑拂虹霓。云随夏后双龙尾，风逐周王八骏蹄。"清代曹雪芹《红楼梦》："一个是阆苑仙葩，一个是美玉无瑕。"等。

7.芳林：芳香四溢的华美园林。

8.无字史书：在南越国宫苑出土遗址，保留了几个"地层文化断代柱"。每个地层柱高约5米，从下往上，逐层分别是"秦、汉、晋、南朝、隋、唐、南汉、宋、元、明、清、民国"，共12个朝代。这些文化层遗迹层层相叠，构成了一部广州两千多年发展的无字史书。

9.无字史书也断魂：历经五世93年的南越国在汉武帝元鼎六年（前111年）被西汉灭亡，宫殿苑囿（yòu）化为灰烬。看着"地层文化断代柱"这部无字史书，想象着朝代更迭，历史变迁，世海沧桑，风云变幻，心中不免泛起几缕惆怅和悲凉。断魂：多形容哀伤，愁苦，有时也形容情深。

2014年10月20日于羊城

悼华济堂兄

　　堂兄石华济先生，于2014年10月15日（农历九月二十二）突然病逝，享年八十二岁。兄长一生，宅心仁厚，敦敏谦和，敬业执教，桃李满园，广受正定父老之尊敬。兄殁，余远在广州不得音讯，未能送兄长最后一程。今夜得此噩耗，潸然泪下，感慨系之，作此五言，以悼亡灵。

<blockquote>

噩耗震惊雷[2]，潸潸热泪垂[3]。

慈颜常忆起，笑语漫萦回[4]。

傲雪松竹柏，临风桃李梅[5]。

耄耋仙逝去，古镇仰崔嵬[6][7]。

</blockquote>

1. 殁（mò）：死。

2. 噩耗：指人死亡的不幸消息。噩：可惊的；凶恶的。耗：消息。

3. 潸（shān）潸：形容流泪不止。

4. 漫萦回：长久地盘旋萦绕。

5. 傲雪松竹柏，临风桃李梅：堂兄一生从事教育事业凡五十年，为培养下一代，兢兢业业，费尽心血，英才辈出，桃李满园，故言。"松竹柏"，高大挺拔有节操，代指堂兄；"桃李梅"，秾（nóng）艳烂漫吐芬芳，代指他教育出来的学生。桃李：唐代狄仁杰曾向朝廷举荐姚元崇等几十人，都成为名臣。有人对狄仁杰说，天下的桃李都在你门下了。语见《资治通鉴·唐纪则天皇后久视元年》，后以"桃李"喻指所教育的学生。

6. 耄耋（mào dié）：八九十岁的年纪统称耄耋，泛指老年。

7. 古镇仰崔嵬（wéi）：正定古镇的人都景仰先生。在正定一提"石老师"，是没有人不知道的。崔嵬：（山、建筑物）高大雄伟，这里用崔嵬赞指堂兄。

2014年10月21日夜于羊城

谒邓世昌衣冠冢

甲午风云海战狂⑱，冲天豪气压强梁⑲。

为国义不独生死，青史垂名万古扬⑳。

1.邓世昌衣冠冢：海军名将邓世昌（1849—1894年），原名永昌，字正卿，广东番禺人（今广州市海珠区）。1894年甲午海战中，邓世昌为清北洋水师致远舰管带（舰长），率全舰官兵与日军奋战，壮烈牺牲。同年冬，其家属在广州沙河天平架石鼓岭为其建衣冠冢。1994年邓世昌逝世百年之际，为弘扬爱国主义精神，广州市政府决定将邓世昌衣冠冢及其家族坟墓迁葬于广州天河公园气鲵（ní）岗，并修气鲵亭，立邓世昌雕像于墓园，以崇英烈，永留后人景仰。

2.强梁：强盗，指日本侵略者。

3.为国义不独生死：1894年8月，中日甲午战争爆发。9月17日，北洋海军与进犯之日舰会战于黄海大东沟。邓世昌率致远舰勇闯敌阵，以一御四，重创日舰，而致远舰亦弹尽舰伤。在此存亡之际，邓世昌决心以身报国，下令致远舰向日主力舰吉野号撞击，未至而舰沉人没。邓世昌遇救出水，然其义不独生，毅然推开救生圈，与二百余官兵壮烈殉国。清政府按提督例从优恤，追赠太子少保，谥（shì）壮节，入祀京师昭忠祠。

2014年10月23日于羊城

南海浴日亭

——次东坡学士韵

　　苏东坡于北宋绍圣初年（1094年）路经广州游南海神庙，登浴日亭作诗抒怀。余于2014年10月25日到此游览，登章丘而见坡老"南海浴日亭"诗碑，遂不揣（chuāi）冒昧，依原韵和诗一首，以作笑谈。

浴日亭高映九天㊀，神光瑞气绕江湾㊁。

晨开薄雾观朝日，晚沐新凉眺远山㊂。

沧海横流惊巨变，尘寰俗物老苍颜㊃。

而今望断魂归处，却在南国红绿间㊄。

　　1.浴日亭：广州珠江口扶胥江（珠江的一段）北岸南海神庙西侧有山岗，古名"章丘"，前临大海，茫然无际。山岗上建一亭，亭呈八角形，两级飞檐，翼然如雄鹰展翅，是古代观海中日出之地，因名"浴日亭"。宋至明清，州人喜夜观泛舟于此，拂晓登亭观日出，一轮红日从海中冉冉升起，天海皆赤，气势磅礴。"扶胥浴日"成为宋元明清羊城八景之一。"虎门爆（biāo）赤气，龙阙动珠光。"这是明代著名戏剧家汤显祖描写当年此地景象的名句。亭内立有宋代大文豪苏东坡于北宋绍圣初年（1094年）被贬惠州、琼州途中，路经广州到此游览时写下的《南海浴日亭》诗碑及明代广东著名学者陈献章用自创的茅龙笔劲书的《浴日亭和苏东坡韵》诗碑。

　　苏轼《南海浴日亭》："剑气峥嵘夜插天，瑞光明灭到黄湾。坐看旸（yáng）谷浮金晕，遥想钱塘涌雪山。已觉沧凉苏病骨，更烦沆瀣（hàng xiè）洗衰颜。忽惊鸟动行人起，飞上千峰紫翠间。"

　　陈白沙《浴日亭和苏东坡韵》："残月无光水拍天，渔舟数点到前湾。赤腾空洞昨宵日，翠展苍茫何处山。顾影未须悲鹤发，负暄（xuān）可以献龙颜。谁能手抱阳和去，散入千岩万壑（hè）间。"

　　2.神光瑞气：浴日亭毗（pí）邻南海神庙，自古香火旺盛，故言神光瑞气。

3.江湾：即黄木湾。南海神庙前的江水称黄木湾。

4.沧海横流：大海里的水四处奔流，比喻社会动荡不安。《晋书·王尼传》："常叹曰：'沧海横流，处处不安也。'"

5.尘寰俗物老苍颜：人世间的俗物杂事消磨着青春年华，人生美好的时光已经过去了，自己已是鬓边华发、容颜苍老。尘寰：指现实世界。苍颜：衰老的容颜。苍：苍老。指声音、面貌等显出衰老的样子，这里的苍颜指自己。

6.而今望断魂归处：如今我身在南海珠江口，站在章丘浴日亭上向北眺望，故乡在哪里呢？云海茫茫，雾锁烟环，故乡太遥远了，是看不到的，故乡只在心里！望断：极尽目力向远处望，直到看不见。魂归处：魂牵梦绕的地方，这里指故乡。

7.南国红绿间：南方红花绿叶之间，这里特指岭南地区或花城广州。

2014年10月25日于广州南海神庙浴日亭

南海神庙

波罗神庙锁珠江②，万顷波涛丝路长③。
夜看兰舟浮绿水，晨观赤日浴扶桑④。
金碑字隐识唐宋，铜鼓声威壮海疆⑥。
历代帝王祭洪圣，祈求福祉兆民康⑦。

1.南海神庙：南海神庙又称波罗庙，位于广州市黄埔区南岗镇庙头村（古称扶胥镇），是古代皇帝祭祀海神的场所，也是海上丝绸之路的始发地。始建于隋开皇十四年（594年），距今已有1400多年的历史，是我国古代海神庙中惟一遗存下来最完整、规模最大的建筑群。自隋唐以来，历代皇帝都派官员到庙中举行祭典。经历千百年的沧桑，神庙留下不少珍贵的碑刻，有"南方碑林"之称。古庙地处珠江出海口，庙前烟波浩淼，一片汪洋。中外海船，出入广州，按例都要到庙中拜祭海神祝融，祈求海神保佑，出入平安，一帆风顺。所以古庙又是中国古代海上交通贸易的重要遗址，是西汉以来海上丝绸之路发源于广州的重要见证。

2.波罗神庙锁珠江：南海神庙建在广州珠江入海口的古扶胥镇，故言锁珠江。

3.丝路：指海上丝绸之路。广州是中国古代海上丝绸之路的始发地。

4.夜看兰舟浮绿水，晨观赤日浴扶桑：指浴日亭观日出。

5.金碑字隐识唐宋：南海神庙有"南方碑林"之称。据文献记载，全庙原有碑刻400余块，如今只剩45块。碑刻以历代帝王祭祀南海神的祭文为主，还有文人墨客吟诵南海神庙的诗赋。其中唐韩愈碑、宋开宝碑、明洪武碑和清康熙碑四大碑刻最为珍贵。金碑：喻珍贵。字隐：有些碑刻的字迹已经模糊不清了。"金碑字隐"四字，借用了明代著名戏剧家汤显祖的诗句。附汤显祖的《波罗庙》诗："不到东洲驿（yì），来朝南海王。虎门爆赤气，龙阙动珠光。铜鼓声威汉，金碑字隐唐。炎池堪浴日，今夜看扶桑。"

6.铜鼓：在南海神庙大殿东侧有一面著名的东汉大铜鼓和一个明代铁钟。铜鼓直径138厘米，高71.4厘米，厚0.4至0.6厘米，是一件极为珍贵的文物，仅次于广西、上海的大铜鼓，在中国现存大铜鼓中排位第三。

7.洪圣：南海神。南海神名祝融，本是南方居民的始祖，又号祝赤。古人认为，南方属火，火又是光明的象征，而火之本在水，故祝融合水火于一神。历代加封其为"南海广利洪圣昭顺威显灵孚（fú）王"，俗称广利王或洪圣王。

2014年10月25日于广州南海神庙

黄埔军校

历经坎坷风雨狂①，黄埔威名四海扬①。

气势磅礴反封建，同仇敌忾斩扶桑①。

能文能武夸才俊，必信必忠作栋梁①。

英烈前赴后人继，中华盛世巨龙翔①。

1.黄埔军校：即陆军军官学校。1924年，在国共两党首度携手合作、国民革命风起云涌之际，孙中山先生高瞻远瞩，视"教育为神圣事业，人才为立国之本"，在广州亲手创办了一文一武两所学堂——国立广东大学（今天的中山大学）和黄埔军校。黄埔军校建校时的正式名称为"中国国民党陆军军官学校"，因其校址设在广州黄埔，史称黄埔军校。黄埔军校建立的目的是为国民革命军训练军官，尔后其学员成为国民政府北伐统一中国的主要军力。1946年行宪之后，中国国民党名义上移交军队于国家后，改称"中华民国陆军军官学校"至今。黄埔军校是中国第一所培养革命军队干部的军事学校。黄埔军校建立以来，以孙中山的"创造革命军队，来挽救中国的危亡"为宗旨；以"亲爱精诚"为校训；以培养军事与政治人才，组成以黄埔学生为骨干的革命军，实行武装推翻帝国主义和封建军阀在中国的统治，完成国民大革命为目的。军校采用军事与政治并重，理论与实践结合的教学方针，为中国革命培养了大批军事政治人才。广大黄埔师生在反帝反封建、争取国家统一与民族独立的斗争中立下了赫赫战功，为中国革命做出了重大贡献。黄埔军校自1924年6月在广州创办到1949年底迁往台湾高雄县凤山市，在大陆共办了二十三期，在台湾地区续办至今已七十八期。在大陆时其毕业生包括各分校、训练班在内，计有41386人。名将辈出，战功显赫，扬威中外，影响深远，在中国近现代史上占有显赫地位。而昔日的黄埔军校旧址于1988年被中华人民共和国列为第三批全国重点文物保护单位。

2.能文能武：黄埔军校有一副对联："文能武能能文能武，武可文可可武可文。"指黄埔军校培养的是文武兼备的军事人才。

3.必信必忠：孙中山给黄埔军校宣布的训词里的话。训词是"三民主义，吾党所宗，以建民国，以进大同，咨尔多士，为民前锋，夙夜匪懈，主义是从，矢勤矢勇，必信必忠，一心一德，贯彻始终。"

4.中华盛世巨龙翔：而今盛世，祖国富强，中华民族犹如巨龙腾翔。

2014年10月28日于羊城

谒孙总理纪念碑

铜像崔嵬八卦山①，风雷激荡邈云烟②。

珠江东渐英灵在，应盼神州别梦圆③。

1.孙总理纪念碑：广州黄埔军校为纪念孙中山而兴建的纪念碑，位于广州黄埔长洲岛中山公园八卦山上，紧邻珠江南岸，1930年9月落成。纪念碑基座高约40米，纪念碑高19米，铜像高2.4米。该铜像为孙中山的日本友人梅屋庄吉捐赠，纪念碑整体造型如同一个"文"字。碑身正面刻"孙总理纪念碑"六字隶书，碑右面刻"和平奋斗救中国"，碑左面刻孙中山在黄埔军校开学典礼上对学生的训词，碑背面刻有篆书字体的总理像赞。

2.风雷激荡邈云烟：世海沧桑，百年的历史风云已经远去了。

3.珠江东渐英灵在，应盼神州别梦圆：孙总理的铜像高高地耸立在黄埔八卦山上，岸临珠江，面对慢慢东流的江水，如果英灵有知，也应当盼望海峡两岸早日团圆吧。

2014年10月28日于羊城

琶洲塔

琶洲砥柱耀羊城㊟，喜见金鳌出水中㊟。

塔立山岗导航向，寺增灵气化虚空㊟。

俯观百舸争流过，仰望群星闪烁明㊟。

海上经商丝路起，玲珑影下会宾朋㊟。

1.琶洲塔：琶洲原称"琵琶洲"，位于广州东南珠江的南岸，黄埔镇西北，原为江中沙洲，现已和南岸相连，因古时沙洲轮廓颇似琵琶而得名。因其地处珠江要道，故又被称为"会城水口"。琶洲塔始建于明万历二十五年（1597年），建成于万历二十八年（1600年），塔名海鳌（áo），因在琶洲，故称琶洲塔。塔呈八角形，青砖砌筑，外观九层，内分十七层，塔高59米，塔底直径12.7米。塔旁原有海鳌寺，久圮（pǐ）。琶洲塔在历史上是广州海上丝绸之路的重要遗址，它屹立在琵洲的山岗上，充当着导航标的作用。当年乘船从珠江口进入广州，首先看见这座犹如中流砥（dǐ）柱的琶洲塔，所以便称它为"琶洲砥柱"。"琶洲砥柱"后来成为清代羊城八景之一。它引领着满载货物的船只源源不断地进入中国大地，见证了中外文化的交流与传播。根据明末清初学者屈翁山《广东新语》所载，琶洲当时的水面常有金色海鳌出现。每当这些海鳌出现，附近便光亮一片。因为出现这些异象，琶洲上的塔便被称为海鳌塔了。

2.寺增灵气化虚空：指海鳌寺和琶洲塔是为了补充广州东水口灵气不足而建的。虚空：指风水之说。

3.舸（gě）：大船。

4.海上经商丝路起，玲珑影下会宾朋：广州是中国海上丝绸之路的起点，著名的"千年商都"。现在，每年春秋两季在广州举办"中国进出口商品交易会"，即广州交易会，简称广交会。广交会创办于1957年春季，迄今已有五十余年历史，是中国目前历史最长、层次最高、规模最大、商品种类最全、到会客商最多、成交效果最好的综合性国际贸易盛会。广交会的会址及展馆坐落在广州市海珠区珠江南岸的琶洲阅江中路，其地标就是琶洲塔。玲珑影下：指琶洲塔下。

2014年10月30日于羊城

望伶仃洋

2014年11月1日，余独自登广州南沙大角山，俯瞰（kàn）珠江口而眺伶仃洋。感文丞相之浩然正气，怜余身之坎坷流离，遂同韵其《过零丁洋》以叹之。

少年有志阅明经②，常对孤灯伴晓星②。

世海沉浮终落叶，家国离乱任飘萍③。

曾识塞北风沙恶，又见岭南草木青④。

自是人生叹萧瑟，零丁洋畔念零丁⑤。

1.文丞相：文天祥（1236年6月6日—1283年1月9日），初名云孙，字天祥，后换以天祥为名，改字履善，宝祐四年（1256年）中状元后再改字宋瑞，后因住过文山，而号文山。南宋末年吉州吉水（今江西吉安县）人。宋理宗宝佑四年举进士第一，宋恭帝德佑元年（1275年），元兵长驱东下，文于家乡起兵抗元。次年，临安被围，除右丞相兼枢密使，奉命往敌营议和，因坚决抗争被拘，后得以脱逃，转战于赣、闽、岭等地，兵败被俘。受俘期间，元世祖忽必烈以高官厚禄劝降，文天祥宁死不屈，从容就义，生平事迹为后世称许，与陆秀夫、张世杰被称为"宋末三杰"。

《过零丁洋》是文天祥所作的一首七言律诗。南宋末年，文天祥在抵抗元朝军队失败后被俘，在被解往元大都过广东珠江口外零丁洋（今"伶仃洋"）元朝军舰上作了这首诗，以表明忠于宋朝、不愿投降的心志："辛苦遭逢起一经，干戈寥落四周星。山河破碎风飘絮，身世浮沉雨打萍。惶恐滩头说惶恐，零丁洋里叹零丁。人生自古谁无死？留取丹心照汗青！"这是一首永垂千古的述志诗。其中"人生自古谁无死？留取丹心照汗青"这句千古传诵的名句，是诗人用鲜血和生命谱写的一曲人生的赞歌。全诗格调沉郁悲壮，浩然正气贯长虹，是一首惊天地、泣鬼神、光芒四射的诗篇。

2.少年有志阅明经，常对孤灯伴晓星：自己年青时就爱读书，常常学习到深夜。明经：经史典籍。这里指各种书籍。

3.落叶：落叶归根意。

4.曾识塞北风沙恶，又见岭南草木青：余曾在内蒙古工作生活十余年，内蒙古地处塞北，现又客居广州，广州属岭南，故言。

5.零丁：孤独的样子，指作者。

2014年11月1日于广州南沙大角山

南沙天后宫

南海之滨山势雄_●，独尊天后第一宫_●。

光开圣象慈云绕，花满蒲洲瑞气浓_●。

护佑船舶救劫厄，造福百姓慰苍生_●。

神仙本是由人作，行善积德阴骘同_●。

1. 南沙天后宫：广州南沙天后宫，是为纪念海上女神林默而建。天后宫紧临珠江出海口伶仃洋，坐落于大角山东南麓，依山傍水，其建筑依山势层叠而上，殿宇辉煌，楼阁雄伟。在天后广场正中，高高竖立着巨大的石雕天后圣像，眺望南海。天后圣像高达14.5米，用365块花岗岩石砌成，象征着天后娘娘在一年365天中都在保佑着风调雨顺、国泰民安。天后宫的建筑特点是集北京故宫的风格和南京中山陵的气势于一体，其规模与规格，均为当今世界两千五百多所天后分灵庙之冠，被誉为"天下天后第一宫"。天后为海神，自然要为过往船只指引航向，故天后宫后山顶上建有8层的南岭塔，塔高45米，作为过往船只的指路航标。

天后林默（960—987年），民间称之为妈祖，是沿海百姓崇祀的海神。她是宋代福建湄洲屿的一个奇女子，短暂的生命留下了许多行善济世、救助海难的动人传说，历来备受治国者的褒（bāo）奖。人们逐渐把她奉之为神，顶礼膜拜。据资料显示，现今世界上约有一亿多人信奉天后，有二十多个国家和地区建有天后宫，足见其影响深远。

2. 南海之滨山势雄，独尊天后第一宫：有"天下天后第一宫"美誉的南沙天后宫坐落在珠江口南海之滨的大角山东南麓，依山而建，气势雄伟，金碧辉煌。

3. 蒲洲：蒲洲花园。巨大的蒲洲花园紧邻南沙天后宫，奇花名木遍园中，花开四季，瑞香飘渺。

4. 阴骘（zhì）：阴德，冥冥之中的安排。骘：安排；定。

2014年11月1日于广州南沙天后宫

天后圣像赞

圣像高入云①，灵光耀海滨①。

花开迎晓日，潮落送黄昏①。

救助失足客，召回迷梦人①。

诚心归上界，功业动凡尘②。

1.灵光：迷信的人指神灵的光芒。灵：灵验。

2.凡尘：宗教迷信和神话故事中称人世间。

2014年11月1日于广州南沙天后宫

吊虎门炮台旧址

炮台旧址今尚存⒉，遥想当年战火频⒉。
腐败无能定挨打，图强思变吊英魂⒉。

1.虎门炮台旧址：虎门是珠江的主要入海口，是南中国的重要门户。虎门要塞是我国八大要塞之一，是鸦片战争的主战场。虎门炮台始建于清康熙五十六年（1717年），后几经毁坏、几经修建，共计有炮台50座。大角山炮台雄踞虎门西岸，与沙角炮台隔江对峙，扼（è）守虎门水道出口，构成虎门要塞的第一道防线。在鸦片战争时期，英勇的中国军民在此与外国侵略者殊死搏斗，写下了可歌可泣的壮烈篇章。19世纪初，英国殖民者向中国输入大量鸦片，正当烟毒危及中国存亡的关键时刻，钦差大臣林则徐赴广东禁烟，与两广总督邓延祯（zhēn），水师提督关天培等整顿海防，缉拿烟贩，严惩受贿官吏，并于6月3日至25日在虎门海滩销毁237万余斤鸦片，大长了中国人民的志气。1840年6月下旬，英侵华远征军舰船48艘，陆海军15000余人抵达广东海面，并宣布从28日起封锁广州江面和海口，于是震惊中外的第一次鸦片战争正式爆发。6月30日，英军主力北上，攻陷浙江定海，舰抵天津，直逼北京，道光皇帝慑（shè）于英舰炮火威胁，将林则徐、邓延祯二人革职，改派琦善为钦差大臣，与英方谈判求和。1841年1月双方正谈判时，英军突然进攻虎门，1月7日，英军同时进攻大角、沙角炮台，左路英军共四舰1400多人，110门火炮，向大角炮台猛烈轰击，并派小船抢占滩头，大角炮台千总黎志安率200多名官兵英勇抗击，浴血奋战，但终因寡不敌众，大部伤亡，两百余官兵战死沙场，壮烈殉国，大角炮台沦入敌军之手。英军并于1月26日非法抢占香港。1856年10月，第二次鸦片战争爆发，两广总督叶名琛（chēn）采取投降路线，英法联军乘虚而入，大角山炮台于同月23日再度被陷。炮台在两次鸦片战争期间都遭到英军炮火轰击，我们现在见到的炮台是1884年重修和增建的。该炮台在民国时由海军驻守，抗日战争时期曾遭日本飞机轰炸，日军侵驻后，大炮被日军拆走，仅存砖石、水泥建筑的炮池、坑道。这些曾经受战火洗礼的古代海防设施目前已分批得到维修，默默地见证着当年中华民族反抗帝国主义侵略的英勇精神和豪情壮举。大角山炮台于1982年被公布为全国重点文物保护单位（"虎门炮台"所属）。帝国主义的野蛮侵略，给中国人民戴上了半封建半殖民地的沉重枷锁，这民族的耻辱，我们当永世不忘。

2.图强思变：惩治腐败、改革创新、团结一致、富国强兵，实现中华民族伟大复兴的中国梦，是国家永远立于不败之地的唯一途径。

2014年11月1日于广州南沙大角山炮台旧址

三元宫

古观落名山①，道家崇自然②。

龙蟠藏秀色，凤翥邀云烟。

香火三元盛，祈福四海安。

鲍姑传妙术，泽惠洒人间④。

1.三元宫：全国各地有多处三元宫，这里指的是广州三元宫。广州三元宫，道教著名宫观，坐落在广州市越秀山南麓。始建于东晋元帝大兴二年（319年），初名越岗院，为南海太守鲍靓（jìng）之女鲍姑修道行医之所，距今已有一千六百多年的历史。明代崇祯十六年（1643年）改建后更名为"三元宫"，主祀上、中、下三元大帝，即尧、舜、禹三帝，上元天官（赐福）、中元地官（赦罪）、下元水官（解厄）。后几经毁坏和修葺（qì），现有灵官殿、三元大殿、鲍姑殿、吕祖殿、老君殿、观音殿、天后殿、财神殿、关帝殿及藏经阁、功德堂、道舍等道教建筑近百间。宫内终年香客游人络绎（yì）不绝，香火旺盛。三元宫气象高古，楹联很多，其中有一副楹联："地接玉山，百粤灵光高北斗；水迎珠海，千秋道气洽南溟。"颇能道出三元宫的胜概。三元宫是广州流行的宗教民间节庆上元诞（正月十五）、中元诞（七月十五）、下元诞（十月十五）的主要活动场所。

2.古观落名山：三元古观，百粤名山。三元宫坐落在岭南名山越秀山南麓。

3.道家崇自然：道家主张"道法自然"。三元宫大殿上就高悬着"道法自然"的匾额。崇：尊敬；重视。

4.鲍姑传妙术，泽惠洒人间：三元宫的前身为越岗院，是东晋南海郡太守鲍靓，为其女鲍姑（道学理论家和科学家葛洪之妻）在此兴建的修道场所。鲍姑行医济世，采集草药红脚艾，配以院中井水，制药以灸（jiǔ）赘（zhuì）瘤、赘疣（yóu），救人无数，百姓感谢她，称她为"女仙""鲍仙姑"。鲍姑仙逝后，人感其医德善功，集资塑像，祀奉院内，是为鲍仙姑殿。鲍姑行医配药用过的井，后人珍存，名为"虬（qiú）龙古井"。

2014年11月9日于广州三元宫

崇 孝

——观广州三元宫古二十四孝石雕壁画有感

百行千载孝为先①，大道皇皇亘古传②。

莫问官高富贵显，岂言运蹇贫贱缠⑤。

论心论迹神明鉴，积善积德天地怜⑦。

惟愿世人皆了了，广开教化颂前贤⑧。

1.百行（xíng）：人的各种行为。

2.大道：这里指的是孝道。

3.皇皇：形容盛大。

4.亘（gèn）古：从古到今。亘：空间或时间上延续不断。

5.莫问官高富贵显，岂言运蹇贫贱缠：不管你官有多大、多么富有显贵，也不管你是贫贱缠绕、命运不济，任何人都要讲孝道，都要孝敬父母长辈。运蹇（jiǎn）：命运不济；运气不顺。

6.论心论迹神明鉴：看一个人是否有孝行，主要是看他的心迹。无论贫富，只要有孝心，神明是清清楚楚看得见的。鉴：镜子。

7.积善积德天地怜：人只要行善积德，上天厚土都是怜悯和眷顾的。好人自有好报。

8.了了：明白；懂得。

2014年11月9日于广州三元宫

珠江口怀古

珠江口外浪拍天①，眺望伶仃云水间①。

常念秀夫背幼帝，又怜绍武葬衣冠③。

亡国鸦片豺狼恨，灭种扶桑虎豹残⑤。

大角炮台今尚在，伤痕累累话当年⑥。

1.伶仃：伶仃洋，宋时称零丁洋，在广东珠江口外。

2.秀夫背幼帝：指陆秀夫背幼帝赵昺（bǐng）沉水死难于南海事。陆秀夫（1237—1279年），字君实，楚州盐城（今江苏省盐城市建湖县）人，南宋名臣，与文天祥、张世杰并称为"宋末三杰"。宋理宗宝佑进士，初为李庭芝幕僚，后官礼部侍郎等职，临安失守后至福州，与张世杰等立赵昰（shì）为帝。赵昰死，又拥立赵昺，奉皇帝居崖（yá）山（今广东新会南），任左丞相，继续组织抗元。祥兴二年（1279年）崖山海战为元军所败，陆秀夫见大势已去，于3月19日，先拔剑驱妻和次子、三子及女儿蹈海，随后跪对幼帝赵昺说："陛下当为国死！"言罢，抱起腰系玉玺（xǐ）的八岁小皇帝，缚在自己背上，纵身跳入大海，其时的陆秀夫，年仅四十二岁。崖山一仗，宋军战死及溺水死者达十多万人，南宋王朝至此灭亡。今广东省江门市新会有纪念陆秀夫背负幼帝跳海的陆秀夫纪念馆，而位于广东省深圳市南山区小南山上宋少帝陵前有陆秀夫背少帝殉（xùn）海塑像。

3.绍武葬衣冠：指明绍武君臣衣冠冢，在广州越秀公园内。

4.亡国鸦片豺狼恨：指鸦片战争，英法等侵略者妄想亡我中华，像豺狼一样可恨。

5.灭种扶桑虎豹残：指抗日战争，日本帝国主义妄想灭亡我中华，烧杀抢掠，犯下了罄竹难书的滔天罪行，其兽行比虎豹还要残忍。扶桑：指日本。

6.大角炮台今尚在，伤痕累累话当年：见"吊虎门炮台旧址"注。

鸦片战争、日寇侵占广州等，都发生在广州及珠江口一带，都是由于外族的野蛮入侵给中华民族带来了深重的灾难。这血的教训一定要牢记："落后就要挨打！"这是一条铁的定律。中华儿女要自立自强，团结一致、富国强兵，实现中华民族伟大复兴的中国梦，使国家永远立于不败之地！

2014年11月12日于羊城

金凤游天

2014年12月23日傍晚，北京西部天空呈现奇异而瑰丽的晚霞，天空的彩云宛若一只巨大的金凤凰遨游天际，美不胜收。古人云："盛世出祥瑞。"天降祥瑞，作此七绝以记之。

天开祥瑞耀京华，紫气神光映日斜。

国运昌隆逢盛世，火中金凤幻流霞。

1.紫气：紫色之气，祥瑞之气，寓意吉祥的征兆。

2.日斜（xiá）：指傍晚。

3.火中金凤幻流霞：火红的彩霞幻化成巨大的金凤凰遨游天空，天降祥瑞意。

2014年12月23日夜于羊城

赞千金猴王砚

昔闻"一石三砚"乃端砚之瑰宝，三砚之中又以"千金猴王砚"为首，只恨无缘相见。今日游广东博物馆端砚厅，有幸目睹其真容，欣喜之至，流连忘返，惊叹之余，作此七律以记之。

山川精魄孕猴王㊟，西洞紫云日月长㊟。
质若婴肤润华玉，品称鱼脑冻凝琅㊟。
金睛毛脸活灵现，火捺环纹异彩煌㊟。
神物天工开造化，奇石瑰宝竞收藏㊟。

1.千金猴王砚：即"端石千金猴王砚"，国家一级保护文物，广东博物馆镇馆之宝。端砚历来被视为"文房四宝"之一，广东的"一石三砚"更是名闻天下，世所罕见。三砚之中，又以千金猴王砚为首。一石三砚，每一方都酷似一只动物之形，为大自然的天然造化，世上奇观。这三方砚中，一方似猴，为千金猴王砚；一方如鹤，为鹤砚；一方像卧牛，为青牛砚。现在广东博物馆收藏了其中的猴王砚和鹤砚，青牛砚却不知所踪。千金猴王砚为三大名砚之首，长25.5厘米，宽17.6厘米，厚2.7厘米，长方形，端溪老坑大西洞石。此砚石色紫蓝，质地细腻温润，娇嫩如小儿肌肤，石品花纹绚丽，砚堂内有大片鱼脑冻（石品花纹的一种），形似一只手捧寿桃、侧蹲回首的猕猴，生动活泼、栩栩如生，甚至眼、鼻、嘴和前足都清晰可见，非常逼真。四周以火捺等色彩环绕。砚工因材施艺，将砚面及砚背巧妙设计为花果山、水帘洞意境。此砚由此得名，堪称绝品。

一石三砚的由来：晚清名臣张之洞做两广总督时，其幕僚何蓬洲在肇庆（古称端州）主持开发端石矿床大西洞，得到一块上等石料，遂请名匠依形制作了三方砚台。天然名石与能工巧匠的雕刻，使这一石三砚成为独一无二的稀世珍品。千金猴王砚右侧镌刻隶书铭文："千金猴王砚光绪壬辰禺山何氏闲叟珍藏"，砚左侧镌刻隶书铭文："郭兰祥作砚项信南刊字"。何氏闲叟即张之洞幕僚何蓬洲，番禺人。郭兰祥为肇庆制砚世家郭家传人，郭家曾为宫廷制作贡砚。项信南为广州雕刻工匠。由于此砚名声太大，许多人都想得到它。抗日战争中，何氏后人将砚卖给一位古董商，后辗转到了汪精卫妻子陈璧君之手，日本投降后又为接受大员所掠夺，后再度流落民间。1951年秋冬之际的一天，广州文德路文物商店来了一个带着孩子的中年妇人，携一白玉佛像、一张黎二樵绢本山水《夏山欲雨图》及一方墨砚求售。店老板对前二件文物较感兴趣，与之谈价，唯对那方看上去黑黢（qū）黢的砚台不以为然。这时，正在店中与人闲谈的一位学者模样的人，走过来端详了一下，立即说他可以花160万（旧币折合现人民币160元）买下此砚。这个人就是著名古文字学家、金石篆刻家、书法家、教育家、中山大学教授商承祚（zuò）先生。160元的价格在中华人民共和国成立初不是一个小数目，商承祚先生如此果断出手，当然基于他的慧眼识珠了。原来此砚正是广东三大名砚之一的"端石千金猴王砚"。此砚妙在平时通体黑紫色，并不引人注目，猴形也不很突出。但神奇的是，只要用湿布轻拭（shì）一下，石品花纹就会立刻清晰地显示出猕猴的形象来。商承祚曾于1948年在一陈姓玩家的家里见过猴王砚。该砚原主何蓬洲，在主事开采大西洞时，每采到好端石，便令高手砚工制成砚，好的送张之洞，次的留给别人，他自己则收藏了上面所说的三方好砚，分别命名为"猴王砚""松鹤砚""青牛砚"，并请李文田题《猴鹤砚斋》横额。李文田是晚清探花，官至礼部侍郎，为当时著名书法家。此亦可见何氏对三方砚的重视程度。商承祚用大价钱购得猴王砚后，将它转让给广东省文物管理委员会，并对其工作人员说："松鹤砚虽非冻石，鹤飞松林，其形可取，亦需购藏。"1961年，广东省博物馆副馆长与商承祚一起又找到老妇人家上门征购，用120元购得松鹤砚，并得李文田题《猴鹤砚斋》横额。而"青牛眠草砚"却至今没有下落。"端石千金猴王砚"和"端石白鹤啄松砚"两方名贵的端砚之王，最终均落户广东省博物馆。

2.山川精魄孕猴王：千金猴王砚设计为花果山、水帘洞意境，在名著《西游记》石猴出世一节，说是天地山川日月精华孕育了石猴。端州山明水秀、人杰地灵，山川精魄孕育了千金猴王砚这块灵石。山川：指端州的山山水水。山指羚羊峡、斧柯山、七星岩等；川指端溪和西江。

3.西洞紫云日月长：端砚石材在山中埋藏了数千万年。西洞：端砚石材最著名的矿床"老坑"中的一个坑口，称大西洞，千金猴王砚的石材即产于此。紫云：端砚又名端溪砚，因产于古端州（今广东肇庆市）而得名，其色紫质润，素有紫石、紫玉、紫云、紫英之美称。

4.质若婴肤润华玉：端石的主要矿物为水云母和绢云母，颗粒细小，分布均匀，因而石质"幼嫩如小儿肌肤"，温润如美玉。

5.品称鱼脑冻凝琅：品，指石品花纹，是赏评端砚的重要因素。较常见的石品有冰纹、金线、银线、火捺（nà）、鱼脑冻、冰纹冻、蕉叶白、天青、青花以及石眼等，其中尤以石眼和鱼脑冻最为珍稀和名贵。琅，古书上指美石。这句的意思是，千金猴王砚砚堂里凝成有大片珍稀的鱼脑冻，犹如美石美玉。

6.金睛毛脸活灵现：写砚堂内鱼脑冻形成的猕猴形象逼真，栩栩如生。

7.火捺环纹异彩煌：火捺，石品花纹的一种，又称"火烙"，紫红色，犹如被火烙过的痕迹。火捺又分胭脂火捺、金线火捺、马尾火捺、铁捺等。鱼脑冻、蕉叶白、冰纹周围往往有火捺出现。千金猴王砚砚堂里大片鱼脑冻形成的猕猴图案周围就环绕着火捺，异彩纷呈。煌，光亮。

8.竞：比赛；争着做某事。

2014年12月28日于广州广东博物馆

端　砚

2014年12月28日，余有幸参观广东博物馆举办的端砚精品展——紫石凝英，二百多方历代端砚精品琳琅满目，争奇斗艳，巧夺天工，美轮美奂，令人目不暇接，流连忘返，故作此"端砚"以赞之。

端溪水绕斧柯山①，盘古老坑坑仔岩②。

日月轮回藏洞府，阴阳造化到人间③。

紫云焕彩莹光耀，石品花纹韵色鲜④。

堪羡神工怜妙物，文人墨客细磨研⑤。

1.端砚：端砚又名端溪砚，因产于古端州（今广东肇庆市）而得名，其色紫质润，素有紫石、紫玉、紫云、紫英之美称。《端溪砚史》等文献赞美它细润如玉，石品绚丽、磨墨不滞，贮水不耗，发墨而不损毫，久用锋芒不退。因赏用兼优，被誉为群砚之首。据文献记载，端砚在唐武德年间就有生产，距今已有1300多年历史。唐朝诗人李贺在《杨生青花紫石砚歌》中就有"端州石工巧如神，踏天磨刀割紫云"的句子。千余年来，制砚艺人利用端州石材，巧妙构思，精雕细作，成就了无数名品佳砚。历代文人镌诗题铭，言志抒怀，彰显诗、书、画、金石造诣（yì），赋予端砚丰富的文化内涵。从实用至上到赏用并重，从书写良友到案头清供，端砚的艺术价值不断提升，堪称我国传统工艺中的一朵奇葩。历史上端砚曾与宣纸、徽墨、湖笔并称为"文房四宝"，又与歙（shè）砚、澄泥砚、洮（táo）河砚（或红丝砚）共誉为"四大名砚"。

2.端溪水绕斧柯山，盘古老坑坑仔（zǎi）岩：端砚石材主要产于古端州（今广东肇庆市）城郊端溪一带，故端溪被泛指为端砚产区。端州东郊羚羊峡、斧柯山一带及七星岩背后的北岭一带分布着数十处砚坑，著名的端石就产自于这些坑洞。其中，最著名的三大名坑老坑（又称水岩）、坑仔岩、麻子坑及宋坑等采石坑因出产的砚石十分名贵而名声远播。另外还有梅花坑、蕉园坑、蒲田坑、绿端岩、白线岩、古塔岩、朝天岩、盘古岩、沙浦岩、宣德岩等。"盘古""老坑""坑仔岩"，均为端石坑口名，用以代指端州众多的端石坑洞。

3. 日月轮回藏洞府：日月轮回，光阴荏苒，端石在地下埋藏了漫长的悠悠岁月。据地质学家研究称，端石的形成过程已超过4亿年。

4. 紫云焕彩莹光耀，石品花纹韵色鲜：这两句赞美端砚的质地和石品的细腻温润、美妙绚丽。

5. 妙物：珍品；美物。

6. 磨研：砚的历史十分久远，最早可追溯至新石器时代。早期的"砚"也称作"研"，由生活中的研磨器发展而来。这里的"磨研"不仅是研磨意，更有把玩、捉摸、研究、鉴赏、爱不释手意。

2014年12月28日于广州广东博物馆

阳春孔雀石

2014年12月28日游广东博物馆自然资源厅，见其镇馆之宝"阳春孔雀石"。该石状如山形，体大、质优、形美、色艳，碧如琉璃，绿泛丝绒，为稀世之奇石。观而久之，心旷神怡，如游神仙洞府、世外桃源，惊叹造化之鬼斧神工，故作此篇以颂之。

奇石焕彩沐阳春㉒，紫气孕铜化翠珍㉓。

光泛丝绢色凝碧，纹开雀羽绿如茵㉔。

洞天探秘琅玕境，福地寻幽河汉滨㉕。

惊叹神工弄鬼斧，亦真亦幻起氤氲㉖。

1.阳春孔雀石：孔雀石是一种古老的玉料。中国古代称孔雀石为"绿青""石绿"或"青琅玕（láng gān）"。"孔雀石"一词具有"妻子幸福"的寓意。天然孔雀石呈现浓绿，翠绿的光泽，有种独一无二的高雅气质。因其颜色和它特有的同心圆状花纹犹如孔雀美丽的尾羽，故而得名，也因此尤为珍贵。广东阳春石菉（lù）孔雀石开采于清代，矿床规模大、矿体集中、含量高、孔雀石储量居全国之首。在阳春流传着一个动人的传说：美丽的孔雀姑娘爱上了阳春小伙子亚文，私自下凡与亚文结为夫妻，因为触犯天规，被玉皇大帝压在大山之下，日久天长化作美丽的孔雀石。广东博物馆收藏的这块孔雀石块体硕大，长80厘米、宽40厘米、高53厘米，为目前国内博物馆藏阳春孔雀石最大者。该孔雀石集钟乳柱状、结核状、葡萄状、洞体等形态于一身，呈翠绿、墨绿及粉绿色，具有明显的丝绢光泽与绒毛状质感。如此体大、质优、形美、色艳、光彩夺目的孔雀石实属罕见。在2010年广东博物馆进行的网上评选镇馆之宝活动中，这件阳春孔雀石以12837票当选为十大镇馆之宝第二名。

2.奇石幻彩：这块硕大的阳春孔雀石形美色艳，奇幻奥妙。

3.沐阳春："阳春"有两层含义：其一是孔雀石产于广东阳春；其二是逢盛世如遇阳春。

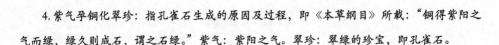

4.紫气孕铜化翠珍：指孔雀石生成的原因及过程，即《本草纲目》所载："铜得紫阳之气而绿，绿久则成石，谓之石绿。"紫气：紫阳之气。翠珍：翠绿的珍宝，即孔雀石。

5.光泛丝绢：孔雀石表面泛着丝绢般的光泽。

6.纹开雀羽：孔雀石碧绿的颜色和它特有的同心圆状花纹犹如孔雀美丽的尾羽。

7.洞天探秘琅环境，福地寻幽河汉滨：这两句描写这块阳春孔雀石的形状，形若仙山，状如洞府。由此展开想象，到神仙洞府去探秘游玩、寻幽揽胜。琅环：古书上指美石，也指珠树。琅环境：意指仙境。福地：道教指神仙居住的地方。河汉：天河，银河。

8.亦真亦幻起氤氲：眼前这如此美妙的奇石宝物是真的吗？不是幻觉吧！看，山顶上还云烟缭绕呢！氤氲：也作绲缊，气体、云烟很盛的样子。

2014年12月28日于广州广东博物馆

范睢受袍

观广东博物馆汉画像石"范睢受袍"有感。

范睢避难西入秦①，隐姓埋名列相林②。

须贾赠袍免一死，得饶人处且饶人③。

1.范睢受袍：战国时，魏人范睢（suī）投在中大夫须贾门下当门客，后因须贾妒忌其才能智慧，遭陷害几乎被魏相魏齐打死。范睢死里逃生，改名张禄入秦国，受到秦昭王的赏识，凭才干出任秦国丞相，封应侯。范睢恨须贾魏齐欲死，发兵攻打魏国。须贾受魏王差遣前往秦国求和，范睢假扮乞丐前去相见。须贾见其落魄，赠送棉袍与他。范睢便因须贾这一举动免其一死。"秦昭王五跪得范睢"的典故、秦国"远交近攻"的国策、"睚眦（yá zì）必报"这一成语等均与范睢有关。

2.列相林：入相，官至相位。

3.得饶人处且饶人：宽容是人的一大美德。

2015年元月5日于羊城

棠棣花开

观广东博物馆汉画像石"聂政自屠",感聂政姐弟豪侠仗义,棠棣之花竟开,敬而作此篇。

聂政行侠孝悌闻①,男儿信义重千金②。

白虹贯日除权佞,豪气冲天毁自身③。

血洒庭阶凝碧玉,命戕市井著丹心④。

忍听一曲广陵散,琴韵悠悠棠棣魂⑤。

1. 聂政:(？—前397年),战国时侠客,韩国轵(zhǐ 今济源东南)人,以任侠著称,为战国时期四大刺客之一。聂政英雄侠义,因除害杀人偕母及姐聂荣避祸齐地(今山东境),以屠为业。韩大夫严仲子因与韩相侠累(名傀 kuǐ)廷争结仇,潜逃濮(pú)阳,闻政侠名,献巨金为其母庆寿,与政结为好友,求其为己报仇。聂政待母亡故守孝三年后,忆及严仲子知遇之恩,独自一人仗剑入韩都阳翟(dí 今禹州),以白虹贯日之势,刺杀韩相侠累于阶上,继而格杀侠累侍卫数十人。因怕连累与自己面貌相似的姐姐,遂以剑自毁其面、挖眼、剖腹自杀。其姐聂荣在韩市寻认弟尸,伏尸痛哭,后撞死在聂政尸前(一说因悲伤过度,暴死于聂政尸前)。其事迹见《史记·刺客列传》,在《琴操》里也有记载。郭沫若先生曾据此写有历史剧《棠棣之花》,歌颂聂政的侠义精神。在河南禹州市区西北有纪念聂政的聂政台。

2. 孝悌(tì):尊敬孝顺父母长辈为之孝;爱护帮扶平辈兄弟姐妹为之悌。

3. 白虹贯日:有两种含义。其一,是说聂政以迅雷不及掩耳之势刺杀侠累,像一道白光穿过太阳。其二,是古代人迷信的征兆。如聂政之刺侠累,白虹贯日;专诸之刺王僚,苍鹰击于殿上等。

4. 权佞(nìng):大权在握的奸臣,即权奸。

5. 血洒庭阶:聂政刺杀侠累后,怕连累自己的姐姐而毁容自杀,血洒庭阶。

6. 命戕(qiāng)市井:聂政死后,被曝(pù)尸韩市,悬赏千金指认,无人能识。其姐聂荣在韩市寻认弟尸，伏尸痛哭，哭着说："这是轵地深井里的聂政啊！他因为我还在，就自毁面容不使连累。我怎么能怕杀身之祸，最终埋没我弟弟的英名呢！"于是连呼"天哪"，悲痛至极，撞死在聂政尸前。晋、楚、齐、卫闻之，皆曰："非独政能也，乃其姊（zǐ）亦烈女也。"戕：杀害，这里用自杀意。

7. 忍听一曲广陵散（sǎn）：不忍听弹奏广陵散这首曲子。忍听：是不忍听；不堪听。广陵散，古琴曲名，就是后世所传《聂政刺韩王曲》。《广陵散》被历代琴家广为弹奏，据说弹得最好的是晋朝的嵇康，用以表示对聂政的敬仰。

8. 琴韵悠悠棠棣魂：悠扬的琴声像是在诉说着聂政姐弟的侠义英烈，其精魂神魄在悠悠的飘荡。棣，同"弟"，旧时多用于书信。棠棣即兄弟，引申为兄弟姐妹。赞其"姐弟均英烈，花开耀千秋"。

2015年元月5日于羊城

观广彩少女采莲图瓷盘

莲花烁烁满湖塘㊟，金鲤戏波叶底藏㊟。

一叶小舟轻点水，香风笑语曼歌扬㊟。

1. 广彩：广彩是广州地区釉上彩瓷艺术的简称，全称是"广州织金彩瓷"。广彩始于明代的广州三彩，到清代发展为五彩，并在乾隆年间逐步形成独特的艺术风格，至今已有300多年历史。顾名思义，所谓织金彩瓷，就是在各种白胎瓷器的釉上面绘上金色花纹图案，然后用低温烧制而成，仿佛锦缎上绣以色彩绚丽高雅华贵的万缕金丝。广州织金彩瓷的风格不同于以景德镇为代表的江西彩瓷，广彩的风格特点是运用我国织锦图案的手法，以色彩艳丽、构图严谨、绘工精细、金碧辉煌著称；广彩利用各种颜色和金银水进行钩、描、织、填，宛如无数金银彩丝织于白玉之上，光彩夺目、富丽堂皇。有一首诗十分概括和形象地总结出广彩的特色："彩笔为针，丹青作线，纵横交织针针见，何须锦缎绣春图，春花飞上银瓷面。"

2. 广彩少女采莲图瓷盘：广彩大型观赏圆瓷盘，直径约50厘米。作品运用工笔画入瓷的手法，生动传神地描绘两个典雅、唯美的古装仕女在荷塘划艇采莲的情景。盘面上是一湖竞开的红莲，与硕大的田田莲叶红绿相衬，生机盎（àng）然。两个天仙般的妙龄少女，身着五彩衣，鲜花插满头，一人侧身站立持竹篙点水划小舟，一人半蹲手握莲蓬做采摘状，美轮美奂，妙趣天成。边饰开光绘花卉，织金地、锦地等图案加以衬托。真乃是一件难得的艺术珍品。

3. 烁烁：光亮，闪烁，形容花开得烂漫。

4. 香风笑语曼歌扬：看着画面上这满湖碧荷一双娇美的莲娃，好像有阵阵清风吹来，带着荷花的清香，少女的笑声和曼妙的歌声在湖面上飘荡。曼：柔和、绵长。

2015年元月9日于羊城

观广彩洛神赋瓷盘

梦里相逢洛水滨④，群仙际会驾龙辚⑤。

可怜至死香魂在，应是朝朝暮暮人⑥。

1.洛神：洛水之神宓（fú）妃，传说为伏羲氏女，溺死于洛水，遂为洛水之神。因曹植的名篇《洛神赋》，又传三国时魏文帝曹丕的皇后甄宓为洛水之神。

2.洛神赋：《洛神赋》为曹植（字子建）于魏文帝黄初三年（222年）所著，是曹植的浪漫主义爱情名篇。《洛神赋》最早见于萧统《昭明文选》，原名《感甄赋》。234年，魏明帝曹睿继位，因觉原赋名字不雅，遂改为《洛神赋》。由于此赋的影响，加上人们感动于曹植与甄氏的悲剧恋情，故老老相传，就把甄妃认定成洛神了。

3.广彩洛神赋瓷盘：广彩大型观赏圆瓷盘，直径约60厘米。此盘口沿绘回文一周，盘壁为花果锦地开光，内绘杂宝纹，盘中心图案是《洛神赋》中描绘的场景。共有人物十余人，一男子站在岸边做拱手状（当为曹植），为首一神女（当为洛神甄妃）引领众仙女踏祥云、驾龙车在洛水之上与之相会。整个大盘富丽堂皇、绘画精妙、彩工精致、人物传神、设色饱满而有厚度，突出了广彩色彩浓烈厚重的特点，是一件精美绝伦、百看不厌的艺术珍品。

4.梦里相逢洛水滨：曹植于梦中在洛水之滨与洛神相会。

5.龙辚：龙驾的华美的云车。辚：轮子，这里代指车。

6.朝朝暮暮人：日夜思念的心上人。

2015年元月9日于羊城

观德化窑和合二仙瓷塑赞和合二仙

家家户户盼和合④，事事称心欢乐多⑤。

送喜送财送福祉，吉星高照念弥陀⑥。

1.德化窑：德化窑瓷器产自我国福建省德化县。德化窑的白釉瓷始于宋代，盛行于明清时期，因为釉色为乳白色，所以称其为"象牙白"。德化窑瓷器器型繁多，但以佛像雕塑、杯、壶、炉几种器型最为著称，其造型生动，色泽光润，晶莹洁白。德化窑的瓷器在国际上也得到高度评价，博物馆和私人纷纷收藏。

2.和合二仙：中国人向来主张以和为贵，追求团圆好合，并希望有一个神灵保佑家人和合、夫妻和合、朋友和合。唐以后出现的和合神，在一定程度上满足了人们的这种心理需求。和合二仙是民间传说之神，主家庭团圆、婚姻和合，亦称和合二圣。相传唐人万回，因为兄长远赴战场，父母常挂念哭泣，遂往战场探亲，万里之遥，朝发夕返，故名"万回"，以其象征家人之和合，自宋代开始祭祀为"和合"神。至清代雍正时，改以唐代诗僧"寒山、拾得"为和合二圣。相传寒山、拾得两人亲如兄弟，共爱一女。临婚，寒山得悉，即离家为僧，拾得亦舍女去寻觅寒山。相会后，两人俱为僧，立庙"寒山寺"。自此世传之和合神像一化为二，僧状，为蓬头之笑面神，一持荷花，一捧圆盒，意为"和（荷）谐合（盒）好"，盒中有五只蝙蝠，象征五福。婚礼之日必悬挂于花烛洞房之中，或常挂于厅堂，以图吉利。久而久之，和合二仙又演化成两个可爱的胖娃娃形象。

3.德化窑和合二仙瓷塑：两个洁白如玉、胖嘟嘟的瓷娃娃，古装打扮，头梳小丫髻，一蹲一立于荷叶之上，周围有数朵莲花含苞待放。立者手持莲花，蹲者手捧宝盒，盒作半开状，盒中有蝙蝠欲飞出。整个瓷塑晶莹洁白、色泽光润、造型生动、寓意美好，是一件难得的陶瓷珍品。由此联想到当今社会提倡和谐，惟愿千家万户：家庭和睦、亲人团圆、夫妻恩爱、幸福吉祥！

4.和合：和谐、和美、团圆、幸福。

5.祉（zhǐ）：福；幸福。

6.吉星高照念弥陀：感谢称颂意。吉星：指和合二仙。

2015年元月12日于羊城

观德化窑天女散花瓷塑

仙袂翩翩金阙开⑷，异香缥缈下瑶台⑹。

百花散尽祥云起，春满人间处处栽⑴。

1.天女散花："天女散花"又叫"仙女散花"，故事源于佛经《维摩诘（jié）经·观众生品》。据说有一天，如来佛在西天莲花宝座讲经说法，忽见瑞云东来，遥知得意弟子维摩诘患病，便派众弟子前去问候，并断定维摩诘要借机宣经释典，便派天女前去检验弟子们的学习情况。天女手提花篮，飘逸而行，来到尘世间低头下望，果见维摩诘正与众人讲学。随即将满篮鲜花散去，弟子舍利弗满身沾花。众人诧异万分，天女曰："结习未尽，固花着身；结习尽者，花不着身。"舍利弗自知道行不行，便愈发努力学习。后世人将"天女散花"寓意为春满人间，吉祥如意。

2.德化窑天女散花瓷塑：洁白如玉的天女，在一朵祥云的承托下，身体呈倒立弯钩形，仙袂飘飘，头昂起向下眺望，花篮倒倾，手把鲜花撒向人间。整个瓷塑晶莹洁白、色泽光润、造型奇特、生动飘逸、做工精细、寓意美好，是一件优秀的艺术佳作。

3.仙袂翩翩：天女身上的霞衣被风轻轻吹动，翩翩起舞，婀娜（ē nuó）多姿。袂：袖子，这里代指天女穿的衣服和飘带。翩翩：形容轻快地跳舞；也指姿态优美。

4.金阙：神话中天帝居住的宫殿。

5.缥缈：也作飘渺，形容隐隐约约，若有若无。

6.瑶台：瑶池，神话中西王母居住的仙界。

2015年元月12日于羊城

观牙雕八仙贺寿

八仙贺寿朝寿星㉑，各显其能献艺精㉒。

丹鹤翔云啣瑞草，玲珑巧物叹神工㉓。

　　1.牙雕八仙贺寿：广东民俗博物馆（陈家祠）展示的牙雕八仙贺寿，在一整只象牙上雕刻八仙朝贺寿星。共计十一个人物，雕塑正中为手捧寿桃的寿星老及两个手持华盖的侍女，上下左右错落有致地散列着八仙，祥云缭绕、瑞鹤翔（áo）翔，亭台楼阁、花草树木掩映其间，人物造型生动、刻画细腻、仪态万方、笑容可掬，堪称是一件巧夺天工的艺术珍品。

　　2.各显其能献艺精：八仙各自呈献精湛神奇的技艺向寿星祝寿。

　　3.丹鹤：丹顶鹤。鹤，古人用以喻示长寿的动物，称之为仙鹤。

　　4.瑞草：灵芝，仙草，祥瑞之物。

2015年元月13日于羊城

观香稿塑圯桥三进履

黄石巧妙试张良[韵]，敝履圯桥三进忙[韵]。
孺子品行诚可教，太公兵法助秦亡[韵]。

1. 香稿塑：广东潮阳民间艺术，全国独一无二，其创始人是民国时期的黄星阁，其子黄斯毅是唯一传人。它是把香稿树的木质层碾成粉末作原料，汲取澄海纱丁、陶塑、泥塑的艺术精华，根据香稿可塑性强的特点，创出立体人物香稿塑，最初被称为“稿香灯”，由于它的工艺精美、比泥塑更坚固等特点而深受欢迎。它的制作工艺包括扎胚（pēi）、捏（niē）塑、入色彩画、上光、打蜡等工艺技巧。黄氏父子创作了许多香稿塑作品，较有代表性的有《二仙对弈（yì）》《李白醉酒》《二十四孝》《八仙骑八兽》《济公斗蟋蟀》《十五贯》《戏秋香》《钟馗（kuí）》《圯（yí）桥三进履》等，人物造型生动、形象传神、十分惹人喜爱。香稿塑《圯桥三进履》展示在广东民俗博物馆（陈家祠）。

2. 圯桥三进履：张良（约前250—前186年），字子房，原姬姓，城父（今安徽亳（bó）县东南）人。汉初政治家、军事家，西汉开国元勋，汉高祖刘邦的主要谋士，史称“汉初三杰”之一。楚汉战争中，张良提出不立六国后代，联结英布、彭越，重用韩信等策略，又主张追击项羽，歼灭楚军，为刘邦完成统一大业奠定了坚实基础。刘邦称他“运筹于帷幄（wéi wò）之中，决胜于千里之外”的这一名句，也随着张良的文韬武略而流芳百世。

张良祖上五代相韩，前230年秦灭韩，一家三百余口为秦所害，良立志为韩复仇。前218年，他弟死不葬，散尽家财在沧洲求得一大力士，造重一百二十斤大铁椎（chuí），在博浪沙（今河南原阳县）中狙（jū）击秦始皇，可惜误中副车，刺杀没有成功。秦国紧急捉拿他，于是他更名张良，逃亡藏匿（nì）于下邳（pī）。一天傍晚，张良在圯桥上漫步，有一个老者来到桥上，把鞋坠下桥去，对着张良说：“小伙子，下去把鞋取上来！”张良很惊讶，但因为对方年老，便强忍着下去取了鞋。老者又说：“把鞋给我穿上！”张良想，已经给他取了鞋，索性给他穿上。张良跪着给老者穿鞋，老者伸脚受鞋，随后大笑着离去。张良非常惊异地目送着他。老者走出约里许又返回来，说：“孺子可教也！五天后的黎明，与我在此相会。”张良更感奇怪，但仍然答应了。五天后的黎明，张良前往圯桥，老者已先到了，怒道："与老人约定，为什么迟到？走吧，五天后再来。"五天后的凌晨鸡刚叫张良来到桥上，老人又先到了。老者又怒道；"为什么又迟到？再过五天再来！"又过了五天，张良不到半夜就到了桥上等候，不一会儿，老者来了，高兴地说："就应当这样嘛。"老者看他谦恭礼貌，心胸豁达，绝非久居人下之人，于是拿出一本书给张良说："读好了这本书就可以做帝王的军师了。十年后，你会有所成就；十三年后，你再来见我。济北谷城山下的黄石就是我。"说完就不见了。第二天早上，张良看那本书，原来是《太公兵法》。从此，张良细心研读这部兵法并心领神会，后来辅佐刘邦平定天下，兴建汉朝，大得此书之益处。十三年后，张良随高祖过济北，果然看见谷城山下有黄石，就取来放入祠堂供奉。张良死后，与黄石合葬。又世传张良随黄石公成仙去了。故事的寓意在于，年轻人要心怀善良，不怕磨难，积极进取，终成大器。

3.黄石：即黄石公。据传黄石公是秦末汉初的五大隐士之一，又传黄石公为仙人。《史记·留侯世家》称其避秦世之乱，隐居东海下邳。其时张良因谋刺秦始皇不果，亡匿下邳，于圯桥上遇黄石公。黄石公三试张良后，授与《太公兵法》，临别时有言："十三年后，在济北谷城山下，黄石即我矣。"

4.敝履：旧鞋。敝：破烂；衰败。履：鞋。

5.圯：桥。圯桥：下邳城的东南方有一条沂（yí）水，沂水上有一座桥，名字叫"圯"，相传为张良遇黄石公处。现在，桥与唐碑已被毁坏，但"进履石"尚存，脚印仍像原来一样清晰。1985年又新建纪念碑记载"圯桥三进履"之事。

2015年元月13日于羊城

观广绣盛世太平

飞针走线绘丹青❸，国色天香绣太平❹。
魏紫姚黄共娇艳，花开盛世耀昌明❺。

1.粤绣：粤绣是中国四大名绣（苏绣、湘绣、粤绣、蜀绣）之一，是广东刺绣艺术的总称，它包括以广州为中心的"广绣"和以潮州为代表的"潮绣"两大流派。其刺绣历史久远，技艺精湛，具有构图装饰性强、色彩浓郁鲜艳、绣绒平整光亮、文理清晰、绒条洒脱、金银垫绒立体感强、绣品富丽堂皇等独特的地方风格和艺术特色。唐代苏鹗（è）所撰的《杜阳杂编》记载，永贞元年（805年），南海（郡名，治所在番禺，即今广州市）所贡奇女卢眉娘在一尺绢上绣《法华经》七卷，"字之大小，不逾粟粒，点画分明，细如毫发，其品题、章句无有遗阙。"她又绣制阔一丈的"飞仙盖"，上面绣有十洲三岛、山水、神仙、玉女、执幢、捧节童子等亦不啻（chì）千数。称无三两，坚韧不断。唐顺宗皇帝嘉其工，谓之"神姑"。粤秀的代表作品如《晨曦》《百鸟朝凤》《孔雀开屏》《丹凤朝阳》《吹萧引凤》《三阳开泰》《杏林春燕》《九龙屏风》《苏武牧羊》《郭子仪拜寿》等佳作。广绣《盛世太平》展示在广东民俗博物馆（陈家祠）。

2.广绣盛世太平：大型广绣作品，横式，长约140厘米，宽约80厘米。图中，在一块玲珑的岩石旁，数株国色天香的牡丹竞相开放，其品种有姚黄、魏紫、赵芬等，计有二十余朵，红绿相衬、疏密有致、争奇斗艳、姹（chà）紫嫣（yān）红，寓意盛世。岩石上下有四只鸽子，或立、或飞、或眺望、或觅食，恬（tián）静平和，寓意太平。整个绣品意境美好、布局合理、有动有静、浓淡相宜、色彩鲜艳、文理清晰、绣绒光亮、绒条洒脱、一派富丽堂皇的盛世景象，令人赞不绝口。

3.飞针走线绘丹青：用刺绣来作画。丹青：丹是朱砂，青是石青，都是中国古绘画中常用的颜色。因此，古称绘画艺术为丹青。

4.国色天香：指牡丹。唐代刘禹锡的《赏牡丹》："庭前芍药妖无格，池上芙蕖（qú）净少情。唯有牡丹真国色，花开时节动京城。"

5.魏紫姚黄：魏紫，牡丹花后。姚黄，牡丹花王，代指优秀的牡丹品种。

6.昌明：兴盛发达（多指政治、文化方面）。

2015年元月15日于羊城

观广绣翠羽华堂

云光翠羽映华堂①，五彩天丝玄妙藏②。

孔雀开屏紫荆上，春风初度纳吉祥③。

1.广绣翠羽华堂：大型广绣作品，立式，长约140厘米，宽约80厘米。图中，春风拂煦，白云悠悠，一棵茁壮的红花羊蹄甲鲜花盛开，繁花似锦，一对蓝孔雀一上一下立于树干之上，雄在上，雌在下，回首对望，温情脉脉。整个绣品寓意美好，布局合理、色彩鲜艳、文理清晰、浓淡相宜、疏密有致、绣绒光亮、绒条洒脱、一派富丽堂皇的瑞气景象，令人赏心悦目。

2.五彩天丝：天丝：蚕丝。蚕为天虫，故曰其丝为天丝。广绣所用的蚕丝要染成各种颜色，故曰五彩天丝。其实不止五色，形容色彩绚丽貌。

3.紫荆：即"红花羊蹄甲"，又叫"红花紫荆""洋紫荆"，为苏木亚科羊蹄甲属常绿中等乔木。叶片有圆形、宽卵形或肾形，但顶端都裂为两半，似羊蹄甲，故有此名。花大如掌，五片花瓣均匀地轮生排列，其中四瓣分列两侧，两两相对，而另一瓣则翘首于上方，形如兰花状，有近似兰花的清香，故又被称为"兰花树"。花红色、红紫色或粉红色，十分美观。花期为十一月至翌年四月，长达半年之久。洋紫荆终年常绿繁茂，颇耐烟尘，特别适于做行道树。树皮含单宁，可用作鞣（róu）料和染料，树根、树皮和花朵可入药。1965年被选定为香港市花，1990年4月4日，更被《香港特别行政区基本法》规定为区旗和区徽图案。

4.春风初度：开春；早春，即春暖花开意。

2015年元月15日于羊城

观大型油画五羊献穗

五色祥云南海遥_③，五羊献穗楚庭娇_④。

祝福此地无饥馁，世代融和风雨调_⑤。

1.五羊献穗：见《扬州慢·广州》注释。

2.油画五羊献穗：广州市博物馆（即镇海楼）一楼大厅东侧有一幅大型油画"五羊献穗"，画高2.52米，宽5.60米。画面上四男一女五位仙人，身穿五彩衣，骑着五色羊，手持彩色稻谷种子，驾祥云降临"楚庭"，将优良稻谷种子送给当地人民，祝福此地永无饥荒。画面上蓝天碧野、彩云缭绕、仙气飘渺、温馨祥和、人物造型生动、神态自若、画面恢宏、气势磅礴，寄托着百姓对广州无限美好的祝福与期盼。

3.五色祥云南海遥：这句的意思是，仙人们驾五色祥云从遥远的南海上空来到广州。

4.五羊献穗楚庭娇：广州山川秀美，江山多娇。五位仙人骑五色羊降临广州，将优良的稻谷种子赠给当地居民。楚庭：广州最早的称谓。

5.世代融和风雨调：世世代代民风淳朴，社会和谐，风调雨顺，生活幸福。

2015年元月18日于广州

观大型油画和辑百越

赵佗乱世称帝王㉟，南越建国开大荒㉞。

蛮汉融合兴岭表，悠悠珠水漫流芳㉝。

1.大型油画和辑（jí）百越：广东博物馆有一幅巨型油画作品"和辑百越"，画长约8米，高约5米，画赵佗在番禺建南越国后，率领文臣武将在珠江之滨与众百姓相见的情景。画面上有士农工商、文臣武将各色人等约百十人，另有马匹、房屋、花草、树木等。天气晴朗、彩云缭绕、植物繁茂、生机盎然，珠江水在缓缓流淌（tǎng），众百姓箪食（dān sì）壶浆、顶礼膜拜欢迎赵佗。人物姿态生动、刻画细腻、形神兼备、惟妙惟肖。画作卷福庞大、气势恢宏、色彩绚丽、一派祥和。寓意赵佗在岭南建南越国，文治武功，国泰民安，对开发岭南，促进南疆民族融合所做的贡献，以及百姓对赵佗的热爱与崇敬。和辑百越：即和睦百越。辑：汇聚；融合；和睦。

2.赵佗：西汉南越国王赵佗，南越国的创立者，河北真定人，在位65年，传说享年106岁。赵佗在位期间，文治武功，卓有建树，为岭南政治、经济、文化的发展及汉越民族的融合做出了巨大贡献。

3.开大荒：意为破天荒，第一次。

4.蛮：中国古代称居住在南部的民族。

5.悠悠珠水漫流芳：赞颂赵佗的功业像悠悠流动的珠江水一样，流芳百世。

2015年元月18日于广州

梦 天

　　2015年元月18日夜，得异梦于羊城。梦余身登天梯到达天庭，见众神仙或驾祥云、或乘鸾车在天庭游乐，百花盛开、彩云缭绕、仙乐悠扬、异香缥缈。余脚踏彩虹，以手摘北斗七星，细观之，手中却现美玉琼瑶。忽梦觉，感叹不已，作此"梦天"以记之。

昨夜星空分外姣②，霞光万里梦天曹③。

花开阆苑异香散，鸾驾云辚仙乐飘④。

脚踏彩虹摘北斗，手摩华玉握琼瑶⑤。

众神相送殷勤问，何日重游到碧霄⑥?

1.分（fèn）外：格外；超过平常。

2.姣（jiāo）：美好。

3.天曹：天庭。

4.鸾驾云辚：仙人们乘坐的用鸾凤驾的云车。

5.华玉：美玉。

6.碧霄：天空，在这里指天宫、天庭，神仙居住的地方。

2015年元月19日凌晨于羊城

冼夫人赞

岭南圣母冼夫人①，历侍三朝功业存。

绥靖边陲识大体②，德昭日月化烝民③。

忠贞不二求和睦，智勇双全扫叛军。

青史流芳传百世，番族奇女敬为神④。

1.冼夫人：冼夫人（512—602年），又称冼太夫人，岭南圣母。冼夫人原名冼英（另说名冼百合），为南北朝时期高凉郡（今广东化州）俚（lǐ）人（壮族先民的分支），是南梁、南陈、隋朝三朝时期岭南部族首领，为俚人杰出的女领袖和军事家。她是南朝梁武帝时高凉太守冯宝的妻子。在南北朝时期，中原丧乱，兵祸连结，而岭表地区始终未曾受到战火的波及，这也许是因为岭南尚属化外之地，然而确实也是有赖于冼夫人的筹谋策划，抚慰部众，德威广被，治化得宜，于是当地老百姓都称她为"圣母"。南梁封她为"宋康郡夫人"，南陈封她为"中郎将石龙太夫人"。到隋朝时，隋文帝视其为南疆柱石及屏障，先册封她为"宋康郡夫人"，后又册封为"谯（qiáo）国夫人"，赐食汤沐邑一千五百户，死后更追谥（shì）她为"诚敬夫人"。冼夫人以边陲番族历事三朝，她拥戴中央政权，维护国家的安定统一，明大体、识大义、安抚百姓、绥靖地方，使岭南地区安定繁荣达半个世纪，是中国女性的杰出代表。她虽然历事三朝，实因环境使然，她始终忠于她的部族，忠于职守，对一个女人而言，是非常难能可贵的。中华人民共和国周恩来总理曾赞誉冼夫人为"中国历史上第一位巾帼英雄"。

2.绥（suí）靖：安抚，使保持平静。

3.边陲：边疆。

4.化烝（zhéng）民：管理、教化众多的黎民百姓。烝：众多。

5.番：指外族的或外国的。如番邦，这里指少数民族。

2015年元月21日于羊城

观贪泉碑赞清廉吴刺史

吴公明志饮贪泉②，恪守廉洁心镜悬③。

两袖清风昭日月，一身正气壮河山④。

玲珑扇坠抛江底，突兀沙丘现眼前④。

怀抱阳和归故里，美名留与后人传⑤。

1. 贪泉碑：贪泉碑位于广州石井石门。石门地处流溪河与小北江的交汇处，东西两山对峙如门，形势险要。汉武帝平南越时，楼船将军杨仆曾在石门大破南越水军。该处每当夕阳西下，水色霞光交相辉映，景色奇丽。"石门返照"曾入选宋元两代"羊城八景"。石门之南0.5公里处有"贪泉"遗址，相传凡饮（yǐn）过此泉水的人都会变得贪婪（lán），因而得名。贪泉的传说显然是民间借以讽刺贪官污吏的。贪泉在五代时已渐湮（yān）没，后人曾在此建碑，以警各级地方官员贪婪之念。明万历二十二年四月（1596年），郡人右布政使李凤重刻"贪泉"碑。该碑于1963年移置于广州博物院（即越秀山镇海楼）碑廊。碑宽0.86米，高2.34米，中刻"贪泉"二字，上面附刻吴隐之《酌（zhuó）贪泉》诗。而今石井石门返照景点处的"贪泉"石碑，反而是近年所复制的。贪泉碑于2002年9月，被公布为广州市级保护文物。

2. 吴公明志饮贪泉：东晋元兴元年，即402年，山东籍的吴隐之出任广州刺史并掌管交州、广州军权。赴任途经石门，正逢口渴，弯腰欲饮那泉水，忽然来了一位老人，说："大人，这泉水千万饮不得。"他指着碑上那"贪泉"二字，陈述贪泉使人变贪的利害。吴隐之为官清廉，偏不信邪，闻贪泉之说，却坚持饮了贪泉水，并有感而发，题了一首吟唱千古的《酌贪泉》："古人云此水，一歃（shà）怀千金。纵使夷齐饮，终当不易心。"诗意是，并非贪泉的水能污人清白，不信，请让洁身守道、不食周粟的伯夷、叔齐来饮，他们是不会变得贪心的。歃：用咀吸取。

3. 恪（kè）守廉洁心镜悬：廉洁自律，恪守清廉，像有一面明镜在心中高悬。

4. 玲珑扇坠抛江底，突兀（wù）沙丘现眼前：吴隐之在广州任职多年，果然言行一致，为官清廉。当他离任时，坐船又经过石门，忽然遇到暴风骤雨，巨浪几乎把船掀翻。他想，自己曾在石门贪泉题过诗，表达自己的清廉，此刻离别广州，是问心无愧的。莫非属下有人贪赃，污我清白，激怒了神灵？于是他传令下属，一一查问，结果并无一人贪污舞弊。可河中仍然风不停、浪不止。吴隐之走进后仓，查问家人，他夫人才如实告知，离开广州时，她接受了同僚家属赠送的一个沉香扇坠。吴隐之立即命夫人把沉香扇坠抛下河。霎时，风平浪静，在丢沉香扇坠的地方，却竦起了一座沙丘。从此，那沙丘一直露出水面，人们便叫那沙丘为"沉香沙"。突兀：高耸；突然发生，出乎意外。

5.怀抱阳和归故里：阳和，有多种意思，可以解释为：阳气；春天；春天的暖气；温暖，和暖；祥和的气氛；也可以借指佳音等。这句的意思是，在祥和的气氛里，问心无愧地离开广州任所，一身轻松，心情平和，愉快地返回故乡，有功成名就意。抚今追昔，感慨万千。1600多年过去了，敬古人之清廉。

2015年元月22日于羊城

观泥塑人物组塑抓周

七彩玲珑神态鲜㊟，祖孙三代共团圆㊟。

小儿满岁抓周日，欢乐祥和笑语喧㊟。

1.泥塑人物组塑抓周：广东潮汕地区重视人生礼俗，一个人从出生、成年至老去，通常要经历催生、开腥、满月、周岁、入学、成人（出花园）、结婚、祝寿、丧葬等礼俗，尤其是"出花园"和祝寿礼，别致而隆重。广东博物馆展出的泥塑人物组塑"人生礼俗"，生动形象地反映了潮汕地区的这些民间礼俗。其中一组"周岁礼"，反映的是小儿满周岁抓周的情景。一组人物祖孙三代共9人，满周岁的小儿坐在桌子上，其面前摆放着文房四宝、刀、弓、胭（yān）、粉、针线、金银财宝等各色玩具，由小儿自选，以判断小儿长大后的性情志向。一家老少温馨祥和，其乐融融。人物造型生动、形神兼备、色彩艳丽、生活气息浓厚，令人忍俊不禁。

2.七彩玲珑神态鲜：形容塑造的各色人物，形象鲜活、惟妙惟肖、色彩艳丽、玲珑可爱。

2015年元月25日于羊城

赞石湾陶瓷古装仕女彩塑

月貌花容玉态娇[2]，纤纤素手杨柳腰[3]。
罗衣五色犹难胜，莲步乍移香韵飘[5]。

1.石湾陶瓷：或称石湾陶塑，是主要分布在广东省佛山市禅城区石湾镇及周边地区的一种汉族民间传统制陶技艺。"石湾陶，景德瓷"，可以说是中国陶瓷的精髓。石湾地处南国一隅（yú），向以生产日用陶器为主。南宋至元，大量的中原移民聚居佛山，他们把北方的陶瓷技艺带到石湾，大大提高了石湾陶器的制造水平与艺术水准。石湾集宋代各名窑之大成，汝、钧、官、哥、定诸名窑产品被石湾模仿得惟妙惟肖，八大瓷系的造型与釉色之美，以及装饰手段也被石湾消化吸收，从而成为南国以"善仿"为特色的名窑，特别是以"广钧""泥钧"而名闻天下。石湾陶塑具有人文性、地方性、民族性的特点，其造型生动、胎釉浑厚、技法丰富。石湾陶塑的制作工艺包括构思创作、泥料炼制、成形、装饰、上釉、龙窑煅烧6个环节。石湾陶塑技艺按实物形态可分为人物陶塑、动物陶塑、器皿、微塑、瓦脊陶塑5大类。以人物造型为代表的"石湾公仔"陶塑技艺形神兼备，它吸收各种文化艺术精华，以高度写实和适度夸张相结合，兼有生活趣味和艺术品位，形成了鲜明的地方风格。

2.石湾陶瓷古装仕女彩塑：塑造了一位高贵典雅的古代仕女形象。该彩塑高约35厘米，一位妙龄女子，身穿彩色罗衣，鲜花插满头，玉面娇容、窈窕妩媚，侧首凝视、端庄恬静，纤（xiān）纤素手、如有所指，莲步轻移、似动微尘，既有大家闺秀之庄重，又不失小家碧玉之玲珑。人物造型之美妙、形态之传神、做工之精细、色彩之艳丽，均堪称为妙品，令人赞不绝口。

3.纤纤素手：形容女子的手娇嫩白皙（xī）、细长柔美。纤纤：细长的样子。

4.罗衣五色：形容女子身上穿的衣服轻盈华贵、色彩绚丽。五色：指颜色多。

5.莲步：旧指美女的脚步。语出《南史·齐纪下·废帝东昏侯》："又凿金为莲华以帖地，令潘妃行其上，曰：此步步生莲华也。"宋代孔平仲《观舞》诗："云鬟（huán）应节低，莲步随歌舞。"

2015年元月25日于羊城

观广彩瓷板画明皇并马图

画栋雕梁玉殿春①，华清宫外起香尘②。

明皇并马郊游去，冷落梅妃欲断魂③。

1.广彩瓷板画明皇并马图：作品取材于近代著名工笔画家徐燕孙（1899—1961 年）临摹（mó）唐宋画风的作品《明皇并马图》，描写唐明皇李隆基与众人骑马出游的情景。画高约60厘米，宽约35厘米。画面上亭台楼阁、画栋雕梁、绿树婆娑、鲜花盛开，一派盛世富贵景象。画面上共有男女人物27人，唐明皇骑白马，一妃子骑花色马（当为杨贵妃）与其并马而行，其余各色女官、仕女、随从人等，手拿各种仪仗、执事、物品等，或步行、或骑马跟随其后。整个画面色彩艳丽、人物错落有致、情态各异、笔触细腻，令人叹赏。

2.玉殿：皇宫；皇家的宫殿。

3.冷落梅妃欲断魂：梅妃（710—756 年），姓江，名采萍，唐玄宗早期宠妃。其体态清秀，稍瘦，并且好淡妆雅服。出生于闽地莆（pú）田（今福建莆田），父亲江仲逊，家族世代为医。多才多艺的江采萍，娇俏美丽，气质不凡，是个才貌双全的奇女子。不仅长于诗文，还通乐器，善歌舞，尤善跳《惊鸿舞》，如飞鸟展翅，飘逸如仙，深得玄宗宠爱。由于江采苹非常喜爱梅花，玄宗赐名为"梅妃"。后因杨贵妃受宠而受到冷落，渐失宠。冬日，唐玄宗在赏雪之际看到满枝梅花，想起梅妃，就命人给她送去一斗珍珠，梅妃断然拒绝，并作诗倾诉自己孤寂哀怨的情绪："柳叶双眉久不描，残妆和泪污红绡。长门尽日无梳洗，何必珍珠慰寂寥。"唐玄宗看后，心中愧疚（jiù），便命人配曲演唱，后成为名动一时的歌曲《一斛（hú）珠》。梅妃后被贬入冷宫上阳东宫，据说其死于安史之乱。民间传其死后为梅花花神。断魂：多形容哀伤，愁苦。

2015年元月27日于羊城

观广彩九龙锦边仕女弈棋图碟

春风和煦入华堂㉓，三五娇娃棋战忙㉔。

布阵排兵斗才智，凝神不语细思量㉕。

1. 广彩九龙锦边仕女弈棋图碟：该图碟直径约40厘米，作品口沿用篮彩绘回文一周，内壁红彩锦地纹饰九龙绕柱，周围祥云缭绕。碟心留白，绘仕女对弈图，图上共有仕女六人，二女持棋对弈，余者围绕观棋。人物姿态俊俏，神情专注，服饰艳而不俗，凤头灯柱和宫灯造型典雅秀美，表现了古代富贵人家闺中女子的才情与闲趣。

2. 和煦（xù）：温暖。如春风和煦。

3. 华堂：华美的屋子、厅堂。

4. 三五娇娃：三五，有两种解释，其一是做数词用，三五个、五六个的意思；其二可以解释为年龄十五六岁。娇娃，年轻娇美的女孩子。

5. 布阵排兵：形容弈棋。

2015年元月28日于羊城

赞德化白釉罗汉像

洁白玉润泛莹华㉒，肩负经书踏浪花㉓。

笑口常开胸腹袒，风吹袈裰向天涯㉔。

1.德化白釉罗汉像：广东博物馆收藏的明代德化窑白釉罗汉像，器面罗汉光头大耳，笑容可掬，袒（tǎn）胸露腹，脚踏浪花，袈裟（jiā shā）随风飘动，右肩负几册经书，右手握系书之绳。像高23厘米，胎体厚重，洁白坚细，通体施乳白色釉，莹润如玉。像背后正中钤（qián）阳文篆书"张寿山"葫芦状戳（chuō）记。张寿山和何朝宗是同时代人，同为德化瓷塑名家，作品传世不多，此像为张寿山的代表作。值得一提的是，德化白釉非常出名，深受西方人喜爱，在欧洲俗称"中国白"。这件罗汉像使用的白釉就堪称是白釉的代表。

2.洁白玉润泛莹华：这是对德化窑白釉的赞美，胎体厚重，洁白坚细，晶莹玉润，流光溢彩。

3.肩负经书踏浪花：这以下三句是对罗汉像形态的描述，光头大耳、笑容可掬、袒胸露腹、脚踏浪花、袈裟随风飘动，肩负几册经书。看来这胖罗汉是要踏遍神州大地，走到天涯海角去传经布道呢?

4.袈裰（nà）：袈裟；裰衣，和尚穿的衣服。

2015年元月30日于羊城

赞景德镇窑青花人物纹玉壶春瓶

青花人物玉壶瓶①，陶令携琴会友朋②。

世外桃源寻净土，奇珍异宝叹玲珑③。

1.青花人物纹玉壶春瓶：广东博物馆收藏的景德镇窑青花人物纹玉壶春瓶是官窑的代表作，属于元青花。目前，元青花人物瓷瓶存世稀少，据说只有300件左右，而且三分之二流失海外。此玉壶春瓶，因苏东坡诗句"玉壶先春，冰心可鉴"而得名，描绘的是陶渊明携琴会友的故事。无论器型还是所绘内容，国内馆藏仅此一件。这件元代景德镇窑青花人物纹玉壶春瓶据陶瓷专家估计，在当今市场上的价值超过1亿元。

2.陶令：东晋大诗人陶渊明曾为彭泽县令，不愿为五斗米折腰，辞官归隐，其屋前种有五棵柳树，自号"五柳先生"，后人也称其为"陶令"。

3.桃源：即"世外桃源"，历来被誉为"世外仙境"。

4.净土：即佛教界所说的"极乐世界"，也比喻纯洁清净、没有污染的地方。

2015年2月2日于羊城

岭南春日

余客居广州，心怀故乡，今日立春，又逢年关将至，惆怅不已，作此七律以记之。

今日阳和进万家[韵]，春光浮动到天涯[韵]。
山花烂漫呈娇艳，岭树葱茏显物华[韵]。
遥想中原怀故土，客居广府望云槎[韵]。
年关渐近添惆怅，一缕乡愁魂梦遐[韵]。

1. 物华：万物的精华。

2. 云槎：仙槎。槎：木筏。这里用云槎代指飞机、火车、轮船等交通工具，仍是思念故乡之意。

3. 一缕乡愁魂梦遐：故乡使人魂牵梦绕，一缕思乡的哀愁缠绵不断。故乡，即使在梦中也是那样遥远。遐：远；长久。

2015年2月4日（农历腊月十六）立春于羊城

观磁州窑唐僧取经图枕

磁州窑火旺千年①，白底黑花韵色鲜②。

一枕唐僧取经路，几番磨难到西天③。

1.磁州窑：磁州窑是我国古代北方最大的民窑体系，窑址位于河北省邯郸市磁县，产品以白地黑花装饰最具特色，兼烧白釉红绿彩、绿釉黑彩、珍珠地划花、三彩等品种。风格独特的磁州窑瓷器，在中国瓷器发展史中占有相当重要的地位。它继承了唐代南北民窑的特点，又融入本地特色，粗犷（guǎng）精细并存，豪放工致兼有，与同时期的汝、钧、官、哥、定五大名窑相比，有很大不同，别有一番韵味。

2.磁州窑唐僧取经图枕：广州博物馆收藏的磁州窑唐僧取经图枕，是典型的元代瓷枕造型，白底黑花，正面绘唐僧师徒四人取经图，人物刻画细致生动，底部有楷书印款"张家造"。名著《西游记》成书于明代中期，而这件瓷枕却是元代磁州窑所烧制。这说明，在《西游记》成书之前，有关的故事已通过戏剧、说书等形式在民间广为流传。绘有西游记题材的元代瓷器，目前仅此一件。

2015年2月5日于羊城

赞青白玉卧牛

和田籽玉卧牛闲㉒，双角玲珑芝草含㉔。

皮色石纹皆妙用，晶莹圆润世间传㉓。

  1. 青白玉卧牛：广东博物馆收藏的清代康熙年间的青白玉卧牛，以新疆和田青白籽玉圆雕而成。籽玉是和田玉中最上等的石材，晶莹圆润，细腻光滑。玉牛长19.9厘米，宽6.5厘米。玉牛昂首伏卧，口衔灵芝草，牛头、牛角及灵芝以天然石皮本色琢（zhuó）饰，作品神态自然，生动形象地描绘卧牛小憩（qì）时悠闲的神态。这件和田玉卧牛用料大、雕工精，堪称为玉雕精品。据说，故宫也有一件相似的青白玉卧牛，但不及这件大。

  2. 皮色石纹皆妙用：这句是赞扬雕刻师的巧妙构思，将玉料上原有的红色、橘红色、黄色的石皮，按照玉料的纹理，巧妙地雕刻成牛头、牛角和灵芝，化腐朽为神奇，使玉牛更加鲜活灵动，更有美感，增加了其艺术感染力。

2015年2月6日于羊城

赞景德镇官窑珐琅彩碗

官窑珍品做工良①，五彩缤纷看珐琅②。

绚丽神奇红釉碗，皇家御用宫苑藏③。

1.珐琅彩：将画珐琅技法移植到瓷胎上的一种釉上彩装饰手法，正式名称为"瓷胎画珐琅"，后人称"古月轩"，国外称"蔷薇彩"。珐琅彩始创于清代康熙晚期，是引进国外珐琅材料创制而成的，并一举成为极名贵的宫廷御用瓷器。珐琅彩瓷的制作过程与其他宫廷用瓷不同。它是先在景德镇用高温烧成白瓷，然后送到北京清宫内务府造办处绘彩，再由造办处珐琅作在彩炉中烧成。康熙珐琅彩瓷全用进口彩料，尤其是其中一种玫瑰红或胭脂红色料，因含有微量的黄金而呈现出与众不同的娇艳效果。另外，中国传统彩瓷的彩料都用清水或胶水调和，而珐琅彩瓷则像西方油画一样，以油来调配彩料，并且有一定的厚度，使彩绘更具有立体感和层次感。珐琅彩是一种古代工艺，色彩鲜艳，富有收藏性。

2.景德镇官窑珐琅彩碗：广东博物馆收藏的清代康熙年间景德镇官窑珐琅彩碗，高5.6厘米，口径10.6厘米。碗里为素白釉，碗外为红色釉，饰数种花纹，色彩艳丽，做工精致，为康熙珐琅彩代表作。底书"康熙御制"四方图章款。珐琅彩原料从西洋进口，价格昂贵，珐琅彩瓷全部为皇帝御用。此器物西洋与东方风格相结合，是难得一见的珍品。据说在香港某拍卖会上，与这枚珐琅彩碗相类的展品，曾被拍得1.5亿元人民币的高价。

3.皇家御用宫苑藏：珐琅彩瓷全部为皇帝御用，非常珍贵。这件景德镇官窑珐琅彩碗也是皇宫中的藏品，喻其珍贵。宫苑：指皇宫。

2015年2月7日于羊城

赞信宜铜盉

沉埋地下数千年^①，周代铜盉始见天^①。

精美绝伦世无匹，玲珑别致细流连^②。

1.信宜铜盉（hé）：广东博物馆收藏的西周铜盉，1974年出土于广东信宜，是广东省首次发现的西周青铜盉。铜盉造型新颖奇特、纹饰精细、美轮美奂，并具科学性，是我国古代劳动人民智慧的结晶，为广东出土的古代最精美的青铜器之一。铜盉的出土为研究我国岭南地区秦汉以前的历史和文化提供了新的实物资料。在2010年广东博物馆进行的网上评选镇馆之宝活动中，这件信宜铜盉以52101票当选为十大镇馆之宝之首。盉：古铜器名，形状像现代的壶。

2.流连：也作留连。留恋，舍不得离开，这里是细细观赏意。

2015年2月7日于羊城

赞北宋木雕罗汉像

木雕罗汉面慈祥㊀，古寺南华日月长㊁。

大肚能容叹三宝，应真百态话琳琅㊂。

1.北宋木雕罗汉像：广东省博物馆收藏的木雕罗汉像，高54.5厘米，座宽21.5厘米。该罗汉慈眉善目、大耳垂肩、笑容可掬、栩栩如生，善跏趺（jiā fū）坐、身披袈裟、衣纹流畅、潇洒自然，右手托腮，左手掌心向上放于膝上，神态憨厚，悠闲自在，很是惹人喜爱。

1963年，广东省文物管理委员会先后三次，在南华寺发现北宋木雕罗汉像360尊。这是我国现存唯一的宋代木雕五百罗汉像，十分珍贵。

2.南华寺：南华寺又称宝林寺，位于广东韶关市曲江区马坝镇以东7公里曹溪河畔，是中国佛教名寺之一，也是禅宗六祖慧能宏扬"南宗禅法"的发源地。南华寺始建于南北朝梁武帝天监元年（502年），距今已有1500多年的历史。据史料记载，梁武帝天监元年，印度高僧智药三藏自广州北上，途经曹溪，"掬水饮之，香味异常""四顾群山，峰峦奇秀""宛如西天宝林山地"遂建议在此建寺。天监三年，寺庙建成，梁武帝赐寺名"宝林寺"，后又先后更名为"中兴寺""法泉寺"。至宋开宝元年（968年），宋太宗敕赐（chì cì）"南华禅寺"，寺名沿袭至今。因禅宗六祖在此弘法，也称六祖道场。它与广州光孝寺、潮州开元寺、肇庆鼎湖山庆云寺并称为广东四大名寺。南华寺为全国重点寺庙，全国重点文物保护单位，是广东省首屈一指的佛教圣地。

3.大肚能容叹三宝：指从南华寺大雄宝殿三宝佛腹内清理出三百四十一尊宋代木雕罗汉事。三宝：指三宝佛像。

4.应真百态：应真，佛教语，罗汉的意译。罗汉又称应真。应真百态，是指五百罗汉神态各异，千姿百态。

5.琳琅：美玉，比喻珍贵的东西。

2015年2月8日于羊城

赞南宋陈容墨龙图

疾电惊雷气势雄①，穿云破雾离太空②。

张牙舞爪目瞋怒，鬼魅遁形寰宇清③。

　　1.陈容：南宋画家，字公储，号所翁，福唐（今福建福清）人，一作临川（今属江西）人。宋理宗端平二年（1235年）进士，曾为国子监主簿（bù），出守莆田。诗文豪壮，善画龙。陈容所画的墨龙极尽变化之意。陈容的墨龙图一出，遂为世人所认可，成为龙的定型，于是以前的龙图就渐渐消亡了。中国的龙，成为一种"龙文化"，影响及于日本。凡是龙的图像，大多是仿陈容的墨龙。其作品存世有四幅，其中《墨龙图》两幅，一存广东省博物馆，一存北京故宫博物院；《五龙图》一幅，藏于美国纳尔逊艺术博物馆；《九龙图》一幅，藏于美国波士顿博物馆。

　　2.墨龙图：《墨龙图》是南宋画家陈容的绘画精品，国宝级文物。此图为双幅绢本，纵201.5厘米，横130.5厘米，墨笔，不着色，而仅以水墨烘染云龙，墨气森严可畏，无疑是最佳的表现形式。图绘一龙腾云驾雾，昂首瞋（chēn）目，张牙舞爪，极其威武雄奇。勾笔劲健，而渲染的墨色，既有龙身的细笔积染，又有云气的粗笔涂抹，所谓"泼墨成云，噀（sùn）水成雾"。传说陈容画龙必先喝酒至醉，然后大叫，脱下头巾蘸（zhàn）墨，在绢上信手涂抹，再用笔勾画之，或画整条龙，或仅画一爪一首，云雾蒸腾，时隐时现，似乎画家漫不经心，却都归于神妙之中。也有说法，他未必喝酒大醉方画，看其龙身勾、染之精细，非醉者所能。他之所以以头巾濡墨涂抹，虽然神奇，其实是画的需要。梁楷作《泼墨仙人图》，因画幅较小，且无动态，用笔"泼墨"即可。但陈容作《墨龙图》巨幅，云气有蒸腾之势，用南宋时现成的毛笔，实在无法表达，于是他延伸而用头巾"泼墨"，并非一时兴起。陈容以头巾濡墨烘染出的云气，其势壮阔，如翻江倒海，强烈地衬托出龙的"扶河汉，解华嵩；普厥（jué）施，收成功；骑元气，游太空"的非凡气概。陈容所画的龙，已经不再是传说中大禹治水时遇到的与人为害、象征自然之力的"龙"，不再是战国时期帛画中描绘的受人驾驭的"龙"，也不再是历史上某些苟安于一隅的小朝廷中象征天子的那样的"龙"，而成为一种堂堂正正、胸怀宽广、威武神勇、无坚不摧的精神的化身。

　　3.魅：魑魅（chì mèi），古代传说中躲在深山密林里害人的妖怪。

2015年2月8日于羊城

嵒华四象砚

白鹤啄松猴捧桃①，青牛眠草果香飘②。

嵒华四象神工砚，曾在端溪浣紫袍④。

1. 嵒（yán）华：嵒，岩的异体字。嵒华，岩石、石头的精华。

2. 嵒华四象砚：广东博物馆收藏的嵒华四象砚，即广东端砚之三大名砚之一的鹤砚，又称"端石白鹤啄松砚"（其他两方名砚为"端石千金猴王砚"和"端石青牛眠草砚"）。嵒华四象砚以端溪老坑大西洞石雕琢，石色紫灰偏蓝，石质娇嫩、细腻、致密、坚实，有鱼脑冻、碎冻、金线火捺、翡翠斑、黄龙等石品花纹。砚为扁长方形，两面设砚堂。一面砚额上的天然黄龙纹巧雕成枝干横斜的松树，薄意雕成的鹤首与砚堂中的天然鱼脑冻巧妙地融合成一只白鹤，白鹤扑动双翅正翘首啄松，砚额左上角刻"嵒华四象砚"篆书款。砚的另一面浅挖圆形砚堂，砚额、砚唇浅雕枝蔓缠绕的瓜瓞（dié）纹。砚左侧刻隶书铭文："白鹤啄松，青牛眠草，瓜瓞垂实，猕猴捧桃。光绪癸巳（guǐ sì），大西洞石，禺山闲叟得之"。

3. 白鹤啄松猴捧桃，青牛眠草果香飘：即"白鹤啄松，青牛眠草，瓜瓞垂实，猕猴捧桃"这四象。

4. 曾在端溪浣紫袍：是说嵒华四象砚产于端州端溪。浣：洗。紫袍：端砚色紫质润，石材大多呈紫色、紫蓝、紫灰、紫黑等色彩，故端石又素有紫石、紫玉、紫英、紫云等美称，故云"端溪浣紫袍"。

2015年2月9日于羊城

观宋代古琴"沧海龙吟"赞岭南大儒陈献章

沧海龙吟琴韵扬⑳，春台设馆育人忙⑳。

江门弟子多才俊，惟念白沙德业长⑤。

1.沧海龙吟古琴：明代岭南大儒陈献章使用过的宋代古琴，此琴现收藏于广东博物馆，为广东博物馆镇馆之宝。陈献章被誉为岭南古琴第一人，经常携琴云游四方，古琴背面刻有其亲自题刻的"沧海龙吟"四个字。琴古人名，非常珍贵。

2.陈献章：（1428—1500年），字公甫，号石斋，广东新会人，因曾在白沙村居住，世称"白沙先生"。明代杰出的理学家，心学宗师，是广东最负盛名的一代大儒。陈白沙为人耿直，富贵不能淫，贫贱不能移，威武不能屈。他一生潜心研究哲理，致力于重振教坛。他设教十余年，培养了众多人才。不少学生得益于他的教诲，成为朝廷栋梁，如后来身兼礼、吏、兵三部尚书职务的重臣湛若水，以及官拜文华阁大学士卒赠太师的名臣梁储，都是他的入室弟子。明弘治十三年（1500年），陈白沙病逝于故土，终年72岁。明万历二年（1574年），朝廷下诏建家祠于白沙乡，并赐额联及祭文肖像。额曰"崇正堂"，联曰："道传孔孟三千载，学绍程朱第一支。"明万历十三年（1585年），神宗皇帝又诏准从祀孔庙，追谥"文恭"。广东历史人物中，能从祀于孔庙的，仅有白沙先生一人而已，所以有"岭南一人"之誉。陈献章的崛（jué）起，标志着岭南理学的兴起。他摆脱了宋代以来占统治地位的程朱理学的束缚，逐渐形成了"学贵乎自得"和"以自然为宗"的思想学问体系。他开创的"江门学派"是岭南学术的重要一支，在明代思想史上起到了承前启后的作用，对岭南文化乃至中国文化产生了重大影响。

3.春台设馆：陈献章归隐江门白沙村，在小庐山南麓建了一所颇具规模的书室，题名"春阳台"，他在此开馆讲学，广育人才。

4.江门：指陈献章所开创的"江门学派"。

5.白沙：陈献章曾在广东新会白沙村居住，世称陈白沙或"白沙先生"。

2015年2月10日于羊城

赞潮州木雕十二联磨金漆画豳风图大寿屏

漆画磨金十二屏⑳，鸿篇巨制作豳风㉓。

潮州木艺人惊叹，溢彩流光世代荣㉑。

1.潮州木雕：潮州木雕是我国著名的民间传统木雕流派之一，主要流行于粤东的潮州、潮安、潮阳、饶平、普宁、汕头、澄海、揭阳、揭西、惠来等旧潮州府属地区，以此故名。潮州木雕历史悠久，具有鲜明的地方特色，以饱满繁复、精巧细腻、玲珑剔透、金碧辉煌的艺术风格而著称于世。那美轮美奂、造型各异的器物品类，那生活气息浓郁、民俗意蕴深厚的题材纹饰，那惟妙惟肖、纤毫毕现的雕刻工艺，那豪华富丽、流光溢彩的漆金技法，形象地展示着潮汕人的审美情怀和文化风貌，具有独特的魅力和迷人的风采。

2.十二联磨金漆画豳（bīn）风图大寿屏：广东博物馆收藏的清代同治年间的十二联磨金漆画豳风图大寿屏，高296厘米、宽528厘米、厚4厘米。寿屏共分12扇，正面屏心为祝寿序全文，外围设四重方栏，均以金漆画作装饰，其题材由内至外依次为连枝花卉、回纹拱寿、人物故事及夔（kuí）龙锦地纹。下屏肚绘人物山水图并围以花卉纹方栏。贺寿文为晚清时期广东著名人士何如璋撰写。寿屏背面分为大小80多个装饰面。大屏肚漆画由10个条屏式画面组合而成，以《诗经·豳风·七月》一诗作题意，生动地描绘了耕种、收获、渔猎、纺织、筑屋、制陶、冶铁、郊游、祭祀等生产生活场面。屏肚外围亦设四重方栏，饰以祥禽瑞兽、蔬菜佳果、江海水族、博古瓶花、书卷画册等纹饰。该寿屏篇幅巨大、取景宏阔、雕刻细腻、字画精美、装饰华丽、饱满繁复、图文并茂、金碧辉煌，人物神态生动，场景形象逼真，具有极强的艺术感染力，是潮州木雕艺术的杰出之作，代表了潮州金漆木雕的最高水平，堪称广东博物馆的镇馆之宝。

3.豳风：即《诗经·豳风·七月》的意境。

2015年2月11日于羊城

观元代铜壶滴漏

构思巧妙滴漏壶㊟，铜尺箭舟随水浮㊟。

十二时辰计无误，身躯庞大靠人读㊟。

1.元代铜壶滴漏：广州市博物馆收藏的元代铜壶滴漏，是我国现存最大、最完整的古代计时器。元代延祐三年（1316年），广州冶铸工人冼运行等人铸造。由上至下依次为"日天壶""夜天壶""平水壶"和"受水壶"。第一壶、第二壶和第三壶下端装有滴水龙头，水依次滴入受水壶。受水壶中央插铜尺一把，尺上刻十二时辰。铜尺前插放一木制浮箭，其下为浮舟，随着水位的提高，浮箭逐渐上升，指示时间，故又称"刻漏"。这件铜壶滴漏原放置在广州古城中轴线上的重要城门拱北楼上为百姓报时。

2.十二时辰：古代计时把一昼夜分成十二个时辰，按十二地支数依次计时，即子、丑、寅、卯、辰、巳、午、未、申、酉、戌、亥。子时相当于现在的午夜11点至次日1点，丑时相当于1点至3点等，依次类推。

2015年2月12日于羊城

因缘相守

今天是余夫妻结婚四十周年纪念日，中国人所说的红宝石婚。回想这四十年来，坎坷沦落、颠沛流离、风雨飘摇、艰苦备尝。而今暮年，虽无衣食之忧，然为儿孙计，心常悬悬。不知人生这一叶小舟还能经受多少风雨？

因缘相守四十年①，燕雀筑巢蓬荜间②。

半世漂泊寻旧梦，一生坎坷思故园④。

光阴荏苒容颜老，岁月蹉跎白发添⑥。

风雨同舟迟暮里，粗茶淡饭苦中甜⑦。

1.因缘：佛教把因为有这个事物而产生了那个事物叫"因"；这个事物由于那个事物而生成叫"缘"。在这里即缘分意。

2.燕雀筑巢蓬荜（bì）间：比喻自己像燕雀一样渺小，所建立起来的家也很简陋。蓬荜："蓬门荜户"的简称，用草、荆条等做成的门户，形容穷苦人家所住的简陋的房屋。

3.旧梦：儿时的梦想；理想。

4.故园：故乡；家园。

5.荏苒：时间渐渐地过去。

6.蹉跎：时间白白地耽误过去。

7.迟暮：天快黑的时候，也指人的晚年，意同垂暮。

2015年2月14日（农历腊月二十六）于羊城

雨中携外孙登越秀山

越秀雄奇碧水寒①，重峦叠嶂雨中天②。

竹篁幽径花含露，松柏迷踪草带烟②。

镇海楼高梅岭远，五羊山俏浦珠还②。

乡关望断登临处，携手儿孙红绿间⑥。

1. 越秀：越秀山。

2. 竹篁（huáng）：竹林，泛指竹子。

3. 梅岭：即大庾岭。大庾岭亦称庾岭、梅岭、台岭、东峤（qiáo）山，"五岭"之一，位于江西与广东两省边境，为南岭的组成部分。其呈东北—西南走向，海拔一千米左右，是珠江水系的浈（zhēn）水与赣江水系的章水的分水岭。大庾岭古道崎岖险峻，唐时曾辟新道，设驿站。宋嘉祐年间重修，并置梅关。梅关为南岭南北交通咽喉。梅关附近每逢寒冬腊月，遍地盛开梅花，但由于岭南岭北气候差异显著，故有"梅岭多梅，南枝花落，北枝始花，一样春风，两般景色"的记载。

4. 浦珠还：即合浦珠还。《后汉书·孟尝传》记载，靠近合浦的海里本来出产珍珠，由于官吏贪婪，榨取无度，珍珠迁到了交阯（zhǐ）。后来孟尝做太守，革除弊政，珍珠就又回到了合浦。后来就用"合浦珠还"比喻人去而复回或物失而复得。合浦原属广东，现归广西。

5. 乡关望断登临处：倒装句，即登临高处望断故乡意。望断：登高远望，直到看不见。

6. 红绿间：指越秀山上花草树木间。

2015年2月15日（农历腊月二十七）于羊城

携外孙游长隆野生动物世界

珍稀鸟兽遍长隆①，名目繁多类不同①。

白虎腾空秀绝技，考拉酣睡醉朦胧③。

水禽舞蹈英姿爽，动物演出憨态浓④。

贴近自然观自在，儿童才智乐中成①。

1.长隆野生动物世界：原广州香江野生动物世界，生活着以"十大世界珍稀动物国宝"为代表的五百多种两万余只珍稀动物，包括中国的大熊猫、澳大利亚的考拉、非洲黑犀牛、泰国亚洲象、马来西亚马来貘（mò）、塞拉利昂倭河马、大食蚁兽等。长隆野生动物世界大多数动物都已形成庞大的种群，斑马、角马、长颈鹿、梅花鹿、亚洲黑熊、猕猴、亚洲象、非洲狮、老虎等动物都形成了数十只乃至数百只的大种群，为世界动物园所罕见。长隆野生动物世界拥有全世界表演阵容最强大的动物表演，大象表演、白虎表演、非洲动物表演、西游记剧场等四大动物表演秀。长隆野生动物世界被誉为中国最具国际水准的国家级野生动物园，是亚洲最大的野生动物主题公园。长隆野生动物世界2007年被评为全国首批、广州唯一的国家级5A旅游景区。

2.白虎腾空秀绝技：指的是白虎跳水表演。

3.考拉酣睡醉朦胧：蓝灰色的小考拉是澳大利亚的国宝，在其他地方难得一见。在长隆野生动物世界共见到了13只考拉，多数都蹲在树杈上睡大觉。一个个行动缓慢、憨态可掬、玲珑可爱、睡意朦胧。据说，考拉每天要睡上18~20个小时呢。

4.动物演出憨态浓：各种各样的动物表演阵容强大，如大象表演、狼熊表演、鳄鱼表演、水禽表演、非洲动物表演、白虎跳水、小猪跳水、西游记剧场等，一个个动物聪明伶俐、身怀绝技，或滑稽可笑，或憨态可掬，令人忍俊不禁，捧腹大笑，笑声此起彼伏。

2015年2月17日（农历腊月二十九）于羊城

花　市

花城花市久闻名①，姹紫嫣红四季同②。
变叶文心七彩铁，蝶兰粉掌万年青④。
三阳开泰财源广，双喜临门富贵生⑤。
鸿运当头岁华尽，家家桔树耀中庭⑦。

1.花城花市：即广州迎春花市，是广州人民的一场嘉年华。一年一度的迎春花市，繁花似锦、花香四溢、人海如潮、热闹非凡。作为明代"广东四市"之一的广州花市，早就名扬五洲，饮誉四海。迎春花市是中国独一无二的民俗景观，其不但呈现了古老的岭南春节习俗，更与广州人的生活密切相关。迎春花市融合了广州人"讲意头"的传统，从而形成了自己独特的花卉语言。广州花市起源于"花渡头"，其形成可追溯到明代或明代以前。当时，广州花市与罗浮山的药市、东莞的香市、廉州的珠市，被称为"广东四市"，影响甚广。一年一度的年宵花市形成于19世纪60年代。中华人民共和国成立后，年宵花市从每年的农历腊月二十八起，一连三天。广州共有越秀、天河、荔湾、海珠、番禺等十个迎春花市。

2.姹紫嫣红：指各种颜色娇艳的花朵。姹：美丽；娇艳。嫣：鲜艳；艳丽；美好。嫣红：鲜艳的红色。

3.四季同：指岭南地区一年四季鲜花盛开。

4.变叶文心七彩铁，蝶兰粉掌万年青：花市上各种花卉的名称，即变叶木、文心兰、七彩铁、蝴蝶兰、粉掌花、万年青等。

5.三阳开泰财源广，双喜临门富贵生：花市上各种组合花卉的名称，如三阳开泰、双喜临门、财源广进、富贵生财、鸿运当头、红艳双娇、万事如意等，都是寓意吉祥的象征。

6.岁华尽：到除夕夜，这一年也就过完了。

7.家家桔树耀中庭。广府新年必备三种花：金桔、桃花和水仙，谓之年花。金桔，因为粤语中"桔"和"吉"同音，买一盆放在家里象征大吉大利；桃花，象征大展鸿图(桃)，青年人则希望能行桃花运；水仙象征富贵吉祥。新年，工厂、商店、公司、机关、家家户户，都要摆一盆金桔，祈福平安吉祥，故言家家桔树耀中庭。

2015年2月18日（农历马年除夕）于羊城

岭南元日

久客花城草木深㉒，三羊开泰动芳馨㉓。

和风吹雨珠江上，异彩流光南海滨㉔。

焰火连绵辞旧岁，爆竹杂沓度新春㉕。

沧桑阅尽容颜老，又是一年别梦频㉖。

1.岭南元日：在岭南过春节。元日：元旦。古代的元旦即现在的春节。

2.花城：广州的又一别称。广州又称羊城、花城，简称穗。

3.三羊开泰：即"三阳开泰"，因羊与阳同音同调，故又称"三羊开泰"。"三阳"即早阳、正阳、晚阳。朝阳启明，其台光荧；正阳中天，其台宣朗；夕阳辉照，其台腾射。均含勃勃生机之意。"泰"是卦名，乾上坤下，天地交而万物通。泰卦是吉卦，开泰以"求财"来卜（bǔ），就是大开财路；以"求婚"来卜，就是大开爱门。在《易经》里，三阳开泰指冬去春来，阴消阳长，是吉利的象征。农历十一月冬至那天白昼最短，往后白昼渐长，故认为冬至是"一阳生"，十二月是"二阳生"，正月则是"三阳生"。《易经》以正月为泰卦，故曰"三阳开泰"。在《易经》64卦当中，"泰卦"是好卦，故有"否（pǐ）极泰来"的成语。羊，即祥也。人们常说的"三羊开泰"为吉祥话之一。比如一帆风顺、二龙腾飞、三羊开泰、四季平安、五福临门、六六大顺、七星高照、八方来财、九九同心、十全十美、百事亨通、千事吉祥、万事如意等。羊，温和儒雅，温柔多情，深受人们喜爱。古代中国甲骨文中的"美"字，即呈头顶大角之羊形，羊大为美，是美好的象征。

4.芳馨（xīn）：散布很远的花草的香气。

5.异彩流光：指广州塔上的灯光表演及珠江上座座大桥和珠江两岸高楼大厦上的霓虹灯光，璀璨夺目、异彩纷呈、梦幻迷离、美不胜收。

6.杂沓：也作杂遝（tà），纷乱；杂乱。

2015年2月19日（农历乙未年春节）于羊城

观广州塔灯光表演

农历大年初一晚,与两个小外孙及全家到广州塔观看灯光表演。电光映射、霓虹闪耀、五彩缤纷、流光溢彩,真乃是梦幻迷离、美不胜收,令人目不暇接、如痴如醉。好一派富丽堂皇的盛世年华!

灯光闪耀映霓虹①,五彩缤纷照夜明②。

梦幻迷离呈巧变,虚无缥缈化朦胧③。

六合璀璨祥云绕,四季平安瑞气萦④⑤。

国富民强逢盛世,广州塔下叹兴荣⑥。

1.广州塔: 广州新电视塔,是广州的新地标。

2.五彩缤纷: 指颜色繁多,非常好看。

3.梦幻迷离: 指广州塔周身缠绕的霓虹灯光和从广州塔上射出来的电光,五彩斑斓,变幻莫测,像是梦中的幻境。迷离:模糊不清,难以分辨。

4.六合: 古指天地和东南西北,也泛指宇宙。

5.瑞气: 祥瑞之气。瑞:吉祥;好的预兆。

6.兴荣: 繁荣兴盛;兴旺繁荣。

2015年2月19日(农历乙未年春节)于羊城

登广州塔

凌云铁塔上摩天①，广府真容一望全②。

遍地高楼如笋立，满城花木似烟环③。

珠江水绕青罗带，越秀山插碧玉簪③。

手把七星斟北斗，银河两岸可耕田④。

1.凌云：直上云霄，形容广州塔高耸入云。

2.广府真容一望全：登上广州塔108层433米高处的观光厅俯瞰广州，广府全城，山山水水，尽收眼底，一览无余。真容：真实的容貌，这里指广州全貌，广州市全景。

3.珠江水绕青罗带，越秀山插碧玉簪（zān）：站在高耸入云的广州塔上俯瞰广州，所有的景物都变得很渺小。珠江宛如一条青色的带子穿城而过，越秀山也只像一个碧绿的玉簪子插在那里。

4.手把七星斟（zhēn）北斗，银河两岸可耕田：站在凌空的广州塔顶展开想象，在天上，手拿着北斗星当酒杯饮酒，宽广无边的银河两岸应当能够耕种田地吧。

2015年2月20日（农历大年初二）于羊城

夜游珠江

　　春节前，大女儿与外孙自京来穗，全家团圆。农历大年初二，余夫妻及女儿携外孙乘船夜游珠江。从广州塔码头起航，往返途经广州大桥、海印桥、江湾大桥、海珠桥、猎德大桥、华南大桥等数座大桥。江面上，数不清的豪华游轮装饰得五彩斑斓，美轮美奂；珠江两岸高楼林立，璀璨夺目；座座长桥霓虹闪耀，异彩纷呈；广州塔通体彩虹，梦幻迷离。好一派富贵华丽之景象也！

美轮美奂看珠江㉟，争斗繁华竞胜狂㉟。
高塔斑斓呈异彩，长桥璀璨耀迷光㉟。
兰舟戏水烟波里，画舫穿梭梦幻乡㉟。
只道人间遇仙境，原来广府夜流芳㉟。

1.斑斓：灿烂多彩。

2.迷光：梦幻迷离，奇妙的霓虹光彩。

3.只道人间遇仙境，原来广府夜流芳：梦幻迷离、美不胜收的珠江夜游，让人如痴如醉，不知其身在何处，恍惚间如入仙境。等下的船来方知是在珠江夜游，使人留恋。

2015年2月20日（农历大年初二）于羊城

赞榄雕苏东坡夜游赤壁舫

小小榄核一寸长[韵]，东坡赤壁夜游遑[韵]。

舟中雅士两三个，舫底雄文十数行[韵]。

锚链环环紧相扣，花窗扇扇自开张[韵]。

玲珑别致精微妙，千古风流神韵扬[韵]。

1.榄（lǎn）雕：榄雕是广东省汉族传统微雕工艺品的一种，采用乌榄核作材料。乌榄盛产于广东增城、番禺、中山等地，而增城县新塘的榄核，核大仁小，质地坚硬，刻不留痕，是最佳的榄雕材料，适于雕刻榄核船。经过历代艺人锐意进进取，不断创新，榄雕精湛的雕刻技艺和不朽的艺术价值，使其成为岭南地区工艺美术品中的一朵奇葩，已入选国家非物质文化遗产名录。榄雕工艺秉承了岭南文化的风格特征，造型秀丽、雅致，线条流畅、动静结合、细腻精微。其总体的艺术特色可以概括为形态小巧玲珑，雕刻精细入微。其技法以浮雕、圆雕、镂（lòu）空雕为主。花色品种越来越多，如多层花舫、通雕蟹笼、撒网渔船、吊链宫灯、花塔、古鼎、国际象棋等。按形式分，广州榄雕则有座件、挂件、珠串、核舟等。

2.榄雕苏东坡夜游赤壁舫：明朝学者魏学洢（yī）在其著作《核舟记》中所描写的就是由明朝榄核雕艺人王叔远所创作的《苏东坡夜游赤壁》，可惜此宝已不知所踪。清咸丰四年（1854年），新塘乡艺人湛谷生（又称菊生）又创作了一件名为“苏东坡夜游赤壁舫”的榄核舫，该核舫工艺十分精巧，被称为榄雕之王。舫中置一桌，三人围案而坐，旁边还蹲着一个书童煮茶，船后有船娘把舵，所雕人物情态各异，惟妙惟肖，栩栩如生；船的两旁有8扇通花窗，皆可开合；船头的小链子也以榄核雕成，环环相扣；船底刻有苏东坡《前赤壁赋》全文，共537个字。该核舫人物造型生动、仪态传神、雕工精细、意境美好，堪称至宝。该榄雕至今仍保存在广东增城文化馆。

3.东坡赤壁夜游遑（huáng）：苏东坡等闲暇无事泛舟夜游赤壁。遑：空闲；闲暇。

4.舫底雄文十数行：榄核船底刻着苏东坡的《前赤壁赋》全文。雄文：即《前赤壁赋》。十数行：形容字数多，不是确数。

5.玲珑别致精微妙：描写核舟的小巧玲珑、秀丽雅致、精细入微、神韵奥妙。

6.千古风流神韵扬：在这里有两层含义：其一，这件核舟已有几百年的历史，精美绝伦，神韵悠扬，为世人所钟爱。其二，苏东坡的著名词篇《念奴娇·赤壁怀古》中，开头便是"大江东去，浪淘尽、千古风流人物"。该核舟所描绘的正是苏东坡夜游赤壁的意境，景物与文章相契合，赞扬苏轼文采风流，令人景仰。

2015年3月1日于羊城

岭南元宵

今夜蟾光照岭南①，无边风景四时鲜②。

缤纷焰火迎佳日，梦幻霓虹贺上元③。

遍地繁花贯街巷，满城绿树罩云烟④。

年年岁岁团圆过，不羡神祇不羡仙⑤。

1.无边风景四时鲜：岭南地区一年四季绿树婆娑，繁花似锦，风光秀丽，光彩鲜明。

2.佳日：佳节喜庆或风和日丽、春意融融的好日子。

3.梦幻霓虹：指春节及元宵节期间，广州塔上举行的灯光表演。霓虹闪耀、五彩斑斓、梦幻迷离、犹如仙境。

4.上元：农历正月十五，即元宵节。古人将农历正月十五、七月十五、十月十五分别称为上元、中元和下元。

5.神祇：中国古代称天神为神，地神为祇，统称为神。

2015年3月5日（羊年元宵节）夜于羊城

226

红花羊蹄甲

满树红花一径香②，四时娇艳风月尝②。

荣华占尽南国梦，胜似牡丹开洛阳④。

1.红花羊蹄甲：见第161首绝句（其八）观广绣翠羽华堂注。

2.四时娇艳风月尝：赞扬红花羊蹄甲的花期长，差不多一年四季都在开花。

3.荣华占尽南国梦：是说红花羊蹄甲生长在南方，绿树婆娑、花开娇艳、花期长久、荣华尽显，给岭南地区增添了无限的风光。

4.牡丹开洛阳：牡丹为富贵之花，中国古代称牡丹为花王。牡丹盛产于河南洛阳和山东曹州（今山东菏泽），向有"洛阳牡丹甲天下"之说。

2015年3月6日于羊城

三角梅

灿若朝霞红欲燃㊟，满城流火作奇观㊟。

墙头篱苑路桥上，处处风光勒杜鹃㊟。

　　1.三角梅：正式名称为勒（lè）杜鹃，但大多数人都称其为三角梅。另外，它还有许多名称，如三角花、叶子花、叶子梅、纸花、春红、九重葛、毛宝巾、贺春花、南美紫茉莉等。三角梅属于紫茉莉科植物，为常绿木质藤本或灌木，原产于阿根廷、巴西、南美等地。茎上具有弯刺，并密生绒毛。单叶，互生，呈广卵形或椭圆形，长3~10厘米。有绒毛品种与无毛品种。花期很长，温暖地区可一年四季长年开花，花位于大而且色彩鲜艳的包叶（花苞）之中，花朵较小，白色、黄色或黄绿色，三朵聚生，火红的包叶是它的观赏部分。三角梅盛开时，灿若流霞，美丽壮观，特别适合用于绿篱阳台、庭园花木、路桥装饰等美化环境的用途。三角梅是中国广东省深圳市、珠海市、惠州市、江门市、福建省厦门市、海南省三亚市和广西壮族自治区梧州市的市花。

　　2.灿若朝霞红欲燃，满城流火作奇观：形容三角梅盛开时，处处火红一片，灿若朝霞、火红欲燃、绚丽烂漫、壮观奇特的景象。

　　3.墙头篱苑路桥上，处处风光勒杜鹃：在广州、深圳等地，到处都是盛开的三角梅，墙头、篱笆、花园、庭院、路边、桥上，火红的三角梅无处不在，给城市增添了无限的活力和风采。

2015年3月8日于羊城

蝴蝶兰

形似蝴蝶却是兰_①，花姿娇美惹人怜_②。

流光溢彩香魂动，姹紫嫣红妙韵传_{③④}。

1.蝴蝶兰：别名蝶兰、台湾蝴蝶兰，兰科、蝴蝶兰属植物。于1750年被发现，已发现有七十多个原生种，大多数产于潮湿的亚洲地区。在中国台湾和泰国、菲律宾、马来西亚、印度尼西亚等地都有分布，其中以中国台湾出产最多。现在，岭南地区也广为栽培。蝴蝶兰的学名按希腊文的原意为"好似蝴蝶般的兰花"。它能吸收空气中的养分而生存，归入气生兰范畴。其花姿优美，婀娜多姿，花色高雅繁多，色彩华丽，为热带兰中的珍品，因其花形酷似蝴蝶而得名，有"兰中皇后"之美誉。其花可连续观赏六七十天，在世界各国广为种植。每年春节前，在广州各迎春花市上，琳琅满目的蝴蝶兰珍品争奇斗艳，美不胜收，令人赏心悦目，叹为观止。

2.怜：爱；爱惜。

3.流光溢彩香魂动：形容蝴蝶兰色彩艳丽、光彩闪耀，花香四溢、沁（qìn）人心脾。

4.姹紫嫣红妙韵传：各种颜色美丽娇艳的花朵竞相开放，美轮美奂、妙趣天成，令人赏心悦目、流连忘返。韵：在这里是情趣、风度意，妙韵即妙趣。

2015年3月10日于羊城

桂枝香

西安怀古

西安，数十年魂牵梦绕的中华古都。2012年秋，余夫妻及小女有幸到西安一游，匆匆游览了西安的名胜古迹，夙愿得偿。至今想来，余韵犹存，故作此《桂枝香》以记之。

长安望断①。

正露冷关河，秋光无限②。

晚沐夕阳残照，怕应羞见③。

五千余载繁华梦，竞风流、云飞霞散④。

至今常忆，乐游原上，曲江池畔⑤。

念九域、离合战乱⑥。

看五帝三皇，嬴秦炎汉⑦。

魏晋隋唐更替，黍离悲叹⑧。

风烟过处青山在，灞桥边、阳关千遍⑨。

可堪回首，古丘衰草，暮林禅院⑩。

1.长安望断：想念长安却无缘得见意。

2.关河：潼（tóng）关和黄河，泛指关中地区。

3.晚沐夕阳残照，怕应羞见：自己已界垂暮之年，怕触景生情，不愿见这夕阳晚照。

4.五千余载繁华梦：作为中国六大古都之首、世界四大古都之一的西安，岁月沧桑，其历史可追溯至五千多年以前。

5.乐游原、曲江：均为古代长安的游览胜地。乐游原，在长安城南，是唐代长安地势最高的地方，登上它可望长安城。乐游原在秦代属宜春苑的一部分，乐游原本名"乐游苑"，汉宣帝第一个皇后许氏产后死去葬于此，因"苑"与"原"谐音，乐游苑即被传为"乐游原"了。直至中晚唐时期，乐游原仍是京城人游玩的好去处。曲江，位于西安城区东南部，为唐代著名的曲江皇家园林所在地，境内有曲江池、大雁塔及大唐芙蓉园等风景名胜古迹。西安曲江是中国古代园林及建筑艺术的集大成者，被誉为中国古典园林的先河之一。

6.九域：古代中国的别称之一。

7.五帝三皇，嬴（yíng）秦炎汉，魏晋隋唐：中国历史上在西安建都的一些朝代。朝代更迭，世事变迁，一个旧的朝代灭亡了，另一个新的朝代建立了，像走马灯似的在变换着，也只是引来后世人的几声慨叹。

8.阳关：《阳关曲》，即《阳关三叠》，古琴曲名，是古代最著名的送别曲。

9.可堪回首：不堪回首意。

10.古丘：年代久远的坟墓。

11.禅院：寺庙。

2015年3月15日于羊城

大雁塔怀古

雁塔巍巍气势雄⑥，千年胜迹傲苍穹⑥。

佛陀说法祇园里，玄奘译经古刹中⑥。

贝叶梵文藏大道，金碑石刻赞奇功⑥。

曲江宴罢登临处，粉壁遍题卿相名⑥。

1. 大雁塔：又名大慈恩寺塔，位于陕西省西安市南郊大慈恩寺内。大雁塔始建于唐永徽三年（652年），距今已有1300多年的历史。它是中国唐朝佛教建筑艺术的杰作，是保存比较完好的楼阁式佛塔，也是目前可供登临的少数古塔之一。大雁塔是砖仿木结构的楼阁式七层塔，由塔基、塔身、塔刹组成。塔体呈方形锥体，塔身由下而上按比例递减。塔内有木梯可盘登而上，每层的四面各有一个拱券门洞，可以凭栏远眺。全塔通高64.7米，塔基高4.2米，南北长约48.7米，东西长约45.7米。整个建筑气魄宏大，造型简洁稳重，比例协调适度，格调古朴庄严。大雁塔塔底皆有石门，门楣门框上均有精美的线刻佛像及砖雕对联。在南门东西两侧的碑龛内镶嵌着唐太宗李世民撰《大唐三藏圣教序》碑和唐高宗李治撰《述三藏圣教序记》碑，均为唐代著名书法家褚遂良书写，世称"二圣三绝碑"。碑文高度赞扬玄奘（zàng）法师西天取经，弘扬佛法的历史功绩和非凡精神，世称《雁塔圣教》。此二碑为唐代碑刻中的精品，是珍贵的书法碑刻，具有很高的艺术价值，是研究唐代书法、绘画、雕刻艺术的重要文物。塔内展示着描写玄奘辉煌一生的《玄奘负笈像碑》《玄奘译经图碑》、"玄奘取经跬（kuǐ）步足迹石"、释迦如来足迹碑，供奉着珍贵的佛舍利和一尊铜质鎏（liú）金的佛祖释迦牟尼佛像，系明初珍贵文物，被视为"定塔之宝"。塔内还存有佛教壁画、历代名人题咏及大雁塔模型等。在塔内可俯瞰西安古城。大雁塔是西安市的标志性建筑和著名古迹，是古城西安的象征。因此，西安市徽中央所绘制的便是这座著名古塔。

2. 佛陀说法祇园里：这句有两种含义。一是指佛祖在祇园说法事。祇园：祇树给孤独园，印度佛教圣地之一。佛陀曾多次在此说法，为最著名之遗迹，与王舍城之"竹林精舍"并称为佛教最早之两大精舍。二是指大雁塔底层西门楣上所绘的阿弥陀佛说法图，图中刻有富丽堂皇的殿堂。画面布局严谨，线条道劲（qiú jìng）流畅，传为唐代大画家阎立本的手笔。

3.玄奘译经古刹中：大雁塔所在的大慈恩寺是唐代高僧玄奘专门从事译经和藏经之处。唐贞观十九年（645年），玄奘从印度取经归来后，带回大量佛舍利、上百部贝叶梵文真经及八尊金银佛像。为了供奉和珍藏带回的佛经、金银佛像、舍利等宝物，经朝廷批准，玄奘亲自主持建造了大雁塔。玄奘法师在大慈恩寺做主持，翻译佛经、弘扬佛法11年，和弟子窥基创立了佛教的一大宗派——法相唯识宗，使大慈恩寺成为唯识宗（又称"法相宗"）祖庭。古刹：指大慈恩寺。

4.贝叶梵文藏大道：指玄奘西天取经带回来的上百部贝叶梵文真经是珍贵的佛教经典，蕴含着博大精深的佛教教义。梵文：古印度文字。据玄奘的说法，梵文共有字母47个。梵文又指梵语，古印度语的一种。这种语言保存有大量的宗教、哲学、文学、艺术、医学、天文等文献。大乘佛教的经典基本上是用梵文写成的。

5.金碑石刻赞奇功：指大雁塔南门东西两侧碑龛内镶嵌的"二圣三绝碑"及塔内保存的《玄奘负笈像碑》《玄奘译经图碑》、"玄奘取经跬步足迹石"等碑刻，高度赞扬玄奘法师西天取经，弘扬佛法的历史功绩和非凡精神，奇功至伟，令人敬仰。

6.曲江宴罢登临处，粉壁遍题卿相名：大雁塔在唐代就是著名的游览胜地，因而留有大量文人雅士的题记。早在唐中宗神龙年间，雁塔题名就已形成风俗。凡新科进士及第，先要一起在曲江（皇帝也必于曲江边的楼上垂帘观看）、杏园参加国宴，然后登临大雁塔，并题名塔壁留念。当年27岁的白居易成为进士，写下了"慈恩塔下题名处，十七人中最少年"的诗句。刘沧更豪迈地题下"及第新春选胜游，杏园初宴曲江头。紫毫粉壁题仙籍，柳色箫声拂玉楼。"把雁塔题名与登仙并提。他们心中洋溢着春风得意的喜悦心情，并把雁塔题名视作莫大的荣耀了。到后来，大雁塔已形成"塔院小屋四壁，皆是卿相题名"的情景，白壁也全变成为花墙了。可惜北宋神宗年间的一场大火，毁掉了珍贵的题壁。

2015年3月21日春分于羊城

念奴娇

骊山怀古

骊山顶上，望关中、秋色苍茫空阔[韵]。
衰草黄花松径冷，掩映玉楼金阙[韵]。
老母宫前，华清池畔，飒飒西风烈[韵]。
渭河如带，悠悠长恨离别[韵]。

可叹世海沧桑，干戈烽火，朝代频更迭[韵]。
遥想阿房堆锦绣，一炬灰飞烟灭[韵]。
试问当年，长生殿里，谁作同心结[韵]？
人生无奈，伤心千古明月[韵]！

1. 骊（lí）山：又称“郦（lì）山”，骊山似锦若绣，亦名绣岭，位于西安以东25公里处，是秦岭山脉的一个支脉，东西长25公里，南北宽14公里，最高海拔1302米，远望山势如同一匹骏马，故名骊山。骊山温泉喷涌，风景秀丽多姿，自三千多年前的西周起就成为帝王游乐的风水宝地。周、秦、汉、唐以来，这里一直是游览胜地，曾营建过许多离宫别墅，吸引着历代游人。这里有被称为关中八景”之一的“骊山晚照”“烽火戏诸侯，一笑失天下”的烽火台、纪念女娲补天的老母殿、道教宫观老君殿（又称朝元阁、降圣阁）、华清池遗址，以及金沙洞、牡丹沟、舍身崖、石瓮谷、三元洞、遇仙桥、举火楼、晚照亭、日月亭、翠云亭和纪念西安事变的兵谏亭等名胜古迹。骊山是国家级森林公园，全国重点文物保护单位，全国第一批重点风景名胜区。

2. 关中：关中平原。渭河平原又称关中平原、渭河盆地，由渭河及其支流泾河、洛河等冲积而成。其位于陕西省中部，西起宝鸡，东至潼关，南接秦岭，北到陕北高原，平均海拔约500米，东西长300公里，西窄东宽，成三角形。因在函谷关和大散关之间（一说在函谷关、大散关、武关和萧关之间），古代称“关中”。春秋战国时为秦国故地，号称“八百里秦川"。是中国历史上农业最富庶的地区之一。因交通便利，四周有山河之险，从西周开始，先后有秦、西汉、隋、唐等13个王朝定都于关中平原中心，历时千余年。

3. 玉楼金阙：天宫中玉皇大帝所居住的宫殿，这里指骊山上各处的寺庙道观、亭台楼阁。

4. 老母宫：老母殿，位于骊山西绣岭第二峰，这座庙宇是为了纪念中华民族的创始人女娲氏而修建的。相传女娲"抟（tuán）黄土做人"，创造了人类，三皇五帝均为其子孙。她又在骊山炼石补天，劳苦而功高，后世人尊称她为"骊山老母"或"黎山老母"。

5. 干戈烽火：战争；战乱。干戈：干和戈都是古代的常用兵器，后用来泛指战争或动武。烽火：古代在边境的山上或高处建烽火台燃狼烟以报警，故烽火和狼烟也指战争。在骊山西绣岭第一峰上，就有周幽王"烽火戏诸侯，一笑失天下"的骊山烽火台遗址。望之，令人慨叹！

6. 朝代频更迭："长安自古帝王都"，西安是六大古都之首，从西周开始，先后有秦、西汉、隋、唐等13个王朝定都于此，朝代频繁更换，历时千余年。

7. 遥想阿房（ē páng）堆锦绣，一炬灰飞烟灭：阿房宫，是秦始皇在统一六国之后沿渭河以南修建的豪华宫殿，东起骊山北麓，西至咸阳，绵延三百余里。据史书记载，阿房宫始建于前212年。西汉司马迁在《史记》中详细记述了阿房宫的规模，唐代杜牧曾经写过《阿房宫赋》，认为此宫殿被项羽焚毁，大火连续燃烧三个月。相传阿房宫规模空前，气势宏伟，景色蔚为壮观。传说阿房宫大小殿堂七百余所，一天之中，各殿的气候都不尽相同。秦始皇巡回各宫室，一天住一处，到死时也未把宫室住遍。后世这种辉煌的想象基本上来自《阿房宫赋》，唐朝诗人杜牧的《阿房宫赋》写道："覆压三百余里，隔离天日。骊山北构而西折，直走咸阳。"1961年，国务院将阿房宫遗址列为全国重点文物保护单位。

8. 长生殿里，谁作同心结：长生殿，一名集灵台，是唐华清宫的主要建筑之一。本来是王公、大臣们去朝元阁朝拜前，斋戒和沐浴的地方，后来成为唐玄宗与杨贵妃的休闲避暑之地。它的驰名也在于《长恨歌》中记述了唐明皇和杨贵妃的那段天宝爱情遗事。白居易在《长恨歌》末尾写道："七月七日长生殿，夜半无人私语时：在天愿作比翼鸟，在地愿为连理枝。天长地久有时尽，此恨绵绵无绝期！"

2015年3月25日于羊城

华清宫怀古

骊山绣岭布离宫_①，紫殿琼楼无数重_②。
梦幻迷离藏洞壑，参差错落压帝京_③。
温汤玉液腾烟雾_④，翠葆霓旌映日星_⑤。
谁料渔阳鼙鼓响_⑥，仓皇蜀道雨霖铃_⑦。

1.华清宫：中国古代离宫，因其在骊山，又叫骊山宫、骊宫，亦称绣岭宫，后人多称其为华清池，以温泉汤池著称，在今骊山北麓。传说远在三千年前的西周时期，骊山就已成为周天子的游幸之地。那时的温泉名"星辰汤"。《三秦记》载："始皇初，砌石起宇，名骊山汤，汉武加修饰焉。"西汉、北魏、北周、隋代亦建汤池。644年（唐贞观十八年），唐太宗诏令在此建造宫殿，赐名汤泉宫。唐高宗时改名温泉宫。747年（唐玄宗天宝六载）改名华清宫。华清宫是唐玄宗游幸的别宫。华清宫的建筑依山面渭，以温泉为中心，倚骊山山势而建，规模宏大，结构严谨、鳞次栉（zhì）比、曲折萦回，楼台殿阁，遍布骊山上下，整个华清宫富丽堂皇，分外妖娆。唐玄宗曾先后到华清宫49次之多，因此，华清宫也成了唐玄宗时代的临时政治中心。据载，唐华清宫内仅汤池就有18所，最著名的是唐玄宗的御汤九龙殿，又名莲花汤，和唐玄宗为杨玉环所修建的海棠汤，又名芙蓉汤。

2.骊山绣岭布离宫，紫殿琼楼无数重：华清宫建在骊山的西绣岭和东绣岭，华清宫的琼楼玉宇、殿阁亭台，层层叠叠遍布于骊山上下。

3.参差错落压帝京：唐华清宫建在距京城长安以东25公里的骊山上，依山势而建，参差错落，层叠而上，地势比长安高，远远望去，势压京城。

4.温汤玉液腾烟雾：华清池里，各汤池都温泉喷涌，热气蒸腾，烟雾缭绕。

5.翠葆霓旌映日星：皇帝出行的仪仗遮天蔽日，辉映日月星辰。翠葆霓旌：翠绿的伞盖，彩色的旗帜。

6.渔阳鼙（pí）鼓：天宝十四载（755年）11月，安禄山、史思明从渔阳起兵造反，直逼京城长安，唐玄宗仓皇逃往四川避难，史称"安史之乱"。安史之乱历经8年，至763年才得以平定。鼙鼓：击打乐器，古时军队中用的小鼓，这里代指战乱。

7.仓皇蜀道雨霖铃：这句是写安史之乱爆发，唐玄宗仓皇出逃四川剑阁，雨中闻铃声，思念杨贵妃的凄婉境况。《雨霖铃》是一个词牌，又名《雨淋铃》，源于唐玄宗与杨贵妃的故事。马嵬（wéi）兵变，杨贵妃缢死，在平定叛乱之后，玄宗北还，一路凄雨沥沥，风雨吹打皇銮（luán）的金铃，玄宗因思念杨贵妃而作此曲。《碧鸡漫志》卷五引《明皇杂录》及《杨妃外传》云："明皇既幸蜀，西南行，初入斜谷，霖雨弥旬，于栈道雨中闻铃，音与山相应。上既悼念贵妃，采其声为《雨霖铃》曲，以寄恨焉。时梨园弟子惟张野狐一人，善觱篥（bì lì），因吹之，遂传于世。"这就是词牌《雨霖铃》的来历。后世作《雨霖铃》的人颇多，而其中柳永的《雨霖铃》最为有名："寒蝉凄切，对长亭晚，骤雨初歇。都门帐饮无绪，方留恋处，兰舟催发。执手相看泪眼，竟无语凝噎。念去去千里烟波，暮霭（ǎi）沉沉楚天阔。多情自古伤离别，更那堪、冷落清秋节！今宵酒醒何处？杨柳岸、晓风残月。此去经年，应是良辰好景虚设。便纵有、千种风情，更与何人说？"

2015年3月29日于羊城

永遇乐

秦始皇陵怀古

萧瑟秋风，关河露冷，斜阳烟树①。

沃野苍茫，骊山驰骏，渺渺神京路②。

穹庐云罩，巨丘雾锁，原是祖龙归处③。

两千载、悠悠岁月，尘封土掩如故④。

九州一统，嬴秦独霸，暴虐贪残无度⑤。

三十八年，隶徒百万，驱役如豺虎⑥。

穷奢极欲，生灵涂炭，已是人神共怒⑦。

空嗟叹、豪雄一世，任人笑语⑧。

1. 秦始皇陵：秦始皇陵是中国第一位皇帝秦始皇的陵墓，被称为世界第八大奇迹，世界文化遗产，国家重点文物保护单位，在所有古代帝王陵墓中以规模宏大、埋藏丰富而著称于世。秦始皇陵位于陕西省西安市以东30公里处的临潼区骊山脚下，亦称骊山园。陵墓建于前246年至前208年，历时38年之久。建陵征调全国民夫、徒隶70余万，耗费天下财富不可计数。秦始皇陵依山面水，气势雄伟，南依层峦叠嶂、山林葱郁的骊山，北临逶迤婉转、似银蛇横卧的渭水之滨。高大的封冢在巍巍峰峦环抱之中与骊山浑然一体，景色优美，环境秀丽。陵园总面积为56.25平方公里(相当于78个故宫的大小)，陵上封土原高约115米，现在仍高达76米。陵园内有内外两重城垣，内城周长3840米，外城周长6210米。内外城廓有高约8~10米的城墙，今尚残留遗址。经考古证明，秦始皇陵地宫完整地保存在封土堆下，几千年来未被盗掘。古埃及金字塔是世界上最大的地上王陵，秦始皇陵是世界上最大的地下皇陵，秦始皇陵的规模之大远非埃及金字塔所能比。秦始皇把他生前的荣华富贵全部带入地下。据《史记·秦始皇本纪》记载，陵墓一直挖到地下的泉水，用铜加固基座，上面放着棺材，墓室里面放满了奇珍异宝。墓室内的要道机关装着带有利箭的弓弩

(nǔ)，盗墓的人一靠近就会被射死。墓室里注满水银，象征江河湖海；墓顶镶着夜明珠，象征日月星辰；墓里用鱼油燃灯，以求长明不灭。考古发现地宫面积约18万平方米，中心点的深度约30米。陵园以封土堆为中心，四周陪葬分布众多，内涵丰富、规模空前。陵墓四周有陪葬坑和墓葬600余处，主要有兵马俑陪葬坑、铜车马坑、珍禽异兽坑、石质铠(kǎi)甲坑、百戏俑坑、文官俑坑、马厩(jiù)坑等，历年来已有10万多件重要历史文物出土。

2.关河：关隘和河流。或指潼关、函谷关、大散关、武关、萧关等关口，以及黄河、渭河、泾河等河流，泛指关中地区。

3.神京：古都长安。

4.穹庐云罩，巨丘雾锁，原是祖龙归处：在苍茫的天底下，烟雾笼罩着一座巨大的丘陵，原来是千古一帝秦始皇陵的封冢。穹庐：天空。巨丘：巨大的坟墓。祖龙：在中国古代，皇帝称"龙"。祖龙，第一个皇帝，即秦始皇。祖龙也是后世文人咒骂秦始皇的称谓。

5.尘封土掩如故：两千多年来，秦始皇陵地宫完整地保存在封土堆下，并未被盗掘。

6.九州一统，嬴秦独霸：秦灭六国，统一中国，建立中国历史上第一个中央集权的郡县制国家。

7、三十八年，隶徒百万，驱役如豺虎：修建秦始皇陵共历时38年之久，征调全国民夫、徒隶70余万（近百万），耗费天下财富不可计数。秦政权驱使百姓像虎豹豺狼驱赶羊群一样残暴贪婪。

8、穷奢极欲：也说穷奢极侈(chǐ)，形容生活腐化、奢侈贪婪到了极点。

9、生灵涂炭：指人民生活在极端艰难困苦的环境中。涂炭：在烂泥和炭火里面，比喻极端困苦的处境。

10、嗟(jiē)叹：叹息；感叹。

2015年4月1日于羊城

观秦始皇陵兵马俑

秦始皇陵宿卫军[1]，沉埋地下惊世人[2]。
势拔五岳八荒远，威震九州四海滨[3456]。
步弩车骑分战阵，戈矛剑戟耀星云[7]。
古传时有阴兵过，原是骊山劲旅魂[8]。

1.秦始皇陵兵马俑：兵马俑坑是秦始皇陵的陪葬坑，位于陵园东侧1500米处。威武雄壮，蔚为壮观，被誉为"世界第八奇迹"。兵马俑坑现已发掘3座，呈"品"字形排列，坑内的陶俑、陶马与真人真马大小相同。三个坑内共有陶俑、陶马约1万5千件，还有4万多件青铜兵器，是仿制的秦宿卫军。其中，有6千多排成方阵的武士俑和拖战车的陶马，有8千多或手执弓、箭、弩，或手持青铜戈、矛、戟，或负弩前驱，或御车策马的陶质卫士，分别组成了步、弩、车、骑四个兵种的联合阵容。

2.秦始皇陵宿卫军，沉埋地下惊世人：在兵马俑坑出土的陶制军士、车马、武器等，是保卫秦始皇的禁卫军。它们已经在地下沉埋了几千年，一旦出土，震惊世人。

3.五岳：东岳泰山、西岳华山、南岳衡山、北岳恒山、中岳嵩山，合称五岳。

4.八荒：四面八方极远的地方。

5.九州：古代中国的别称之一。

6.四海：古人认为中国四面被海环绕，合称四海。

7.步弩车骑分战阵，戈矛剑戟耀星云：手持戈矛剑戟等各种兵器的步兵、弩兵、车兵、骑兵分别组成方阵，金光闪耀，威武雄壮。

8.古传时有阴兵过，原是骊山劲（jìng）旅魂：民间曾传说秦始皇陵地宫在骊山里，骊山和秦陵之间还有一条地下通道，每到阴天下雨的时候，地下通道里就过"阴兵"，人欢马叫，非常热闹。这当然是民间的迷信传说。如果真有过"阴兵"的话，那就是兵马俑这支劲旅的魂魄吧。考古学家根据这个传说曾作过很多考察，但却一直找不到这个传说中的地下通道。

2015年4月3日于羊城

赞秦陵铜车马

驷马安车驾玉骢②，青铜之冠不虚名④。

形神奥妙眼花乱，气势非凡心魄惊⑤。

驰道通达巡四海，阿房锦绣过秦宫⑥。

沉埋地下两千载，岁月悠悠话祖龙⑦。

1.铜车马：秦始皇陵铜车马是秦始皇陵的大型陪葬铜车马模型，1980年出土秦始皇陵坟丘西侧。共两乘，均为四匹马拉的战车，一前一后排列。经复原，大小约为真人真马的二分之一。制作年代约在陵墓兴建时期，即前221~前210年。被编号为1号的战车称立车或高车，单辕双轮，车厢为横长方形，车门在车厢的后面，车上有圆形的铜伞，伞下站着御官，双手驭车，前驾四匹马。二号车为安车，也是四匹马拉单辕双轮车。驭官踞（jì）坐，车厢为前后两室，二者之间有窗，上车的门在后面，上有椭圆形车盖。车体上绘有彩色纹样。车马均有大量金银装饰，工艺水平非常之高。秦陵铜车马制作工艺复杂，结构合理，比例准确，铸造精致，综合运用了铸造、焊接、镶嵌、粘接，以及子母扣、纽环扣、锥度配合、销钉连接等各种工艺技术。其设计制作也与现代工程结构有惊人的相似，大大超出了人们的想象。它凝聚着两千多年前金属制造工艺方面的辉煌成就，在中国和世界冶金史与金属工艺史上，将占有重要的一页。秦陵铜车马是继兵马俑发现之后的又一秦代考古重大发现，被誉为世界"青铜之冠"。据考证，这两辆铜车马，仅是秦始皇车队中的属车，属于后妃一类人的乘车。史书记载，秦始皇出游时这样的车乘有81驾，其盛况，观此铜车马即可想而知，而他本人乘坐的车马就当更为豪华气派了。

2.驷（sì）马安车：古代用四匹马拉的车。安车：驭手坐着驾驭的车，又称辒辌（wēn liáng）车。

3.玉骢（cōng）：好马。骢：青白色相杂的马。

4.青铜之冠：秦始皇陵出土的这两辆铜车马，体型庞大、结构合理、铸造精致、工艺复杂，被誉为世界"青铜之冠"。

5.形神奥妙眼花乱，气势非凡心魄惊：铜车马工艺精湛，气势非凡，让人看得惊心动魄，眼花缭乱。

6.驰道通达巡四海，阿房锦绣过秦宫：想象着秦始皇乘坐豪华的铜车马沿驰道巡游天下的盛况，铜车马时常往来于骊山、阿房宫和秦宫之间，豪华气派，威武雄壮。四海：指天下。

2015年4月5日于羊城

西安碑林

万方石刻聚如云①，满目琳琅亘古存②。

字字珠玑叹观止，行行琼玉竞绝伦⑤。

光阴荏苒经风雨，朝代更迭历苦辛⑥。

悠久文明五千载，长安城里看碑林⑦。

1.西安碑林：西安碑林博物馆，位于陕西省西安市文昌门三学街文庙旧址，原为陕西省博物馆，建于1944年。它是在具有900多年历史的宋代"西安碑林"基础上，利用西安孔庙古建筑群扩建而成的一座以收藏、研究和陈列历代碑石、墓志及石刻造像为主的艺术博物馆。馆区由孔庙、碑林、石刻艺术室三部分组成，现有馆藏文物11000余件，11个展室，陈列面积4900平方米。博物馆本身即为孔庙旧址，明清时期的照壁、牌坊、泮(pàn)池、棂(líng)星门、华表、戟门、碑亭、两庑(wǔ)等建筑保存至今，并遵循着孔庙固有的建筑格局。西安碑林荟萃中国古代精美碑石艺术，石碑众多，犹如"碑林"，因此得名。是一座收藏、研究碑石墓志及其他古代石刻艺术品的大型博物馆。

2.万方石刻：数量众多的石碑、石刻。万方：形容数量多，不是确数。西安碑林收藏汉魏至近代的各种石碑、石刻一千几百方，为全国之最。

3.满目琳琅：琳琅满目，比喻面前美好的东西很多。琳琅：美玉，比喻美好的东西。

4.亘古：从古到今。

5.字字珠玑叹观止，行行琼玉竞绝伦：形容各种名碑的珍贵，字字珠玑，行行琼玉。叹观止：叹为观止，赞美看到的事物好到了极点。绝伦：无论谁或任何事物都比不上。

6.光阴荏苒经风雨，朝代更迭历苦辛：随着时间的推移，朝代的更替，西安碑林及其收藏的历代碑刻，也饱经风雨，历尽艰辛。

7.悠久文明五千载，长安城里看碑林：要想了解悠久、深厚的中华文明，到西安参观碑林就可以了。

2015年4月7日于羊城

秋游曲江怀古

曲江池畔草连天㊿，绿树婆娑绕紫烟㊿。

塔影云光弄秋色，秦楼汉阙映朱颜㊿。

大明宫里观歌舞，临水亭前奏管弦㊿。

常忆杏园关宴处，乐游原上雁征南㊿。

1.曲江：位于西安城区东南部，为唐代著名的曲江皇家园林所在地，境内有曲江池、大雁塔及大唐芙蓉园等风景名胜古迹。长安曲江是中国古代园林及建筑艺术的集大成者，被誉为中国古典园林的先河之一。秦时，在此开辟了皇家禁苑——宜春苑，并建有著名的离宫——宜春下苑，隋代更名为芙蓉园。唐代扩大了曲江园林的建设规模和文化内涵，除在芙蓉园修建紫云楼、彩霞亭、临水亭、水殿、山楼、凉堂、蓬莱山等建筑外，又修建了从大明宫途经兴庆宫直达芙蓉园的夹城（长7960米，宽50米），并开凿了大型水利工程黄渠，以扩大芙蓉池与曲江池水面。芙蓉园内宫殿连绵，楼台起伏，曲江的园林建筑达到最高境界，各类文化活动也趋于高潮，这里成为皇族、官吏、僧侣、平民等的汇聚冶游之地。曲江流饮、杏园关宴、雁塔题名、乐游登高等这些在中国古代史上脍炙人口的文坛佳话均发生在这里。唐时的曲江成为首都长安城唯一的公共园林，达到了其发展史上最繁荣昌盛的时期，成为唐文化的荟萃地，唐都长安的标志性区域，也奏响了中国文化的最强音。

2.曲江池畔草连天，绿树婆娑绕紫烟：这两句描写秋日曲江的自然景色。一眼望去，绿树婆娑、草色连空、烟雾缭绕、犹如仙境。草连天：草长得很茂盛，远远望去，草色和天空连在了一起。紫烟：紫色的烟雾。这里指阳光透过弥漫、环绕在曲江池上的水汽、烟雾，闪耀着梦幻迷离的光彩。

3.塔影云光弄秋色，秦楼汉阙映朱颜：在秋色的云光里，塔影玲珑，直插霄汉；亭台楼阁，掩映碧瓦红墙。塔：指大雁塔。秦楼汉阙：泛指宫殿楼阁。

4.大明宫里观歌舞，临水亭前奏管弦：想象唐时宫廷及曲江池畔歌舞升平的景象。大明宫：唐代的大明宫，被称为"中国宫殿建筑的峰巅之作"，是举世闻名的唐长安城"三大内"（太极宫、大明宫、兴庆宫）中最为辉煌壮丽的建筑群，地处长安城北部禁苑中的龙首塬（yuán）上。周长7628米，面积3.3平方公里，是北京紫禁城面积的3.5倍，也是唐长安城规模最大的一处宫殿区，已探明的楼台殿阁等遗址有40余处。临水亭：曲江芙蓉园里的一处亭台楼阁。

　　5.杏园关宴：科举时代帝王恩赐新科进士的宴会。唐代及第进士参加吏部的关试后，要进行许多次的宴集，这许多次的宴集总称"关宴"。杏园：杏树园，其故址在长安曲江大雁塔南，唐代新科进士赐宴之地。

　　6.乐游原上雁征南：秋高气爽，站在乐游原上眺望，列队成行的大雁正在向遥远的南方飞去。

2015年4月8日于羊城

秋登西安城怀古

迟暮残阳映古城[韵]，渭河飘带落关中[韵]。
山川险固秦宫阙，沃野苍茫汉帝京[韵]。
十代王朝如走马，万年基业似流星[韵]。
繁华过尽成追忆，萧瑟秋风满目情[韵]。

1. 迟暮残阳映古城，渭河飘带落关中：在暮色苍茫的秋日黄昏里登临西安古城，残阳如血，晚霞映空，渭河像一条银色的飘带飘落在关中的大地上。

2. 山川险固秦宫阙，沃野苍茫汉帝京："天下山川，唯秦中号为险固。""八百里秦川，沃野苍茫。"关中因交通便利，物产丰富，四周有山河之险，是历代王朝建都的理想之地。从西周开始，先后有秦、西汉、隋、唐等13个王朝定都于此，历时千余年。秦陵汉阙，隋苑唐宫，交相辉映，争奇斗艳。

3. 十代王朝如走马，万年基业似流星：感叹朝代更迭，世海沧桑。历史上在西安建都的历代王朝，像走马灯似地频繁更换。他们所期望的万世基业，在历史的长河里，也像流星一样稍纵即逝。十代：十几代的意思，谓之数量多。

2015年4月9日于羊城

杜甫草堂

浣花溪畔月，曾照少陵堂②。

松柏掩幽径，梅兰吐暗香③。

小桥春水绿，曲槛秋草黄④。

杜老魂安在，诗情画意长⑤。

1.杜甫草堂：杜甫草堂博物馆位于四川省成都市西门外的浣花溪畔，是我国唐代伟大的现实主义诗人杜甫流寓成都时的故居。759年冬，杜甫为避"安史之乱"，携家入蜀，在成都营建茅屋而居，称"成都草堂"。杜甫先后在此居住近四年，创作诗歌流传至今的有240余首。草堂故居被视为中国文学史上的圣地。草堂旧址内，照壁、正门、大廨（xiè）、诗史堂、柴门、工部祠排列在一条中轴线上，两旁配以对称的回廊与其他附属建筑，如草堂寺、浣花祠等。其间亭台错落、流水萦回、小桥勾连、松竹掩映，整个草堂显得既庄严肃穆、古朴典雅而又幽深静谧（mì）、秀丽清朗。工部祠东侧是"少陵草堂"碑亭，象征着杜甫的茅屋，令人遐想，已成为杜甫草堂的标志性景点和成都的著名景观。

2.少陵堂：即杜甫草堂，亦称"少陵草堂"。杜甫曾自称"杜少陵""少陵野老"，又号"杜陵野客""杜陵布衣"，后世又称其为"杜工部""杜拾遗"等。

3.暗香：暗暗浮动的香气，这里是借用宋代隐士林逋（bū）咏梅的名篇《山园小梅》中的句子："疏影横斜水清浅，暗香浮动月黄昏。"

4.槛（jiàn）：栏杆。

5.杜老魂安在，诗情画意长：岁月沧桑，风云变幻，经过一千多年的历史变迁，杜甫草堂几经沉浮，依然坐落在成都浣花溪畔。诗圣杜甫的精神魂魄应当还驻留在这里吧？现在，杜甫草堂经过扩建重修，已成为著名的旅游景点。草堂内收藏了许多著名文人墨客、诗人、书画家的诗词吟咏和笔墨丹青，这里已经成为名副其实的文化圣地。

2015年5月10日于京华

武侯祠

丞相祠堂松柏间㊟，三绝碑下吊英贤㊟。

隆中对策分天下，赤壁鏖兵据汉川㊟。

宁静澹泊心志远，鞠躬尽瘁鬼神怜㊟。

一门才俊皆忠烈，宇宙垂名万古传㊟。

1. 武侯祠：武侯祠，是纪念三国时期蜀汉丞相诸葛亮的祠宇。成都武侯祠，位于四川省成都市南门武侯祠大街，它肇始于223年修建刘备的陵墓——惠陵时，它是中国唯一一座君臣合祀祠庙和最负盛名的诸葛亮、刘备及蜀汉英雄纪念地，也是影响最大的三国遗迹博物馆。

2. 三绝碑：本名"蜀汉丞相诸葛武侯祠堂碑"，在武侯祠大门至二门之间的东侧碑亭中。碑高367厘米，宽95厘米，厚25厘米，唐宪宗元和四年（809年）刻建，由唐代宰相裴度撰文，书法家柳公绰（chuò，柳公权之兄）书写，石工鲁建镌刻。裴文、柳书、鲁刻，三者俱佳，被后世誉为三绝碑。碑阳、碑阴、碑侧遍刻唐、宋、明、清时代的题诗、题名、跋（bá）语。碑文对诸葛亮的一生，作了重点褒评，竭力赞颂诸葛亮的高风亮节，文治武功，并以此激励唐代的执政者。

3. 隆中对策分天下：刘备到襄阳古隆中三顾茅庐，请诸葛亮出山。诸葛亮为刘备分析当时的政治形势，算定三分天下，从而建立起三国鼎立的思想基础。

4. 赤壁鏖兵据汉川：经过赤壁之战，孙刘联盟打败了曹操。与此同时，诸葛亮辅佐刘备，据荆州而图西川，进而夺取汉中，帮助刘备建立蜀汉政权，实现了三国鼎足而立的局面。据：占有；依靠。汉川：汉指汉中地区，川是四川巴蜀之地，即指蜀汉政权控制的西南广大地域。

5. 宁静澹泊心志远：诸葛亮在写给儿子诸葛瞻的《诫子书》中有"非澹泊无以明志，非宁静无以致远"的话，这既是诸葛亮教育后代的话，也是自己一生身体力行的座右铭。

6. 鞠躬尽瘁（cuì）鬼神怜：诸葛亮《后出师表》："臣鞠躬尽瘁，死而后已。"是指不辞辛苦，勤勤恳恳，竭尽全力，为国家贡献出全部精神和力量，一直到死为止。诸葛亮忠君事主，无私奉献，其文治武功，高风亮节，为后世所景仰。诸葛亮为蜀汉政权殚（dān）

精竭虑、呕心沥血、鞠躬尽瘁、终老一生，终因军务、政务繁忙，积劳成疾而死于征途。"出师未捷身先死，长使英雄泪满襟"，就连鬼神也应当崇敬与怜惜吧。

7.一门才俊皆忠烈：诸葛亮身死五丈原以后，其后人继续为蜀汉政权效力，其子诸葛瞻及其孙诸葛尚在绵竹抗击魏将邓艾的战斗中也不幸身亡，故言"一门才俊皆忠烈"。

8.宇宙垂名万古传：这里借用了唐代大诗人杜甫《咏怀古迹五首·其五》里的诗句。全诗如下："诸葛大名垂宇宙，宗臣遗像肃清高。三分割据纡（yū）筹策，万古云霄一羽毛。伯仲之间见伊吕，指挥若定失萧曹。运移汉祚终难复，志决身歼军务劳。"此诗高度赞扬诸葛亮的人品才能、高风亮节和文治武功，并对诸葛亮凄凉的身世、壮志未酬的人生表示了深切的同情和慨叹。宇宙垂名：即名垂宇宙。上下四方为宇，古往今来曰宙。即"名满寰宇，永垂不朽"之意。

2015年5月13日于京华

青城山

群峰耸峙似环城①，林木葱茏四季同②。

福地洞天幽翠处，神仙都会道家宫③。

金光炫目观云海，灿若星河燃圣灯④。

紫气东来丹鹤聚，八方信众拜宗庭⑤。

1.青城山：青城山位于四川省都江堰市西南、成都平原西北部，距成都68公里，距都江堰市区16公里，为邛崃（qióng lái）山脉的分支。主峰老霄顶，海拔1260米。青城山丹梯千级，曲径通幽，以幽洁取胜，自古就有"青城天下幽"的美誉。青城之幽与峨眉之秀、剑门之险、夔门之雄齐名。青城山背靠千里岷江，俯瞰成都平原，景区面积200平方公里。古传青城山有"三十六峰、八大洞、七十二小洞、一百零八景"之说。青城山分前山、后山。前山是青城山风景名胜区的主体部分，清幽秀丽、景色优美，文物古迹众多，有数十处景点。主要景点有上清宫、建福宫、圆明宫、玉清宫、老君阁、祖师殿、天师洞、朝阳洞、天然图画、仙履清凉、碧翠青城等。后山水秀、林幽、山雄、洞奇，蔚为壮观，冬天寒气逼人，夏天则凉爽无比。主要景点有金壁天仓、圣母洞、山泉雾潭、白云群洞、天桥奇景等。青城山古名天仓山。相传轩辕黄帝遍历五岳，封青城山为"五岳丈人"，故又名为丈人山。青城山之名的由来，有两种说法，一种是青城山林木青翠，四季常青，诸峰环峙，状若城廓，故为"青城"山。另一种是青城山原名为"清城山"，因古代神话说"清都、紫薇乃天帝所居之所"，故名"清城"。唐代时，佛教发展迅速，佛教和道教在山上发生了地盘之争，官司打到皇帝那儿。唐玄宗信道，亲自下诏判定"观还道家，寺依山外"，然而诏书将"清城"写成了"青城"，所以从唐开元十八年（730年）便改为"青城山"了。

2.群峰耸峙似环城，林木葱茏四季同：这两句解释题目，是说青城山所处的清幽环境及其名称的由来。青城山林木青翠、四季常青、诸峰环峙、状若城廓，故为"青城"山。

3.福地洞天幽翠处，神仙都会道家宫：这两句是说幽静青翠的青城山是道教名山、道教祖庭，全国道教十大洞天的第五洞天，是道家的洞天福地、神仙都会。

4.金光炫（xuàn）目观云海，灿若星河燃圣灯：日出、云海、圣灯是青城山的三大自然奇观。上清宫位于青城山第一峰、距峰顶约500米的半山坡上。上清宫始建于晋代，现存庙宇为清朝同治年间所建，上有"天下第五名山""青城第一峰"等摩崖石刻，宫门"上清宫"三字由蒋介石题写。宫内奉祀道教始祖太上老君，有老子塑像和《道德经》五千言木刻，还有麻姑池、鸳鸯井等传说遗迹。上清宫后面是老霄顶，其上建有老君阁、呼应亭等。晴霁可眺览岷邛青峨远近数百里风光及天府平川数百里秀色，可谓集天下之壮观也。此处是观赏日出、云海和圣灯奇观的绝佳地点。其中，圣灯（又称神灯）尤为奇特。每逢雨后天晴的夏日，夜幕降临后，在上清宫附近的圣灯亭内可见山中光亮点点，闪烁飘荡，少时三五盏，忽生忽灭，多时成百上千，山谷一时灿若星汉。传说是"神仙都会"青城山的神仙们朝贺张天师时点亮的灯笼，称为圣灯。实际上，这只是山中磷氧化燃烧的自然景象。金光炫日：日出时的灿烂景象。炫：强光晃（huàng）眼；炫耀。星河：银河。

5.紫气东来丹鹤聚：青城山为道教名山，奉祀道教始祖太上老君。老君阁的造像，是老子跨青牛西出阳关塑像，含紫气东来之意。天然图画位于建福宫与天师洞之间，海拔893米，两峰夹峙。游人至此，可见亭阁矗立于苍崖立壁、绿荫浓翠之间，如置身画中。亭阁后常有丹鹤成群，咳鸣于山间的驻鹤庄。仙鹤是祥瑞之禽，寓意吉祥长寿。紫气：祥瑞之气；吉祥的征兆。

6.宗庭：祖庭。青城山是中国著名的道教名山，中国道教的发源地之一，自东汉以来已历经约两千年。东汉顺帝汉安二年（143年），道教创始人张陵来到青城山，选中青城山的深幽涵碧，结茅传道，创立"天师道"，青城山遂成为道教的发祥地，被道教列为"第五洞天"。传说道教天师张道陵晚年显道于青城山，并在此羽化。此后，青城山便成为天师道的祖山，全国各地历代天师均来青城山朝拜祖庭。

2015年5月18日于京华

布达拉宫

横空出世在天涯①，神秘红山雪域华②。

气贯苍穹摩日月，势压寰宇绕云霞③。

层楼叠巘佛光耀，宫寺嵯峨圣教发④。

汉藏一家千百载，珠峰脚下看奇葩⑤。

  1.布达拉宫：布达拉宫位于西藏自治区首府拉萨市区西北的玛布日山（又称"红山"）上，在当地信仰藏传佛教的人民心中，这座小山犹如观音菩萨居住的普陀山，因而用藏语称此为布达拉（普陀之意）。它共有13层，999个房间，总面积9927平方米，是一座规模宏大的宫堡式建筑群。布达拉宫最初是吐蕃（bō）法王松赞干布为迎娶尼泊尔的尺尊公主和唐朝的文成公主而兴建，17世纪重建后，成为历代达赖喇嘛的冬宫居所，是西藏政教合一的统治中心。整座宫殿具有鲜明的藏式风格，依山而建，气势雄伟，重重叠叠，迂回曲折，同山体融合在一起，高高耸立，壮观巍峨。宫墙红白相间，宫顶金碧辉煌，具有强烈的艺术感染力。它是拉萨城的标志，是西藏建筑艺术的珍贵财富，是西藏人民巨大创造力的象征，也是独一无二的雪域高原上的人类文化遗产。宫中收藏了无数珍宝，堪称一座艺术的殿堂。1961年，布达拉宫被中华人民共和国国务院公布为第一批全国重点文物保护单位；1994年，被列入世界文化遗产名录。雄伟壮丽的布达拉宫像一颗璀璨的明珠，以其迷人的风姿闪耀在"世界屋脊"上。

  2.横空出世在天涯，神秘红山雪域华：这句是说雄伟壮丽的布达拉宫建在我国西南边陲、有"世界屋脊"之称的雪域高原上，建在拉萨神秘的玛布日山即"红山"上。

  3.气贯苍穹摩日月，势压寰宇绕云霞：这句是形容布达拉宫的雄伟壮丽、高耸入云。布达拉宫是世界上海拔最高的宫殿，离天最近的宫殿，因此上说它是气贯苍穹、势压寰宇。

  4.层楼叠巘（yǎn）佛光耀，宫寺嵯峨圣教发：布达拉宫建在玛布日山顶上，共有13层，依山而建、宫宇叠砌、气势雄伟、金碧辉煌。它是宫寺合一的建筑，也是政教合一的殿堂。千百年来，藏传佛教在这里薪火相传，不断发扬光大。巘：山峰；山顶。嵯峨：山势高峻，这里用来形容布达拉宫的雄伟高峻。圣教：这里指佛教及藏传佛教。发：发扬；光大。

5.汉藏一家千百载，珠峰脚下看奇葩：汉族、藏族，都是中华民族大家庭里的一员。唐朝时期汉藏联姻成为一家，布达拉宫就是松赞干布为迎娶文成公主入藏和亲而修建的。它是汉藏民族团结的象征，已经有1300多年的历史了。在布达拉宫所展出的大量珍贵文物、文献中，有西藏佛教发展史、文成公主进藏过程、五世达赖喇嘛生平、历代中国中央政府册封达赖喇嘛的金册金印等。有史料记载，自1653年清朝顺治皇帝以金册金印敕封五世达赖起，达赖转世都须得到中央政府的正式册封，并由驻藏大臣为其主持坐床、亲政等仪式。要想了解这些历史篇章，到珠穆朗玛峰山下的布达拉宫来参观就行了。奇葩：本是奇异的鲜花，这里代指布达拉宫。

2015年6月3日于石市

拉萨大昭寺

大昭古寺越千年㊿，岁月悠悠神秘添㊿。

魔女卧塘汇心血，白羊驮土列仙班㊿。

活佛转世金签掣，法会辩经黄教传㊿。

遥想文成来雪域，留得圣像万民参㊿。

1. 大昭寺：是一座藏传佛教寺院，又名"祖拉康""觉康"（藏语意为佛殿）。大昭寺被看作拉萨城的中心，在藏传佛教中拥有至高无上的地位，其在藏传佛教中的重要地位甚至超过了布达拉宫。大昭寺始建于唐贞观二十一年（647年），距今已有1300多年的历史。寺内主供的释迦牟尼佛像称为"十二岁等身佛"，为镇寺之宝，是文成公主和亲入吐蕃时带来的。拉萨之所以有"圣地"之誉，与这座佛像有关。该寺最初称"惹（rě）萨"，后来惹萨又成为这座城市的名称，并最终演化成今天的"拉萨"。故有"先有大昭寺，后有拉萨城"之说。历经元、明、清各朝代的屡加修建，才形成了今天的规模。大昭寺总共占地达到25100平方米，有五座金顶，一百零八个佛殿，里面各种奇珍异宝数不胜数，整个寺院金碧辉煌，蔚为壮观。所供奉的神像统摄藏传佛教五大教派所崇奉的各种神佛菩萨像，因此寺内香火终年旺盛，朝圣的群众络绎不绝，在中外佛教界具有极高的地位。大昭寺历来都是活佛转世的"金瓶掣（chè）签"仪式的举行地。1409年，黄教的开山鼻祖宗喀巴大师在大昭寺创立传昭大法会，将其确立为藏传佛教最大的法事活动。与会期间，藏区各寺庙的僧人云集于此，进行激烈的辩经活动，盛况空前。大昭寺是全国重点文物保护单位。2000年11月，大昭寺作为布达拉宫的扩展项目被列入《世界遗产名录》，被列为世界文化遗产。

2. 魔女卧塘汇心血，白羊驮（tuó）土列仙班：历史传说，在1300多年前，如今的拉萨城是一大片荒原湖沼，当时的藏王松赞干布的尼泊尔爱妃尺尊公主想在此地修建一座神庙，供奉她从家乡带来的释迦佛祖八岁等身像。但是神庙却反复几次都在建成的当天夜里就倒塌了。精通阴阳八卦的唐朝文成公主远嫁吐蕃后，测出西藏的地形犹如一位巨大魔女仰天而卧，拉萨城中心正是罗刹女的心脏，卧塘湖则是由罗刹女的心血汇成，要用一千只白山羊在此处填湖建寺镇住魔女才行。于是，千只白羊驮土建寺的浩大工程开始了。大昭寺建成后，文成公主将她从长安带来的释迦牟尼十二岁等身像供奉于此。松赞干布感念那些白山羊，吩咐工匠雕了一只白色山羊，安置于大昭寺大殿一角，让它也享受信徒香客的朝拜和祭祀，白山羊于是也就位列仙班了。后来，各地群众云集至此扎营礼佛，逐渐形成了今天的拉萨城。卧塘：卧塘湖。

　　3.活佛转世金签掣，法会辩经黄教传：指的是大昭寺举行的确定活佛转世的"金瓶掣签"仪式和传昭大法会期间进行的辩经活动，凸显大昭寺在藏传佛教中的崇高地位。掣签：抽签。

　　4.留得圣像万民参：历代万千僧俗民众，顶礼膜拜大昭寺的镇寺之宝、文成公主带去的十二岁等身佛像。

2015年6月5日于石市

扎什伦布寺

远望光华耀眼明①，依山叠砌入苍穹②。

紫烟缭绕错钦殿，仙乐悠扬度母宫③。

弥勒慈颜观世界，众僧席地诵金经④。

展佛台下参佛祖，盛况如云心志同⑤。

1.扎什伦布寺：位于日喀则市城西的尼色日山坡上，西藏日喀则地区最大的寺庙，为四世之后历代班禅喇嘛驻锡之地，与拉萨的"三大寺"甘丹寺、色拉寺、哲蚌寺合称格鲁派的"四大寺"。四大寺和青海的塔尔寺和甘肃的拉卜楞寺并列为黄教格鲁派的"六大寺"。错钦大殿为该寺的主殿和最早建筑。大殿可容纳3800人。殿前有一600平方米的讲经场，是班禅向全寺僧众讲经和僧人辩经的场所。该寺最宏伟的建筑是强巴佛殿和历世班禅灵塔殿。整个寺院依山而建，殿宇依次递接、疏密均衡、和谐对称，金顶红墙的高大主建筑群雄伟壮观。远处眺望，楼宇重叠、殿堂高耸、金碧辉煌、令人惊叹。进寺观看，香炉紫烟缭绕，供台灯火闪烁，众佛尊容各异，惟妙惟肖。五百多年来，一直吸引着国内外佛教信徒到这里朝拜、观瞻。扎什伦布寺为全国重点文物保护单位。

2.远望光华耀眼明：余于2004年7月间曾到西藏参观游览，7月10日从拉萨乘车赶赴后藏首府日喀则。车辆行进在茫茫雪域高原上，重峦叠嶂，沟壑纵横，当翻越海拔5454米的东唐古拉雪山时，山上正飘洒着鹅毛大雪。在苍茫的天底下，银装素裹的冰雪世界一望无际，山脉像巨大的苍龙蜿蜒开去，连绵起伏，云烟缭绕，令人震撼。下午四点多赶到扎什伦布寺，远远望去，庞大的寺院建筑群依山而建，楼宇重叠、殿堂高耸、红墙金顶、参差错落，在夕阳的照耀下，金光闪烁，壮美异常。后听人说，扎什伦布寺各大殿的屋顶是名副其实的金顶，其屋顶的金瓦是用黄金鎏金而成的。

3.错钦殿：扎什伦布寺的主殿，也是该寺最早的建筑，供奉佛祖释迦牟尼、宗喀巴、根敦主、四世班禅等。

4.度母宫：即度母佛堂，里面安放着高2米的白度母铜像，两旁是泥塑的绿度母像。

5.弥勒慈颜观世界：强巴佛殿前，经幡高矗，直指云霄。强巴佛坐在高3.8米的莲花基座上，俯瞰着寺宇，佛像高26.2米，是巨型雕塑中的珍品，也是世界上最高最大的铜塑佛像。铸造这尊佛像，由110个工匠，花费4年时间才完成。共用黄金6700两、黄铜23万多斤，佛像眉宇间白毫镶饰的大小钻石、珍珠、琥珀、珊瑚、松耳石等1400多颗，其他珍贵装饰不计其数。强巴佛就是汉地佛教的弥勒佛。在藏传佛教中，强巴佛是掌管未来的未来佛。

6.众僧席地诵金经：错钦大殿前部是大经堂，可容纳数千个喇嘛祷诵经文。大殿门外是寺院的讲经场，是由回廊构成的院落，是班禅向全寺僧众讲经和僧人辩经的场所。余在扎什伦布寺，正好遇上众僧在讲经场席坐诵经，场面壮观。

7.展佛台：展佛台是为纪念释迦牟尼诞生、成佛、涅磐（niè pán）而建，建成于1468年。每年藏历5月15日前后三天，在扎什伦布寺举行隆重的展佛活动，将过去佛（无量光佛）、现在佛（释迦牟尼佛）、未来佛（强巴佛）三幅巨大的刺绣佛像展挂在高32米、台底宽42.5米、上宽38米、厚3.5米的展佛台的向阳面壁上，由众僧和信教群众顶礼膜拜，敬献哈达，祈求佛祖祛灾降吉，保佑人间安乐祥和。扎寺的展佛台和展佛节，在西藏黄教各大寺院中绝无仅有。其为扎寺一大胜事，盛况空前。

2015年6月7日于石市

唐多令

滇 池

岸柳弄轻柔㊿，荷塘桂子秋㊿。

望烟波、万顷琼畴㊿。

云影白帆浮绿水，鸥鹭起，绕汀洲㊿。

金马碧鸡游㊿，龙门细雨收㊿。

渐黄昏、独自登楼㊿。

喜见佳联绝世有，千古事，竞风流㊿。

1.滇池：位于云南省昆明市西南侧，是著名的高原淡水湖泊，被称为云南的母亲湖，是云南省面积最大的高原湖泊，也是中国第六大淡水湖，有"高原明珠"之称。湖面海拔1886米，面积330平方公里，平均水深5米，最深11米。有盘龙江等河流注入，湖水在西南海口泄出，称螳螂川，为金沙江支流普渡河上源。滇池与西侧的西山是著名的游览胜地，五百里滇池的岸边，游览胜景甚多，如海埂湖滨公园、西园别墅、龙门村、观音山、大观楼等。

2.桂子秋：秋天桂花开，点明游滇池的时间是在秋天。桂子：桂花。

3.望烟波、万顷琼畴：站在滇池岸边眺望，烟波浩渺、波光粼粼、一望无际的五百里滇池尽收眼底。畴：田地。这里用"琼畴"代指浩瀚无垠的滇池湖面。

4.云影白帆浮绿水，鸥鹭起，绕汀洲：蓝天白云、秋高气爽，点点白帆漂浮在绿水上，天上的白云倒映在湖面，水鸟惊起，飞过汀洲。

5.金马碧鸡游，龙门细雨收：游金马山、碧鸡山，登上西山龙门时，一阵细雨刚刚停下来。滇池东面有金马山，西面有碧鸡山，又叫西山，山上有龙门古迹，站在龙门上俯瞰滇池，美景尽收眼底。细雨收：小雨刚停。

6.渐黄昏、独自登楼：在黄昏里，独自一人登上大观楼，眺望烟波浩渺的五百里滇池。

7. 佳联绝世: 绝世佳联, 即昆明大观楼长对联。为清代处士孙髯 (rán) 翁所作。此联被誉为 "天下第一长联" "海内第一长联" "古今第一长联" 等。长联挂在 "五百里滇池" 岸边的大观楼前三百余年, 为古今众多名士及广大游人所仰慕及推崇, 一直流传不衰。长联使大观楼名扬四海, 大观楼因长联而驰誉九州, 成为与黄鹤楼、岳阳楼及滕王阁齐名的我国四大名楼之一。上联: 五百里滇池奔来眼底, 披襟岸帻 (zé), 喜茫茫空阔无边。看, 东骧神骏, 西翥 (zhù) 灵仪, 北走蜿蜒, 南翔缟 (gǎo) 素。高人韵士何妨选胜登临。趁蟹屿螺洲, 梳裹就风鬟雾鬓; 更苹天苇地, 点缀 (zhuì) 些翠羽丹霞。莫辜负, 四围香稻, 万顷晴沙, 九夏芙蓉, 三春杨柳。下联: 数千年往事注到心头, 把酒凌虚, 叹滚滚英雄谁在? 想, 汉习楼船, 唐标铁柱, 宋挥玉斧, 元跨革囊。伟烈丰功费尽移山心力。尽珠帘画栋, 卷不及暮雨朝云; 便断碣残碑, 都付与苍烟落照。只赢得, 几杵疏钟, 半江渔火, 两行秋雁, 一枕清霜。

8. 千古事, 竞风流: 滇池岸边的大观楼和大观楼长联, 三百年来占尽风流, 并将名垂千古。

2015年6月18日于羊城

浪淘沙

秋日黄昏雨后登大观楼

暮雨洒新凉㊟，秋意彷徨㊟。

荻花芦叶满湖塘㊟。

玉鉴琼田何处是，珠耀云乡㊟。

白鹤碧鸡翔㊟，金马蛇藏㊟。

登楼极目叹苍茫㊟。

绝世长联犹在壁，千古流芳㊟。

1.秋日黄昏雨后登大观楼：2002年秋，余游昆明滇池，雨中攀西山龙门，俯瞰五百里滇池，苍茫空阔，美景尽收眼底。雨后黄昏登大观楼，谒孙髯翁雕像，赏"天下第一长联"，感慨系之。

2.玉鉴琼田何处是，珠耀云乡：滇池位于云南省昆明市西南侧，被称为云南的母亲湖，有"高原明珠"之称。南宋张孝祥在其《念奴娇·过洞庭》中形容洞庭湖时写道："玉鉴琼田三万顷，著我扁舟一叶。"这里借用"玉鉴琼田"来形容滇池。滇池像一块巨大的碧玉，又像一颗璀璨的明珠闪耀在彩云之乡。云乡：云南，彩云之乡。

3.白鹤碧鸡翔，金马蛇藏：昆明东面有金马山，西面有碧鸡山，北面有蛇山，西南面有白鹤山。孙髯翁在大观楼长联里写道："看，东骧神骏，西翥灵仪，北走蜿蜒，南翔缟素。"写的正是昆明周围的山。

4.登楼极目叹苍茫：在黄昏的暮色里，登上大观楼极目远望，五百里滇池奔来眼底，碧波万顷，波光粼粼，一片苍茫。

5.绝世长联：清朝处士孙髯翁所写的昆明大观楼长对联，被誉为"天下第一长联"，冠绝当世。

2015年6月21日于羊城

诉衷情

游石林

群峰耸峙剑插天②，九曲卧龙蟠③。
神工鬼斧惊叹，是处尽奇观④。

犀望月，寿龟眠②，巨芝岩③。
万千风韵，梦幻迷离，醉我心田②。

1.石林：云南石林风景名胜区，距省会昆明市约78公里，保护区总面积约350平方公里。石林建园于1931年的石林公园，是世界闻名的喀斯特地区之一，中国国家地质公园、世界地质公园，被人们赞誉为"天下第一奇观"。1982年被国务院列为中国首批国家级风景名胜区，与北京故宫、西安兵马俑、桂林山水齐名，为中国四大旅游胜地之一，2007年被列入世界遗产名录。大约在二亿七千万年前，这里是一片汪洋大海，沉积了许多厚厚的石灰岩。经过漫长的地壳构造运动，岩石露出了地面。约在200万年以前，由于石灰岩的溶解作用，石柱彼此分离，又经过常年的风雨剥蚀，形成了今天这种千姿百态、怪石嶙峋的石林。石林地区，奇峰突兀，平地拔起，或矗立如林，或峻峭如壁。有的石峰高达三四十米，也有的只有几米。天晴时，石峰呈灰白色，下雨时则变为赫黑色。一丛丛巨大的灰黑色石峰、石柱傲立苍穹，直刺蓝天，犹如一片莽（mǎng）莽苍苍的原始森林，故称之为"石林"。

2.群峰耸峙剑插天：石林里的座座山峰高高耸立，像利剑一样直插云天。耸峙：高高地直立。

3.九曲卧龙蟠：云南石林地区地处云南高原之滇东喀斯特南部，其主体位于九蟠山（又称东山）和大佛山（又称西山）之间的喀斯特区。九蟠山是区内重要的地质分界线，大致呈北北东—南南西延伸，长约60余公里，因地势蜿蜒似龙，九起九伏而得名九蟠山。

4.是处：到处。

5.犀望月，寿龟眠，巨芝岩：石林里的几处景点名，即犀牛望月、千年寿龟、万年灵芝。云南石林主要有大石林、小石林（阿诗玛景区）、步哨山、李子园菁（jīng）、万年灵芝五个片区组成，景点众多。著名的景区和景点如石林胜景、石林迷境、长湖（美丽的彝族少女阿诗玛梳妆和洗麻的地方）、蓑（suō）衣山——文笔山石林、大叠水瀑布（珠江第一瀑，瀑布高87.8米，最宽处达60米）、莲花峰、剑峰池、望峰亭、千钧一发、双鸟渡食、犀牛望月、象踞石台、千年寿龟、凤凰梳翅、万年灵芝等，一处处无不惟妙惟肖、栩栩如生，令人目不暇接、流连忘返。

6.风韵：也作丰韵，美好的风度和神态，这里指石林各景点迷人的风姿。

2015年6月23日于羊城

踏莎行

大理古城

西枕苍山，东临洱海②，古香古色清幽在③。
巍巍三塔映霞光，钟声阵阵云天外③。

世外桃源，凡尘仙界③，民风淳朴招人爱③。
下关风劲上关花，节逢三月迎神赛③。

1.大理古城：大理，西汉称叶榆，简称榆城，东临碧波荡漾的洱海，西倚常年青翠的苍山，形成了"一水绕苍山，苍山抱古城"的城市格局。古城古朴而幽静，给人以世外桃源、人间仙境之感。大理古城的历史可追溯至唐天宝年间，南诏王阁逻凤筑羊苴咩（jū miē）城为其新都，故又称紫城，距今已有1200多年的历史。南诏国、大理国先后在此建都500余年。现存的大理古城始建于明洪武十五年（1382年），是在羊苴咩城的基础上恢复的。城呈方形，方圆十二里，城墙高二丈五尺，厚二丈，开四门，上建城楼，四角还有角楼，下有卫城，更有南北三条溪水作为天然屏障。城内由南到北横贯着五条大街，自西向东纵穿了八条街巷，整个城市呈棋盘式布局。从苍山俯看大理古城，文献楼、南城门楼、五华楼、北城门楼一字排开，雄壮巍峨。街道两旁，"三房一照壁，四合五天井"的白族民居古香古色。云南省首批重点保护文物"元世祖平云南碑"，就耸立在三月街场上。在古城西北1公里处，是被国务院列为全国第一批重点文物保护单位的大理崇圣寺三塔，与古城西南角的弘圣寺塔遥遥相对，为古城增添了一层灿烂的色彩。1982年2月8日，国务院公布大理古城为中国首批24个历史文化名城之一。

2.洱海：也叫昆明池。因湖形如耳，故名洱海。面积249平方公里，水产丰富，湖水清澈而深邃（suì）。湖滨有点苍山（苍山），湖光山色，风景绝佳。

3.钟声阵阵云天外：崇圣寺里传来一阵阵悠扬的钟声，这钟声响彻云天，庄严而肃穆。

4.下关风：每年冬、春是下关的风季，一年之中，平均有35天以上的大风，最大风速达10级，下关因此而赢得了"风城"的雅号。下关风的形成是因为苍山十九峰太高，挡住了东西两面的空气对流，而苍山斜阳峰和哀牢山脉的者摩山之间的下关天生桥峡谷便成了下关空气对流的出口，所以下关的风特别大。下关风还有一种奇异的自然景象：如人朝北走，风自南面吹来，风揭行人头上的帽子，自应落于身前，谁知却是落在身后；如人向南走，风迎面吹来，揭行人头上的帽子，理应落在身后，却反而落在面前。

5.上关花：上关位于大理苍山云弄峰脚下，是自唐代以来形成的拱卫大理的要塞。在关外花树村有棵名"十里香"的花树，传说为仙人吕洞宾所种，花大如莲，状如牡丹，花开12瓣，而闰年则开13瓣，花色黄白相间，美丽诱人。据记载，"十里奇香树"在元朝至正年间尚存。另外，白族人民养花、爱花已成习惯。

6.节逢三月：民族节庆三月节，每年农历三月十五至二十一左右举行，故名三月节。地点在大理古城西苍山中和峰东麓。每逢"三月节"，中外客商云集，并举行民间体育活动，规模达百万人次，俨（yǎn）然成为经济和文化交流的盛会。

7.迎神赛：迎神赛会。大理白族的"绕三灵"于每年农历四月二十二至二十四举行，是农闲季节白族民间的自娱性迎神赛会，迄（qì）今已有一千多年的历史。第一天在大理古城崇圣寺（佛都）附近绕"佛"，第二天在喜洲庆洞（神都）绕"神"，第三天在海边（仙都）绕"仙"，故称绕三灵。

2015年6月25日于羊城

临江仙

崇圣寺三塔

玉洱银苍灵胜地，湖光山色流连㊀。

鼎标三塔势卓然㊂。

凌空垂倒影，拔地入云端㊃。

大理妙香崇圣寺，佛都钟震乾寰㊄。

家家户户诵经禅㊅。

一千三百载，风雨话如磐㊆。

1.崇圣寺三塔：云南大理崇圣寺三塔，位于大理古城西北1公里处苍山应乐峰下，背靠苍山，面临洱海，三塔由一大二小三座佛塔组成，呈三足鼎立之势，远远望去，卓然挺秀，俊逸不凡，是苍洱胜景之一。崇圣寺是唐南诏国和宋大理国时期建筑的一组颇具规模的佛教寺庙，三塔位于原崇圣寺正前方。"胜地标三塔，浮图秘鬼工"，崇圣寺三塔是大理"文献名邦"的象征，是最古老、最宏伟的建筑之一。崇圣寺毁于清咸丰年间，只有三个塔保存完好。崇圣寺三塔始建于唐开元年间（713—741年），距今已有约1300年的历史。初建大塔，后来又建南北两小塔。大塔称"千寻塔"，密檐16级，高69.13米，底宽9.9米；两小塔均为十级，高42.4米。崇圣寺三塔类似西安的小雁塔，属典型的唐塔风格。三塔浑然一体，好似擎天玉柱，气势雄伟，古朴庄严。崇圣寺三塔是全国第一批重点文物保护单位，国家5A级旅游景点。

2.玉洱银苍灵胜地，湖光山色流连：洱海像一块巨大的碧玉，点苍山上终年积雪，故称玉洱银苍。苍山洱海地区，人杰地灵，形胜之地，水光山色交相辉映，风光绝佳，使人流连。

3.鼎标三塔势卓然：高高挺立的崇圣寺三塔，成鼎足而立之势，三塔是大理的标志、象征。标：标志；象征。卓然：高高地直立；卓越。

4.大理妙香崇圣寺，佛都钟震乾寰：南诏国中期崇佛之风兴起，佛寺遍于云南境内，有大寺八百，小寺三千。南诏之后的大理国，佛教更为兴盛，崇圣寺是当时中国西南地区和东南亚地区最著名的皇家寺庙。延续316年之久的段氏大理国，共历22位国王，其中曾有9位国王禅（shàn）位为僧（另外还有一位国王被废为僧），任崇圣寺住持，这在历史上不能不说是个奇迹。在佛教盛行的大理国时期，百姓不论贫富，家家户户都有佛堂；不论男女老少，人人都手不释念珠。因此，大理国有"佛国"之称，又称"妙香国"。崇圣寺规模宏大，三阁七楼九殿，房屋八百九十多间，有佛像一万一千四百尊。崇圣寺建成之后即为南诏国、大理国时期佛教活动的中心，被称为"佛都"。元代名僧念庵有写崇圣寺的一幅名联："伟哉！具苍洱大观，到此邦才知此地；果然！是古南名胜，非斯塔莫称斯楼。"古人有道是"南中梵刹之胜在苍山洱水，苍山洱水之胜在崇圣一寺。"而寺中的三塔、鸿钟、雨铜观音、证道歌碑和佛都匾、三圣金像，被视为崇圣寺五大重器，即五大宝物。直到明代李元阳组织重修崇圣寺时，寺中五宝还保存完好。南诏建极十二年（871年）所铸造的寺内鸿钟（建极大钟），徐霞客曾在《滇游日记》中写道："钟极大，径可丈余，而厚及尺，其声闻可八十里。""钟震佛都"，曾为大理著名的十六景之一。原钟楼的对联是："大叩大鸣，小叩小鸣，普觉梦中之梦；一声一佛，千声千佛，遥闻天外之天。"描述的就是这一景观。而清代周之烈题写的"楼势欲空天地我；钟声唤醒去来今"同样有异曲同工之妙。崇圣寺所崇之"圣"为观音。当时，大理地区对观音崇拜极为盛行。原寺内的雨铜观音，庄严静美，细腰赤足，造型精妙。近年来，崇圣寺得到恢复重建。现在的大理崇圣寺为全国最大的单体佛教寺庙。乾寰：乾坤；寰宇。

5.诵经禅：念经；参禅。

6.一千三百载，风雨话如磐：崇圣寺三塔，从修建至今，除历经上千年如磐的风雨剥蚀、日晒雨淋外，还经历过30多次强烈地震的严峻考验。其中，明朝正德年间的大地震，大理古城房屋绝大部分倒塌，大塔千寻塔也折裂似破竹，可十天后竟奇迹般地自行复合如初。后面两座小塔被震斜，至今斜立，蔚为奇观。崇圣古寺三塔以其壮美的雄姿挺立在苍山之麓、洱海之滨，像三位老人在诉说着江山更替、世海沧桑。风雨如磐：形容风雨极大。磐（pán）：大石头。

2015年6月26日于羊城

大理蝴蝶泉

花似蝴蝶蝶似花②，清泉映月月西斜③。

合欢树下垂丝带，凤尾枝头幻彩霞④。

络绎缤纷聚池畔，漫天飞舞自天涯⑤。

可怜无底潭中水，曾为雯姑照影华⑥。

1.大理蝴蝶泉：蝴蝶泉坐落在大理城北40公里处的点苍山云弄峰下，泉水清澈如镜，它像一颗璀璨的宝石，镶嵌在绿荫之中，以它特有的奇观，吸引着八方游客。每年农历4月15日蝴蝶会时，成千上万的蝴蝶从四面八方飞来，在泉边漫天飞舞。蝶大者如手掌，小者如铜钱。无数蝴蝶还勾足连须，首尾相衔，一串串地从大合欢树上垂挂至水面，奇异壮观。蝴蝶泉，是有名的游览胜地，风光秀丽，泉水清澈，独具天下罕见的蝴蝶会奇观。在白族人的心中，蝴蝶泉是一个象征爱情忠贞的泉，每年蝴蝶会时，来自各方的白族青年男女都要来到这里，"丢个石头试水深"，用歌声寻找自己的意中人。蝴蝶泉是著名电影《五朵金花》里阿鹏、金花对歌谈情的地方。随着反映白族生活的影片《五朵金花》的传播，这一奇异的景观更是蜚声遐迩，驰名中外。

2.花似蝴蝶蝶似花：蝶是会飞的花朵，花是静止的蝴蝶。蝴蝶会期间，花与蝶共舞，真假难辨，乃蝴蝶泉之一大奇观。

3.斜：读（xiá）。

4.合欢树下垂丝带，凤尾枝头幻彩霞：蝴蝶泉有三绝，即泉绝、蝶绝、树绝。至于蝴蝶泉周围形成蝴蝶聚会奇异景观的原因，大概是苍山洱海地区气候潮湿温润，特别适合昆虫类动物生长繁殖。蝴蝶泉周围生长着许许多多花草树木，有名的树木就有合欢树、酸香树、黄连木、凤尾竹、圣诞树等。其中，许多是芳香树种，诱蝶的清香吸引着成千上万的蝴蝶从四面八方飞来聚会。特别是泉边有一棵古老苍劲（jìng）的夜合欢树，又称蝴蝶树，枝叶婆娑，树荫遮天蔽日，每当农历4月初开花时节，白天花瓣张开如一只只蝴蝶，夜晚又花瓣合拢吐出阵阵扑鼻的清香。这时节，一只只彩蝶勾足连须、首尾相衔，一串串从合欢树枝头悬挂至水面，形成千百个蝶串，像一条条五彩缤纷的彩色丝带，造就出独具天下的罕见奇观。蝴蝶泉边一片片彩蝶飞舞，像一道道绚丽的彩霞变幻莫测，蔚为壮观。

5.络绎缤纷：连续不断；繁多杂乱。

6.可怜无底潭中水，曾为雯姑照影华：关于蝴蝶泉的由来，民间流传着种种解释和神奇有趣的故事。其中一个故事：蝴蝶泉原名无底潭，潭边住着美丽的少女雯姑。雯姑和猎人霞郎相爱，他俩常在无底潭边相会，雯姑还把自己绣有一百只蝴蝶的"百蝶叶"作为爱情信物送给霞郎。谁知大理城的虞王，对美貌的雯姑早就垂涎（xián）三尺，把她抢走了。霞郎得知消息，便背上弓箭，骑马带刀赶到虞王府，趁夜深人静，救出了雯姑。虞王发现后，急忙派总管率兵追赶。霞郎保护着雯姑且战且退，最后退到无底潭边时，箭射完了，刀也砍断了。在无路可逃时，霞郎雯姑相抱着跃入无底潭。说来奇怪，就在他们跳潭时，万里晴空突然变得电闪雷鸣、暴雨倾盆，把虞王的总管和兵丁吓跑了。雨过天晴，鸟语花香，潭中飞出一对大彩蝶，随后又飞出一只只彩蝶。相传，它们就是有霞郎、雯姑以及霞郎贴身所带的"百蝶叶"中的蝴蝶变成的。为了纪念霞郎、雯姑，人们把无底潭改名为蝴蝶泉，还在他俩跳潭殉情的农历4月15这天，到泉边凭吊，怀念这对坚强不屈的情人。一对对情侣恋人，还在这天到泉边聚会，唱歌，跳舞，倾诉爱慕之情。相沿成习，农历4月15便成为蝴蝶会的日子。四面八方、成千上万的蝴蝶，也在这天纷纷飞来泉边相会，遂成为大理的奇异景观之一。影华：华影。美丽的身影。华：华丽；光辉；光彩。

2015年6月28日于羊城

玉龙雪山

金沙江畔玉龙翔①，绿雪奇峰万仞藏②。

云带束娇凝曙色，红纱披艳映夕阳③。

镜湖倒影擎天柱，泉水璧流蓝月塘③。

若问殉情何处是，杉坪葱郁碧苍茫④。

1. 玉龙雪山：玉龙雪山是位于中国云南省丽江西北的山脉，整座雪山呈南北走向，由十三个山峰组成，绵延近50公里，东西宽约13公里，与哈巴雪山对峙，汹涌澎湃的金沙江奔腾其间。主峰扇子陡海拔5596米，是世界上北半球纬度最低、海拔最高的山峰。雪山终年积雪不化，像一条娇（jiǎo）健的玉龙横卧山颠，有一跃而入金沙江之势，故名"玉龙雪山"。整个雪山集亚热带、温带及寒带的各种自然风景于一身，构成独特的"阳春白雪"主体景观。玉龙雪山以险、奇、美、秀著称于世，气势磅礴，玲珑秀丽。玉龙雪山景观大致可分为高山雪域风景、泉潭水域风景、森林风景、草甸风景等，主要景点有玉柱擎天、云杉坪、雪山索道、黑水河、白水河、蓝月谷及宝山石头城等。玉龙雪山自然资源丰富，是全国首批5A级旅游景区。

2. 绿雪奇峰万仞藏：雨雪新晴之后，高耸入云的玉龙雪山云蒸霞蔚，玉龙时隐时现。远远望去，山上的雪格外的白，松格外的绿。移步换景，掩映迷离，雪不白而绿，蔚为奇观，故称"绿雪奇峰"。万仞（rèn）：古时八尺叫做一仞。万仞，形容山高。

3. 云带束娇凝曙色，红纱披艳映夕阳。镜湖倒影擎天柱，泉水璧（bì）流蓝月塘：这两联是集中写玉龙雪山的著名景观和景点。如云带束腰、晓前曙色、红纱披肩、暝后夕阳、玉湖倒影、擎天玉柱、金水璧流、蓝月谷等。清代纳西族学者木正源曾形象地归纳出玉龙十二景，即三春烟笼、六月云带、晓前曙色、暝后夕阳、晴霞五色、夜月双辉、绿雪奇峰、银灯炫焰、玉湖倒影、龙早生云、金水璧流、白泉玉液。玉龙雪山以其秀美的雄姿，守护着纳西人的家园。

4. 若问殉情何处是，杉坪葱郁碧苍茫：杉坪，即云杉坪，又名"殉情第三国"，是玉龙雪山东面的一块林间草地，约0.5平方公里，海拔3200米左右。雪山如玉屏，高耸入云；云杉坪环绕如黛城，郁郁葱葱，就像一个天然的乐园。传说年轻的男女在云杉坪殉情，他们的灵魂就会进入玉龙第三国，得到永生的幸福。历史传说，美丽的纳西女子开美久命金和朱补羽勒盘深深相爱，却遭到男方父母的权力反对，伤心绝望的开美久命金为殉情而死。悲痛万分的朱补羽勒盘燃起熊熊烈火，抱着情人的身体投入火海，双双化为灰烬。开美久命金死后化为"风神"，她在玉龙雪山顶上营造了一个情人的天堂：没有苦难，没有苍老，无比美好的玉龙第三国。开美久命金和朱补羽勒盘是纳西传说里最早殉情的一对恋人。后来，民间逐渐相传，在丽江玉龙雪山顶上，每到秋分的时候，上天就会撒下万丈阳光，所有被阳光照耀过的人都会获得美满的爱情和幸福的生活。这招来了风神的嫉妒，因此，每到这天，天空总是乌云密布，人们所有的梦想都被那厚厚的云层所遮盖。风神善良的女儿，同情渴望美好生活的人们，偷偷地把遮在云层里给人们带来希望和幸福的阳光剪下一米，撒在陡峭的悬崖峭壁上的一个山洞里，让那些对爱情执着同时又不惧怕困难和危险的人们，可以在那天得到那一米阳光的照耀，而因此过上幸福美满的生活。这就是那个一米阳光的美丽传说。

2015 年 6 月 30 日于羊城

桂枝香

丽江古城

寻幽揽胜①。

正古镇苍茫，花香浮动②。

远望峰峦叠翠，玉龙身影③。

春秋相续无寒暑，小桥边、月华光景④。

一河三水，清流入院，朴拙宁静⑤。

尽道是桃源幻境⑥。

看木府风云，荣枯兴盛⑦。

茶马神奇古道，往来迎送⑧。

纳西古乐传千载，忆当时、一封书赠⑨。

四方街上，熊熊篝火，踏歌追梦⑩。

1. 丽江古城：又名"大研古镇"，世界文化遗产，国家5A级旅游景区，位于中国西南部云南省的丽江市。丽江古城与同为第二批国家历史文化名城的四川阆中、山西平遥、安徽歙县并称为"保存最为完好的四大古城"。它是中国历史文化名城中唯一两个没有城墙的古城之一（历史上曾有城墙），是中国仅有的以整座古城申报世界文化遗产获得成功的两座古县城之一（另一座为山西平遥古城）。它是一座风景秀丽，历史悠久和文化灿烂的名城，也是中国罕见的保存相当完好的少数民族古镇。

2. 古镇苍茫，花香浮动：远远望去，丽江古城苍茫一片。临近古城，却是满目青翠，花香四溢。

3. 远望峰峦叠翠，玉龙身影：丽江古城坐落在丽江坝中部，玉龙雪山下，北倚象山、金虹山、西枕狮子山，远远望去，群峰耸峙，峰峦叠翠，云雾缭绕，玉龙雪山矫健的身影时隐时现。

4.春秋相续无寒暑：丽江地处中国西南横断山区，其气候垂直分布明显，终年见雪山，雨量充沛，大部分地方只有温凉之更迭，无寒暑之巨变，春秋相连，长春无夏，干湿季分明。

5.一河三水，清流入院，朴拙（zhuō）宁静：丽江古城内，从象山山麓流出的玉泉水从古城的西北端（tuān）流至玉龙桥下，并由此分成西河、中河、东河三条支流，再分成无数股支渠穿流于古城内各街巷，在古城区的玉河水系上，飞架有354座大小桥梁，从而形成"三河穿城、家家流水、处处有桥、主街傍河、小巷临渠、水绕山环"的奇妙景观。古城街道不拘一格地自由布局，道路随着水渠的曲直而延伸，房屋就着地势的高低而组合。长期以来，纳西人形成了崇尚自然、崇尚文化，善于学习和吸取其他民族先进文化的优良传统。纳西民居多为"三房一照壁，四合五天井"的形制，花木扶疏，古朴而幽静。

6.尽道是桃源幻境：人人都说这里是桃源仙境，梦幻之地。

7.木府风云：南宋末年，丽江木氏先祖将其统治中心从白沙移至狮子山麓，开始营造房屋城池，称"大叶场"。由于地处滇、川、藏交通要道，古时候频繁的商旅活动，促使当地人丁兴旺，很快成为远近闻名的集市和重镇。南宋末年，蒙古军南征，木氏先祖阿宗阿良迎降，归附元世祖忽必烈。1253年，忽必烈南征大理国时，就曾驻军于此。元初直至清初的近五百年里，丽江地区皆为中央王朝管辖下的纳西族木氏先祖及木氏土司（1382年设立）世袭统治。近年曾有电视剧《木府风云》在各电视台播出，它所反映的就是知府木增时期丽江木府的一段风云故事和爱恨情仇。

8.茶马神奇古道，往来迎送：茶马古道，是以马帮为主要交通工具的民间国际商贸通道。茶马古道源于古代西南边疆和西北边疆的茶马互市，起于隋唐，兴于宋元，盛于明清，第二次世界大战中后期最为兴盛。茶马古道先后延续一千多年之久。一千多年来，中国商人用双脚踏出了一条崎岖绵延的运输通道。丽江是滇藏茶马古道上的一个重要中转站，故说是"往来迎送"。

9.纳西古乐传千载，忆当时、一封书赠：纳西古乐指的是古典大型乐曲《丽江古乐》和《白沙细乐》。乐器有横笛、竖笛、芦笛、二黄、南胡、中胡、大胡、苏古杜、三弦、琵琶、筝、瑟、云锣、木点、海螺、唢呐、长号、鼓、钹（bó）、铃、芦笙和口弦等。其中，有很多是从内地传入的。《丽江古乐》来源于汉族的洞经音乐和皇经音乐，相传为宋乐，保留下来的只有来源于洞经音乐的那部分。整个乐曲分为"神州"和"华通"两个大调，并根据不同内容分为五十多个小调。经常演奏的有"清河老人""山坡羊""水龙吟""小白梅""万年欢""步步娇""吉祥""八卦""到春来""到夏来""到秋来""到冬来""浪淘沙""十供养"等二十多个小调。历时400多年的"丽江大研纳西古乐会"在民族音乐家宣科的推广和组织下，这一古老音乐又焕发出了新的生命力。

一封书：《一封书》是白沙细乐里的一个乐章。相传忽必烈南征大理过丽江时，受到纳西族酋（qiú）长麦良的欢迎，并协助他征服了邻近地区。离别时，忽必烈把部分乐队和一些乐章送给麦良作为纪念。忽必烈回京即位后，曾询问乐队的情况。麦良就将一个未定名的乐章寄给他。忽必烈回信说，这个乐章就叫《一封书》。《一封书》是表现惜别依恋之情的。

10.四方街上，熊熊篝火，踏歌追梦：现在的丽江古城，已经成为著名的旅游胜地，中外游客纷至沓来。每到夜晚，丽江古城中心的四方街上，便会燃起熊熊篝火，不分男女老少、中外各色人等，围着篝火，手拉着手，和着音乐，唱歌跳舞，追逐梦想，尽情欢乐。

2015年7月5日于羊城

茶马古道兼忆赶马人

古道千年万里长[韵]，铃声催趁马蹄忙[韵]。
悬崖峭壁惊天险，草莽丛林叹地荒[韵]。
双脚踏出生死路，一生尝尽苦寒凉[韵]。
风餐露宿奔波久，头枕青山思故乡[韵]。

1. 茶马古道：是以马帮为主要交通工具的民间国际商贸通道。茶马古道源于古代西南边疆和西北边疆的茶马互市，即用茶叶换马匹，起于隋唐，兴于宋元，盛于明清，第二次世界大战中后期最为兴盛。茶马古道先后延续一千三百多年之久。一千多年来，中国商人用双脚踏出了一条崎岖绵延的运输通道，开辟了一条通往境外的贸易之路。茶马古道是生存之路、探险之路、人生之路，马帮每次踏上征程，都是一次生与死的体验之旅。茶马古道分川藏、滇藏两路，连接川滇藏，延伸入不丹、尼泊尔、印度境内，直到西亚、西非红海海岸及欧洲。中国茶马古道有三条，第一条是陕甘茶马古道，是中国内地茶叶西行并换回马匹的主道；第二条是陕康藏茶马古道，称蹚（tāng）古道；第三条是滇藏茶马古道。滇藏茶马古道的路线：西双版纳—普洱—大理—丽江—香格里拉—德钦—察隅—邦达—林芝—拉萨。到达拉萨的茶叶，有的还要经过喜马拉雅山口运往印度加尔各答，大量行销欧亚，使它逐渐成为一条国际大通道。这条国际大通道，在抗日战争中中华民族生死存亡之际，发挥了重要作用。茶马古道除以上三条主干线之外，还包括若干支线，组成了一个庞大的交通网络，总里程在一万多公里以上。茶马古道是一个非常特殊的地域称谓，是一条世界上自然风光最为壮观，文化最为神秘的国际运输大通道。

2. 铃声催趁马蹄忙：在茶马古道上是一队队辛勤的马帮，日复一日，年复一年，在风餐露宿的艰难行程中，用清幽的铃和奔波的马蹄声打破了千百年山林峡谷的宁静。铃声和马蹄声互相催促、交相辉映，在幽静的漫漫古道上奏响着别有韵律的乐章。催趁：催促；趁着。

3. 双脚踏出生死路：马帮每次踏上征程，都是一次生与死的体验之旅，其艰难险阻不是常人所能想象的。

4. 苦寒凉：艰苦；苦难。寒冷；饥寒。凄凉；世态炎凉。

2015年7月7日于羊城

泸沽湖

山川灵秀育明珠㉞，万顷潋光美画图㉟。

绿岛碧波风乍起，蓝天云影月沉浮㊱。

峰峦环抱清幽在，草海连绵胜景殊㊲。

独木轻舟渔火闪，女儿国里探泸沽㊳。

　　1.泸沽湖：被誉为"高原明珠"的泸沽湖，宛如一颗洁白无瑕的巨大珍珠镶嵌在祖国的西南部。泸沽湖位于四川省凉山彝族自治州盐源县与云南省丽江市宁蒗（làng）彝族自治县之间，当地人称"谢纳咪"，意为大海、母湖。湖面积约50平方公里，海拔2690米，平均水深45米，最深处达93米，透明度高达11米，湖水清澈湛蓝，是云南海拔最高的湖泊，也是中国最深的淡水湖之一。泸沽湖不仅水清，而且岛美。泸沽湖四周青山环抱，湖岸曲折多湾，共有17个沙滩、14个海湾，湖中有五个全岛、三个半岛和一个海堤连岛，形态各异，翠绿如碧玉，恰如绿色的大船漂浮在湖面上。从高处鸟瞰，泸沽湖如一只展翅的飞燕。湖的西北面，雄伟壮丽的格姆山巍然耸立，这即是摩梭人为之崇拜而人格化的格姆女神。湖的东南面与草海相连接，这里牧草丰美，牛羊成群，浅海处茂密的芦苇随风摇曳，蔟蔟花草迎风招展。每到冬季，天鹅、黑颈鹤等珍稀候鸟数以万计栖息于此，平添一派生气、一种景观。湖周，在那茂密的原始森林里，豹、獐、鹿、岩羊、小熊猫、短尾猴、斑羚羊等珍稀动物出没其间，给人几分畏惧、几分野趣。湖畔，田园万顷、阡陌纵横，摩梭人日出而作、日落而息，木摞（luò）房舍、炊烟袅袅，牧歌阵阵、渔火点点，阿哥、阿妹，结伴相随，好一派生机盎然、悠然自得的田园风光！泸沽湖畔居住的纳西族摩梭人，婚姻独特，风俗奇异，家家之主，皆为女性，其家庭成员的血缘，均为母系血统。世界各国民间传说中的女儿国，存在至今的，恐怕只有摩梭人这一族了。她那如诗如画的旖旎风光，亘古独存的母系氏族民俗遗风，使众多游客的目光投向这块神秘的土地。在这里，一切都是那么神奇，那么古朴，每个礼仪，每种风俗，都是一个个优美动人的故事。一支支优扬动听的牧歌，无不充满几分神秘、几分浪漫、几分诗情、几分画意，令人遐想与留恋。摩梭少女的风姿，独木轻舟的典雅，此起彼伏的渔歌，堪称"湖上三绝"。泸沽湖山美、水美、人更美。泸沽湖既是女儿国，又是歌舞的王国，一经踏上这片土地，游人无不为那此起彼伏、悠扬缠绵的"啊哈吧啦"民歌所动容,无不被那如巨龙翻滚的"甲搓"舞所诱惑。那远方漂来的猪槽船,载着摩梭姑娘,向人招手,向人问候:"呵,朋友,来了就莫走,阿妹陪您到月落西山头。"

2.粼光:粼粼,形容水、石等明净的样子。这里指泸沽湖水面波光粼粼。

3.绿岛碧波风乍起,蓝天云影月沉浮:轻风吹过湖面、绿岛和沙滩,吹皱一池碧蓝的湖水,倒映在湖水里的蓝天、白云和月影,悠悠荡荡、上下浮沉,令人心旷神怡、如痴如醉。

4.草海:紧连着泸沽湖的15000亩草海,像是镶嵌在泸沽湖东南面的一块巨大的翡翠。草海内芦苇如墙,水路错综,红衣白裙的摩梭姑娘划着猪槽船出没其中,悠扬的"啊哈吧啦"民歌在水草丛中回荡。这份自在,这份逍遥,让人心醉了,人痴了。

5.独木轻舟渔火闪:独木轻舟即泸沽湖特有的猪槽船,用一根巨大的独木凿成,窄而长,形状像猪食槽,可容纳两人。夜晚,渔民驾着猪槽船在泸沽湖上打鱼,渔火点点,忽明忽暗,此起彼伏的渔歌,打破了夜空的宁静。

2015年7月9日于羊城

客居深圳

天际云光忆旧游①，朝思暮想梦恒州①。

南迁不惮鹏城远，北望常怀林下幽②。

绿水青山走沧海，奇花异草漫荒丘③。

薰风几度过梧岭，总是新愁换旧愁④。

1. 天际云光忆旧游，朝思暮想梦恒州：仰望南国天际，悠悠飘荡的白云，唤起我思绪。翩翩：魂牵梦绕的故乡，时时追忆的往事，朝思暮想的亲朋故旧。恒州：余的故乡河北正定，古时曾称恒州。

2. 南迁不惮（dàn）鹏城远，北望常怀林下幽：2015年7月11日随小女一家由广州迁来深圳，余虽年届古稀，不怕南迁离家越来越远，倒是北望更加思念故乡，愈发冀望淡泊宁静、安逸闲适的生活。不惮：不怕。鹏城：深圳的别名。林下：指的是幽僻之境，引申指退隐或退隐之处。如唐代郑谷《慈恩寺偶题》诗："林下听经秋苑鹿，江边扫叶夕阳僧。"明代高启《梅花》诗之一："雪满山中高士卧，月明林下美人来。"幽：幽静；清静；闲适。

3. 绿水青山走沧海，奇花异草漫荒丘：这两句写深圳的地理位置和自然风光。地处珠江口、濒临南海边的深圳市，青山绿水一直连绵到南海边。一望无际的原野上苍郁葱茏，就连荒丘上都长满了奇花异草，风光无限，鸟语花香。沧海：大海，这里指南海。

4. 薰风几度过梧岭，总是新愁换旧愁：带着花草香气的风从海边一次次的吹过梧桐山，吹进深圳市区，也吹进了我的心里。感叹女儿和小外孙将来就要在这块土地上生活了，这里又将成为让我魂牵梦绕的地方。年华老去，远离家乡，旧愁未去，新愁又来。梧岭：梧桐山，深圳市第一高峰。

2015年7月21日于深圳

火龙果花

萼绿花白淡雅妆[韵]，丝丝玉蕊泛鹅黄[韵]。

圣洁娇艳夜仙子，风送清香入画堂[韵]。

1. 火龙果花：2015年7月11日由广州迁来深圳，新居的阳台上生长着一棵火龙果，翠如碧玉的枝条爬满在篱笆上。7月20日前后长出一个花苞，24日午夜，花苞突然绽放，一朵直径约七八寸，花大如盘、花瓣重叠、洁白如玉、状似羽毛、花萼嫩绿、花蕊泛着鹅黄色的巨大花朵盛开在阳台的篱笆上，夜风吹来，散发着淡淡的清香。此花硕大、洁白、淡雅、清香，花型漂亮、优美，是难得一见的高贵、典雅、圣洁、美艳之花。在欣赏、赞叹之余，用手机连夜拍了许多照片，本想次日白天再仔细观赏，没想到几个小时后，这些花就凋谢了，真乃“昙花一现”也。经查，火龙果为仙人掌科热带植物，别名芝麻果、仙蜜果、红龙果等。火龙果花朵硕大美丽芬芳，全长约45厘米，花冠达25厘米。绿色花萼呈花瓣状，愈接近开花，颜色愈淡而近似黄绿色，花瓣纯白，状似白色羽毛。在夜里开放，第二天清晨就凋谢。夜间开放的特性及花型花色均与昙花相似，有“夜仙子”之美称。火龙果花泡水加冰糖，冷冻后口感香醇，胜过菊花茶。她光洁而巨大的花朵绽放时，花香四溢，盆栽观赏，使人有吉祥之感，因而亦称“吉祥果”。

2015年7月25日于深圳

弘法寺

梧桐引凤落丛林①，宝刹晨钟暮鼓闻②。

本焕功德映禅界，朴翁金匾耀山门③。

翠微云影珠江口，紫气神光南海滨④。

佛法无边宣妙谛，净心证果化风尘⑤。

1. 弘法寺：弘法寺位于深圳仙湖植物园内，地处深圳市东郊——有深圳"绿色心肺"之称的梧桐山麓。它背靠陡峭叠翠的山崖，前临涟漪万顷的仙湖，坐东南、朝西北，依山拾级而建。建筑面积三万余平方米，殿、堂、楼、阁、寮、房共四十余处。整个寺院规模宏伟、佛像庄严、斗拱飞檐、层叠有致、晨钟暮鼓、梵音弥绕、泉水叮咚、鸟语花香。水连寺、寺含山，绿树黄瓦交相辉映在蓝天白云下。晨风里，鸟话花香梵音起；夕阳下，青山无语问禅家。弘法寺始建于1985年，弘法八十余载的佛门泰斗本焕长老亲自洒净动工，1990年8月31日对外开放。自筹建至今三十年来，弘法寺已成为深圳地区香火最为旺盛、规模影响最大的佛教寺庙。

2. 梧桐引凤落丛林：这句话的意思是，弘法寺坐落在梧桐山麓。梧桐指的是深圳第一高峰梧桐山。凤和丛林都指的是弘法寺。"种下梧桐树，引得凤凰来。"梧桐山的优美风光，引得弘法寺这只凤凰降落此地，在这里开辟道场、营建丛林。丛林：旧指招待四方僧人，僧众较多的寺院，这里指的就是寺院。

3. 宝刹：寺庙；佛塔，这里指弘法寺。

4. 本焕功德映禅界：本焕：释本焕（法名：心虔），世称本焕长老、本焕大和尚，一代高僧、禅宗泰斗。1930年出家，得虚云禅师传法印为南禅临济宗临济法派第44代传人。历任中国佛教协会常务理事，中国佛教协会咨议委员会副主席，广东省佛教协会副会长，广州市佛教协会会长，韶关市佛教协会名誉会长，中国佛教协会名誉会长，还是广东省政协委员，丹霞山别传寺住持、广州光孝寺住持、深圳弘法寺方丈、黄梅四祖寺方丈等。2012年4月2日凌晨零点36分，释本焕法师圆寂于深圳弘法寺，享年106岁。本焕老和尚不仅是出世的高僧，而且还是入世的活菩萨，一生都在弘化四方、慈悲济世。本焕老和尚勉励大众爱国、爱教，遵纪守法，提高精神境界，抵制内外腐蚀。树立不争、不贪、不求、不自私、不自利、不妄语的高尚情操，使身、口、意三业，俱臻（zhēn）妙善。本焕老和尚乃佛门泰斗、一代禅师、德业至伟、僧俗共仰。本焕长老圆寂后，其骨质舍利被国内外众多寺院恭迎安奉。

5.朴翁金匾：赵朴初先生题写的"弘法寺"三个金光闪闪的大字金匾悬挂在弘法寺山门前。其字楷行兼备、骨骼清奇、笔力雄健、古拙苍劲，是为至宝。赵朴初，1907年11月5日生于安庆，卓越的佛教领袖、杰出的书法家、著名的文化学者、社会活动家和伟大的爱国主义者。曾任中国佛教协会会长，中国佛学院院长，中国宗教和平委员会主席等。2000年5月21日因病在北京逝世，享年93岁。

6.翠微：绿意朦胧的山色。

7.妙谛：美好、玄妙的意义、道理。

8.净心证果化风尘：佛教教化人常用的词语。积德行善，净化心灵，因果报应，验证结果，教化风尘，福缘善庆。

2015年7月27日于深圳弘法寺

仙湖植物园

梧桐山下绿明珠①，万亩园林景色殊②。

峰岭连绵翠华碧，波光潋滟水禽浮③。

芦汀乡渡逍遥谷，揽胜亭观药岛图③。

弘法钟声唤觉梦，小平植树傲仙湖④。

1.仙湖植物园：深圳仙湖植物园位于深圳市东郊，东倚深圳第一高峰梧桐山，西临深圳水库，占地8800多亩，始建于1982年，1988年正式对外开放，它是一个以旅游、科研、科普为一体的著名植物园与风景区。仙湖植物园共保存植物8000多种，建有苏铁保存中心、木兰园、桃花园、棕榈园、百果园、盆景园、珍稀树木园、水生植物园、竹区、荫生植物区、沙漠植物区、裸子植物区等十几个植物专类园。全园分为天上人间景区、湖区、庙区、沙漠植物区、化石森林景区和松柏杜鹃景区等六大景区，建有别有洞天、两宜亭、迷宫、天池、揽胜亭、听涛阁、龙尊塔、逍遥谷、芦汀乡渡、仙渡、幽溪、玉带桥、十一孔桥、竹苇深处、野营区等众多园林景点，并建有独具特色的古生物博物馆。美丽的自然风光，别具一格的园林建筑，神秘的植物王国，令人赞不绝口，被称为世外桃源、人间仙境。它已成为深圳和东南亚沿海的著名景点，成为深圳特区一颗璀璨的绿色明珠。仙湖植物园现已是"鹏城十大旅游景点"之一、"全国青少年科技教育基地""全国科普教育基地""中国生物多样性保护示范基地""广东省环境教育基地""深圳市科普教育基地"和"深圳市环境教育基地"。

2.峰岭连绵翠华碧，波光潋滟（liàn yàn）水禽浮：仙湖周围四面环山、巨沟深壑、植被茂盛、岚雾缥缈、峰峦叠翠、连绵起伏，湖水荡漾、波光潋滟，水鸟悠然自得地漂浮在水面上。好一派优美的湖光山色！

3.芦汀乡渡逍遥谷，揽胜亭观药岛图：芦汀乡渡、逍遥谷、揽胜亭、药洲，均为仙湖植物园里的景点。药洲在仙湖内，正对着仙湖西岸的揽胜亭。登揽胜亭可一览仙湖及周围的优美风光。

4.弘法钟声：弘法寺的钟声。弘法寺位于深圳仙湖植物园内，是岭南地区规模最大的梵刹，是深圳香火最为旺盛、影响最大的佛教寺庙，是一处最具活力的都市丛林。

5. 小平植树傲仙湖：1992年1月22日，邓小平同志在仙湖植物园视察时，在仙湖东岸开阔的草坪上亲手种植了一株高山榕。高山榕是一种亚热带植物，桑科榕属，是广东省的代表树种。它生长快，树冠大，四季常青，备受人们喜爱。小平同志在仙湖畔种下的这株高山榕，如今根深叶茂，树冠硕大，为仙湖植物园增添了无限春色，也成为深圳和仙湖的骄傲和象征。人们争相在这棵树下摄影留念。傲：在这里是引以为荣、值得骄傲意。

2015年7月30日于深圳仙湖植物园

赤湾天后宫

天后霞宫落赤湾①，八方贺诞万民参②。

琼楼玉宇香云绕，圣水神泉雨露沾③。

伟业丰功昭日月，灵光瑞气耀山川④。

积德行善福田种，阴骘满盈作上仙⑤。

1. 赤湾天后宫：也叫天后博物馆，坐落在广东省深圳市南山区赤湾村旁小南山下，西临伶仃洋，倚山傍海，风光秀丽。其创建远溯宋代，营造气势宏伟，明清两朝多次修葺，规模日盛。明万历初年，三宝太监郑和奉明成祖朱棣之命，率领舟师远下西洋，开创海上"丝绸之路"，而赤湾天后宫则为其重要一站。以天后宫为中心的"赤湾胜概"是明清时期"新安八景"中的第一景。赤湾天后宫鼎盛时，计有山门、牌楼、日月池、石桥、钟楼、鼓楼、前殿、正殿、后殿、左右偏殿、厢房、客堂、长廊、角亭、碑亭等建筑数十处，房屋一百二十余间，拥有九十九道门，占地九百余亩。其殿宇巍峨壮丽，庙貌气象万千，是中国沿海地区最大的天后宫庙，也是深圳历史上最负盛名的人文景观，在中国港澳台地区及东南亚各国久享盛誉。

2. 天后：又称妈祖、天妃、天上圣母等，是历代船工、海员、旅客、商人和渔民共同信奉的"中华海神"，许多沿海地区都建有妈祖庙。相传妈祖的真名叫林默，小名默娘，故又称林默娘。宋建隆元年（960年）农历三月二十三日诞生于莆田湄洲岛，宋太宗雍熙四年（987年）九月初九，年仅二十八岁的林默与世长辞。关于妈祖的死，有的说她是在救人时身陷激流，溺水身亡；另一种传说则是说她乘长风驾祥云升天了。妈祖从小立志不嫁，慈悲为怀，专以行善济世为已任，一生在大海中奔驰，扶危救难，在惊涛骇浪中拯救过许多渔舟商船。她去世的当年，乡人感其生前治病救人的恩惠，就在湄洲岛上建庙祭祀，这就是名闻遐迩的湄洲妈祖庙。后来，妈祖的信仰，随着华侨的南渡遍布于南洋各地，妈祖也成为中国沿海地区、东南亚沿海华裔居民普遍信仰的海神。现今，海外有一亿多人信仰天后，各国凡有华人聚居的地方，几乎都存在天后信仰。相当多的海外华人把天后作为祖国和母亲的化身，天后又成为海外游子寻亲问根的"桥梁"。在天后信仰中，寄托着人们对祖国母亲的拳拳眷恋之情。

3.天后霞宫落赤湾，八方贺诞万民参：云霞缭绕的天后宫坐落在珠江口的赤湾，倚山面海，风光秀丽，成千上万的海内外百姓为庆贺天后圣诞从四面八方来到这里参拜。霞宫：云霞缭绕的赤湾天后宫。贺诞：朝贺天后圣诞。赤湾天后宫规模最大的祭祀活动为天后诞，天后圣诞为每年的农历三月二十三日。天后祭祀活动除民间外，官方每年春秋也到此致祭。作为当时海上"丝绸之路"的重要一站，明代朝廷曾颁（bān）文：凡是朝廷使臣出使东南各国，经过这里时必定停船祭祀。由于赤湾天后古庙宏伟，每年农历三月廿三日天后圣诞，除当地及沿海居民外，香港、九龙水陆居民也都前往赤湾天后庙贺诞，盛况空前。

4.琼楼玉宇香云绕，圣水神泉雨露沾：天后宫的殿宇内外香烟缭绕，神泉圣水让众百姓沾洒雨露恩泽。琼楼玉宇指的是高大雄伟的天后宫正殿；香云指的是香云阁；圣水指的是圣母泉、圣水井；神泉指的是神泉井。

5.积德行善福田种，阴骘（zhì）满盈作上仙：妈祖从小立志不嫁，慈悲为怀，专以行善济世为已任，一生在大海中奔驰，扶危救难，在惊涛骇浪中拯救过许多渔舟商船，年仅二十八岁则因救人而身亡。人们感念其功德，将其奉为神明，并逐渐升格为至高无上的天后。"神仙本是由人做"，积德行善，广种福田，阴骘圆满，即可成为神仙。阴骘：阴德。冥冥之中的安排。骘：安排；定。上仙：规格、地位很高的神仙。

2015年8月1日于深圳赤湾天后宫

宋少帝陵

群鸟遮居护圣躬㊿，伶仃洋畔巩皇陵㊿。

赤湾延帝青山下，崖海潜龙深水中㊿。

国祚衰微哭宋祀，流亡血战泣苍穹㊿。

可怜八岁童蒙子，岂望平民百姓生㊿？

1.宋少帝陵：早期称宋少帝墓，是南宋最后一个皇帝宋少帝赵昺的陵墓，位于广东省深圳市南山区赤湾村少帝路，是广东省境内唯一的一座皇帝陵寝（qǐn），规模很小。陵园北依小南山，南临伶仃洋。墓地中央竖立一块石碑，墓碑正中镌刻"大宋祥庆少帝之陵"八个金字，两旁有一副金字对联："黄裔于今延宋祀，赤湾长此巩皇陵"。碑后为坟堆。墓的东侧，立有一块泉州白石碑，正面是《宋帝昺陵墓碑记》，记述了宋少帝的生平、陆秀夫负帝殉（xùn）海的经过和陵墓的修建情况，碑文为篆体阴文，风格古拙，是著名书法家商承祚所写。石碑背面则刻有著名书法家秦萼生题写的八个大字："厓海潜龙，赤湾延帝"，字体苍劲。陵墓西侧，是一座高约四米的石雕"陆秀夫负帝殉海像"。陆秀夫背负幼主，正气凛（lǐn）然，视死如归，令人肃然起敬。

2.宋少帝：也称宋末帝，名叫赵昺，是宋度宗赵禥（qí）的儿子。赵禥有三个儿子，二儿子赵㬎是嫡子，大儿子赵昰和三儿子赵昺是庶子。赵昺生于1271年，这一年，忽必烈建立了元朝，因此，他一出生就注定是一场悲剧。1274年，度宗死于酒色之中，四岁的嫡子赵㬎在奸臣贾似道的扶持下登基做皇帝，称为宋恭帝。当时宋元交战，元兵已饮马长江，南宋国势危急。1276年，南宋国都临安（杭州）陷落，宋恭帝被俘。南宋大臣护送赵昰和赵昺南逃，并在福州拥立赵昰为帝，即宋端宗。元兵穷追不舍，南宋小朝廷被迫继续逃亡到广东。1278年，端宗因遇台风翻船落水染病致死，大臣们就拥立7岁的赵昺为帝，改年号为"祥兴"，并以陆秀夫为左丞相，张世杰为太傅，进驻广东新会崖山，继续抗击元军。祥兴二年（1279年）正月，元军进攻崖山，宋元两军在广东新会的崖山海面决战，结果，张世杰所率宋军大败海上。3月19日，陆秀夫见大势已去，于是身穿朝服，将8岁的小皇帝赵昺抱到船头，叩首再拜道："国事至此，陛下当为国死。德祐皇帝（宋恭帝）辱已甚，陛下不可再辱！"言罢，背起小皇帝，纵身跳入茫茫大海。至此，南宋彻底灭亡。《赵氏族谱·帝昺玉牒(dié)》载:"后遗骸(hái)漂至赤湾,有群鸟遮其上,山下古寺老僧往海边巡视,忽见海中有遗骸漂荡,上有群鸟遮居,窃以异之。设法拯上,面色如生,服式不似常人,知是帝骸,乃礼葬于山麓之阳。"而民间则传说,当时赤湾海滩漂来一具身着黄袍龙衣的童尸,而赤湾海边天后庙的一根栋梁却突然塌下,庙祝与乡绅父老急忙焚香问卜,得知童尸为少帝遗骸,塌下的栋梁是天后娘娘送少帝做棺材的材料。于是,当地百姓礼葬赵昺于天后庙西边的小南山脚下。

3.群鸟遮居护圣躬,伶仃洋畔巩皇陵:宋少帝死后,遗骸漂至赤湾,有群鸟遮护,人们将其打捞上来,礼葬于伶仃洋畔的小南山山麓之阳。居:在这里是处在、停留意。圣躬:皇帝的身体。巩:坚固;牢靠;使坚固。

4.赤湾延帝青山下,崖海潜龙深水中:宋少帝陵中的《宋帝昺陵墓碑记》的背面,刻有八个大字:"厓海潜龙,赤湾延帝",说的就是崖山海战失败,陆秀夫背负幼帝赵昺投海自尽,南宋灭亡。宋少帝的遗骸漂至赤湾,被人们打捞起来,礼葬于小南山脚下。

5.国祚衰微哭宋祀,流亡血战泣苍穹:南宋末年国运衰微,小朝廷流亡奔波。以"宋末三杰"文天祥、陆秀夫、张世杰为代表的南宋名将,踏上了历史留给他们的最后舞台。一群宋王朝仅存的精英,就这样置身于这天涯海角的一隅,支撑着风雨中飘摇不定的流亡政权。但终是无力回天,最终经崖山海战全军覆没,十万军民浮尸海上,南宋彻底灭亡。历史是残酷的。宋朝最后的皇帝并非暴虐(nüè)无道的昏君,他只是一名小童,自幼跟随南宋残军过着颠沛流离的逃亡生涯,而他身边这群大臣也是兢兢业业、忠于职守,心中唯有报国的决心,历史却将国家和民族生死存亡的重担放在了这群君臣的肩上,亡国的责任实在不该怪罪于他们。每每想到此,使人感慨系之,心中无限悲凉!国祚:国运。宋祀:宋朝的国脉。祀:祭祀;香火。血战:崖山海战。

6.可怜八岁童蒙子,岂望平民百姓生:感叹宋少帝仅是一个七八岁的小孩子,残酷的现实却将他放在了南宋流亡政权小皇帝的宝座上,终日过着颠沛流离的逃亡生涯,最终殉海而死,浮尸海上,就连想当一个平民百姓家的孩子也不可能,实在是可悲可叹!童蒙:年幼无知的儿童。

2015年8月8日于深圳

登赤湾左炮台谒林则徐塑像

炮台耸峙鹰嘴巅①，雄视珠江壮赤湾②。

雾锁伶仃岛边月，云流南海水中天③。

一身正气御强虏，二目神威查禁烟④。

谁料沧桑百年后，先贤遗韵满青山⑤。

1. 赤湾炮台：赤湾古炮台位于广东省深圳市南山区蛇口半岛的鹰嘴山顶，分东西两侧钳（qián）制赤湾港，雄视伶仃洋面。赤湾地理位置重要，古代船舶往来广州与南洋诸国皆经此地。从明代起，官府已在附近的南山设置墩台以防海盗。赤湾炮台始建于清康熙五十六年（1717年）。当时，福建提督杨琳调任广东巡抚，他主持修建了沿海炮台、城垣、防地等军事设施126处，其中炮台26处，赤湾炮台是其中之一。据记载，赤湾左右炮台设兵数千名，生铁炮6位，另有12门大炮被称为"佛郎机"炮，是西式武器，其制法是北宋时由广州传入的。鸦片战争期间，林则徐布防珠江口，曾重修赤湾炮台。广东水师提督关天培曾率兵在伶仃洋上击败英军，赤湾炮台为林则徐禁烟曾立下汗马功劳。现在的赤湾古炮台只剩下左炮台，右炮台已不复存在。左炮台北面，是一尊林则徐全身铜像，塑于林则徐诞辰二百周年的1985年。铜像高3.2米，重1.8吨，是全国最大的一尊林则徐铜铸塑像。雕像由著名雕塑家唐大禧创作，大理石底座正面，是已故书法家赵朴初先生题写的"林则徐纪念像"。林则徐，这位伟大的爱国主义者，身佩长剑，手持单筒望远镜，目光炯（jiǒng）炯凝视着波涛滚滚的伶仃洋。昔日，林则徐虎门销烟，虽然张我国威，威慑（shè）重洋，但他却被革职流放新疆伊犁。伶仃洋上，侵略者的坚船利炮在耀武扬威，国土一片片沦丧。170多年后的今天，被割让的国土已回归祖国怀抱，山下是繁忙的港口。或许，看到今天的伶仃洋，林则徐也倍感欣慰吧。

2. 林则徐：（1785—1850年）清末政治家。字元抚、少穆，福建侯官（今福州）人。早年任东河河道总督、江苏巡抚时，整顿吏治、兴修水利，成效卓著。1838年任湖广总督时被派为钦差大臣，积极主持禁烟，销毁鸦片237万余斤。1840年，英国发动侵略战争，他多次击退英军。后由于投降派诬害被清政府革职，充军新疆。在新疆兴办水利、开垦农田。1845年被重新起用。1847年任云贵总督。1850年受命镇压拜上帝会起义时，在赴广西途中，病逝于广东潮州。有《林则徐集》。

3.炮台耸峙鹰嘴巅，雄视珠江壮赤湾。雾锁伶仃岛边月，云流南海水中天：这四句都是在说赤湾古炮台的地理位置及其重要性。赤湾在珠江口东岸，伶仃洋边，赤湾炮台雄踞在鹰嘴山顶，扼守珠江口，在它的西南方可以看到伶仃洋里云雾飘渺的内伶仃岛，再往南就是浩瀚无垠、一望无际的茫茫南海。

4.一身正气御强虏，二目神威查禁烟：赞扬林则徐的丰功伟绩。

5.谁料沧桑百年后，先贤遗韵满青山：林则徐禁烟和鸦片战争已经过去170多年了，今日的中国，已不再是腐败无能的清政府统治下任人宰割、满目疮痍（yí）的旧中国了。祖国一天天强大，巨龙已经腾飞。余今日有幸到赤湾古炮台参观并拜谒林公塑像，鹰嘴山的山坡上刻满了林则徐的诗篇，如"苟利国家生死以，岂因祸福避趋之。""海纳百川有容乃大，壁立千仞无欲则刚。"等。读来令人钦敬，感慨系之。故言"先贤遗韵满青山"。先贤：已经去世有才德的人，指林则徐。遗韵：指林则徐的诗篇。

2015年8月16日于深圳赤湾

观抗战胜利日大阅兵有感

风雷激荡起苍茫㉘，倒海翻江气势狂㉘。
百万貔貅守疆土，千钧霹雳保家邦㉗。
太平盛世军威壮，锦绣华年民意强㉗。
岁月如流思往事，神州圆梦巨龙翔㉗。

1.抗战胜利日大阅兵：大阅兵是对武装力量进行检阅的仪式，通常在国家重大节日、迎送国宾和军队出征、凯旋、校阅、授旗、授奖、大型军事演习时举行，以示庆祝、致敬，展现部队建设成就，并可壮观瞻、振军威、鼓士气。阅兵包括阅兵式和分列式。阅兵式是阅兵者从受阅部队队列前通过，进行检阅的仪式。分列式是受阅部队列队从检阅台前通过，接受阅兵者检阅的仪式。早在公元前，中国周朝和古埃及、波斯、罗马等国已有阅兵活动。中华人民共和国成立后，曾多次举行盛大的阅兵。2015年9月3日是我国首个法定"中国人民抗日战争胜利纪念日"，也是中国人民抗日战争暨（jì）世界反法西斯战争胜利70周年。本次大阅兵是新中国历史上第十五次大阅兵，是进入21世纪以来的第二次大阅兵，同时也是第一次在非国庆节举行的大阅兵。参阅部队从7大军区、海军、空军、第二炮兵、武警部队、解放军四总部直属单位抽组，参阅人数12000余人，组成50个方队。阅兵装备方队展示的装备为国产现役主战装备，84%系首次展示。本次大阅兵邀请多国国家元首、政府首脑、政要、各界人士及首都群众观礼；同时，还邀请有关国家军队派代表和方队参加。本次阅兵目的：彰显中国坚定不移走和平发展道路，坚定不移维护世界和平，捍卫国家主权、安全和发展利益的坚定立场，彰显中国人民在世界反法西斯战争中做出的巨大民族牺牲和重要历史贡献，展示我军贯彻强军目标、推进现代化建设的新成就和威武之师、文明之师的良好形象，动员和激励全党全军全国各族人民，更加奋发有为地为实现中华民族的伟大复兴而努力奋斗！其主题是：铭记历史、缅怀先烈、珍爱和平、开创未来。

2.风雷激荡起苍茫，倒海翻江气势狂：形容参阅部队气势宏大，威武雄壮，令人震撼。

3.百万貔貅（pí xiū）守疆土，千钧霹雳保家邦：上百万威武之师以雷霆万钧之势守卫着祖国的疆土，保卫着我们赖以生存的美好家园。貔貅：传说中的一种猛兽，古代也用来比喻勇猛的军队。霹雳：响声巨大的急雷，这里代指强大的势力。

4.华年：青春，这里借指美好的时代年华。

5.民意：人民的意志、愿望。

6.神州圆梦巨龙翔：中华崛（jué）起，巨龙腾飞。神州大地上，亿万中华儿女正在为实现中华民族伟大复兴的中国梦而努力奋斗。

2015年9月3日于深圳

悼老毕

突闻噩耗震惊雷②，遥想音容热泪垂③。

敦厚谦和一君子，夜风吹雨梦萦回④。

1.悼老毕：毕臣，原河北电力建设监理有限责任公司副总经理，余相识、相知40余年的同事和朋友。为人勤勉、正直、敦厚、谦和，有君子风，同事们均称呼其"老毕"。余近年来客居广州、深圳，曾于2015年5~6月间回石家庄探望，也曾见到老毕互相问候，没想到这竟是永诀。8月31日傍晚，邻居打来电话，言及他事，并顺便告知老毕已于7月中旬突发急病身亡。余得此噩耗，如五雷轰顶，又一个故旧逝去了！心中惆怅，夜不能寐，恰逢寒风飒飒，秋雨连绵，故以此绝句悼念之。

2.噩耗：指人死亡的不幸消息。噩：可惊的；凶恶的。如噩梦。耗：消息。

3.敦：厚道；诚恳。

4.夜风吹雨梦萦回：秋风阵阵，夜雨绵绵，心中惆怅，夜不能寐。及至朦胧入睡，故友的音容笑貌依然在梦中盘旋萦绕。

2015年9月5日夜于深圳

南头古城

小小南头一古城①，千年岁月话峥嵘②。

滨临海域珠江口，雄镇伶仃百粤东③。

守卫边防禁鸦片，抗击贼寇壮威声④。

同为港澳渊源处，看尽繁华深圳行⑤。

1.南头古城：又名新安古城，位于深圳市南山区，占地面积约7万平方米，是目前深圳最具规模的历史文化旅游景点。南头古城地处南头半岛，珠江入海口东岸，隔深圳湾与香港特别行政区相连，为历代岭南沿海地区的行政管理中心、海防要塞、海上交通和对外贸易的集散地，亦是深港澳地区的历史源头。城内有广州府新安县衙（yá）、报德祠、信国公文（天祥）氏祠、关帝庙、海防公署、东莞会馆、新安烟馆、育婴堂、南头古城垣，以及南头村碉堡、解放内伶仃岛纪念碑等遗迹。据《新安县志》记载及考证，现存的南头古城始建于明洪武二十七年（1394年），原为"东莞守御千户所城"，是在"东官郡"的旧址上建起来的。该城呈不规则的长方形，枕山面海，原有四门，北门、西门已毁，东门虽存但已改为石块构筑，唯南城门保存完好，上悬"岭南重镇"匾额，拱形城门上有一块长方形石块，用小篆阴刻"宁南"二字。古朴雄伟的南头古城，是岭南古文化的宝贵遗存，它经历并记录了深圳地区的风云变幻和历史变迁。

2.小小南头一古城，千年岁月话峥嵘：南头古城很小，东西和南北的距离也就一华里左右，街道很狭窄，但它却是历代岭南沿海地区的行政管理中心、海防要塞、海上交通和对外贸易的集散地。东晋咸和六年（331年），设东官郡，下置宝安等六县，深圳市南头古城一带即为当年郡治和县治所在地。从东晋设东官郡和宝安县至今，已有1600多年了，这也就把深圳市的城市历史上溯到了1600多年前。

3.伶仃：伶仃洋，亦称零丁洋，珠江口外的一片海域，有内伶仃岛。

4.守卫边防禁鸦片，抗击贼寇壮威声：明清时期，东南沿海频遭倭寇、番夷、海盗的侵扰，广东沿海受害深重。朝廷陆续在沿海构筑卫所、水寨、炮台、烟墩、营汛等防御措施，并不断增驻兵员。明洪武二十七年（1394年）修建的"东莞守御千户所城"和"大鹏守御千户所城"，在抵御西方殖民侵略和海盗、倭寇侵扰的斗争中，发挥了重要作用。特别是在明朝正德十六年（1521年）和嘉靖元年（1522年），广东按察司按察使汪鋐（hóng）率领深圳军民抗击葡萄牙舰队的屯门海战，击败了葡萄牙舰队，写下了中国人民抵御西方殖民侵略斗争历史的第一章。鸦片由广东开始输入中国，鸦片战争的第一枪也是在广东打响，那时期的南头半岛民众抗争过鸦片的诱惑与侵蚀，进行过反抗列强侵略的英勇斗争。

壮威声：壮声威。

5.同为港澳渊源处，看尽繁华深圳行：历史上，深圳、香港特别行政区、澳门特别行政区三地均归新安县管辖（xiá），南头古城同为深圳、香港、澳门地区的历史源头。现在，深圳、香港、澳门都发展成了国际知名的繁华大都市。

2015年9月9日于深圳

大鹏所城

巍巍古镇满沧桑㉑，千户所城御盗强㉒。
岁月留痕豪气在，辉煌永铸海波扬㉓。
将军府第观荣耀，天后神宫仰圣光㉔。
历史鲜活成画卷，改革开放大鹏翔㉕。

1. 大鹏所城：全称"大鹏守御千户所城"，位于深圳市东部大鹏半岛，始建于明洪武二十七年（1394年）。那时倭寇为患，为防范倭寇而建。这里是明清两代南中国海防军事要塞，因此留下了许多名将爱国护国的遗迹。1839年9月4日，中国近代史上抗击外族入侵的第一枪在这里打响，赖恩爵将军率领大鹏营水师官兵取得中英鸦片战争首战——九龙海战的胜利，拉开了中国近代史的序幕。如今的大鹏所城保存完整：风格古朴的城门雄伟庄重；狭窄蜿蜒的小巷宁静悠长；十多位将军府第有序分布，其中以抗英名将赖恩爵的"振威将军第"最为壮观。所城名将辈出，有赖氏"三代五将"、刘氏"父子将军"等十几位将军，因之享有"将军村"的美誉。大鹏所城有南门街、西门街、东门街、十字街等主要街道。城内建有左堂署、守备署、都府署、大鹏所屯仓等官方机构，以及天后宫、侯王庙、城隍庙、赵公祠、华光祠、将军第等建筑。保存完好的东、南、西三个明代城门（已毁的北城门也已修复），以及明清时期的民居、狭窄的青石板小巷，置身其中，给人一种古朴宁静的感觉。在城楼上，还设有炮台及大炮，另外还有钟鼓台和令旗，让游客亲身感受古代战时的情景。昔日大鹏一带的土著居民和渔民都在所城内赶集，街市相当繁华。这一切构成了一幅鲜活的历史画卷，也是深圳600多年文化历史的缩影。深圳又称"鹏城"，即源于"大鹏所城"。2001年6月25日，国务院将大鹏所城列为全国第五批重点文物保护单位。

2. 巍巍古镇满沧桑，千户所城御盗强：雄伟的大鹏所城为防范倭寇而建，为抵御倭寇和西方列强发挥了重要作用。城内历史遗迹众多，到处都写满了沧桑。

3. 岁月留痕豪气在，辉煌永铸海波扬：这两句是对大鹏所城在抗击倭寇和西方列强入侵所做重要贡献的赞扬。众多的历史遗迹彰显着大鹏人的豪气，600多年来，她为开拓海疆、抵御寇盗、保家卫国做出了不可磨灭的贡献，涌现了一大批爱国将士，历史铸就了大鹏人在守卫海防上的辉煌业绩。

4. 历史鲜活成画卷，改革开放大鹏翔：大鹏所城的历史，就是深圳600多年文化历史的缩影，它像一幅鲜活的历史画卷展现在世人的面前。沐浴着改革开放的春风，深圳这只大鹏鸟正在展翅高飞。大鹏一日同风起，扶摇直上九万里！大鹏：鹏城；深圳。

2015年9月17日于深圳

大鹏东山寺

——依韵明代岭南名士王德昌《大鹏东山寺》

金风飒飒近中秋⑧，老迈茕茕天际游⑧。

寺倚灵山眺云海，城接鹏岛望渔舟⑧。

鹫峰紫气霞光现，梵刹晨钟暮鼓幽⑧。

且饮一抔龙井水，禅机佛法注心头⑧。

1.大鹏东山寺：东山古寺位于深圳市东部大鹏半岛大鹏所城东面的龙头山南麓，依山而建，背山面海。龙头山，古名"东山"，又名"鹫（jiù）峰"。其形态酷似巨龙，神龙身长约八百多米，南北而卧，龙头是一座花岗岩石群，昂首大亚湾，故名之"龙头山"。相传古时有只巨形大鹏鸟降落此石造化，因此而名"鹫峰"。东山寺就建在鹫峰南侧山腰上。大鹏城也由于大鹏鸟降落而获此美称。史载深圳大鹏东山寺始建于明洪武二十七年（1394年）。20世纪50年代，东山古寺遭到毁灭性破坏，成为一片废墟（xū）。2009年，开始重建东山寺。重建后的东山寺分四进，即以大山门、天王殿、大雄宝殿、藏经楼为中轴心，两旁为伽蓝殿、祖师殿、功德堂和福寿堂，并配以钟楼、鼓楼、僧舍、客房、客堂、斋堂、禅堂和六祖讲堂。大山门位于寺院前山鹏飞路旁，坐北向南，面朝大鹏湾，气势雄伟。正面横额"东山寺"为方丈传正大和尚所题，两侧联曰："东成西就平心直行万卷一楼珍，山情水色真经自性一勺四海味。"背面刻有原深圳市委书记厉有为所题写的"回头是岸"四个大字，两侧对联："鹏岛听梵歌袅袅禅风曲传海外，鹫峰添胜境悠悠法雨福泽人间。"步入大山门为浴佛池，九龙朝圣，昂首喷洒甘霖，为太子佛沐浴。浴佛池在其他寺院少有见到。浴佛池左为清代石牌坊，横额上书"鹫峰胜境"，背面横额书"鹏岛灵山"。浴佛池后为天王殿，殿前台阶三十一级。天王殿为仿古明清风格建筑，殿前对联云："果有因因有果有果有因种甚因得甚果，心即佛佛即心即心即佛欲佛先求心。"大雄宝殿，雄伟壮观，悬挂传正大和尚撰写的对联："水天一色潮音深处有玄机如何是汝真面目，法门广大钟声悠扬无今古悟澈忘吾妙觉心。"殿内供奉三如来（中为释迦如来、左为东方药师琉璃光如来、右为西方极乐世界阿弥陀如来）。佛像高大雄伟、妙相庄严、金碧辉煌，美轮美奂。殿两侧五百泥塑罗汉，仿自韶关南华禅寺，采用潮州陶泥，纯手工制作，气势宏大，栩栩如生。大殿背面为南海观音塑像，手持玉净瓶，以柳枝洒甘霖于人间。

2. 依韵明代岭南名士王德昌《大鹏东山寺》：东山寺周围风景绮丽，钟灵毓（yù）秀，可闻蝉音鸟鸣，可眺碧海渔舟。明代岭南名士王德昌曾赋七律《大鹏东山寺》："不到东山二十秋，西风藜（lí）杖又重游。烟霞有约山如在，岁月无私人白头。蓍卜（shí bo）花飞深院静，菩提树荫古坛幽。丹梯欲上应长啸，遥望汪洋天际浮。"余的这首《大鹏东山寺》是对王德昌先贤《大鹏东山寺》的和（hè）诗。顺便提及的是，王诗押的是《平水韵》下平十一尤韵，其最后一个韵脚"浮"字，在现在的《中华新韵》里归十四姑韵。余的《大鹏东山寺》押的是《中华新韵》七尤平声韵，故将韵脚"浮"字去掉，改用了"舟"字。

3. 金风飒飒近中秋，老迈茕（qióng）茕天际游：中秋节前夕，余孤身一人到南海边大鹏半岛东山寺。余已年届古稀，远离家乡，来到这南天海域，孑（jié）然一身游东山古寺，聆（líng）听梵音禅曲，心中怅然。金风：秋风。茕茕：孤单；孤独。天际：天边，指遥远的地方。

4. 寺倚（yǐ）灵山眺云海，城接鹏岛望渔舟：这两句是说东山寺的地理位置。东山寺建在大鹏半岛龙头山南麓，紧邻着大鹏所城，其南就是大鹏湾和大亚湾海域。登上东山寺后山，东望是大亚湾核电站，西望是大鹏所城，南望是海天一色的苍茫南海，可见海鸟飞翔，渔舟点点。灵山：龙头山，又名东山。城：大鹏所城。接：连接；连续。鹏岛：大鹏半岛。

5. 鹫峰紫气霞光现，梵刹晨钟暮鼓幽：相传南宋一代风水大师赖布衣云游岭南，沿罗浮山脉南来，路经大鹏湾龙头山，发现该地有紫霞光，即告乡民，此乃福地，当建梵刹，以播祥瑞，并可保一方平安。东山古寺、佛门名刹、禅宗正脉、东山法门，庄严肃穆幽静；紫烟缭绕、钟鼓悠扬、梵音阵阵、禅曲袅袅，弘扬佛法真谛。

6. 且饮一抔龙井水，禅机佛法注心头：蹲下身子掬一捧龙井泉水，清爽甘甜，沁人心脾，就像佛法禅机流到了自己的心头。龙井：东山寺有山泉，名曰"龙井"。据清嘉庆《新安县志·山水略》记载："龙井，在鹏城东山麓，横开一穴，泉流不竭，其水夏寒冬温，甘美与他泉异"。龙井涝时不溢，旱时不竭。夏则冷气渗肌，冬则蒸汽氤氲。泉水清澈晶莹，全无杂质，经久不坏。禅机：佛教用语。禅宗认为，悟了道的人教授学徒，往往在一言一行中都含有"机要秘诀"，给人以启示，令其触机生解，故名禅机。

2015年9月20日中秋节前夕于深圳

黄山双佛光

2015年9月23日下午，黄山风景区出现罕见的"双佛光"，持续时间达1个小时之久。七色的佛光，内蓝外红，绚丽神奇，在云雾缭绕中，与黄山的奇松、怪石、云海相映争辉。"盛世出祥瑞"，作此七绝以记之。

佛光七色映黄山㉑，云雾双环绕紫烟㉒。

五彩缤纷开泰运，世人惊艳叹奇观㉓。

1. 佛光：佛光也叫宝光，是一种神奇的光学现象。当阳光照在云雾表面，经过衍射和漫反射作用形成佛光的自然奇观。阳光将人影投射到云彩上，云彩中细小的冰晶与水滴在周围形成美丽的彩色光环。"佛光"由外到里，按红、橙、黄、绿、青、蓝、紫的次序排列，直径约2米。有时阳光强烈，云雾浓且弥漫较宽时，则会在小佛光外面再形成一个同心大半圆佛光，直径达20~80米，虽然色彩不明显，但光环却清晰显现，即所谓的"双佛光"。长久以来，人们把这种光环称作"佛光"，佛光以峨眉山的"峨眉宝光"最为著名。在其他地方也常有佛光出现，如安徽黄山、山东泰山、江西庐山等。"峨眉宝光"看上去是一个七彩光环，人影在光环正中，而且人影随着人而动，变幻之奇，出人意外。自63年发现以来，已有1900多年的悠久历史，并以世界奇观驰名中外。佛经中说，佛光是佛祖释迦牟尼眉宇间放射出来的光芒。而人们常说的佛光，是指佛所带来的光明，佛像头上的金色光环，佛像上空呈现的光焰，以及佛像表面的光泽等。

2. 紫烟：紫色或蓝紫色的烟雾，有吉祥意。

3. 五彩缤纷：指颜色繁多，非常好看。

4. 泰运：运道安定，一般指国家太平安定，国运昌盛兴隆。

2015年9月23日夜于深圳

龙岩古寺

巨石突兀起龙岩㉟，古寺青灯香火传㉟。

花伴绿荫弄秋色，舟浮碧海望云烟㉟。

观音圣像神仙地，翠岫灵泉法雨天㉟。

普度众生宣教化，禅风袅袅动心弦㉟。

1.龙岩古寺：位于深圳东部大鹏半岛大鹏镇龙石山麓，始建于清朝同治年间（1862—1874年），并曾在光绪三十四年（1908年）重修。"龙岩"之名源于山腰之一大奇石。此石厚3米，直径20多米，从山谷中蓦（mò）然伸出，翘着向上，有如出地龙，故称"龙岩"。后人以岩为顶，依岩筑寺，并取名为"龙岩古寺"。

2.花伴绿荫弄秋色，舟浮碧海望云烟：龙岩古寺建于花影绿荫之山腰，环境清静幽雅。在金风送爽的秋日，登上观音山顶，遥望云烟浩渺的大鹏湾，渔舟点点，海鸟飞翔，令人心旷神怡。

3.观音圣像神仙地，翠岫灵泉法雨天：观音山龙岩寺一带是福地，相传有观音菩萨在此现身之传说。观音殿神坛下之石洞中，有一脉百年不歇的清泉。此泉冬温夏凉，饮之甘甜清凉，有解暑怡神，清心明目之效，被誉为"仙水"。人们都说这是观音菩萨恩赐的仙泉甘露。岫：山；山穴。法雨天：天降法雨。法雨：佛教语，比喻佛法。佛教称如来说法如天降甘露雨水。佛法教化众生，如雨之润泽万物，故称"法雨"，后来也用以形容高僧说法令人感服，能滋润心田。

4.禅风袅袅动心弦：古寺香烟缭绕、钟鼓悠扬、梵歌阵阵、禅曲袅袅，像和煦的轻风拨动着人们的心弦。禅：佛教指通过静坐默想领会佛理，又泛指有关佛教的事物。袅袅：形容烟气缭绕上升，形容声音婉转悠扬不绝。心弦：指受到感动而产生共鸣的心。

2015年9月26日中秋节前夕于深圳龙岩寺

中秋赏月

金风送爽带花香①，皓月当空照夜煌②。

又是中秋佳日到，依然岭表海天长③。

飞灯冉冉飘云际，曼曲悠悠思故乡④。

休道龙钟悲鹤发，人生迟暮少年狂⑤。

1.金风送爽带花香，皓月当空照夜煌：金风送爽，皓月当空。中秋节之夜，清爽的秋风带着花香轻轻吹拂，一轮又大又圆的洁白的秋月把夜晚照耀得很明亮。金风：秋风。皓：洁白。煌：光亮。

2.又是中秋佳日到，依然岭表海天长：去年客居广州，今年移居深圳。又是一年中秋佳节到了，我依然客居在岭南海天一色的南海边，往后的日子怕是还长着呢。岭表：岭外；岭南；五岭以南。

3.飞灯冉冉飘云际：中秋节之夜，人们在燃放孔明灯。无数的孔明灯冉冉升起，灯火闪闪，忽隐忽现，随风飘向遥远的天际，令人心旷神怡、浮想联翩。飞灯：会飞的灯，即孔明灯。冉冉：慢慢地。

4.曼曲悠悠思故乡：在这中秋月圆之夜，听着远处传来悠扬的乐曲，思乡之情不禁由然而生。曼曲：曼妙、轻柔、优美、悠扬的曲子。

5.休道龙钟悲鹤发，人生迟暮少年狂：不要说人老了就暮气沉沉，看到自己头上的白发就感叹悲伤。人老而心不老，人老了也要热爱生活，像年轻人一样有朝气。龙钟：衰老、行动不灵便的样子。鹤发：白发。迟暮：天快黑的时候，指人的晚年。狂：疯狂。在这里是指有朝气，不服老的意思。

2015年9月27日中秋节之夜于深圳

万佛禅寺四面佛

万佛禅寺万佛经㊟，四面天尊四面迎㊟。

法力无边称造化，有求必应显神灵㊟。

毗卢性海福缘入，华藏玄门善信登㊟。

岁月悠悠怜晚照，香云袅袅此心同㊟。

1.万佛禅寺四面佛：万佛禅寺位于深圳市罗湖区东湖公园南门内。禅寺供奉的四面佛是由泰国僧王代表泰国政府赠送给深圳弘法寺的，于2008年10月20日在万佛禅寺安奉并开光，香火鼎盛。四面佛，人称"有求必应（yìng）"佛，该佛有四尊佛面，分别代表姻缘、事业、平安与财运，掌管人间一切事务，是泰国香火最旺盛的佛像之一。四面佛原名"大梵天王"，为印度婆罗门教三大神之一，乃是创造天地之神，众生之父。大梵天王在天界中法力无边，掌握人间荣华富贵，具备崇高之法力。大梵天王有四面、八耳、八臂、八手，每手所执之物均有其深意：一手持令旗（代表万能法力）；一手持佛经（代表智慧）；一手持法螺（代表赐福）；一手持明轮（代表消灾、降魔、解除烦恼）；一手持权杖（代表至上成就）；一手持水壶（代表解渴、有求必应）；一手持念珠（代表轮回）；一手持接胸手印（代表庇佑）。

2.万佛禅寺万佛经：余于2015年10月1日国庆节游万佛禅寺，恰逢万佛禅寺正在举行《万佛宝忏》法会。《佛说佛名经》是佛在祇园精舍无问自说，共计佛菩萨及辟（pì）支佛名一万一千九十三尊，所以又名万佛宝忏。

3.四面天尊四面迎：四面天尊，这里指四面佛。信众顶礼膜拜四面佛，要沿顺时针方向四个面每一面都要拜，而四面佛则从四面迎接善男信女。天尊：神话中上天的神灵中最尊贵者。如中国道教最尊贵的三大神：元始天尊，灵宝天尊，道德天尊。四面佛原名"大梵天王"，为印度婆罗门教三大神之一，乃是创造天地之神，具备崇高之法力，故在这里也称其为"天尊"。

4.毗卢性海福缘入，华藏（zàng）玄门善信登：意为崇信佛法的善男信女们可同登华藏玄门，与佛有缘且有造化、有福分的人能够进入毗卢性海，即极乐世界。《华严经》里说："四生九有，同登华藏玄门，八难三途，共入毗卢性海。"佛祖释迦牟尼得道成佛，最最主要的是普度众生，同登华藏玄门，共入毗卢性海。华藏玄门，是一真法界的大总持门，毗卢性海，是如来藏心的妙庄严海，就是要祝愿人人得道，个个成佛，成就无上正等正觉。"华藏玄门"侧重在方法上。比如，说一个人开悟了，进入这个悟入真理之门"华藏玄门"。但是悟进去了，怎么样呢？"毗卢性海"那是诸圣贤所悟到的这世间高级的一种境界，所以说"毗卢性海"是指像极乐世界一样的诸佛的净土。

5. 岁月悠悠怜晚照，香云袅袅此心同：岁月悠悠，年华老去，晚霞映照着自己老迈的身影。站在这紫烟缭绕、香云袅袅的佛坛前，回想过去，一切都是过眼烟云，何如与佛结缘，同登华藏玄门、共入毗卢性海呢？晚照：夕阳，即将落山的太阳，比喻人的晚年。香云袅袅：形容烟气缭绕上升。

2015年10月1日于深圳万佛禅寺

雨中游深圳湾

山色苍苍云水间㊀，蒙蒙细雨浪拍天㊂。

巍巍崇厦凌空立，邈邈长桥跨海连㊄。

营汛炮台御强虏，烟墩卫所守家园㊅。

今非昔比百年后，满眼风光深圳湾㊀。

1.深圳湾：深圳湾是位于深圳市西南部的沿海海湾，与香港隔海相望。

2.苍苍：深青色。

3.蒙蒙：形容雨点细小。

4.巍巍崇厦凌空立：在深圳湾南北两侧，深圳和香港的高楼大厦鳞次栉比，高耸入云。

5.邈邈长桥跨海连：深港跨海大桥将深圳和香港紧紧地联系在一起，使天堑（qiàn）变通途。邈邈：遥远的样子。这里用来形容桥长。长桥：深港西部大桥，又称深圳湾公路大桥，即深港跨海大桥。全长4770米，其中香港侧3170米，深圳侧1600米，整个工程均在跨越深圳湾的海上施工，是深圳历史上规模最大的跨海桥梁。

6.营汛炮台御强虏，烟墩卫所守家园：明清时期，东南沿海频遭倭寇、海盗的侵扰，广东沿海受害深重。朝廷陆续在沿海构筑卫所、水寨、炮台、烟墩、营汛等防御措施，在抵御西方殖民侵略和海盗、倭寇的侵扰，以及保家卫国的斗争中，发挥了重要作用。

2015年10月3日于深圳湾

秋 雨

连绵秋雨奈何天①，愁锁客居夜不眠①。

倦看诗书无是处，闲寻胜迹少仙缘①。

常思北塞云中雁，惟见南溟浪里船①。

幸有蒙孙慰迟暮，喃喃稚语润心田①。

1.连绵秋雨奈何天，愁锁客居夜不眠：国庆长假期间，台风"彩虹"袭击海南、广东、广西沿海一带。广州、深圳也是一连十数日阴雨连绵。好好的一个假期，想带小外孙出去玩也去不成，只能宅在家里，索然无味。夜晚，秋雨沙沙地下个不停，使人难以入睡。奈何天：良辰美景令人无可奈何的日子；形容令人无可奈何的时光；或表示百无聊赖的思绪。宋代晏几道《鹧鸪天》词之六："欢尽夜，别经年，别多欢少奈何天。"明代汤显祖《牡丹亭·惊梦》："良辰美景奈何天，赏心乐事谁家院。"客居：临时居住的房屋。

2.倦看诗书无是处：心中烦闷，连诗书也懒得看，倒是想起了南宋大词人辛弃疾《西江月·遣兴》里的句子："近来始觉古人书，信著（zhuó）全无是处。"这里的"无是处"是借用辛词里的话。倦：疲乏；厌烦；懈怠。

3.闲寻胜迹少仙缘：闲来无事，想寻幽揽胜，探访名山古刹，只怕自己凡根未净，没有与佛仙结缘的缘分。

4.常思北塞云中雁，惟见南溟浪里船：身处南天海域，时常思念自己曾经工作和生活多年的北国边陲。时已近晚秋，塞鸿也该从遥远的北疆往南飞了吧。现在倒时时能望见烟波浩渺的南海里，随波逐浪、漂浮不定的渔船。南溟：南海。

5.蒙孙：小孙子。余的小外孙，刚满两周岁。蒙：蒙昧。

6.喃喃稚（zhì）语：幼儿轻声学说话的声音。喃喃：拟声词，低声说话的声音。稚语：幼儿说的孩子气的话。

2015年10月6日于深圳

鹤湖新居

浩浩鹤湖居⑴，迷宫世所奇⑵。

天街分上下，寨堡列边隅⑶。

勤俭开鸿业，崇文振祖基⑷。

谁言挑担汉，富贵邈无期⑸？

1.鹤湖新居：鹤湖新居即深圳龙岗客家民俗博物馆，位于深圳市龙岗区罗瑞合村，距市区28公里。鹤湖新居规模宏大，气势磅礴，被专家学者誉为客家民居建筑艺术的结晶。据说，原来此地周围水草丰美，物产丰富，有一水塘，水质清澈甘甜，经年不竭，吸引了成群结队的白鹤在此栖息、繁衍，构成一幅优美的图画，因而取名"鹤湖山"，"鹤湖新居"也因之得名。鹤湖新居为广东兴宁客家人罗瑞凤创建，始建于清乾隆年间，经三代人数十年的努力，建成于清嘉庆二十二年（1817年），至今已有200多年的历史。

2.浩浩鹤湖居，迷宫世所奇：鹤湖新居占地面积约25000平方米，是全国占地最大的客家围屋之一，有各式房屋300多间，有"九天十八井，十阁走马廊"之称。各种建筑错落有致，互相关联，守望相应，像座迷宫。如此规模宏大、气势磅礴、像迷宫一样的客家民居为世人所惊叹、称奇。浩浩：盛大；巨大。

3.天街分上下，寨堡列边隅：鹤湖新居整座建筑由内外两围环套而成，中心为府第式三堂二横。其中的二横即上天街和下天街。围墙及四边角设置有望楼和碉楼共10处，与围上的"跑马廊"相连，组成防御工事，规模宏伟。寨堡：寨子里的碉堡、碉楼。隅：角落。

4.勤俭开鸿业，崇文振祖基：鹤湖新居的创建人罗瑞凤，从兴宁迁至龙岗圩（wéi）。初为小贩，擅长经商，勤俭致富，后积百万家财，始建罗氏住宅。至今已历十二世。罗家人凭借勤俭致富，发家后忠心爱国，崇文重教，发展文武双全的才能，在龙岗蓬勃发展，成为龙岗客家乃至南粤客家的典型代表。罗瑞凤创业时的勤劳节俭令人感叹，每天挑担经商，早出晚归，中午舍不得吃菜，就用盐水浸泡一块鹅卵石，吃干粮舔鹅卵石度日，真乃"苦其心志、劳其筋骨、饿其体肤"也。鸿业：宏图大业。鸿：大。鸿图同宏图。祖基：祖上留下来的基业。

5.谁言挑担汉，富贵邈无期：看着"鹤湖新居"这偌（ruò）大的基业，当初又有谁说"挑担小贩要想富贵那是遥遥无期的事情"呢？邈：遥远。

2015年10月7日于深圳鹤湖新居

雨后游山寺

霖霖阴雨霎时休㉕，折伞轻鞋古刹游㉕。

一任秋风吹落叶，却无朝日映白头㉕。

云霞缥缈蓬山远，烟雾朦胧粤海愁㉕。

华藏毗卢思净土，梵音禅曲世间留㉕。

1.霖霖阴雨霎时休，折伞轻鞋古刹游：一连下了十几天的连绵秋雨突然停了，但天还没有完全放晴，依然烟雾迷蒙，赶紧带上雨伞，轻装上阵，去游览山中的古寺。霖：连下几天的雨。霎时：极短的时间；忽然之间。休：停止。古刹：古寺。

2.一任秋风吹落叶，却无朝日映白头：连绵的阴雨刚停，依然烟雾迷蒙，湿气弥漫，任秋风吹着落叶，却没有阳光照耀自己花白的头发。

3.云霞缥缈蓬山远：天逐渐放晴，天边若隐若现的云霞遮盖着远山，想象着那里大概就是蓬莱仙境吧。缥缈：也作飘渺，形容隐隐约约，若有若无。

4.烟雾朦胧粤海愁：眺望南天海域，烟笼雾锁，一片苍茫，大海也像是在发愁。朦胧：模糊不清。

5.华藏毗卢思净土：意为崇信佛法的善男信女们可同登华藏玄门，与佛有缘且有造化、有福分的人能够进入毗卢性海，即诸佛的净土，也就是人们所说的极乐世界。进入这极乐世界、诸佛的净土，是佛门弟子、崇信佛法的善男信女们共同的心愿。华藏毗卢：佛教语，华藏玄门和毗卢性海的略称。

6.梵音禅曲世间留：梵音禅曲，悠悠传诵；佛法真谛，福泽人间。数千年来，佛教广为流传，教化人们积德行善、广种福田、修身养性、回报社会。梵音禅曲：佛教教义及佛教音乐，在这里指佛法。

2015年10月10日于深圳

读官箴碑叹吏风

古人崇礼守清廉⑧，铭记官箴诚性贪⑧。

颜氏三传尽良吏，赖家五将俱英贤⑧。

半丝半缕名节重，一角一文德望悭⑧。

但愿而今公仆辈，常将百姓挂心间⑧。

1.官箴（zhēn）：《官箴》，是古代汉族居官格言之类的著作，共一卷，宋代吕本中撰。吕本中，字居仁，号东莱先生。吕公著之曾孙。曾任济阴主簿、起居舍人，官至直学士院，一生著述甚丰。《四库提要》："此书多阅历有得之言，可以见诸实事。书首即揭清、慎、勤三字，以为当官之法，其言千古不可易。"三十六字官箴全文："吏不畏吾严而畏吾廉，民不服吾能而服吾公。公则民不敢慢，廉则吏不敢欺。公生明，廉生威。"《官箴》可以说是古代为官者的座右铭。箴：劝告；规诫。

2.官箴碑及颜门三杰：连绵巍峨的广东九连山下的连平县城里，有一幢古老而普通的屋宇，谓之"宫保第"。它在拔地而起的高楼大厦之间，显得有点寒酸。然而，门庭上依稀可辨的对联"一门三世四节钺（yuè），五部十省八花翎（líng）"，这默默地昭告了这个家族曾经有过的显赫地位。的确，这个家族曾出过颜希深、颜检、颜伯焘（tāo）等一世三代四个督抚，即清代享誉广东的"文颜武赖"两个显赫家族中的颜氏家族。他们不仅光宗耀祖，而且能为官一任，积德一生，造福一方。封建社会的不少做官为宦（huàn）之人，乞求"保官符"，那么颜氏能三代相袭（xí）靠的是什么呢？就是这三十六字的"官箴"和颜氏三代为"官箴"所作的跋文。明孝宗弘治年间，为了整顿吏治，提倡廉政，箴言广为流传，成为做官格言，故曰"官箴"。颜门三代均将官箴当作自己和后继做官人的座右铭，以鞭策自己和教诫属僚及子孙后代。颜伯焘在出任延榆绥（suí）道台任上，托长安知府张聪贤，请其将官箴刻碑立于西安碑林，以广泛传播。这就是现存西安碑林博物馆的这块"官箴碑"。颜氏三代置身宦海，以"官箴"为诫，治吏治民。颜氏三代以清正廉洁、亲民爱民、忠贞爱国的精神泽惠后世。朱镕基同志在主持国务院工作期间，曾在多个场合向领导干部推荐西安碑林刻录的这则官箴，并反复引用，自儆（jǐng）做人，成为廉政教育的格言警句。

3.古人崇礼守清廉，铭记官箴诫性贪：古人崇尚礼教，重视道德修养，珍惜人品节操，固守清正廉洁。为官之人多以《官箴》为座右铭，警戒自己勤政爱民、杜绝贪婪。

4.颜氏三传尽良吏，赖家五将俱英贤：广东清代曾有"文颜武赖"之说。文颜是指广东连平颜氏家族，在清朝时期先后一门三代出了四个督抚文官，颜希深、颜检、颜伯焘等颜氏官员，以三十六字的官箴作为家训，为官一任，积德一生，造福一方，以清正廉洁、亲民爱民、忠贞爱国的精神泽惠后世。武赖是指深圳大鹏赖氏家族，在嘉庆、道光年间，三代人中出了五位将军，即赖世超、赖英扬、赖信扬、赖恩爵、赖恩锡，史称"三代五将"。这些赖氏将军一生致力于巡洋缉盗，凭着机智勇敢，身先士卒，屡建战功，在抗拒外来侵略、保卫我国东南海疆中战功卓著；且为官清正，体恤部下，关心家乡百姓生活，虽地位显赫却不居功自傲。这一文一武两个显赫家族的为官者皆"清白存心、精勤任事"，这与两个家族都要求后代"修心、修身、修行"，追求"立德、立功、立言"有关，值得后人推崇和敬仰。

5.半丝半缕名节重，一角一文德望悭（qiān）：为官者如果贪污受贿，哪怕是半丝半缕、一角一分，也要毁坏自己的名节，有损自己的德望。悭：欠缺。

2015年10月12日于深圳

四知堂

杨震拒金天下闻㉮，清风一缕吹士林㉯。

珍惜人品誉华夏，崇尚德行耀古今㉰。

不义钱财如粪土，廉洁操守贵精神㉱。

四知三相传家久，世代流芳堂号存㉲。

1.杨震与杨震拒金：杨震（59—124年），字伯起，东汉弘农华阴（今陕西华阴东）人。杨震自幼聪明好学，他通晓经传，博览群书，学问渊博。杨震热心教育，从20岁以后，一心一意自费设塾（shú）授徒，开始了他长达30年的教育生涯。他坚持有教无类，不分贫富，因此，四方求学者络绎不绝，学生多达3000余人，完全可以同孔子有三千弟子相媲美。他教书育人以清白正直为要，其严谨的治学精神和高尚的师德情操为人们所钦敬，人们称其为"关西孔子""关西夫子"。杨震办学30多年，为社会培养了一大批人才。后受大将军邓骘征召无奈而出仕任职。先后出任地方官和入朝任职，曾升任三公之一的司徒，主管教化，最后升为太尉，掌管朝廷军事大权。从邓骘幕府任职起到被罢免太尉止，出仕20多年间，杨震能恪尽职守，秉公办事，勤政廉洁，为国为民，成了历代为官为宦者学习的楷模。杨震为官清廉，不谋私利，他严格要求自己，始终以"清白吏"为座右铭，"不受私谒"，这是十分可贵的品德。杨震在由荆州刺史调任东莱太守赴任途中，路经昌邑（今山东巨野县东南）时，昌邑县令王密，是杨震任荆州刺史时举"茂才"提拔起来的官员，听说杨震途经本地，为了报答杨震的恩情，特备黄金十斤，于白天谒见后，又乘夜静更深之时，将黄金送给杨震。杨震不但不接受，还批评说："我和你是故交，我很了解你的为人，而你却不了解我的为人，这是为什么呢？"王密说："现在是深夜，无人知道。"杨震说："天知、神知、我知、你知，怎能说无人知道呢？"王密十分惭愧，只好作罢。杨震"暮夜拒金"的事被传为美谈，古今中外，影响很大，后人因此称杨震为"四知先生""四知太守"。杨震为官，从不谋取私利，从不吃请受贿，也不因私事求人、请人、托人、请客送礼。他的子孙们与平民百姓一样，蔬食步行，生活十分简朴。亲朋好友劝他为子孙后代置办些产业，杨震坚决不肯，他说："让后世人都称他们为'清白吏'子孙，这样的遗产，难道不丰厚吗！"杨震为官唯才是举，选贤任能，疾恶如仇，敢于直谏，是古代有名的清官、好官。

2. 四知堂：杨震的后代，以杨震为楷模，以有这样的祖先为荣，将其杨氏祠堂定名为"四知堂"，将其聚居地的牌坊称为"四知坊"。

3. 杨震拒金天下闻，清风一缕吹士林：杨震"暮夜拒金"被世人传为美谈，它像一缕清风在官场和社会上传送。士林：旧指知识界、学术界，在这里指官场和上流社会。

4. 珍惜人品誉华夏，崇尚德行耀古今：赞杨震"清白为官，廉洁操守"，其高贵的人品誉满华夏，其崇高的德行光耀古今。

5. 四知三相传家久，世代流芳堂号存：杨震"四知"，不受贿赂，以清白传家。其子杨秉官拜太尉，不饮酒，其夫人早丧，遂不复娶，所在以淳白称。尝从容言曰："我有三不惑：酒、色、财也。"杨氏"四知"，一门清风，不取不义之财，珍惜廉洁名声，以信为守，以廉为节，誉满华夏，为后人传颂。广东深圳龙岗盛平杨氏族谱记载，四知太守杨震为其祖先，杨震后人的一支辗转迁徙，于清代中期迁居龙岗，繁衍生息。盛平杨氏宗祠以"四知堂"为堂号，他们世代传颂祖先的廉洁美德，告诫子孙以廉为节。龙岗盛平杨氏宗祠的楹联是："四知垂训，三相流芳"，说的就是这两件事。三相：杨秉所说的三不惑：酒、色、财。堂号：杨震的后代子孙以"四知堂"为杨氏宗祠的堂号。

2015 年 10 月 15 日于深圳

重阳忆塞北

西风阵阵动离忧㊟，遥想雁门塞外秋㊟。

汗漫穹庐白草际，长河落日暮云楼㊟。

亲朋故旧今安在？老迈龙钟有客愁㊟。

往事如烟流岁月，登高望断天尽头㊟。

1.西风阵阵动离忧，遥想雁门塞外秋：今天是九九重阳节，登高怀远的日子。已经是晚秋了，一阵阵秋风带着凉意，吹动着我的离愁。我在遥远的南海边想起了此时塞外的秋天：一望无际的大草原，蓝天白云，秋高气爽，寒风瑟瑟，骏马嘶鸣，鹰击长空，鸦噪暮林，落日的余晖映照着蒙古包袅袅升起的炊烟……西风：秋风。离忧：离愁别绪。雁门：雁门关。

2.汗漫穹庐白草际，长河落日暮云楼：天空像穹庐一样笼罩着一望无际的原野，深秋了，草原已经由绿变黄再变白，茫然无际。落日的余辉里，晚霞映照着黄河，构成一幅壮美的图画。汗漫：广泛，不着边际，在这里代指大地、原野、一望无际的大草原。穹庐：这里指天空。白草：内蒙古大草原上的草，晚秋以后就开始枯萎，由绿变黄，继而由黄变白，故称白草。长河：大河；黄河。

3.亲朋故旧今安在？老迈龙钟有客愁：在内蒙古和我一起工作生活的同事们、亲朋故旧们怎么样呢？可曾安好，现在又都在哪里呢？老迈龙钟的我客居南天海域，时时回忆起在塞外工作生活的情景，内蒙古风物，使人留恋、怀念。龙钟：衰老、行动不灵便的样子，喻老年。客愁：旅客、游子思念家乡、亲友的哀愁。

4.往事如烟流岁月，登高望断天尽头：往事如烟，岁月如流，今天是九九重阳佳节，登高怀远，遥望北国边陲，在那天之尽头处，应当就是我曾经工作和生活过的地方吧。望断：一直向远处凝望，直到看不见。

2015年10月21日重阳节于深圳

观客家廉洁文化展

明礼识廉贯古今①，尚德守信爱芳淳②。

四知美誉清白吏，三代官箴不惑身③。

祖训家风绵后世，儒学经典育儿孙⑤。

崇文重教千秋业，薪火相传一脉存⑥。

1.贯古今：贯穿古今。

2.芳淳：芳香淳厚，喻高尚的情操和美好的品德。

3.四知美誉清白吏：东汉人杨震为官清廉，始终以"清白吏"为座右铭。杨震"暮夜拒金"的事被传为美谈，古今中外，影响很大，后人因此称杨震为"四知先生""四知太守"。

4.三代官箴不惑身：清代广东连平颜氏家族，先后一门三代出了四个督抚文官，颜希深、颜检、颜伯焘等颜氏官员，以三十六字的官箴作为家训，为官一任，积德一生，造福一方，以清正廉洁、亲民爱民、忠贞爱国的精神泽惠后世。不惑身：清正廉洁，守廉顾耻，清白存心，身体力行，不受世俗不良风气的影响和诱惑。

5.绵：绵延；连续；流传。

6.薪火相传：火烧着时，前一根柴烧尽，后一根柴紧接着烧着，继续加柴，火永不息，后多用以比喻师父传业于弟子，一代代地传下去。这里指客家人良好的家风、崇文重教的精神一代代地传承下去。

2015年10月25日于深圳

江城子

习马会

阴云密布海峡间㊿。浪拍天㊿，六十年㊿。

兄弟成仇，骨肉阋墙垣㊿。

两岸亲情隔不断，魂梦系，盼团圆㊿。

春风吹送破冰船㊿。一帆悬㊿，溯渊源㊿。

同祖同根，握手释前嫌㊿。

万世太平习马会，功盖世，耀乾寰㊿。

    1. 习马会：2015 年 11 月 7 日下午，海峡两岸领导人习近平、马英九在新加坡香格里拉大酒店会面。这是 1949 年以来两岸最高领导人首次直接会面，数百名中外媒体记者记录和见证了这一历史时刻。两岸领导人的手紧紧握在一起，这历史性的一握，冲破了两岸交流形式的最后束缚，翻开了两岸关系历史性的一页。会后，两岸领导人共进晚餐。会谈中，两岸领导人都表示，坚持一个中国原则，坚持"九二共识"，维持台海和平，共谋振兴中华，增进两岸同胞福祉（zhǐ）。这是一次重要的历史性相会，必将对中华民族发展史产生巨大而深远的影响。不论以后台岛政坛如何变局，"习马会"上阐明的原则，仍将照亮两岸关系的未来发展。

    2. 兄弟成仇，骨肉阋（xì）墙垣：比喻国共两党几十年来的恩怨争斗。"兄弟阋墙"是个成语，出自《诗经·小雅·常棣》："兄弟阋于墙，外御其侮。"阋：争吵；争斗。兄弟之间的纠纷，也比喻内部争斗。墙：门屏。垣：墙。兄弟们虽然在家里争吵，但能一致抵御外人的欺侮，比喻内部虽有分歧，但能团结起来对付外来的侵略。

    3. 春风吹送破冰船。一帆悬，溯渊源：比喻两岸关系解冻，解除军事对抗，走和平发展道路，扩大两岸交流与合作，增进两岸同胞福祉，共谋中华民族伟大复兴。它像一艘破冰解冻的船，在春风的吹送下，正扬帆远航，去追寻中华民族的血脉源流。溯源：往上游寻找水流发源的地方，比喻寻求历史根源。如追本溯源。

4.同祖同根，握手释前嫌：海峡两岸同为中华儿女，有共同的祖先、共同的根，手足与共、血脉相连，是打断骨头连着筋的同胞兄弟，是血浓于水的一家人，有什么恩怨不能化解呢？"渡尽劫波兄弟在，相逢一笑泯恩仇。"兄弟握手，冰释前嫌，让我们携起手来，"为生民立命，为万世开太平"，共同开创中华民族灿烂辉煌的明天。释：消除。

5.万世太平习马会，功盖世，耀乾寰：海峡两岸领导人习近平、马英九这次会面，是开中华民族万世太平的盛会，是造福两岸中华子孙的盛会，功德盖世，其功至伟，必将永垂青史，辉耀乾坤。乾寰：乾坤；寰宇。

2015 年 11 月 7 日于深圳

岭南冬日忆京华

今日立冬，祖国北方已正式进入寒冷的冬季。据说，今年是寒冬，冬季将比往年冷。北京昨天已经下雪了，且雾霾很重。而地处岭南的广州、深圳，这些天依然是艳阳高照，酷热难耐。中国地域之广、南北气候和风光差别之大，令人感叹。

久居北地入冬寒②，今日晴光照岭南②。

碧野青山连海域，红花流火罩云烟③。

何曾朔气凝霜雪？常有薰风绕港湾⑤。

闻道京华雾霾重，此心飞到燕赵间⑥。

1.冬日：立冬这一天。

2.久居北地入冬寒，今日晴光照岭南：余是北方人，久居北方，现在老了，却客居在这岭南地区的南天海域。在北方，一立冬就冷了，天气肃杀，树木凋零。而在岭南，此时却依然是树木葱茏，鲜花盛开，艳阳高照，酷热难耐。

3.碧野青山连海域，红花流火罩云烟：虽然已经立冬了，但在祖国的南海边，依然是青山绿水，碧野红花，生机盎然。红花流火：红花，指的是三角梅和毛杜鹃。红花流火形容三角梅盛开时，处处火红一片，灿若朝霞、火红欲燃、绚丽烂漫、壮观奇特的景象。

4.朔气凝霜雪：空气中的水蒸气遇冷凝结成霜雪。这是寒冷的北方冬季的自然现象。朔气：冷空气；寒流。朔：本意是"北"，这里代指寒冷。

5.薰风：带有花草香气的、温和的风。薰：花草的香气。

6.闻道京华雾霾重，此心飞到燕（yān）赵间：余的故乡在河北，大女儿和大外孙一家在北京，北京、河北是空气污染最严重的地方。听说近来北京、河北的雾霾更重了，为亲人担忧的心又悬了起来。燕赵：战国时期的燕国和赵国，在今河北、山西一带。这里的燕赵代指北方，主要指北京、河北。

2015年11月8日（立冬）于深圳

临江仙

写在女儿四十岁生日

金色年华留恋处，孩提记忆油然。
光阴荏苒四十年。
依稀春梦里，往事付云烟。

运蹇时乖无造化，老来愧对难言。
可怜自立建家园。
而今南北地，日夜梦魂牵。

1.金色年华留恋处，孩提记忆油然：光阴似箭，日月如梭，一转眼四十年过去了。今天是余的大女儿四十岁生日，女儿孩提时可爱的音容笑貌和青少年时期的美好时光，不由自主地一下子浮现在我的眼前。金色年华：比喻美好的青春年华。留恋处，在这里是指值得留恋的美好回忆。孩提：幼儿；幼年时期。油然：自然而然地。

2.依稀春梦里，往事付云烟：四十年过去了，往事如过眼烟云。女儿已属不惑之年，这四十年就像是一场梦，酸甜苦辣，辛苦备尝。想到这，令人感叹。依稀：（印象、记忆、情景）模模糊糊。春梦：比喻很快就消逝的美景或空幻不能实现的愿望。

3.运蹇时乖无造化，老来愧对难言：余一生时乖运蹇，命运坎坷，没有造化，没能给儿孙创造一个良好的生活环境，没能给亲人更多的帮助。而今已年逾古稀，老迈龙钟，更是一无所用。每每想到此，总觉得愧对家人，愧对妻儿，愧对人生。虽心有所想，却难以言表。

4.可怜自立建家园：女儿们都是自力更生建起了自己的家。可怜：怜悯；值得怜悯。

5.而今南北地，日夜梦魂牵：余的两个女儿及两个外孙，一家在北京，一家在深圳，天南地北，遥遥相望。不管余在北方还是在南方，都是日日夜夜，魂牵梦绕，只能在电话里互报平安，寄托思念。

2015年11月10日于深圳

感　悟

人生混沌入迷津[韵]，世路茫茫空断魂[韵]。

孝顺儿孙原本少，冥顽子弟日常闻[韵]。

花间露映荣华梦，草上霜飘富贵云[韵]。

得放手时须放手，清心寡欲养精神[韵]。

1. 感悟：通过接触、实践而有所领悟。感：感受；内心受到触动。悟：领会；明白；觉悟。

2. 人生混沌（hùn dùn）入迷津，世路茫茫空断魂：人这一生，可能由于愚昧无知，糊里糊涂地迷失了方向，误入歧途或落入迷妄的境界，茫茫人生路不知如何走下去。面对此情此景，心中茫然、哀伤，悲痛欲绝。混沌：中国古代传说中指天体未形成以前模糊一团的景象，这里是形容人蒙昧无知。迷津：找不到渡口、桥梁，迷失了道路。另外，迷津在佛教里指迷妄的境界。津：渡口。世路：世间的道路；人生的道路，也可引申为人的心路历程。断魂：多形容哀伤，愁苦，有时也形容情深。

3. 冥顽：糊涂顽固；愚蠢无知。

4. 花间露映荣华梦，草上霜飘富贵云：这两句即“荣华花间露，富贵草上霜”之意，比喻荣华富贵就像花间的秋露和凝结在草上的寒霜一样，转瞬即逝，不能长久。荣华富贵又像是梦，是天上飘动的浮云，虚幻缥缈，没有根基。荣华：草木开花，比喻昌盛显达。

2015年11月15日于深圳

台湾行

　　2015年年末，余夫妻赴台湾看望兄嫂，半个多世纪的团圆梦终于成行。苦辣酸甜，尽在不言中。兄嫂已届耄耋之年，且喜身体尚康健，略慰余心。感叹世海之沧桑、人生之飘零，作此《台湾行》以记之。

半世团圆梦，今作台湾行㊟。
耄耋见兄嫂，迟暮对龙钟㊟。
唏嘘复垂涕，泪眼两朦胧㊟。
问答尚未已，驱车越葱茏㊟。
忆昔家道落，困厄不可名㊟。
贫寒犹如洗，家徒四壁空㊟。
甑缶时告罄，敝衣护流形㊟。
亲朋无一字，孑然苦伶仃㊟。
怙恃均早逝，贫病入泉冥㊟。
思之心欲裂，至今梦魂萦㊟。
欲养亲不在，骨鲠刺心中㊟。
最苦明月夜，热泪洒苍穹㊟。
敦厚立身本，辛劳并守成㊟。
弹指六十载，回首叹飘零㊟。
且喜逢盛世，安泰衣食丰㊟。
万事成过往，更惜手足情㊟。
宝岛风光好，日月潭水清㊟。
物阜人和睦，同祖亦同宗㊟。
一衣犹带水，骨肉亲情浓㊟。
鸿沟除壁垒，时时可登程㊟。

厚德能载物，子嗣俱昌隆㊳。

儿孙皆隽秀，其乐也融融㊴。

惟愿共珍重，心怡体康宁㊵。

期颐人不妒，百年贺寿庭㊶。

1.半世团圆梦，今作台湾行：由于历史和人为的原因，海峡两岸隔断半个多世纪。亲人们半个多世纪的团圆梦，直到今天才得以成行。

2.耄耋见兄嫂，迟暮对龙钟：兄嫂已经八九十岁了，老态龙钟，余也已年届古稀，彼此均到迟暮之年，故言迟暮对龙钟。

3.唏嘘：也作欷歔。哭泣后不由自主的抽搭；叹息。

4.葱茏：草木茂盛的样子。这里指从台北桃园机场到兄嫂居住的长庚养生文化村，一路上群山环抱，丘陵起伏，草木茂盛，鲜花盛开，风光无限。

5.困厄不可名：困苦灾难不可名状，无法形容。

6.甑缶（zèng fǒu）时告罄（qìng），敝（bì）衣护流形：家中盛放粮食的瓦罐里经常是光光的，一粒粮食也没有，时常挨饿；破烂的衣服遮蔽着身体。甑缶：古代做饭和盛放粮食的瓦器。罄：完；尽。敝：破烂。流形：流动的形体，即身体。

7.亲朋无一字：没有一个亲戚朋友。世态炎凉，"贫居闹市无人问，富在深山有远亲。"这里是借用杜甫《登岳阳楼》里的诗句："昔闻洞庭水，今上岳阳楼。吴楚东南坼（chè），乾坤日夜浮。亲朋无一字，老病有孤舟。戎马关山北，凭轩涕泗流。"

8.孑然、伶仃：均是形容孤独的样子。

9.怙恃均早逝，贫病入泉冥：怙恃，依仗、凭借。后来用"怙恃"借指父母。余的父母早逝，均乃贫病而亡，连坟墓都无处可寻。每每想起，怅恨之至！虽时光流逝，半个多世纪过去了，但父母的音容笑貌至今仍时时浮现在余的脑海中。子欲养而亲不在，人间一大憾事也！泉冥：黄泉；冥界；冥府，迷信的人称人死后进入的境界。

10.鲠（gěng）：鱼骨；鱼刺。

11.敦厚立身本：敦厚乃立身之本。敦：厚道；诚实；诚恳。

12.手足情：兄弟情；骨肉亲情。

13.物阜人和睦：宝岛台湾物产丰富，人们都很和睦、友好、热情、有教养、有礼貌。

14.一衣带水：一水相隔，如同衣带那样窄，比喻双方离得很近。

15.鸿沟除壁垒，时时可登程：六十多年来历史和人为设置的深沟、壁垒消除了，台湾和大陆往来畅通，时时可以互相探望。鸿沟，古代运河，在今河南省荥（xíng）阳市，秦末楚汉相争时曾划鸿沟为界。《史记·项羽本纪》："项王乃与汉约，中分天下，割鸿沟以西者为汉，鸿沟而东者为楚。"后用以比喻界线分明。

16.隽（jùn）：同"俊"。

17.期颐人不妒，百年贺寿庭：祝愿哥嫂健康长寿，等到哥嫂百岁寿诞时，我会到庭上来祝寿的。期颐：人的寿命活到一百岁称期颐。

2016年元旦于深圳

毛公鼎

国之瑰宝毛公鼎①，五百铭文举世惊②。

称颂圣德铸青史③，美名留与后人听④。

1. 毛公鼎：毛公鼎是据今2800多年前周宣王时期的"国之重器"，因铸器者为毛公而得名，毛公鼎于清代道光28年（1814年）前后，在陕西省岐山县周原出土。毛公鼎通高53.8厘米，鼎身高30.75厘米，重34.5公斤。器形作大口，半球状深腹，兽蹄形足，口沿上树立形制高大的双耳，浑厚而凝重。整个器表装饰十分整洁，显得素朴典雅，洋溢着一股清新、庄重的气息，反映了西周晚期文化思想的变革。鼎腹内铭刻了32行499个篆书文字，洋洋洒洒地记录了毛公辅佐周宣王，后来获得天子赏赐，因而铸此鼎称颂周天子圣德并传示子孙永宝的史实。鼎铭字迹清晰工整，篆文字字笔力遒劲，全篇一气呵成。该铭文是一篇西周真实史料，是研究西周史最珍贵的文献，同时也是我国"造字时代"最经典的作品。铭文中有阳文网格线，是西周中晚期制铭的习惯。除了史料的价值外，毛公鼎在中国古文字学与书法艺术上也具有举足轻重的地位。因此，毛公鼎可谓是举世无双的瑰宝重器。毛公鼎出土后，经多次转手秘藏，抗战期间，险为日本军方所夺。抗战胜利后，民间献鼎归公，现由台北故宫博物院典藏并展示。

2. 五百铭文：毛公鼎腹内铭刻了32行499个篆书文字，五百铭文是取其概数。

3. 称颂圣德：赞美周天子的美德。

4. 青史：史书。古代用竹简写字记事，因称史书为青史。

2016年元月9日于深圳

散氏盘

散氏宝盘订契约㉟，两国争斗一时歇㊱。

金光闪耀和为贵，世代源流永不竭㊲。

1.散氏盘：散氏盘又名"矢人盘"，是西周厉王时期的重器。散氏盘高20.6厘米，腹深9.8厘米，口径54.6厘米，底径41.4厘米，重21312克。散氏盘在康熙间出土于陕西凤翔，嘉庆十一年由醙（cuó）使额勒布以重价购得，十四年进贡内府。据考证，十四年乃嘉庆皇帝五十寿辰，额勒布进贡散氏盘，是呈献给嘉庆皇帝的生日贺礼。曾藏于清朝内府，以其长篇铭文著称于世。散氏盘铭文铸于盘内底上，铭文19行共357字，记载了西周时散国和邻国解决土地纠纷的协议，是一份土地契约。散氏盘是一件风格非常突出的作品。其书法浑朴雄厚，字体用笔豪放质朴，敦厚圆润，结字寄奇隽于纯正，壮美多姿。其既有金文之凝重，又有草书之流畅，开"草篆"之端。散氏盘现由台北故宫博物院典藏并展示。

2.一时：一下子；立刻。

3.金光闪耀和为贵：散氏盘357字的铭文，记载了西周时散国和邻国解决土地纠纷的协议，体现了古人以和为贵的精神。

2016年元月9日于深圳

宗周钟

宝钟华丽号宗周㊟，阅尽人间几度秋㊟。

百字铭文乳丁绕，厉王功业巩金瓯㊟。

1.宗周钟：现藏台北故宫博物院的宗周钟，乃西周晚期的稀世珍宝，是古代钟形乐器的典型代表。商代，钟形乐器大多数是口部朝上，钟体用长柄支起后再敲奏。从西周开始，渐渐改为钟口朝下，钟柄加环悬挂而奏，成为常见的"甬（yǒng）钟"形式。宗周钟便是甬钟的代表。宗周钟外形上最大的特征，是钟身两面共装饰36枚高突的长形乳丁纹，极尽华丽醒目。2800多年过去了，此钟音质依然浑厚宏亮，有宗庙庄严之气概。宗周钟的铭文自钟身正中起读，接着左下角，再转至背面右下角，全篇约123字，是商、周单件钟铭最长者。铭文中因为有一个人名可与周厉王的名字"胡"音相通，故定为周厉王之器。铭文大意为：厉王时有南方的濮（pú）国，大胆来犯周土，厉王便效法他的祖先文王、武王，努力巩固疆土，挥军攻敌，直追到濮国都城。濮君只好派使者来迎，表示臣服。同时，南方及东方的26个邦国代表，也随同朝见。厉王感激天帝及百神保佑，特作此"宗周宝钟"以示纪念，并祈求先王们降赐子孙，福寿安宁，四方太平。

2.百字铭文乳丁绕：环绕宗周钟的钟身有123个字的铭文，是商、周单件钟铭最长者。钟身两面共装饰36枚高突的长形乳丁纹，极尽华丽醒目。

3.厉王功业巩金瓯：宗周钟上的铭文记载了周厉王率军攻击来犯之敌并取得胜利，以保卫和巩固周王朝疆土的事迹。金瓯：比喻国家完整的领土、疆域。

2016年元月9日于深圳

汝窑天青无纹水仙盘

汝窑御用水仙盘[80]，釉色天青似远山[81]。

淡雅纯洁尘不染，无纹孤品作奇观[82]。

1. 汝窑天青无纹水仙盘：北宋汝窑天青无纹水仙盘，北宋宫廷御用瓷器，高6.9厘米，横23厘米，纵16.4厘米，口径23厘米，足径19.3×12.9厘米，重670克，椭圆形盆，侈口，四云头形足。通体满布天青釉，极匀润，底边釉积处略含淡碧色，口缘与棱角釉薄处呈浅粉色。裹足支烧，底部有六个细支钉痕，略见米黄胎色。全器釉面宁静开朗，纯洁无纹片。据考证，汝窑器中无开片者仅此一件，为传世之孤品，极为珍贵。

2. 釉色天青似远山：汝窑被列为宋代五大名窑之首，为冠绝古今之中国瓷器名窑。汝窑以烧制青釉瓷器著称，以温润的天青釉色被誉为青瓷之冠。这件天青无纹水仙盘釉色温润均匀，看上去很像含黛的远山，有一种宁静恬淡之美。

3. 无纹孤品作奇观：汝窑器釉层薄而莹润，釉泡大而稀疏，有"寥若晨星"之称。釉面均有细小的纹片，美称为"蟹爪纹"。而唯独这件天青无纹水仙盘却无纹片，是传世之孤品、绝品，故而极为珍贵，乃世之奇观。

2016年元月12日于深圳

汝窑莲花温碗

莲花温碗泛莹光㉖，釉色青蓝胎体黄㉗。

蟹爪纹痕开片细，晨星寥落宫苑藏㉘。

1.汝窑莲花温碗：北宋汝窑莲花温碗，为一温酒用器，呈十瓣莲花式，碗腹壁稍呈圆弧，直口稍敛，口缘花瓣连贯流畅，圈足稍高。整件器物由底至口厚度均匀，釉薄不透明，釉色呈青蓝，有细开片。全器满釉，圈足内底以五支钉垫烧，支钉点极细，支钉痕胎土呈灰黄色。釉面的细碎纹路，更有"蟹爪痕"之美名。莲花温碗，以其典雅造型，温柔不透明的釉色，在传世不多的汝窑器中，更显珍贵。

2.蟹爪纹痕开片细：汝窑器的表面均有细碎的开片，称为"蟹爪痕"。

3.晨星寥落宫苑藏：汝窑是继定窑之后为宫廷烧制贡瓷的窑场。汝窑烧宫廷用瓷的时间仅20年左右，故传世品极少，被人们视为稀世之珍，弥足珍贵，目前全世界典藏不足70件，台北故宫博物院收藏有21件。这件莲花温碗，以其典雅造型，温柔不透明的釉色，在传世不多的汝窑器中，更显珍贵，就像寥落的晨星秘藏在皇家宫苑中。寥落：稀疏；冷落。

2016年元月12日于深圳

定窑孩儿枕

栩栩如生似卧牛㉒，瓷胎温润象牙柔㉓。

玲珑可爱孩儿枕，寓意吉祥神韵流㉔。

1.定窑孩儿枕："孩儿枕"是瓷枕的一种样式，以定窑、景德镇窑烧制的最为精美。现藏于台北故宫博物院的宋代定窑孩儿枕，此枕做孩童伏卧于榻（tà）上之状，以孩儿背做枕面。孩儿两臂环抱垫起头部，右手持一绣球，两足交叉上跷，身穿长衣坎肩，印团花纹。榻边模印花纹，四面开光，其中一面凸起螭（chī）龙，相对的一面光素，其余两面凸起如意头纹。枕身釉做牙黄色，底素胎，有两孔，刻有乾隆癸巳（guǐ sì）三十八年（1773年）春之御题诗款。这件艺术珍品人物塑造栩栩如生，神情状貌表现得恰到好处，富有情趣，加上瓷胎细腻，釉色白中发暖，如象牙般均匀滋润，整体给人以柔和温馨的美感。这件孩儿枕不但反映出宋代定窑工匠高超的制瓷技能，而且也体现出宋代社会对儿童非常重视。人们认为儿童象征着吉祥幸福，能降福驱灾。这件定窑孩儿枕制作精美，不仅具有很高的艺术价值，同时也是件吉祥之物。

2.栩栩如生似卧牛：此孩儿枕做孩童伏卧于榻上之状，如卧牛状，形象生动，富有情趣。

3.瓷胎温润象牙柔：此孩儿枕瓷胎细腻，釉色白中发暖，如象牙般均匀滋润，整体给人以柔和温馨的美感。

4.寓意吉祥神韵流：这件孩儿枕制作精美，人物塑造栩栩如生，神韵流动，神情状貌表现得恰到好处，是一件难得的艺术珍品，不仅具有很高的艺术价值，同时也是件吉祥之物。

2016年元月12日于深圳

快雪时晴帖

三希法帖缺一帖，快雪时晴作远行①。

绝世奇珍何处是？娜嬛仙阙锁真容②。

1.快雪时晴帖：《快雪时晴帖》是东晋大书法家王羲之的书法作品，以行书写成，纸本墨迹。帖纵23厘米，横14.8厘米，行书四行，二十八字。现存此帖为唐代双钩填廓法临本，珍藏于台北故宫博物院。《快雪时晴帖》是一封书札，其内容为作者写他在大雪初晴时的愉快心情及对亲朋的问候。其原文是："羲之顿首：快雪时晴，佳。想安善。未果为结，力不次。王羲之顿首。山阴张侯。"其大意是："王羲之拜上：刚才下了一阵雪，现在天又转晴了，想必你那里一切都好吧！那件事情没能帮上忙，心里纠结至今。世上很多事情就是这么无奈。王羲之拜上。山阴张侯亲启。"《快雪时晴帖》以"羲之顿首"行草开头，以"山阴张侯"行楷结尾，笔法雍容古雅，圆浑妍媚。其中或行或楷，或流而止，或止而流，被历代誉为珍稀。赵孟頫（fǔ）、刘赓（gēng）、护都沓（tà）儿、刘承禧、王稚登、文震亨、吴廷、梁诗正等人的跋语中都表示惊羡和赞叹。清乾隆帝把此帖和王珣《伯远帖》、王献之《中秋帖》的晋人三帖，并藏于养心殿西暖阁内，御书匾额"三希堂"，视为稀世瑰宝。《快雪时晴帖》被乾隆帝视为"三希"之首。

2.三希法帖缺一帖，快雪时晴作远行：三希法帖缺了一帖，缺了王羲之的《快雪时晴帖》，此帖曾辗转流徙了大半个中国，再想见到《快雪时晴帖》可就难了。一是此帖不在大陆，二是此帖太珍贵，三是书画作品极难保存，即使在台北故宫博物院也难得展示一次。"快雪时晴"即指《快雪时晴帖》。"作远行"指国宝由北京故宫辗转流徙最终被运往台湾。

3.娜嬛仙阙：娜嬛，神话中天帝藏书的地方。仙阙，神仙居住的宫殿，在这里用以代指台北故宫博物院。

2016年元月13日于深圳

寒食帖

坡老寒食作诗帖，笔酣墨饱韵无双②。

苍凉惆怅多乖蹇，浴火重生返故乡④。

1.寒食帖：《寒食帖》亦称《黄州寒食帖》《黄州寒食诗帖》，是苏轼行书的代表作。这是一首遣兴的诗作，是苏轼被贬黄州第三年的寒食节所发的人生之叹。诗写得苍凉惆怅，表达了苏轼此时惆怅孤独的心情。此诗的书法也正是在这种心情和境况之下，有感而写出的。《黄州寒食诗帖》彰显动势，洋溢着起伏的情绪，迅疾而稳健，痛快淋漓。通篇书法跌宕（dàng）起伏，光彩照人，气势奔放，而无荒率之笔。苏轼将诗句心境情感的变化，寓于点画线条的变化之中，或正锋，或侧锋，转换多变，顺手断联，浑然天成。其结字亦奇，或大或小，或疏或密，有轻有重，有宽有窄，参差错落，恣（zì）肆奇崛，变化万千。《黄州寒食诗帖》是苏轼书法作品中的上乘之作，在书法史上影响很大。世人将《寒食帖》与东晋王羲之《兰亭序》、唐代颜真卿《祭侄文稿》合称为"天下三大行书"，或单称《寒食帖》为"天下第三行书"。还有人将"天下三大行书"作对比说：《兰亭序》是雅士超人的风格，《祭侄帖》是至哲贤达的风格，《寒食帖》是学士才子的风格。它们先后媲美，各领风骚，可以称得上是中国书法史上行书的三块里程碑。

《寒食帖》的两首诗文是：其一："自我来黄州，已过三寒食，年年欲惜春，春去不容惜。今年又苦雨，两月秋萧瑟。卧闻海棠花，泥污燕支雪。暗中偷负去，夜半真有力。何殊病少年，病起须已白。"其二："春江欲入户，雨势来不已。小屋如渔舟，蒙蒙水云里。空庖（páo）煮寒菜，破灶烧湿苇。那知是寒食，但见乌衔纸。君门深九重，坟墓在万里。也拟哭途穷，死灰吹不起。"

2.韵无双：《寒食帖》的神韵无双，无可匹敌。韵：神韵；韵致。

3.苍凉惆怅多乖蹇：这句有两层意思，一是说苏轼晚年命运乖蹇，凄凉惆怅；另一层意思是说《寒食帖》的命运多舛，辗转流徙，几经火灾，数度沉浮，最终被用重金从海外购回，才得以回归祖国。

4.浴火重生返故乡：《寒食帖》的命运多舛。清咸丰十年（1860年）英法联军火烧圆明园，《寒食帖》险遭焚毁，旋即流落民间。几经辗转，1922年，《寒食帖》又被高价出售给日本收藏家菊池惺堂。1923年9月，日本东京大地震，菊池家遭灾，所藏古代名人字画几乎被毁一空。当时，菊池惺堂冒着生命危险，从烈火中将《寒食帖》抢救出来。震灾之后，菊池惺堂将《寒食帖》寄藏于友人内藤虎斋中。第二次世界大战期间，东京屡遭美国空军轰炸，《寒食帖》幸而无恙。《寒食帖》流失海外，一直使中华儿女耿耿于怀。第二次世界大战刚一结束，国民政府外交部长王世杰私嘱友人在日本访觅《寒食帖》，当知下落后，即以重金购回，并题跋于帖后，略述其流失日本以及从日本回归中国的大致过程。千年国宝赖王世杰先生之力回归祖国，至今仍珍藏在台北故宫博物院内，故言"浴火重生返故乡"。这里的故乡代指祖国。

2016年元月13日于深圳

溪山行旅图

巨峰突兀瀑飞流②，行旅跫跫溪路游③。

浓墨雄奇韵高古，叹为观止信难求④。

1.溪山行旅图：《溪山行旅图》为北宋大画家范宽的作品。此图描绘溪山行旅，作品给人的第一感觉就是气势雄伟，体现出北方山水画派坚凝雄强的特点。画面由上而下分三段布局，分别代表前、中、后的距离，极富空间感。图中巨峰壁立，几乎占满了画面，山头杂树茂密，飞瀑从山腰间直流而下，山脚下巨石纵横，使全幅作品体势错综。在山路上出现一支商旅队伍，路边一湾溪水流淌，正是山上流下的飞瀑，使观者如闻水声、人声、骡马声，也点出了溪山行旅的主题。该作品使用丝质的绢作为画布，长206.3厘米，宽103.3厘米，以浅淡的色彩作极为精致的构图，举凡山川流水、高山岩石，都能细心勾勒且呈现出立体的空间感。至于人物、马匹等亦能够在尺寸极为狭小的限制下，活灵活现，因此受到历代收藏家的珍爱，图上钤有许多藏家的印记。《溪山行旅图》历来被称为范宽的代表作，树叶间有"范宽"二字题款。历代评论家对此画称赞备至。徐悲鸿曾高度评价此画："中国所有之宝，故宫有其二。吾所最倾倒者，则为范中立《溪山行旅图》，大气磅礴，沉雄高古，诚辟易万人之作。此幅既系巨帧（zhēn），而一山头，几占全幅面积三分之二，章法突兀，使人咋舌！"该作品现收藏于台北故宫博物院，为首屈一指的镇馆之宝。

范宽（约950—1027年），名中正，字中立，北宋时人。中国古代著名画家，善画山水，重视写生。为人风仪峭古，磊落不拘世俗。其作品大多气魄雄伟，境界浩莽，雄阔壮美，墨韵浓厚，笔力鼎健。晚年卜居于终南山、太华山，置身自然，尽得画意。其画风对后世影响极大。

2.巨峰突兀瀑飞流：画面上巨大的山峰高耸，瀑布从山上飞流直下。突兀：高耸。

3.行旅跫（qióng）跫溪路游：从山上飞流而下的瀑布在山脚下形成一湾溪流，溪水旁的山路上行走着一支商旅队伍，他们走路的脚步声好像都能听到。跫跫：脚步声。

4.浓墨雄奇韵高古：这是对范宽画风的赞叹：墨韵浓厚，雄阔壮美，韵致古拙，境界高雅。

5.叹为观止：《左传·襄公二十九年》记载，春秋时吴国的季札在鲁国观看乐舞，看到舞时的乐舞十分赞美，说："观止矣！若有他乐，吾不敢请已。"意思是说，看到这里就够了，别的乐舞不必再看了。后来就用"叹为观止"赞美看到的事物好到了极点。

6.信难求：实在难找，引申为好到了极点，没有能超过的。

2016年元月15日于深圳

江行初雪图

寒江初雪路行难①，萧瑟踯躅驴不前③。

却见渔人正张网，无关雅士弄清闲④。

1.江行初雪图：《江行初雪图》是一幅山水人物并重的作品。展开画卷，卷首呈现一行五代南唐后主李煜苍古的题字："江行初雪南唐学生赵干状"，由这十一个字标明了这幅画的画题与作者。画卷描绘长江沿岸渔村初雪及渔人江上作活的情景。画面上，江雪纷飞，天色清寒，树木葱茏，烟笼雾锁，江岸小桥，一片初白，寒风萧瑟，江水微泛，一派天寒寂静之景。江岸上旅客趱（zǎn）行于长林雪堤，骑驴者畏缩不前，人驴面目各具苦寒难行之色。而江上渔夫却不顾天寒地冻在撒网捕鱼，渔家之艰辛，描述殆（dài）尽。人物神情描绘逼真生动，渔人和旅人恰成绝妙对比。画幅上有宋宣和、金明昌、元天历、清乾隆、嘉庆诸印，以及柯九思、吴瑞、梁清标、安岐诸收藏印。由所钤印章可知，此卷历经宋元明清各朝内府及私人收藏，是一件流传有序的绘画精品。

2.赵干，江苏江宁（今南京）人，南唐后主李煜时为画院学生，善画山水林木，尤其长于布景。由于其从小生长在江南，故所画山水多作江南景物。《宣和画谱》云：赵干画"楼观、舟船、水村、渔市、花竹，散为景趣，虽在朝市风埃间，一见便如江上"。

3.萧瑟踯躅（zhí zhú）驴不前：江岸上旅客趱行于长林雪堤，因天寒地冻，骑驴者畏缩不前，人驴面目各具苦寒难行之色，形容雪中道路难行。踯躅：徘徊不前。

4.无关雅士弄清闲：在达官显贵、富人及文人雅士的眼里，这幅《江行初雪图》，一片天籁，意境高雅幽远。而画中所描绘的却是为生计而在大雪中奔波趱（zǎn）行的旅人和在天寒地冻、大雪纷飞的江面上依然撒网捕鱼的渔夫，其生活之艰辛不言而喻。两者在境遇、环境、情感、格调等各方面，都是迥然不同和格格不入的。

2016年元月15日于深圳

富春山居图

浩瀚绵延图卷长[韵]，风光旖旎富春江[韵]。
溪山丘壑飞泉瀑，沙甸平畴看鸟翔[韵]。
茅舍凝愁烟雾里，渔舟沉醉水云乡[韵]。
黄公晚暮作秋景，绝世稀珍两地藏[韵]。

1. 富春山居图：《富春山居图》是“元四大家”之首的大画家黄公望79岁时为郑樗（chū 无用禅师）所作，为中国水墨山水的扛鼎之作。《富春山居图》以浙江富春江为背景，全图用墨淡雅，山和水的布置疏密得当，墨色浓淡干湿并用，极富变化，是黄公望的代表作，被称为“中国十大传世名画”之一。这件宏幅巨制始画于元至正七年（1347年），历时三四年，于元至正十年，直到他谢世前不久才告完成，前后倾注了作者大约七年的心血，是画家与富春山水情景交融的结晶。富春山居图所画内容约80%是桐庐境内富春江的景色，20%为富阳的景色。展开画卷，呈现在我们面前的是富春江一带秋初的景色：丘陵起伏，峰回路转，江流沃野，沙町（tǐng）平畴，云烟掩映村舍，水波出没渔舟，近树苍苍，疏密有致，溪山深远，飞泉倒挂，亭台小桥，各得其所，人物飞禽，生动适度。正是“景随人迁，人随景移”，达到了步步可观的艺术效果。元代以来，历代书画家、收藏家、鉴赏家，乃至帝王权贵都对《富春山居图》推崇备至，并以能亲眼目睹这件真迹为荣幸，使这卷宝图既备受赞颂，也历尽沧桑。该画辗转流徙，几经沉浮，于明朝末年传到收藏家吴洪裕手中。吴洪裕极为喜爱此画，甚至在临死前下令将此画焚烧殉葬，幸被吴洪裕的侄子吴静庵（字子文）从火中抢救出来，但此时画已被烧成一大一小两段。较短的前段称《剩山图》，较长的后段称《无用师卷》。该画在辗转流传过程中，曾引发出乾隆年间有趣的“富春疑案”，弄得乾隆皇帝神魂颠倒，误判真伪。如今，长0.51米，题跋6米多的前半卷《剩山图》收藏于浙江省博物馆，为浙江省博物馆镇馆之宝。长6.4米的后半卷《无用师卷》收藏于台北故宫博物院。

2. 黄公望：（1269—1354年），字子久，号一峰，大痴道人，常熟（今属江苏）人。元代画家，擅长画山水，多描写江南自然景物，以水墨、浅绛风格为主，与王蒙、倪瓒、吴镇并称元四家。其原系浙西廉访司一名书吏，因上司贪污案受牵连，被诬入狱。出狱后改号"大痴"，从此信奉道教，云游四方，以诗画自娱，并曾卖卜为生。他学画生涯起步较晚。然由于生活坎坷，寒暖自知，所绘山水，必亲临体察，画上千丘万壑，奇谲（jué）深妙。其笔法初学五代宋初之董源、巨然一派，后受赵孟頫熏陶，善用湿笔披麻皴，为明清画人大力推崇，成为"元四大家"中最负盛名的大画家，以卓越的艺术成就兀立顶峰，对后世画坛产生了巨大影响，被推为"元四家之首"。此外，画作之余，留有著述，如《写山水诀》《论画山水》等，皆为后世典范之学。

3.浩瀚绵延图卷长，风光旖旎富春江：《富春山居图》是一幅很长很长的图卷，景物繁多，连绵不断，其绘制的是富春江两岸初秋时柔美的山水风光。浩瀚：水盛大的样子；广大，漫无边际。这里用来形容篇幅巨大。绵延：延续不断。旖旎：柔和、美丽。

4.溪山丘壑飞泉瀑，沙甸平畴看鸟翔。茅舍凝愁烟雾里，渔舟沉醉水云乡：这四句都是在状写富春山居图上所描绘的景物，如山峰、丘陵、溪流、沟壑、山泉、飞瀑、沙洲、原野、田地、飞鸟，以及烟雾笼罩下像是在发愁的村庄、茅舍和留恋、出没于江水里的渔船、小舟等。丘壑：丘陵，深沟。平畴：平坦的田地、原野。沉醉：比喻深深地迷恋或沉浸在某种事物当中。

5.黄公晚暮作秋景：《富春山居图》是元代大画家黄公望在其晚年所作的富春江两岸初秋时的景色图。

日月潭

日月明珠双璧连[韵]，卧伏阿里玉山巅[韵]。
云光万缕峰峦翠，潭水一泓雀羽蓝[韵]。
古刹浮图垂倒影，扁舟画舫荡清闲[韵]。
香风吹过涟漪起，涵碧悠游不羡仙[韵]。

1. 日月潭：日月潭是台湾地区风景优美的“天池”，台湾第一大淡水湖，卧伏在玉山和阿里山之间的山头上。地处阿里山以北、能高山之南的南投县鱼池乡水社村，旧称水沙连、龙湖、珠潭、双潭、水社大湖，亦名水里社。日月潭湖面海拔748米，常态面积7.93平方公里（满水位时10平方公里），平均水深19.1米，最大水深40米，湖周长35公里。水面比杭州西湖略大，水深却超过西湖10多倍。日月潭潭中有一小岛，远望好像浮在水面上的一颗珠子，名“拉鲁岛”（又称珠子屿）。以此岛为界，北半湖形状如圆日，南半湖形状如弯月，日月潭因此而得名。现因蓄水建造发电厂，湖形变得像一张枫叶。日月潭是台湾岛最著名的风景区，在清朝时即为台湾八大景之一，有“海外别一洞天”之称。日月潭之美在于环湖重峦叠峰，苍茫葱翠，湖面辽阔，潭水澄澈，一年四季，晨昏景色各有不同。潭四周点缀着许多亭台楼阁和寺庙古塔。山腰的玄奘寺内存放着唐代高僧玄奘的部分遗骨。日月潭气候温润，7月平均气温不高于22℃，1月不低于15℃，夏季清爽宜人，为避暑之胜地。

2. 日月明珠双璧连，卧伏阿里玉山巅：日潭和月潭像一对耀眼的明珠和一双玲珑的璧玉，紧紧地连在一起，镶嵌在玉山和阿里山之间的山头上。

3. 云光万缕峰峦翠，潭水一泓（hóng）雀羽蓝：蓝天白云，晴空万里，在阳光的照耀下，云光映射着日月潭周围苍翠的群峰重峦，潭水清澈，泛着孔雀蓝的莹光。一泓：一湖；一潭；一池。泓：水深而广。

4. 古刹浮图垂倒影：古寺宝塔的影子倒映在湖面上。日月潭四周点缀着许多亭台楼阁和寺庙古塔。如玄光寺、玄奘寺、文武庙、慈恩塔、涵碧楼、育乐亭等。古刹：古寺。浮图：也作浮屠。古时曾把佛塔误译为浮图，故又称佛塔为浮图。

5. 扁舟：小舟；小船。扁：小。

6.香风吹过涟漪（lián yī）起：带着花草香气的风将湖面吹起细小的波纹。涟漪：水面细小的波纹。

7.涵碧悠游不羡仙：悠闲地流连于日月潭畔，从容自在地漫步在环湖的林荫小路上，欣赏着优美的湖光山色，呼吸着带有花草香气的新鲜空气，尽情享受着大自然的美景。人生如是，夫复何求？连作神仙也不羡慕了。涵碧：日月潭的西北有一个小半岛伸向湖中，这就是涵碧半岛。环涵碧半岛修有涵碧步道，环绕涵碧半岛水滨。步道的起点为梅荷公园，步道平缓蜿蜒，穿梭于林荫花木中。清晨漫步其中，可见五色鸟、山红头、绣眼画眉等鸟类活跃于林间。行至潭畔码头可尽览慈恩塔、拉鲁岛及群山绿水之美景。育乐亭是远眺湖对面青龙山脉及拉鲁岛的最佳地点，仔细观察可以体会传说中青龙抢珠的地理奥妙！蒋介石行馆涵碧楼即因坐落于涵碧半岛而得名。蒋介石先生及夫人宋美龄女士生前时常漫步于涵碧步道欣赏日月潭的美景，步道两侧还栽种着蒋夫人最喜欢的桂花、栀（zhī）子花等香花灌木，花香袭人。悠游：闲暇安适，尽情游玩。

2016年元月20日于深圳

冬日雨中游阳明山

初上阳明山路长①，盘旋迤逦散硫黄②。

寒风细雨峰峦翠，浓雾彤云古道藏③。

纱帽擎天龙凤谷，油坑冷水梦湖塘④。

可惜不是春花季，难见人潮喜欲狂⑤。

1.阳明山：阳明山原名草山，1950年，蒋介石为纪念明代学者王阳明，将大屯山、七星山、纱帽山、小观音山一带的山区改名为阳明山。阳明山国家公园是台湾地区最早的国家公园之一，位于台北市近郊，以大屯火山群为主的火山地形景观是阳明山国家公园的主要特色。保护区内有火山遗迹和多种自然景观，其中如火山锥、火山口、喷气孔、地热、温泉、断层、瀑布、湖泊、盆地、平台、植物、动物等。阳明山温泉距台北市仅16公里，泉水从七星山麓涌出，系纯硫化氢泉，水量很大，溢成溪流。另外，尚有前山公园、阳明公园及七星公园三座公园。阳明公园遍植台湾原生的山樱花和多种樱花，以及梅花、杜鹃花、茶花、碧桃、杏花等花木。每年春季百花齐放，其间举行的"阳明山花季"均能吸引满山人潮，为全台湾最知名的赏花节日之一。阳明山国家公园一带的人文景观主要有中山楼、辛亥光复楼、阳明书屋、草山行馆，以及台湾文化大学等。

2.初上阳明山路长，盘旋迤逦（yǐ lǐ）散硫黄：第一次上阳明山，感到山路很长，曲折盘旋、连绵不断。阳明山中有许多硫黄矿，山上时不时散发出硫黄的气味。迤逦：曲折而连绵不断。

3.寒风细雨峰峦翠，浓雾彤云古道藏：这两句点明登山时遇上了阴雨天，时而寒风细雨，峰峦苍翠，时而云雾浓重，遮住了登山的古道。彤云：浓云。古道：阳明山一带有许多登山古道和登山步道。如七星山登山步道、石梯岭登山步道、鱼路古道等等。藏：在这里是隐藏、被遮挡意。

4.纱帽擎天龙凤谷，油坑冷水梦湖塘：这是阳明山景区里一些较有名的休憩与游览景点：中山楼前秀峰独立的纱帽山；旧称大岭牧场的擎天岗游憩区；原是采硫黄遗址的龙凤谷硫黄谷游憩区；位于七星山西北麓的小油坑，是一处凹（āo）口式的火山活动地形，喷气孔终年有蒸气喷出，烟雾蒸腾，散发着浓烈的硫黄气味；冷水指的是冷水坑温泉，水温

40℃，冷水坑附近的牛奶湖，是台湾唯一的沉淀硫黄矿床。牛奶湖的池底会喷出硫黄瓦斯，其中带有硫黄粒子，沉淀而使得湖泊成乳白色，所以被称为牛奶湖。梦湖塘是指梦幻湖，为一天然湖泊，梦幻湖中生长的台湾水韭为台湾的特有物种，且只生存于本湖，是极为稀有且濒临绝种的保育类植物。

5.可惜不是春花季，难见人潮喜欲狂：可惜这次游阳明山来的不是时候，不是百花盛开的春季，看不见满山人潮赏花的壮观场面。阳明公园遍植各种花木，每年春季百花齐放，其间举行的"阳明山花季"均能吸引满山人潮，为全台湾最知名的赏花节日之一。喜欲狂：欣喜若狂。

2016年元月22日于深圳

游士林官邸

环境清幽庭院深①，群山笼黛起氤氲②。

小桥流水绕芳甸，古木名花点翠茵③。

西式风情呈浪漫，东方美景现温馨④。

此生有幸作观览，岁月悠悠昭世人⑤。

1. 士林官邸：士林官邸位于台北市士林区中山北路五段和福林路交界处，周围为福山山系环抱，因地理位置极佳，故成为蒋介石、宋美龄官邸。士林官邸分为山区和平地。这里三面环山，庭园造景设计精致，名花古木、园艺草坪、绿树婆娑、花香浮动、虫鸣鸟叫、景色秀丽，是休闲游憩的绝佳场所。士林官邸由外而内分为外花园、内花园、正房等几个区域。外花园中有温室盆栽区及玫瑰园，据说是蒋夫人最喜爱的花园。内花园是中式庭园和西式庭园的合称。西式庭园里的苗圃、花艺、雕塑、水池等洋溢着浪漫的西方风情。中式庭园里的拱桥、曲池、流水等东方庭园造景，则令人仿佛置身于古代中国。其他如园艺馆、新兰亭、凯歌堂等，都是十分具有特色的建筑。中西两种风格同时聚合在一个地方，并没有显得突兀和怪异，却有着一种别样的美。从这里可以看出蒋介石和宋美龄各自的喜好和风格，一个仍然残留着封建思想的军阀官僚和一个完全西化的知性女子的结合，却犹如这花园般令人惊异地和谐。

蒋介石于1950年3月31日住进士林官邸，直到1975年4月5日病逝，在官邸度过26年。官邸记录了台湾第一家庭的生活点滴，也在中华民国建国史上的关键年代扮演着重要角色。2005年，台湾主管部门内政部公告，将士林官邸指定为台湾省级古迹。

2. 群山笼黛起氤氲：士林官邸三面环山，背倚福山山系，远远望去，青黛色的群山连绵起伏，烟雾笼罩。

3. 芳甸、翠茵：芳香流溢的花圃，绿茸（róng）草的草地。

4. 此生有幸作观览，岁月悠悠昭世人：时光荏苒，岁月变迁，过去这个带有神秘色彩的地方，现在也撩开了面纱向世人公开了真面目，余之此生也因此而有幸到这里来参观游览。昭：显示；公开。

2016年元月25日于深圳

赞台北101跨年烟火表演

跨年烟火在青冥①，极尽奢华春意浓②。

逐电追风星拱月，流光溢彩雀开屏③。

缤纷艳丽惊寰宇，梦幻迷离耀太空④。

万紫千红城不夜，擎天玉柱绕霓虹⑤。

1. 台北101：又称台北101大楼，在规划阶段初期原名"台北国际金融中心"，位于台湾台北市信义区，高508米，由建筑师李祖原设计，曾保持中国世界纪录协会多项世界纪录。2010年以前，台北101是世界第一高楼（但不是世界最高建筑，当时的世界最高建筑是加拿大多伦多国家电视塔）。等到在建的武汉绿地中心（636米）、深圳平安国际金融中心（660米）和上海超群大厦（1228米）建成之后，台北101大楼将被远远地甩在后面。台北101大楼以中国人的吉祥数字"八"（"发"的谐音）作为设计单元，每八层楼为一个结构单元，形成多节式外观，大楼造型宛若劲竹节节高升，彼此接续，层层相叠，构筑整体，象征生生不息的中国传统建筑意涵。它在外观上形成有节奏的律动美感，开创国际摩天楼的新风格。它拥有世界最快速的电梯，从5楼直达89楼的室内观景台只需37秒，电梯攀升速度为每分钟1010米，其长度也是世界第一。它是世界上第一座防震阻尼器外露于整体设计的大楼。圆球形防震阻尼器重达660吨，直径5.5米，也是世界第一。

2. 台北101大楼跨年烟火表演：夜晚的台北101，外观会打上灯光，以彩虹七种颜色为主题，每天更换一种颜色，每天日落时间开始亮灯，至晚上10点关闭。特殊节日，会以节庆为主题在外墙以灯光表现特殊的文字或图形。台北101大楼自2004年年末以来，固定于每年12月31日至次年1月1日（元旦）晚间举行台北101跨年烟火表演。此项表演的特色是施放世界上罕见的摩天大楼式烟火，是有记录以来第一次在摩天高楼上施放大型烟火，最高施放点高达508米，位于大楼的尖塔顶部，是全世界施放点最高的烟火。2010年至2011年跨年烟火表演时所施放的烟花数高达30000发，创下世界上于摩天大楼施放烟花数的最高纪录。自开始举办以来，配合周边的跨年活动，每年均吸引数十万人于现场观赏，并成为国际及台湾最知名的跨年活动之一。其燃放形式和名称如光耀寰宇、万紫千红、缤纷艳丽、梦幻霓虹、花开富贵、孔雀开屏、春满人间、舞动彩虹、祥龙盘旋、风起云涌、金彩绝伦、追龙逐凤、雷霆万钧、百秒雷鸣、圆满如意、步步高升、众星拱月、一柱擎天、世界第一、城开不夜等。台北101跨年烟火表演壮观华丽，极尽奢华，异彩流光，如梦如幻。在现场观看的数十万民众也都是如痴如醉，流连忘返。

3. 赞台北101跨年烟火表演：这是一首赞美台北101大楼跨年烟火表演的诗，全篇诗句几乎全是由所燃放烟火的形式和名称组成，乃游戏诗作而已。

4. 跨年烟火在青冥：点明跨年烟火是在高空燃放，是在台北101摩天大楼上燃放。青冥：青天；天空；高空。

5. 城不夜：不夜城。

6. 擎天玉柱绕霓虹：台北101这座摩天大厦，像巨大的擎天玉柱，在烟火表演中，从上到下，向四面八方喷射着五光十色、异彩纷呈的烟花，通体彩虹缠绕，梦幻迷离，蔚为壮观。擎天玉柱：这里用以比喻台北101大楼。

2016年元月27日于深圳

游九份

神奇诡异小山城[韵]，古色古香喧闹中[韵]。
店面如云陈百货，游人杂沓赏风情[韵]。
咖啡馆里聊金梦，茶肆露台望海虹[韵]。
直待更深夜阑后，倚窗遥数打鱼灯[韵]。

1. 九份：九份位于台湾新北市瑞芳区。据《台北县志》记载，在清领时代初期的时候，这地方的村落住了9户人家，每当外出到市集购物时都是每样要“九份”，到了后来九份就成了这村落的地名，一直沿用至今。九份早期因盛产黄金而兴盛，当时，大大小小的金矿坑有80多个，坑道像蜘蛛网一样四通八达，山城入夜后灯火辉煌，曾有“小香港”和“亚洲金都”之称。矿藏挖掘殆（dài）尽后从而没（mò）落，屋舍人去楼空，老街人烟稀少，喧闹的小镇又归于平静。属于黄金的繁华虽已褪去，但九份独特的乡土魅力却吸引着八方游客。每年都有许多画家、雕塑家、陶艺家聚集在这个小小的山城，到此缅怀过去，寻求创作灵感。他们给金尽人散、沉寂多年的九份又注入了新的活力。20世纪80年代后期，台湾著名导演侯孝贤所执导的一部电影《悲情城市》在九份取景拍摄。这部获得威尼斯大奖的电影，令人再次注意到这个特别的小镇。九份独特的旧式建筑、坡地和风情，透过此片而吸引着国内外的关注，也为小镇重新带来了生机，使九份又成为一个很受欢迎的观光景点。九份的房屋顺应山势，鳞次栉比地盖在一起，狭窄的街道和陡直的石阶，高高低低，弯弯曲曲，是九份最具特色的景观，石头铺就的街道两旁全是商铺，小街上的人摩肩接踵（zhǒng），行走时，感觉像是走在住户的屋顶上。九份的街道都是窄窄小小的，其中的基山街是最热闹的一条。这条颇有味道的老街，体现了台湾特有的食文化，是九份最繁华的商圈。街两边是百余家小店面，传统小吃、饮食店、民艺店，吃喝玩乐住全都包了。九份的咖啡店很多，台湾歌手陈绮贞的歌曲《九份的咖啡店》，就是来自这里。从露台向外看，可看到山峦、海景、金矿遗址和台湾第一座电影院“升平戏院”。在这种古色古香的环境下，喝一杯香浓的咖啡，会给你带来一种悠然自得、心旷神怡的感觉。有人说，来九份如果没有走过竖崎路就不算来过九份。竖崎路是一条漫长的石阶梯，是九份最具特色的“阶道”。石阶、茶香、老房，勾勒出一幅怀古美景，也就是这种特殊的美，吸引着广大的中外游客和摄影爱好者。人们慢慢地走，细细地看，尽管人多，却没有喧嚣嘈杂之声。九份没有宾馆，也没有酒店，但却有很多可供住宿的民居，里面的设施和干净程度不亚于宾馆和酒店。选择一个面海的房间住下，夜阑人静时，倚窗看渔火闪烁的渔港，享受山城夜晚的宁谧（mì），那将是多么惬（qiè）意。

2. 诡异：奇异。

3. 店面如云陈百货：店铺很多，像云一样聚集在一起。商店里陈列着各种各样的货物、商品。

4. 杂沓：纷乱；杂乱。

5. 聊金梦：闲聊九份金矿开采业的兴衰及一代一代人的淘金梦想。

6. 茶肆：茶馆。

7. 海虹：海上的彩虹。

8. 直待更深夜阑（lán）后，倚窗遥数打鱼灯：等到夜深人静以后，在静谧的夜晚，倚靠着窗户，遥望着海面，仔细地数着、指点着夜里在海上打鱼船上的灯火，尽情享受海边山城夜晚的宁静与浪漫。直待：等到。夜阑：夜深。阑：将尽。数：数数；点算。

2016年元月29日于深圳

赞长庚养生文化村二百字

　　余兄嫂已届耄耋之年，家住台北桃园长庚养生文化村。多年来，余心常惴惴。前日有幸去台北看望兄嫂，见养老院设施之完备、理念之人性化、服务之周到、居民之友善，均出乎意料之中。兄嫂得以在此颐养天年，余心得安，故作此二百字以赞之。

养生文化村，台北桃园邻。
群山相环抱，四季皆如春。
绿树遍峦野，繁花连翠茵。
逶迤盘山道，葱茏起氤氲。
依托长庚院，慈善贵精神。
设计讲人性，服务理念存：
养生蕴文化，社区重怡亲，
健康达长寿，教育体验深。
设施俱完备，关怀送温馨。
休闲兼娱乐，颐养性情淳。
起居自安适，调理知寒温。
医疗有保障，监控在中心。
联谊交友广，相与共晨昏。
人各自有爱，意趣技艺分。
保健常实践，讲座并咨询。
和谐小社会，返朴亦归真。
此乃风水地，世外桃源林。
满楼飘白髮，耄耋座上宾。
藏龙又卧虎，叱咤变风云。
南山松不老，期颐贺寿辰。

1.长庚养生文化村：长庚养生文化村位于台湾桃园龟山乡常青路，占地一个山头约34公顷，由台塑集团董事长王永庆投资500亿新台币，依托长庚医院建成。该地环境优美，群山环抱，绿化景观象公园；且交通便利，村内设有免费大巴，半小时一班直达台北等地。全村3600户，房屋为七层建筑，有两种房型，一房一厅式14坪约46平方米，一房二厅式22坪约73平方米。全村均为无障碍的环境设计，24小时安全保卫，进出村须刷卡。村内附属有超市、书店、银行等服务性设施。村内居民除了自己做饭外，还可到小吃店、餐厅等餐饮区就餐，或选择送餐服务。村内养生休闲生活多种多样，建有健康俱乐部、体育馆、游泳池、网球场等休闲场所，还设有宗教活动场所，开展运动养生、娱乐交谊、艺文技艺、民俗活动、宗教活动等，真正做到了老有所养、老有所乐、老有所学、老有所为。

　　养生村内的健康服务内容完善，包括设立社区医院，提供居民特约门诊、康复及照顾护理等医疗服务；定期健康检查、防疫注射与体能检测，建立个人健康资料库；规划居民个人健康计划，提供养生处方和配膳建议，定期举办健康讲座、养生咨询；设立全天候监控中心，每户都设有紧急呼叫设施，确保高效率的紧急救护等。

　　长庚养生文化村的设计理念包括"怡亲、健康、养生、文化、社区、体验、教育训练"等七大主题，但最主要的理念是"活到老，做到老"。例如，村内有会议厅，可举办学习演讲活动，如果入住的是教授，则可以在此指导学生写论文，其他老人也可增加与年轻人的交流。村内居民多为退休官员、教授、作家等高级知识分子及华侨，人们的素质都很高，实乃藏龙卧虎之地。人们和谐相处，幸福而安逸。

　　养生文化村的收费标准有两种，自买村内住房或租房。由于该住宅的土地是政府作为福利低价划拨，因此每平方米造价不高，售价在台湾算是平价，已销售一空。文化村"银发住宅"买房规定：此房不能作为遗产处理，到不住时须交回村里作为捐助。入住养生文化村每年须缴管理费，入村时须预付一年管理费作为入住保证金，退住时无息退还。租房者须预交10年房租。相对于优美的环境、完善的设施和周到的服务，入住长庚养生文化村的房租算是很低廉的，目前在大陆还找不到一家这样的养老院。文化村设有村民代表参加的村民管理委员会，设村长一人，自主经营和管理。养生村的管理分为有酬工作和志愿义工服务。村内居民们积极开展义工活动，做满一定义工时间，可以减免部分管理费用。文化村不用政府补贴，接受慈善机构捐助。

　　2.惴（zhuì）惴：形容发愁害怕的样子。如惴惴不安。

　　3.依托长庚院，慈善贵精神：长庚养生文化村依托长庚医院所建，是台塑集团董事长王永庆以其父王长庚之名所实施的慈善事业。

　　4.南山松不老，期颐贺寿辰：祝愿居住在养生村里的老人们都能健康长寿，寿比南山不老松，都能活过一百岁。期颐：人的寿命活到一百岁称"期颐"。

2016年元月31日于深圳

临江仙

客 愁

阴雨连绵春日到，清寒仍锁南溟。

年关渐近客愁凝。

几回别梦里，总是故园情。

多少凄凉惆怅事，何曾忘却营营？

时乖运蹇伴流形。

如今人老迈，依旧作漂萍。

1. 阴雨连绵春日到，清寒仍锁南溟：今天是 2016 年 2 月 4 日，农历 2015 年腊月二十六，今天立春，再有四天就是春节了。近一个月来南方多雨，岭南地区阴雨连绵不断，天气阴冷湿寒，很是难受。春日：立春这天，或说春天。锁：在这里是笼罩意。南溟：南海。

2. 年关渐近客愁凝：再有几天就是春节了，每逢佳节倍思亲，临近年关，思乡的离愁越来越浓厚。凝：凝聚。

3. 别梦：离别的梦；思乡的梦。

4. 故园：故乡的家园。

5. 多少凄凉惆怅事，何曾忘却营营：一生遭遇了多少凄凉、失意、伤感的事情，但意志不会消沉，从来没有忘记要努力奋斗。惆怅：失意；伤感。营营：经营；钻营，这里是努力奋斗意。

6. 时乖运蹇伴流形：时运不济，命运乖蹇，不如意的事情时时处处伴随着自己。流形：流动的形体。有四处漂泊意，指自己。

7. 漂萍：像浮萍一样随水漂泊，聚散不定，比喻流落无依，四处漂泊。

2016 年 2 月 4 日立春于深圳

浪淘沙

乡 情

久雨转新晴㉛，春到南溟㉜。

珠江口外望归程㉝。

游子客居惆怅里，梦断魂萦㉞。

常忆故园情㉟，城阙峥嵘㊱。

辛酸往事意难平㊲。

迟暮残霞怜晚照，珠泪飘零㊳。

1.乡情：思念故乡之情。近年来，余远离故土客居广州、深圳。再有三天就是猴年春节了。每逢佳节倍思亲。在这新春佳节到来之际，对故乡的眷恋之情越发浓厚，孩提时的记忆也时时浮上心头。惆怅之余，作此《浪淘沙·乡情》以记之。

2.久雨转新晴，春到南溟：近一个月来，华南地区阴雨连绵，湿寒凝重，清冷难耐。昨天是立春日，却迎来了久违的阳光。天晴了，春天也来到了南海边，就要过春节了。

3.游子：指长期远离家乡久居外地的人。

4.客居：寄住在外地。

5.常忆故园情，城阙峥嵘：时常回忆起昔日故乡的情景。故乡在哪里呢？余之故乡，在冀中平原。古城正定，北拱京师、南临滹沱、西望太行、东极沧海，历史上曾与北京、保定并称为"北方三雄镇"，素有"燕南古郡，京师屏障"之称。故乡地处燕赵膏腴之地，历史悠久，物阜民安，城郭逶迤，林木萦带，楼阁高峻，寺塔林立，是国家级历史文化名城。城阙峥嵘：城楼高峻雄伟。

6.迟暮残霞怜晚照：迟暮，天快黑的时候。残霞，日落时天空出现的彩云。晚照，夕阳，即将落山的太阳。迟暮、残霞、晚照，均代指人的晚年，这里指自己。

7.飘零：（花或叶）凋谢零落，在这里是洒落意。

2016年2月5日于深圳

唐多令

年　关

阴雨苦连绵㊝，春阳去又还㊝。
叹而今、梦断乡园㊝。
羁绊淹留思念远，家万里，到年关㊝。

美酒尽余欢㊝，笙歌不夜天㊝。
怎敌他、怅锁愁缠㊝。
无奈寒星摇落后，仍面对，世间难㊝。

1.年关：指农历年底。过年花费大，如果欠债又有人催讨，对穷苦人来说，过年犹如过关，故称年关。

2.梦断乡园：新春佳节到了，游子魂牵梦绕思念故乡。乡园：故园；故乡。

3.羁绊：束缚；被缠住不能脱身。羁：马笼头。

4.淹留：长期停留。

5.美酒尽余欢，笙歌不夜天：农历除夕，阖（hé）家团圆，家家户户都要准备一桌丰盛的年夜饭，亲人们饮酒庆贺新年，尽享天伦之乐。中央电视台及各地方电视台都举办春节联欢晚会，给全国人民送上文化娱乐大餐，歌舞升平，笙歌通宵达旦。余欢：剩下的欢乐，意指欢乐延续得很长。

6.怎敌他、怅锁愁缠：除夕夜，美酒佳肴（yáo），歌舞升平，极尽欢愉，通宵达旦，但我的内心深处，依然是惆怅笼罩，忧愁缠绕。

7.无奈寒星摇落后，仍面对，世间难：清晨，带着寒意的星星隐去了，新的一天又开始了。在新的一年里，仍要面对人世间许许多多的难事、愁事、烦心事。真乃是难！难！难！摇落：凋残；零落。

2016年2月7日（农历除夕）夜于深圳

守 岁

一夜连双岁，五更分二年②。

和风吹紫气，细雨化晴岚③。

天道乾坤动，家国四海安⑤。

依稀故园里，惆怅乱心田⑥。

1.守岁：春节是中国人最重要的节日，在农历除夕晚上不睡觉，一直守候到大年初一的来临称守岁。守岁的习俗在过去很盛行，有辞旧迎新之意。这是对过去时光岁月的留恋，又是对新的一年的憧憬（chōng jǐng）与期盼。

2.更：旧时夜间计时的单位。一夜分为五更，每更约两小时。如三更半夜。

3.和风吹紫气，细雨化晴岚：温和的春风吹送来了吉祥的征兆，柔和的细雨在春阳的照耀下化成飘渺的烟雾滋润着万物。和风：春风；温和的风。岚：山里的雾气。

4.天道乾坤动：日月星辰等天体按照固有的自然规律周而复始地运动着，整个乾坤宇宙从来就没有静止过。天道：中国古代哲学名词，指日月星辰等天体的运行规律。唯心主义认为这是神的意志的体现；唯物主义认为这是不体现任何意志的自然现象。乾坤：中国古代哲学的一对范畴，指天地或阴阳两个对立面。《周易》用"乾"表示天和阳，用"坤"表示地和阴，后用来泛指天地。

5.家国四海安：祝愿国家强盛，天下安定，家庭和睦，人民幸福。四海：四方；四方之地，泛指天下。

6.依稀故园里，惆怅乱心田：大年夜守岁，这是我们中国人的习俗。余今已老迈，且远离故乡客居在遥远的南海之滨。今年守岁，不由自主地想起了小时候在老家守岁的情景。几十年过去了，时过境迁，物是人非，记忆虽已模糊，却依然勾起我对亲人的思念及对往事心酸的回忆。失意、伤感，扰乱了我的心田。依稀：（印象、记忆）模模糊糊。惆怅：失意；伤感。

2016年2月8日（春节）于深圳

南歌子

春节携外孙游大梅沙

岁首阳和日，阖家作远行⑩。
游人纷至沓南溟⑩。因爱细沙松软海潮声⑩。

浩瀚烟波里，扁舟似叶轻⑩。
乡关望断梦魂萦⑩。为问人生在世几多情⑩?

　　1.大梅沙：大梅沙海滨公园位于深圳市盐田区南海边，是1999年深圳市委、市政府为民办的十件实事之一，免费向公众开放。建设总投入1.2亿元人民币。公园总面积36万平方米，其中沙滩全长约1800米，沙滩总面积为18万平方米，公园绿地面积10万平方米，内湖面积8万平方米。整个公园充分考虑依山傍海的自然景观优势，形成了由山到海逐渐过渡的景观层次。金色的沙滩、蔚蓝的海水、轻淡的白云、碧绿的山峦、飘香的花草、阵阵的椰风、点点的白帆、多姿的风筝，配以轻松的音乐，构成了立体动感的亚热带海滨风光。大梅沙海滨公园是集观光度假、休闲旅游、运动娱乐于一体的旅游胜地。

　　2.岁首阳和日：今年农历大年初一风和日丽，是一个晴朗的好天气。岁首：农历大年初一为岁首。阳和：有多种意思，可以解释为阳气、春天、温暖、和暖、祥和的气氛等。

　　3.阖家：全家。

　　4.游人纷至沓南溟：人们接连不断地来到南海边游玩。沓：多；重复。如纷至沓来。

　　5.浩瀚：水盛大的样子；广大，漫无边际。

　　6.扁舟：小舟；小船。扁：小。

　　7.乡关望断梦魂萦：余客居深圳，佳节来临，思念故乡。故乡在遥远的北方，关山阻隔，云遮雾障。故乡虽然望不见，但我对故乡和亲人的思念，依然魂牵梦绕，思绪难平，寄托着游子思念故乡的无限情思与哀愁。乡关：故乡。

　　8.为问人生在世几多情："问世间情为何物? 直教人生死相许!"人生在世有多少情呢? 亲情、友情、乡情、愁情、恩情、孝情、爱情、恋情、儿女情、地域情等，哪一份情又是能够放下的呢? 特别是为人父母者，其对儿孙的那份爱、那份牵挂、那份骨肉深情，时时萦绕在心头。

2016年春节于深圳大梅沙

临江仙

五台山

曾到五台佛世界，佛香佛像佛灯[韵]。
佛心佛愿敬佛情[韵]。
漫山佛寺院，日夜诵佛经[韵]。

胜迹流连叠翠处，崖悬壁立峰青[韵]。
清凉国里话蓬瀛[韵]。
滹沱东渐去，紫气入沧溟[韵]。

1. 临江仙 · 五台山：这首词写的是去中国佛教四大名山之首的五台山游览所见到的情景：到处都是佛寺，到处都是佛像，到处都是拜佛参禅的人群，到处都是香烟缭绕。故词的上半阕（què）用了九个“佛”字来写五台山这佛的世界。大同（古曾称平城、云城）云冈石窟有一副对联：“佛境佛地秉见佛心成佛像，云山云景带将云水绕云城”。上联用了四个“佛”字，下联用了四个“云”字。本首词受此启发，在上半阕反复用了九个“佛”字，实乃游戏之作。上半阕写五台山的佛寺及参佛，下半阕写五台山的自然风光。

2. 五台山：五台山位于山西省东北部忻（xīn）州市五台县东北隅，位居中国佛教四大名山之首，称为“金五台”，为文殊菩萨道场。五台山与四川峨眉山、浙江普陀山、安徽九华山，共称“中国佛教四大名山”，被誉为“中华十大名山”之一。五台山与尼泊尔蓝毗尼花园、印度鹿野苑、菩提伽耶（gā yē）、拘尸那迦（jiā），并称为世界五大佛教圣地。五台山方圆达320公里，总面积2837平方公里。五台山并非一座山，它是座落于“华北屋脊”之上的一系列山峰群，最高峰海拔3061米。其中，最高的五座山峰（东台望海峰、西台挂月峰、南台锦绣峰、北台叶斗峰、中台翠岩峰），山势雄伟，连绵环抱整片区域，顶无林木而平坦宽阔，犹如垒土之台，故而得名。据说，五台山的东西南北中五大高峰代表着文殊菩萨的五种智慧：大圆镜智，妙观察智，平等性智，成所作智，法界体性智；以及五方佛：东方阿閦（chù）佛，西方阿弥陀佛，南方宝生佛，北方不空成就佛，中央毗卢遮那佛。五台山山中气候寒冷，台顶终年有冰，盛夏天气凉爽，故又称清凉山，为避暑之胜地。五台山是中国佛教寺庙建筑最早的地方之一。自东汉永平（58—75年）年间起，历代修造的寺庙鳞次栉比，佛塔摩天，殿宇巍峨，金碧辉煌，是中国历代建筑荟萃之地。雕塑、石刻、壁画、书法遍及各寺，均具有很高的艺术价值。据传五台山拥有寺庙128座（唐代全盛时期五台山共有寺庙360余座），现存寺院47处，台内39处，台外8处，其中多敕（chì）建寺院，多朝皇帝曾前来参拜。显通寺（灵鹫寺）、塔院寺、菩萨顶、殊像寺、罗睺（hóu）寺被列为"五台山五大禅处"。台怀镇是寺庙集中分布的地方，是五台山佛事活动和经济生活的中心。2009年6月26日五台山被正式列入《世界遗产名录》。

3.胜迹流连叠翠处：远远望去，状如五瓣莲花的五台山群山环抱、蓊郁葱茏。五台山上数不清的的寺庙、胜迹，掩映在峰峦叠翠之中，烟雾缭绕，犹如仙境。

4.清凉国里话蓬瀛：五台山又称清凉山。五台山风光秀美，寺庙众多，来到五台山，犹如到了蓬莱仙境。蓬瀛：中国古代神话传说中的海上三神山，蓬莱、方丈、瀛洲。

5.滹沱东渐去，紫气入沧溟：沱水东渐，紫气西来。发源于五台山北麓的滹沱河水，慢慢地向东流去，带着五台山的风光、带着五台山的佛缘、带着五台山的祥瑞，一直奔流到大海，给燕赵大地带来幸福和吉祥。沧溟：沧海；大海。

2016年3月1日于深圳

一剪梅

峨眉山

遥望烟霞起翠微[韵]。雾海云山，细雨轻雷[韵]。
重峦叠嶂瀑飞流，金顶佛光，秀甲峨眉[韵]。

大愿行持世代垂[韵]。钟古声悠，岁月轮回[韵]。
纯一妙善度苍生，无量功德，舍我其谁[韵]？

1. 一剪梅·峨眉山：这首词写的是中国佛教四大名山之一的峨眉山。上半阕写景，写峨眉山的秀丽景色：重峦叠嶂、瀑布飞流、云山雾海、细雨轻雷、山岚彩霞、金顶佛光等等。下半阕写佛，写普贤菩萨的大愿功德，普度众生。

2. 峨眉山：峨眉山被誉为“中华十大名山”之一。其位于四川省峨眉山市境内，地处长江上游，屹立于大渡河与青衣江之间，在峨眉山市西南7公里处。最高峰万佛顶海拔3099米。峨眉山地势陡峭，风景秀丽，有“秀甲天下”之美誉。景区面积154平方公里，包括大峨、二峨、三峨、四峨四座大山。大峨山为峨眉山主峰，通常说的峨眉山就是指大峨山。大峨、二峨两山相对，远远望去，双峰缥缈，犹如画眉，故称“峨眉山”。峨眉山层峦叠嶂、山势雄伟、景色秀丽、气象万千，素有“一山有四季，十里不同天”之喻。峨眉山以多雾著称，常年云雾缭绕，雨丝霏霏，把峨眉山装点得婀娜多姿。清代诗人谭钟岳将峨眉山佳景概括为十种：金顶祥光、象池月夜、九老仙府、洪椿晓雨、白水秋风、双桥清音、大坪霁雪、灵岩叠翠、罗峰晴云、圣积晚钟。现在人们又不断发现和创造了许多新景观，峨眉新十景为：金顶金佛、万佛朝宗、小平情缘、清音平湖、幽谷灵猴、第一山亭、摩崖石刻、秀甲瀑布、迎宾石滩、名山起点。这些天然美景，无不引人入胜。

峨眉山是中国佛教四大名山之一，素有“银峨眉”之称,为普贤菩萨道场。普贤菩萨广修十种行愿，又称“十大愿王”，因此赢得“大行普贤”的尊号。普贤菩萨的形像总是身骑六牙白象，作为愿行广大、功德圆满的象征。普贤菩萨名声远播，广有信众，菩萨因山而兴盛，山因菩萨而扬名。清末，寺庙达到150余座。现在，全山共有寺庙近30座，僧尼约300人，其中著名的有报国寺、伏虎寺、清音阁、洪椿坪、仙峰寺、洗象池、金顶华藏寺、万年寺等八大寺庙。万年寺的铜铸"普贤骑象"，重达62吨，高7.85米，为宋朝时铸造，已有上千年历史，堪称山中一绝，为国家一级保护文物。阿弥陀佛铜像、三身佛铜像、报国寺内的脱纱七佛等，均为珍贵的佛教造像。另外，古贝叶经、华严铜塔、圣积晚钟、金顶铜碑、普贤金印等，均为珍贵的佛教文物。2006年6月，又在峨眉山金顶安奉了一尊由中国台湾著名建筑师李祖原设计，通高48米(其中台座高6米长宽各27米)、总重达660吨、铜铸镏金的金顶十方普贤圣像。普贤菩萨端坐在大象和莲花座台上，十个头像分为三层，神态各异。四面刻有普贤菩萨十种广大行愿。一是意喻普贤的十大行愿，二是象征佛教中的东、南、西、北、东南、西南、西北、东北、上、下十个方位，意喻普贤无边的行愿能圆满十方三世诸佛和芸芸众生。整尊金像设计完美，工艺精湛，堪称铜铸巨塑的旷世之作，具有极高的文化价值和观赏审美价值。

3.遥望烟霞起翠微：远远望去，峨眉山笼罩在云霞烟雾之中。云霞烟雾从半山腰升起直到山顶，并与云天相连，广阔无边，蔚为壮观。翠微：绿意朦胧的山色，也指山腰。

4.金顶佛光：峨眉金顶，海拔3077米，是峨眉游山的终点。人们常说："到峨眉山不到金顶等于没有到峨眉山。"金顶是峨眉山的象征，峨眉十景之冠的"金顶祥光"，则是峨眉山的精灵。最负盛名的"金顶祥光"包括四大奇观：云海、日出、佛光、圣灯。它们自古为世人所神往和迷恋。佛光，佛家说是普贤菩萨向凡夫俗子显露真容，随缘应化，故又称"光相"。实际上，佛光是一种神奇的光学现象，当阳光照在云雾表面，经过衍射和漫反射作用形成的自然奇观。佛光以峨眉山的"峨嵋宝光"最为著名。"峨嵋宝光"看上去是一个七彩光环，人影在光环正中，而且人影随着人而动。更奇者，即使成百上千人同时同址观看，观者也只能自见己影，不见旁人。变幻之奇，令人惊诧。清人谭钟岳诗云："非云非雾起层空，异彩奇辉迥不同。试向石台高处望，人人都在佛光中。"佛光因色调、形状、大小的不同，被称为各种不同名称的佛光，如水光、壁支光、童子光、金桥、清现、反现、大现、小现等。据载，峨眉山佛光每月均有出现，夏天和初冬出现的次数最多，最多全年可见百次左右。峨眉宝光自63年发现以来，已有1900多年的悠久历史，并以世界奇观驰名中外。

5.秀甲峨眉：峨眉山的秀丽堪称群山之冠，神州第一山，即"峨眉天下秀"之意。

6.大愿行持世代垂：赞扬普贤菩萨十大愿行世代流传，广济众生。十大愿是普贤菩萨的无上功德，十大愿是一者礼敬诸佛，二者称赞如来，三者广修供养，四者忏悔业障，五者随喜功德，六者请转法轮，七者请佛住世，八者常随佛学，九者恒顺众生，十者普皆回向。一切修行都离不开愿，发了愿还要坚持实行。"发愿"和"行持"是修行的两个方面，缺一不可。行持：行动；实行；持之以恒，坚持去做。垂：流传。

7. 钟古声悠，岁月轮回：万佛顶为峨眉山最高峰，海拔3099米，表示"普贤住处，万佛围绕"之意。万佛阁高21米，雄伟庄严，悬于楼顶的"祝愿古钟"古朴庄重。万佛阁撞钟颇有讲究，常撞击108下，晨暮各敲一次。每次紧敲18下，慢敲18下，不紧不慢再敲18下，如此反复两次，共108下。其含义是应全年12个月、24节气、72气候（5天为一候），合为108，象征一年轮回，天长地久。祈愿国泰民安、世界和平。佛家也解释为，撞钟108下，可消除108种烦恼与杂念。悠：悠扬；悠久；长久；远。

8. 纯一妙善度苍生，无量功德，舍我其谁：这是赞扬普贤菩萨功德无量的话。普贤是我国佛教四大菩萨（文殊、普贤、观音、地藏）之一。据佛经载，文殊与普贤为释迦牟尼佛的两大协侍，即文殊驾狮子侍如来之左侧，普贤乘白象侍如来之右侧。若以此二胁士表法，文殊表"智"，普贤表"德"。即文殊显智、慧、证，普贤显理、定、行，共诠释如来的理智、定慧、行证之完备圆满，文殊、普贤为一切菩萨之上首，以此菩萨之身相与功德遍及一切处所，纯一妙善，故称普贤。纯一妙善：可理解为纯粹、唯一、绝妙、至善。苍生：古指老百姓。舍我其谁：除去我还有谁呢？这里的"我"指普贤菩萨，但这句话不是普贤菩萨说的，而是人们赞扬普贤菩萨功德所说的话，即这无上的功德除去普贤菩萨还能是谁呢？

2016年3月5日于深圳

望海潮

普陀山

人间仙境，莲花洋畔，佛国赫赫芳名㉟。

峰秀壑幽，泉流掩映，苍崖壁立如屏㉟。

旭日伴潮升㉟。望茫茫大海，赤焰蒸腾㉟。

极目云天，珞珈山外是蓬瀛㉟。

晨钟暮鼓频听㉟。有浮屠古刹，梵曲禅经㉟。

泽惠遍施，慈航普渡，千年香火传承㉟。

处处诵佛声㉟。叹悠悠岁月，游子关情㉟。

且看磐陀夕照，异彩耀沧溟㉟。

1.望海潮·普陀山：这首词写的是中国佛教四大名山之一的普陀山的胜景。上半阕写普陀山的风景和地理位置。普陀山在茫茫的大海里，风光秀丽，乃海天佛国，人间仙境。下半阕写普陀山是观音菩萨教化众生的道场，人们信仰观音，晨钟暮鼓，香火鼎盛。

2.普陀山：中国佛教四大名山之一，是观音菩萨道场。普陀山位于舟山群岛东部海域，是舟山群岛1390个岛屿中的一个岛，形似苍龙卧海，面积近13平方公里，素有"海天佛国""南海圣境"之称，是首批国家重点风景名胜区，为国家5A级旅游风景区。"海上有仙山，山在虚无缥缈间"，普陀山以其神奇、神圣、神秘，成为驰誉中外的旅游胜地。

普陀山四面环海，风光旖旎，幽幻独特，被誉为"第一人间清净地"。山石林木、寺塔崖刻、梵音涛声，皆充满佛国神秘色彩。岛上树木丰茂，古樟遍地，鸟语花香，素有"海岛植物园"之称。岛四周金沙绵亘、白浪环绕、渔舟竞发，青峰翠峦、银涛金沙掩映着众多的古刹精舍，构成了一幅幅绚丽多姿的画卷。岩壑奇秀，磐陀（pán tuó）石、心字石、二龟听法石、朝阳洞、潮音洞、梵音洞等名胜古迹，大多都与观音有不解之缘，流传着美妙动人的传说。它们各呈奇姿，引人入胜。普陀十二景，或险峻、或幽幻、或奇特，给人以无限遐想。

普陀山的宗教活动可远溯于秦代，秦安其生、汉梅福、晋葛洪，都曾来山修炼。唐大中元年（847年），有梵僧来谒潮音洞，感应观音化身、为说妙法，灵迹始著。唐咸通四年（863年），日僧慧锷从五台山请观音圣像乘船归国，途经普陀山莲花洋遭遇风浪，数番前行无法如愿，遂信观音不肯东渡，乃于潮音洞登岸，留佛像于民宅中供奉，称"不肯去观音院"，观音道场自此始。后经历代兴建，寺院林立。鼎盛时期全山共有4大寺、106庵、139茅蓬、4600余僧侣，史称"震旦第一佛国"。其主要景点：普陀山三寺：普济禅寺、法雨禅寺、慧济禅寺；普陀山三宝：多宝塔、杨枝观音碑、九龙藻井；普陀山三石：磐陀石、心字石、二龟听法石；普陀山三洞：朝阳洞、潮音洞、梵音洞；普陀山十二景：莲洋午渡、短姑圣迹、梅湾春晓、磐陀夕照、莲池夜月、法华灵洞、古洞潮声、朝阳涌日、千步金沙、光熙雪霁、茶山夙雾、天门清梵。自观音道场开创以来，观光揽胜者络绎不绝。历代名人雅士、文人墨客，或吟唱，或赋诗，留下了大量珍贵的诗文碑刻。唐宋元明清五朝近20位帝王为了祈求国泰民安，特遣内侍携重礼专程来普陀山朝拜观音。明太祖朱元璋、清圣祖康熙还多次召见普陀山高僧，赐金、赐字、赐佛经、赐紫衣，礼遇有加。中华人民共和国历任中央领导人也曾莅（lì）临普陀山视察、观光。五朝恩宠，千年兴革，佛国香火，由是鼎盛，赫赫声名，广播远扬。每年农历二月十九观音诞辰日、六月十九观音得道日、九月十九观音出家日，四方信众缘聚佛国，普陀山香烟燎绕、烛火辉煌、诵经礼佛、通宵达旦，其盛况令人叹为观止。

3. 莲花洋：在舟山本岛与普陀山之间，北接黄大洋，南为普沈水道。莲花洋以日本人欲迎观音圣像回国，海上生铁莲花阻渡的传说而得名。莲花洋是登普陀山进香的必由之航路。旅客的航船行至洋上，如果赶上午潮，就能见到洋面波涛微耸，状似千万朵莲花随风起伏，令人心旷神怡，浮想联翩（piān）。如遇到大风天，这里则是惊涛骇浪，另一番壮观景色。

4. 壁立：像墙壁一样陡立，多用来形容山峰。

5. 珞珈（luò jiā）山外是蓬瀛：普陀山是普陀珞珈山的简称。普陀珞珈山位于南印度海上，乃观世音菩萨道场，意为光明山、海岛山。"南海观音"之称即由此而来。舟山的普陀珞珈和西藏的布达拉，都是由此译音而得名。舟山群岛之中有两个岛，一称普陀山、一称珞珈山。珞珈山西距普陀山5.3公里，犹如一尊海上卧佛。神话传说中的海上三神山，蓬莱、方丈、瀛洲，应在普陀山和珞珈山的更远处，故言"珞珈山外是蓬瀛"。

6.浮屠古刹，梵曲禅经：佛塔、古寺、佛曲、佛经，泛指与佛教有关的一切事物。

7.叹悠悠岁月，游子关情：到普陀山旅游，看到普陀山到处都是佛寺，到处都是拜佛参禅的人群。人们崇拜观音的信仰之虔诚和隆重，让作为游子的我感叹不已。

8.磐陀夕照："磐陀夕照"指磐陀石一带的傍晚景色。磐陀石由上下两石相累而成，下面一块巨石底阔上尖，周广20余米，中间凸出处将上石托住，曰磐；上面一块巨石上平底尖，高达3米，宽近7米，呈菱形，曰陀。上下两石接缝处间隙如线，睨（nì）之通明，似接未接，好似一石空悬于一石之上。每当夕阳西下，彩霞满天，石披金装，人们如能在此时登上石顶，环眺山海，则见汪洋连天、海波生辉、山岛浮沉、汹涌变换、景色雄奇、蔚为壮观。"磐陀夕照"为普陀山十二景之一，堪称普陀山之一大奇观。

9.沧溟：大海。

2016年3月9日于深圳

江城子

九华山

钟灵神秀九华山⊙。九峰峦⊙，九青莲⊙。

香绕佛国，花落九重天⊙。

九派三湘吴楚远，形胜地，渺云烟⊙。

丛林古刹近岩泉⊙。广修禅⊙，善结缘⊙。

百寺千僧，净土在人间⊙。

普度众生脱苦海，行大愿，种福田⊙。

1.江城子·九华山：这首词写的是中国佛教四大名山之一的九华山。九华山与数字九有缘。本词也多用"九"字，上半阕用了五个"九"字来写九华山的地理位置、形胜之地和佛国名山。下半阕写九华山是大愿地藏王菩萨道场。地藏菩萨行大愿，普度众生脱离苦海，功德无量。

2.九华山：九华山，位于安徽省青阳县境内，西北接安庆市天柱山风景区，南接黄山风景区，是安徽省三大名山（黄山、九华山、天柱山）之一。九华山古称陵阳山、九子山，因有九峰形似莲花而得名。九华山以峰为主，山势嶙峋嵯峨，共有99峰，其中以天台、天柱、十王、莲花、罗汉、独秀、芙蓉等九峰最为雄伟。主峰天台峰，海拔1306米。九华胜景在天台，有"不登天台，等于没来"的说法。十王峰最高，海拔1342米，其次为七贤峰，海拔1337米。海拔1000米以上的高峰有三十余座，云海翻腾，各展雄姿，气象万千。九华山间，遍布深沟峡谷、溪涧渊潭、流泉飞瀑，它处处有景，人移景换，宛如一幅清新壮美的山水画卷。九华山山水风景最著者，旧志记载有九华十景：天台晓日、化城晚钟、东崖晏坐、天柱仙踪、桃岩瀑布、莲峰云海、平岗积雪、舒潭印月、九子泉声、五溪山色。此外还有龙池飞瀑、闵园竹海、甘露灵秀、摩空梵宫、花台锦簇、狮子峰林、青沟探幽、鱼龙洞府、凤凰古松等名胜。自然秀色与人文景观相互融合，加之四季分明，时景、日出、晚霞、云海、雾凇（sōng）、雪霰（xiàn）、佛光等天象奇观，美不胜收，素有"东南第一山""江南第一山"之美誉。山间古刹林立，香烟缭绕，古木参天，灵秀幽静，素有"莲花佛国"之称。现存寺庙99座，佛像万余尊。著名的寺庙有甘露寺、化城寺、祇（qí）园寺、圆通寺、旃檀（zhān tán）林、百岁宫、上禅堂、慧居寺等。九华山是首批国家重点风景名胜区，著名的游览避暑胜地，国家5A级旅游景区。

南朝时，以此山奇秀，高出云表，峰峦异状，其数有九，故号九子山。唐天宝年间李白曾数游九华山，睹此山秀异，九峰如莲花，触景生情，在与友人唱和的《改九子山为九华山联句并序》中写道："妙有分二气，灵山开九华"，因此"九子山"遂改为"九华山"。李白在《望九华赠青阳韦仲堪》诗中写道："昔在九江上，遥望九华峰，天河挂绿水，秀出九芙蓉。我欲一挥手，谁人可相从？君为东道主，于此卧云松。"其中"天河挂绿水，秀出九芙蓉"诗句，成为描绘九华山秀美景色的千古绝唱。

九华山开辟为大愿地藏王菩萨道场，成为1000多年来僧侣及信众的朝圣地，缘起于新罗国僧人"金地藏"的修道故事。新罗国（位于朝鲜半岛南端）王族金乔觉（696—794年），24岁时削发为僧，于唐玄宗开元年间来华求法，在九华山择一岩洞栖居修行。当时，九华山为青阳县闵员外属地，金乔觉向闵氏乞一袈裟地。闵氏觉得几亩或数顷都无所谓，何况只是区区一袈裟地，遂不假思索、慷慨应允。此时，只见金乔觉将袈裟轻轻一抖，不料展衣后竟遍覆九座山峰。这使闵员外十分惊诧，由惊而静，由静而喜，惊喜之余，心悦诚服地愿将整座山献给"菩萨"，并为持戒精严、艰苦修行的高僧修建庙宇。唐至德二年（757年）寺院建成，金大师有了修行道场和收徒弘法的条件，金乔觉也由此声名远扬，善男信女们纷纷慕名前来礼拜供养，连新罗国僧众也相率渡海来华随侍。闵员外及其子也先后拜高僧为师，皈依佛门。至今，九华山圣殿中地藏像左右的随侍者，即为闵氏父子。金乔觉驻锡九华，苦心修炼数十载，唐贞元十年（794年），于九十九岁高龄，跏趺圆寂。其肉身置函中经三年，仍"颜色如生，兜罗手软，罗节有声，如撼金锁"。根据金乔老的行持及众多迹象，僧众认定他即地藏菩萨化身，遂建石塔将肉身供奉其中，并尊称他为"金地藏"菩萨。九华山遂成为地藏菩萨道场，由此声名远播，誉满中华乃至全球，逐渐形成与文殊五台、普贤峨眉、观音普陀并称的地藏应化之圣地。

历经唐、宋、元各个时期的兴衰更迭，九华山佛教至明初获得显著发展，清代达到鼎盛时期，有寺庙300余座，僧尼4000多人，"香火之盛甲天下"。如今，九华山上又新添一尊高99米的地藏菩萨露天大铜像。圣像由3000余块铜铸壁板组成，体内有3部电梯直达头顶，设计用铜1100余吨。圣像的落成，为佛门圣地九华山又增添了一道亮丽的风景。

3.钟灵神秀九华山。九峰峦，九青莲：雄伟、壮丽、秀美、神奇的九华山，九座雄伟的山峰，像九朵巨大而青翠的莲花高出云表、屹立在神州大地的东南方。钟灵神秀：优美、神奇、秀丽。

4.香绕佛国，花落九重天：瑞香环绕着佛国圣地九华山，鲜花从九重天上缤纷落下。这是礼赞地藏菩萨的话。

5.九派三湘吴楚远，形胜地，渺云烟：站在高高的九华山上，远眺长江流域及吴楚三湘大地，江山形胜，波澜壮阔，云烟浩渺，气象万千。九派：泛指长江的众多支流。派：水的支流。三湘："三湘"的说法很多，究竟何为"三湘"，颇具影响和代表性的是潇湘、蒸湘、沅（yuán）湘之说，漓湘、潇湘、蒸湘之说，另外还有上湘、中湘、下湘之说，以及湘北、湘南、湘西之说。自宋代以来，人们就多以"三湘"代指湖南。

6.丛林：旧指招待四方僧人，僧众较多的寺院。

7.百寺千僧，净土在人间：九华山寺庙众多，上百座寺庙，数千僧人，修道参禅，弘扬佛法，莲花佛国，乃人间一方净土。净土：佛教里的极乐世界，又比喻纯洁清净、没有污染的地方。

8.普度众生脱苦海，行大愿，种福田：地藏菩萨的大愿，可以概括为"众生度尽，方证菩提；地狱未空，誓不成佛"。其意思是，如果受苦难最深重的地狱道众生，哪怕还有一个我没有度化他脱离苦海，我发誓自己就不成佛。我一定要度化每一个受苦的众生脱离苦海！地藏菩萨的大愿，即令一切众生皆成佛道，然后自己才成佛。然众生无尽，地狱也难以度尽，这样他就成为永不成佛道的大悲菩萨。地藏菩萨屡发大愿，广设方便，宁可自己不成佛道，而专心普度众生，尽令解脱的伟大精神，可以说是真正作到先人后己，是值得崇敬和学习的。种福田：广种福田，是佛教中劝人礼佛敬佛、积德行善常说的话。

2016年3月15日于深圳

浪淘沙

秋游京西潭柘寺

丽日访岩泉⊙，薄雾轻寒⊙。

云闲松静水潺湲⊙。

霜叶满山林尽染，秋色嫣然⊙。

环立九峰前⊙，碧瓦朱栏⊙。

千年古刹翠华眠⊙。

钟磬声悠思净土，忘却尘寰⊙。

1.潭柘寺：潭柘寺位于北京西部门头沟区东南的潭柘山麓，距市中心30余公里。寺院坐北朝南，背倚宝珠峰，周围有九峰环绕，环境清幽。潭柘寺始建于西晋永嘉元年（307年），寺院初名"嘉福寺"，历朝历代寺名多有更改，如曾称"大万寿寺""龙泉寺"等。清代康熙皇帝赐名为"岫云寺"，但因寺后有龙潭，山上有柘树，故民间一直称为"潭柘寺"。民间素有"先有潭柘寺，后有北京城"的民谚。潭柘寺距今已有1700多年的历史，是北京地区年代最久远的古寺，也是北京郊区最大的一处寺庙古建筑群。潭柘寺规模宏大，总面积达121公顷之多。殿堂随山势高低而建，错落有致。北京城的故宫有房9999间半，潭柘寺在鼎盛时期的清代有房999间半，俨然故宫的缩影。据说，明朝初期修建紫禁城时，就是仿照潭柘寺而建造的。潭柘寺古迹众多、风景优美。院中幽静雅致、修竹丛生、碧瓦朱栏、泉流淙（cóng）淙。潭柘寺著名的美景有十景：平原红叶、九龙戏珠、千峰拱翠、万壑堆云、殿阁南薰、御亭流杯、雄峰捧日、层峦架月、锦屏雪浪、飞泉夜雨。另外，潭柘寺有二宝，即宝锅和石鱼。宝锅，天王殿前有一口铜锅，直径1.85米、深1.1米，是和尚们炒菜所用。东跨院北房西次间，还有一口更大的锅，直径4米、深2米，是煮粥用的。一次煮粥能放米10石，需16个小时才能煮熟。由于锅大底厚，文火慢熬，故而熬的粥又黏又香。关于这口锅，还有"泼砂不漏米"之说。原来，锅底有"容砂器"，随着熬粥时的不断搅动，砂子会沉入锅底的凹陷处。石鱼，观音殿西侧有龙王殿，殿前廊上有一石鱼，长1.7米、重150千克，看似铜，实为石，击之可发五音，传说是南海龙宫之宝。龙王献给玉帝，后来人间大旱，玉帝将其送给潭柘寺消灾。一夜大风雨时，石鱼从天而降，掉在院中。据说石鱼身上13个部位代表13个省，哪省有旱情，敲击该省部位便可降雨。现在寺中的石鱼为复制品。2001年6月，国务院确定潭柘寺为全国重点文物保护单位。

2. 丽日访岩泉：在深秋风和日丽、天气晴好的日子里去北京西山游山玩水，观赏红叶。丽日：风和日丽、天气晴朗的好日子。

3. 潺湲：形容水慢慢地流。

4. 嫣然：鲜艳；美好。

5. 环立九峰前：潭柘寺背靠一座浑圆的小山，名曰宝珠峰。此山植被繁茂，青翠欲滴。在小山周围，有九座高大的山峰拱卫环护，从东边数起，依次为回龙峰、虎踞峰、捧日峰、紫翠峰、集云峰、璎珞（yīng luò）峰、架月峰、象王峰和莲花峰。"一峰当心，九峰环立"，九座高大的山峰围成了一个半圆的马蹄形，而潭柘寺所在的宝珠峰则位于中心，恰似九条巨龙围绕着一颗宝珠，在争抢、玩耍、嬉戏。这就是潭柘十景之一的"九龙戏珠"。由于有这九座高大的山峰作屏障，挡住了从西北袭来的寒流和风沙，宝珠峰才能松柏苍翠，花草繁茂。

6. 千年古刹翠华眠：有着1700多年历史的潭柘古寺，群山环抱，静卧在苍松翠柏、繁花绿荫之中。

7. 钟磬声悠思净土，忘却尘寰：听着潭柘寺里悠扬的钟磬声，看着拜佛参禅的信众们虔诚地念诵着佛经，他们大概都期望着能到达佛国里的极乐世界吧。就连自己也被这幽静、虔诚的氛围所感动，忘掉了尘世间的烦恼和忧愁。磬（qìng）：寺庙中拜佛时敲打的钵形响器，用铜制成。净土：佛教里的极乐世界，又比喻纯洁清净、没有污染的地方。尘寰：指现实世界。

2016年3月19日于深圳

破阵子

红螺寺

遥望苍茫古寺，依山叠作烟萝①。

一脉珠泉明似镜，云岫双峰竞嵯峨②。

流光映碧波③。

竹韵松姿金叶，晨钟暮鼓禅歌④。

净土法门佛圣地，普被三根念弥陀⑤。

往生可奈何⑥?

1.红螺寺：千年古刹红螺寺北依红螺山，南照红螺湖，地处华北平原京北腹地。这里林木丰茂，层林尽染，古树参天，将整个寺院掩映在千亩松林之中，形成一幅"碧波藏古刹"的优美图画。红螺寺始建于东晋穆帝永和（345—356 年）年间，由西域高僧佛图澄修建，距今已有1700年的历史，自古就是驰名中外的佛教名刹。红螺寺原名"大明寺"，称"红螺寺"是因为一段美丽传说：相传，玉皇大帝的两位公主下凡云游人间，来到一座大山前，见这里山水相依，古木参天，万绿丛中掩映着一座古色古香的寺院。清静幽雅的环境，神圣肃穆的古寺，深深地吸引了两个久居天宫的仙女。于是，她们白天幻化作人身，与寺中僧人一道礼佛诵经；夜晚，化作一对斗大的红螺，愉快地生活在寺前的放生池中（此泉名红螺泉），并放出红光，将寺院和山麓笼罩在一片红霞祥云之中。她们还运用神力，暗中保护着寺庙和当地百姓。从此，这里风调雨顺，林茂粮丰，百姓安居乐业。后来，两位仙女留恋人间之事被玉皇大帝知道了，便把她们召回了天宫。当地百姓感念这两位仙女的功德，同时祈盼红螺仙女能重返这里，便把寺院北依的大山称为"红螺山"，寺庙也被称为"红螺寺"了。

红螺山属燕山余脉，山势庄严雄武、巍峨峥嵘。站在红螺山之巅，举目四望：南方是苍茫无际的平原，田园、村落、城镇，参差错落；西北是绵延无际的军都山脉，群山环绕、峰峦起伏，万里长城像巨龙一样蜿蜒于群山之巅；向东眺望，雁栖湖、青龙峡的秀美景色尽收眼底。寺西之珍珠泉，碧透似镜，沸泡如珠，有神泉之称；寺南之红螺湖，水波荡漾，流光溢彩。红螺寺景区分为红螺山、红螺寺、观音寺、呈秀园、松林浴园、五百罗汉园六大景区，又有"御竹林""雌雄银杏""紫藤寄松"三绝奇景点缀其间。这里气候温和、冬暖夏凉、层林叠翠、鸟语花香、晨钟暮鼓、梵音禅曲，一派佛国园林景象。

红螺寺为十方常住寺，一千多年来一直是佛教圣地，是中国北方最大的佛教丛林。寺院内历届住持多有皇家命派，高僧频出，佛法超凡。如金代佛觉禅师、元代云山禅师、清代际醒大师等都曾主持红螺寺，创建红螺净土道场，使佛教更为兴盛。光绪年间，僧人印光来红螺寺修学净土法门，后去普陀山创建净土道场，所以世有"南有普陀，北有红螺"之说。红螺寺被誉为"京北巨刹""须弥圣境"。

2.遥望苍茫古寺，依山叠作烟萝：远远望去，在苍茫的红螺山山坡上，依山而建的红螺寺，牌坊、山门、殿堂、禅房等，自山脚至山顶，由低至高，层层叠叠，掩映在绿荫葱茏和烟雾缭绕之中。烟萝：草树茂密，烟聚萝缠，谓之烟萝，也借指幽居或修真之处。

3.珠泉：红螺寺西有珍珠泉，碧透似镜，沸泡如珠，谓之神泉。

4.云岫双峰：红螺山一山双峰，比肩耸立，祥云缭绕，西峰海拔812.9米，东峰海拔811.9米，红螺双峰两翼舒展，引带群山，远远望去，酷似一只大鹏鸟，护卫着红螺古刹。红螺西峰下侧胸部，有一似峰非峰的馒头状山岗，浑圆丰满。由岗下分出五条岭脉，微曲着伸至山麓。这五岭的形状，酷似自然垂伸的五个手指，且五指修长饱满，关节毕现。这一景观，早在晋代就被高僧佛图澄指认为佛祖释迦牟尼成道时所施"触地印"的印相。云岫：祥云缭绕的山峰。岫：山；山穴。

5.嵯峨：形容山高。

6.流光映碧波：红螺寺南面的红螺湖，碧波荡漾，流光溢彩。流光：光彩闪耀。

7.竹韵松姿金叶：泛指红螺山的竹林、松柏林及深秋满山的红叶、黄叶景观，特指红螺寺的三绝奇景：御竹林、紫藤寄松和雌雄银杏。

御竹林，红螺寺山门前有一片"玉镶金"竹子林，因康熙皇帝观赏过这片竹林，故后人就称其为"御竹林"。

紫藤寄松，大雄宝殿后面西侧生长有一株树龄数百年的平顶松，树高6米余，有9个分枝，平直地向东侧伸出，平顶松附近，有两株碗口粗的紫藤如龙蛇飞舞一样绕生在松树上，形成一个巨大的伞盖，遮荫面积达400多平方米。每年春末夏初，藤萝花如串串紫色珍珠，挂满枝头，碧绿的松枝与紫色的藤花争奇斗艳，令人赞叹不已。

雌雄银杏，指大雄宝殿前的两棵唐代古银杏树，树龄已有1100多年。西侧为雄，开花但不结果，东侧为雌，结果但不开花。奇特之处在于西侧的雄性银杏，树高30多米，整个树的围度达7米之多，在主干四周，从根部长出了十个笔直向上发展的枝干。据说自唐代栽种以来，每改换一个朝代，就多长出一株侧干，这也许只是一个传说。人们觉得它们像天作一双、珠联璧合的夫妻，所以也称其为夫妻树。每当秋末，满树都是金灿灿的银杏叶，金黄的银杏叶落满寺院，满树满院皆是金叶，蔚为壮观。

8.净土法门佛圣地，普被三根念弥陀：红螺寺是佛教的净土道场，修行的是净土法门。净土法门是指修持往生佛国净土的法门，具体实施起来就是每天念"南无阿弥陀佛"，一向专念，乘佛愿力，往生极乐世界净土。修持净土法门所依据的经典主要有《阿弥陀经》《无量寿经》《普贤菩萨行愿品》和《往生净土论》等，俗称五经一论。此法门，以信、愿、行三法为宗。八万四千法门中，唯有阿弥陀佛念佛往生法门，即净土法门，不但可以使菩萨快速成佛，也可以转阿罗汉发菩提心成佛，并且可以使六道善恶生死凡夫，一世解脱，当生佛道。这个法门是"三根普被，利钝全收"的法门。上等根器的菩萨，不会超越这个法门，而即使堕入阿鼻地狱的五逆谤法之人，也能进入这个法门，所以说"三根普被"，或称"普被三根"。利根也好、钝根也好，全部包含，没有一个遗漏，故言"利钝全收"。

9.往生可奈何：怎样脱离苦海，往生极乐世界呢？唯有礼佛参禅，诵经忏悔，积德行善，广种福田而已，则别无他途。奈何：怎么；怎么办；办法。

2016年3月25日于深圳

青玉案

秋游大觉寺

寒林古寺芳华路㉒，倚岩岫、云深处㉒。

红叶满山争盼顾㉒。

金风吹过，晴岚轻雾㉒，禅院清流注㉒。

千年银杏沧桑度㉒，香韵娇姿玉兰树㉒。

看破红尘思净土㉒：

皈依三宝，晚霜晨露㉒，钟磬声中悟㉒。

1.大觉寺：大觉寺又称西山大觉寺，大觉禅寺，位于北京市海淀区阳台山麓，始建于辽代咸雍四年（1068年）。称清水院，金代时为金章宗西山八大水院之一，后改名灵泉寺，明代重建后改为大觉寺。寺内古木参天，清泉长流，殿塔楼阁，交相辉映，寺外群山连绵，林木葱郁，空气清新，寺院内外充满浓郁的园林风格。大觉寺以清泉、古树、玉兰及环境优雅而闻名。寺内共有古树160余株，有1000年的银杏、300年的玉兰、500年的娑罗树（又名七叶树）、800年的桧柏等。因大觉寺的玉兰花、法源寺的丁香花、崇效寺的牡丹花，这三座寺院被称为北京三大花卉寺庙。大觉寺有八绝景点：古寺兰香、千年银杏、老藤寄柏、鼠李寄柏、灵泉泉水、辽代古碑、松柏抱塔、碧韵清池。大觉寺殿堂内佛教造像众多，为明清两代作品，造型生动，雕刻精美，具有极高的艺术价值，是珍贵的历史文物。大觉寺有无量寿佛殿，无量寿佛（阿弥陀佛）像位于大殿正中，左右是观音菩萨和大势至菩萨立像。无量寿佛、观音菩萨和大势至菩萨被称为"西方三圣"。朝拜三圣是香客信众来大觉寺的主要目的，这里终年香火鼎盛。2006年5月25日，大觉寺作为明清古建筑，被国务院批准为第六批全国重点文物保护单位。

2.寒林古寺芳华路，倚岩岫、云深处：秋日到北京西山游览大觉寺，一路上，野花盛开，林木青翠，远山寒碧，层林尽染。远远望去，大觉寺云雾缭绕，掩映在群山环抱之中。

3.红叶满山争盼顾：深秋的北京西山，满山红叶，似霞流火，壮观奇特，人们争着游览观赏。

4.禅院清流注：大觉寺初名"清水院"，以清泉而闻名。寺院西北李子峪有清泉流入灵泉池，再从灵泉池分两路流经整个寺院，最后汇集于天王殿前的放生池，故言"禅院清流注"。

5.千年银杏沧桑度：在大觉寺无量寿佛殿前，左右各有一株饱经沧桑的银杏树。北面的一株雄性银杏，相传是辽代所植，距今已有900多年的历史，故称千年银杏、辽代"银杏王"。银杏树高近30米，围度7.5米，在深秋的阳光照耀下，满树金黄，蔚为壮观。

6.香韵娇姿玉兰树：大觉寺四宜堂内有一株远近闻名的古玉兰，高约10多米，树冠庞大，花大如拳，白色重瓣，花瓣洁白，香气袭人。其姿色香韵堪称北京玉兰花之最，"古寺兰香"为大觉寺八绝之首。这棵白玉兰相传为清雍正年间由迦陵禅师亲手从四川移种，树龄已超过300岁。玉兰花于每年清明前后绽放，持续到谷雨，大觉寺玉兰是北京春天踏青之胜景。

7.皈依三宝，晚霜晨露，钟磬声中悟：皈依佛门，不求今生修来世，在香烟缭绕和钟磬声中，晨昏诵经参禅，修得心灵的净化与解脱，求生佛国极乐世界。皈依：也作归依，佛教的入教仪式，表示对佛、法（教义）、僧三者归顺依附，故也叫三皈依。三宝：三种可宝贵的东西。佛、法、僧为佛教三宝。悟：领会；明白；觉醒。

2016年3月27日于深圳

秋波媚

瞻仰北京天宁寺塔

古塔凌云寺院无[韵]，傲立向天孤[韵]。
须弥座上，飞檐叠韵，光耀神殊[韵]。

金刚菩萨佛陀像，朝圣绕浮屠[韵]。
积德行善，往生极乐，应是真如[韵]。

1. 北京天宁寺塔：北京天宁寺塔坐落在北京市广安门外，建于辽代，明清时期作过修葺，是辽代盛行的八角密檐砖塔的典型实例。它是北京现存的辽代唯一大型地面标志，也是北京市区内年代最早的建筑。北京天宁寺相传为5世纪北魏孝文帝时创建，元末寺院毁于兵火，明永乐二年（1404年）重建，宣德十年（1435年）改名为天宁寺。寺至清末已不存，只余一塔。天宁寺塔是北京市内最高的古塔，原先是隋文帝建造的三十座舍利木塔之一，现存之塔为辽代所建。塔总高57.8米，全部砖砌，实心，平面呈八角形，建在方形大平台上，由台基、须弥座、塔身、密檐、塔刹组成。天宁寺塔高大雄伟，十三层飞檐叠栱，逐层收分却不僵硬，使塔的外形轮廓形成优美和缓的仿垂体，梁思成先生称赞天宁寺塔“富有音乐的韵律”。塔身上精美的砖雕是天宁寺塔的一大特色。塔身四正面辟拱门，门侧砖雕金刚力士像，其余四面为直棂窗，窗侧砖雕菩萨像。整座塔共计雕塑有十六尊大型金刚及菩萨像，可惜多已毁损，保存较好的尚有三尊。另外，四面券门上方及直棂窗上方也均雕有精美的造像。这些雕像，形像鲜明，栩栩如生，不愧为辽代雕塑艺术的精品。

2. 古塔凌云寺院无，傲立向天孤：北京天宁寺的佛殿都已经不存在了，只有高大雄伟的古塔孤零零地直插云际，傲立苍穹。

3. 须弥座：又称“金刚座”“须弥坛”，系安置佛、菩萨像的台座。须弥座源于印度佛教，象征佛教世界中心的须弥山，有独尊与稳固之意，因此须弥座上经常雕刻有佛像造型和佛教故事，须弥座周围通常用仰莲或伏莲装饰。后来，须弥座被广泛应用到建筑物上，成为中国传统建筑和雕塑的基座，宫殿、寺庙、塔、华表、石碑、石狮子、门墩等都有须弥座造型。须弥座平面通常呈方形，上下宽，中间窄，即所谓束腰。一般将座的四角及束腰等部位有雕刻的石浮雕都划属这个范围。

4.飞檐叠韵，光耀神殊：赞扬天宁寺塔飞檐层叠，神韵飞扬。

5.金刚菩萨佛陀像，朝圣绕浮屠：天宁寺塔塔身四周有许多精美的砖雕，雕刻着佛、菩萨、金刚、力士像和佛教故事，人们绕着古塔朝拜或瞻仰佛、菩萨。浮屠：又称浮图。古时曾把佛塔误译为浮屠，故又称佛塔为浮屠。

在天宁寺塔身四周雕塑的佛、菩萨表

券门方向	浮雕内容	本尊	胁侍（左，右）
南	华严三圣	大日如来	文殊菩萨，普贤菩萨
西	西方三圣	阿弥陀佛	观音菩萨，大势至菩萨
北		准提菩萨	难陀，跋难陀
东	东方三圣	药师佛	日光菩萨，月光菩萨
塔窗方向	浮雕内容		
西南	文殊菩萨（骑狮）		
东南	普贤菩萨（骑象）		
东北，西北	十二园觉中的另外十位菩萨		

6.积德行善，往生极乐，应是真如：人的一生应当为之持之以恒、坚持不懈去做的事情，唯有积德行善，广种福田，求生佛国极乐世界，这是真实不虚，如常不变的真理。真如：真是真实不虚，如是如常不变，合真实不虚与如常不变二义，谓之真如。又真是真相，如是如此，真相如此，故名真如。

2016年3月29日于深圳

广州木棉花

玉态娇姿满树红⓵，阳春三月木棉雄⓶。

流光溢彩飞丹凤，妩媚妖娆遍楚庭⓷。

惯看珠江水中月，饱经岭表海边风⓸。

人言珍品在神庙，古本名花血色浓⓹。

1.木棉花：木棉又名红棉、攀枝花、英雄树、英雄花、红茉莉等，属木棉科，据说原产于印度。木棉是一种在热带及亚热带地区生长的落叶大乔木，高10~25米。树干基部密生瘤刺，以防止动物的侵入。木棉花大而美，直径约10厘米，通常红色，时有橙红色，极为美丽，可供观赏。3~4月开花，先开花后长叶，树姿巍峨，树形具阳刚之美。木棉外观多变化：春天一树橙红，夏天绿叶成荫，秋天枝叶萧瑟，冬天秃枝寒树，四季展现不同的景象。树冠总是高出附近周围的树群，以争取阳光雨露。木棉这种奋发向上的精神以及鲜艳似火却不媚俗的大红花，被人誉之为英雄树、英雄花。古代广州木棉树种植甚广，其中以南海神庙前的十余株最为古老。每年农历二三月间，木棉花盛开，灿若朝霞、火红欲燃，每天来观赏者达数千人，场面热闹非凡。至今，在南海神庙两座御碑前仍有两棵古木棉树，树龄已达数百年，虽久经风霜，却依然傲立挺拔。广州人对木棉有着特殊的情感，这是因为木棉一直造福岭南。木棉观赏价值高，可作为园庭观赏树、行道树，棉絮可织布御寒，它的花、皮、根均有广泛的药用价值，且疗效显著。木棉花是广州市、四川省攀枝花市及台湾高雄市的市花。

2.阳春三月木棉雄：木棉被称为英雄树、英雄花。阳春三月是木棉花盛开的季节，满树红花，灿若朝霞，火红欲燃，称雄岭南。

3.流光溢彩飞丹凤，妩媚妖娆遍楚庭：在阳春三月木棉花盛开的季节，整个广州，到处都是满树火红的木棉花，像是无数火凤凰在飞翔，把广州城妆扮的流光溢彩，妩媚妖娆。楚庭：传说广州最早的地名为"楚庭"，是广州最早的称谓，距今已有2800多年的历史。

4.人言珍品在神庙，古本名花血色浓：人们都说最珍贵、最古老、最负盛名的木棉树在南海神庙里，古树参天，花色血红，妖娆艳丽，美不胜收。神庙：广州南海神庙。

2016年4月1日于南溟

清明南海游

一年一度是清明_①，且趁阳和作远行_②。

绿树如烟迎晓日，红花似火耀鹏城_②。

云山薄雾晴光动，碧海金沙雪浪腾_③。

谁道天涯春不至？魂牵梦绕故乡情_{④⑤}。

1. 绿树如烟：形容树木长得茂盛，像屏障一样，烟笼雾锁。

2. 红花似火耀鹏城：红花，指的是三角梅、毛杜鹃、木棉花、凤凰树等。三角梅是深圳市的市花，花期很长，几乎全年开花，花色火红艳丽。在深圳市的大街小巷、道路两旁、过街天桥、绿地公园，以及住户的阳台、篱笆、庭院中，到处都栽种着三角梅和毛杜鹃，火红欲燃，灿若朝霞，满城流火，蔚为壮观。鹏城：深圳的别名。

3. 云山薄雾晴光动，碧海金沙雪浪腾：这两句写深圳周围的山海景色。深圳是海滨城市，坐落在南海边，属丘陵地带，植被茂盛，四季常青，丘峦起伏，云雾缭绕，碧海金沙，雪浪翻腾，好一派南国亚热带海滨风光。

4. 谁道天涯春不至：谁说春天不会来到这荒远的天涯海角之地呢？这里的天涯指深圳。深圳地处中国南海边，相对于中原地区来说可谓之天涯。语出宋代欧阳修《戏答元珍》诗："春风疑不到天涯，二月山城未见花。残雪压枝犹有桔，冻雷惊笋欲抽芽。夜闻归雁生乡思，病入新年感物华。曾是洛阳花下客，野芳虽晚不须嗟。"

5. 魂牵梦绕故乡情：南海边的春天是美丽的。一年一度的清明节是祭祖怀乡的日子。此时此刻，面对春天的美景，不由得勾起了我对故乡和亲人的思念。

2016年4月4日（清明节）于深圳

春游南海偶题

已是阳春清谷天①，优游②曾到大鹏湾③。

红花似火流芳甸④，碧草如茵漫远山⑤。

遥望汪洋涯海际⑥，近观翠岭⑦云雾间。

风光虽好非家计，一任烟波浪里船⑧。

1.清谷天：阳春三月，清明谷雨前后的阳和天气。

2.优游：悠闲。

3.大鹏湾：英文名 Mirs Bay，故又叫马士湾。大鹏湾位于大鹏半岛与九龙半岛之间，是一个位于香港和内地之间的海湾。大鹏湾是中国南方最佳的天然港湾，区位条件优越，适宜建设成为国际性商港。清光绪二十四年（1898年）中英"展拓香港界址专条"将深圳河以南之新界租借给英国，大鹏湾沦为英国殖民地，今为粤港共用。湾内景色宜人，大梅沙湾、小梅沙湾、平洲、印洲塘为著名旅游点。平洲之奇岩怪石为香港四大奇观之一，印洲塘以山景水色著称。这里有著名的沙头角中英街、大、小梅沙海滨公园、东部华侨城、梧桐山风景区、海山公园等游览景区，是购物休闲、游山玩水的好去处。

4.芳甸：鲜花盛开，芳香四溢的草甸。

5.漫远山：漫山遍野到处都是。漫：遍；到处都是。

6.涯海际：天涯海角交界之处，极远处，形容海之浩渺广大。

7.翠岭：草木苍翠茂盛的山岭，或特指深圳南海边的梧桐山。

8.风光虽好非家计，一任烟波浪里船：深圳是海滨城市，依山傍海，风光旖旎，空气清新，气候宜人，是个宜居的好地方。但近年来，房价高企，物价飞涨，生活成本奇高。这几年，余夫妻随小女一家北上南下四处迁徙，居无定处，恰似一只飘荡在浩瀚烟波里的小船，哪里才是可以停泊的港湾呢？

2016年4月19日（谷雨）于深圳

残春伤怀

今日寻春在岭南①，残春行尽奈何天②。

闲游山寺烟霞里，遥望渔舟云水间③。

几度薰风吹玉树，一番骤雨洗苍颜④。

人生迟暮惜流景，顾影伤怀亦自怜⑤。

1. 今日寻春在岭南，残春行尽奈何天：春天就要过去了，趁着今天这个阳光明媚的好天气到南海边去郊游，去追寻即将消失的春天的踪影。岭南：五岭以南，这里代指广州、深圳所处的南海边。残春行尽：春末，春天就要过去了。奈何天：良辰美景令人无可奈何的日子；形容令人无可奈何的时光；或表示百无聊赖的思绪。

2. 几度薰风吹玉树，一番骤雨洗苍颜：这一联可有两种解释：一是解释为自然现象。温和的风吹动着花草树木，带来阵阵花草的清香。一阵突降的暴雨过后，远望山峦更加青翠。这里的"苍颜"指的是山峰。二是解释为自身。一阵阵带着花草香气的和风吹拂着我的身体，一阵突如其来的暴雨沐洗着我苍老的容颜。玉树：碧树；挺拔茂盛的树木，也可用来形容男子矫健、潇洒的身躯。如杜甫《饮中八仙歌》："宗之潇洒美少年，举觞（shāng）白眼望青天，皎（jiǎo）如玉树临风前。"苍颜：头发花白、苍老的容颜。

3. 人生迟暮惜流景：人老了就更加珍惜和眷恋失去的时光和风景。流景：逝去的时光和风景。

4. 伤怀：悲哀感伤的情怀。

5. 自怜：自己怜悯、爱惜自己。

2016 年 4 月 29 日暮春于深圳

春夜游南海

海滨闲步夜从容①，疑怪三春蟋蟀鸣①。

临岸霓虹垂倒影，浮波渔火闪孤灯②。

爱他太守珠光艳，怜尔鲛人泪水凝②。

风送笛声曲怀远，谁能慰我故乡情③?

1.海滨闲步夜从容，疑怪三春蟋蟀鸣：5月1日（农历三月二十五）夜晚，在夜色朦胧中，携小外孙游深圳沙头角海滨。海风习习，悠闲自得，小外孙则欢腾雀跃，喜不自胜。忽然听到草丛中有蟋蟀的鸣叫声，令人惊诧。蟋蟀乃秋虫，在北方要在农历五月末才能听到蟋蟀的叫声。而在南海边，刚刚是农历三月末，蟋蟀则开始鸣叫，比北方整整早了两个月。中国地域之广，南北风光差异之大，令人惊叹。从容：不慌不忙，镇静沉着。在这里是悠闲自在意。三春：古人将春季的三个月称为孟春、仲春、季春，合称三春，即春天，也指农历三月或春末。

2.爱他太守珠光艳，怜尔鲛人泪水凝：这两句写的是，遥望着浩渺无垠、一望无际的南海海面，忽然想起了有关南海出珍珠的两个典故：一个典故是"合浦珠还"，另一个典故是"鲛人泣珠"。用后汉太守孟尝，代指勤政爱民、廉洁操守的好官。这里的"珠光艳"是褒扬孟尝"官德"的赞语。怜：怜悯；爱。尔：文言人称代词，你。

3.风送笛声曲怀远，谁能慰我故乡情：不知从哪里传来了悠扬的笛声，在辽阔的海面上随风飘荡着幽怨而熟悉的曲调，使人不由得想起了远在数千里之外的故乡。故乡，关山阻隔，云遮雾障，令人魂牵梦绕，思绪难平。此时，又有谁能够懂得并安慰我这思念故乡的情怀呢？怀远：怀念远方，即思念故乡。

2016年5月1日夜游深圳沙头角海滨

南普陀寺

五老峰前夏岛南⑧，普陀香火溯千年⑧。

依山傍海丛林地，明月清风梵呗天⑧。

钟磬长鸣僧论道，法灯不灭众参禅⑧。

苍崖石刻巨佛字，佛在心中自有缘⑧。

1.南普陀寺：南普陀寺位于福建省厦门市思明区。坐北朝南，依山面海，规模宏大，气势庄严。南普陀寺始建于唐末五代，明末诗僧觉光和尚迁建于山前，清初又废于兵祸。清康熙二十三年（1684年），靖海候施琅收复台湾后驻镇厦门，捐资修复寺院，又增建大悲阁奉观音菩萨，并以之与浙江普陀山观音道场相类比，且在浙江普陀山的南面，遂更名为"南普陀寺"。此后数百年间，经历代主持多次重修扩建，至民国初年，已构成三殿七堂俱全的禅寺格局，成为近代闽南最具规模的名刹。大雄宝殿是整个寺院的中心，具有典型的闽南佛殿的特点，大殿正中供奉三世佛高大的塑像，殿后供奉西方三圣（阿弥陀佛、观音菩萨、大势至菩萨）。大雄宝殿石柱上有副对联："经始溯唐朝与开元而并古，普光被夏岛对太武以增辉"。这副对联将寺庙开基的年代和所处的地理位置说得清清楚楚。大悲阁是寺院的另一主殿，奉千手观音，为南普陀改称之由来。大悲阁呈八角形三重飞檐，构造极其精巧。因闽南信众崇奉观音菩萨，故此殿香火异常鼎盛。藏经阁是中轴线上的最高层建筑，藏经阁后有摩崖石刻多处。寺后五峰屏立，松苍竹翠，岩绝壑幽，号"五老凌霄"，是厦门八景之一。登临远眺，厦门大学、胡里山炮台、鼓浪屿等景点及山风海涛，尽收眼底。寺前有两座11层的石塔，名万寿塔，如倚天双剑，直插蓝天。造型仿自泰缅佛塔，为闽南所仅见。万寿塔前有莲花池，夏日荷花盛开时，蓝天、白塔、绿叶、花海，昭示这里是清静高洁的佛门净地。另外，南普陀寺佛学院创建于1925年，是国内最早的佛教学府。南普陀寺的素斋独具特色，为南普陀寺的一宝。素斋因南普陀寺而闻名，素斋又为南普陀寺吸引了更多的信众和游客。南普陀寺的素菜以其清纯素雅的独特风味驰名中外。厨师烹调制作严守素菜素料素做的工艺，革除素菜仿制荤腥的传统，以素菜素名而独树一帜，既讲究色、香、味，又讲究形、器、神，一道菜一个雅名，神韵高雅，诗情画意。南普陀的素菜中有"彩花迎宾""南海金莲""丝雨菇（gū）云""香泥藏珍""五老如意""雪映银浪""梵宫玉笏（hù）""白璧青云""白果香卤（lǔ）"等，红黄蓝白绿，五彩缤纷。其中尤以"半月沉江"这道菜最为有名。

2.五老峰前夏岛南：南普陀寺位于厦门半岛南部五老峰下。夏岛：厦门半岛。

3.梵呗（fàn bài）：佛教徒以短偈（jì）形式赞唱佛、菩萨的颂歌，有时有乐器伴奏。或说，梵呗是僧人念诵佛经的声音，是中国汉传佛教音乐原声的特征。

4.苍崖石刻巨佛字，佛在心中自有缘：在南普陀寺后山上，有摩崖石刻多处。其中一块刻着"心即是佛"四个大字，另一块大石上，镌刻着一个巨大的"佛"字，高一丈四宽一丈，粗犷豪放，雄健有力，为国内罕见。其用意乃昭示人们，"崇佛、敬佛、信佛、求佛"当由心做起。有诗云："佛在心中莫浪求，灵山只在汝心头。人人有个灵山塔，只向灵山塔下修。"这诗的意思是，求佛不必乱求，不必到灵鹫山去求佛，不要跑那么远，因为灵山只在你的心头。每一个人的自身，就有一个灵山塔，只用心去修就行了。这是说明，佛、道在每一个人自己的心中，人人心中有佛。依照佛教禅宗所言：心即是佛，佛即是心，要在心内求法，而不是心外求法。以佛法来讲，心外求法都属于外道。皈依三宝，诚心求佛，积德行善，广种福田，自然与佛有缘。

2016年5月5日（立夏）于深圳

水龙吟

登厦门鼓浪屿

云流夏岛之滨，山罗海绕迷烟渚❷。

洪波涌起，礁石被浪，声闻如鼓❸。

琼碧接天，鹭江雾锁，游轮竞渡❹。

看短街窄巷，纵横交错，红楼外、清幽处❺。

应念沧桑岁月，想当年、延平曾驻❻。

水师操练，雄兵跨海，驱逐顽虏❼。

石寨登临，日光岑远，一峡隔阻❽。

叹而今、又见风云变幻，倩谁伏虎❾？

1.鼓浪屿：鼓浪屿是厦门最大的一个卫星岛，位于厦门半岛西南隅，与厦门半岛隔海相望，只隔一条宽600米的鹭江，轮渡5分钟可达。鼓浪屿原名"圆沙洲"，别名"圆洲仔"，明朝改称"鼓浪屿"。因岛西南方海滩上有一块两米多高、中有洞穴的礁石，每当涨潮水涌，浪击礁石，声似擂鼓，人称"鼓浪石"，鼓浪屿因此而得名。岛上岩石峥嵘，挺拔雄秀，因长年受海浪扑打，形成许多幽谷和峭崖，沙滩、礁石、峭壁、岩峰，相映成趣。岛上气候宜人，四季如春，鸟语花香，无车马喧嚣，素有"海上花园"之誉。其主要景点：日光岩、菽（shū）庄花园、皓月园、毓园、鹭江龙窟、古避暑洞、龙头山寨、水操台、日光岩寺、三一堂、郑成功纪念馆、钢琴博物馆、百鸟园、厦门海底世界等。鼓浪屿以其独特的自然与人文景观成为我国著名的旅游景区。

2.烟渚：烟雾笼罩的水中小块陆地，这里指鼓浪屿。

3.洪波涌起，礁石被浪，声闻如鼓：这句是说鼓浪屿名称的由来。因岛西南方海滩上有一块两米多高、中有洞穴的礁石，每当涨潮水涌，浪击礁石，声似擂鼓，人称"鼓浪石"，鼓浪屿因此而得名。

4.琼碧接天：海天相连，茫然无际。琼碧：蓝绿色的海面，指大海。

5.鹭江：厦门半岛与鼓浪屿之间相隔的一段水域，名为鹭江。

6.看短街窄巷，纵横交错，红楼外、清幽处：鼓浪屿街道短小，纵横交错，清洁幽静，空气新鲜。岛上树木苍翠，繁花似锦，特别是小楼红瓦与绿树交相辉映，格外漂亮。

7.延平曾驻：明末，郑成功曾屯兵于鼓浪屿，日光岩上尚存水操台、石寨门旧址。鼓浪屿是郑成功最初的根据地。延平：指郑成功，明永历皇帝封郑成功为延平王。

8.水师操练，雄兵跨海，驱逐顽虏：郑成功，原名森，字大木，福建南安石井人，1624年出生于日本平户海滨。明末，南明隆武帝在福州即位，见他忠于朝廷，赐他姓"朱"，改名"成功"，所以民间叫他"郑国姓"，永历皇帝封他为延平王。其父郑芝龙暗中降清，郑成功出走金门，誓死抗清。他以金门、厦门为根据地，与清军厚战多年，曾一度打到南京城下，因骄兵致败。1661年4月，郑成功经过充分准备，率战船数百艘，官兵25000人，从金门科罗湾出发，收复被荷兰侵占38年的台湾，并奋力开发台湾。郑成功于1662年7月病逝于台湾，年仅39岁。300多年来，闽台人民十分敬仰郑成功，台湾人民尊他为"开台圣王"。顽虏：愚蠢无知且不容易制服的强盗，这里指侵占台湾的荷兰侵略者。

9.石寨登临，日光岑（cén）远，一峡隔阻：登上石寨门旧址，站在日光岩上向东眺望，茫茫大海，一望无际，台湾与厦门仅一峡之隔。60多年来，由于政治与人为的原因，大陆与台湾始终不能统一，海峡两岸依然处于分离状态。金瓯不圆，令人感叹。岑远：登高远望。岑，小而高的山。这里用"高"意。

10.叹而今，又见风云变幻，倩谁伏虎：近年来，随着美国重返亚太战略的实施，美国、日本、越南、菲律宾等国不断在东海、南海挑起事端，麻烦不断。国际局势风云变幻，靠谁来掌控这一局面呢？流露出笔者对时局的关注和担忧。风云变幻：像风云那样变化不定，比喻变幻动荡的局势，也比喻事物复杂、变化迅速。倩：请人代做。伏虎：制服老虎。这里是打击邪恶势力，维护和平正义，掌控局面，破解困局之意。

2016年5月12日于深圳

木兰花慢

游武夷山

武夷形胜地，山临水，水环山㉕。

有九曲叠流，奇峰夹岸，架壑船棺㉕。

隔溪望，情脉脉，正凝妆玉女镜台寒㉕。

虎啸天光一线，珠帘雨落云烟㉕。

泉石岩趣自天然㉕，人在画图间㉕。

想雅士鸿儒，仙风道骨，游憩流连㉕。

咸怀慕，群贤至，叹紫阳书院理学传㉕。

又见悬崖峭壁，红袍叶绿芽鲜㉕。

1. 武夷山：武夷山风景区位于武夷山脉中部、福建省武夷山市境内，方圆60平方公里，是中国著名的风景旅游区和避暑胜地，是世界文化与自然双重遗产、世界生物圈保护区、全国重点文物保护单位（武夷山崖墓群）、国家重点风景名胜区、国家5A级旅游景区、国家级自然保护区、国家水利风景区。盘曲于山中长约9公里的九曲溪和夹崖森列的36峰，构成一幅碧水丹山的天然美景。武夷山风景名胜区属典型的丹霞地貌，发育典型的丹霞单面山、块状山、柱状山临水而立，千姿百态。"三三秀水清如玉，六六奇峰翠插天"，构成了奇幻百出的武夷山水之胜，素有"奇秀甲东南"之称。

武夷山是三教名山。秦汉以来，武夷山即为羽流禅家栖息之地，留下了不少宫观、寺院和庵堂故址。武夷山集佛、道、儒三教于一身，是一座历史悠久的文化名山，为历代所推崇，唐朝时即被朝廷册封为天下名山。历代名家如李商隐、范仲淹、朱熹、陆游、辛弃疾、徐霞客等都先后在武夷山生活、讲学或考察、游览，留下了不少珍贵的文化遗产。武夷山遗留下的众多文物古迹中，有距今约3800年前高插于悬崖峭壁之上的"架壑船棺"，宋代朱熹创办的紫阳书院，元代御茶园，以及历代摩崖石刻500多方等。武夷山是朱子理学的摇篮，素有"道南理窟"之称，是世界研究朱子理学乃至东方文化的重要基地。景区以九曲溪为主线，主要有天游峰、玉女峰、大王峰、水帘洞、虎啸岩、一线天、云窝、汉代闽越王城遗址等游览区。武夷山于1999年12月被联合国教科文组织列入《世界遗产名录》，2003年被国家评为"中国十大名山"之一，2007年被国家旅游局命名为首批国家5A级旅游城市，2013年被美国著名媒体美国有线电视新闻网（CNN）评选为"中国最美景点"。

2. 武夷形胜地：武夷山地理位置优越，山川壮美，古迹众多，是古今中外久负盛名的风景名胜之地。形胜：地理位置优越，地势险要，山川壮美。

3. 九曲叠流，奇峰夹岸，架壑船棺：九曲叠流，即九曲溪。盘曲于武夷山中长约9公里的九曲溪和夹崖森列的36峰，构成一幅碧水丹山的天然美景。在九曲溪两岸的悬崖峭壁上有一大奇观，即距今约3800多年的"架壑船棺"。武夷架壑船棺是现今国内发现的年代最久远的悬棺。

4. 隔溪望，情脉脉，正凝妆玉女镜台寒：玉女峰突兀挺拔数十丈，峰顶繁花似锦，岩壁秀润光洁，乘坐竹筏从溪水上望去，俨然是一位秀美绝伦的少女。"插花临水一奇峰，玉骨冰肌处女容。"这是对玉女峰风采神韵的真实写照。玉女峰与大王峰隔溪相望，像一对脉脉含情的恋人。玉女峰东侧，是一块巨大的圆石，晶莹如镜，光洁照人，为传说中玉女梳妆的镜台，岩壁间"镜台"二字，大可盈丈，是武夷山最大的摩崖石刻。凝妆：精心梳妆。

5. 虎啸（xiào）天光一线，珠帘雨落云烟：这两句写的是武夷山的一些著名景点。虎啸指虎啸岩。虎啸岩怪石崔嵬（wéi），流水迂回。"虎啸"之声，来自岩上的一个巨洞，山风穿过洞口，便发出怒吼，声传空谷，震撼群山。在武夷，一岩而兼有群峰之胜的，唯有虎啸。所以，虎啸岩可说是一处"极目皆图画"的佳境。天光一线指一线天。一线天位于武夷山二曲溪南面一个幽邃的峡谷里，又称一字天。该处有一座巨岩，宛若城廓，名甫灵岩。岩倾斜而出，覆盖三个毗邻的山洞，其顶有裂隙100余丈，宽不及1米。探身洞中，仰观崖顶裂隙，可见天光一线奇景。一线天景区主要景点有一线天、楼阁岩、凌霄峰、石门岩和虎啸岩等，是武夷山屈指可数的独具泉石天趣的佳景之一。珠帘雨落指水帘洞。武夷山水帘洞为武夷山著名的七十二洞之一。进入景点处，有一线小飞瀑自霞滨岩顶飞泻而下，称为小水帘洞，拾级而上，即达水帘洞。洞顶危岩斜覆，洞穴深藏于收敛的岩腰之内。洞口斜向大敞，洞顶凉爽遮阳。两股飞泉倾泻自百余米的斜覆岩顶，宛若两条游龙喷水，飘洒山间，又像两道珠帘，从长空垂向人间，故又称珠帘洞。水帘洞掩映着题刻纵横的丹崖。其中有撷取朱熹七绝的名句"问渠那得清如许，为有源头活水来"的篆字题刻，有明代景点题刻"水帘洞"，以及楹联石刻"古今晴檐终日雨，春秋花月一联珠"等。云烟指云窝。云窝属于武夷山天游峰景区，这里可以说是武夷山最美的地方之一。它位于九曲溪的五曲和六曲的北岸，接笋峰和仙掌峰之间，依山临水，奇峰林立。每当晨昏，这里常是云雾缭绕。观云的最佳时间在春末秋初的早晨和傍晚。云窝有上下云窝之分，背岩临水，响声岩、丹炉峰、晚对峰、天游峰、隐屏峰等环列于四周。秀美磊落的岩峦之下，隐藏着许多洞穴，冬春时节常有缕缕烟云从洞穴中逸出，在峰岩间舒卷。

6.雅士鸿儒，仙风道骨：武夷山集佛、道、儒三教于一身，是一座历史悠久的文化名山。历代名家如李商隐、范仲淹、朱熹、陆游、辛弃疾、徐霞客等都先后在武夷山生活、讲学或考察、游览，留下了不少珍贵的文化遗产。

7.游憩：游览休息。

8.咸怀慕，群贤至，叹紫阳书院理学传：在古代，人们对儒学集大成者朱熹和"朱子理学"都十分崇敬和仰慕，青年学子、文人雅士，纷纷从四面八方来到紫阳书院学习孔孟之道和四书五经，朱子理学得以传播天下。咸：文言副词。都。紫阳书院：初名"武夷精舍"，清康熙年间改名为"紫阳书院"。真正让武夷山名闻天下的，是宋代理学家朱熹。他在这里营建"武夷精舍"，"朱子理学"也在这里萌芽、发展、传播天下。朱熹也因此在武夷山生活了近50年，武夷山不愧为是"朱子理学的发源和传播地"。武夷精舍初建于宋淳熙十年（1183年），位于九曲溪五曲溪东，隐屏峰南麓。武夷精舍是朱熹完成《四书集注》和以它为教材实行完好的教育实践的一所成功的私立大学，在中国教育史上占有重要位置。它的作用在于：通过创立学院，授徒讲学，著书立说，培养人才，重新树立起了中华民族传统的主体意识——儒家思想的正宗地位。

9.大红袍：大红袍乃武夷岩茶之王，是乌龙茶中的极品，在武夷山栽培已有350多年的历史。大红袍生长在武夷山北部九龙窠（kē）谷底靠北面的悬崖峭壁上，仅剩四株，极为名贵。九龙窠是一条清泉渗流的峡谷，大红袍生长的地方海拔有600多米，溪涧飞流，云雾缭绕，岩缝中渗出的泉水滋养着它们。每年的5月13日至15日，当地会有专人架起云梯采摘大红袍，产量极少，只有几两，被视为稀世珍宝。2007年7月，最后一次采摘自350年母树的20克大红袍茶叶被中国国家博物馆珍藏，这也是现代茶叶第一次被藏入国家博物馆。今后，武夷山将不再制作母树大红袍茶叶。前几年，有九龙窠大红袍茶拿到市场拍卖，20克竟拍出15.68万元的天价，创造了茶叶单价的最高纪录。民间流传着许多关于大红袍的神奇故事，如大红袍是仙鹤从蓬莱仙岛叼出来的种子遗落在武夷山这处悬崖上长成的；大红袍系神仙所栽，能治百病；从前，天心寺和尚曾用这几株茶树上产的茶叶治好了一位皇帝的病，皇帝将状元穿的红袍披在茶树上以表感谢之情，茶树受红袍加身，红袍将茶树染红了，并由皇帝赐其名等。它的神秘玄妙，古往今来，吸引着无数中外游人，都希望能一睹其芳容。当然能品其味的，那只有帝王将相和达官显贵了。宋代范仲淹曾有诗赞大红袍："年年春自东南来，建溪先暖水微开。溪边奇茗冠天下，武夷仙人从古栽。"

2016年5月15日于深圳

九曲漂流

一脉盈盈折九曲^①，银河飘落碧涟漪^②。

三三绿水流青玉，六六丹山列翠溪^③。

崖壑弄姿云雾绕，竹槎观景画屏移^④。

此生有幸临仙境，惟有武夷梦幻奇^⑤。

1.九曲溪：九曲溪是武夷山脉主峰——黄岗山西南麓的溪流，位于福建省武夷山峰岩幽谷之中。闽中山水奇秀以武夷山为第一，而武夷之魂在九曲溪。武夷山有三十六峰，九十九岩。峰岩交错，溪流纵横，晶莹清澈的九曲溪贯穿其中。因它有三弯九曲之胜，盈盈一水，折为九曲，故名为九曲溪。它全长约9.5公里，面积8.5平方公里。山挟（xié）水转，水绕山行，每一曲都有不同景致的山水画意。"溪流九曲泻云液，山光倒浸清涟漪。"形象地描绘了九曲溪的秀丽风光。

2.九曲漂流：九曲漂流是武夷山景区的一个游览项目。九曲溪的次序是逆流而数的。从上游乘竹筏顺流而下，两岸翠峰簇（cù）列、形态各异、云雾缭绕、亦真亦幻，碧水盈盈、泻琼流玉、峰回溪转、曼妙无穷，恰如人在画中游，武夷山景区秀美的山水风光尽收眼底。游人乘坐竹筏沿九曲溪漂流，安稳舒适，视野开阔，可见山景，能赏水色，曲折蜿蜒，疾徐相间，既轻松惬（qiè）意，又有惊无险，是现代旅游中颇带刺激性的旅游项目。

3.一脉盈盈折九曲，银河飘落碧涟漪：晶莹清澈的九曲溪，是天上的银河飘落在武夷山间形成的。三弯九曲，绕山环峰，水流淙淙，碧波涟漪。一脉：一水；一条。盈盈：水清澈的样子。

4.三三，六六：三三得九，九曲溪三弯九曲。六六三十六，武夷山有三十六峰，九十九岩。

5.丹山：武夷山风景区属典型的丹霞地貌，且武夷山有历代摩崖石刻500多方，摩刻在九曲溪两岸的悬崖峭壁上，字呈红色，故称丹山。

6.崖壑弄姿云雾绕，竹槎观景画屏移：武夷山有三十六峰，九十九岩。峰峦崖壑，千姿百态，掩映在云雾缭绕之中。乘竹筏沿九曲溪漂流而下，山水美景像画屏一样在不停地变换移动，真乃"竹筏水中流，人在画中游"。游览九曲溪的水上工具是古朴的竹筏，当地人叫竹排。坐筏观山水，极目皆图画。碧水、丹山、绿树、浅滩、悬崖、峭壁、白云、蓝天，相映成趣。沿途看到，奇峰相叠、嵌空而立，那高低错落的山峦，如旌旗招展，那气势磅礴的岩峰，似万马奔腾。武夷山以竹筏为游览交通工具已有1000多年的历史。由于它浮力大，吃水浅，轻便灵活，筏工只须用一根竹篙即可轻松驾驭。它可以平稳地漂过激流浅滩，可以灵巧地避开突立中流的礁石，又可急速地转弯。人坐筏上无遮无拦，全方位地沉浸在碧水丹山之中，无噪声、无污染，抬头可见山景，俯首可观水色，侧耳能听溪声，伸手能触清波，动中有静，静中有动，刚柔相济，相得益彰。看山不用杖而用舟，即使是白发翁妪，依然可以尽情漫游，遍览山水之胜。竹槎：竹筏。

7、此生有幸临仙境，惟有武夷梦幻奇：余这一生有幸游览过许多名山大川、名胜古迹，不少地方都像仙境一般美妙，但唯有武夷山的山水风光，让人觉得更是梦幻奇特，空灵飘逸，出神入化，韵味无穷。

2016年5月20日于深圳

武夷画中游

秀甲东南胜景留①，九曲蟠绕画中游①。

风吹云荡峰峦翠，雾锁烟环涧谷幽②。

浮水弄槎辨岩岫，登山依杖瞰行舟③。

宛如身在蓬莱境，且自逍遥莫问愁④⑤。

1.秀甲东南胜景留，九曲蟠绕画中游：武夷山是中国著名的风景旅游区和避暑胜地，是世界文化与自然双重遗产，国家重点风景名胜区。盘曲于山中长约9公里的九曲溪和夹崖森列的36峰，构成一幅碧水丹山、奇幻百出的天然美景，素有"奇秀甲东南"之称。乘竹筏沿九曲溪漂流，或登山揽胜，均有人在画中游之感。蟠：屈曲；环绕。

2.涧谷：山涧；峡谷。

3.浮水弄槎辨岩岫，登山依杖瞰行舟：乘竹筏沿九曲溪漂流，在水面上指点辨认山峰崖壑，是从水面上往上看山；登山揽胜，拄着手杖俯瞰溪流上的竹筏行舟，是从山上向下看水。瞰：从高处向下看。

4.蓬莱：神话传说中的神山，常用来比喻仙境。

5.逍遥：自由自在，没有约束。

2016年5月22日于深圳

凤凰树

梧桐山下凤凰树，似火流丹满目霞①。

翠羽红花自娇艳，风吹烂漫在天涯⑤。

1.凤凰树：取名于"叶如飞凰之羽，花若丹凤之冠"，其别名有凤凰木、金凤花、红花楹、火树、洋楹等，落叶乔木，高可达20米。夏秋季开花，花大，红色，有光泽。花期时节，花红叶绿，满树如火，富丽堂皇，令人惊叹，是著名的热带观赏树种。凤凰木因鲜红或橙红色的花朵配合鲜绿色的羽状复叶，被誉为世上最色彩鲜艳的树木之一。凤凰木树冠高大宽广，浓荫密布，适于作为观赏树或行道树，在我国南方城市的植物园和公园广为栽种。凤凰木的花语为火热、青春、离别、思念。凤凰木是厦门市、台湾台南市、四川攀枝花市的市树，广东省汕头市的市花，民国时期广东湛江市的市花，是厦门大学、汕头大学的校花。在深圳大鹏所城古粮仓北侧，有一颗高大粗壮的凤凰古树，树龄已达百年，树高三四十米，树冠舒展达数十米，是余所见到的最古老高大的凤凰树。每年开花二至三次，开花时，艳丽浓郁，映照古城。当地人称其为许愿树、护城树，将其视为神树，据说无不灵验。

2.梧桐山：在深圳市罗湖区东部，是深圳第一高峰。梧桐山满山苍翠，风光优美。

3.似火流丹满目霞：凤凰树夏秋季开花，开花时，满树如火，灿若朝霞，富丽堂皇，令人惊叹。

4.烂漫：也作烂熳，形容颜色鲜丽。

5.天涯：天边，形容极远的地方。这里指广州、深圳等南海海滨一带，或泛指华南地区。

2016年5月25日于深圳

蓝花楹

清丽脱俗器宇华㉒，蓝光紫雾艳如霞㉒。

南国一缕相思梦，化作人间夜语花㉒。

1.蓝花楹：别名蓝雾树，紫薇科落叶乔木，树冠高大，高12~15米，最高可达20米。其树冠伞形，树姿优美，树形酷似凤凰木。每年夏秋两季各开花一次，盛花期满树蓝紫色花朵，串串紫蓝，幽美绮丽，十分雅丽清秀。开花后出叶，见花不见叶。在热带，开蓝花的乔木很罕见，蓝花楹乃是一种难得的珍奇名贵的木本花卉，为著名的园林风景树和行道树。蓝花楹的花语：宁静、深远、忧郁、清丽脱俗；在绝望中等待爱情。中国南方近年来引种栽培供观赏。

2.清丽脱俗器宇华，蓝光紫雾艳如霞：蓝花楹别名蓝雾树。树姿优美华丽，仪态雍容大方，器宇不凡，清丽脱俗。开花时满树蓝紫色花朵，远远望去，蓝光紫雾笼罩，美艳如蓝紫色的朝霞，幽美绮丽，梦幻飘逸。器宇：指人的仪表、风度、气概或胸襟、度量等，这里用来赞美蓝花楹的树姿优美、挺拔。

3.南国一缕相思梦，化作人间夜语花：这是一个凄美的传说。相传民国年间，闽南小山城德化有一位才貌双全的千金小姐宋晓兰和落魄书生黄心英相爱。男方家境贫寒，连聘礼都拿不出来，无奈之下，黄心英决定下南洋淘金。两人相约三年后无论贫富都要永结百年之好。黄心英走后，从南洋捎来一棵蓝花楹，晓兰将其细心栽种在后花园中，日日苦盼情郎归来。三年后，心英未归，晓兰却收到了心英的一封信，说他在新罗，已经成家立业，让晓兰不必再等。晓兰伤心欲绝，大病一场。病好后，她在家人的安排下准备嫁给城西李大官人。出嫁前，忽然听到黄家老母在悲泣，经询问，原来是心英在新罗染上恶疾身亡，怕误小姐终身大事，故诈称业已成家。晓兰得知真相后，抑制不住心中的悲痛，便投井自尽了。晓兰随心英去了，蓝花楹也化身为开满蓝花的树，挺立等待心上人。传说在蓝花楹盛开且月圆之时，在静悄悄的夜晚，能从树梢上听到喃喃细语之声。若男女情侣相携在树下许个愿，就能牵手一生，白头偕老。蓝花楹的叶子在冬天掉完代表的是绝望，但春天一来却又开满鲜艳的蓝紫色的花，惊煞世人，所以又叫在绝望中等待爱情。

2016年5月26日于深圳

满庭芳

流寓深圳夏日黄昏抒怀

南海轻云，梧桐细雨，紫光正耀鹏城㉟。

层峦叠翠，流水绕芳庭㉟。

玉树红花似火，绿荫里、鸟语蝉鸣㉟。

蓝天下，苍茫碧野，是处尽风情㉟。

飘零㉟，当此际，人应念我，乖蹇频仍㉟。

看晚霞残照，倏尔峥嵘㉟。

回首沧桑岁月，哪堪问、梦断魂惊㉟。

空嗟叹，年华老去，谁与话平生㉟？

1.流寓：漂流到某地暂时居住，即客居意。

2.抒怀：抒发、表达自己的情怀。

3.梧桐细雨：梧桐山一带下着蒙蒙细雨，雨中的梧桐山愈发显得空濛苍翠、梦幻神奇。梧桐山，深圳第一高峰，满山苍翠，风光优美，也可解释为细雨打在梧桐树的叶子上，沙沙作响，别有一番情致。

4.紫光：紫霞光，祥瑞之光。

5.鹏城：深圳的别名。

6.芳庭：广种花草树木，洋溢着花草芳香的园林式庭院。

7.玉树红花似火：木棉树、凤凰木、三角梅、毛杜鹃等开花时，似火流丹，满树火红，灿若朝霞，蔚为壮观。

8.是处：到处；处处。

9.飘零，当此际：现在正在四处奔波、漂流。

10.乖蹇频仍：不顺心、不如意的事情接连不断。乖蹇：不顺心、不如意，与愿望相违背。频仍：连续不断（多用于坏的方面）。

11.晚霞残照，倏尔（shū ěr）峥嵘：黄昏后，夕阳西下，灿烂的晚霞一眨（zhǎ）眼的功夫就消失在了苍茫的暮色里。这里暗喻，人老了，已届暮年，如残霞晚照，人生辉煌的时日已经过去，生命留给自己的时间已经不多了，凡事应早有准备。倏尔：极快地；忽然，这里是时间很短暂的意思。

12.嗟叹：叹息；感叹。

2016年5月30日于深圳

唐多令

端　午

骤雨洒芳洲㉒，青山障眼眸㉓。

叹而今、寂寞淹留㉔。

海角天涯行色远，端午日，动离忧㉕。

国破运难求㉖，风烟岁月流㉗。

想当年、碧水蒙羞㉘。

屈子英灵千古恨，思往事，漫说愁㉙。

1.端午：也叫端阳，中国民间传统节日，在农历五月初五。相传约两千三百年前楚国诗人屈原在这一天投汨（mì）罗江自沉。后人为了纪念他，把这天定为节日，各地有吃粽子、赛龙舟等风俗。

屈原（前340—前278年），战国时期楚国诗人、政治家。芈（mǐ）姓，屈氏，名平，字原；又自云名正则，字灵均。约前340年出生于楚国丹阳（今湖北秭归）。屈原是中国历史上第一位伟大的爱国诗人，中国浪漫主义文学的奠基人，被誉为"中华诗祖""辞赋之祖"。他是"楚辞"的创立者和代表作者，开辟了"香草美人"的传统。屈原的出现，标志着中国诗歌进入了一个由集体歌唱到个人独创的新时代。他被后人称为"诗魂"。屈原也是楚国重要的政治家，早年受楚怀王信任，任左徒、三闾（lú）大夫，兼管内政外交大事。吴起之后，在楚国另一个主张变法的就是屈原。他提倡"美政"，主张对内举贤任能，修明法度，对外力主联齐抗秦。他因遭贵族排挤毁谤，被先后流放至汉北和沅湘流域。前278年，秦将白起攻破楚都郢（yǐng今湖北江陵），屈原悲愤交加，怀石自沉于汨罗江，以身殉国。其主要作品有《离骚（sāo）》《九歌》《九章》《天问》等。他创作的《楚辞》，是中国浪漫主义文学的源头，与《诗经》并称"风骚"，对后世诗歌产生了深远的影响。

2.芳洲：花草茂密、芳香四溢的草地或水边陆地。

3.淹留：长期停留。

4.海角天涯行色远：滞留、游荡在天涯海角很远很远的地方，这里指自己客居于深圳南海边，远离故乡。行色：旅途中的神态、情景。

5.离忧：离别亲人或远离故乡的忧愁。

6.国破运难求：前278年，秦将白起攻破楚国都城郢。屈原悲愤交加，在极度苦闷、完全绝望的心情下，于农历五月初五怀石自沉于汨罗江，以身殉国。国破家亡，没有国就没有家，个人的命运与国家息息相关，没有国家，个人的命运就无从谈起。

7.碧水蒙羞：屈原投汨罗江自尽了，如果江水有知的话，也会因淹死忠君爱国、忧国忧民的大诗人而感到羞愧。碧水：指的是汨罗江。

8.屈子英灵千古恨：屈原投汨罗江自尽，以身殉国，他的灵魂空留下千古遗恨。屈子：屈原。子：古代对男子的美称，特指有学问的人。

2016年6月9日（端午节）于深圳

醉花荫

骤 雨

夏日炎炎芒种后_②，暴雨频来骤_③。

一霎震惊雷，玉线冰丝，倒挂银河漏_④。

绿树红花芳草秀_⑤，薄雾云光透_⑤。

海角望天涯，岁月悠悠，白髮人依旧_⑥。

1.骤雨：近年来，余客居广州、深圳，深感祖国南北风光差异之大。岭南地区，阴晴变化无常。晴天之时，烈日炎炎，酷热难耐。忽然一片云从海边飘来，霎时，惊雷撕裂，暴雨倾盆，一眨眼的工夫又雨过天晴，艳阳高照。特别是在夏季，更是如此。因此，不管阴晴，雨伞乃出门必携之物。

2.芒种：节气名，二十四节气的第九个节气，在每年公历6月6日前后。中国中部地区农业上多忙于夏收夏种。

3.一霎（shà）：霎时。极短的时间；忽然之间。

4.玉线冰丝，倒挂银河漏：形容雨下得很大。暴雨倾盆，雨点连成了白线，白雾茫茫，像是银河的河底漏了，银河水从天上倒流了下来。

5.绿树红花芳草秀，薄雾云光透：雨过天晴，阳光透过云层照耀着轻轻飘荡的薄雾，花草树木显得更加郁郁葱葱、清秀娇艳。

6.海角望天涯，岁月悠悠，白髮人依旧：岁月悠悠，时光流逝，漂流在天涯海角的游子，依然在四处奔波。白髮人还健在，依旧在日夜思念着故乡。白髮人指自己。

2016年6月12日于深圳

别深圳

天涯作客到鹏城①，绿野青山紫气萦②。

万木葱茏色呈碧，百花娇艳火流红③。

烟霞有意留人住，岁月无痕伴我行④。

一载光阴弹指过，依依今日满别情⑤。

1.天涯作客到鹏城：深圳地处祖国南海之滨，对于中原地区来说可谓之天涯。鹏城：深圳的别称。

2.绿野青山紫气萦：绿野青山萦绕着祥瑞之气，意即深圳乃一方之福地。紫气：紫色之气，祥瑞之气。有紫气的地方多为风水宝地。相传南宋一代风水大师赖布衣云游岭南，路经深圳大鹏湾龙头山，发现该地有紫霞光，即告乡民，此乃福地，当建梵刹，以播祥瑞，并可保一方平安。

3.葱茏：草木茂盛的样子。

4.烟霞有意留人住，岁月无痕伴我行：深圳美好的风光好像有意要让我留下来，可悠悠岁月依然要伴我远行。

5.一载光阴弹指过，依依今日满别情：余客居深圳，弹指间一年过去了，深圳美好的风光使人留恋。今日别去，心中充满着依依惜别之情。一载：一年。弹指：形容时间极短。依依：形容留恋，不忍分离。

2016年7月1日别于深圳

秋日夜泊金陵

十朝都会话金陵[1]，今作江南佳丽行[2]。

钟阜龙蟠帝王梦，石城虎踞故国情[3]。

秋风飒飒飘丹桂，细雨霏霏洒落红[4]。

遥望蒋山升紫气，秦淮流碧夜朦胧[5]。

1.秋日夜泊金陵：2016年9月27日，余夫妻随小女一家由北京乘飞机来到南京，黄昏时分飞机降落在南京禄口机场，在夜幕下驱车进入南京市区。从此，开启了余在南京的流寓生涯。泊：靠岸停船，在这里是停留、暂住意。金陵：南京的旧称。前333年，楚威王熊商在灭掉越国之后于石头城筑金陵邑。紫金山古称金陵山，金陵之名源于此。南京的旧称很多，除南京、金陵以外，还有冶城、越城、石头城、白下、江宁、秣（mò）陵、建业、建邺（yè）、建康、扬州、升州、蒋州、丹阳、秦淮、上元、集庆、应天、京师、南都、天京、首都等。另外，南京还有许多别称，如龙盘虎踞（jù 龙蟠虎踞）、六朝古都、十朝都会、博爱之都、开明之城、江南佳丽地、钟山风雨帝王城等。

2.十朝都会话金陵，今作江南佳丽行：余曾数次造访南京，上一次到南京是在二十九年前的1987年。余对南京的印象很好，数十年来曾时时想起南京、谈起南京。今天又来到了南京这江南佳丽之地，开始了余新一段的流寓生涯。"十朝都会""江南佳丽地"都是南京的别称。

3.钟阜（fù）龙蟠帝王梦，石城虎踞故国情："龙蟠虎踞"是南京的一个别称，也是对南京山川形胜的形象描绘。相传三国时，诸葛亮在赤壁之战前夕，出使东吴，与孙权共商破曹大计。据说，诸葛亮途经秣陵县时，特地骑马到石头山观察山川形势。他看到以钟山为首的群山，像苍龙一般蜿蜒蟠伏于东南，而以石头山为终点的西部诸山，又像猛虎似的雄踞在大江之滨，于是发出了"钟山龙蟠，石头虎踞，真乃帝王之宅也"的赞叹，并建议孙权迁都秣陵。孙权在赤壁之战后，于211年将首府由京口（今镇江）迁至秣陵（今南京），并改称秣陵为建业。第二年，即212年就在清凉山原有城基上修建了著名的石头城。229年，孙权于武昌称帝，国号"吴"，旋即迁都建邺（今南京）。这是历史上南京建都的开始。"江南佳丽地，金陵帝王州"。南京有6000多年文明史、近2600年建城史和近500年的建都史，是中国四大古都之一，有"六朝古都""十朝都会"之称。历史上曾先后有东吴、东晋、宋（南朝）、齐（南朝）、梁（南朝）、陈（南朝）、杨吴（西都）（五代）、南唐（五代）、南宋（行都）、明、南明、太平天国等十几个朝代在南京建都。南京是中华文明的重要发祥地，历史上曾数次庇（bì）佑中华之正朔（zhēng shuò），长期是中国南方的政治、经济、文化中心，拥有厚重的文化底蕴和丰富的历史遗存。阜：土山。钟阜即钟山。蟠：屈曲；环绕。踞：蹲；坐。

4.秋风飒飒飘丹桂，细雨霏霏洒落红：南京到处都栽种着桂花树，农历八月下旬，秋风阵阵吹送着桂花的香气，沁人心脾。连绵数日的秋雨，洒落了满地落花，使人心中不免泛起丝丝惆怅。飒飒：拟声词，风吹动树木枝叶等的声音。霏霏：（雨、雪、烟、云等）很盛的样子。落红：落花。

5.遥望蒋山升紫气，秦淮流碧夜朦胧：遥望紫金山，烟雾氤氲，瑞气升腾，碧水流淌的秦淮河，在夜色朦胧中蜿蜒在万家灯火之中。蒋山：南京紫金山又名钟山、蒋山。紫金山古称金陵山，汉代称钟山。汉末有秣陵尉蒋子文逐盗，死于此，三国时吴主孙权为其立庙于钟山，孙权因避祖父"钟"讳（huì）而改其名为蒋山，唐时仍沿用此名。因山上多紫红色岩石，在阳光映照下时常闪耀紫金色光芒，东晋时改称紫金山。秦淮：秦淮河，流经南京市区，南京的母亲河。

2016 年 9 月 27 日于南京

夜游秦淮

宫灯红艳夜徘徊㉟，雾笼香飘桂子开㉟。

画舫凌波浮绿水，寒星映月照楼台㉟。

得失成败留遗迹，古往今来有盛衰㉟。

昔日六朝金粉地，繁华依旧在秦淮㉟。

1.夜游秦淮：2016年10月8日夜，天空一弯秋月，在夜色朦胧中，携小外孙举家乘画船夜游南京秦淮河。一河红灯，兰舟穿梭。从夫子庙泮（pàn）池码头出发，沿途穿过文源桥、平江桥、文正桥、镇淮桥、武定桥、来燕桥、文德桥等十数座各式画桥，领略江南贡院、桃叶渡、吴敬梓故居、白鹭洲、七彩水街、东水关、中华门瓮城、瞻园、乌衣巷、媚香楼等景点的古韵新姿，体验和回味昔日的十里秦淮那特有的迷人风光：楼台殿阁、鳞次栉比，河厅河房、十里珠帘，画舫凌波、桨声灯影，一路笙歌、如梦如幻的美景奇观。

2.秦淮河，中国长江下游右岸支流。古称龙藏浦，汉代起称淮水。相传秦始皇东巡会稽（kuài jī）过秣陵，以此地有"王气"，下令在今南京市区东南的方山、石硊（guī）山一带，凿断连岗，导龙藏浦北入长江以泄金陵之王气。后人误认为此水是秦时所开，到唐代，根据这一传说，改称秦淮河。秦淮河全长110公里，整个流域面积2600余平方公里，主要支流有16条，流经句容、溧（lì）水、江宁、南京等地，灌溉面积达130万亩左右。秦淮河有南北（东）两源，北源（又说东源）句容河发源于句容县宝华山南麓，南源溧水河发源于溧水县东庐山，两河在南京市江宁区方山埭（dài）汇合成秦淮河干流，绕过方山向西北至外城上坊门从东水关流入南京城，由东向西横贯市区南部，从西水关流出注入长江。在远古时代，秦淮河即为扬子江一支流，新石器时代，沿河两岸便人烟稠密，孕育了南京的古老文明，有"南京的母亲河"之称。秦淮河在历史上极富盛名，这里素为"六朝烟月之区，金粉荟萃之所"，更兼十代繁华之地，"衣冠文物，盛于江南；文采风流，甲于海内"，被称为"中国第一历史文化名河"。秦淮河的南京城内河段为内秦淮，从东水关至西水关全长9.6华里，有"十里秦淮""六朝金粉"之誉，是秦淮风光带的精华所在。沿河两岸，有大小集市100多处。东吴以来一直是繁华的商业区和居民区，六朝时成为名门望族的聚居之地，宋代开始成为江南文化的中心。明清两代，尤其是明代，是十里秦淮的鼎盛时期。两岸"河厅河房，雕梁画栋；金粉楼台，鳞次栉比；画舫凌波，桨声灯影"，展现着一幅幅如梦如幻的美景奇观。加之商贾（gǔ）云集，市井繁华，人文荟萃，儒学鼎盛，构成了集中体现金陵古都风貌的游览胜地——秦淮风光带。明末清初，秦淮八艳的事迹更是脍炙人口。内秦淮沿岸分别有东水关遗址公园、秦淮水亭、桃叶渡、白鹭洲公园、江南贡院、萃苑公园、王导谢安纪念馆、李香君故居、瞻园（太平天国历史博物馆）、秦大士故居、沈万三故居、中华门瓮（wèng）城等文化旅游景点。

3. 宫灯红艳夜徘徊，雾笼香飘桂子开：秋夜的秦淮河，烟笼雾锁，一河的红纱宫灯，掩映在蜿蜒的碧水之上，习习秋风，飘荡着桂花淡淡的清香。桂子：桂花。

4. 画舫：装饰华丽的游船。

5. 得失成败留遗迹，古往今来有盛衰：秦淮河两岸遗留下来的众多古迹，诉说着世海沧桑、人事变迁，见证着十代王朝的得失成败、盛衰更替。六朝遗迹尚存，只能引来数声叹息而已。

6. 昔日六朝金粉地，繁华依旧在秦淮：秦淮河在历史上极富盛名，这里素为"六朝烟月之区，金粉荟萃之所"，乃十代繁华之地。如今，国运昌隆，物阜民安，秦淮繁华依旧，风光不减当年。

2016 年 10 月 8 日夜于南京秦淮河

登栖霞山

金陵明秀第一山②，山在朦胧紫翠间③。

枫叶如花藏古寺，松涛似海罩云烟③。

千佛崖毁遗风在，待月亭悬雨露沾③。

纱帽奇峰寿石畔，劝君得意须静观③。

1.栖霞山：栖霞山位于南京城东北22公里，南朝时山中建有"栖霞精舍"，因此得名。此山多药草可以摄养，故又名摄山。栖霞山北临长江，有传说中的"始皇临江处"。主峰三茅峰海拔286米，又名凤翔峰；东北一山，形若卧龙，称龙山；西北一山，状如伏虎，曰虎山。栖霞山没有钟山高峻，但清幽怡静，风景迷人，名胜古迹，遍布诸峰。栖霞山之所以驰名江南，不仅因为有一座著名的栖霞寺，更有南朝石刻千佛岩和隋朝名构舍利塔，还因为它山深林茂，泉清石峻，景色令人陶醉，故被誉为"金陵第一明秀山"。民间素有"春牛首、秋栖霞"之说。山西侧称枫岭，有成片的枫树，深秋的栖霞，红叶如火，漫山红遍，宛如一幅美丽的画卷，登高远望，甚为壮观。

2.金陵明秀第一山，山在朦胧紫翠间：栖霞山被誉为"金陵第一明秀山"，山深林密，清幽怡静，山色苍翠，烟雾朦胧。紫翠：苍绿的林木，紫色的山岚。

3.千佛崖毁遗风在：千佛崖又称千佛岩，是具有1500多年历史的南朝佛教石窟，素有"江南云岗"之美誉。其开凿于484年，历时22年，至明朝历代都有增凿修缮。岭上岭下，依石壁造像，有立有坐，大小各异，或五六尊一龛，或十来尊一室，风姿万千。窟间各朝名人题刻数十款，以北宋题刻为最多。现存石窟254个，佛像553尊，号称千佛崖。其造型古朴洗练，秀美典雅，与北朝的云冈、龙门石窟遥相辉映，是南北朝时期我国石窟艺术的代表作，也是江南仅有的佛教石刻艺术，是我国古代石刻艺术的珍品。由于历史的原因，佛像损毁严重。1924年，寺僧以水泥涂附佛像，虽失原貌，但仍留存六朝时代遗风。"文化大革命"时期，千佛崖更遭浩劫。千佛崖石窟现为全国重点文物保护单位。

4.待月亭悬雨露沾：清乾隆皇帝六下江南，五次驻跸（bì）栖霞行宫。乾隆行宫在栖霞山半山腰一片平坦之地，现已荡然无存，其处杂草丛生，有树数十棵。待月亭乃一座六柱六角山亭，在纱帽峰南麓的悬崖峭壁处，距乾隆行宫仅百十米。想当年，乾隆皇帝一定曾在待月亭赏月或吟诗作赋，使待月亭尽沾皇家雨露恩泽。

　　5.纱帽奇峰寿石畔，劝君得意须静观：在栖霞山千佛岭北侧有一奇峰，状若纱帽，古人形象地称其为"纱帽峰"。乾隆皇帝曾多次吟咏，曾改其为"玉冠峰"，寓意官位，因此称为"禄峰"。待月亭在禄峰南麓，其下数十米有一高约丈余、宽约两丈的巨石，名曰："寿石"。其上刻一斗大"寿"字，旁有八字："劝君得意静观福寿"，落款："荆树"。荆树是清光绪年间栖霞寺监院。其所题八字，意味深长，极具禅机，蕴含人生哲理。人生最重要的是什么？就是平安、健康。相对于健康而言，名利是次要的。没有健康，什么样的名利都没有任何意义。"寿"代表平安、健康。一个"劝"字、一个"静"字、一个"观"字，寓意深刻。"得意"就是要保持良好的心态，平平淡淡地看待得与失、成与败、名与利。不要因为一时的成功和获得而沾沾自喜、欣喜若狂，也不要因为暂时的失败和挫折而怨天尤人、消沉堕落。这样才能荣辱不惊，无论遇到什么样的风吹草动或惊涛骇浪都能泰然处之。有了这种淡定的心态，才能达到平安、祥和、健康、长寿，这才是"寿"字的真正含义所在，决不能仅仅理解为长寿之意。八个字中，"静"和"观"是两种修为，感悟人生必须建立在一定的修为之上。荆树老和尚用这八个字向人们揭示了人生的真谛。愿芸芸众生都能感悟其良苦用心。

2016年重阳节后两日于南京栖霞山

南京栖霞寺

栖霞古寺沐烟霞①，占尽风光雨露华②。

三论宗庭开梵宇，四绝禅院耀僧家③。

千佛岩上千佛像，白乳泉旁白乳茶④。

最爱岭西红似火，深秋枫叶美如花⑤。

1.栖霞寺：位于南京市东北栖霞山中峰西麓，三面环山，北临长江，地处南京风景最佳处。栖霞寺规模宏大，殿宇气派非凡，是南京地区最大的佛寺，是中国四大名刹之一，江南佛教"三论宗"的发源地，南朝时期与江南鸡鸣寺、江北定山寺齐名。栖霞寺始建于南齐永明七年（489年），梁僧朗于此弘扬三论教义，被称为江南三论宗初祖。隋文帝杨坚于八十三州造舍利塔，其立舍利塔诏以蒋州栖霞寺为首。唐代时称功德寺，规模浩大，与山东长清的灵岩寺、湖北当阳的玉泉寺，浙江天台的国清寺，并称天下四大丛林。栖霞寺几经毁坏，现寺为1919年重建。鉴真和尚第五次东渡日本未成，归途曾驻锡于此。清乾隆皇帝六下江南，五次俱设行宫于栖霞，益增殊胜。1983年4月，栖霞寺被确定为汉族地区佛教全国重点寺院，同年创建中国佛学院栖霞山分院。1988年1月，栖霞寺被列为全国重点文物保护单位。

2.栖霞古寺沐烟霞，占尽风光雨露华：古老的栖霞寺，地处南京风景最佳处。栖霞寺沐浴在烟霞里，占尽自然界风光雨露的精华。华：光辉；光彩。

3.三论宗庭开梵宇：南朝梁时，僧朗法师自辽东来到栖霞寺，大弘三论之学，世称为江南三论之祖。三论之学经僧诠、法朗、吉藏（zàng）等诸法师继之弘扬，其学益盛，遂成为佛教一大宗派，栖霞寺也以三论宗的祖庭而名扬天下。三论宗：三论宗是中国佛教禅宗宗派之一，渊源于古印度大乘佛教的中观宗，三论宗以《中论》《十二门论》《百论》为主要典据，由鸠摩罗什翻译，流传中国。在中国实际完成三论一宗的集大成者为隋代吉藏。该宗着重阐扬诸法性空的理论，也称法性宗。该宗建立"真俗二谛""八不中道"等理论，认为世间万物都是以众多因缘和合而生（缘起），离开众多因素和条件就没有独立不变的实体（性空）。一切众生皆能成佛，只因迷故，为无明妄想所蒙蔽，所以成佛与否，关键在于迷悟。梵宇：佛寺。

4.四绝禅院：栖霞寺至唐代寺运昌隆，与济州灵岩寺、荆州玉泉寺、台州国清寺并称为天下四绝。禅院：佛教禅宗寺院。

5.千佛岩：千佛岩在栖霞寺的后山，是具有1500多年历史的南朝佛教石窟，素有"江南云岗"之美誉。现存石窟254个，佛像553尊，号称千佛崖。

6.白乳茶：即"摄山禅茶"。栖霞山盛产药草，可以摄养身体，所以古称摄山。其中峰南麓有白乳泉，泉旁天生茶树十数株，唐朝时即负盛名。茶圣陆羽曾来此山采茶试茶，留有"试茶亭"遗迹。唐人饮茶之风最早始于僧家。唐朝正是佛教禅宗勃兴之际，僧人坐禅，时久易昏沉，故常饮茶提神以专注禅境。茶所具有的"清中有醇""苦中回甘"之独特滋味，与禅悦境界之"非从外传，自性而生"非常契合，故而宋朝圆悟禅师道出"茶禅一味"，从此禅门与茶道结下不解之缘。摄山禅茶取自白乳泉试茶亭旁古茶树良种，曾受乾隆皇帝御封，为茶中珍品。

7.最爱岭西红似火，深秋枫叶美如花：南京栖霞山是中国四大赏红叶胜地之一。栖霞山西侧称枫岭，枫树满山。深秋的栖霞，枫林如火，漫山红遍，登高远望，蔚为壮观，景色十分迷人，宛如一幅美丽的画卷，故南京素有"春牛首，秋栖霞"之说，其"秋栖霞"即为栖霞山赏红叶。

2016年10月11日于南京栖霞寺

游鸡鸣寺

鸡鸣山上鸡鸣寺，几度沧桑几度春㉓。
殿宇层叠飘紫雾，浮图高耸绕青云㉓。
台城烟柳经风雨，玄武碧波映古今㉓。
钟磬声幽入禅境，香花一路了凡心㉓。

1.鸡鸣寺：又称古鸡鸣寺，位于南京市玄武区鸡笼山东麓山阜上。其始建于西晋，是南京最古老的梵刹之一，自古有"南朝第一寺""南朝四百八十寺"之首寺的美誉，是南朝时期中国南方的佛教中心。鸡笼山东接九华山，北临玄武湖，西连鼓楼岗，山高62米，因山势浑圆似鸡笼而得名。鸡笼山背湖临城，满山绿树浓荫，翠色浮空，山清水秀，风景绮丽。鸡鸣寺寺址所在，三国时属吴国后苑之地，早在西晋永康元年（300年）就曾在此倚山造室，始创道场。南朝梁普通八年（527年），梁武帝萧衍在鸡鸣埭兴建同泰寺，才使这里真正成为佛教胜地。同泰寺与台城（宫城）隔路相对，梁武帝经常到寺里讲经说法，听众逾万，并曾先后四次到同泰寺舍身为僧。整个寺院依皇家规制而建，规模宏大，金碧辉煌，盛极一时，成为当时南方佛教的中心，无愧于"南朝四百八十寺"首刹之誉。天竺（zhú）高僧菩提达摩从印度来建康时，即居于此，并曾与梁武帝辩经。自梁以后，这里逐渐衰落。明洪武二十年（1387年），敕建鸡鸣寺，造浮图五级，明太祖朱元璋亲题"鸡鸣寺"额。据传皇后马娘娘及各大臣眷属也常来鸡鸣寺敬香，并为此特开凿了一条进香河，直至山门。鸡鸣寺由此名声大振，四方威名，香火鼎盛；后几经毁坏和重修，1959年改做尼众道场。1984年，寺内安奉泰国赠送的重达5吨的释迦牟尼佛和观音菩萨铜像。1989年重建44.8米高的七级八面药师佛塔，塔内安奉原北京雍和宫的铜铸药师佛像，成为金陵一大景观。寺内还有志工台、胭脂井、催妆钟等名胜古迹。寺后慈航桥可通台城、玄武湖、小九华山。鸡鸣寺地处南京城内的山、水、城、林、寺、塔结合部，是难得的风水宝地。清幽的佛门圣地，庄严肃穆、宁静优雅、环境优美、如诗如画。

2.鸡鸣山上鸡鸣寺，几度沧桑几度春：伴随着朝代的更迭，鸡鸣寺经历了无数沧桑岁月，几度兴盛，几度衰落。春：在这里指兴盛。

3.殿宇层叠飘紫雾：鸡鸣寺的殿堂楼阁依山而建，由低到高，从山脚直达山顶，层叠错落，烟雾缭绕。

4.台城烟柳经风雨，玄武碧波映古今：台城的杨柳和玄武湖的碧波，经历了古往今来的风雨，见证着朝代的更迭、世事的变迁。台城：位于南京市玄武湖南岸，鸡鸣寺之后。站在鸡鸣寺药师佛塔上向北望去，隔着风雨沧桑的台城便是烟雾迷蒙的玄武湖。台城东端与明都城城墙相接，西端为一断壁。这段城墙全长253.15米，外高20.16米。由于这里距六朝时代的建康宫不远，后人称之为台城。台城为六朝时历代王朝的后宫禁城，是东晋和南朝诸代政治、军事和思想文化的中心，代表"六朝金粉"的兴衰。玄武湖：玄武湖位于南京市城中，是紫金山脚下的国家级风景区，中国最大的皇家园林湖泊。

5.钟磬声幽入禅境，香花一路了凡心：鸡鸣寺里，香烟缭绕，鸟语花香。清幽的钟磬之声，净化着人的心灵；肃穆的梵音禅曲，了却凡心俗务，使境界得到升华。了：了却；结束。

2016年10月16日于南京鸡鸣寺

题胭脂井

玉树花开结绮楼㉒，美人歌舞不知愁㉓。

景阳井上胭脂泪，正是亡国百代羞㉔。

1.胭脂井：鸡鸣寺东北隅有一古井，相传为古胭脂井。南朝末年，陈后主苟安江南，与美女、佞（nìng）臣游宴赋诗，通宵达旦，把国事置之一边。589年（隋开皇九年），隋文帝杨坚统一北方后，发兵伐陈。陈叔宝自恃长江天堑可守，依然沉湎（miǎn）于酒色，犹奏乐府吴声《玉树后庭花》《临春曲》。直到台城被攻破，陈叔宝才酒醒，慌忙携宠妃张丽华、孔贵嫔隐匿于景阳殿侧的枯井中，后被隋兵发现。据传，将他们三人从井中吊上来时，粉面黛目的嫔妃涕泪俱下，胭脂沾满井石栏，以帛拭之不去，遂留下胭脂痕迹，故名"胭脂井"，又叫"辱井"。据《景定建康志》《至正金陵新志》记载，胭脂井原名"景阳井"，在台城内，后掩没。后人为了让人们记住陈后主奢淫亡国的教训，遂在法宝寺（今鸡鸣寺）侧再立胭脂井。宋朝进士曾巩写了《辱井铭》，书篆文刻于石井栏之上，铭曰："辱井在斯，可不戒乎。"宰相王安石也曾在这里留诗一首："结绮临春草一丘，尚残宫井戒千秋。奢淫自是前王耻，不到龙沉亦可羞。"

2.玉树花开结绮楼，美人歌舞不知愁：宫苑里绿树婆娑，繁花似锦，美人们轻歌曼舞，通宵达旦，一派歌舞升平的奢靡（mí）景象。在兵临城下之际，朝廷上下，依然只顾享乐，不知忧愁。玉树：一指南陈宫苑里名贵的花木；一指宫体诗歌曲《玉树后庭花》："丽宇芳林对高阁，新装艳质本倾城；映户凝娇乍不进，出帷含态笑相迎。妖姬脸似花含露，玉树流光照后庭；花开花落不长久，落红满地归寂中！"《玉树后庭花》为南陈后主陈叔宝所作。其"玉树后庭花，花开不复久"则一语成谶（chèn），预示南陈江山不久兆也。所以后人把《玉树后庭花》称为亡国之音。结绮楼：结绮阁。陈后主的宠妃张丽华居住的楼阁，极尽奢华。

3.景阳井上胭脂泪，正是亡国百代羞：胭脂井石栏上的胭脂泪痕，正铭刻着奢淫亡国的耻辱，千秋百代，警示后人。

2016年10月16日于南京鸡鸣寺古胭脂井

念奴娇

登石头城

石头虎踞，正登临极目、风光无限(注)。

人道故国留胜迹，却是星移物换(注)。

碧野苍茫，高楼林立，不见江如练(注)。

秦淮依旧，六朝明月相伴(注)。

回首往事千年，干戈烽火，霸业何曾见(注)？

且看雄关连壁垒，暗诉世间恩怨(注)。

潮打空城，已成过往，惟有声声叹(注)。

秋风吹送，蓝天一字归雁(注)。

1.登石头城：10月30日，南京连绵一个月的秋雨暂时停了下来。久雨转新晴，余独自一人游览石头城遗址。只见雄伟高耸的古城构筑在岩壁之上，城和山浑然一体，城垣逶迤（wēi yí）、高低起伏、绿树葱茏、花草繁茂。从古清凉门登城，极目远望，楚天空阔、碧野苍茫、风光无限。外秦淮河从城墙脚下缓缓向北流去，游船画舫漂浮于碧水之上。古烽火台尚在，昭示着石头城在军事上的重要地位。斑驳沧桑的古城，见证了十代荣枯、六朝兴衰。它像一位饱经沧桑的老人，向人们诉说着朝代之更迭、人事之变迁。余驻足流连，不胜感慨，遂作此《念奴娇》以记之。

2.石头城：石头城是六朝古都南京的一处六朝时期的著名遗迹，位于现清凉山一带。南京的别称"石头城"就来自于此。石头城被称为石城，广义上它是如今南京的别称，狭义上它是指南京老城城西的石头山石头城。在南京的清凉山西麓，自虎踞关龙蟠里石头城门到草场门，可以看到城墙逶迤雄峙，石崖耸立，这就是依山而筑的石头城。外秦淮河（该段秦淮河称燕王河）从石头城西侧古城墙脚下缓缓向北流去，从下关区三汊（chà）河汇入长江。在清凉门到草场门之间的城墙下面，有一块突出的椭圆形石壁，长约6米、宽3

米，因长年风化，砾石剥落，坑坑注注、斑斑点点，中间还杂有紫黑相间的岩块，怪石嶙峋，远看隐约可见耳目口鼻，酷似一副狰狞的鬼脸，故石头城又被称为"鬼脸城"。正对鬼脸之下，有一处清澈的池塘，从水面一侧可以看到鬼脸城的倒影，老南京人俗称之为"鬼脸照镜子"。南京民间有关鬼脸城的传说很多。关于石头城的由来，要追溯到两千多年前的战国时代。据史书记载，周显王三十六年（前333年），楚国灭了越国，楚威王设置金陵邑，并在今清凉山上筑城。秦始皇二十四年（前223年），楚国灭亡，秦改金陵邑为秣陵县。三国时期，孙权在赤壁之战后，于211年将首府由京口（今镇江）迁至秣陵（今南京），并改称秣陵为建业；第二年，即212年就在清凉山原有城基上修建了著名的石头城。当时长江从清凉山下流过，石头城的军事地位十分突出，孙吴也一直将此处作为最主要的水军基地。此后数百年间，这里成为战守的军事重镇，南北战争，往往以夺取石头城决定胜负。石头城以清凉山西坡天然峭壁为城基，环山筑造，周长"七里一百步"，相当于如今的六华里左右。石头城北缘大江，南抵秦淮河口，南开二门，东开一门，南门之西为西门，城依山傍水，夹淮带江，形势险要，易守难攻。城内设置有石头库、石头仓，用以储军粮和兵械。在城墙高处筑有烽火台，可以随时发出预报敌军侵犯的警报。至南朝时，石头城作为保卫都城的军事要塞的地位依旧未变。古代长江绕清凉山麓东去，巨浪时时拍击山壁，将山崖冲刷成峭壁。隋文帝灭陈，毁建康城，在石头城置蒋州，唐代初年在石头城设扬州大都督府，石头城在隋朝和初唐时是南京地区的中心。唐代以后，江水日渐西移，自唐武德八年（625年）后，石头城便开始废弃。中唐诗人刘禹锡曾作《石头城》诗："山围故国周遭在，潮打空城寂寞回。淮水东边旧时月，夜深还过女墙来。"此时诗人笔下的石头城，已是一座荒芜（wú）寂寞的"空城"了。五代时期（924年），石头城上兴建了第一座寺庙——兴教寺，以后这里就成为寺庙、书院集中的风景名胜之地了。直到今天，它仍以"石城虎踞"的雄姿享誉中外。

3.石头虎踞：或说"石城虎踞"。石头山像猛虎似地雄踞在大江之滨。石头：石头山；石头城。此语最早出自于诸葛亮之口。相传三国时，诸葛亮在赤壁之战前夕出使东吴，与孙权共商破曹大计。诸葛亮途经秣陵县时，特地骑马到石头山观察山川形势。他看到以钟山为首的群山，像苍龙一般蜿蜒蟠伏于东南，而以石头山为终点的西部诸山，又像猛虎似的雄踞在大江之滨，于是发出了"钟山龙蟠，石头虎踞，真乃帝王之宅也"的赞叹。

4.极目：用尽眼力远望。

5.人道故国留胜迹，却是星移物换：人们都说石头城是六朝故国留下来的名胜古迹，如今古城遗迹尚存，但却是星移物换、满目沧桑、今非昔比。星移物换：物换星移，世事变迁、盛衰无常意。语出初唐四杰之首的王勃，其在滕王阁诗里写道："滕王高阁临江渚，佩玉鸣鸾罢歌舞。画栋朝飞南浦云，珠帘暮卷西山雨。闲云潭影日悠悠，物换星移几度秋。阁中帝子今何在？槛外长江空自流。"

6. 碧野苍茫：碧绿的原野，无边无际，旷远迷茫。

7. 不见江如练：从前，站在石头城上远望，可以看到浩瀚的长江，像一条白色的丝带飘落在绿野青山之中。如今，高楼林立，遮挡住了视野，站在石头城上再也看不到如练似的长江了。只能想象着长江就在那片高楼后面蜿蜒向东流去。练：白色的绸缎。

8. 秦淮依旧，六朝明月相伴：秦淮河曲折蜿蜒，一线碧水缓缓流淌，风光无限。六朝时的明月依然照耀着烟雨秦淮，时时为伴，不离不弃。

9. 干戈（gān gē）烽火，霸业何曾见：江山如画，引多少英雄豪杰争霸。千百年来，烽火连绵，干戈不断，朝代更迭，又有谁家的霸业能够长久呢？暗喻在南京建都的朝代虽多，但都不能长久。

10. 雄关连壁垒：虎踞关连着石头城，这里的壁垒即指石头城。虎踞关位于石头山下，上石头城必经此地，犹如一道关口，人称"虎踞关"。

11. 潮打空城，已成过往，惟有声声叹：古时长江从清凉山下流过，石头城北缘大江，南抵秦淮河口，依山傍水，夹淮带江，形势险要，军事地位十分突出。唐代以后江水日渐西移，石头城的军事地位不复存在。自唐武德八年（625年）后，石头城便开始废弃，故诗人刘禹锡在《石头城》诗里说"潮打空城寂寞回"。现如今，长江距石头城更远了，潮水早已打不到城墙了，故言"潮打空城，已成过往"。山河变迁，世海沧桑，只留下几声叹息而已。

12. 秋风吹送，蓝天一字归雁：蓝天上一行南飞的大雁，好像是秋风把它们吹送过来了吧。时已至晚秋，大雁都向南方飞了，余却依然四海漂泊，客居他乡，何时才能回到那魂牵梦绕的故乡呢？一字归雁：雁行成一字排列。

2016年10月30日暮秋于石头城

莫愁湖

一泓琼碧映天光㊿，十顷荷花满苑香㊿。

玉鉴临风垂倒影，华亭对月试凝妆㊿。

棋楼粉黛江山画，水院郁金兰桂堂㊿。

六代云烟春去也，莫愁湖畔有遗芳㊿。

1.莫愁湖：莫愁湖位于南京秦淮河西，是一座有1500年悠久历史和丰富人文资源的江南古典名园。全园面积54公顷，湖面约37公顷。莫愁湖在六朝时称横塘，在宋元时即负盛名，明朝定都南京后更是盛极一时。清乾隆年间，在园内建郁金堂，筑湖心亭，遂成为"金陵第一名湖"，有"江南第一名湖""金陵第一名胜""金陵四十八景之首"等美誉。乾隆皇帝曾有诗句赞道："南邦何事最风流，乐府新词唱莫愁"。园内楼、轩、亭、榭错落有致，堤岸垂柳、海棠相间（jiàn），湖水荡漾（yàng），碧波照人。胜棋楼、郁金堂、赏河厅、水榭、抱月楼、光华亭、曲径回廊等掩映在山石松竹、花木绿荫之中，一派"欲将西子莫愁比，难向烟波判是非。但觉西湖输一着，江帆云外拍云飞"的宜人景色。

2.一泓琼碧映天光：一片碧绿的湖水荡漾着云影天光。泓：水深而广。琼碧：碧绿的美玉，用以形容湖水。

3.十顷荷花满苑香：远在明清时期，莫愁湖就栽植了大量荷花，号称荷花十顷。每逢夏秋之季，莲叶田田，琼碧接天，莲花盛开，香风阵阵。用莲花比喻美女莫愁再恰当不过了，恍（huǎng）若凌波仙子，出淤泥而不染。苑：多指帝王的花园。莫愁湖曾为明太祖朱元璋的宫苑，后赠予中山王徐达为汤沐园。

4.玉鉴临风垂倒影，华亭对月试凝妆：莫愁湖像一面巨大的玉镜，将蓝天白云、青山翠峦、亭台楼阁倒映在湖面上，微风吹过，倒影晃动，一池影碎。华美的亭台，像亭亭玉立的仙子，在月光下，面对这面大镜子正凝神梳妆。鉴：镜子。华亭：华美的亭子。在莫愁湖畔有许多漂亮的亭子，如光华亭、四方亭、待渡亭、湖心亭、阳春亭、鸳鸯亭、抱月吟风亭、竹园六角亭等，姿态各异，美轮美奂。

5、棋楼粉黛江山画，水院郁金兰桂堂：莫愁湖公园里几个最著名的人文景观，如胜棋楼、通水院、郁金堂等。

胜棋楼：在莫愁湖南岸，坐北朝南，是一座古朴的两层建筑，楼下陈列着名人字画，楼上悬挂着明太祖朱元璋和中山王徐达弈棋的画像。楼外两侧槛柱上的楹联云："粉黛江山留得半湖烟雨，王侯事业都如一局棋枰（píng）。"胜棋楼匾额为清代状元梅启照所书。胜棋楼的来历还有一段佳话：明朝初年，明太祖朱元璋筑楼湖上，常召开国功臣徐达到楼上下围棋。徐达虽棋高一着，却不敢轻易赢棋，怕得罪皇上。久而久之，被朱元璋看破，一次他对徐达说："你每次下棋都故意输给朕，朕赢了也不光彩，你这样做是犯了欺君之罪！"吓得徐达连连叩头。他又说："今天你要使出真本事与朕分个高下，无论输赢朕都高兴。"此局自晨弈至午后，结果徐达果然赢了。朱元璋说："卿弈棋如用兵，确实高明，朕不得不服。"徐达却说："臣用兵、弈棋所以取胜，全仗万岁神威，非臣之力也。"朱元璋说："此话怎讲？"徐达说："请陛下细看臣满盘棋子的布局。"原来从徐达这边看，棋子分明摆出"万岁"两字模样。朱元璋龙颜大悦，乘兴将此楼连同整个莫愁湖赐给徐达，以彰徐建国功勋，后人即称此楼为胜棋楼。

郁金堂：郁金堂是莫愁女的故居，在胜棋楼的西侧。"郁金堂"三字为刘海粟所题。前堂正中悬挂着陈大羽的山水画"金陵第一名胜"，后堂中间是起居室，圆桌边坐着正在绣花的莫愁女塑像，左边是她的卧室，古色古香。

通水院：水院位于郁金堂四合院之西部，由水院回廊、赏荷厅、四方亭、光华亭等建筑组成，中间一泓水为观鱼池，水中植荷莲，有矶石。矶石上置汉白玉莫愁女雕像，像高2.1米，重2吨，作采桑归状。水院回廊环水而建，串联赏荷厅、四方亭、光华亭等各建筑，墙壁多名人题刻。如曾广照撰书的木刻楹联："憾江上石头抵不住迁流尘梦柳枝何处桃叶无从转美他名将美人燕息能留千古迹，问湖边月色照过来多少年华玉树歌余金莲无后收拾这残山剩水莺花犹是六朝春。"林散之隶书"诗意"二字及草书"盈盈一水莫愁湖，湖上佳人名姓卢。不爱绮情爱贞素，桑间陌上美罗敷。石头凉月曲如弓，六代繁华转眼空。谁似莫愁湖上女，千秋沿湖小桥东"诗。钱松喦（yán）隶书"画境"二字及隶书"莫愁何事却多愁，愁逐春水不尽流。斩断愁根湖胜昔，看花女伴笑扬州"诗。刘海粟行书"莫愁湖边千首诗，紫金山下万株松"句。武中奇草书清马士图诗《柳丝织恨》："忆昔采桑南陌头，故乡春色逐东流。回文欲倩重相识，风挽情丝机上柔。"萧娴（xián）隶书明顾起元诗："荡漾平湖玉镜光，群峰环带画螺长。酒人楼隐千波阔，溪女船回一水香。鸥梦不离捐佩渚，燕泥还上郁金堂。石城人去遗芳在，谁忆双鸳向洛阳。"以及南朝梁武帝萧衍撰文、清张盛藻行书、马锡祺勒石诗碑《河中之水歌》："河中之水向东流，洛阳女儿名莫愁。莫愁十三能织绮,十四采桑南陌头,十五嫁为卢家妇,十六生儿字阿侯。卢家兰室桂为梁,中有郁金苏合香,头上金钗十二行,足下丝履五文章,珊瑚挂镜烂生光,平头奴子擎履箱。人生富贵何所望,恨不早嫁东家王。"等。

6.六代云烟春去也,莫愁湖畔有遗芳:世海沧桑,六朝繁华如过眼烟云,已经不复存在了,唯有莫愁湖畔还留有莫愁女的遗迹、传说,凭后人娓(wěi)娓道来。斯人已去,遗芳犹存,兰香桂质,令人感叹。春:春天,这里代表繁华。芳:花草的香味,这里比喻美好的名声。如芳香;芳名;芳迹;芳踪等。

2016年11月1日于南京莫愁湖

咏玄武湖

五岛苍苍浮水中[韵]，五门环列柳烟轻[韵]。
钟山顾影娇无那，古寺鸡鸣玄妙空[韵]。
花木扶疏暗香动，碧波荡漾月华升[韵]。
六朝旧梦今何在？风雨台城入画屏[韵]。

1. 玄武湖：玄武湖的历史最早可追溯到距今2200多年前的先秦时期。玄武湖古称“桑泊”，秦始皇灭楚后改金陵为秣陵县，玄武湖更名为“秣陵湖”，因汉时秣陵都尉蒋子文钟山逐盗死后葬于湖畔，孙吴时曾称“蒋陵湖”。吴王孙权引水入宫苑后湖，玄武湖才初具湖泊的形态。因为玄武湖位于燕雀湖和宫城之北，故又名“后湖”或“北湖”，南朝宋时始称“玄武湖”。六朝时期的玄武湖为皇家园林，明朝时为黄册库，系皇家禁地，清朝时期辟为公园。玄武湖位于南京市城中，是紫金山脚下的国家级风景区，中国最大的皇家园林湖泊，当代仅存的江南皇家园林，江南三大名湖（杭州西湖、南京玄武湖、浙江嘉兴南湖）之一，是江南最大的城内公园，被誉为“金陵明珠”。巍峨的明城墙，秀美的九华山，古色古香的鸡鸣寺环抱左右。玄武湖方圆近五里，分作五洲（环洲、樱洲、菱洲、梁洲、翠洲），洲洲堤桥相通，浑然一体，处处有山有水，终年景色如画。玄武湖为风景园林，亦为文化胜地，许多文人骚客都曾在此留下身影和诗篇。

2. 五岛苍苍浮水中，五门环列柳烟轻：玄武湖内有五个岛屿，称五洲，即环洲、樱洲、菱洲、梁洲、翠洲。五洲上树木茂盛，繁花似锦。洲洲堤桥相通，浑然一体，处处有山有水，终年景色如画。玄武湖本为皇家园林，周边有城墙环绕，共有五座城门，它们是玄武门、和平门、翠洲门、太平门、解放门。环城遍植杨柳，烟笼雾锁。苍苍：深青色；形容植物茂盛的样子，这里指深青色。

3. 钟山顾影娇无那，古寺鸡鸣玄妙空：紫金山在玄武湖东侧，在风和日丽之时，紫金山娇美的的倩影倒映在玄武湖中。古鸡鸣寺在玄武湖南岸台城内，鸡鸣寺的钟声悠扬、飘逸、空灵、玄妙。钟山顾影：玄武湖五洲中的菱洲享有“菱洲山岚”之美誉，历来为欣赏钟山美景之最佳处。但见湖面烟波浩渺，钟山倩影倒映湖中，微风起处，峰影晃漾，在阳光照耀下，更显得绮丽多姿，有“湖为钟山镜，山如湖中珠”之妙趣，此谓“钟山顾影”。

无那：无奈；无可奈何，到了极点。

4.花木扶疏暗香动：玄武湖各岛及环湖沿岸，到处都树木葱茏、浓荫蔽日、绿草如茵、花香浮动。扶疏：枝叶茂盛的样子。

5.六朝旧梦今何在？风雨台城入画屏：昔日六朝的繁华已经不复存在了，只剩下久经风雨、饱经沧桑的古城墙还巍然屹立，向人们诉说着十代繁华、六朝兴废，并与玄武湖一起构成了一幅壮美的风景画。六朝旧梦：在这里指六朝繁华。台城：这里的台城泛指明代都城城墙。

2016年11月5日于南京玄武湖

高阳台

金陵秋日咏怀

云树堤沙，名园古刹，粉墙黛瓦连天①②。

碧水兰舟，朱楼丝帐堪怜②。

金陵自古繁华地，叹而今、秋色无边③。

望长空，北雁南飞，声断江关③。

人生且莫思身外，况年华老去，常近尊前⑤。

寂寞闲愁，时时凝上眉端⑥。

他乡虽好终非久，尚淹留、莫道缠绵⑥。

渐黄昏，苦雨凄风，残照寒烟⑦。

1.咏怀：用诗歌来吟咏抒发心中的感想、情怀。

2.云树堤沙，名园古刹，粉墙黛瓦连天。碧水兰舟，朱楼丝帐堪怜：这两句是写南京的繁华景象，特别是夫子庙秦淮河一带，红粉朱楼、绮窗绣户、十里珠帘、丝帐掩映、短街窄巷、鳞次栉比、市列珠玑（jī）、极尽繁华。云树：树木茂盛繁多，像天上的云一样连成片。兰舟：船的美称。堪怜：值得爱惜；惹人喜爱。

3.声断江关：声音传的很远，越过了大江和关隘（ài）。

4.人生且莫思身外：人的一生做人要本分，且要看得开，不要被名利等身外之物所羁（jī）绊。

5.尊：酒杯。

6.他乡虽好终非久，尚淹留、莫道缠绵：梁园虽好，但终非久居之家。他乡再好，也终不是久留之地，终究是要离开的。只有自己的家才是自己最后的归宿。淹留：长期停留。缠绵：纠缠住，摆脱不开（多指感情或疾病）。

7.苦雨凄风，残照寒烟：凄凉意，用暮秋的凄凉景象暗喻自己此时此刻的心境。残照：落日；夕阳。

2016年11月6日暮秋于南京

扬州慢

咏秦淮

来燕堂前，文德桥畔，秦淮依旧繁华㉝。

看朱楼绮户，映绿柳娇花㉞。

但只见、粉墙黛瓦，回廊院落，雅丽清佳㉟。

正流连、画舫烟波，商贾人家㉟。

六朝往事，漫风流、纷乱如麻㉟。

叹世海沧桑，春秋几度，风雨云霞㉟。

梦幻珠帘十里，河窗外、灯艳红纱㉟。

对一轮明月，而今谁在天涯㉟？

1.咏秦淮：歌咏南京夫子庙周围及秦淮河一带的旖旎风光、人文胜迹和古街市的热闹
繁华。此词前半阕写今日在秦淮河畔之所见，后半阕怀古和感慨。秦淮河是南京古老文明
的摇篮，南京的母亲河，历史上极富盛名。这里素为"六朝烟月之区，金粉荟萃之所"，更
兼十代繁华之地，"衣冠文物，盛于江南；文采风流，甲于海内"，被称为"中国第一历史
文化名河"。秦淮河流经南京城内的一段为内秦淮，称为"十里秦淮"，这里是金陵城最为
繁华的地带，豪门世家、达官显贵差不多都聚居于淮水两岸，其历史之悠久、商肆之繁
盛、文化之荟萃，历千年而不衰。夫子庙是中国四大文庙之一，是中国古代江南文化枢
纽，是金陵的历史人文荟萃之地。夫子庙有居东南各省之冠的文教建筑群，不仅是明清时
期南京的文化教育中心，同时也是中国最大的传统古街市。夫子庙秦淮风光带以夫子庙为
核心、十里秦淮为轴线、明城墙为纽带，串联起众多全国重点文物保护单位、省级和市级
文物保护单位，以儒家思想与科举文化、民俗文化等为内涵，集旅游观光、美食购物、科
普教育、节庆文化等功能于一体，是中国著名的开放式国家5A级旅游景区。夫子庙秦淮风
光带，历史人文丰厚，夫子庙小吃位列中国四大小吃之首。每年春节至元宵节期间举行的
夫子庙灯会，是首批国家级非物质文化遗产，也是中国最著名的灯会活动，具有浓郁的地

方特色和文化氛围。

2. 来燕堂前，文德桥畔，秦淮依旧繁华：夫子庙周围秦淮河一带自古繁华，历千年而不衰，今日繁华依旧。来燕堂和文德桥均在夫子庙南、秦淮河畔，是著名景点。这里用来燕堂和文德桥来代表夫子庙周围秦淮河一带众多的风景及人文遗迹。来燕堂：乌衣巷是秦淮河畔的著名景点，原为东晋名相王导、谢安的宅院所在地。为纪念王导、谢安，在乌衣巷东曾建有来燕堂。建筑古朴典雅，堂内悬挂王导、谢安画像，仕子游人不断，成为瞻仰东晋名相、抒发思古幽情的地方。唐代诗人刘禹锡那首脍炙人口的诗"朱雀桥边野草花，乌衣巷口夕阳斜，旧时王谢堂前燕，飞入寻常百姓家"，就是对此处的感叹。文德桥：文德桥在乌衣巷口以北，紧邻夫子庙。桥名取儒家"文德以昭天下"之意。此桥原为六朝金陵二十四浮航之一，秦淮河八大古桥中游人最多、最著名的一座桥。明万历十三年（1585年）建成木桥，万历二十六年由钱宏业改建为石桥。清咸丰年间毁于战乱，同治五年（1866年）复建木桥。1987年改建为汉白玉桥栏，青石桥面。因文德桥位于子午线上，每年农历十一月十五子时，月亮正临子午线，桥影将河中明月分为两半。此时人立桥上，俯身可见桥下两个"半边月"，称"文德分月"；立身自顾无影，即为"月当头"奇观。每逢此夜，桥上人山人海，观月者常将桥栏挤断而落入水中，故有"文德桥栏杆靠不得"之说。

3. 看朱楼绮户，映绿柳娇花：秦淮河两岸，红色的小楼、秀美的花窗迤逦相连，与沿河的绿柳娇花相掩映。绮户：美丽的窗户。

4. 正流连、画舫烟波，商贾人家：手扶文德桥的玉石栏杆，欣赏着漂浮在烟波里的画舫兰舟，流连于商贾如云、目不暇接的古街巷之中，久久不愿离去。

5. 漫风流：漫：都；遍；到处都是。风流：杰出的；有才华的。

6. 风雨云霞：本是四种自然现象，这里用以比喻朝代更迭、世事变迁，犹如风云变幻，阴晴不定。

7. 梦幻珠帘十里，河窗外、灯艳红纱："锦锈十里春风来，千门万户临河开。"夫子庙附近秦淮河上的河厅河房是绮窗丝幛、十里珠帘、灯船之盛、甲于天下。夜晚，一河红纱宫灯与鳞次栉比的金粉朱楼想掩映，烟波荡漾，梦幻迷离。许多名胜古迹、历史掌故、风流韵事，都发生在这里，曾被历代文人骚客所吟诵和传唱。河窗：临河的窗户。

8. 对一轮明月，而今谁在天涯：今天是农历十月十五，中国民间的下元节。据说，自1948年以来，今天是70年来月亮距离地球最近的一天，月亮又大又圆。遥望天空一轮明月，感叹自己远离故乡，四海漂泊，寄托着作者对故乡和亲人的思念。这里的"天涯"不是指遥远的天涯海角，是指故乡以外的地方，具体指现在客居的南京。

2016年农历十月十五（下元节）于南京

登燕子矶

丹崖峭壁燕矶头[2]，其势如飞剪碧流[3]。

巨浪排空映夕照，江风吹雨过汀洲[4]。

观澜亭上抒怀抱，劝诫碑前放眼眸[5]。

闻道当年多死难，山川胜迹也含愁[6]！

1. 燕子矶：燕子矶位于南京市中央门外直渎（dú）山上，是幕府山东北角的岩山东北的一支。燕子矶濒临扬子江南岸，海拔36米，山石直立江上，尖尖的山头探入江中，两侧山石耸立，三面临空，形似燕子展翅欲飞，故名燕子矶。长江南岸有大小72矶，其中南京的燕子矶与安徽的采石矶、湖南岳阳的城陵矶并称长江三大名矶。燕子矶作为长江三大名矶之首，有"万里长江第一矶"的称号，在古代是重要渡口。燕子矶具有山雄、水阔、洞诡、矶奇、阁危、亭古等特点，自然景观和人文景观十分丰富，如燕矶临流、燕矶夕照、吞江醉石（酒樽石）、御碑亭、俯江亭、观澜亭、摩崖石刻等不胜枚举。燕子矶地势十分险要，是观赏江景的最佳去处。登临燕子矶头，脚下波涛汹涌，惊涛拍岸，豪气顿生。看滚滚长江，浩浩荡荡，一泻千里，蔚为壮观。其西面为南京长江大桥，东望能见南京长江二桥，大桥如彩虹横跨江上，天堑变通途。每当夕阳西下，江上红日映照着红色的燕子矶岩壁，像燃烧的火焰，"燕矶夕照"为清初金陵四十八景之一，是南京一大胜景。尤其是月夜，皓月当空，江面波光粼粼，江帆点点，梦幻迷离。康熙、乾隆二帝下江南时，均在此停留。矶顶有御碑亭一座，亭中石碑正面刻有"燕子矶"三个大字，为乾隆皇帝御笔亲题，他六下江南，五登燕子矶，并作诗多首。燕子矶附近有弘济寺、观音阁等建筑。岩山有12洞，为江水冲击而成，大多是悬崖绝壁，如头台洞、二台洞、三台洞等，其中以三台洞最为深广曲折。鸦片战争时，英国军队由燕子矶登陆，直逼南京。第二次世界大战时，日寇在此江滩处集中屠杀南京同胞五万多人。矶下东侧一角，立有"遇难同胞纪念碑"。

2. 丹崖峭壁燕矶头，其势如飞剪碧流：燕子矶临江崖壁由紫红色的砂岩和砾岩构成，山石直立江上，尖尖的山头探入江中，两侧山石耸立，三面临空，形似燕子展翅欲飞，剪开浩浩江水。

3. 巨浪排空映夕照：巨浪撞击着燕子矶的悬崖峭壁，将江水抛向空中，蔚为壮观。傍晚时分，西边的彩霞照射在红彤彤的赤壁丹崖上，映着滔滔江水，霞光万道，涛声阵阵，此时此景，胜似仙境。此景被誉为"燕矶夕照"，为金陵一大胜景。

4. 汀洲：水边平地或水中的小洲，这里指长江八卦洲。八卦洲位于燕子矶对面长江中，是长江中仅次于崇明岛和扬中岛的第三大岛，有"江中绿岛"和"中国芦蒿（hāo）第一乡"之称，是南京都市圈中一块难得的"世外桃源"。其西南洲头与江南的幕府山、燕子矶隔江相望，向上游可远眺南京长江大桥，近可观南京长江二桥，是一个可尽览南京大江风貌与恢弘气势的理想之地。八卦洲的成洲历史，可追溯到南宋时期。据考证，南宋著名的抗金战役——黄天荡大战之古战场黄天荡就在青州（八卦洲的雏形）下游，今天的八卦洲就是由南宋时期的青州演变而来的。1751年（清乾隆十六年），乾隆皇帝登燕子矶，题诗一首："当年闻说绕江澜，撼地洪涛足下看。却喜涨沙成绿野，烟村耕凿久相安。"其中的"绿野"即指八卦洲，而"烟村耕凿"，说明当时八卦洲上已有相当规模的乡民居住。据考证，八卦洲的得名至今已有300多年历史。关于八卦洲之名称的由来有两种说法：一说是因其形似"八卦"而得名；另一说是"明太祖朱元璋之马皇后，为解救百姓渡江风大浪急之苦，投八卦玉佩于江中，遂形成八卦洲"。

5. 观澜亭：观澜亭位于燕子矶下西侧，为四柱翘角山亭，亭柱插于乱石之中，直立于江面之上，是观赏矶头赤壁、江涛拍岸、燕矶夕照的最佳点。

6. 劝诫碑：位于御碑亭北悬崖峭壁之上，上刻近代大教育家陶行知先生写的"想一想死不得"六个大字。燕子矶旧称"一仰一个"，意思是一抬头就能看到一个投江的，陶行知为劝解轻生者而立碑。原为两块木牌，后木牌年久毁坏而改立为石碑。一块木牌插在燕子矶休息亭旁边，上写三个大字："想一想"，下面还写着几行小字："人生为一大事来，应当做一大事去。你年富力强，有国当救，有民当爱，岂可轻死！"另一块木牌插在燕子矶矶头的险要处，也写着三个大字："死不得"，下面几行小字是："死要重于泰山，有轻于鸿毛，你与其为个人的事投江而死，何不从事乡村教育，为中国三万万四千万农民努力而死好呢？"这两块木牌十分引人注目，游览的人们见了无不陷入沉思，而对那些想轻生的人，更有振聋发聩（kuì）的作用，曾挽救了无数年轻的生命。救人一命胜造七级浮屠，陶先生此举，真乃善莫大焉！

7. 闻道当年多死难，山川胜迹也含愁：燕子矶下东边的一角有三角碑亭，亭中立有"遇难同胞纪念碑"。当年，日军曾在此惨无人道地屠杀五万多避难于燕子矶想要渡江北逃的中国人。此仇此恨，国人应当永远铭记！余今日到此游览，想到这些，心中充满对侵略者的无比仇恨。

2016年11月19日于燕子矶

八声甘州

登阅江楼

看狮子岭上阅江楼，巍巍上摩天。

正登临极目，苍茫空阔，浩渺云烟。

俯瞰大江东去，桥锁巨龙蟠。

遥望霞飞处，鸥鹭盘桓。

应念江山如画，叹风云变幻，朝代更迁。

况三湘九派，吴楚广英贤。

漫风流、南国游子，忆往昔、岁月是何年？

留连处、阑干拍遍，乱我心田。

1.阅江楼：阅江楼位于南京长江南岸狮子山上。阅江楼是继武汉黄鹤楼、岳阳岳阳楼、南昌滕王阁后的江南第四大名楼。阅江楼景区有阅江楼、卢龙湖、玩咸亭、寓思亭、揽秀亭、五色土、古城墙、古炮台、藏兵洞、五军地道、孙中山阅江处、碑廊、地藏寺、静海寺、天妃宫等30余处人文和历史遗迹，是融人文景观与自然景观于一体的全国著名旅游胜地，为国家4A级旅游景区。"一江奔海万千里，两记呼楼六百年。"这副对联，是南京阅江楼六百年风雨沧桑的真实写照。登上阅江楼，但见浩瀚长江滚滚东去，其东面就是雄伟壮观的南京长江大桥，桥下巨轮穿梭，桥上车流滚滚，一片繁忙。当年郑和下西洋庞大的船队就是从南京下关龙江出水，浩浩荡荡地从这里驶向太仓刘家港起锚地。建阅江楼的初衷，始于明太祖朱元璋。朱元璋在1360年夏，曾在狮子山上以红、黄旗为号指挥了著名的龙江战役（或称龙湾战役），以8万兵马击败了劲敌陈友谅40万大军的强势进攻，为建立大明王朝奠定了基础。洪武六年（1373年），朱元璋决定在狮子山上建一楼阁，亲自命名为阅江楼，并以阅江楼为题，命在朝的文臣职事们各写一篇《阅江楼记》。留传至今的有明初著名文学家、翰林大学士宋濂（lián）的《阅江楼记》、朱元璋亲自撰写的《阅江楼记》和

《又阅江楼记》等三篇文章。朱元璋还动用了服刑囚犯，在狮子山顶修建了楼的"平砥（dǐ）"，也就是地基。朱元璋在写了楼记、打了地基之后却突然决定停建阅江楼，并在他的《又阅江楼记》中说明了停建的理由：一是上天托梦给他，叫他不要急于建阅江楼；二是在他经过深思熟虑后，觉得应该先抓迫切需要做的大事，建阅江楼之事应该缓一缓。其实还有一个原因，就是要集中财力、人力修建都城南京和中都凤阳的城墙。这一停就是六百多年。阅江楼在2001年建成，高耸于长江南岸的狮子山巅。应该提及的是，由于许多古代资料的缺失和现代建筑规范、工艺的差别，新建的阅江楼没有使用传统的木结构，而是用现代的钢筋混凝土结构来代替，从而让这座名楼多多少少缺失了那么一丝古韵，是为憾事。

2. 看狮子岭上阅江楼，巍巍上摩天：阅江楼在长江南岸狮子岭山顶上，俯瞰长江。楼高52米，狮子山高78米，总高130多米，是江南四大名楼中最高的名楼，巍巍然高耸入云。狮子山原名卢龙山，明太祖朱元璋曾在卢龙山以弱胜强大败陈友谅，为明王朝的建立奠定了基础。1373年（洪武六年）9月，明太祖朱元璋驾临卢龙山，将其更名为"狮子山"，并在其亲撰的《阅江楼记》中言明了更名原因："一峰突兀，凌烟而侵汉表，远观近视，实体狻猊（suān ní）之状，故赐名曰狮子山。"自此，"卢龙山"更名为"狮子山"。巍巍：形容山或建筑物的高峻。

3. 正登临极目，苍茫空阔，浩渺云烟：登上阅江楼最高层，极目远望，只见楚天空阔、旷远迷茫、水面辽阔、无边无际。

4. 桥锁巨龙蟠：长江大桥飞跨在江面上，像巨大的铁索锁住长江这条巨龙，使其蜿蜒蟠伏。

5. 鸥鹭盘桓：水鸟们贴着水面在大江上空自由飞翔。盘桓：徘徊；逗留；转圈。

6. 风云变幻：像风云那样变化不定，比喻变幻动荡的局势，也比喻事物复杂、变化迅速。

7. 况三湘九派，吴楚广英贤：江南地区、长江流域、吴楚之邦，多英雄豪杰、隽士贤才。三湘九派：九派三湘。九派：泛指长江的众多支流。派：水的支流。三湘：泛指湖南，古为楚地。这里的三湘九派即指江南之地、吴楚之邦。广：在这里是多的意思。

8. 留连处、阑干拍遍，乱我心田：站在阅江楼上，俯瞰浩瀚长江，眺望大好河山，心潮澎湃，思绪万千，久久不愿离去。用手轻轻拍着楼的栏杆，默念着"大江东去，浪淘尽、千古风流人物"，心中油然泛起一丝无名的惆怅，令人感慨。留连：即流连。留恋，舍不得离开。阑干：栏杆。

2016年11月29日于南京阅江楼

阅江楼

吴天楚地烟雨稠①，两记呼楼六百秋②。

狮岭高阁凌汉表，龙湾碧水远行舟③。

登临胜跡观云岫④，遥望大江入海流⑤。

谁念残霞怜晚照？茫然无际使人愁⑥。

1. 吴天楚地：江南地区，在古代春秋战国时期为吴国、楚国的属地。

2. 两记呼楼六百秋："两记呼楼"，指的是朱元璋的《阅江楼记》和《又阅江楼记》，或指朱元璋的《阅江楼记》和宋濂的《阅江楼记》。但是，由于当时财力、人力的限制，朱元璋在写了楼记、打了地基之后仍然停建了阅江楼，阅江楼并没有建成。直到六百多年后的 2001 年，阅江楼才在原有的地基上得以建成，巍然高耸于长江南岸狮子山颠。

3. 狮岭高阁凌汉表：阅江楼高耸于狮子山颠，直插宵汉之上。凌：升高；侵犯。汉：宵汉；云天。表：外。

4. 龙湾碧水远行舟：此句是指郑和下西洋事。南京三汊河口一带，是明朝龙江船厂和宝船厂的分布区。1405 年至 1433 年，郑和七次下西洋就是以龙湾（今下关）作为船队的始发地。庞大的船队从下关龙江出水，浩浩荡荡地从这里驶向太仓刘家港起锚地。在《自宝船厂开船从龙江关出水直抵外国诸番图》中，就是以南京作为始发港，将南京至刘家港一段长江航道列入航海线路之内的。直到今天，下关还保留着天妃宫、静海寺、宝船厂遗址等与郑和下西洋有关的遗迹。龙湾：亦称龙江。在南京市仪凤门外，其范围在今下关三汊河到宝塔桥一带，传因晋元帝司马睿在此渡江建立东晋王朝而得名。

5. 云岫：云雾缭绕的山峰。

6. 谁念残霞怜晚照？茫然无际使人愁：落日的余晖映照着阅江楼，晚霞倒映在江面上，蔚为壮观。眺望着茫然无际的浩瀚长江，心中不免泛起丝丝哀愁。余今已年过古稀，恰如这残霞晚照，来日无多，心中怆（chuàng）然。怜：爱；爱惜；怜悯。

2016 年 11 月 29 日于南京狮子山阅江楼

贺新郎

牛首山怀古

牛首泊烟渚㊿。

雾蒙蒙、双峰对峙，乱云飞处㊿。

人道金陵多胜迹，唯有城南翘楚㊿。

遮望眼、苍茫烟树㊿。

天阙临风留倩影，看斜阳、初照凌云路㊿。

山远近，不须顾㊿。

浮图梵刹沧桑度㊿。

越千年、禅宗一脉，世传今古㊿。

岳武抗金遗故垒，迤逦绵延如故㊿。

似又见、英姿无数㊿。

国运衰微山河碎，叹金瓯、残破由谁补㊿?

今到此，泪如雨㊿。

1.贺新郎·牛首山怀古：2016年孟冬，余出金陵城南游牛首山。该词上半阕写远观牛首山，下半阕怀古。因流连于岳飞抗金故垒而想到岳飞被宋高宗赵构及秦桧之流陷害致死，国之栋梁被毁，心中慨然而凄凉，故作此《贺新郎》以记之。

2.牛首山：牛首山风景区位于南京市南郊江宁区境内，由牛首山、祖堂山、将军山、东天幕岭、西天幕岭、隐龙山等诸多大小山峰组成。牛首山又名牛头山、天阙山，是金陵四大名胜之一，位于南京城南中华门外10公里处，山高242.9米，因山顶东、西双峰并峙宛若牛头双角而得名。《金陵览古》曰："遥望两峰争高，如牛角然。"牛首山逶迤于长江和外秦淮河之间的丘陵地带，北连翠屏山、南接祖堂山，周围有感应泉、虎跑泉、白龟池、兜率（dōu lù）岩、文殊洞、辟支洞、含虚阁、地涌泉、饮马池等自然景观，以及宏觉寺、弘觉寺塔、摩崖石刻、郑和墓和岳飞抗金故垒等人文景观。牛首山昔日盛产松、竹、茶、兰。其茶，香色俱佳，名天阙茶。其兰，一茎十数花（蕙兰），叶少而阔，色碧香馥（fù）。加之松竹千顷，桃李灿若云霞，漫山杜鹃、山茶，风景秀丽。每岁届春，金陵百姓倾城出游，故有"春牛首"之称。清乾隆年间，"牛首烟岚"为金陵四十八景之一。牛首山原有二峰，然而可惜的是，今天再也看不到牛首山"两峰争高"的自然景观了。原来，在"大炼钢铁"年代，发现牛首山有铁矿，数年狂采，一只牛角便做了"贡献"，当年的牛首山今天已是一头独角牛了。一座牛首山，半部南京史。牛首山的秀美风光和历史古迹，吸引了无数帝王将相、文人墨客在此修身养性、品茗作赋，留下诗词400余首。2010年，世界佛教界至高圣物——释迦牟尼佛顶骨舍利于南京盛世重光，被定为国家一级文物。经宗教界、文化界、文物界研究同意，南京市委市政府决定建设牛首山文化旅游区。以"补天阙、藏地宫、修圣道、现双塔、兴佛寺、弘文化"为核心设计理念，全面保护牛首山历史文化遗存，修复牛首山自然生态景观，利用原有矿坑建地宫，长期供奉佛祖顶骨舍利。整个文化旅游区涵盖佛顶圣境、宝相献花、隐龙禅谷、谧（mì）境禅林、天阙小镇五大功能区，致力于打造融佛禅文化、金陵文化、生态景观为一体的生态胜景、文化圣境、休闲胜地。2015年10月27日，佛祖顶骨舍利被迎请至佛顶宫永久供奉。佛顶宫、佛顶塔、佛顶寺作为景区的三大核心景点，再现了牛首山历史上的"双峰双塔"奇观。今日牛首山风景区的景点主要有佛顶寺、佛顶宫、佛顶塔、宏觉寺、弘觉寺塔、牛头禅文化园、郑和文化园、岳飞抗金故垒、隐龙湖、禅林路景观区等。

3.牛首泊烟渚：牛首烟岚，清代为金陵四十八景之一。

4.人道金陵多胜迹，唯有城南翘楚（qiáo chǔ）：人们都说金陵名胜古迹很多，然而最好的风景还应是在城南的牛首山。牛首山是金陵四大名胜之一（牛首山与紫金山、秦淮河、玄武湖并称为"金陵四大名胜"），明初时即有"金陵多佳山，牛首为最"之美誉。翘楚：翘，是指高出仰起的意思。楚，是荆木。翘楚，原指高出一般灌木的荆树，引申为超群出众，出类拔萃的意思。

5.遮望眼、苍茫烟树：清晨，远远望去，牛首山绿树满山、烟雾朦胧，遮住了我的双眼。

6.天阙临风留倩影：清风吹来，迷雾渐渐散去，牛首山现出了美丽的身影。天阙：牛首山，又名天阙山。317年，晋元帝司马睿渡江初建东晋王朝时，定都建康（今南京）。大兴年间，元帝想在都城的正南门宣阳门外建立双阙，以示皇权至尊。当时众官议论纷纷，都说义兴（宜兴）汉司徒许玉墓前的二阙高壮，可以迁到这里。丞相王导不同意，他清醒地知道，东晋政权草创，财力不足，连城墙都还用竹篱笆代替，哪有条件建阙。王导思索了几天，有一天，他陪晋元帝乘舆（yú）出宣阳门，往南眺望，只见牛首山两峰对峙，十分壮观，便遥指山峰说："此天阙也，岂烦改作！"元帝明白王导的苦心，就听从他的意见，取消建立双阙的计划，并称牛首山为天阙山。唐朝天宝初，牛首山正式更名为"天阙山"。

7.凌云路：通向山顶的道路，形容山高路长。

8.山远近，不须顾：顾不得山高路远，一定要攀登到山顶。

9.浮图梵刹沧桑度：古寺佛塔已经有千百年了，阅尽人间沧桑。这里的梵刹浮图指的是宏觉寺和弘觉寺塔。宏觉寺原名佛窟寺，距今已有1500多年，位于牛首山南，后改名普觉寺。唐代法融和尚在此讲经说法，创立了"牛头禅"，名声大振。南唐时，又在普觉寺基础上扩建毗卢殿、辟支佛塔、天王殿、白云梯等，规模宏伟，香火盛极一时。明洪武初年，寺院大规模整修，复称佛窟寺，后更名为宏觉寺。并在崖壁上雕凿佛像、文字，形成摩崖石刻。据宋《景定建康志》记载："唐大历九年（774年），代宗因感梦，敕修寺之东西峰顶七层浮图。"然历经兵燹（xiǎn）和几百年的侵蚀风化，寺、塔均已不存，摩崖石刻字迹也模糊难认了。今见到的寺、塔为新建，尚未对外开放。

10.越千年、禅宗一脉，世传今古：唐太宗贞观六年（632年），法融和尚在牛首山讲经说法，创立禅宗一脉"牛头宗"（亦名"牛头禅"），佛家称"江表牛头"即指此。一千多年来，牛头禅宗一脉依然在佛门传承。

11.岳武抗金遗故垒：岳飞死后被追封为岳武穆王，故此处称岳飞为岳武。岳飞抗金故垒位于牛首山东侧至将军山、韩府山一带，起自铁心桥东500米处秦淮河边的韩府山，至牛首山主峰，断续残存4200余米。其中，沿牛首山脚至山脊，长2000余米。石垒底宽1.5米至3米不等，高约1米。故垒采用当地赤褐色石块垒筑而成，蜿蜒起伏，高低错落。宋高宗建炎三年（1129年），金兀术兵分两路渡江，连破建康等重镇，在遭到江南人民抵抗后于建炎四年（1130年）北撤，途经镇江复遭南宋名将韩世忠的水军阻击，金兀术率兵退往黄天荡，退路被封，只好取道建康。岳飞在牛首山、将军山、韩府山一带筑垒伏兵，大败金兀术，迫使金兀术退回黄天荡。后来，太平天国与清军作战时也曾利用该故垒。

12.迤逦：曲折而连绵不断。

13.金瓯：金盆。用以比喻祖国完整的大好河山。

14.今到此，泪如雨：余今日到此游览凭吊，心中怅然，泪洒故垒而还。

2016年12月7日于南京牛首山

游南京江心洲凤凰台

霞光初照凤凰台①，薄雾轻岚曙色开②。

一水分流奔海去，二桥飞跨锁江来③。

六朝旧事成追忆，十代风云览盛衰④。

浩渺烟波何处是？太白诗境任徘徊⑤。

1.凤凰台：相传南朝刘宋文帝元嘉十六年（439年），有三只状似孔雀的大鸟——百鸟之王凤凰，飞落在金陵永昌里李树上，招来大群各种鸟类随其比翼飞翔，呈现百鸟朝凤的盛世景象。为庆贺和纪念此美事，将百鸟翔集的永昌里改名为凤凰里，并在保宁寺后的山上筑台，名曰凤凰台。凤台山地势高亢，是观"大江前绕，鹭洲中分"之最佳处。直到明初筑城，由于城垣高崇，"大江前绕，鹭洲中分"之势遂为城垣所掩。唐代大诗人李白曾游此台，并赋《登金陵凤凰台》诗曰："凤凰台上凤凰游，凤去台空江自流。吴宫花草埋幽径，晋代衣冠成古丘。三山半落青天外，二水中分白鹭洲。总为浮云能蔽日，长安不见使人愁。"凤凰台也因这优美的诗篇而闻名遐迩。然而，世事变迁，古凤凰台早已难寻其迹，有诗无台一直是千古憾事。近年来，南京市雨花台区政府审时度（duó）势，决定再现这一独特的人文景观，并反复论证，最终选址于具有"三山烟霞，二水奔流"之诗境的江心洲南洲头重建凤凰台。新建成的古凤凰台远望则巍峨壮观，近观则雕梁画栋。登高远眺，东接河西新区，西枕长江烟波，南抱三山葱茏，北临万家灯火，大江风貌尽收眼底。登台览江，可感受诗人李白当年"三山半落青天外，二水中分白鹭洲"之意境。另外，在长江西岸浦口区珠江镇凤凰山顶上也耸立着一座雄伟的古典式建筑——凤凰阁，是凤凰山公园的标志性建筑，其匾额为大书法家沈鹏所题。

2.薄雾轻岚：稀薄轻淡的雾气。

3.一水分流奔海去，二桥飞跨锁江来：这两句是说，江心洲将长江从中间分开，浩浩江水向北再转东奔流入海而去，洲南和洲北两座大桥像两条巨龙飞跨在大江之上将长江紧紧锁住。江心洲在南京城西长江中，又名"梅子洲"，四面环水，北望南京长江大桥，南眺南京长江三桥，东隔夹江毗临河西新城，西跨长江主航道遥望浦口区，距市中心直线距离6.5公里，处于沿江开发和跨江发展的重要位置。全洲南北长12公里，东西平均宽度1.2公里，洲内气候湿润，空气清新，绿树成荫，环境优美，是城市中的绿洲，素有"长江绿宝石"之美誉。

4.六朝、十代：南京有6000多年文明史、近2600年建城史和近500年的建都史，是中国四大古都之一，有"六朝古都"、"十朝都会"之称。六朝指东吴、东晋、南朝的宋、齐、梁、陈六朝。十代指历史上曾先后在南京建都的东吴、东晋、宋（南朝）、齐（南朝）、梁（南朝）、陈（南朝）、杨吴（西都）（五代）、南唐（五代）、南宋（行都）、明、南明等十几个朝代。

5.风云：比喻变幻动荡的局势。

6.浩渺烟波何处是？太白诗境任徘徊：遥望着烟波浩渺的长江，这里是什么地方呢？本为寻找诗人李白《登金陵凤凰台》中"三山半落青天外，二水中分白鹭洲"之诗境而来。然而，这里其实并不是当年李白所登临的凤凰台，三山依然隐约可见，但当年的白鹭洲却早已与陆地连成一片了，只是徘徊在那种意境中罢了。

2016年2月15日于南京

满江红

泣血冤魂

悲愤填膺，今到此、惨惨戚戚㉘。

三十万、一朝泯灭，人间霹雳㉘。

遍地豺狼群兽窜，满城血雨腥风疾㉘。

问苍天、天理可昭昭？冤魂泣㉘！

倭寇乱，成宿敌㉘；血泪债，岂能息㉘？

愿中华奋起、大鹏腾翼㉘。

世代冤仇何限恨，满腔怒火空沉寂㉘。

看而今、鬼火伴阴风，国人惕㉘！

1. 满江红·泣血冤魂：2014年2月27日，第十二届全国人民代表大会常务委员会第七次会议决定，将12月13日设立为南京大屠杀死难者国家公祭日。每年12月13日国家举行公祭活动，悼念南京大屠杀死难者和所有在日本帝国主义侵华战争期间惨遭日本侵略者杀戮（lù）的死难者。1937年12月13日，侵华日军在中国南京开始对我同胞实施长达四十多天惨绝人寰的大屠杀，制造了震惊中外的南京大屠杀惨案，三十多万人惨遭杀戮。这是人类文明史上灭绝人性的法西斯暴行。2016年12月16日，第三个国家公祭日后三天，余怀着沉重的心情参观"侵华日军南京大屠杀遇难同胞纪念馆"。日本侵略者残害我同胞之暴行令人发指，手段之野蛮残忍亘古未闻，且奸淫、掠夺、焚烧和破坏并举。第二次世界大战后，远东国际军事法庭和南京审判战犯军事法庭均设专案调查审判。其中，南京审判战犯军事法庭经调查判定，日军在南京集体屠杀有28案，屠杀人数达19万人，零散屠杀有858案，死亡人数达15万之多，遇难者总数达30万人以上，制造了惨绝人寰的特大惨案，在历史上留下了血腥恐怖的一页。为抗击日本帝国主义的侵略，挽救中华民族的危亡，中国人民奋起进行了14年的浴血奋战，以伤亡3500余万人，直接财产损失和战争消耗1000亿美元，间接经济损失5000亿美元的巨大民族牺牲，为世界反法西斯战争胜利做出了不可磨灭的历史贡献。作为战胜国和最大的战争受害国，中国宽宏大量，以博大的胸怀免去了日本的战争赔款，日本用这笔免赔款为基础，得以苟延残喘，发展本国经济，并逐步成为发达国家。作为侵略者和战败国，战后的日本，从未向中国和其他亚洲受害国政府和人民承认过侵略，更没有道过歉。愿国人警醒，举国上下，团结一致，奋发图强，富国强兵。想到此，旧恨新仇一起涌上心头，故作此《满江红》以记之。

2. 悲愤填膺（yīng），今到此、惨惨戚戚：来到"侵华日军南京大屠杀遇难同胞纪念馆"参观，满眼都是日军惨绝人寰的杀戮，到处都是烧、杀、抢、掠、奸淫等兽行。当时的南京城就是一座人间地狱，恐怖、血腥、悲惨、哀伤充斥其间。面对这些凄惨的场景，悲伤和愤恨充满我的胸膛。膺：胸。

3. 三十万、一朝泯灭，人间霹雳：日军在南京屠杀我同胞30多万人，30万生灵一朝泯灭，这惨绝人寰的暴行像晴天霹雳震惊了全世界。泯灭：消灭；丧失。霹雳：也说霹雷，响声巨大的急雷，常用来比喻突然发生的重大事件。

4. 苍天：天，古人常以苍天指天神。

5. 昭昭：明显；显著；明摆着。

6. 倭寇乱，成宿敌；血泪债，岂能息：自宋代以后，日本海盗不断侵扰中国海疆。特别是明朝时期，日本海盗更加猖獗，频频侵犯中国东南沿海边陲，烧杀抢掠，无恶不作，倭寇成为明王朝的一大心腹之患。近代，侵略灭亡中国成为日本政府的国策，特别是中日甲午战争和20世纪三四十年代的日本侵华战争，日本给中国造成的灾难达到了史无前例、登峰造极的地步。日本侵略给中华民族造成的深重灾难惨绝人寰、罄（qìng）竹难书。日本侵略中国所欠下的血债，是永远也不能抹杀的，是每一个中华儿女都必须要牢记的。正如原远东国际军事法庭法官、中国的梅汝璈（áo）先生曾说过："我不是复仇主义者，我无意于把日本军国主义欠下我们的血债写在日本人民的账上。但是，我相信，忘记过去的苦难可能招致未来的灾祸。"宿敌：长久的敌人。息：平息，这里是忘却意。

7. 世代冤仇何限恨，满腔怒火空沉寂：日本军国主义是我们的宿敌，与我国是世仇，这血海深仇有多少呢？罄竹难书。

8. 看而今、鬼火伴阴风，国人惕：看看现在，日本右翼不但拒不承认侵略历史，反而美化侵略，历代政府集体参拜靖国神社，为战犯招魂，修改教科书，篡（cuàn）改历史。警惕吧，国人！每一个有良知的中国人，每一个中华子孙，奋起吧！团结起来，奋发图强，振兴中华，保卫家园，共筑伟大复兴的中国梦！鬼火、阴风：比喻阴险、狡诈，见不得人的勾当。

2016年12月16日于南京

冶山怀古

冶城铸剑起吴王㉑，草木葱茏殿宇藏㉒。

远眺钟山共余脉，近观淮水绕宫墙㉓。

尚书忠烈忠魂在，宰相风流风采扬㉔。

地古人非思往事，敬一亭上任彷徨㉕。

1.冶山和朝天宫：冶山是南京城内的一座小山丘，位于南京市西南水西门内秦淮河北岸莫愁路东侧，相传该处原为春秋时期吴王夫差（chāi）所筑之冶城。前五世纪末，吴王夫差在这里设冶铸作坊铸剑和制造兵器，因此称作冶山，又叫冶城。历史上记载南京最早的名称就是"冶城"，是南京最早的城邑，这里可谓是南京的发源地，南京的"母城"，距今已有2500多年之久。三国孙吴时，孙权在此设置冶宫，铸造铜铁器和兵器。唐代，冶山上建有道教宫观太极宫，宋代改名为祥符宫，后又改为天庆观，元代改名为玄妙观。明洪武十七年（1385年）明太祖朱元璋下诏改建，并赐名为"朝天宫"，取"朝拜上天""朝见天子"之意。明代的朝天宫是当时南京最大、最著名的道观，是皇室贵族焚香祈福的道场，也是春节、冬至、皇帝生日这三大节前文武百官演习朝拜天子礼仪的场所。清同治五年（1866年），两江总督曾国藩又将其改为文庙，并将江宁府学从鸡鸣山迁至朝天宫，于是形成了中为文庙，东为府学，西为卞壶祠的格局。明清之际，南京有"金陵四十八景"，其中"冶城西峙"就是指朝天宫。南京朝天宫是江南地区现存规格最高、规模最大、保存最好的一组宫殿式古建筑群，面积约3万余平方米，加上江宁府学现存面积约为4.5万平方米。朝天宫现为南京市博物馆所在地，雄伟壮观的古代建筑，精美绝伦的古代文物展示，两者交相辉映，成为古都南京的一颗明珠。

2.冶城铸剑起吴王：前五世纪末，春秋时期的吴王夫差在这里设冶铸作坊铸剑和制造兵器，因此称作冶山，又叫冶城。起：开始意。

3.草木葱茏殿宇藏：冶山上草木茂盛，浓荫蔽日，朝天宫曾是道教宫观，又是文庙所在地，殿宇雄伟壮观，亭台秀美婀娜（ē nuó），依山层叠而建，掩映于花草树木之间。

4.远眺钟山共余脉，近观淮水绕宫墙：朝天宫坐落在秦淮河北岸的冶山南麓，相传冶山是紫金山的余脉，秦淮河沿着朝天宫的宫墙外缓缓向西流淌而汇入长江。

5.尚书忠烈忠魂在：此句赞东晋忠臣卞壸。卞壸祠在冶山西麓，是为纪念东晋忠臣卞壸父子所建的祠堂。卞壸（281—328年），字望之，济阴冤句（今山东曹县）人，东晋明帝时官至尚书令。成帝立，卞壸与庾亮共辅朝政。咸和三年（328年），苏峻叛乱，卞壸率军及其子卞眕（zhěn）、卞盱（xū）力战而死。朝廷为卞壸父子建墓于冶山西侧，历代均有增建。光绪年间，卞壸祠逐渐荒废，到民国初期已废为民宅，只有卞壸墓碑保存完好。

6.宰相风流风采扬：谢安（320—385年），字安石，陈郡阳夏（今河南太康）人。谢安是东晋南迁大族中的佼佼者，少年时即有重名。他思想敏锐，风度优雅，年轻时隐居会稽（kuài jī）东山，（今浙江绍兴），盘桓山水，对于朝廷的征召一直推辞不就。直到四十多岁时才"东山再起"，入朝为相。谢安东山高卧、隐居不仕的潇洒风度颇受后人称颂。谢安当政以后，先是挫败了权臣桓温篡权的图谋，又调和政权内部矛盾，在面临前秦大举进攻之时坐镇建康指挥军事，以少胜多，大败前秦于淝水，取得了"淝水之战"的决定性胜利。在这场关系东晋王朝生死存亡的战役中，谢安临危不惧，举重若轻，充分显示出过人的胆略和儒将之风。谢安与王羲之曾同登冶城山，谢安悠然遐想，有超脱世俗之志。王羲之认为国家危难之时，清谈废弛政务。谢安则不以为然，答曰："秦国任用商鞅实行变法，后来秦朝两代而亡，难道是清谈造成的吗？"这个典故表现了谢安"风流宰相"的名士风流。风采：也作丰采，风度，神采（指一个人的仪表举止）。

7.地古人非思往事，敬一亭上任彷徨：冶山之名已有2500多年了，从春秋吴国到现在，世海沧桑、朝代更迭、风云变幻、物是人非。回想往事，诸多感慨，独自一人在山顶的敬一亭上走来走去，眺望远方，心中茫然。敬一亭：为一八角亭，设在冶山最高处。据《明史》记载，明嘉靖五年（1526年）"颁御制《敬一箴》于学宫"。《敬一箴》是嘉靖皇帝撰写的一篇箴言，要求天下恪守孔子的圣人之道。各地学宫纷纷将这篇箴言刻成石碑，建亭供奉，所建之亭即"敬一亭"，成为文庙的标志性建筑。彷徨：犹疑不定，在这里有凄凉、茫然意。

2016年12月20日于南京

咏雨花石

瑶琨花雨动苍穹㉛，落地为石五彩凝㉜。

远古娲皇补天裂，迤来神韵耀华庭㉝。

晶莹玉润钟灵秀，色艳纹奇造化功㉞。

如醉如痴寻觅处，滔滔江水绕金陵㉟。

1.雨花石：雨花石是世界观赏石中的一朵奇葩，有美丽的色彩和花纹，是一种天然玛瑙石。它是由石英、玉髓和燧（suì）石或蛋白石混合形成的珍贵宝石，也称雨花玛瑙、绮石、文石、五色石、六合石、灵岩石、螺子石、幸运石、观赏石、江石子等。雨花石主要产自扬子江畔、风光旖旎的南京六合区及仪征市月塘一带，是南京著名的特产。雨花石以"花"为名，花而冠雨，美丽迷人。雨花石是花形的石，是石质的花，凝天地之灵气，聚日月之精华，孕万物之风采。在赏玩、收藏雨花石时，可根据其呈像分为人物、动物、风景、花木、文字、抽象石等，按照质、形、纹、色、呈象、意境"六美"兼备的程度，可分为绝品石、珍品石、精品石、佳品石等品级。雨花石以晶莹玉润的质地美、钟灵毓秀的形态美、变幻莫测的纹理美、瑰丽璀璨的色彩美、匪夷所思的呈像美，以及神韵天成的意境美，奠定了其在观赏石中独特的地位与价值。观之令人心旷神怡，赏之可意安体泰，古往今来，备受人们喜爱，有"石中皇后"之称，被誉为"天赐国宝，中华一绝"。中国自南北朝以来，文人雅士寄情山水，啸傲烟霞，至唐宋时期达到巅峰。雅史趣事中有关赏石的佳话不胜枚举，神奇的雨花石更是成为石中珍品。仔细欣赏雨花石，个中藏有山川云彩、人物神仙、飞禽走兽、花鸟虫鱼，色彩艳丽，变化万千。人们多爱将其置于水盂（yú）中，陈设于书斋、案头，不失为高雅之物。

2.瑶琨花雨动苍穹，落地为石五彩凝：传说古时雨花台上有一座雨花观（guàn），观中有一位雨花真人。雨花真人聪慧睿智、深藏若虚，他经年静坐而绝少宣道。一天，雨花真人开坛讲经。只见他口若悬河、微言大义、探本溯源、咳唾成珠，其精妙的论述和至真至彻的哲理震撼了众百姓乃至感动了上苍诸神。欢悦之中，诸神降下来一场五彩天雨。泠（líng）泠的雨水敲击在雨花台上，变成了一粒粒玛瑙般的雨花石。又传，南朝梁武帝时有云光法师讲经，感动上天，落花如雨，花雨落地为石，故称雨花石。讲经处遂更名为雨花台。瑶琨：似玉的美石，这里即指雨花石。动苍穹：感动上天。五彩凝：雨花石又称五色石、五彩石，由多种颜色的石质凝结而成，异彩纷呈。

3. 远古娲皇补天裂，迩来神韵耀华庭：神话传说，雨花石为女娲补天的遗石。人们爱雨花石，将其置于书斋、案头，净室焚香，邀友共赏，一起品评，题铭赋诗，视为乐事。其神韵直到现在依然闪耀在华庭之上。在古典名著《红楼梦》里，贾宝玉出生时口里含的"通灵宝玉"，其大如雀卵，灿若明霞，莹润如酥，五色花纹缠护。这就是大荒山无稽崖青埂峰下的那块顽石的幻相。《红楼梦》作者曹雪芹，早年生活在南京，其家族赏玩雨花石。红楼梦中"通灵宝玉"的原型就是雨花石，此点为国内红楼梦研究学者、奇石界广泛认可。同时，雨花石界认为曹雪芹笔下的通灵宝玉，可能是一块雨花蛋白石或多色丝纹玛瑙雨花石。迩来：近来；如今。迩：近。

4. 晶莹玉润钟灵秀，色艳纹奇造化功：这两句从"质、形、纹、色、呈象、意境"等六个方面来概括雨花石的美。雨花石的美是大自然的杰作，是造化的神功所致，不是人力所能达到的，是可以通灵的。钟灵秀：钟灵毓秀。美好的自然环境培育出优秀的人和物。钟灵：美好的自然环境。造化：自然界的创造者，也指自然，上天。

5. 如醉如痴寻觅处，滔滔江水绕金陵：这两句点明雨花石的产地，雨花石最著名的产地在南京地区长江两岸。爱石之人，赏石、鉴石、寻石、觅石，以石会友，与石结缘。爱石之甚者，为石痴迷，因石癫狂。那么，到哪里才能寻觅到上品的雨花石呢？只有到南京来，才能如愿以偿。这里是六朝古都，人文荟萃，名士风流；这里是石的世界，花的海洋。

2016 年 12 月 25 日于南京

苏幕遮

金陵岁末感怀

暮云飞，暝色晚㉒。一抹残阳，岁末人留恋㉒。
作客金陵淮水畔㉒，遥想当年，英物风流散㉒。

漫登楼，极目远㉒。不见乡关，唯有声声叹㉒。
四海漂泊心眷念㉒，往事如烟，寂寞愁肠断㉒！

1.苏幕遮·金陵岁末感怀：2016年12月31日（除夕）黄昏，夕阳西下，晚霞残照。遥望一抹残阳，心中怅然。又是一年过去了，当太阳重新升起的时候就是新的一年了。余已年过古稀，依然四海漂泊，客居他乡。金陵乃六朝古都，十代繁华之地，山川形胜，风景秀丽，物阜民丰，人文荟萃，绮楼丝帐，金粉风流。然梁园虽好，终非久居之家。遥望北方，燕赵大地，隆冬苦寒，雾霾笼罩。但那里终究是自己生长、工作和生活了一辈子的故乡啊！那里有温馨的家园，有亲朋故旧，有儿时的记忆，虽远隔数千里之遥，但却是余日夜魂牵梦绕的地方。感慨之余，作此词以记之。

2.暝（míng）色：黄昏日落前后昏暗的天色。

3.一抹残阳：太阳将要落山，夕阳将一缕余晖涂抹在蓝天上。

4.淮水：秦淮河，古称龙藏浦，汉代起至唐代称淮水。唐代以后，改称秦淮河。

5.英物风流散："江南佳丽地，金陵帝王州。"金陵乃六朝古都，十朝都会，英雄辈出，文采风流，到处都是藏龙卧虎之地。然而，世海沧桑，风云变幻，多少英雄人物、风流名士，都伴随着时代风云而烟消云散了。

6.漫登楼，极目远：漫不经心地登上高楼向远处眺望。极目：用尽眼力远望。

7.四海漂泊心眷念，往事如烟，寂寞愁肠断：今天是除夕，再过几个时辰就是新的一年了。四海漂泊的心依然眷恋着故乡，回想往事如过眼烟云，寂寞惆怅，愁断肝肠。四海：古人认为中国四面被海环绕，合称四海。这里的四海指四方，泛指四方之地。

2016年12月31日（除夕）于南京

赞青瓷釉彩盘口壶

精美绝伦盘口壶①，青瓷釉彩冠东吴②。

造型古朴遗风在，韵致清新画艺熟③。

白虎游庭示祥瑞，神鸾鸣啸献灵符④。

羽人接引升天界，栩栩如生仙苑图⑤。

1.**青瓷釉彩盘口壶**：南京六朝博物馆镇馆之宝，全称"青瓷釉下彩羽人纹盘口壶"。所属年代为三国时期吴国，1983年于南京市雨花台区长岗村出土。器高32.1厘米，圆弧形盖，盘口，束颈，圆鼓腹，平底。瓷胎白中略带灰色，胎上用褐彩绘有纹饰，外罩青黄色釉，釉层厚薄均匀，透明度较强，通体彩绘纹饰，笔墨流畅，气韵生动，是迄今所见以绘画手法美化瓷器的最早器物，堪称早期瓷器中的艺术珍品。该器精湛的釉下彩工艺，改变了人们对釉下彩工艺始于唐代的认识，改写了中国瓷器史，把釉下彩出现的时间提前了近五百年，证实我国早在三国时期就已具备烧制釉下彩瓷的先进工艺。它将制瓷工艺和绘画艺术有机地结合在一起，开拓了瓷器装饰的途径，为研究东吴到西晋时期的陶瓷绘画艺术，提供了目前唯一的实物资料，十分珍贵。壶身描绘了多种神异奇特的艺术形象，羽人、仙草、云气、神禽、异兽、比翼鸟、佛像、铺首等。鸾鸟气宇轩昂，神禽翩翩起舞，白虎威风显赫，比翼鸟雍容华丽，佛像庄重肃穆，铺首相貌威严，羽人虚幻神奇，仙草、云气栩栩如生，充满了神奇灵异的气氛，呈现出一派缥缈虚幻的天界风光。其内容与我国古代神话、谶（chèn）纬、神仙家、道教乃至佛教都有相关之处，但似与道教的关系更为密切一些。图案布局繁而不乱，釉下彩和贴塑浑然一体，画工娴熟自然，线条流畅潇洒，意境神秘虚幻。就这类器物的绘画风格和内容来看，具有汉代以来的帛画及漆画的遗风，具有独特的时代气息。

2.**青瓷釉彩冠东吴**：这句点明这件青瓷釉下彩盘口壶产自三国时期的吴国，距今已有约1800年的历史了。釉下彩绘瓷器，彩绘纹饰华美异常，贴塑装饰精致工整，无论在胎釉质地上还是制作工艺，都比同一时期的青瓷器档次要高得多。这件青瓷釉下彩盘口壶堪称东吴青瓷器之冠。

3.**遗风**：指的是青瓷釉下彩这类器物的绘画风格和内容，具有汉代以来的帛画及漆画的遗风，具有独特的时代气息。

4.韵致：气韵情致。气韵：神气和韵味，多指文章和艺术品。

5.白虎游庭示祥瑞，神鸾鸣啸献灵符。羽人接引升天界，栩栩如生仙苑图：这四句都是在写这件青瓷釉下彩羽人纹盘口壶所创造的神秘虚幻的天界风光。盘口壶由上至下可分为盖、颈、肩、腹四个部分，通体彩绘纹饰，描绘着白虎、神鸾、羽人、神禽、异兽、佛像、仙草、云气等图案。绘出的线条活泼宛转、柔和流畅、生机盎然、动感极强，笔法之妙，令人惊叹。祥瑞：指好事情的兆头或征象。符：道士画的图形或线条，迷信的人认为有驱鬼避邪、逢凶化吉的作用，如护身符。栩栩如生：形容艺术形象非常生动逼真，像活的一样。仙苑：神仙的花园。

2017年元月5日于南京六朝博物馆

魂 瓶

青瓷堆塑看魂瓶[韵]，诡异多姿各不同[韵]。

死者安息生者望，安排人事到幽冥[韵]。

1.魂瓶：魂瓶是一种“冥器”，又称“谷仓罐”“堆塑罐”。它由汉代（前206年—220年）的五联罐演变而来，是中国长江中下游地区三国两晋（220—420年）时期墓葬中特有的随葬品。魂瓶作为沟通生与死、人间与天上的载体，被寄予祈祷（qí dǎo）子孙繁衍（yǎn）、六畜（chù）蕃息、安死者之魂、慰生者之望的意义。魂瓶的出现源于一个古老的传说：伯夷、叔齐为商末孤竹国君之子，因忠于殷商，曾劝谏武王伐纣（zhòu）无效而誓死不食周粟。周武王灭商后，建立西周，两人遂饿死于首阳山。人们念其抱节守志，故在陪葬品中放入“五谷囊”，魂瓶随葬的礼俗自此出现，故早期魂瓶实为贮（zhù）粮之器。关于“五谷囊”，王肃《丧服要记》中还记有一则颇具趣味的历史故事：春秋时鲁哀公为父举丧，孔子因其未在陪葬品中放进五谷囊而问责于他，哀公狡辩道：“五谷囊陪葬，起自伯夷、叔齐不食周粟而饿死，恐其魂之饥也，故设五谷囊。吾父食味含脯（pú）而死，何用此为？”可知在春秋时期，孔子已认为陪葬品中放入五谷囊是一种重要的礼俗。魂瓶中的代表作是1939年出土于浙江绍兴三国时期墓葬的青釉魂瓶，此瓶现藏于北京故宫博物院。

2.诡异多姿各不同：青瓷魂瓶的题材丰富，诡异神奇，装饰繁缛（rù），成型工艺极为复杂，造型无一雷同，似乎是现实生活的微缩景观，具有极高的艺术价值。青瓷魂瓶肩部以上堆塑各种人物、鸟兽、亭台、楼阁，错落有致，姿态万千；腹部贴有简单的模印走兽、人物装饰。这种上繁下简的独特造型，体现了细节与整体的完美结合，是六朝青瓷艺术中极具特色的精品。

3.死者安息生者望，安排人事到幽冥：魂瓶是冥器，有安死者之魂、慰生者之望的意义。人们祈求死后灵魂安息，更希望死后灵魂能够升入天国，把人世间的事情都安排到幽冥界了。幽冥：迷信指人死后进入的境界，即阴间。

2017年元月5日于南京六朝博物馆

蜡 梅

一树黄花满院香㊿，凌寒傲雪报春光㊿。

冰肌玉骨谁得似，青女素娥淡雅妆㊿。

    1.蜡梅：又称"腊梅"，落叶丛生灌木。蜡梅花在霜雪寒天傲然开放，花开时满树金黄，富丽堂皇，花黄似蜡，浓香扑鼻，是中国特产的传统名贵观赏花木，有悠久的栽培历史和丰富的蜡梅文化。因蜡梅花入冬初放，冬尽而结实，伴着冬天，故又名冬梅。蜡梅花开之日多是瑞雪纷飞，欲赏蜡梅，待雪后，踏雪而至，故又名雪梅。蜡梅在开春前开花，为百花之先，特别是虎蹄梅，农历十月即开花，故人称早梅。蜡梅先花后叶，花与叶不相见，蜡梅花开之时枝干枯瘦，故又名干枝梅。蜡梅花黄色，带蜡质，似蜜蜡，花期在12月至1月，有浓芳香，瘦果多数，6月至7月成熟。蜡梅有独干蜡梅和丛生蜡梅之分，独干蜡梅有明显的主干，高约4~5米，而丛生蜡梅相对较矮，高约3~3.5米，主干部分不突出。蜡梅的花经加工是名贵药材。李时珍《本草纲目》载："蜡梅，释名黄梅花，此物非梅类，因其与梅同时，香又相近，色似蜜蜡，故得此名。花：辛，温，无毒，解暑生津。"蜡梅的颜色有纯黄色、金黄色、淡黄色、墨黄色、紫黄色，也有银白色、淡白色、雪白色、黄白色，花蕊有红、紫、洁白等。其中，最佳者为河南鄢（yān）陵县所产的鄢陵蜡梅，素有"鄢陵蜡梅冠天下"之誉。蜡梅的代表品种有素心蜡梅、磬口蜡梅、小花蜡梅、红心蜡梅等。蜡梅有许多别名，如腊梅、黄梅、金梅、冬梅、雪梅、寒梅、早梅、香梅、唐梅、香木、蜡花、蜡木、黄梅花、腊梅花、干枝梅、金钟梅、黄金茶、雪里花等。蜡梅的"蜡"字，很多人一直都以为是"腊"。这是因为蜡梅大多在农历腊月开放，人们就误用成了"腊"字，而这种误用也逐步被人们所认可，所以变成了"腊梅"。蜡梅以前一直是虫字旁，古代文献上都有记载。其实蜡梅和梅花并不是一回事。蜡梅大多是冬天开花，而梅花大多是春天开。蜡梅花的质感就像蜡烛的蜡。在修订后的《现代汉语规范字典》中，蜡梅还是采用了之前的用法。

    2.冰肌玉骨谁得似，青女素娥淡雅妆：清纯美丽、圣洁高雅的蜡梅花像谁呢？就像天上淡妆素裹（guǒ）的仙女下凡来到了人间，暗喻蜡梅花斗霜傲雪、凌寒独自开的高贵品格。青女：又称青霄玉女、降（jiàng）霜仙子，是汉族神话传说中掌管霜雪的天上女神。素娥：素娥是中国古代对月亮的别称，也是传说中的月中女神，即月中仙子嫦娥。唐代诗人李商隐《霜月》诗中写道："青女素娥俱耐冷，月中霜里斗婵娟。"

2017年元月22日于南京

题吴敬梓故居

淮水清溪桃叶渡，闹中取静数椽屋[韵]。

风吹竹影云光动，月笼碧波岚气浮[韵]。

文木亭前聚寒士，金陵城上呼暖足[韵]。

人生失意千秋笔，世态炎凉一部书[韵]。

1. 吴敬梓及吴敬梓故居：吴敬梓（1701—1754年），字敏轩，号粒民，中国伟大的讽刺文学家。因定居于南京秦淮河畔，自称“秦淮寓客”，又因家有“文木山房”“文木亭”，晚年号“文木老人”。康熙四十年（1701年）生于安徽全椒（jiāo）官宦世家，雍正十一年（1733年）举家迁居南京，寓居于秦淮水亭。乾隆十九年（1754年）卒，享年五十四岁。吴敬梓是清代最杰出的文学家之一。他生逢清王朝康雍乾三代盛世，目睹八股取士如日中天，寒门巨室皆热衷举业的社会现状，历经科举制度流弊丛生由盛转衰的时代变迁。他看到：“有心艳功名富贵而媚人下人者；有依仗功名富贵而骄人傲人者；有假托无意功名富贵自以为高、被人看破而耻笑者。”在历经世态炎凉、看透八股取士的腐朽性之后，吴敬梓怀着愤世嫉俗的心情、以庄谐兼擅的妙笔，积十年之余，创作出了中国历史上不朽的古典现实主义长篇讽刺小说—《儒林外史》，被认为可与意大利卜伽丘、西班牙塞万提斯、法国巴尔扎克、英国狄更斯等人的作品相提并论。吴敬梓的《儒林外史》大约完成于其五十岁以前。吴敬梓的生前好友程晋芳曾作《怀人诗》：“外史纪儒林，刻画何工妍，吾为斯人悲，竟以稗（bài）说传！”该诗作于1748—1750年间，据此可知《儒林外史》大概成书于1750年前。另外，吴敬梓的作品还有《文木山房集》十二卷，今存四卷。

吴敬梓的一生，有无法割舍的“金陵情结”，他游历于南京，定居于南京，创作于南京，归葬于南京，终其一生都与南京有着不解之缘。这一切体现在其以《儒林外史》为代表的许多作品中。我们既可以从字里行间窥见历史上南京的城市规模、山川形胜、人文风俗等，也可体会到吴敬梓对南京的深厚感情。

为了纪念这位伟大的文学家，人们在古桃叶渡遗址旁规划复建了秦淮水亭，将他的故居建为“吴敬梓纪念馆”。

2. 淮水清溪桃叶渡，闹中取静数椽（chuán）屋：吴敬梓故居位于南京清溪河与秦淮河交界处，毗邻古桃叶渡，名为秦淮水亭，现名为吴敬梓纪念馆。大门上有一副对联："寄情淮水非风月，愤世机锋乃仕林。"正厅门两侧为当代书法名家肖娴七十九岁时所书的一副对联："儒冠不保千金产，稗说长传一部书"，铁画银钩，雄浑苍劲，高度概括了这位"万斛愁肠，一身侠骨"的风流雅士的生平和成就。吴敬梓故居陈列着各种版本的《儒林外史》，反映了吴敬梓一生中具有代表性的生活片断，成为研究吴学的又一场所。淮水：秦淮河古称淮水。清溪：清溪河。

3.风吹竹影云光动，月笼碧波岚气浮：这两句是写吴敬梓故居的环境。故居内有假山、水池、凉亭，花木茂盛，清风吹过，竹影婆娑；碧波荡漾的秦淮河从屋后缓缓流过。夜晚，缥缈的雾气在河面上浮动，月华当头，倒映在河水中，静谧而安详。岚气：雾气。浮：漂浮；浮动。

4.文木亭前聚寒士，金陵城上呼暖足：在南京，六朝遗迹处处可寻。吴敬梓常和几个穷困的文人朋友，如汪京门、樊圣谟等五、六人，寻访冶山、红土山、清凉山等地，游赏钟山淮水，领略十代豪华的遗迹，慨叹朝代兴替，世事沧桑。他们时常在文木亭前相聚，诗文唱和或针砭（biān）时弊。由于其不善治生，生计艰难，靠卖书和朋友接济过活。每逢冬夜无火御寒时，往往邀朋友绕城堞（dié）数十里，"歌吟啸呼，相与应和"，直到天明入水西门，各大笑散去，谓之"暖足"。在经历了这段艰苦生活之后，他更加鄙视那些名利场中的人物了。更为可贵的是，贫穷的境遇使他更坚定了一个正直文人的骨气，决不向达官贵人乞讨。正如他在《春兴》诗中写道："一事差堪喜，侯门未曳裾（yè jū）。"实乃可敬可佩。呼：唤；叫；喊，这里是相邀意。

5.人生失意千秋笔，世态炎凉一部书：吴敬梓在经历了人生失意、穷困潦倒、世态炎凉之后，呕心沥血，积十年之余，终于创作出了《儒林外史》这部流传千载的古典现实主义长篇讽刺小说。正如一副对联中赞道："失意何妨千载笔，倾心自有一河风。"

2017年元月23日于南京

乌夜啼

年关乡愁

金陵如画江山㉒，任流连㉓。

可叹六朝风物、似云烟㉔。

岁华晚㉕，乡愁乱㉖，夜无眠㉗。

坐看万家灯火、到年关㉘。

1.乌夜啼：词牌名，即《相见欢》，亦名《上西楼》等。

2.乌夜啼·年关乡愁："江南佳丽地，金陵帝王州"。南京乃六朝古都、十代都会，虎踞龙蟠，山川形胜，衣冠文物，文采风流。余客居南京已近半载，数月来，遍历金陵名胜古迹，领略江南旖旎（yǐ nǐ）风光。年关将近，心中不免时时泛起缕缕思乡的哀愁。该词前半阕写留恋金陵山水，下半阕写乡愁。

3.流连：也作留连，留恋，舍不得离开。

4.可叹六朝风物、似云烟：留恋金陵的山水风光、名胜古迹，慨叹风云变幻、世海沧桑，六朝风物早已是过眼烟云，难觅其踪了。风物：风光，景物，也指世界上的各种事物。

5.岁华晚，乡愁乱，夜无眠。坐看万家灯火、到年关：这一年就要过去了，思乡的愁绪纷乱如麻，难以入睡。干脆坐起来，看着窗外的万家灯火，回想着儿时的记忆，迎接年关吧。岁华：年；年月；年份；时光；光阴等。

2017年元月26日（春节前2日）于南京

乌夜啼

除夕黄昏携外孙游孝陵

阳和初试春风®，岁华终®。
携手儿孙游戏、孝陵东®。

夕阳下®，景如画®，觅芳踪®。
竹径寒梅花艳、异香浓®。

1.孝陵：明孝陵，明太祖朱元璋与皇后马秀英的合葬陵墓。明孝陵坐落在南京市紫金山南麓独龙阜玩珠峰下，东毗中山陵，南临梅花山，是南京最大的帝王陵墓，亦是中国古代最大的帝王陵寝之一。因马皇后谥（shì）"孝慈"，故名孝陵。作为中国明陵之首的明孝陵宏伟壮观，代表了明初建筑和石刻艺术的最高成就，直接影响了明清两代500多年帝王陵寝的形制。依历史进程分布于北京、湖北、辽宁、河北等地的明清帝王陵寝，均按南京明孝陵的规制和模式营建，在中国帝陵发展史上有特殊的地位，故而有"明清皇家第一陵"的美誉。

2.阳和初试春风，岁华终：春风吹来，阳和浮动，寒气开始消退，到处都是暖融融的。光阴荏苒，今天是除夕，感叹又是一年过去了。阳和：有多种意思，可以解释为阳气；春天；春天的暖气；温暖，和暖；祥和的气氛；也可以借指佳音等。

3.觅芳踪：寻觅花的踪迹。这里是踏雪寻梅意。

4.寒梅：即"蜡梅"。在南京，春节前蜡梅即盛开，红梅、白梅等也已含苞待放，或已开始吐露芳华。

2017年元月27日（农历除夕）于南京

乌夜啼

新　岁

和风吹绿窗前㉒，又新年㉑。

无奈客愁依旧、乱心田㉓。

暗香透㉔，梅英瘦㉔，傲霜寒㉔。

常叹花开花落、梦难圆㉕。

1.新岁：新年；春节。中国古代，以农历大年初一为新年，古籍、古诗中提到的元旦或元日，都是指农历正月初一，为夏历新年的第一天。这一天又称元旦、元日、元正、元辰、元朔、正朔、岁旦、岁首、岁朝、开岁、芳岁、华岁、新正、首祚、上日、三元、三朝、三朔、三始、开年、过年、年等。直到中国近代辛亥革命胜利后，南京临时政府为了顺应农时和便于统计，规定在民间使用夏历，在政府机关、厂矿、学校和团体中实行公历，以公历的元月1日为元旦，农历的正月初一称春节。1949年9月27日，中华人民共和国成立之后，在中国人民政治协商会议第一届全体会议上，通过了使用世界上通用的公历纪元，把公历的元月一日定为"元旦"，俗称阳历年；农历正月初一通常都在立春前后，因而把农历正月初一定为"春节"，俗称阴历年。春节是中华民族最重要的传统节日。

2.和风吹绿窗前：春风吹绿了窗前的树木，从窗子里向外眺望，远处的山川也都绿了，春天来了。和风：春风；温和的风。

3.客愁：游子思乡的哀愁。

4.暗香透，梅英瘦，傲霜寒：这句写寒梅的娇姿——疏影横斜，凌寒傲雪，枝瘦蕊娇，暗香浮动。梅英：梅花。英：花。

5.花开花落：用花开花落暗喻日月轮回、时光流逝。

2017年元月28日（农历春节）于南京

南京九华山寻梅

九华山麓异香浓①，竹径寻梅古寺行②。
千树妖娆共娇艳，半坡嫩绿半坡红③。

　　1.南京九华山：安徽九华山是地藏王菩萨道场，与山西五台山、四川峨眉山、浙江普陀山一起构成了我国著名的四大佛教圣地。不过，在一江之隔的南京，也有一座九华山。南京九华山位于城东太平门内西侧，因山南有小九华洞并曾建有小九华寺而名小九华山，简称九华山。小九华山是钟山余脉西走入城的第一山丘，海拔61米，面积12.9公顷。其东眺钟山，北望玄武湖，西看鸡鸣寺，南邻市区，明古城墙依山而行，湖光山色，雄城塔影，山中有寺，山顶有塔，山畔有湖，山下有城，身处闹市却清幽恬静。九华山临玄武湖一侧陡峭如削，像一只倾覆的行船，古称覆舟山。南朝宋文帝元嘉年间，将这里辟为"乐游苑"，为六朝盛极一时的皇家园林。后又经南朝历代修葺(qì)，这里遍布奇石妙水、名花佳卉、楼台亭阁，到处是殿阁玲珑、花团锦簇，为六朝宫阙的代表作。乐游苑在战乱中被焚毁。历代文人雅士及达官贵人曾游乐于此，如鲍照、颜延之、谢灵运、李白、韦庄、王安石、温庭筠等都曾在此赏景，留下了许多绮丽的诗篇。如晚唐诗人韦庄的《金陵图》："江雨霏霏江草齐，六朝如梦鸟空啼。无情最是台城柳，依旧烟笼十里堤。"现在小九华山的主要景点有地藏寺、玄奘寺、三藏塔、六合亭等。三藏塔是为纪念唐代高僧玄奘法师所建，塔基处有用青石雕刻的玄奘法师画像和其西行取经路线图，塔内藏有玄奘法师的头顶骨舍利，因而使南京九华山在海内外声名远扬。昔日的六朝皇家园林，现已辟为九华山公园。

　　2.竹径寻梅古寺行：顺着山上长满竹子的小路去寻找梅花，漫山遍野的梅花，火红欲燃，花香扑鼻。边走边看边拍照，走着走着却来到了山上的玄奘寺和地藏寺。

　　3.千树妖娆：九华山的山坡上种植有两千多株梅花，多为红梅和白梅，偶有一两株黄梅，妖媚妖娆，异香浮动。妖娆：妖媚艳丽。

　　4.半坡嫩(nèn)绿半坡红：已经立春了，春风煦(xù)煦，阳和浮动，在向阳的山坡上，小草已经长出了鲜嫩的绿芽，柳丝也已开始泛绿，相映着火红的梅花，故称"半坡嫩绿半坡红"。

2017年2月7日于南京小九华山

浪淘沙

携外孙梅花山赏梅花

昨夜又东风㊿，岁月匆匆㊿。

金陵城外绿朦胧㊿。

闻道蒋山梅正艳，寻觅芳踪㊿。

姹紫间嫣红㊿，春意融融㊿。

异香浮动翠华浓㊿。

携手儿孙花径里，其乐无穷㊿。

1.梅花山：梅花山是南京市东郊紫金山的一座小山丘，位于中山陵西南，明孝陵正南，因山上遍植梅花而得名。梅花山占地1533亩，整个梅花山有11个品种群，近400个品种，35000余株梅树，有"梅花世界"之称。每当早春时节，梅花山数万株梅花竞相开放，层层叠叠，云蒸霞蔚，使数十万海内外踏青赏梅的游人沉醉其中，留连忘返。梅花山以梅花品种多而奇特著称，世界上现已发现和培育的300种梅花中，这里拥有200多种，而且有些是梅中极品。根据花色，这里的梅花可分为白梅、绿梅、红梅、粉红、黄梅等几种。著名的品种有猩猩红、骨里红、玉蝶、宫粉、朱砂、绿萼、胭脂、照水、送春、江梅、跳枝、长枝、垂枝梅、美人梅、黄香梅、千叶红等珍贵品种。其中，"别角晚水"全国独此一株，极为珍贵，是梅花山的"镇山之宝"。另有"银红朱砂""扣子玉蝶""南京复黄香"等也十分珍贵。春季梅花盛开之时，繁花满山，香飘数里。来此赏梅的游人摩肩接踵，高潮时节每天都在十万人以上。南京梅花山为中国四大梅园之首，每年春季举办有"中国南京国际梅花节"。春初连日的升温、阴天、细雨，正适合梅花进入绽放期。无论从种植梅花的历史、规模、种类、数量，都堪称魁首，是名副其实的"天下第一梅山"。梅花山原是三国吴大帝孙权的葬地。孙权死后葬在朝阳门外第三个山岗，这个山岗因而被称为孙陵岗，又称吴王坟。孙陵岗葬有孙权和他的夫人步氏及后妻潘夫人，太子孙登也葬在孙陵附近。岁月沧桑，孙陵岗一名在人们的记忆中已渐渐湮（yān）没，代之而起的名称是梅花山。

2.昨夜又东风，岁月匆匆：光阴似箭，岁月匆匆，东风吹过，冬去春来。

3.金陵城外绿朦胧：春天来了，花草树木开始返青，在清晨的薄雾中远眺，金陵城外已是绿意朦胧了。朦胧：模糊不清。

4.蒋山：南京紫金山又称钟山、蒋山、神烈山等。

5.姹紫嫣红：指各种颜色娇艳的花朵，这里指各种颜色的梅花。

6.融融：形容和睦快乐的样子；形容暖和。

7.翠华：翠绿；鲜嫩的绿色。

2017年2月12日（农历正月十六）于南京梅花山

梦江南·咏金陵(一组)

其一 金陵好

金陵好，虎踞又龙蟠。

十代繁华金粉地，六朝风雨奈何天。

如画美江山。

1. 梦江南：词牌名，即《忆江南》。本名《谢秋娘》，亦名《望江南》《江南好》等。

2. 梦江南·咏金陵：这是一组歌咏南京的小词，共计20首，调寄《梦江南》，表现了作者对南京的热爱及眷恋。

3. 虎踞龙蟠："虎踞龙蟠"或"龙盘虎踞"，是南京的一个别称，也是对南京山川形胜的形象描绘。

4. 金粉地：金粉即脂粉。金粉地即风流繁华之地，温柔富贵之乡。

5. 奈何天：良辰美景令人无可奈何的日子；或形容令人无可奈何的时光。

2017年2月21日于南京

其二 金陵美

金陵美，最美是秦淮。

十里珠帘千载梦，绮楼丝帐对河排。

水月映楼台。

1. 秦淮：秦淮河。秦淮河在历史上极富盛名，这里素为"六朝烟月之区，金粉荟萃之所"，更兼十代繁华之地，"衣冠文物，盛于江南；文采风流，甲于海内"，被称为"中国第一历史文化名河"。秦淮河的南京城内河段为内秦淮，从东水关至西水关全长9.6华里，有"十里秦淮""六朝金粉"之誉，是秦淮风光带的精华所在。沿河两岸，有大小集市100多处，东吴以来一直是繁华的商业区和居民区，六朝时成为名门望族的聚居之地，宋代开始成为江南文化的中心。明清两代，尤其是明代，是十里秦淮的鼎盛时期。两岸"河厅河房，雕梁画栋；金粉楼台，鳞次栉比；画舫凌波，桨声灯影"，展现着一幅幅如梦如幻的美景奇观。加之商贾云集，市井繁华，人文荟萃，儒学鼎盛，构成了集中体现金陵古都风貌的游览胜地——秦淮风光带。

2. 绮楼：美丽、漂亮的楼阁。

2017 年 2 月 21 日于南京

其三　金陵恋

金陵恋，玄武碧潺湲①。

五岛苍苍浮绿水，钟山顾影九华烟②。

古寺对愁眠⑤。

1. 玄武碧潺湲：玄武湖水碧波荡漾，缓缓流淌。潺湲：形容水慢慢地流。

2. 五岛苍苍浮绿水：玄武湖内有五个岛屿，称五洲，即环洲、樱洲、菱洲、梁洲、翠洲。五洲上树木茂盛，繁花似锦，堤桥相通，浑然一体，处处有山有水，终年景色如画。这五个岛屿像五块绿宝石镶嵌在碧绿的湖水中。苍苍：深青色；形容植物茂盛的样子，这里指深青色。

3. 钟山顾影：紫金山在玄武湖东侧，在风和日丽之时，紫金山娇美的倩影倒映在玄武湖中，微风起处，峰影晃漾，在阳光照耀下，更显得绮丽多姿，有"湖为钟山镜，山如湖中珠"之妙趣。此谓"钟山顾影"。

4. 九华烟：玄武湖南岸有小九华山，六朝时为皇家园林，风景绝佳。从玄武湖眺望九华山，塔影婆娑，亭台婀娜，烟雾朦胧，如临仙境。

5. 古寺：这里的古寺指的是玄武湖南岸台城边上的鸡鸣寺和小九华山的地藏寺、玄奘寺。

2017 年 2 月 21 日于南京

其四　金陵梦

金陵梦，梦断紫金山①。

气势磅礴王气在，云蒸霞蔚巨龙蟠②。

胜迹任流连③。

1.紫金山：位于南京市东郊中山门外，又名钟山、蒋山、神烈山等。紫金山古称金陵山，金陵之名即源于此，汉代称钟山。因山上多紫红色岩石，在阳光映照下时常闪耀紫金色光芒，东晋时改称紫金山，现在称紫金山、钟山。紫金山为全国重点风景名胜区，名胜古迹众多，如中山陵、明孝陵、梅花山、灵谷寺、紫金山天文台等，为国家5A级旅游景区。

2.气势磅礴王气在，云蒸霞蔚巨龙蟠：紫金山山势险峻，三峰（主峰北高峰，亦称头陀岭，东为小茅山，西为天堡山）相连，蜿蜒如龙。山上花木葱茏、繁盛艳丽、云雾缭绕、紫气升腾，山、水、城浑然一体，雄伟壮丽、气势磅礴，古人认为乃"王气"之所在。古有"钟山龙蟠，石城虎踞"之称。磅礴：（气势）盛大，雄伟。云蒸霞蔚：形容繁盛艳丽。

2017年2月21日于南京

其五　金陵忆

金陵忆，常忆阅江楼①。

狮岭高阁凌汉表，大江俯瞰水东流②。

岁月几多愁③?

1.阅江楼：南京阅江楼在长江南岸狮子岭山顶上，雕梁画栋，翘角飞檐，俯瞰长江，气势恢宏。阅江楼是继武汉黄鹤楼、岳阳岳阳楼、南昌滕王阁后的江南第四大名楼。阅江楼明四暗三共七层，呈 L 形布局，楼高 52 米，狮子山高 78 米，总高 130 多米，是江南四大名楼中最高的名楼，巍巍然高耸入云。

2. 汉表：云霄之外。汉：霄汉；云天。表：外。

2017 年 2 月 21 日于南京

其六　金陵秀

金陵秀，奇秀莫愁湖⑳。

琼碧映天云倒影，芙蕖十顷赏荷图㉑。

美景世间殊㉒。

1. 莫愁湖：位于南京秦淮河西，是一座拥有 1500 年悠久历史和丰富人文资源的江南古典名园。莫愁湖在六朝时称横塘，在宋元时即负盛名，明朝定都南京后更是盛极一时。清乾隆年间，在园内建郁金堂，筑湖心亭，遂成为"金陵第一名湖"，有"江南第一名湖""金陵第一名胜""金陵四十八景之首"等美誉。园内楼、轩、亭、榭错落有致，堤岸垂柳、海棠相间，湖水荡漾，碧波照人。胜棋楼、郁金堂、赏河厅、水榭、抱月楼、光华亭、曲径回廊等掩映在山石松竹、花木绿荫之中。莫愁湖自然及人文景观丰富，游览其中，让人流连忘返。

2. 琼碧映天云倒影：莫愁湖宛若一面巨大的碧玉镜，蓝天白云倒映在湖面上。琼碧：指碧绿的水面。

3. 芙蕖十顷赏荷图：远在明清时期，莫愁湖就栽植了大量荷花，号称荷花十顷。每逢夏秋之季，莲叶田田，琼碧接天，莲花盛开，香风阵阵。用莲花比喻美女莫愁再恰当不过了，恍若凌波仙子，出淤泥而不染。芙蕖：芙蕖、芙蓉都是荷花的别称。

2017 年 2 月 21 日于南京

其七　金陵艳

金陵艳，娇艳美如花㉓。

粉黛江山堪霸业，小桥流水绕人家㉔。

448

绮丽竞无涯②。

1.粉黛江山堪霸业：江山多娇引英雄争霸意。粉黛江山：意为江山如画、江山秀丽、
江山多娇等。

2.绮丽：鲜艳美丽。

2017年2月21日于南京

其八　金陵俏

金陵俏，俏也不争春②。

冬有寒梅秋桂子，夏荷风韵弄清纯②。

香气摄人魂②。

1.桂子：桂花。

2.香气摄人魂：形容花的香气能夺人的魂魄。南京环境优美，四季都有花开，到处都
是花，品种繁多，花香四溢，可谓是一座花的城市。

2017年2月21日于南京

其九　金陵胜

金陵胜，虎踞石头城②。

固若金汤遗故垒，干戈烽火帝王争②。

鬼脸镜中清②。

1.金陵胜：金陵虎踞龙蟠，金城汤池，乃形胜之地。

2.石头城：石头城是六朝古都南京的一处六朝时期的著名遗迹，南京的别称"石头
城"就来自于此。石头城广义上是南京的别称，狭义上是指南京老城城西的石头山石头

城，位于南京的清凉山西麓。古时长江从清凉山下流过，石头城的军事地位十分突出，这里成为战守的军事重镇，南北战争，往往以夺取石头城决定胜负。石头城北缘大江，南抵秦淮河口，城依山傍水，夹淮带江，形势险要，易守难攻。城内设置有石头库、石头仓，用以储军粮和兵械，在城墙高处筑有烽火台。至南朝时，石头城作为保卫都城的军事要塞的地位依旧未变。唐代以后，江水日渐西移，自唐武德八年（625 年）后，石头城开始废弃。五代以后，这里成为寺庙、书院集中的风景名胜之地。直到今天，它仍以"石城虎踞"的雄姿享誉中外。

3. 固若金汤：形容防守非常坚固。金：金城，指坚固的城墙。汤：汤池，指防守严密的护城河。

4. 帝王争：帝王争战、争霸。

5. 鬼脸镜中清：指石头城的鬼脸照镜子。鬼脸：鬼脸城。外秦淮河（该段秦淮河称燕王河）从石头城西侧古城墙脚下缓缓向北流去，从下关区三汊河汇入长江。在清凉门到草场门之间的城墙下面，有一块突出的椭圆形石壁，长约 6 米、宽 3 米，因长年风化，砾石剥落，坑坑洼洼、斑斑点点，中间还杂有紫黑相间的岩块，怪石嶙峋，远看隐约可见耳目口鼻，酷似一副狰狞的鬼脸，故石头城又被称为"鬼脸城"。正对鬼脸之下，有一处清澈的池塘，从水面一侧可以清晰地看到鬼脸城的倒影，老南京人俗称之为"鬼脸照镜子"。南京民间有关鬼脸城的传说很多。镜：指鬼脸城下方的池塘。清：清晰。

2017 年 2 月 21 日于南京

其十　金陵险

金陵险，最险燕矶头①。

峭壁丹崖抛巨浪，晚霞残照大江流②。

胜境旧曾游③。

1. 燕矶：燕子矶。燕子矶位于南京市中央门外直渎山上，濒临扬子江南岸，海拔 36 米，山石直立江上，尖尖的山头探入江中，两侧山石竦立，三面临空，形似燕子展翅欲飞，故名燕子矶。长江南岸有大小 72 矶，其中南京的燕子矶与安徽的采石矶、湖南岳阳的城陵矶并称长江三大名矶。燕子矶作为长江三大名矶之首，有着"万里长江第一矶"的称号，在古代是重要渡口。燕子矶具有山雄、水阔、洞诡、矶奇、阁危、亭古等特点，自然景观和人文景观十分丰富，如燕矶临流、燕矶夕照、吞江醉石（酒樽石）、御碑亭、俯江亭、观澜亭、摩崖石刻等不胜枚举。燕子矶地势十分险要，是观赏江景的最佳去处。登临燕子矶头，脚下波涛汹涌，惊涛拍岸，豪气顿生。看滚滚长江，浩浩荡荡，一泻千里，蔚为壮观。其西面为南京长江大桥，东望能见南京长江二桥，大桥如彩虹横跨江上，天堑变通途。每当夕阳西下，江上红日映照着红色的燕子矶岩壁，像燃烧的火焰，"燕矶夕照"为清初金陵四十八景之一，是南京一大胜景。

2.峭壁丹崖抛巨浪：燕子矶头探入江中阻挡了水流，红色的悬崖峭壁将滚滚而来的巨浪抛向天空，汹涌澎湃，蔚为壮观。

2017年2月21日于南京

其十一　金陵望

金陵望，牛首碧苍茫①。

天阙临风留倩影，浮图梵刹度沧桑②③④。

故垒念忠良⑤。

1.牛首：牛首山。牛首山又名牛头山、天阙山，是金陵四大名胜之一，位于南京城南中华门外10公里处。山高242.9米，因山顶东西双峰并峙宛若牛头双角而得名。牛首山逶迤于长江和外秦淮河之间的丘陵地带，北连翠屏山、南接祖堂山，周围有感应泉、虎跑泉、白龟池、兜率岩、文殊洞、辟支洞、含虚阁、地涌泉、饮马池等自然景观，以及宏觉寺、弘觉寺塔、摩崖石刻、郑和墓和岳飞抗金故垒等人文景观。牛首山盛产松、竹、茶、兰，松竹千顷，桃李灿若云霞，漫山杜鹃、山茶，风景秀丽。每岁届春，金陵百姓倾城出游，故有"春牛首"之称。清乾隆年间，"牛首烟岚"为金陵四十八景之一。

2.天阙：天阙山，牛首山又称天阙山

3.浮图：也作浮屠，梵语音译词，佛塔。这里的浮图指牛首山双塔，即弘觉寺塔、佛顶塔。

4.梵刹：佛教中常把佛寺称为梵刹。这里的梵刹指牛首山宏觉寺、佛顶寺、佛顶宫。

5. 故垒：岳飞抗金故垒。岳飞抗金故垒位于牛首山东侧至将军山、韩府山一带，断续残存约4200余米。其中，沿牛首山脚至山脊，长2000余米。石垒底宽1.5米至3米不等，高约1米。故垒采用当地赤褐色石块垒筑而成，蜿蜒起伏，高低错落。宋高宗建炎三年（1129年），金兀术兵分两路渡江，连破建康等重镇，在遭到江南人民抵抗后于建炎四年（1130年）北撤，途经镇江复遭南宋名将韩世忠的水军阻击。金兀术率兵退往黄天荡，退路被封，只好取道建康。岳飞在牛首山、将军山、韩府山一带筑垒伏兵，大败金兀术，迫使金兀术退回黄天荡。

2017年2月21日于南京

其十二　金陵愿

金陵愿，宏愿在鸡鸣①。

华藏毗卢思净土，千年古刹诵金经②。

善信苦修行③。

1. 鸡鸣：鸡鸣寺，又称古鸡鸣寺，最早称同泰寺，位于南京市玄武区鸡笼山东麓山阜上，始建于西晋，是南京最古老的梵刹之一，自古有"南朝第一寺""南朝四百八十寺"之首寺的美誉，是南朝时期中国南方的佛教中心。鸡鸣寺地处南京城内的山、水、城、林、寺、塔结合部，是难得的风水宝地。清幽的佛门圣地，庄严肃穆、宁静优雅、环境优美、如诗如画。

2. 华藏毗卢思净土：意为崇信佛法的善男信女们可同登华藏玄门，与佛有缘且有造化、有福分的人能够进入毗卢性海，即诸佛的净土，也就是人们所说的极乐世界。进入这极乐世界、诸佛的净土，是佛门弟子、崇信佛法的善男信女们共同的心愿。华藏毗卢：佛教语，华藏玄门和毗卢性海的略称。

3. 善信：崇信佛教的善男信女。

2017年2月21日于南京

其十三　金陵夜

金陵夜，文庙赏花灯①。

如醉如痴如梦幻，摩肩接踵步难行②。

歌舞庆升平③。

　　1. 文庙：孔庙，这里指南京夫子庙。南京夫子庙是中国四大文庙之一，是中国古代江南文化枢纽，是金陵的历史人文荟萃之地。夫子庙有居东南各省之冠的文教建筑群，不仅是明清时期南京的文化教育中心，同时也是中国最大的传统古街市。夫子庙秦淮风光带，历史人文丰厚，夫子庙小吃位列中国四大小吃之首，每年春节至元宵节期间举行的夫子庙灯会，是首批国家级非物质文化遗产，也是中国最著名的灯会活动，具有浓郁的地方特色和文化氛围。

　　2. 摩肩接踵：肩碰肩，脚碰脚，形容来往的人很多，很拥挤。踵：脚后跟。

　　3. 升平：太平。

2017 年 2 月 21 日于南京

其十四　金陵念

金陵念，常念故国情①。

淮水轻烟怜皓月，钟山紫雾绕台城②。

玄武碧波澄③。

　　1. 淮水：秦淮河。

　　2. 台城：台城在玄武湖南岸，东端与明都城城墙相接，西端为一断壁，这段城墙全长253.15 米，外高 20.16 米。由于这里距六朝时代的建康宫不远，后人称之为台城。台城为六朝时历代王朝的后宫禁城，是东晋和南朝诸代政治、军事和思想文化的中心，代表着"六朝金粉"的兴衰。这里的台城指南京古城墙。

　　3. 澄：水清澈。

2017 年 2 月 21 日于南京

其十五　金陵乐

金陵乐，紫陌乐春风①。

乍暖还寒阳气动，踏青游遍万花丛②。

梅艳异香浓③。

1. 紫陌乐春风：踏青春游，沐浴着和煦的春风游乐在野外开满鲜花的小路上。紫陌：开满鲜花的田间小路。

2. 踏青游遍万花丛：这首小词写的是初春到南京梅花山踏青赏梅花。梅花山有35000余株梅花，故言万花丛。

3. 梅艳异香浓：梅花山是南京市东郊紫金山的一座小山丘，位于中山陵西南，明孝陵正南，因山上遍植梅花而得名。梅花山占地1533亩，整个梅花山有11个品种群，近400个品种，35000余株梅树，有"梅花世界"之称。南京梅花山为中国四大梅园之首，每年春季举办有"中国南京国际梅花节"，无论从种植梅花的历史、规模、种类、数量，都堪称魁首，是名副其实的"天下第一梅山"。每当早春时节，梅花山数万株梅花竞相开放，繁花满山、层层叠叠、云蒸霞蔚、香飘数里，来此赏梅的游人摩肩接踵，高潮时节每天都在十万人以上。

2017年2月21日于南京

其十六　金陵觅

金陵觅，寻觅雨花情①。

色艳纹奇钟造化，晶莹玉润补天青②。

石韵耀华庭③。

1. 雨花情：雨花石情结。

2. 色艳纹奇钟造化，晶莹玉润补天青：南京特产雨花石，是世界观赏石中的一朵奇葩，有美丽的色彩和花纹，是一种天然玛瑙石。雨花石是大自然的杰作，神话传说，雨花石为女娲补天的遗石。雨花石以"花"为名，花而冠雨，美丽迷人。雨花石是花形的石，是石质的花，凝天地之灵气，聚日月之精华，孕万物之风采，有"石中皇后"之称，被誉为"天赐国宝，中华一绝"。造化：自然界的创造者，也指自然，上天。天青：天；天空；青天。

2017年2月21日于南京

其十七　金陵叹

金陵叹，世海叹沧桑①。

朝代更迭如走马，孙吴东晋宋齐梁②。

陈唱后庭亡③。

1.朝代更迭如走马：朝代像走马灯般不停地更替。

2.孙吴东晋宋齐梁：历史上在南京建都的六朝前五个朝代：东吴、东晋、南朝宋、南朝齐、南朝梁。

3.陈唱后庭亡：陈，历史上在南京建都的六朝最后一个朝代南朝陈。南朝末年，陈后主苟安江南，与美女、佞臣游宴赋诗，通宵达旦，把国事置之一边。589年（隋开皇九年），隋文帝杨坚统一北方后，发兵伐陈。陈叔宝自恃长江天堑可守，依然沉湎于酒色，犹奏乐府吴声《玉树后庭花》。南朝陈在《玉树后庭花》的靡靡之音中被隋朝灭忙，后人则把《玉树后庭花》称为亡国之音。

2017年2月21日于南京

其十八　金陵恨

金陵恨，仇恨满胸膛①。

杀我同胞三十万，穷凶极恶似豺狼②。

哪里有天良③？

金陵恨：1937年12月13日，侵华日军在中国南京开始对我同胞实施长达四十多天惨绝人寰的大屠杀，制造了震惊中外的南京大屠杀惨案，三十多万人惨遭杀戮。这是人类文明史上灭绝人性的法西斯暴行。此仇此恨，国人当牢记心头。

2017年2月21日于南京

其十九 金陵颂

金陵颂，百业俱兴隆①。

商贾如云连苑起，人流南北复西东②。

花月正春风③。

1.商贾如云连苑起，人流南北复西东：作为六朝古都的南京，现在依然是人烟稠密、物产丰饶、商贾云集、市井繁华的大都市。特别是秦淮河、夫子庙一带，风光绮丽，店铺如云，河厅河房，鳞次栉比。南京市内，古代的亭台楼阁、名园古刹与现代的高楼大厦、交通设施交相辉映，构成了一幅既古老又年轻的现代化大都市的景观图。商贾：泛指商人，行商坐贾。连苑起：商铺与花园连在一起。

2.花月正春风：赞颂语，春风得意，花好月圆。

2017年2月21日于南京

其二十 金陵赞

金陵赞，锦绣美婵娟①。

华夏文明昌盛地，古都旧貌换新颜②。

岁岁乐华年③。

1.婵娟：形容姿态美好，古诗文里多用来形容女子，也形容月亮、花等，这里用来赞美金陵。

2.华夏文明昌盛地：历史上南京既受益、又罹祸于其得天独厚的地理位置和气度不凡的风水佳境，过去曾多次遭受兵燹之灾，但亦屡屡从瓦砾荒烟中重整繁华。通常汉民族都会选择在南京休养生息，立志北伐，曾有学者在比较了长安、洛阳、金陵、燕京四大古都后言："此四都之中，文学之昌盛，人物之俊彦，山川之灵秀，气象之宏伟，以及与民族患难相共、休戚相关之密切，尤以金陵为最。"南京是中华文明的重要发祥地，历史上曾数次庇佑中华之正朔，长期是中国南方的政治、经济、文化中心，拥有厚重的文化底蕴和丰富的历史遗存。

3.华年：青春，这里指美好的时光。

2017年2月21日于南京

庆春泽

重游金陵

钟阜龙蟠，石头虎踞，大江滚滚东流①。

故垒雄关，夕阳残照当楼②。

吴天楚地烟霞里，过春风、碧野芳洲③。

看秦淮，灯影桨声，新月如钩④。

江山自有繁华梦，叹风云变幻，几度春秋⑤?

宠柳娇花，笙歌依旧难休⑥。

古今多少凄凉事，任衰残、门外楼头⑦。

算而今，憔悴年华，故地重游⑧。

1.庆春泽：词牌名，即《高阳台》，亦名《庆春宫》等。

2.重游金陵：余于四十多年前曾两次游南京，对六朝古都南京的山川形胜颇为欣赏，赞叹不已。数十年来，对南京总是魂牵梦绕，情有独钟。现如今，余已年过古稀，正随儿孙客居南京，闲暇之时，则遍历金陵山水、游览江南名胜、探寻六朝遗迹、感叹世海沧桑，故称重游金陵。

3、钟阜龙蟠，石头虎踞：这是对南京地理形势的形象描绘，也是南京的专属名词和称谓。

4.故垒雄关：指南京古城及众多的城门和关隘。南京为六朝古都，金城汤池，雄关故垒众多，仅明代都城就有城门13座，如果再加上宫城、京城和外郭的城门，可谓数不胜数。现在南京的城门仍有二十余座，如中华门、神策门、通济门、玄武门、集庆门、仪凤门、汉中门、定淮门、武定门、清凉门、挹(yì)江门、长干门、雨花门、太平门、光华门、中山门、解放门、标营门、华严岗门等。

5.夕阳残照当楼：夕阳的余晖斜照着古都的城楼和宫苑的楼阁。

6.吴天楚地：南京在历史上曾归属于吴国和楚国，故称吴楚之邦。

7.过春风、碧野芳洲：春风吹过碧绿的原野和开满鲜花的汀洲。或说，春风吹绿了原野，吹得大地和汀洲都开满了鲜花。芳洲：水中开满鲜花的小洲。

8.新月如钩：新月像吴钩一样弯弯地挂在天上。吴钩：古代兵器，是春秋时期流行的一种弯刀，由古代吴地所造，锋利无比。

9.江山自有繁华梦，叹风云变幻，几度春秋：每一个朝代在初创时都希望自己的政权千秋百代，国家富强繁荣，江山永固。然而，干戈烽火，风云变幻，一个政权能维持多久呢？又有哪一个朝代能够千秋百代呢？暗喻历史上在南京建都的朝代都不能长久。

10.宠柳娇花，笙歌依旧难休：一个政权衰亡了，另一个政权兴起了，朝代像走马灯般不停地更换。兴，百姓苦；亡，百姓苦。受苦受难的永远是老百姓。而统治者、达官权贵和富豪大贾们，总过着骄奢淫逸、纸醉金迷的生活，什么时候也不曾停止过。休：歇息；停止。

11.门外楼头：借用王安石《桂枝香·金陵怀古》里的句子"叹门外楼头，悲恨相续"，用隋灭南陈事，诉说亡国的悲衰和凄凉。杜牧的《台城曲》里有"门外韩擒虎，楼头张丽华。"这两句诗的大意：隋军已经兵临城下，陈后主和张丽华还在寻欢作乐。张丽华是陈后主的宠妃。楼头，指张丽华所住的结绮阁。韩擒虎是隋朝开国的大将，率领隋军从朱雀门入城，俘获陈后主、张丽华等，灭掉陈朝。门外，指朱雀门外。苏轼《虢（guó）国夫人夜游图》诗中的"当时亦笑张丽华，不知门外韩擒虎"，其诗意与此相同。

12.憔悴年华：年华衰老意，指作者自己。憔悴：形容人瘦弱，面色不好，或指凋零，枯萎，衰败。

2017年2月25日于南京

少年游

梅花山赏梅有感

梅花山上又逢春，万树斗芳芬。

凌寒傲雪，云蒸霞蔚，一缕暗香魂。

茕茕老迈飘零客，也欲步香尘。

只怕明年，花开更好，谁是赏花人?

1.云蒸霞蔚：也说云兴霞蔚，像云雾彩霞升腾聚集起来一样，形容繁盛艳丽。这里是用来形容梅花山的梅花之多和梅花开的繁盛艳丽。

2.茕（qióng）茕老迈飘零客：年迈孤单，四海漂泊之人，指作者自己。茕茕：孤单；孤独。

3.也欲步香尘：也打算踏着洒满花香的小路去观梅花。香尘：洒满花香的尘土，这里指洒满花香的花径。

4.谁是赏花人：自己本是客居金陵的飘零客，明年还能到这里来看梅花吗？看花的又是谁呢？

2017年2月27日于南京梅花山

武陵春

恋芳魂

雁阵书天空目断，又是一年春③。
庭院深深乱鸟痕③，寂寞掩重门③。

闻道城东梅正艳，烂漫竟如云④。
只怕风吹雨打频④，谁共我，恋芳魂⑤?

1.武陵春：词牌名。《武陵春》以毛滂（pāng）词为正体，双调四十八字，前后段各四句、三平韵。而李清照的《武陵春》和万俟（mò qí）咏的《武陵春》为添字体，皆为变格体。李清照的《武陵春》是将毛滂词体的后段结句添一字改作两个三字句。而万俟咏的《武陵春》为双调五十四字，前段四句三平韵，后段四句四平韵。余的这首《武陵春·恋芳魂》依李清照的《武陵春》而填。

2.雁阵书天空目断，又是一年春：春天来了，大雁开始由南向北飞了。仰望着蓝天上列队远飞的大雁，心中怅然，注目凝视，直到看不见。雁阵书天：雁队在蓝天上书写出"人"字或"一"字。目断：注目远望，直到看不见。

3.庭院深深乱鸟痕：深深的庭院里，鸟儿乱飞，到处都是鸟儿啼叫的声音。

4.闻道城东梅正艳，烂漫竟如云：听说南京城东梅花山上数万株梅花正在盛开，繁盛艳丽，香飘数里，放眼望去，竟像是灿烂的云霞飘落在人间，蔚为壮观。烂漫：也作烂熳、烂缦，形容颜色鲜丽。

5.恋芳魂：留恋、崇尚梅花精神。梅花凌寒傲雪，是"二十四番花信"之首，更被誉为"万花敢向雪中出，一树独先天下春"的花魁。她那迎雪吐（tǔ）芬、凌寒流芳、铁骨苍劲（jìng）、疏影清雅的形象，诠释了中华民族坚韧不拔、不屈不挠的崇高品质和坚贞气节。"梅花"形象已经渗透到生活、文化等各个领域，梅花也逐渐上升为民族精神的重要象征。

2017年3月3日于南京

摊破浣溪沙

钟山晚眺

遥望钟山山色暝②，夕阳斜照紫霞升③。

苍翠玲珑云雾绕，叹峥嵘④。

人道江南形胜地，龙蟠虎踞锁金陵⑤。

今夜清风怜皓月，故国情⑥。

1.钟山晚眺：余客居金陵，所居之地正面对紫金山，打开窗子即可见钟山之倩影。但见钟山，蜿蜒蟠伏，气势雄伟，苍翠玲珑，云雾环绕，在阳光的照耀下，时见紫色的金光闪烁，紫气升腾。即便是在月白风清之夜，登上楼顶，依然可以见到钟山像一条巨大的苍龙横亘于天际，令人遐想，令人赞叹，故作此小词以记之。

2.暝：日落；天黑；天色昏暗。

3.夕阳斜照紫霞升：钟山因山上多紫红色岩石，在阳光映照下时常闪耀紫金色光芒。又说紫金山上时有紫色的云霞环绕，紫气升腾。

4.峥嵘：形容高峻。

5.人道江南形胜地，龙蟠虎踞锁金陵：赞美南京地理位置优越，山川壮美的话。形胜：地理位置优越，地势险要，山川壮美。

6.怜：爱；爱怜。

2017年3月5日于南京

点绛唇

春日登顶紫金山

钟阜烟霞，临风长啸丹梯上㊟。

汗流身爽㊟，也作张狂样㊟。

放眼山河，万里云激荡㊟。心豪放㊟！

仰天怀想㊟，世海多风浪㊟。

1.春日登顶紫金山：余客居南京，每天打开窗子就能看到巍巍紫金山的倩影，久有登上紫金山顶的夙愿。冬去春来，阳和丽日，余独自一人由紫金山南麓经梅花山、紫霞湖登紫金山主峰头陀岭。峰高坡陡，山路崎岖，也许是年老和久未登高之故，感觉这次登山十分艰难，气喘吁（xū）吁，汗流浃（jiá）背，腰腿酸疼，头晕目眩，好多年轻人都打了退堂鼓，返回了。余也数次想折返，但又心想，这大概是余此生最后一次徒步登山了吧？不到长城非好汉，不登山顶不死心。经过近两个小时的艰难攀登，终于到达了紫金山主峰头陀岭山顶。极目远眺，南京风光尽收眼底，山环水绕，虎踞龙蟠，云蒸霞蔚，紫气升腾，真乃古都之所在也！

2.钟阜烟霞，临风长啸丹梯上：沐浴着紫金山的烟霞，迎着山风，打着口哨，高声呼喊着攀登在陡峭的山路上。钟阜：钟山；紫金山。啸：打口哨；高喊。丹梯：山路。

3.张狂：嚣张；轻狂，在这里是性情开张、豪放意。

2017年3月7日于南京

一丛花

春到金陵

春风吹过雨花楼㊟，燕醉百花羞㊟。

千丝万缕情何限？小溪畔、烟柳轻柔㊟。

紫陌飘香，长亭怀远，绿意满汀洲㊟。

山川美景画中游㊟，何事又成愁㊟？

梅英疏淡黄昏后，却依旧、娇韵难留㊟。

最是无情，台城夜色，淮水月当头㊟。

1.春风吹过雨花楼，燕醉百花羞：春天来了，花儿开了，大地绿了，燕子归来，被这里的美景陶醉了。和煦的春风吹过雨花楼，吹过金陵，百花含羞却地开放，一年中最美好的时光来到了。雨花楼：金陵雨花台有雨花阁，这里用雨花楼代表金陵。春风吹过雨花楼，即春天来到了金陵。

2.千丝万缕情何限：春风吹拂着万千娇嫩的柳丝，绿意朦胧，这到底是有多少情呢？何限：多少。

3.紫陌（mò）：开满鲜花的田间小路。

4.长亭怀远：五里一短亭，十里一长亭。短亭、长亭是古代设置在道路上供送别和歇脚的亭子。怀远：怀念远方的亲朋故旧。

5.山川美景画中游，何事又成愁？梅英疏淡黄昏后，却依旧、娇韵难留：面对着山川美景，大好春光，本应尽情游赏，却因何事又发愁呢？原来，梅花是"二十四花信"之首，百花开了，梅花却要凋谢了。感叹梅花的娇韵也则难留，心中不免泛起丝丝惆怅。"黄昏后"，暗喻梅花要谢了。

6.最是无情，台城夜色，淮水月当头：字面上的"最是无情"，其实最是有情，最是惹人留恋。最让人迷恋的是哪里呢？是台城的夜色和秦淮河上的明月。台城：南京六朝时期的宫城，在玄武湖南岸，这里代指南京古城墙。淮水：秦淮河。

2017年3月9日于南京

天仙子

春日庭院闻啼鹃

庭院深深花掩映①，姹紫嫣红春意盛②。

和风细雨鸟飞鸣，无踪影，声相应③。

陶醉留连空寂静④。

岁月蹉跎垂老病⑤，往事依稀难记省⑤。

亲朋故旧任飘零，惜晚景⑥，人不定。

魂断啼鹃如梦境⑦。

1.掩映：彼此遮掩，互相映照、衬托。

2.姹紫嫣红：指各种颜色娇艳的花朵，形容春天各种花都开了，娇艳美丽。姹：美丽；娇艳。嫣：艳丽。

3.和风细雨鸟飞鸣，无踪影，声相应（ying）：形容春天庭院中的景色：在和风细雨中，鸟儿在飞舞鸣叫，飞入花丛中看不到身影，鸣叫声却在互相应答。

4.陶醉：快乐得像醉了一样，形容沉浸在某种满意的境界或情绪里。

5.岁月蹉跎垂老病，往事依稀难记省（xing）：岁月白白地消磨过去了，如今年老体弱多病，回首往事，许多事情模模糊糊已经记不清楚了。省：觉悟；明白。

6.惜晚景：珍惜晚年的时光。晚景：太阳将落时的景色，用以比喻老年时的境况。

7.啼鹃：杜鹃鸟。

2017年3月12日于南京寓居之庭院

柳梢青

春到江南

乍暖还寒㉡，梧桐细雨，绿柳轻烟㉢。

红粉夭桃，梨花飞雪，莺语啼鹃㉣。

和风吹过窗前㉤，正凝望、云霞满天㉥。

山抹残阳，楼悬孤月，征雁归船㉦。

1.柳梢青：词牌名。该词牌有平韵和仄韵两体。《柳梢青》押平韵又名《云淡秋空》《玉水明沙》等，双调四十九字，上片六句三平韵，下片五句三平韵。《柳梢青》押仄韵又名《陇头月》，双调四十九字，上片六句三仄韵，下片五句两仄韵。余的这首《柳梢青·春到江南》为平韵体，叶《词林正韵》第七部平声韵。该词写的是春到江南的美丽景色。

2.乍（zhà）暖还寒：春天来了，天气开始转暖，但忽冷忽热，时时带有寒意。乍：忽然；起初；刚。

3.梧桐细雨：细雨打在梧桐树的叶子上，发出沙沙的响声。

4.红粉夭桃：茂盛美丽、火红娇艳的桃花。夭：茂盛而美丽。如：夭桃秾（nóng）李。

5.莺语啼鹃：黄莺叫，杜鹃啼，形容春天鸟儿欢快的鸣叫。

6.山抹残阳：黄昏，夕阳西下，一缕美丽的晚霞涂抹在山顶上，形容黄昏的美景。

7.楼悬孤月：夜晚，月明星稀，一轮洒着清光、孤寂的寒月悬挂在楼头，勾起人无限的遐想。

8.征雁归船：春天来了，远征的大雁列队向着遥远的北方飞去。大江里来往的船只穿梭不停，向着各自的目的地远航，暗喻思归之情。

2017年3月15日于南京

青门引

江南三月

客寓江南远①，三月百花开遍②。
夭桃秾李奈何天，蜂飞蝶舞，鸲雀唤莺燕④。

丝丝细雨清溪畔⑤，寂寞梧桐院⑤。
小楼怅望明月，笛声袅袅乡愁乱⑥。

1.青门引·江南三月：这首词上片写阳春三月的江南美景，下片写游子客居他乡。他乡虽美，但依然寂寞惆怅，乡愁难耐。

2.客寓江南远：客居江南，远离家乡。寓：居住。

3.夭桃秾李奈何天："胡马秋风塞北，杏花春雨江南。"阳春三月，百花盛开，桃李争妍，鸟语花香。江南的春天，美得让人陶醉、让人窒息、让人无奈、让人留恋。奈何天：良辰美景令人无可奈何的日子；或形容令人无可奈何的时光。

4.鸲雀唤莺燕：鸲鹆（qú yù）、山雀呼唤着黄莺、紫燕，形容各种鸟儿鸣叫着互相应答。描写江南阳春三月鸟语花香的美丽景色。鸲鹆：八哥鸟。

5.寂寞梧桐院：栽种有梧桐树的小院。

6.小楼怅望明月，笛声袅袅乡愁乱：在月白风清之夜，登上小楼眺望，心中怅然。远处传来婉转悠扬的笛声，勾起我一缕思乡的哀愁。袅袅：形容声音婉转，悠扬不绝。

2017年3月17日于南京

御街行

伤春思归

人间三月江南路⊛，春雨细、东风误⊛。

莺歌燕舞鹧鸪飞，杨柳依依烟树⊛。

青山黛影，溪流碧水，漫是芳菲处⊛。

龙钟白发沧桑度⊛，家万里、情难诉⊛。

也曾别梦故园回，似是旧时庭户⊛。

珠帘高卷，重门深闭，惆怅伤迟暮⊛。

1.御街行·伤春思归：《御街行》，词牌名，又名《孤雁儿》，双调七十八字，上下片各七句四仄韵。伤春思归：江南三月，和风细雨，碧野芳菲，青山隐隐，绿水迢迢，到处是花红柳绿，鸟语花香。余以老迈之身客居江南，江南美景美得让人陶醉、让人留恋。然"梁园虽好，终非久居之家"，依然日夜思念故乡。该词上片写阳春三月江南的美景，下片写思归。

2.莺歌燕舞鹧鸪飞：黄莺歌唱，燕子、鹧鸪飞翔，形容充满生机的春天景象。

3.杨柳依依烟树：杨柳婀娜，烟雾笼罩。依依：形容柔弱的东西摇摆的样子，也形容留恋，不忍分离。

4.黛：青黑色。

5.漫是芳菲处：到处是鲜花盛开，芳香四溢。

6.龙钟：衰老、行动不灵便的样子。

7.惆怅伤迟暮：年迈客居他乡，因思归而伤感。迟暮：天快黑的时候；指人的晚年。

2017年3月20日（春分）于南京

468

石州慢

春夜旅思

三月江南，杏花春雨，踏青时节①。

小桥流水人家，绿柳轻烟摇曳②。

东风过处，却是姹紫嫣红，莺歌燕舞梨花雪③④。

几日又寒食，看丁香千结⑤⑥。

伤别⑩，故园邈邈，梦断魂惊，凄凉悲切①。

落拓浮生，往事依稀愁绝①。

垂垂老矣，争奈憔悴天涯，年华虚度空心折①。

夜色正清明，对泠泠孤月①。

1.旅思：旅途中思念的情怀。

2.绿柳轻烟摇曳：烟雾笼罩着杨柳树，春风吹过，长长的柳丝摇摆不定，婀娜多姿。

3.姹紫嫣红：指各种颜色美丽娇艳的花朵。姹：美丽；娇艳。嫣：艳丽。

4.莺歌燕舞：黄莺歌唱，燕子飞翔，形容充满生机的春天景象。

5.寒食：节名。在清明前一天或两天。古人在这天不生火做饭，故名。有的地区把清明叫做寒食，是古代为纪念春秋时期晋国大夫介子推而形成的节日。

6.丁香千结：丁香花是我国常见的观赏花木之一，于百花斗艳的仲春开放。花开时芳香袭人，花繁色丽，纷纭可爱，清艳宜人。丁香分紫丁香和白丁香，紫丁香很美，白丁香很香。尤其是在夜幕降临之后，一株白丁香可以香满整个小巷。丁香花蕾丛生，常用来比喻愁结不解。

7.邈邈：遥远。

8.落拓浮生：潦倒失意的人生。

9.往事依稀愁绝：回想往事，模模糊糊已经记不太清楚了，但带给我的却都是哀愁。

10.垂垂老矣：渐渐老了，指自己。垂垂：渐渐。

11.争奈憔悴天涯：无奈憔悴在他乡意。争奈：怎么；如何；无奈。天涯：天涯海角，喻指遥远的地方，这里指远离家乡的客居之地。

12.心折：心中催折，伤心之极。

13.夜色正清明：夜色清澈而明朗。

14.对泠泠孤月：客居他乡，长夜难眠，遥望着清冷孤寂的明月，心潮起伏，思绪万千，怎一个愁字了得！泠泠：形容清凉、清冷。

2017 年 3 月 22 日于南京

祝英台近

惜 春

鹧鸪飞，莺燕语㊟，细雨洒江渚㊟。

陌上轻烟，一任柳丝舞㊟。

夭桃秾李堪怜，东风无赖，竟吹尽、落红残絮㊟。

塞鸿去㊟，蓝天万里征程，晨昏共朝暮㊟。

谁在层楼，极目天涯路㊟？

春归莫怨啼鹃，凝愁不解，怕的是、人生多误㊟！

1.祝英台近·惜春：《祝英台近》，词牌名，又名《英台近》《寒食词》等。有平仄两体，此为仄韵体。双调，七十七字，上下片不同调，各八句四仄韵。惜春：暮春三月，春之将尽，有些花开始凋谢，惜春归而伤感。

2.陌上：田野间的小路，这里指原野上。

3.一任：任由着。

4.夭桃秾李堪怜，东风无赖，竟吹尽、落红残絮：江南的春天，百花盛开，鸟语花香，杨柳婀娜，桃李争妍，美得让人陶醉、让人爱怜。然而暮春将至，风雨无情，竟吹落了多少残红飞絮。看着这满地的落花，心中不免泛起丝丝惆怅。无赖：刁钻泼辣，不讲道理。这里是埋怨（mán yuàn）风雨摧残落花的话，无情意。

5.塞鸿去，蓝天万里征程，晨昏共朝暮：春天来了，大雁北飞，开始了万里蓝天遥远的征程。晨昏接续，朝朝暮暮，风雨兼程，艰难险阻，不达目的，誓不罢休。这种一往无前、坚韧不拔的精神，令人敬佩。塞鸿：飞往北疆边塞的大雁，故称塞鸿。

6.天涯路：通向遥远的天涯海角的路，这里指通向遥远的家乡的路。

7.春归莫怨啼鹃，凝愁不解，怕的是、人生多误：杜鹃啼春，其声似"不如归去"，人们就说春天是杜鹃鸟给啼走了。其实不要埋怨杜鹃，春夏秋冬时令更替，这是大自然的规律，与杜鹃无关。人们惜春、恋春，往往是心中愁思不解之故。人生最怕的是一个"误"字，人生中的各种错误、各种耽误、各种误会等，才是愁思不解的根源。惜春归，触景伤情而已。

2017年3月27日于南京

谢池春

鸡鸣寺赏樱花

三月江南，试问春归何处①？

望台城、云光紫雾②。

人流潮涌，对连绵烟树③。

却原来、艳香一路④。

妖娆仙子，错把杏花疑误⑤。

沐阳和、娇羞几许⑥？

春风吹过，落英如花雨⑦。

叹无常、断魂迟暮⑧！

1.鸡鸣寺赏樱花：鸡鸣寺，位于南京市玄武区鸡笼山东麓山阜上，紧邻台城，其东墙外为鸡鸣寺街（又称鸡鸣寺樱花街），正对解放门。台城及鸡鸣寺一带遍植樱花，这里是南京最著名的赏樱花之地。每年三月鸡鸣寺樱花季，这里满街花发，如云似雾，人流在花海中涌动，十分壮观。"今日雪如花，明日花如雪"，樱花虽然绚烂，花期却很短暂（花期只有七到十天），不消几日，便在春风中花谢花飞花满天了。但是，樱花之美，正美在花瓣凋零、落英缤纷之际，微风一吹，仿佛下了一场悠悠洒洒的粉红花雨。

2.樱花：樱花是蔷薇科樱属几种植物的统称，樱花原产北半球温带环喜马拉雅山地区，在世界各地都有生长，而日本的樱花最为有名。樱花每枝3到5朵，成伞状花序，花瓣先端缺刻，花色多为白色和粉红色，偶有红色。花常于3月与叶同放或叶后开花，随季节变化。樱花幽香艳丽，花朵极其美丽，为早春重要的观花树种，盛开时节花繁艳丽，满树烂漫，如云似霞，极为壮观。樱花象征纯洁、高尚，花期短暂，落花优美。

3.三月江南，试问春归何处：设问句，点出时间、地点。春在哪里呢？下面几句则是回答，在台城和鸡鸣寺一带，樱花正在盛开。

4.望台城、云光紫雾：远望巍峨的古台城，被云光紫雾笼罩着。云光紫雾：经云彩反射的阳光照射在紫色的雾气上，形容天气晴和，瑞气升腾。

5.连绵烟树：连绵不绝、像烟云一样望不到尽头的樱花树。

6.妖娆仙子，错把杏花疑误：妖娆仙子指樱花。樱花和杏花都是在阳春三月开放，花型和颜色也很相似，人们经常将樱花误认为杏花。明代于若瀛的诗中写道："三月雨声细，樱花疑杏花。"

7.沐阳和、娇羞几许：在暖融融的天气里，阳光灿烂，微风吹拂，满树樱花带着几分娇羞盛开在枝头，绚烂娇艳，如云似霞。阳和：可以解释为：阳气；春天；春天的暖气；温暖，和暖；祥和的气氛等。

8.春风吹过，落英如花雨：樱花的花期很短，只有七至十天便凋谢了。然而，樱花之美，正美在花瓣凋零、落英缤纷之际，微风一吹，仿佛下了一场悠悠洒洒的粉红花雨，优美异常。落英：落花。

9.叹无常、断魂迟暮：樱花盛开时节，花繁艳丽、妖媚娇艳、满树烂漫、如云似霞。而更重要的是，它经历短暂的灿烂之后随即凋谢的"壮烈"，留给人们的依然是优美和壮观。樱花的花开与花落，也正体现了佛教的"无常"思想。想到此，老迈之人的心中不免泛起丝丝哀愁。无常：变化不定，又指人死。如一旦无常。断魂：多形容哀伤、愁苦。迟暮：天快黑的时候；指人的晚年，这里指作者自己。

2017年3月27日于南京

夜游宫

春夜听蛙鸣

昨夜蛙声一片㉟，似倾诉、离愁别怨㉟。

雁叫长空梦魂断㉟。

怅此生，想当年，心如剪㉟。

人道江南远㉟，看今日、百花开遍㉟。

姹紫嫣红鸟飞乱㉟。

惜春归，怕啼鹃，情无限㉟！

1. 春夜听蛙鸣：美景到处有，最美是江南。江南的春天，和风细雨，百花盛开，鸟语花香，姹紫嫣红，美得让人陶醉，让人留恋。余客居金陵，所居住的院落，各种花草树木足有百十种，各种颜色的花卉依时竞相开放，满院花香，知名和不知名的各种鸟儿也不下数十种，飞来飞去，鸣叫应答，房前屋后，溪流潺潺，池盈碧水，柳丝摇曳，竹影婆娑，美不胜收。此番美景在北方是难以领略的。夜晚，群蛙乱鸣，通宵达旦，使人彻夜难眠，思绪万千。

2. 雁叫长空梦魂断：春天来了，塞鸿北去，其鸣声划破了夜空的宁静，催人梦醒，令人魂断。

3. 怅此生，想当年，心如剪：蛙鸣不止，雁叫长空，离怀愁绪，长夜难眠。回想此生，坎坷沦落，时乖运蹇，心如刀剪。

4. 人道江南远：虽知江南美，但对于远在北方的人来说，过去总觉得江南离自己很远，而现在自己却客居于此了。

5. 惜春归，怕啼鹃：杜鹃啼春，其声似"不如归去"，人们就说春天是杜鹃鸟给啼走了。因为怜惜春天，不忍春天离去，所以怕听杜鹃的啼叫声。

2017年4月1日于南京

清　明

春风化雨浥香尘^①，满眼红湿绿意新^②。

淮水轻烟怜皓月，钟山紫气绕芳林^③。

谁家云雀枝头叫，何处黄莺叶底闻^④？

应念清明惆怅日，愁思无奈梦归人^④！

1.春风化雨浥香尘，满眼红湿绿意新：温和的春风吹来细雨湿润了散发着泥土和花香的小路，小雨过后，花儿更红，叶子更绿，空气清新，春意盎然。浥：湿润。

2.淮水轻烟：飘荡在秦淮河上的水汽烟雾。

3.紫气：紫色的云气，祥瑞之气，古代风水学家所说的王气。有紫气的地方多为风水宝地。

4.应念清明惆怅日，愁思无奈梦归人：自怜语。清明，清明，风清月明。阳春三月，清明时节，百花盛开，鸟语花香，这是一年之中最美好的时光，也是怀念先人的日子。四海漂泊、远离故乡的游子，在这令人惆怅的时刻，思归之情，魂牵梦绕。惆怅：失意；伤感。梦归人：梦中回到故乡的游子，指作者自己。

2017年4月4日（清明）于南京

江南春

江南春雨过，草木应时发㊀。

绿水流青玉，丹山映紫霞㊁。

间关莺语细，腾乱鸟声杂㊂㊃。

更喜和风暖，吹开遍地花㊄。

1.应（yìng）时：适合时令、时尚的。

2.绿水流青玉，丹山映紫霞：溪流里的春水像碧绿的美玉在流淌，红色的山岩映照着紫色的霞光，瑞气升腾。丹山：又特指紫金山。因山上多紫红色岩石，在阳光映照下时常闪耀紫金色光芒，故称紫金山。

3.间（jiàn）关：拟声词。形容鸟鸣声。

4.腾乱：上下乱飞。

5.和风：春风；温和的风。

2017年4月7日于南京

小院春光

小院弄春光[韵]，啼莺叶底藏[韵]。
风吹竹影动，雨打落花香[韵]。

1. 小院春光：江南的春天，到处都是繁花似锦，鸟语花香。余客居金陵，所居住的院落，各种花草树木足有百十种。各种颜色的花卉依时竟相开放，满院花香，知名和不知名的各种鸟儿也不下数十种。枝头叶底，啼鸣应答，房前屋后，溪流潺潺，池盈碧水，柳丝摇曳，竹影婆娑，美不胜收，美得让人陶醉，让人赞叹。

2. 雨打落花香："落红不是无情物，化作春泥更护花。"一场细细的春雨过后，落红满地，依然散发着浓浓的花香，让人感叹花开得灿烂，凋谢得壮烈。

2017年4月9日于南京

落 红

一夜春愁雨，残花卧晓枝①。

落红曾烂漫，梦断正伤时②③。

1.一夜春愁雨，残花卧晓枝：暮春三月，淅淅沥沥下了一夜的雨。雨带春愁，落红满地，没有被打落的残花无精打采地趴在清晨的树枝上，令人惋惜。

2.落红曾烂漫：落花也曾绚丽娇艳过。落红：落花。烂漫：形容颜色鲜丽。

3.伤时：伤感时令；因时令而伤感。暮春时节，雨打落花，惜春归而伤感。

2017年4月10日于南京

桃源忆故人

风雨残春

夜听风雨心神悒⑧，晓看残红狼藉⑧。

满地落英堆积⑧，一任群芳泣⑧。

清明时节常追忆⑧，放眼青山如壁⑧。

蜀鸟吴花哀戚⑧，春去何人恤⑨？

1.桃源忆故人：词牌名，又名《虞美人影》《醉桃园》《杏花风》等。双调，上下片同调，各四句，共四十八字，每句都押韵，押仄声韵。

2.风雨残春：卧听一夜风雨，心情愁闷难眠。清晨起来，见残红狼藉，落英满地，心中黯然，此时恰又听见杜鹃啼归的叫声，更增加了几分惆怅。春将暮，又有谁怜春、惜春呢？

3.心神悒（yì）：心境愁闷不安。心神：心境；精神状态。悒：愁闷不安。

4.狼藉（jí）：也作狼籍。杂乱不堪；乱七八糟。

5.一任群芳泣：风雨摧残落花，任由群芳哭泣。一任：任由着。

6.清明时节常追忆，放眼青山如壁：清明时节是追忆先人的日子，客居他乡的游子，遥望故乡，青山如壁遮住双眼，故乡在哪里呢？故乡和亲人永远在自己的心里。

7.蜀鸟：杜鹃鸟的另一别称。因杜鹃鸟的啼声似"不如归去"，后多用"不如归去"为思归或催人返乡之词。更有人说，是杜鹃鸟的啼声把春天给啼走了。

8.吴花：吴地的鲜花。

9.春去何人恤：春天去了，又有谁来怜惜呢？

2017 年 4 月 17 日于南京

好事近

离 忧

何事动离忧？无奈晚来伤别②。

忍见红残花落，正暮春时节③。

故园如寄寄如家，极目乱愁结⑤。

可叹萍踪鸿影，对一弯孤月⑥！

1. 离忧：离别的忧伤、忧愁。

2. 晚来：这里指老来。

3. 忍见：忍耐着看，实际是不忍心看见。

4. 故园：老家；家园。

5. 极目：用尽眼力远望。

6. 萍踪鸿影：随水漂流的浮萍的踪迹，远飞的大雁的身影，在这里指四海漂泊的自己。

2017年4月20日（谷雨）于南京

月下笛

春　暮

山映斜阳，云拥涧壑，水环烟渚[韵]。
残红落絮[韵]，子规啼恨如诉[韵]。
莺飞草长笛声怨，最怕是、梧桐夜雨[韵]。
任重门深闭，忧思无寐，梦断心苦[韵]。

春暮[韵]，归何处[韵]？正海角天涯，飘飖孤旅[韵]。
离怀愁绪[韵]，浮生一似朝露[韵]。
而今莫问当年事，不忍见、风摧玉树[韵]。
谁念我，鬓双华，犹恐流光暗度[韵]。

1. 月下笛：词牌名。该调始于周邦彦的《片玉词》，因词有“凉蟾莹彻”及“静倚官桥吹笛”句，故取以为名。《月下笛》有四体，本词依张炎词。双调，上下片不同调，共九十九字，上片十句五仄韵，下片十一句七仄韵。

2. 云拥涧壑：云彩聚集、围绕着山涧和沟壑。

3. 烟渚：水汽、烟雾笼罩的水中陆地。

4. 子规啼恨：即杜鹃啼恨、杜鹃啼血。

5. 最怕是、梧桐夜雨：春之将暮，游子思归，心中惆怅，思绪万千，再加上夜雨敲打着梧桐叶子滴滴答答响个不停，使人愁思无寐，彻夜难眠。

6. 飘飖（yáo）孤旅：动荡不定、孤独无依的人生旅途。飘飖：也作飘摇，在这里是动荡不定意。

7. 浮生：人生，漂泊不定的人生。

8. 鬓双华：两鬓花白，喻年华老去。

9. 流光暗度：光阴偷偷地溜走。流光：光阴。因其逝去如流水，故名流光。

2017年4月25日于南京

扬州慢

烟花三月下扬州

丽日阳和，烟花三月，春风吹送扬州①。

看溪流如带，绕沃野平畴②。

望不尽、青山黛影，水村错落，烟雨朱楼③。

正销魂、古寺晨钟，声断清幽④。

名都佳苑，想当年、极尽风流⑤。

有炀帝琼花，白石新曲，八怪交游⑥。

一脉瘦西湖水，粼光里、波泛兰舟⑦。

叹五亭桥畔，泠泠月色谁收⑧?

1.扬州：古称广陵、江都、维扬，建城史可上溯至前486年，距今已有2500年的历史。扬州地处江苏省中部，长江与京杭大运河交汇处，是南京都市圈紧密圈城市和长三角城市群城市，国家重点工程南水北调东线水源地。扬州历史悠久，文化璀璨，商业昌盛，人杰地灵，有着"淮左名都，竹西佳处"之称。扬州被誉为"扬一益二"，有"月亮城"的美誉。曾有诗赞道："天下三分明月夜，二分无赖是扬州。"扬州又有中国运河第一城的殊荣，是中国首批历史文化名城。扬州在古代有时作杨州（按：汉碑中杨字皆从"木"，从"手"系后人所改)，相当于现在的"省"。在中国历史上，扬州因其独特的地理位置和优越的自然环境，自汉至清几乎经历了通史式的繁荣，并伴随着文化的兴盛。具体而言，扬州在经济上有曾有过三次鼎盛，第一次是在西汉中叶；第二次是隋唐至赵宋时期；第三次是明清时期。总体上，扬州城市的繁荣总是和整个国家的盛世重合。隋唐、明清时期的扬州财富、资本高度集中，是整个中国乃至东亚地区资本最为集中的地区，是规模最大的金融中心。其繁荣程度如同当今世界之伦敦、香港。扬州，宜清风、宜月色、宜微雨，宜美食。也只有到了柳絮纷飞，烟雨濛濛之时，扬州的婉约才能被衬托出来。这个娴静的苏中小城，即使只是用步行去欣赏也不会太累。和古时的扬州相比，她淡去了"腰缠十万贯，骑鹤下扬州"的气派，略去了"十年一觉扬州梦，赢得青楼薄幸名"的浮华，如今已归于澹泊平静。

2.烟花三月下扬州：李白《黄鹤楼送孟浩然之广陵》："故人西辞黄鹤楼，烟花三月下扬州。孤帆远影碧空尽，惟见长江天际流。"这里借用李白诗句作题目。所谓"烟花三月下扬州"，是指春季，农历三月，来扬州再适合不过了。此时的扬州城天气融和，繁花似锦，有清风、细雨、垂柳、琼花，堪称一年中最美的时候。

3.丽日阳和，烟花三月，春风吹送扬州：在烟花三月，阳和丽日，春风把我送到了名都古城扬州。烟花三月：烟雨迷蒙、繁花似锦的江南阳春三月。

4.错落：交叉夹杂，参差不齐。

5.炀（yáng）帝琼花：相传隋炀帝下江南到扬州观琼花事。隋炀帝爱琼花只是一个传说。其实，直到隋炀帝死在扬州之前，琼花还没有出现。琼花被记载出现是要到宋代。"明月三分州有二，琼花一树世无双"。在扬州关于琼花的传说很多。有一种说法是，琼花原生于天上，一日有仙人降临扬州，夸说琼花之美，世人不信，仙人便取出一块白玉种在土里，顷刻间发芽、长高、开花，花色如玉，人们遂称之为"琼花"。相传隋炀帝要赏此花，专门开凿运河前往扬州观赏。因为琼花有冰肌玉骨之质，它又与宋之兴俱兴，与宋之亡俱亡，故曾被人视为吉祥的象征。据说，北宋仁宗曾把琼花从扬州移植到汴（biàn）京御花园里，但第二年就枯萎了，只好又送还扬州。琼花到了扬州又复茂如故。金国的海陵王攻占扬州后，把琼花连根拔起掠走，幸而有人对残根辛勤培育，才使琼花绝处逢生。南宋孝宗听说琼花极美，又把它移往临安宫中，但琼花到了临安便憔悴无花，只得又遣还扬州。到元世祖时，蒙古大将阿木以十万兵马攻破扬州，烧杀抢掠之下，琼花终于死去。琼花是一种具有传奇色彩的花卉，这一系列神奇的传说，都使琼花蒙上了神秘的色彩。而为琼花所建的琼花观作为千年古道观，历经沧桑兴衰，已成为江淮一带的著名道观。琼花原物现今虽已不存，但长期以来，扬州人民约定俗成，已把聚八仙花视为琼花。

6.白石新曲：南宋著名词人姜夔（kuí）谱写的新词《扬州慢》。姜夔，字尧章，号白石道人。精通音律，今传《白石道人歌曲》，其中十七首注明工尺（chě）谱，是研究宋词乐谱稀有的宝贵资料。姜夔曾自度多首新词，《扬州慢》即为其自度词。在他的《扬州慢》序中写道："淳熙丙申至日，予过维扬。夜雪初霁，荠（jì）麦弥望。入其城则四顾萧条，寒水自碧，暮色渐起，戍角悲吟。予怀怆（chuàng）然，感慨今昔。因自度此曲。千岩老人以为有《黍离》之悲也。"

7.八怪：扬州八怪。扬州八怪是中国清代中期活动于扬州地区一批风格相近的书画家总称，或称扬州画派。在中国画史上其说法不一，较为公认的是指郑燮（xiè 板桥）、高翔、金农、李鱓（shàn）、黄慎、李方膺、汪士慎、罗聘等人。

8.瘦西湖：瘦西湖位于扬州市的西北隅，是由隋、唐、五代、宋、元、明、清等不同时代的城濠连缀而成的带状景观，主要是唐罗城、宋大城的护城河遗迹，并始终与大运河保持着水源相通的互动关系。瘦西湖南起北城河，北抵蜀冈脚下，面积480多亩，长4.3公里，平均宽70~80米，最宽处约140米，水深约1.5米，面积约0.3平方公里（包括岛屿等面积在内）。瘦西湖在清代康乾时期已形成基本格局，有"园林之盛，甲于天下"之誉。瘦西湖主要分为14大景点，包括五亭桥、二十四桥、大虹桥、熙春台、观音寺白塔、小金山、徐园、万花园、荷花池、钓鱼台、卷石洞天、石壁流淙、四桥烟雨等。为国家5A级景区。瘦西湖是著名的湖上园林，自然景观旖旎多姿，这里的春季绿柳成荫，加之琼花、山茶、石榴、杜鹃、碧桃、月季等花木相伴，姹紫嫣红，美不胜收，每年都吸引着各地游客前来踏青赏花。千百年来，无数文人墨客在此流连忘返，吟诗作画，留下了许多墨宝和风流韵事。

关于瘦西湖名称的由来有这样一个传说：瘦西湖原名保障湖。在清乾隆年间，扬州的盐业兴盛，保障湖由于年长日久，湖心淤塞（yū sè），盐商便出资疏浚（jùn），并在东西两岸兴建起了许多亭台楼阁。盐商中首富有三家，他们经常到湖上游玩、宴客。三个盐商来到湖上兔庄小宴时觉得这里的景色不比杭州西湖差，想要给它起一个更合适的名字，但争执很久也没有结果。恰巧，邻座有位书生，一直颇有兴趣地听他们争论，只是笑而不语，盐商们就请他为此湖起名。书生站起来说道："三位的议论我都听到了，我看扬州的这个湖是可以与杭州西湖相媲美，但清瘦过之，依我之见，称'瘦西湖'可也。""瘦西湖"三个字一出口，三个盐商佩服得五体投地，一再邀请书生入座饮酒，可书生却飘然而去。从此，"瘦西湖"的名声便传开了。

9.粼：粼粼，形容水、石等明净的样子。

10.五亭桥：坐落在瘦西湖上的五亭桥，名为"莲花桥"，其不但是瘦西湖的标志，也是扬州城的象征。该桥建于清乾隆二十二年，已有两百多年的历史。五亭桥上建有五座南方特色的风亭，亭上有宝顶，亭内有天花，亭外挂着风铃。清风吹来，风铃叮叮咚咚响个不停。每到月圆之夜，五亭桥下十四个桥洞中每个桥洞都含着一个月亮，再加上天上的一个月亮，共可看到十五个月亮，可谓一大奇观。

11.冷（líng）冷月色谁收：清凉的月色又有谁来收取呢？冷冷：形容清凉，清冷。收：收拾；收取；收获；接受，也可引申为感受。

2017年4月28日（暮春）于扬州

谒金门

咏扬州瘦西湖

西湖瘦，绿水风吹波皱。
塔影云光亭阁秀，迤逦花香透。

二十四桥在否？白玉阑干依旧。
月照春台溪畔柳，谁把笙箫奏？

1.谒金门：词牌名，又名《出塞》《空相忆》《花自落》《不怕醉》等，双调，上下片不同调，共四十五字，上下片各四句四仄韵，每句都押韵。

2.西湖瘦：扬州瘦西湖。

3.塔影：瘦西湖内观音寺白塔和蜀冈大明寺栖灵宝塔的塔影均倒映在瘦西湖里，既巍峨壮观，又秀美空灵。

4.亭阁：指瘦西湖景区里众多的亭台楼阁，如熙春台、望春楼、五亭桥、二十四桥、吹箫亭、钓鱼台、风亭、月观、吹台、琴室等。

5.迤逦（yǐ lǐ）：曲折而连绵不断。

6.二十四桥："二十四桥"出自唐代著名诗人杜牧的诗《寄扬州韩绰判官》："青山隐隐水迢迢，秋尽江南草未凋。二十四桥明月夜，玉人何处教吹箫？"二十四桥由落帆栈（zhàn）道、单孔拱桥、九曲桥及吹箫亭组成。桥中间的玉带状拱桥长24米，宽2.4米，桥上下两侧各有24个台阶，围以24根白玉栏杆和24块白玉栏板，均与24有关，故名二十四桥。是瘦西湖及扬州的著名景点。

7.春台：熙春台，简称春台。"熙春台"之名取《老子》"众人熙熙，如享太牢，如登春台"之意。熙春台是扬州"二十四景"之一的"春台明月"的主体建筑，规模宏大，气势雄伟，碧瓦飞甍（méng），光彩照人。相传当年清代扬州盐商曾在这里为乾隆皇帝祝寿，所以又被称为"春台祝寿"。熙春台与端庄秀丽的五亭桥遥相呼应，颇有皇家园林的华贵气派。登楼远眺，游目骋（chěng）怀，只见青山逶迤，绿水如带，极目向东，五亭桥畔，画舫清波，回首北望，蜀冈山头，古塔高耸，如瑶池仙境。

2017年4月29日于南京

咏个园

半边竹字作园林_①，四季假山假乱真_③。

春夏秋冬惜美景，风花雪月恋芳魂_③。

诗情画意唯孤例，鬼斧神工无二闻_③。

自古良图勤与俭，耕读积善育儿孙_④。

1.个园：江苏扬州个园，是一座独具风格的名园。它是清嘉庆、道光年间两淮盐总黄至筠（jūn）在明代"寿芝园"旧址上扩建而成。园中遍植翠竹，取苏东坡诗句："宁可食无肉，不可居无竹。无肉使人瘦，无竹使人俗。"以示主人清雅不俗。又因竹叶形状像"个"字，故名"个"园。个园位于扬州东北隅盐阜东路。全园分为中部花园、南部住宅、北部赏竹区，占地24000平方米。园虽不大，但处处体现出造园者的匠心独具。个园以叠石艺术著名，采用分峰用石的手法，以笋石、湖石、黄石、宣石叠成春、夏、秋、冬四景，四季假山各具特色，表达出"春景艳冶而如笑，夏山苍翠而如滴，秋山明净而如妆，冬景惨淡而如睡"和"春山宜游，夏山宜看，秋山宜登，冬山宜居"的诗情画意。个园旨趣新颖，结构严密，融造园法则与山水画理于一体，是中国园林的孤例，也是扬州最富盛名的园景之一。个园为全国二十家重点公园之一，国家4A级景区，全国重点文物保护单位，中国四大名园之一。（关于中国四大名园，其说法不一。一种说法：北京颐和园、承德避暑山庄、苏州拙政园和苏州留园。另一种说法：北京颐和园、承德避暑山庄、苏州拙政园和扬州个园。）

2.半边竹字作园林：这句是说"个园"园名的由来。园主人爱竹，园内遍植各种竹子。竹字由两个"个"字组成，且竹子顶部的每三片竹叶的形状都像"个"字，故名"个"园。

3.春夏秋冬惜美景，风花雪月恋芳魂。诗情画意唯孤例，鬼斧神工无二闻：这四句是赞美个园的叠石艺术。个园采用分峰用石的手法，以笋石、湖石、黄石、宣石叠成春、夏、秋、冬四景。四季假山各具特色，旨趣新颖，结构严密，风花雪月，诗情画意，融造园法则与山水画理于一体，巧夺天工，美不胜收，是中国园林的孤例，让人叹为观止。

4.自古良图勤与俭，耕读积善育儿孙：下面是"个园"厅堂居室里的几副对联："传家无别法非耕即读，裕后有良图惟俭与勤。""几百年人家无非积善，第一等好事只是读书。"
"咬定几句有用书可忘饮食，养成数竿新生竹直似儿孙。"从这些对联可以看出，园主人十
分重视后代的教育和家风的培养。自古至今，人们都重视读书的重要性，而"耕读传家"
一向是中华民族的传统。一个富可敌国、一等一的大盐商，能够有如个园的私人园林，内
心世界却又是如此之平静，可谓难能可贵。可见古人的财富确实来得真实啊！良图：好的
谋划、规划、打算，这里是指正确的家庭发展规划和持家之道。

2017年4月30日于南京

定风波

春 归

三月黄莺紫燕飞⊗，杜鹃啼恨怨春归⊗。

风雨无情花落尽⊗，谁问⊗？重门深闭梦难回⊗。

倦极离愁伤别泪⊗，憔悴⊗，年华虚度老相随⊗。

可叹人生终寂寞⊗，漂泊⊗，一壶浊酒伴余晖⊗。

1.定风波：词牌名。双调，上下片不同调，共六十二字，上片五句，下片六句，每句都押韵。但《定风波》的韵式很特别，一阕两头押同一韵，而中间出现其他韵，其韵式为："aabba，ccadda。"即上阕押"平平仄仄平"，下阕押"仄仄平仄仄平"。上阕一、二、五句押同一个平声韵，三、四句换仄声韵；下阕一、二、三句是平、上、去互押，四五句换仄声韵，第六句又回到一、二、三句原韵的平声韵。该词调以苏东坡的《定风波》词为正体。

2.三月黄莺紫燕飞：这里的三月指农历三月。三月末，黄莺、燕子等鸟儿到处乱飞，春天将去，夏天要来了。

3.杜鹃啼恨怨春归：杜鹃又名杜宇、子规，其声悲切。"杜鹃啼恨"指杜鹃因怨恨春天归去而啼叫。又因杜鹃鸟的啼声似"不如归去"，后多用"不如归去"为思归或催人返乡之词。更有人说，是杜鹃鸟的啼声把春天给啼走了。

4.倦极离愁伤别泪：厌倦了离愁和伤别的眼泪，指离怀愁绪之多。倦极：极度的厌烦。倦：疲乏；厌烦；懈怠。

5.年华虚度老相随：虚度年华，而今只有老迈与自己相伴随。

6.漂泊：也作飘泊，随水漂流或停泊，比喻生活不安定，到处奔走。

7.余晖：落日余晖，比喻人的晚年。

2017年5月4日（立夏前日）于南京

南乡子

登京口北固楼

京口有名楼㊟，坐镇东南百代秋㊟。

险峻雄奇留胜概，凝眸㊟，浩瀚长江万古流㊟。

凭槛伫楼头㊟，遥想风云际会酬㊟。

赤壁鏖兵分汉鼎，孙刘㊟，不教曹瞒过润州㊟。

1.京口北固楼：镇江位于江苏省西南部，长江下游南岸，长江和京杭大运河在此交汇，素有"天下第一江山"之美誉，是一座有3000年历史的山水古城，古称"润州""京口"。江南城市的精致与历史文化名城的古典美在这里融合。"一水横陈，连冈三面，做出争雄势"。镇江以山闻名，其城在山中、山在城中，形成了"城市山林""真山真水"的独特风貌。市区沿江自西向东镶嵌着金山、北固山、焦山，组成了风景各异的"三山"风景区。"寺裹（guǒ）山"的金山以绮丽著称，"山裹寺"的焦山以雄秀闻名，"寺冠山"的北固山以险峻称雄。"京口三山"自古以来就是著名的风景名胜，古时众多的文人墨客汇集于此。

北固山系国家级风景名胜区、国家5A级旅游景区"三山"风景名胜之一，向以"天下第一江山"闻名于世。它宛如一条昂首、翘尾、拱背的巨龙雄踞在镇江城北扬子江滨。北固山风光壮丽，景色宜人，景点有北固楼、多景楼、甘露寺、"天下第一江山"石刻、唐宋铁塔、祭江亭、溜马涧、狠石、试剑石、鲁肃墓、太史慈墓等。历代文人墨客、诗人、词人如沈括、苏轼、米芾（fú）、陆游、辛弃疾等都在此留下了千古传诵的名篇。北固楼又称北固亭，坐落在形胜之地北固山顶，南邻东吴铁瓮城，北临长江，形势险要，景象壮观。北固楼建于东晋初年，由南徐州刺史蔡谟所建，在国内历史名楼中仅比相传建于东吴黄武二年（223年）的黄鹤楼晚一百多年，位居第二。但在长江下游的江东地区，它却是沿江所建最早的一座名楼，堪称江东第一楼，可与东吴第一城铁瓮城相媲美。南朝梁武帝萧衍曾登临北固山，挥笔题"天下第一江山"，并作《登北固楼》诗，于是改名曰"北固楼"。北固楼之所以有名，既是由于它地理位置优越，历史悠久，也是由于它遭遇名人，被写进名篇，内涵丰富。它前有梁代萧衍父子登临赋诗，后有南宋著名词人辛弃疾登亭作词。辛弃疾登北固亭所作脍炙人口的《永遇乐·京口北固亭怀古》和《南乡子·登京口北固亭有怀》，使北固楼和北固亭广为人知。如同崔颢（hào）和李白的诗使黄鹤楼名扬天下一样，辛弃疾的词也使北固楼名扬中外，流芳千古。于2010年复建的北固楼是一座宋式仿古十字脊阁楼式建筑，充分展现了江南楼阁的特色，重现了辛弃疾笔下"何处望神州？满眼风光北固楼"的胜景。

2.胜概：胜景；胜迹。

3.浩瀚：水盛大的样子。广大，漫无边际。

4.凭槛（jiàn）伫（zhù）楼头：倚靠着栏杆，长时间地站立在楼头。凭：靠在东西上；倚靠；倚仗。槛：栏杆。伫：伫立，长时间地站立。

5.风云际会酬：在变幻动荡的局势里，交际应酬，以期实现自己的理想和政治抱负。风云：比喻变幻动荡的局势，这里指东汉末年到三国鼎立时期社会动荡不安的局势。际会：遇合。酬：交际往来；（愿望）实现。

6.赤壁鏖兵分汉鼎，孙刘，不教曹瞒过润州：三国时，孙刘联盟，火烧赤壁，大破曹军事。赤壁之战，中国历史上以少胜多的著名战役。这次战役决定了魏、蜀、吴三国鼎立的局面。汉鼎：汉朝的江山、政权。鼎：古代用来煮东西的炊具。三足两耳。象征王位、政权、江山。不教曹瞒过润州：不许曹操的军队渡过长江来到江南岸的镇江。曹瞒：曹操，小字阿瞒。润州：镇江古称润州、京口。

2017年5月5日（立夏）于镇江北固山

一丛花

登北固楼望金焦二山

雄楼极目远平畴[韵]，滚滚大江流[韵]。
苍茫浩渺烟波里，望金焦、塔影清幽[韵]。
鸥鹭掠江，荻芦夹岸，绿意满汀洲[韵]。

胸怀激荡乱心眸[韵]，苒苒物华休[韵]。
飘然恍似临仙阙，正疑是、紫府琼楼[韵]。
壮美河山，风光无限，人在画中游[韵]。

1.登北固楼望金焦二山：镇江以山闻名，市区沿江自西向东镶嵌着金山、北固山、焦山，组成了风景各异的“三山”风景区。登上雄伟的北固楼，眼前是万里平畴，脚下是浩瀚长江，西望可见润扬大桥和屹立江滨的金山寺慈寿塔，东望是耸峙于扬子江心的焦山定慧寺万佛塔，人称“金焦在望”，乃北固楼一大胜景。

2.雄楼极目远平畴，滚滚大江流：登上雄伟的北固楼，极目远望，眼前是万里平畴，碧野弥望，脚下是浩瀚长江，滚滚东流。畴：田地。极目：用尽眼力远望。

3.金焦塔影：金山寺慈寿塔和焦山定慧寺万佛塔。

4.鸥鹭掠江：水鸟贴着江面飞翔。掠：轻轻擦过。

5.汀洲：水边的平地或水中的小洲。

6.乱心眸：迷乱了心境和视野。

7.苒苒物华休：草木茂盛，生机勃勃，万物精华，美好吉祥。苒苒：草木茂盛的样子。物华：万物的精华。休：快乐；美好；吉庆；吉祥。

8.恍：仿佛；好像。

9.紫府琼楼：相传天上神仙居住的地方称紫府；天宫中有白玉楼称琼楼，泛指神仙居住的地方。

2017年5月6日于南京

山亭柳

咏金山寺

突兀嶙峋⑳，塔影入青云⑳。

烟霭里，望禅门㉝。

暮鼓晨钟名刹，远帆落日迷津㉝。

自古芙蓉一朵，俏立江滨㉝。

昔闻水漫金山寺，而今净土玉乾坤㉝。

擂金鼓，是何人㉝？

岳武忠魂安在，七峰亭上伤神㉝。

最爱中泠泉水，茶韵芳芬㉝。

1. 山亭柳·咏金山寺：山亭柳，词牌名。此调有平仄两体，平韵体始自晏殊，仄韵体始自杜世安，以晏殊平韵体为正格。双调，上下片不同调，共七十九字，上片八句五仄韵，下片八句四仄韵。咏金山寺这首词，上片写远眺金山寺，下片写了几个与金山寺有关的历史故事及传说。

2. 金山寺：金山系国家级风景名胜区、国家5A级旅游景区"三山"风景名胜之一。金山晋代因其孤立江心，名为"泽心"。唐时相传法海和尚掘土得金，故称"金山"。宋以前又曾叫"紫金山"，真宗时改名"龙游山"；历史上还一度叫过"妙高峰"和"伏牛""青螺""金鳌"等，自唐至今统称"金山"。金山海拔43.7米，原是长江江心中的一个岛屿，后来长江北移，清光绪年间与南边的陆地相连。金山以绮丽著称，最有名的胜迹是金山寺。金山寺始建于东晋元帝大兴年间（约320年），距今已有约1700年的历史。梁天监四年（505年）梁武帝萧衍在这里主持水陆法会，于是金山寺成了水陆法会的发源地。金山寺原名泽心寺，清初改名为江天禅寺，唐以来通称金山寺。寺庙的殿宇楼阁全部依山而建，层层叠叠，寺宇金碧辉煌，一塔拔地而起，直指云天，无论近观远眺，总见寺而不见山，故有"金山寺裹山"之说。金山寺"塔拔山高"的建筑风格，在中国古代建筑史上独树一帜。早在唐代金山寺即已驰名中外。白娘子水漫金山寺、梁红玉击鼓抗金兵、道月为岳飞解梦等民间故事传说，更使金山寺妇孺皆知，家喻户晓。金山上除寺院外，还有慈寿塔、观音阁、妙高台、留云亭（江天一览亭）、七峰亭、白龙洞、古法海洞等，附近还有文宗阁、芙蓉楼、天下第一泉中泠泉、郭璞墓等名胜古迹，共三十余处。民间曾传，金山寺在历史上八次焚毁，七次修建，流传至今，实乃不易。

3. 突兀嶙峋：山石重叠、高耸，形容金山的山势。突兀：高耸。嶙峋：山石重叠不平的样子。

4. 塔影入青云：金山山顶上的金山寺塔高耸入云端。金山寺塔，即慈寿塔。该塔矗立于金山的西北峰，塔高30米，始建于1400多年前的南朝齐梁时期。宋哲宗元符末年，宰相曾布在金山寺超荐其母，在南北半山各建一塔，一名"荐慈塔"，一名"荐寿塔"。明初，双塔倒塌。清光绪年间重建现塔，适逢慈禧太后60寿辰，即取名慈寿塔。此塔玲珑、秀丽、挺拔，砖木结构，七级八面，内有旋转式木梯，外有栏杆相倚，面面有景，层层风光各异。登塔顶而望，东见江天云水，西望万里长江，南是镇江山林，北为瓜州古渡，山水苍茫，令人心旷神怡。塔旁观音阁中，藏有金山四件镇山之宝——前9世纪周宣王时铸造的周鼎、3世纪三国时诸葛亮平定南方孟获时缴获的铜鼓、宋时苏东坡与佛印和尚打赌输给金山寺的玉带、明文征明手绘金山图。

5. 迷津：一是指找不到渡口、桥梁，迷失了道路；另一是佛教用语，指迷妄的境界，在这里指因烟雾笼罩而看不见金山脚下的渡口。

6. 自古芙蓉一朵，俏立江滨：这是对金山的赞誉。金山原是扬子江江心的一个岛屿，自古有"江心一朵芙蓉"之美称。宋朝沈括"楼台两岸水相连，江南江北镜里天"的诗句，就是对当年金山的写照。后来江水北移，清光绪年间与南边的陆地相连，成为江南岸一座秀美的山峰，故言俏立江滨。

7. 水漫金山寺：民间广为流传的"白娘子水漫金山寺"的神话故事即发生在这里。

8. 净土：极乐世界，佛教幻想的世界。那里没有众苦，但受诸乐，不受尘世污染，故名极乐。因远在西方，故又俗称西天，与"尘世"相对。净土也比喻纯洁清净、没有污染的地方，这里特指佛寺。

9. 擂金鼓，是何人：巾帼女将梁红玉与丈夫韩世忠利用金山水域的有利地形智取金兀术（wù zhū），梁红玉在金山上擂动战鼓，宋军以少胜多，大败金兵，取得了黄天荡大捷。

10.岳武忠魂安在,七峰亭上伤神:金山寺道月禅师通神得道,为以"精忠报国"而流芳千古的名将岳飞解梦的传说。宋代,名将岳飞与金山道月禅师是好朋友。当年,岳飞正在抗金前线节节胜利之时,被宋高宗和奸臣秦桧以十二道金牌召回京城临安(今杭州)。在路过镇江时上金山拜访道月,并请道月为其解梦:"昨夜营宿瓜州时,梦见两条狗对话,未知此行吉凶如何?"道月禅师当即为岳飞解梦道:"二犬对言,乃一狱字,此去恐有牢狱之灾,务必谨慎。"道月劝岳飞不要回临安,岳飞觉得并无风险,执意回临安。岳飞离开镇江时,道月以诗相赠:"风波亭下浪滔滔,千万留心把舵牢。谨备同舟人意歹,将身推落在波涛。"岳飞当时没有在意诗的内在含义,不想到了临安以后,果然被秦桧之流以"莫须有"的罪名害死在风波亭下。岳飞在被害前长叹一声:"悔不听道月之言!"秦桧知道这一情况后,认为道月这个人非同一般,便派亲信何立到镇江追杀道月。是时,道月正在堂上讲经说法。讲完,道月口中念念有词:"吾年三十九,是非终日有,不为自己身,只因多开口。何立自南来,我向西方走,不是佛力大,几乎落人手。"说罢,道月就地坐化而逝。相传,何立没能杀死道月,一气之下,将金山上的七个山峰给铲了。后人为纪念岳飞和道月而在金山建阁,名曰七峰阁。之后屡经兴废,改建为七峰亭。今日的七峰亭在金山西侧的金鳌岭上。许多名人都曾在此留下墨宝。余今来到七峰亭,缅怀名将岳飞和道月禅师,不禁黯然神伤。

11.中泠泉:"中泠泉"又称"天下第一泉",在金山之西。自古相传,扬子江中有三泠,北泠、中泠、南泠。中泠泉是这江中三泠之间一股神奇的泉水,是万里长江中独一无二的泉眼。在清代以前,中泠泉与金山同在江中,后来由于长江北移,到了清代咸丰、同治年间(1860年前后)与陆地连为一体,被人们凿池保护,并筑土堤阻挡江水侵蚀,在池南建一座八角亭,取名"鉴亭",暗含以水为镜,以泉为鉴之意。此泉"绿如翡翠,浓似琼浆",泉水甘冽醇厚,特宜煎茶。茶圣陆羽品评天下泉水时,中泠泉名列全国第七。稍陆羽之后的唐代名士刘伯刍(chú)品尝了全国各地沏(qì)茶的水质后,将水分为七等,中泠泉以其水味和煮茶味佳为第一等,因此被誉为"天下第一泉"。天下第一泉东侧,是"芙蓉楼",因楼前湖中遍植荷花而得名。芙蓉楼因唐代著名诗人王昌龄的诗"芙蓉楼送辛渐"而名声远扬。

2017年5月7日于南京

采桑子慢

金陵情结

金陵景色，自是风光无限㉛（叶仄韵）。

看姹紫嫣红，更有燕语啼鹃㉜（押平韵）。

淡月清风，赏心犹在吴官苑㉝（叶仄韵）。

钟山云影，秦淮碧水，相依相伴㉞（叶仄韵）。

离恨别愁，几回春梦，故园心眼㉟（叶仄韵）。

正凝望、苍茫烟渚，片帆归船㊱（押平韵）。

独倚斜阑㊲（押平韵），残阳如火洒江天㊳（押平韵）。

垂垂老矣，有谁似我，难忘乡关㊴（押平韵）。

1.采桑子慢：词牌名，又名《丑奴儿慢》《丑奴儿近》《愁春未醒》《叠青钱》等。该词调有平韵体和平仄韵体两种，平韵体只有吴礼之一例，宋人多作平仄韵互押体，但格律又互有出入。余的这首《采桑子慢·金陵情结》为平仄韵互押体，依蔡伸体，双调，上下片不同调，共九十字，上片九句一平韵、三叶韵，下片十句四平韵、一叶韵。上片写金陵的美丽风光，使人流连忘返。下片写余客居金陵，金陵虽美，但依然深爱故乡，不能忘怀。

2.姹紫嫣红：指各种颜色美丽娇艳的花朵。姹：美丽；娇艳。嫣：艳丽。

3.吴宫苑：吴国的宫殿、园囿（yòu）。

4.故园心眼：心里想的，眼里看的，尽都是故乡的家园。心眼：意为心愿。

5.烟渚：烟雾迷茫的水中小块陆地，这里指长江。

6.阑：同"栏"，栏杆。

7.垂垂：渐渐。

2017年5月10日于南京

一丛花

初 夏

春归何处觅芳踪①，飞絮正蒙蒙①。

离怀愁绪丝丝雨，小桥畔、杨柳烟浓②。

紫陌飘香，兰溪呈碧，花落水流红③。

云光塔影入苍穹④，暮鼓伴晨钟④。

青山黛影黄昏后，却又见、月色融融⑤。

春去夏来，四时更替，今古一般同⑤。

1.春归何处觅芳踪，飞絮正蒙蒙：春天去了，到哪里去寻找春的踪迹呢？夏天来了，到处都是蒙蒙的柳絮在胡乱的飞舞、翻滚。蒙蒙：细小凌乱、到处飘荡意。

2.离怀愁绪丝丝雨：离别的情怀、忧愁的心绪，就像这丝丝细雨，千丝万缕不能断绝。丝丝：与"思思"谐音，暗喻思念的情怀。

3.紫陌：开满鲜花的田间小路。陌：田间东西方向的小路，泛指道路。

4.苍穹：也叫穹苍，天空。

5.融融：和暖；柔和。

2017年5月12日于南京

武陵春

咏杨花

三月杨花飘落尽，寂寞任风吹㉝。

逐队成球去复回㉝，竟自满天飞㉝。

可叹芳踪无觅处，草木也伤悲㉝。

岁岁飘零事事非㉝，怎不教、泪双垂㉝。

1.杨花：据《辞源》解释为"柳絮"。古代诗词中"杨柳"不是指杨树和柳树，而是指柳树，一般是指垂柳，垂杨即垂柳。至于说柳树叫杨柳是因为隋炀帝杨广开凿运河，下令河岸种柳树，并赐柳树姓杨，后世遂称"杨柳"，这是小说家的附会。《诗经·采薇》："昔我往矣，杨柳依依。"显然在春秋以前就早有杨柳一词了。

2.竟自：副词，竟然。

3.芳踪：芳香的踪迹，这里指柳絮飘摇的踪迹。

4.岁岁飘零事事非，怎不教、泪双垂：感叹人生像柳絮一样飘摇不定。

2017年5月15日于南京

南歌子

客　愁

燕子楼头雨，黄莺叶底风㉒。

春归无处觅芳踪㉒，惟有大江滚滚水流东㉒。

高阁临江渚，层楼入九重㉒。

他乡虽好客愁浓㉒，谁念茕茕孑立一衰翁㉒？

1.江渚：江水中的小块陆地，这里指江滨。

2.层楼：高楼。

3.九重：九天，古人认为天有九重，形容天空的最高处。

4.客愁：游子思乡的哀愁。

5.谁念茕茕孑立一衰翁：又有谁念及我这孤独衰弱的迟暮老人呢？凄凉貌。茕茕：孤单；孤独。孑：单独。

2017年5月16日于南京

临江仙

夜 梦

夜梦浮舟惊海浪，醒来已是三更①。

蛙声相伴鸟声鸣②。

心烦难入寐，起坐倚窗听③。

谁料此身终寂寞，老来依旧飘零④。

漫观诗赋静观经⑤。

闲云怜野鹤，与世两无争⑥。

1.浮舟：泛舟湖海。

2.寐：睡。

3.漫观诗赋静观经：漫不经心、随便地闲看诗书，静下心来、仔细地观看佛经，泛指看书。漫：随便地。又有广泛意。

4.闲云野鹤：也说闲云孤鹤，比喻无牵无挂、来去自由的人。

2017年5月17日于南京

浪淘沙

昨夜梦流频

昨夜梦流频[韵]，游冶江滨[韵]。
楼台高锁静无人[韵]。
已是春归花落尽，碧野香尘[韵]。

富贵若浮云[韵]，名利酸辛[韵]。
人生苦短恋芳淳[韵]。
风烛残年迟暮里，叶落归根[韵]。

1. 梦流频：睡梦中梦到的事情很多，梦境频繁流动变换。

2. 游冶：又称冶游，即游览、游玩。

3. 已是春归花落尽，碧野香尘：春天去了，花儿谢了，原野一片碧绿，泥土里依然散发着花的芳香。

4. 芳淳：芳香淳朴，比喻美好的事物、美好的名声、高尚的品德、高尚的情操等。淳：朴实；厚道。

5. 风烛残年迟暮里，叶落归根：世海沧桑，漂流沉浮，晚年迟暮，年华老去，就像树叶最终要落在树根处一样，人也总是要回到自己的家园，终老于故乡。风烛残年：比喻随时可能死亡的晚年。风烛：风中燃烧的蜡烛。迟暮：天快黑的时候，指人的晚年，意同垂暮。

2017年5月18日于南京

咏海棠

如痴如醉亦如狂，最爱娇羞是海棠。

春睡美人犹未醒，浴波仙子正凝妆。

放翁词奏通明殿，坡老烛摇霁月廊。

国艳名扬动千古，百花尊宠第一芳。

1.海棠：海棠是中国的特有植物，有西府海棠、贴梗海棠、垂丝海棠、木瓜海棠、四季海棠等多种。有草本的，也有木本的，有灌木的，也有乔木的。海棠花妩媚妖娆（yáo）、艳丽动人，其香清酷，不兰不麝（shè），深得人们喜爱。其果实大若樱桃，至秋熟可食，味甘而微酸。海棠的花期在4~5月，果期在8~9月。早在先秦时期的文献中就有关于海棠花在中国古代栽培的记载。经汉唐五代而至宋，不论是栽培技术和种植面积，还是社会的重视及人们的喜爱程度，海棠花均达到了鼎盛时期，在宋代被视为"百花之尊"。元朝战火硝烟不断，很多花卉都受到了牵连，不复唐宋时期的昌盛，唯独海棠花不同，它仍然保持着长盛不衰的势头。中国人民如此喜爱海棠花，除去它的妖娆艳丽之外，其根本原因在于它丰厚的文化内涵，自古以来就是雅俗共赏的名花。人们称赞它是"百花之尊""花之贵妃"，甚至有"花中神仙"之说，同时将它看作是美好春天、美人佳丽和万事吉祥的象征，素有"国艳"之誉。在皇家园林中常与玉兰、牡丹、桂花相配置，形成"玉棠富贵"的意境。又因其妩媚动人，雨后清香犹存，花艳难以描绘，常用来比喻美人。海棠花代表着游子思乡、离愁别绪、温和、美丽、快乐。秋海棠象征苦恋。当爱情遇到波折，人们常以秋海棠花自喻。古人称它为断肠花，借以抒发男女离别的悲伤情感，其花语也就是"苦恋"了。

2.如痴如醉亦如狂，最爱娇羞是海棠：人们对风姿绰约、美丽潇洒、娇羞动人、艳而不俗的海棠花爱的是如痴如醉，几近疯狂。

3.春睡美人犹未醒，浴波仙子正凝妆：这两句是对海棠花之美的形象赞誉。上句着重写一个"娇"字，下句着重写一个"羞"字。海棠花就像春睡的娇柔美人妩媚艳丽，又像刚刚出浴正在梳妆的妖娆仙子楚楚动人。"海棠春睡"典故的由来正与唐明皇和杨贵妃有关。在《杨太真外传》和宋代释惠洪《冷斋夜话》中都曾有唐明皇李隆基将海棠花比作杨贵妃的记载：唐明皇登香亭，召太真妃，于时卯（mǎo）醉未醒，命高力士使侍儿扶掖而至。妃子醉颜残妆，鬓乱钗横，不能再拜。明皇笑曰："岂妃子醉。直海棠睡未足耳！"这样"海棠春色"的故事就流传了下来，从此海棠也有了美女佳人的意思。

4.放翁词奏通明殿，坡老烛摇霁月廊：这两句是化用古人的两首诗来赞美海棠花。这两个古人就是大名鼎鼎的陆游和苏轼。陆游，字务观，号放翁。陆游曾作《花时遍游诸家园》诗："为爱名花抵死狂，只悲风日损红芳。绿章夜奏通明殿，乞借春阴护海棠。"首句言诗人爱花，可以为花"抵死"。第二句担心花损。第三句的"绿章"即青词，道观（guàn）中祭告天地鬼神的文词，用朱笔写在青藤纸上。通明殿，道教中最高天神玉皇大帝的宫殿。诗人爱花最诚，愿如道家祈福、祈平安一样，故以青词祈祷，启奏玉帝借阴护花，由爱花而联想到天庭。苏轼，字子瞻，号东坡居士，人称坡老。苏轼曾有《海棠》诗："东风袅袅泛崇光，香雾空蒙月转廊。只恐夜深花睡去，故烧高烛照红妆。"这是一首咏海棠的诗。诗的头两句，描绘海棠所生长的富丽环境，表明海棠的珍贵。后两句写深夜也点燃蜡烛去欣赏海棠花，诗人的爱花、爱美之情极为深切，这样做也真够浪漫的了。用海棠比拟美人，更为生动。霁月：雨后天气转晴，月亮从云中露出。霁：雨、雪后天气转晴。

5.国艳名扬动千古，百花尊宠第一芳：千百年来，人们视娇艳高雅的海棠花为"百花之尊"，称赞它是"花之贵妃"、"花中神仙"，素有"国艳"之誉。在人们的心目中，雅俗共赏的海棠花是第一名花，受到人们的广泛喜爱。

2017年5月21日（小满）于南京

御街行

游江南贡院

江南贡院何由见[韵]，夫子庙、学宫畔[韵]。
秦淮碧水绕棘闱，明远楼前兴叹[韵]。
千年科场，魁星阁下，盛世开文战[韵]。

一生期许鱼龙变[韵]，看号舍、连成片[韵]。
寒窗十载望青云，金榜题名如愿[韵]。
飞虹桥上，英才发轫，打马琼林宴[韵]。

1. 江南贡院：江南贡院又称南京贡院、建康贡院，位于南京城东南隅，南京夫子庙学宫东侧，是夫子庙秦淮风光带的重要组成部分，夫子庙地区三大古建筑群之一。江南贡院始建于1168年（宋乾道四年），清同治年间，江南贡院达到鼎盛，仅考试号舍就有20644间，加上附属建筑数百间，占地超过30余万平方米。其规模之大、占地之广居全国各省贡院之冠，创中国古代科举考场之最。1905年（清光绪三十一年），袁世凯、张之洞奏请立停科举，以便推广学堂，咸趋实学，从此江南贡院便结束了它的使命。在中国科举的历史长河中，曾产生出八百多名状元、十万余名进士，上百万名举人，而涉足科举者更是数不胜数。明清时期，全国半数以上的官员都出自江南贡院。江南贡院中国科举博物馆，是中国唯一以反映中国科举考试制度为内容的专业性博物馆，是中国科举制度中心、中国科举文化中心和中国科举文物收藏中心。

2. 江南贡院何由见，夫子庙、学宫畔：这句点明江南贡院的地理位置。江南贡院在哪里呢？在南京夫子庙学宫东侧、秦淮河畔。

3. 棘闱（jí wéi）：闱，科举时代称考场。为防止考场内外串联作弊，江南贡院外面建有两道高墙，两墙之间留有一丈多宽的间距，形成一圈环绕贡院的通道。围墙的四角又建有四座两丈多高的岗楼，围墙的外面也留有一圈空地，严禁百姓靠近和搭建，这就是著名的

"贡院街"。在乡试期间，贡院围墙内外布满兵丁，戒备森严。因在贡院内外两层围墙的顶端布满了带刺的荆棘，所以贡院又被称作"棘闱"。

4.明远楼：明远楼是江南贡院的主体建筑，始建于1534年（明嘉靖十三年），清道光年间重建，是中国保留最古老的一座贡院考场建筑。明远楼名称取自《大学》中"慎终追远，明德归厚"之意。站在楼上可以一览贡院，登临四顾，整个贡院一目了然。它是考试期间考官和执事官员警戒、发号施令的地方，起着号令和指挥全考场的作用。明远楼大门两侧分别刻有"明经取士、为国求贤"八个大字，道出了贡院的真正意义。

5.魁星阁：魁星，指北斗七星中构成斗形的四颗星。一说指其中离斗柄最远的一颗。魁星，又称文星、文昌星，古代神话中掌管文章盛衰的神。其造型为踏罡（gāng）步斗、手执朱笔批点文章的形象。各地贡院都建有魁星阁，或称文昌阁，以供士子、考生膜拜。

6.文战：考试。科举考试。

7.一生期许鱼龙变：古代，科举考试是国家选拔官员的制度，也是改变考生一生命运的契机，一旦金榜题名、科考得中，则鱼跃龙门，青云直上，成为人上人。期许：期望，这里是企盼意。

8.青云：指高空，比喻高的地位。如青云直上。

9、金榜：金榜为殿试后揭晓进士名次的榜单，用金黄色纸张书写，因此称"金榜"或"黄榜"，由于以皇帝的名义所发，故又称"皇榜"。金榜有大小金榜之分。清朝大金榜分别用汉文、满文写成，接缝处钤盖"皇帝之宝"之印。文科金榜张于东长安门外，武科金榜张于西长安门外，以供百姓观看。三天后收归内阁大库保存。小金榜是缮（shàn）写大金榜时，另写一榜，内容完全一致，不盖印，尺寸明显小于大金榜。由内阁中书填写后，交给奏事处进呈皇帝御览的名单，仅供皇帝阅览与举行典礼时宣布名次之用，御览之后交由大内保存。

10.飞虹桥上，英才发轫（rèn），打马琼林宴：科举制是中国古代通过考试选拔官吏的制度。分级考试，一般分四级，即童试（包括县试、府试、院试)、乡试、会试、殿试等。童试录取者称"生员"（俗称"秀才"）；明清乡试在南京、北京及各省省会举行，乡试录取者称"举人"，第一名称"解元"；会试在京城由礼部主考，会试录取者称"贡士"，第一名称"会元"或"贡元"；殿试仅为排名考试，没有淘汰，即将贡士进行排名，统称"进士"。考中进士后，古代读书人漫长的读书应试生涯也就结束了。殿试后举行由皇帝宣布新科进士名次的典礼，称之为"传胪（lú）"，又称"胪传""胪唱"。传胪大典是极为隆重的典礼，繁复的仪式彰显国家对进士的重视。根据成绩将进士分为三甲，一甲赐进士及第，二甲赐进士出身，三甲赐同进士出身。大比之年，每届录取的进士人数不等，一般在三百名左右。一甲只有三名，第一名称状元，第二名称榜眼，第三名称探花。传胪大典之后，皇帝赐宴宴请新科进士，称为"琼林宴"或"恩荣宴"。状元、榜眼、探花还要披红戴花，骑马游街夸官，极尽荣耀。

飞虹桥：飞虹桥是江南贡院的重要组成部分和历史遗存，号称江南贡院的"三宝"之一，其他两宝分别是明远楼与贡院碑刻。在江南贡院帘门外，横有一条宽十余米的清水池，池水将江南贡院拦腰分作两段。池上架有一座石桥，即"飞虹桥"。飞虹桥在科举时代有非常重要的象征意义和作用，它是江南贡院内、外帘的分界点，即科举时考试和阅卷的分界点，是古代科举防止营私舞弊的见证和特别建筑。为防止外帘官员即监考官员与内帘官员即阅卷官员相互勾结作弊，贡院立有严格规定，考试期间任何人员不得逾越"飞虹桥"半步，即使是熟人隔桥打个招呼也不允许。俗话说"卷子过了飞虹桥，举人一半拿到手"。

英才发轫：菁（jīng）英之才从这里启程，开始为国家效力的征程。发轫：启程，比喻事业开始。轫：停车后，支住车轮不使其转动的木头。

2017年5月25日于南京

唐多令

江南芒种

烟雨起苍茫①，云流夏日长②。

鹧鸪飞、梅子初黄③。

吴地楚天怀故国，思往事，话沧桑④。

芒种好时光①，农家百事忙②。

俏江南、天下粮仓③。

岁岁年年同守望，风过处，稻花香④。

1.芒种：节气名。芒种是二十四节气中的第九个节气，时间点在每年公历6月6日前后，太阳黄经75°时。今年的芒种时间为6月5日。芒种字面的意思是"有芒的麦子快收，有芒的稻子可种"。此时中国中部地区农业上多忙于夏收夏种，长江中下游地区将进入多雨的梅雨季节。

2.烟雨起苍茫，云流夏日长：这两句是说，芒种以后，江南地区将进入多雨的梅雨季节。阴雨连绵不断，烟雨苍茫，夏日也一天比一天长了。

3.吴地楚天：古代吴国、楚国一带，泛指长江中下游地区。

4.岁岁年年同守望，风过处，稻花香：年年岁岁都共同企盼、守望着一年的好收成。当清风吹来，稻花飘香的时候，心都醉了。

2017年6月5日（芒种）于南京

梅　雨

五月江南梅欲黄②，连绵阴雨亦堪伤③。

小溪水涨池塘满，夜夜蛙声入梦乡④。

1.梅雨：梅雨，指中国长江中下游地区、中国台湾地区、日本中南部、韩国南部等地，每年6月初至7月上半月之间持续阴天多雨的气候现象。此时正是江南梅子黄熟之时，故称其为"梅雨"或"黄梅雨"。此时，器物易发霉，故亦称"霉雨"，简称"霉"。梅雨期长约20~30天，雨量为200~400毫米。中国历书上向有梅雨始、终日的记载：开始之日称为"入梅"，结束之日称为"出梅"。长江中下游地区的群众习惯上取"芒种"节气为梅节令，芒种后第一个丙日入梅，小暑后第一个未日出梅。入梅总在6月6日~6月15日之间，出梅总在7月8日~7月19日之间。今年6月8日入梅，7月19日出梅，梅雨期为42天，今年的梅雨季节较长。

2.五月江南梅欲黄：五月江南的梅子就要黄熟了，这里的五月指的是农历五月，初夏。

3.堪伤：使人伤感。

2017年6月8日（入梅）于南京

细雨如愁

无边丝雨细如愁①，愁到秦淮古渡头②。

夜梦兰舟浮绿水，好风吹送过扬州③。

1.无边丝雨细如愁：江南梅雨季节，雨水很多，一眼望不到边的苍茫世界。丝丝细雨下个不停，阴暗潮湿，持续的梅雨天气，使人感到不适，产生恶劣情绪，使人烦闷忧愁。

2.秦淮：秦淮河，从南京市区穿过汇入长江，是南京的母亲河。

3.兰舟：船的美称，华美的游船。

2017年6月9日于南京

作客金陵

作客金陵又一年㉕，春花秋月等闲看㉖。

梧桐叶打潇潇雨，怅望长江浪里船㉗。

    1.作客金陵又一年，春花秋月等闲看：余客居金陵一年了，一年来，游遍了金陵的名胜古迹，看尽了江南的名山大川，春花秋月，四时风光，使我打心底里爱上了美丽的江南，爱上了"江南佳丽地，金陵帝王州"的南京。

    2.梧桐叶打潇潇雨，怅望长江浪里船：在阴雨连绵的梅雨季节，急骤的风雨吹打着梧桐叶子，使人心情惆怅，难以入眠。虽然留恋金陵美景，但我依然怀念故乡，看到长江里的船只就想起了故乡的家园。"梧桐叶打潇潇雨"，是诗歌中的改变语序，实际是"潇潇雨打梧桐叶"。潇潇：形容风雨急骤。如：风雨潇潇。

2017年6月10日于南京

小 园

晶莹一泓水，静卧小园中㉝。

垂柳丝丝碧，娇花烁烁红㉝。

莲荷怜细雨，蒲苇弄清风㉝。

闹市寻幽处，诗情画意浓㉝。

1.一泓（hóng）水：一池水。泓：水深而广，在这里作名词"池塘"用。

2.丝丝：形容细而长。

3.烁烁：光亮闪动。

2017年6月11日携小外孙玩耍于南京萧宏石刻公园

迟暮客金陵

迟暮客金陵㉕，春花秋月情㉕。

六朝寻旧梦，十代觅芳踪㉕。

虎踞风云会，龙蟠紫气生㉕。

流年何所似，白发一衰翁㉕。

1.迟暮客金陵，春花秋月情：晚年客居金陵，游遍了金陵的名山大川、名胜古迹，看尽了江南的春花秋月、风土人情。迟暮：天快黑的时候，指人的晚年。

2.六朝寻旧梦，十代觅芳踪：南京是六朝古都、十代都会，素有"江南佳丽地，金陵帝王州"之称。余客居金陵，以老迈之躯寻觅六朝旧梦，追寻先贤遗迹，累则累矣，也由此而快乐着。

3.虎踞风云会，龙蟠紫气生：比喻南京在中华民族发展的历史长河中所占据的重要地位。南京是中华文明的重要发祥地，龙盘虎踞，王气升腾，风云际会，世海沧桑。风云：比喻变幻动荡的局势。紫气：王气；祥瑞之气。

4.流年何所似，白发一衰翁：作者对自己的感叹。光阴似箭，似水流年，如今自己已经是一个百无一用的白发老翁了，让人感慨良多。流年：指光阴。

2017年6月12日于南京

江上落日

落日彩霞开①，长江滚滚来②。

山川呈画卷，壮美荡心怀③。

1.江上落日：在长江边上观看落日。夏日傍晚，夕阳西下，火红的落日将天空照射成彩霞满天、流光溢彩。漫天的彩霞映照在宽阔的江面上，波翻浪涌，滚滚东流，江天尽赤，蔚为壮观。

2.山川呈画卷，壮美荡心怀：江山多娇，山川美景像一幅幅壮美的画卷展现在人们的眼前，荡涤着人们的心灵，令人心旷神怡，豪情满怀。

2017年6月13日于南京

江南梅雨日

江南梅雨日，细雨润梅黄①。

鸟乱窗前树，蛙声入梦乡②。

1.江南梅雨日：余客居金陵，初次领略江南的梅雨季节。连绵不断的阴雨下个不停，溪流涨满，池塘水盈，到处都阴暗潮湿。持续的梅雨天气，使人感到不适，易产生恶劣情绪，深感寂寞孤独。然而，鸟儿们不管这些，依然在树丛间到处乱飞、啼鸣。青蛙更是彻夜欢快地鸣叫，夜夜在一片蛙声中进入梦乡。由此而深切体会到南宋赵师秀《约客》诗的意境："黄梅时节家家雨，青草池塘处处蛙。有约不来过夜半，闲敲棋子落灯花。"在梅雨季节的夜晚，约好的客人过了半夜还不来，在闲极无聊的等待中，下意识地拿起棋子敲打，震落了桌上油灯的灯花。语近情遥，含而不露地表现了作者寂寞的心情。

2017年6月15日于南京

一丛花

游莫干山咏雌雄双剑

昔闻吴越有名山㊀，山路十八盘㊁。

清凉避暑神仙地，小红楼、散落层峦㊂。

峰翠壑幽，云环雾罩，竹海胜桃源㊃。

雌雄双剑紫光寒㊄，夜贯斗牛间㊅。

干锋莫锷通灵物，今犹见、飞瀑流泉㊆。

神剑化龙，延平津渡，千古美名传㊇。

1.莫干山：莫干山为天目山之余脉，位于浙江省北部湖州市德清县境内，美丽富饶的沪、宁、杭金三角的中心。因春秋末年，吴王阖闾派干将（gān jiāng）、莫邪（mò yé）在此铸成举世无双的雌雄双剑而得名。莫干山是国家重点风景名胜区，中国著名的度假休闲旅游及避暑胜地，是中国四大避暑胜地之一。山中散落着二百多幢式样各异、形状美观的名人别墅。莫干山山峦连绵起伏，风景秀丽多姿，景区面积达43平方公里。它虽不及泰岱之雄伟、华山之险峻，却以绿荫如海的修竹、清澈不竭的山泉、星罗棋布的别墅、四季各异的迷人风光称秀于江南，享有"江南第一山"之美誉。其景点多与干将莫邪铸剑的传说有关，著名景点有剑池、四叠飞瀑、干将莫邪雕塑、磨剑石、试剑石、望吴台、观瀑亭、清凉亭、旭光台、滴翠潭、摩崖石刻、黄庙、云岫寺、天池寺、芦花荡公园等。

2.一丛花·游莫干山咏雌雄双剑：这首词上片写景，下片怀古。上片写莫干山的迷人风光，上下十八盘弯弯曲曲的山道、二百多幢散落在层峦间各式各样的别墅、翠峰幽谷、云雾竹海。下片写春秋时期干将莫邪夫妇历尽千辛万苦铸造雌雄双剑及神剑化龙的神话传说。

3.昔闻吴越有名山，山路十八盘：过去曾经听说吴越之地有一座名山叫莫干山，是著名的休闲避暑胜地，上下山路各十八盘，曲折盘旋，竹海松涛，云雾缭绕，风景秀丽。

4. 桃源：桃花源。陶渊明在《桃花源记》里塑造的人间仙境，是人们心目中理想的生活环境。

5. 雌雄双剑紫光寒，夜贯斗牛间：《晋书·张华传》："初，吴之未灭也，斗牛之间常有紫气，道术者皆以吴方强盛，未可图也，惟华以为不然。及吴平之后，紫气愈明。华闻豫章人雷焕妙达纬象，乃邀焕宿，屏人曰：'可共寻天文，知将来吉凶。'因登楼仰观，焕曰：'仆察之久矣，惟斗牛之间颇有异气。'华曰：'是何祥也？'焕曰：'宝剑之精，上彻于天耳。'华曰：'君言得之。吾少时有相者言，吾年出六十，位登三事，当得宝剑佩之。斯言岂效与！'因问曰：'在何郡？'焕曰：'在豫章丰城。'华曰：'欲屈君为宰，密共寻之，可乎？'焕许之。华大喜，即补焕为丰城令。焕到县，掘狱屋基，入地四丈余，得一石函（hán），光气非常，中有双剑，并刻题，一曰'龙泉'，一曰'太阿（ē）'。其夕，斗牛间气不复见焉。焕以南昌西山北岩下土以拭剑，光芒艳发。大盆盛水，置剑其上，视之者精芒炫目。遣使送一剑并土与华，留一自佩。或谓焕曰：'得两送一，张公岂可欺乎？'焕曰：'本朝将乱，张公当受其祸。此剑当系其墓树耳。灵异之物，终当化去，不永为人服也。'华得剑，宝爱之，常置坐侧。华以南昌土不如华阴赤土，报焕书曰：'详观剑文，乃干将也，莫邪何复不至？虽然，天生神物，终当合耳。'因以华阴土一斤致焕。焕更以拭剑，倍益精明。华诛，失剑所在。焕卒，子华为州从事，持剑行经延平津，剑忽于腰间跃出堕水，使人没水取之，不见剑，但见两龙各长数丈，蟠萦有文章，没者惧而反。须臾（yú）光彩照水，波浪惊沸，于是失剑。华叹曰：'先君化去之言，张公终合之论，此其验乎！'"

张华：晋大臣，官至司空、尚书、中书令，后在八王之乱中为赵王司马伦所杀害。雷焕：晋人，星象学家，精通天象，曾为丰城县令。紫光：宝剑之神光。斗牛间：斗、牛，星名。斗宿（dǒu xiù），牛宿，俱为二十八宿之一。斗、牛是星空中的两个区域，属北方玄武七宿。古人将天上的星空区域与地上的州、国互相对应，称之为"分野"。古代占星家用天象变化来占卜人间的吉凶祸福。在许多古人撰写的诗词书文中，常常会提到斗、牛这两个星域，在这里指天空。

6. 干锋莫锷通灵物：锋、锷都是刀剑等兵器的刃部，这里用来代指剑。干锋莫锷即干将莫邪这两把剑。这两把宝剑是能够通灵的天生神物。

7. 今犹见、飞瀑流泉：几千年过去了，雌雄双剑已无处可寻，但干将莫邪夫妇当年铸剑时的泉水、瀑布、剑池等遗迹依然还在，好像在诉说着干将莫邪的美丽传说。

8. 神剑化龙，延平津渡，千古美名传：延平津，古津渡名。在今福建省南平市（晋代为延平县）东南闽江上游。晋代张华善望气，见斗牛间常有紫气，遂命雷焕为丰城令访之。焕到县，掘狱屋基，得龙泉、太阿两宝剑，华与焕各佩其一。后华死，失剑所在。焕死，其子雷华持剑行经延平津，剑忽跃出堕水，使人没水取之，但见两龙各长数丈，蟠萦有文章，光彩照水，波浪惊沸，于是失剑。有诗云："张公两龙剑，神物合有时。"即指此事。其剑于此处入水化为龙，神物相合，为世人所论道。

2017年6月18日于浙江莫干山

登旭光台

旭光台上望，览尽莫干峰㉖。

竹海祥云动，松山紫气萦㉗。

层峦腾碧浪，叠瀑挂飞虹㉘。

最爱花溪水，潺潺脚下鸣㉙。

1.旭光台：莫干山旭光台建于山势如半岛的馒头山顶，是莫干山观日出、赏山景的最佳处。登上旭光台可尽览莫干山全景，只见层峦起伏、云雾缭绕、竹海别墅、楼台参差，构成了一幅巨大的天然图画，让人叹为观止。

2.旭光台上望，览尽莫干峰：登上旭光台眺望，尽览莫干山的群峰，莫干山全景尽收眼底，令人心旷神怡，豪气顿生。

3.竹海祥云动，松山紫气萦：漫山遍野的竹海上空祥云浮动，长满松树的山峰间紫气萦绕，好一个清凉世界、人间仙境。紫气：祥瑞之气。

4.层峦腾碧浪，叠瀑挂飞虹：竹海松涛覆盖着群山层峦，满目葱茏，一片碧绿，群峰层层叠叠翻腾着碧浪，跌落的瀑布像飞虹倒挂在山峰上。

2017年6月18日于莫干山旭光台

临江仙

江南行

满目葱茏山远近，清溪碧野蓝天㊱。

鹧鸪飞处雨如烟㊲。

茶田新叶绿，竹海响鸣泉㊳。

游子江南常作客，此身虽在堪怜㊴。

闲云野鹤寄残年㊵。

一壶浊酒醉，忘却世间难㊶。

1.临江仙·江南行：这首词上片写江南景色，下片写客居闲愁。

2.葱茏：草木茂盛的样子。

3.闲云野鹤寄残年：把自己的余生寄托给闲云野鹤，即调整好心态，悠闲自在地安度晚年。闲云野鹤：也说闲云孤鹤，比喻无牵无挂、来去自由的人。残年：余生；指人的晚年。

2017年6月19日于南京

夏日江南

夏日江南草木青①，鹧鸪飞处雨濛濛①。

山呈远黛溪流碧，夜夜蛙声入梦听②。

1. 濛濛：形容雨点细小。

2. 山呈远黛溪流碧：青山隐隐，绿水悠悠，远远望去，一座座山峦呈现出黛青色，一条条小溪里流淌着清澈碧绿的河水。黛：古代女子画眉用的青黑色颜料，这里指黛青色。

2017年6月21日（夏至）于南京

夏日黄昏重游燕子矶

血色残阳映碧流[韵]，霞光五彩燕矶头[韵]。

惊涛拍岸夺魂魄，峭壁凌空壮眼眸[韵]。

脚下千帆走沧海，心中百感望神州[韵]。

玲珑胜迹登临处，一样辛酸别样愁[韵]！

1. 夏日黄昏重游燕子矶：2016年11月19日余曾游燕子矶，其时在冬季。今为观“燕矶夕照”胜景，特于夏日黄昏故地重游。

2. 燕子矶：长江南岸有大小72矶，其中南京的燕子矶与安徽的采石矶、湖南岳阳的城陵矶并称长江三大名矶。燕子矶作为长江三大名矶之首，有“万里长江第一矶”的称号。燕子矶位于南京市中央门外直渎山上，濒临扬子江南岸，地势十分险要，是观赏江景的最佳去处。登临燕子矶头，脚下波涛汹涌，惊涛拍岸，豪气顿生。看滚滚长江，浩浩荡荡，一泻千里，蔚为壮观。

3. 血色残阳映碧流，霞光五彩燕矶头：“燕矶夕照”为清初金陵四十八景之一，是南京一大胜景。黄昏，夕阳西下，彩霞满天，火红的夕阳照射在红色的燕子矶岩壁上，像熊熊燃烧的火焰。这壮美的景象倒映在江面上，江天尽赤，梦幻迷离，令人心胸激荡，豪气顿生。

4. 惊涛拍岸夺魂魄，峭壁凌空壮眼眸：燕子矶山石直立江上，尖尖的山头探入江中，两侧山石耸立，三面临空，形似燕子展翅欲飞，故名燕子矶。燕子矶阻挡了长江水流，巨浪撞击着陡峭的崖壁，将江水抛向空中。惊涛拍岸，夺人心魄，峭壁凌空，巍然壮观。

5. 脚下千帆走沧海，心中百感望神州：站在燕子矶头，脚下是万里长江，一望无际的浩瀚江水滚滚东流，数不尽的各色船只穿梭在江面上，往来于内地和海洋。此时的我，心潮澎湃，百感交集，感叹祖国地域之广大、山川之壮美，更增加了对伟大祖国的热爱。

6. 玲珑胜迹登临处，一样辛酸别样愁：燕子矶在长江三大名矶中以其娇小玲珑、地势险要尤受人们喜爱。登临燕子矶本是一件幸事，但看到矶头矗立的大教育家陶行知先生题写的“想一想死不得”的劝诫碑时，想到这江山胜境、险要之地，也曾夺去过多少失意青年宝贵的生命，让人辛酸惆怅，唏嘘感叹。在燕子矶下东侧江边上，有一座三角碑亭，立有"遇难同胞纪念碑"。1937年12月13日，侵华日军攻占南京后，进行了震惊世界惨绝人寰的"南京大屠杀"，我30万同胞死于日军的屠刀之下。就在这燕子矶下、长江之滨，3万余解除武装的士兵及2万多平民悉遭日军残酷杀害，尸横荒滩，血染江流。我站在"遇难同胞纪念碑"前，忧愁满怀，怒火中烧，眼含热泪默默祈祷，这民族仇、家国恨，一定要世代牢记！愿死者安息、生者奋志、以史为鉴、奋发图强、富国强兵、振兴中华，维护人类和平。

2017年6月22日于南京

高阳台

游科举博物馆叹士子乡闱

胜事千年，君王取士，抡才大典传承㊟。

世代相沿，家家以此为荣㊟。

寒窗十载悠悠度，漫撷芳、书海明经㊟。

怎知他，酷暑寒霜，夜伴青灯㊟。

三年大比开文战，看提篮负凳，士子登程㊟。

号舍连云，如囚如丐如刑㊟。

九天六夜三场考，望飞黄、鱼跃龙腾㊟。

是何人，光耀门楣，金榜题名㊟?

1.科举博物馆：科举是中国古代通过考试选拔官吏的制度，创立于隋代大业元年（605年），历经唐、五代、宋、元、明、清，至清光绪三十一年（1905年）停废，在中国历史上延续达1300年之久。中国科举博物馆是在南京原江南贡院旧址上建设起来的、中国唯一以反映中国科举考试制度为内容的专业性博物馆，是中国科举制度中心、中国科举文化中心和中国科举文物收藏中心。

2.士子：古代指读书人。

3.乡闱：乡试。明清两代在各省省城举行的科举考试。一般每三年的秋天举行一次，故又称"秋闱"。乡试录取者称"举人"，第一名称"解元"。举人可参加次年春天在京城举行的"会试"，又称"春闱"。举人在明清时期已是一种正式科名，即使会试落榜，也具备做官的资格。乡试是明清时期改变士人命运最关键的考试。闱：科举时代称考场。

4.胜事千年，君王取士，抡（lún）才大典传承：科举考试这件胜事，是君王取士、国家选拔官吏的大典。这一重要制度在古代延续了一千多年，这在中国历史和世界历史上都是绝无仅有的。抡才：古代封建王朝选拔官吏。

5. 寒窗十载悠悠度，漫撷芳、书海明经：古代读书人为博取功名，一般要经过十年以上漫长的寒窗苦读，熟读四书五经，在经、史、子、集等浩瀚的书海里撷取知识的芳华，进行"修身、齐家、治国、平天下"的知识储备。悠悠：长久；漫长；遥远。撷：采摘；摘取。

6. 三年大比开文战：明清两代的乡试每三年的秋天在各省省会举行，乡试录取者称"举人"。举人可参加次年春天在京城举行的会试，会试录取者称"贡士"。贡士紧接着参加殿试，殿试仅为排名考试，没有淘汰，即将贡士进行排名，统称"进士"。考中进士后，古代读书人漫长的读书应试生涯也就结束了。文战：读书人参加考试，这里指科举考试。

7. 号舍连云，如囚如丐如刑：科举考试的号舍连绵如云，连成一片。乡试期间，贡院内外布满兵丁，戒备森严。士子们参加考试要接受严格的搜身检查，一似囚徒、乞丐、刑犯。经过九天六夜三场考试，直把人磨成鬼。有诗写道："闹屋磨人不自由，英雄便向彀(gòu)中求。一名科举三分幸，九日场期万种愁。负凳提篮浑似丐，过堂唱号直如囚。袜穿帽破全身旧，襟衣怀开遍体搜。"形象地描绘了参加科举考试的艰辛。

8. 望飞黄、鱼跃龙腾：参加科举考试的士子们，都盼望着自己能金榜题名、飞黄腾达、青云直上、鱼跃龙门。飞黄：古代传说中的神马名。

2017 年 6 月 25 日于南京

自 嘲

人生坎坷守清淳①，岁月蹉跎心志存②。

为赋新诗寻胜迹，但求佳境觅芳林③。

晨曦默诵春风起，夜幕低吟秋月沉④。

笑对闲愁垂老病，残霞晚照漫销魂⑤。

1.自嘲：自己嘲笑自己。这是本诗词集的最后一首诗，写自己一生的心路历程和在作诗填词过程中所付出的辛劳及心得体会。

2.人生坎坷守清淳，岁月蹉跎心志存：余一生虽命运坎坷，时乖运蹇，但崇尚清流，决不媚俗，始终坚持纯洁操守，清清白白做人，诚实纯朴待人。岁月蹉跎，光阴虚度，余虽年华老去，但不忘初心，心中的志向依然存在。淳：纯朴；朴实；厚道。蹉跎：时间白白地耽误过去。

3.为赋新诗寻胜迹，但求佳境觅芳林：在作诗填词的过程中，坚持深入生活，有感而发。为写诗词，不辞辛劳，跋山涉水，寻觅游览名胜古迹，为寻求诗词中美好的意境，呕心沥血，遍游古刹名园。佳境：在这里既指佳美的环境，更指诗词中所追求的美好意境。芳林：遍植奇花名木散发着芳香的园林。

4.晨曦默诵春风起，夜幕低吟秋月沉：作诗填词应当精益求精，要在炼字、炼句、炼格、炼意上下功夫。这两句是写自己创作诗词的辛劳：凤兴夜寐，废寝忘食，夜以继日，春夏秋冬，日复一日，年复一年。晨曦里，在春风的吹拂下默诵着新写的诗句推敲琢磨，迎接新的黎明；夜幕下，低吟着新填的词章往来徘徊，直到秋月西沉。可谓："衣带渐宽终不悔，为伊消得人憔悴。"晨曦：清晨的阳光。夜幕：夜间，景物就像被一幅幕布罩住一样，所以称夜间为夜幕。

5.笑对闲愁垂老病，残霞晚照漫销魂：岁月蹉跎，年华老去，放宽心态，与世无争；喜怒哀乐，愁老病死，顺其自然，笑对人生。不然，残霞晚照也能损伤精神呢！残霞晚照：晚霞残照。傍晚的太阳和日落时天空出现的彩云，比喻人的晚年。销魂：也作消魂。形容人极度兴奋、欢乐或极度悲伤、苦恼时情绪难以控制的状态。

2017年6月26日于南京

附录一　五七言格律诗的基本平仄格式

一、七言律诗的四种基本平仄格式

1.平起首句起韵的：

平平仄仄仄平平㊙，仄仄平平仄仄平㊙。

仄仄㊤平平仄仄，平平仄仄仄平平㊙。

平平仄仄平平仄，㊭仄平平仄仄平㊙。

㊭仄平平平仄仄，平平仄仄仄平平㊙。

2.平起首句不起韵的：

平平仄仄平平仄，仄仄平平仄仄平㊙。

㊭仄㊤平平仄仄，平平仄仄仄平平㊙。

平平仄仄平平仄，仄仄平平仄仄平㊙。

㊭仄平平平仄仄，㊤平㊭仄仄平平㊙。

3.仄起首句起韵的：

㊭仄平平仄仄平㊙，平平㊭仄仄平平㊙。

平平仄仄平平仄，仄仄平平仄仄平㊙。

㊭仄㊤平平仄仄，平平㊭仄仄平平㊙。

平平仄仄平平仄，仄仄平平㊭仄平㊙。

4.仄起首句不起韵的：

仄仄平平平仄仄，平平㊭仄仄平平㊙。

㊤平仄仄平平仄，㊭仄平平仄仄平㊙。

仄仄平平平仄仄，平平仄仄仄平平㊙。

㊤平仄仄平平仄，㊭仄平平仄仄平㊙。

二、五言律诗的四种基本平仄格式

1.仄起首句起韵的：

仄仄仄平平㊙，平平仄仄平㊙。

平平㊤仄仄，仄仄仄平平㊙。

　　　　　　仄仄平平仄，平平仄仄平。

　　　　　　平平平仄仄，仄仄仄平平。

2.仄起首句不起韵的：

　　　　　　仄仄平平仄，平平仄仄平。

　　　　　　㊉平平仄仄，仄仄仄平平。

　　　　　　㊁仄平平仄，平平仄仄平。

　　　　　　㊉平平仄仄，㊁仄仄平平。

3.平起首句起韵的：

　　　　　　平平仄仄平，仄仄仄平平。

　　　　　　仄仄平平仄，平平仄仄平。

　　　　　　平平平仄仄，仄仄仄平平。

　　　　　　㊁仄平平仄，平平仄仄平。

4.平起首句不起韵的：

　　　　　　平平平仄仄，仄仄仄平平。

　　　　　　仄仄㊉平仄，平平仄仄平。

　　　　　　平平平仄仄，仄仄仄平平。

　　　　　　㊁仄㊉平仄，平平㊁仄平。

三、七言绝句的四种基本平仄格式

1.平起首句起韵的：

　　　　　　平平仄仄仄平平，㊁仄平平仄仄平。

　　　　　　仄仄平平平仄仄，平平仄仄仄平平。

2.平起首句不起韵的：

　　　　　　平平仄仄平平仄，㊁仄平平仄仄平。

　　　　　　仄仄平平平仄仄，㊉平㊁仄仄平平。

3.仄起首句起韵的：

仄仄平平仄仄平，平平仄仄仄平平。

平平仄仄平平仄，仄仄平平仄仄平。

4.仄起首句不起韵的：

仄仄平平平仄仄，平平仄仄仄平平。

平平仄仄平平仄，仄仄平平仄仄平。

四、五言绝句的四种基本平仄格式

1.仄起首句起韵的：

仄仄仄平平，平平仄仄平。

平平平仄仄，仄仄仄平平。

2.仄起首句不起韵的：

仄仄平平仄，平平仄仄平。

平平平仄仄，仄仄仄平平。

3.平起首句起韵的：

平平仄仄平，仄仄仄平平。

仄仄平平仄，平平仄仄平。

4.平起首句不起韵的：

平平平仄仄，仄仄仄平平。

仄仄平平仄，平平仄仄平。

附录二　本诗词集所用到的词牌

1.清平乐　二首　　　　　　2.忆秦娥　一首

3.西江月　三首　　　　　　4.水调歌头　一首

5.醉花荫　二首　　　　　　6.满江红　二首

7.破阵子　三首　　　　　　8.虞美人　二首

9.浪淘沙　七首　　　　　　10.江城子　三首

11.沁园春　一首　　　　　　12.唐多令　七首

13.雨霖铃　一首　　　　　　14.凤凰台上忆吹箫　一首

15.八声甘州　二首　　　　　16.贺新郎　二首

17.扬州慢　三首　　　　　　18.忆江南　二十六首

19.菩萨蛮　一首　　　　　　20.诉衷情　二首

21.蝶恋花　一首　　　　　　22.踏莎行　二首

23.一剪梅　二首　　　　　　24.青玉案　二首

25.浣溪沙　一首　　　　　　26.秋波媚　一首

27.南歌子　四首　　　　　　28.采桑子　二首

29.鹧鸪天　三首　　　　　　30.渔家傲　一首

31.临江仙　七首　　　　　　32.鹊桥仙　一首

33.相见欢　六首　　　　　　34.离亭燕　一首

35.桂枝香　二首　　　　　　36.念奴娇　二首

37.永遇乐　一首　　　　　　38.望海潮　一首

39.水龙吟　一首　　　　　　40.木兰花慢　一首

41.满庭芳　一首　　　　　　42.高阳台　三首

43.苏幕遮　一首　　　　　　44.少年游　一首

45.武陵春　二首　　　　　　46.摊破浣溪沙　一首

47.点绛唇　一首　　　　　　48.一丛花　四首

49.天仙子　一首　　　　　　50.柳梢青　一首

51.青门引　一首　　　　　　52.御街行　二首

53.石州慢　一首　　　　　　54.祝英台近　一首

55.谢池春　一首　　　　　　56.夜游宫　一首

附录三　小外孙全奕行的诗——《小猫的诗》

其　一

我小时候

芦苇长得很高

一直到天空中

我爬上去

就摘到一朵棉花糖

2017年4月22日猫猫3岁8个月于南京

其　二

下雨声，叮叮咚。

叮叮咚，真好听。

现在我要睡觉觉，

明天我去踩水坑。

2017年6月5日猫猫3岁10个月于南京

参考文献

汉语诗律学.王力.上海：上海教育出版社出版，2005.

古代诗词常识.刘福元，杨新我.石家庄：河北人民出版社出版，2009.

诗词格律概要.王力.北京：北京联合出版公司出版，2006.

白香词谱.〔清〕舒梦兰.上海：上海古籍出版社出版，2001.

中华传统诗词经典丛书.怎样用韵.中华书局编辑部.北京：中华书局出版，2014.

后 记

作诗填词，在古代那是文人雅士们即兴抒怀或歌咏唱酬的风雅之事。对于我来说，是年轻时即有、直到暮年也不曾泯灭的、终老一生对古典诗词的爱好。年轻时，在阅读古典诗词之余，也偶尔有感而发写了几首诗词，但后来终因工作和生活琐事之累而中断了。这一断就是几十年。退休后，受原单位返聘又到内蒙古做了六年多电力工程监理，真正退下来时，已年近古稀，在北京随女儿居住。2013年年末，挚友郑先生打来电话，说他刚得了一场大病，将左肾摘除了。得此噩耗，我一下子就懵了，止不住老泪纵横。我马上乘车到石家庄去看望他，并随即写了一首七绝和一首七律通过短信发给了他，以示安慰。见面以后，得知他的手术做得很成功，身体恢复得也很好，我悬着的心也释然了一大半。感慨之余，他拿出他近年来写的一些诗作让我看。万万没想到，一生的好友，与自己竟有着共同的爱好，但却从来没有交流过。真乃憾事也！我是一个不善交际、不善辞令之人，喜欢独处，闲暇之时即翻弄诗书。回京以后，利用空闲时间又重新开始写作古典诗词。这期间，我的第二个小外孙来到了这个世界上。小生命给家庭带来了无限的欢乐，但也把平静的生活给打乱了。在奶瓶、尿布和咿呀儿语及锅碗瓢盆的叮当声中，忙碌成了生活的主题。忙里偷闲，夜以继日，我的诗词，伴随着小外孙的成长也在逐渐增多。光阴似箭，日月如梭，一眨眼几年过去了，我随女儿一家四处奔波，先由北京迁往广州，继而由广州迁往深圳，又从深圳迁到南京。正是由于不断地迁徙，我也遍历各地风光，并在忙碌中得以流连山水、游览名胜、瞻仰古迹、凭吊先贤。游览祖国的锦绣河山、名胜古迹更增加了我对伟大祖国的热爱，更以作为中华子孙而自豪。游历为我的诗词创作提供了丰富的素材，也陶冶着我的情操，启迪着我的心灵。对我来说，作诗填词，累则累矣，但也由此而快乐着。不是为作诗而作诗，只是触景生情、有感而发罢了。

本无出诗集的念头，只为篇什多了集合起来易于保存。如今出书，请名人作序，已是再平常不过的事。但我以为，自己乃一介无名之辈，何必附庸风雅又烦劳于人。在本书前言里，谈了一些自己对诗词格律粗浅的理解，以及自己在创作古典诗词过程中的体会，或为行家笑。

本诗词集名为《流年集》。流年，光阴也。我的诗词随着光阴的流失而结集，故以此而定名。人生如梦，岁月如歌，诗词记录着我内心幽微的情感和生活的痕迹，愿美妙的诗词能诠释人生的真谛！

本书的编辑出版，得到了知识产权出版社的大力支持，编辑在封面、版式、编辑、审核、修订等各方面都做了大量工作，让我心生感激。在此，对为本书的出版过程中付出辛劳的各位同志表示衷心的感谢！同时，我也要感谢我的家人在我写作诗词的过程中给予我的理解、关怀和支持。佛说："心如莲花，人生才会一路芬芳。"谢谢大家！

是为后记。

石恒济

2017年秋日于北京